Das Flüstern der Fische

AF197524

Walter Christian Kärger, geboren 1955 in Memmingen/Allgäu, studierte an der Hochschule für Fernsehen und Film, arbeitete dreißig Jahre als Drehbuchautor in München (unter anderem Spielfilm: »2 Männer, 2 Frauen, 4 Probleme«; Zweiteiler im TV: »Störtebeker«, »Trenck – Zwei Herzen gegen die Krone«, »Schuld und Unschuld«; Fernsehfilm: »Die Jahrhundertlawine«). Er lebt als Romanautor (»Das Geheimnis der Medica«) in Memmingen.

WALTER CHRISTIAN KÄRGER

Das Flüstern der Fische

Ein Fall für Kommissar Max Madlener

BODENSEE KRIMI

emons:

© Emons Verlag GmbH
Cäcilienstraße 48, 50667 Köln
info@emons-verlag.de
Alle Rechte vorbehalten
Umschlagmotiv: photocase.de/currantbun
Umschlaggestaltung: Nina Schäfer, nach einem Konzept
von Leonardo Magrelli und Nina Schäfer
Satz: César Satz & Grafik GmbH, Köln
Druck und Bindung: sourc-e GmbH, Köln
Printed in Europe 2025
Erstausgabe 2013
ISBN 978-3-95451-083-2
Bodensee Krimi

Unser Newsletter informiert Sie
regelmäßig über Neues von emons:
Kostenlos bestellen unter
www.emons-verlag.de

Fest hält die Fibel das zitternde Kind
Und rennt, als ob man es jage;
Hohl über die Fläche sauset der Wind –
Was raschelt drüben am Hage?
Das ist der gespenstische Gräberknecht,
Der dem Meister die besten Torfe verzecht;
Hu, hu, es bricht wie ein irres Rind!
Hinducket das Knäblein zage.

Aus: »Der Knabe im Moor« von Annette von Droste-Hülshoff

Prolog

Irgendwo tropfte Wasser mit enervierender Beständigkeit einen laut nachhallenden Takt.

Flapp.

Flapp.

Flapp.

Ihm war kalt. Ein sirrendes Geräusch war zu hören, das immer wieder abrupt abbrach und dann wieder von Neuem anfing. Als er endlich ganz wach war, dröhnte sein Kopf und sein Hals schmerzte. Er wollte mit der rechten Hand an die schmerzende Stelle fassen, aber es ging nicht. Alle Muskeln an seinem Körper zitterten, als habe er einen Dauerkrampf. Ob das von der Kälte kam? Ganz allmählich ließ das Zittern nach. Er spürte sein Herz, das unregelmäßig schlug und immer wieder aussetzte, als könne es seinen Rhythmus nicht finden. Das machte ihm Angst. Angst, die wie eine Welle durch seinen Körper flutete.

Er versuchte, regelmäßig zu atmen und seinen Herzschlag wieder unter Kontrolle zu bringen. Zunächst einmal musste er richtig wach werden und sehen, wo er überhaupt war. Sosehr er sich auch konzentrierte, er konnte sich an nichts erinnern. Mit schier übermenschlicher Anstrengung gelang es ihm, seine Augenlider zu öffnen. Jetzt konnte er das seltsame flirrende Geräusch identifizieren, das ihn schließlich aus seiner Ohnmacht geholt hatte. Das Geräusch kam von einer defekten Neonröhre über seinem Kopf, die immer wieder anging, sekundenlang unangenehm weißes Licht produzierte, und dann wieder erlosch.

Wo zum Teufel bin ich? Und wie bin ich überhaupt hierhergekommen?

Er wollte aufstehen und sich umsehen, aber es ging nicht. Er war gefesselt. Er konnte nicht einmal seinen Kopf bewegen. Er verdrehte seine Augen bis zur Schmerzgrenze, aber mehr als seine nackten Füße und danach einen kahlweißen unendlich langen Gang mit Rohren und Versorgungsleitungen und einem knallgelben Phosphorstreifen konnte er nicht erkennen.

Wieder machte sein Herz einen Stolperer und setzte kurz ganz aus. Und wieder durchflutete ihn die pure Panik. Er wollte schreien, aber auch das war unmöglich. Hatten sie ihm womöglich so eine Spritze verpasst, von deren Wirkung er einmal gelesen hatte? Eine Spritze, die einen völlig bewegungsunfähig machte, katatonisch. Man lag da, sah alles, hörte alles, aber man konnte nichts tun, sich nicht bemerkbar machen, war wie eine lebende Leiche. Seine Zunge konnte er jedoch bewegen, die Augenlider ebenfalls, konnte seine Muskeln an- und wieder entspannen. Also musste er gefesselt sein. Und sein Mund war zugeklebt, er musste durch die Nase atmen und bekam kaum Luft.

Hatten sie das gemacht? Aber warum?

Langsam setzte seine Erinnerung wieder ein. Er war beim Angeln gewesen, als auf einmal zwei oder drei Männer hinter ihm standen. Wie viele es genau waren, das wusste er nicht mehr. Wieso hatte er sie nicht gehört? Er hatte vom Ufer aus geangelt, wo man jeden Schritt im Kies hätte vernehmen müssen.

Seine verdammten Kopfhörer! Er hatte seine verdammten Kopfhörer aufgehabt, mit denen er beim Angeln immer Mahler hörte. Gustav Mahler. Die dritte Sinfonie. In voller Lautstärke. Fortissimo. Ausgerechnet jetzt kam ihm wieder das Altsolo aus dem vierten Satz in den Sinn, Friedrich Nietzsches gesungene Worte:

O Mensch! Gib acht!
Was spricht die tiefe Mitternacht?
Ich schlief!
Aus tiefem Traum bin ich erwacht!
Die Welt ist tief,
und tiefer, als der Tag gedacht!
O Mensch! Tief!
Tief ist ihr Weh!
Lust tiefer noch als Herzeleid!
Weh spricht – Vergeh!
Doch alle Lust will Ewigkeit,
will tiefe, tiefe Ewigkeit!

Ist das nicht verrückt? In meiner Lage an eine Arie aus einer Oper zu denken? Fange ich jetzt schon an zu delirieren?

Nein, die Gesangsstimme war Wirklichkeit. Sie kam wie aus weiter Ferne, irgendwo musste jemand genau dieses Lied über einen Lautsprecher spielen lassen, der die Schönheit und Würde der Stimme und der Worte verzerrte. Der Hall tat noch sein Übriges, um eines der erhabensten, göttlichsten Musikstücke der klassischen Moderne in eine pervertierte Karikatur ihrer selbst zu verwandeln.

Irgendwie fasste er das als eine Verhöhnung seiner Persönlichkeit auf, vielleicht war es sogar so gemeint. Je länger er es hörte, desto sicherer war er: Es musste Absicht sein. Nicht nur, dass er hilflos in ihrer Gewalt war, sie machten sich auch noch lustig über ihn. Trotz seiner verzweifelten Situation ließ ihn das irrsinnig wütend werden. In seinem Furor wand er sich wie ein Aal, um sich zu befreien. Aber es war sinnlos, er war viel zu stramm an seine unbequeme Unterlage gefesselt.

Plötzlich ein Ruck. Das Ding, auf dem er lag, setzte sich in Bewegung. Er musste auf eine fahrbare Trage geschnallt sein. Jemand schob ihn. Krampfhaft versuchte er, nach hinten zu schielen, doch er konnte nichts erkennen. Aber er hörte die klackernden Schritte der Person, die ihn schob, und das Quietschen der Räder, die wohl dringend geölt werden mussten.

Die fahrbare Trage machte eine scharfe Wendung nach rechts und bog in einen anderen Gang ein.

Ich liege da wie eine Leiche auf dem letzten Weg zum Verbrennungsofen im Krematorium, dachte er. *Und ich mache mir Gedanken über quietschende Räder. Ich muss komplett verrückt geworden sein.*

Das Gefährt stoppte vor einer schweren Stahltür mit Hebelmechanismus. Die Schritte gingen an seiner linken Seite vorbei, er roch ein dezentes Herrenparfum, nichts Billiges, und sah einen weißen Overall. Er konnte nicht einmal den Hinterkopf erkennen, weil der Mann die Kapuze des Overalls hochgezogen hatte. Der Mann vermied es, ihm sein Gesicht zu zeigen. Das ließ ihn plötzlich wieder hoffen.

Völlig irrational, oder?

Wenn sie es darauf angelegt hätten, ihn zu töten, wäre es ihnen gleichgültig gewesen, erkannt zu werden. Also gab es die Hoffnung, lebend davonzukommen, sie war nicht irrational. Sie würden irgendetwas mit ihm anstellen. Was, darüber wollte er erst gar nicht nachdenken. Aber dann würden sie ihn laufen lassen. Ja, so musste es sein!

Der Mann öffnete die Tür und stieß sie auf. Dann rauschte der weiße Overall zum Kopfende, und er wurde weitergeschoben. Es ging über eine Schwelle und in eine Art OP-Saal. Grelles Licht flackerte auf, weiße Kacheln waren zu erkennen, altmodische Metallschränke mit Glastüren, vollgestopft mit Medikamenten und Verbandsmaterial, Metalltische aus Edelstahl reihum an den Wänden. Er hörte Schritte von weiteren Menschen und wurde direkt unter die OP-Lampe gerollt. Niemand sprach ein Wort.

Oh Gott – was in aller Welt haben die mit mir vor?

Zwei weitere Männer in weißen Overalls traten an die Metalltische und streiften sich Gummihandschuhe über. Sie kehrten ihm den Rücken zu. Warteten, bis sich der dritte Mann, der ihn geschoben hatte, zu ihnen gesellte, dann nickten sie sich gegenseitig zu.

Bin ich in einem Alptraum? Aber ich bin doch schon wach …

Nichts wünschte er sich in diesem Augenblick sehnlicher, als dass er es nicht wäre.

Wie auf ein Kommando drehten sich die Männer um und kamen auf ihn zu. Er wollte die Augen schließen, aber er konnte es nicht. Weil er ihre Gesichter erkannte. Jeden Einzelnen von ihnen erkannte er.

Und jetzt überkam ihn eine furchtbare Erkenntnis.

Die endgültige Erkenntnis, dass sie kein Erbarmen mit ihm haben würden.

1

Max Madlener nahm das Handtuch und trat an den Spiegel. Vom ausgiebigen Duschen im kleinen Hotelbadezimmer war er beschlagen. Er wischte ihn sauber und betrachtete sich. Er müsste wieder mal dringend zum Haareschneiden, seine Exfrau Nummer zwei, Marlies, hätte ihm, wenn er noch mit ihr zusammen wäre, schon längst einen Termin beim Friseur gemacht. Sie mochte keine Männer mit langen Haaren, aber darauf kam es jetzt sowieso nicht mehr an. Hauptsache, er mochte sich selbst. Was in letzter Zeit nicht sehr häufig der Fall gewesen war. Wie lange war es schon her, dass er mit sich zufrieden gewesen war? Als er den Fall Kreuzkamm gelöst hatte, zum Beispiel. Aber da war er noch der beste Mann der Mordkommission in Stuttgart gewesen, mit Ambitionen nach oben. Er hatte mit einer Versetzung zum BKA oder wenigstens zum LKA geliebäugelt, aber weniger, um Karriere zu machen, eher, um von seinem Vorgesetzten namens König wegzukommen, der ihm, wo es nur ging, Steine in den Weg legte.

Als er noch jünger war, hatte ihm das wenig ausgemacht. Aber je älter er wurde, desto mehr ärgerte er sich darüber. Und wenn er seinem Ärger Luft machte, spielte er König, dem Leiter der Mordkommission, nur in die Karten. Das war auf Dauer nicht mehr auszuhalten. Aber Stuttgart war nun ohnehin Vergangenheit, dafür hatte eine einzige Nacht gesorgt, die er lieber vergessen wollte. Aber er konnte es nicht.

Madlener sah sich die ersten Anzeichen der Tränensäcke an, die sich unter seinen Augen gebildet hatten. Sie waren ihm egal. Weniger egal war, was er *in* seinen Augen sah: Kummer und Zynismus. Früher hatte er darin nur Hunger erkennen können, Hunger nach Leben und nach Arbeit, nach Herausforderungen, die er meistern konnte. Doch das Leben hatte ihn eines Besseren belehrt, nachdem er im Dienst einen Fehler begangen hatte, der nicht mehr rückgängig zu machen war und der einen siebzehnjährigen Jungen das Leben gekostet hatte.

Er öffnete die Badezimmertür und zog sich Hemd und Krawatte an. Er hasste Schlipse, aber heute trat er seine neue Stelle bei der Kripo Friedrichshafen an, und da war es wohl angebracht, nicht wie ein angeknockter Penner zu erscheinen, auch wenn er mit Krawatte auch nicht besser aussah als ohne. Es hatte nicht viel genutzt, dass er nach der brühend heißen Dusche, die er am Morgen einfach brauchte, so weit wie möglich auf kalt gedreht hatte und noch ein paar Minuten unter dem Wasserstrahl stehen geblieben war, bis er es nicht mehr aushielt. Die seit Tagen anhaltende Hitze und die hohe Luftfeuchtigkeit, die mit der in den Urwäldern des Kongo zu konkurrieren schien, ließ ihm, kaum hatte er sich abgetrocknet, schon wieder den Schweiß aus allen Poren brechen.

Im Frühstücksraum war nur ein vom Alter her undefinierbarer Typ, der aussah wie ein frustrierter Vertreter für Bleistiftspitzer. Sie nickten sich kurz zu mit einem Blick, der besagte, dass sie sich wortlos darin einig waren, dass mit dem heutigen Tag auch keine wesentliche Besserung der Weltlage im Allgemeinen und der persönlichen im Besonderen eintreten würde.

Madlener trank vier Tassen Kaffee, ein Glas kalte Milch und aß zwei Croissants, die schmeckten, als habe der Bäcker eine ordentliche Prise Sägemehl zu der Fertigbackmischung gegeben. Die Butter und die Marmelade, die er auf die Hälften schmierte, kamen aus kleinen Plastikdöschen. Auf Madleners Liste von Dingen, die die Welt nicht brauchte und die er stets im Kopf präsent hatte, waren sie auf Platz drei angesiedelt. Gleich nach der Duravit-Fernbedienung für Klospülungen, die er in einem Prospekt gesehen hatte, und der Schamhaarfrisur von Semino Rossi, dem Schnulzensänger. In diesem Zusammenhang fiel ihm ein, dass er eine neue Liste anlegen musste, die ausschließlich schlechte Musik betraf. Mehrere heiße Anwärter auf die vorderen Plätze hatte er im Nu parat, an erster Stelle alle von André Rieu eingespielten – Madlener dachte immer: weich gespülten – Coverversionen von Popsongs. Aber er wollte sich nicht den ganzen Tag vergiften, indem er zu intensiv an eine dieser grässlich vergewaltigten Melodien dachte. Gott sei Dank war der Frühstücksraum musikfreie Zone.

Ein kleiner Spaziergang ans Wasser würde ihm guttun, dachte er und machte sich auf den Weg.

An der Friedrichshafener Bodensee-Promenade war so früh nur die Stadtreinigung in Person eines signalorange gekleideten Mittfünfzigers zugange, der einen qualmenden Stumpen zwischen den Lippen hatte und mit einer langen Greifzange Papierreste, Kippen und zerknüllte Red-Bull-Dosen aufklaubte und stoisch in einen Eimer fallen ließ. Madlener setzte sich auf eine Bank und schaute ihm eine Weile zerstreut zu, dann schweifte sein Blick auf den Bodensee hinaus bis hinüber zum Schweizer Ufer, wo im Hintergrund die schneebedeckten Alpengipfel im Dunst glitzerten. Es roch nach Wasser und Abgasen von einer vorübertuckernden Jacht, deren Eigner offensichtlich zu faul war, Segel zu setzen. Möwen stritten sich kreischend um die Hälfte einer aufgeweichten Wurstsemmel, die auf den Wellen schaukelte.

Madlener hatte die Morgenzeitung aus dem Frühstücksraum geklaut und faltete sie auf. Eine leichte Brise machte es schwierig, sie flatterfrei zu halten. Er suchte den Sportteil, aber er fand nur Artikel über Spiele der örtlichen Fußballvereine aus der unteren Kreisklasse, die gegen den Abstieg kämpften, und Anzeigen für Treppen- und Badewannenlifte, neu oder, im Sonderangebot, gebraucht. Nach zwei Minuten war er eingedöst.

2

Georg Escher wartete mit ein paar Berufspendlern neben einigen Autos im Fährhafen von Konstanz-Staad darauf, dass die Fähre aus Meersburg anlegte. Die Auffahrtsrampe wurde heruntergelassen, und das Dutzend Fahrradfahrer und Wanderer mit Rucksäcken strömte ungeduldig heraus, dann folgten die Autos und zwei Lastwagen, bevor er auf die Fähre konnte.

Seidig spannte sich der Bodensee in der leichten Sommerbrise. Das heftige Gewitter vom späten Vorabend hatte sich verzogen, nachdem es die ganze Nacht noch am Horizont wild geblitzt und dumpf gegrollt hatte wie eine Techno-Party am weit entfernten Gnadensee, dem unteren Fischschwanz des Bodensees.

Escher hatte es nicht eilig. Obwohl es mitten in der Feriensaison war, waren so früh noch wenige Urlauber unterwegs, erst in zwei Stunden würden die Fähren voll sein mit Touristen in dreiviertellangen Cargohosen und quengelnden Kindern. Er stieg die seitliche Eisentreppe hoch in den ersten Stock, marschierte ins Heck und setzte sich auf eine Bank in der Sonne. Das Unwetter letzte Nacht hatte die Schwüle nicht vertrieben, trotzdem war Escher mit Halstuch und Windjacke bekleidet. Er setzte zum ersten Mal nach geraumer Zeit – er lebte seit seiner Pensionierung in Irland, wo er ein kleines Häuschen hatte – mit dem Schiff nach Meersburg über und wusste, dass man sich auch bei bestem Wetter warm anziehen musste, wenn man um halb acht in der Früh über den See fuhr. Doch das Heck war im Lee, und damit war es windstill, als die Fähre sich träge bewegte und schließlich ablegte.

Obwohl Escher lange Jahre im Paradies gewohnt hatte, einem Ortsteil von Konstanz, und er bestens vertraut war mit den Sehenswürdigkeiten der mittelalterlichen Altstadt, war er immer wieder fasziniert vom Hafen, dem Münster, den herausgeputzten gotischen Bürgerhäusern, dem Konzilsgebäude und dem ehemaligen Dominikanerkloster, in dem sich jetzt ein Fünf-Sterne-Hotel befand. Die Altstadt hatte den Zweiten Weltkrieg unzerstört überstanden, weil Konstanz im Laufe der Jahrhunderte mit dem schweizerischen

Kreuzlingen so zusammengewachsen war, dass die Grenze mitten zwischen den Häusern verlief und die alliierten Bomberflotten es nicht riskieren wollten, aus Versehen eine Schweizer Stadt in Schutt und Asche zu legen.

Als Historiker glaubte Escher geradezu zu spüren, wie wichtig und einzigartig Konstanz in den Anfangsjahren des 15. Jahrhunderts gewesen war, der Mittelpunkt des Abendlandes während der Zeit des Konzils, der einzigen Papstwahl nördlich der Alpen. Da sie schon einmal zusammen waren, nutzten Kaiser und Klerus die Gelegenheit und verbrannten den Ketzer Jan Hus lebendig auf dem Scheiterhaufen, obwohl sie dem Reformator freies Geleit zugesichert hatten. Schon damals war Recht und Gerechtigkeit eine reine Machtfrage. Dieser Gedanke erheiterte Escher immer aufs Neue, wenn er am Gedenkstein für den Häretiker vorbeikam, der für seine Überzeugungen in den Tod gegangen war. Dabei waren die Mächtigen ihrer Zeit nicht nur Spielverderber und Heuchler. Sie waren auch keine Kostverächter. Sie verstanden etwas von der Macht der Liebe. Jedenfalls der käuflichen Liebe. Während des Konzils wimmelte Konstanz von Kurtisanen jeden Alters und jeder Couleur. Die Verkörperung dieser irdischen Lustbarkeit war das provokante neuzeitliche Wahrzeichen des Konstanzer Hafens. Die laszive Imperia, die sich langsam drehende, neun Meter hohe stilisierte Skulptur einer mittelalterlichen Hure, die in ihren Händen zwei verhutzelte Gnome hielt, eine Verballhornung von Papst und Kaiser, war vom Fährhafen aus nicht zu sehen, was Escher bedauerte. Er fand sie in ihrer unverhohlenen Sexualität immer schon herausfordernd, ein schwer umstrittenes Denkmal für Touristen und Einheimische, und so sollte ein Kunstwerk seiner Meinung nach sein.

Er holte seinen Feldstecher aus dem Futteral und warf damit einen Blick auf die Basilika Birnau, das rosafarbene Barockjuwel am Südhang des Überlinger Sees, die im frühmorgendlichen Dunst anmutig wie die Verheißung der ewigen Seligkeit herüberstrahlte. Er musste dem prächtigen Innenraum gelegentlich einmal wieder einen Besuch abstatten, um seinem Lieblingsputto rechts vor dem Altarraum zu huldigen, dem kindlich verspielten Honigschlecker.

Drei Männer um die vierzig, gekleidet wie Wanderer mit leichten Anoraks und Goretex-Stiefeln, setzten sich auf die Bank neben

Escher. Ihm fiel auf, dass sie alle ziemlich ähnlich aussahen, so, als hätten sie im gleichen Geschäft für Sport- und Wanderausrüstung eingekauft. Sie trugen Sonnenbrillen, Halstücher und Dreitagebärte. Sie wirkten, als wären sie unterwegs zu einer Hochgebirgstour. Nur dass ihnen die Kletterausrüstung fehlte. Und statt Mützen hatten sie Baseballcaps auf dem Kopf.

Einer kam Escher sogar bekannt vor. Er wusste allerdings nicht, wie er ihn einordnen sollte. Aber das war ihm auch egal. Er war seit drei Jahren in Pension und interessierte sich ausschließlich für seine Leidenschaft, der er jetzt, da er so viel Zeit hatte, mit Akribie und Disziplin nachging. Der ehemalige Studiendirektor Dr. Escher, Fächer Englisch, Deutsch und Geschichte, schrieb historische Biografien, die er im Selbstverlag herausbrachte und die nicht sehr erfolgreich waren. Doch er war Junggeselle ohne jeglichen Anhang, pflegte keine verwandtschaftlichen Beziehungen und hatte niemandem Rechenschaft abzulegen, womit er seine Zeit verbrachte und wofür er sein Geld ausgab.

In diesem Jahr wollte er die Biografie über Annette von Droste-Hülshoff abschließen, an der er seit einiger Zeit arbeitete. Dazu war es ihm wichtig, regelmäßig an den Wirkungsstätten der Dichterin, dem alten Schloss Meersburg und dem Fürstenhäusle, einem idyllischen Dichterhäuschen inmitten der Weinberge, die Atmosphäre zu spüren und Witterung aufzunehmen. Er hatte gute Fortschritte gemacht und sein Arbeitspensum in der geplanten Zeit erledigt. Aber so war er schon immer gewesen: genau und diszipliniert, getaktet nach regelmäßigen Arbeits- und entspannenden Ruhephasen, die er auf die Minute einhielt. Genauso wie seine Spaziergänge, die er an der irischen Küste absolvierte, um fit zu bleiben. Seine Gesundheit war ihm wichtig, und er konnte sich nicht beklagen: Sein Arzt hatte ihm Herz und Kreislauf eines Vierzigjährigen attestiert. Dabei war er siebenundsechzig. Nur seine Hüfte hatte ihm Schwierigkeiten bereitet. Aber die waren, seit er eine Hüftprothese aus Titan bekommen hatte, behoben.

Vor einer Woche war er aus seinem Domizil in Irland wieder einmal an den Bodensee gekommen, um hier seine Studien zu vollenden. Während dieser Zeit wohnte er in einer kleinen Pension in der Nähe des Fährhafens in Konstanz. Die Miete hatte er für zwei Wochen im Voraus bezahlt, so lange plante er zu bleiben, um dann in seiner neuen Heimat die Biografie über die große deutsche Dichterin endgültig fertigzustellen.

Ein Kassierer kam und überprüfte die Fahrausweise. Escher hatte eine Dauerkarte, die drei Männer bezahlten ihre Tickets bar.

Die Fähre war jetzt fast fünfzehn Minuten unterwegs, und Escher begab sich nach vorne an den Bug, um das näher kommende Meersburg zu genießen, ein Panoramablick, an dem er sich nicht sattsehen konnte. Oben auf dem Berg die alte Meersburg, und, aufgereiht wie Perlen an einer Schnur, die barocken Residenzen der Bischöfe und farbenprächtigen Bürgerhäuser mit den Weinreben dazwischen. Schade nur, dass die Stadt bei näherem Hinsehen allzu touristisch war und es fast nur Läden mit Krimskrams und Nippes gab. Escher fand Konstanz authentischer, obwohl die Touristen in der Ferienzeit natürlich auch dort eine Landplage waren.

Er bemerkte, dass die drei auffallend schweigsamen Männer in Wanderkleidung ihm gefolgt und links und rechts neben ihn an die Reling getreten waren, wo sie beobachteten, wie die Fähre auf die von dicken Pfählen gebildete Anlandebucht zusteuerte. Escher mochte es nicht, dass die Männer allmählich näher an ihn heranrückten, obwohl das Zwischendeck ansonsten vollkommen leer war.

Gerade wollte er weggehen, als er von dem Mann links neben sich plötzlich und unvermittelt angesprochen wurde.

»Dr. Escher?«

Escher drehte sich zu ihm um. »Kennen wir uns?«, fragte er betont distanziert.

»Ja, wir kennen uns, Herr Doktor. Wir kennen uns sogar sehr gut.«

Er verzog das Gesicht zu einem falschen Grinsen, und in diesem Moment registrierte Escher im Augenwinkel, dass der Mann rechts von ihm ein handygroßes Gerät aus seinem Rucksack holte und es ihm an den Hals drückte. Er spürte zwei fingerlange, stricknadeldicke Metalldrähte an seiner Halsschlagader. Panik durchströmte ihn. Er wollte noch die Hand des Mannes wegstoßen, da durchfuhr ihn schon ein heftiger und blitzartiger Schmerz, so unerwartet, dass er nicht mehr schreien konnte. Sein Körper war plötzlich ein einziger Krampf, ein gurgelndes Röcheln kam noch aus seinem verzerrten Mund, dann verlor er das Bewusstsein.

Der Mann im roten Anorak steckte mit einer fließenden Bewegung das Elektroschockgerät, das den Körper von Escher mit siebenhundertfünfzigtausend Volt für ein paar Minuten absolut bewegungsunfähig gemacht hatte, in den Rucksack zurück, während die zwei anderen Escher auffingen und ihn wegschleppten wie einen Betrunkenen. Niemand hatte zugesehen, alle Passagiere warteten entweder schon in ihren Autos auf dem Unterdeck oder an der Auffahrtsrampe der Fähre, die gerade mit einem letzten, sanften Ruck andockte.

Die Männer führten den wehrlosen Escher im Eiltempo hinunter auf das Fährdeck und zu einem alten VW-Bus, der genau am Ende der Treppe geparkt war. Der Mann im roten Anorak schob die seitliche Schiebetür auf. Zu dritt hoben sie Escher in den Bus, wo ein Rollstuhl bereitstand, der am Boden befestigt war. Sie setzten Escher hinein und fixierten Hände und Füße mit Klebeband am Stuhl. Dann verklebten sie ihm noch Mund und Augen, während der Fahrer schon den Zündschlüssel drehte. Der Anlasser wimmerte.

Das letzte Fahrzeug war bereits auf der Rampe zur Ausfahrt, der Lademeister winkte dem orgelnden VW-Bus ungeduldig zu. Der Fahrer hob entschuldigend die Hand, endlich sprang der Motor an. Der Fahrer gab Gas und folgte dem letzten Wagen auf die Rampe.

Der dunkle VW-Bus, Modell Multivan, quälte sich die steile und kurvige Passstraße zur Oberstadt von Meersburg hoch und verschwand in Richtung Friedrichshafen.

3

Drei Minuten vor zehn Uhr stand Madlener in der Ehlersstraße vor der Polizeidirektion Friedrichshafen und sah zwei eifrig diskutierende Polizisten in Uniform hineingehen. Da bin ich nun an meiner zukünftigen Wirkungsstätte, dachte er mit einem Anflug von Sarkasmus und wischte sich mit einem Taschentuch den Schweiß von der Stirn. Obwohl es noch Vormittag war, schien die Sonne mit einer Inbrunst vom Himmel, als würde sie sich schon bald in einen roten Riesen verwandeln wollen. Die Polizeidirektion und das Finanzamt waren in einem großen, modernen Gebäude untergebracht, beide Behörden hatten verschiedene Eingänge.

Madlener zog seine Hose hoch. Sein Anzug war von seinem Nickerchen auf der Bank zerknautscht und sein Gesicht wahrscheinlich ebenfalls. Außerdem verspürte er so ein verräterisches Brennen an seiner Unterlippe. Er kratzte sich unbewusst, bis ihm klar wurde, dass er wohl ausgerechnet heute wieder mal seinen Lippenherpes bekommen würde, mit dem er sich regelmäßig alle paar Monate herumärgern musste. Er kramte in seinen Taschen und wurde nicht fündig. Natürlich hatte er das Zovirax, das er sonst ständig dabei hatte, in seinem Hotelzimmer vergessen. Er fluchte innerlich. Wenn er die juckende Stelle nicht rechtzeitig mit dem Zeug einschmierte, dann konnte er sich die nächsten Tage, wenn nicht sogar Wochen, mit einem Bläschenpaket herumplagen, das übel schmerzte und auch noch scheußlich aussah. *Mist, Mist, Doppelmist!*

Er gab sich einen Ruck und ging durch die Eingangstür. Am Empfangstresen wandte er sich an den diensthabenden Beamten, einen sportlichen Jungpolizisten in einer kurzärmligen Uniform, die an den Oberarmen so knapp saß, dass sein Träger wohl jeden Tag eifriger Besucher einer Muckibude war und zum Müsli am Morgen noch ein paar Löffel anabole Steroide mischte.

»Guten Tag. Mein Name ist Madlener. Ich soll mich beim Kriminaldirektor melden.«

»Bei Herrn Kriminaldirektor Thielen ... das ist im ersten Stock.

Die Treppe hoch und dann die erste Türe links. Da landen Sie im Vorzimmer bei Frau Gallmann. Das ist seine Sekretärin.«

»Danke.«

Er ging schon auf die Treppe zu, drehte sich aber noch einmal um. »Gibt's hier irgendwo einen Kaffeeautomaten?«

»Nein. Aber eine Kantine.«

Madlener sah den Bodybuilder hinter seinem Tresen fragend an. Der grinste entschuldigend, als er noch einen Satz nachschob. »Aber die macht erst um elf auf.«

»Na großartig.«

Madlener seufzte und angelte sich einen Kaugummi aus der Tasche, bevor er die Treppe zum ersten Stock hochging. Wenigstens sein Kaugummipäckchen hatte er nicht vergessen.

Kriminaldirektor Thielen, der Chef der Kripo in Friedrichshafen, zuständig für das halbe Bodenseegebiet, sah von der Akte »Madlener« hoch, die er vor sich auf dem Schreibtisch hatte, und äugte über den Rand seiner Lesebrille auf den Hintern seiner Sekretärin Frau Gallmann, die seine mickrigen Büropflanzen begoss. Er war verheiratet und hatte zwei erwachsene Kinder. Aber auch ein heimliches Faible für seine großgewachsene, schlanke Sekretärin, gerade weil sie so streng wirkte in ihren eng geschnittenen Kostümen und den hochhackigen Pumps, die sie immer trug. Ihr rot gefärbtes Haar passte gut zu ihren grünen Augen, und er musste sich jeden Morgen zurückhalten, damit seine Komplimente nicht allzu anzüglich ausfielen.

»Sie haben doch mit Stuttgart telefoniert, Frau Gallmann – was erzählt man sich denn so über diesen Max Madlener?«

»Wollet Se des wirklich wissen?«

Wenn sie unter sich waren oder wenn sie aufgeregt war, verfiel Frau Gallmann gerne ins Schwäbische, was sie ansonsten tunlichst unterdrückte.

Thielen sagte: »Sonst würde ich Sie ja nicht fragen.«

Sie zog ihr dunkelgrünes Kostüm, das wie immer perfekt saß, zurecht, und drehte sich zu ihm um.

»Der Herr Madlener hat einen aussagekräftigen Spitznamen, von dem er selber aber angeblich nix weiß. Isch nur hinter seinem Rücken verwendet worden, wie man mir gsagt hat.«

»Und wie lautet der?«

Sie machte eine bedeutungsschwangere Pause, bevor sie sagte: »Man nennt ihn Mad Max.«

Thielen griente und kaute auf seinem Brillenbügel. »Wie der Verrückte in diesem Film?«

Frau Gallmann nickte. Sie war Filmkennerin und hatte ein außerordentlich gutes Namens- und Jahreszahlengedächtnis. »Mel Gibson. Ja, genau der. Australien, 79.«

»Mad Max. Gefällt mir. Passt wie die Faust aufs Auge, wenn ich mir seine Akte so ansehe.«

In diesem Augenblick klopfte es an der Vorzimmertür.

»Des wird er sein«, sagte Frau Gallmann mit einem Anflug von schlechtem Gewissen wegen ihrer Tratschgeschichte und eilte mitsamt ihrer Gießkanne ins Vorzimmer. Kriminaldirektor Thielen setzte seine Brille wieder auf und gab vor, die Akte zu studieren.

Frau Gallmann sah wieder zur Tür herein. »Der Herr Madlener wäre jetzt da, Herr Kriminaldirektor«, sagte sie beflissen.

»Soll reinkommen«, antwortete Thielen betont cool, wie er es bei Tom Selleck im Fernsehen gelernt hatte, stand auf und streckte dem leicht übergewichtigen Mann mit den etwas zu langen braunen Haaren und dem misstrauischen Blick die Hand entgegen.

Madlener gab Thielen kurz, aber fest die Hand und stellte sich vor. »Madlener.«

»Thielen«, antwortete der Kriminaldirektor und wies auf den Besucherstuhl. Madlener setzte sich und wartete ab, etwas, was er offenbar sehr gut konnte.

Thielen unterbrach als Erster die peinliche Pause. »Wie war die Fahrt?«

Madlener zuckte mit den Schultern. »Okay. Ich bin schon seit gestern Abend hier. Hab mich in einem Hotel einquartiert.«

Thielen nickte und sah ihn dann über den Rand seiner Brille an. »Herr Madlener – sagen Sie mir, was soll ich mit Ihnen machen?«

Thielen taxierte Madlener wie ein in seiner Geduld überstrapazierter Lehrer seinen Schüler, der zwar talentiert war, wegen seiner Faulheit aber wieder einmal die letzte Klassenarbeit versaut hatte. Er seufzte noch einmal vielsagend, als er den Blick wieder abwandte und Madleners Akte weiter überflog. Er hatte sie bereits mehrfach genau durchgelesen und tat jetzt so, als sei er vor lauter Arbeit bisher nicht dazu gekommen.

»Dabei waren Ihre Beurteilungen immer ausgezeichnet. Und wie Sie den Fall Kreuzkamm gelöst haben – Respekt!«

Madlener sagte noch immer kein Wort.

Thielen kam allmählich ins Schwitzen. Um seine Unsicherheit zu verbergen, fing er an, seine Brille zu putzen.

»Ja … wie haben Sie sich Ihre Arbeit bei uns denn vorgestellt?«, fragte er schließlich.

»Ich weiß nicht. Sagen Sie's mir«, antwortete Madlener.

Jetzt wurde Thielen die Situation wirklich ungemütlich. Er schaltete auf eine kontrollierte Offensive um.

»Sie wissen, dass Sie nach dieser unguten Geschichte in psychologische Behandlung müssen. Anordnung von oben.«

Er sah ihn direkt an. Madlener erwiderte seinen Blick, ohne zu blinzeln. Thielen schaute als Erster wieder weg. Madlener nickte.

»Ist mir bekannt, ja.«

Thielen klappte die Akte zu und setzte zu einem verkrampften Lächeln an.

»Aber machen Sie sich keine Sorgen.«

»Ich mache mir keine Sorgen.«

Thielen sah ihn irritiert an und setzte seine Brille wieder auf. Er bemühte sich, eine widerspenstige Haarsträhne mit der Hand wieder akkurat vom Seitenscheitel über seinen Kopf zu legen.

»Wir haben hier in Friedrichshafen einen sehr kompetenten Psychotherapeuten. Er hat eine eigene Praxis, kümmert sich aber auch um traumatisierte Kollegen. Eine Kapazität. Jede Menge Veröffentlichungen. Herr Dr. Auerbach. Meine Sekretärin Frau Gallmann gibt Ihnen nachher die Adresse. Sie zeigt Ihnen auch Ihr Büro. Ich habe mir gedacht, dass Sie sich am Anfang um einige Altfälle kümmern. Damit Sie sozusagen warmlaufen, nicht wahr, sich einarbeiten. Aktuell haben wir nichts vorliegen, was Hauptkommissar Binder, Ihr Kollege, nicht auch alleine schaffen würde. Wir haben nicht so viele Kapitalverbrechen hier. Gott sei Dank. Dann … willkommen bei der Kripo Friedrichshafen und auf gute Zusammenarbeit, Herr Madlener.«

Er stand auf und streckte ihm die Hand hin. Als Madlener einschlug, ließ er sie nicht los.

»Ach ja, bevor ich's vergesse: Wir bekommen einen Azubi zugeteilt. Heißt Harry Holtby. Seltsamer Name, ist aber irgendwie ausländischer Abstammung. Vater Engländer oder Ire. Irgendwas Angelsächsisches. Frisch von der Polizeihochschule. Hat nur Bestnoten. Vielleicht können Sie ihm das eine oder andere aus der Praxis beibringen.«

»Ich bin es eigentlich gewohnt, allein zu arbeiten.«

Thielen lächelte wieder. Aber diesmal war das Lächeln auf seine Lippen beschränkt, die grauen Augen blieben eiskalt. Er überprüfte den Sitz seiner Haare.

»Das ist keine Bitte. Das ist eine dienstliche Anordnung, Herr Kollege Madlener. Sie sind ein erfahrener Mann, und Kommissar Binder hat schon einen jungen Kollegen als Mitarbeiter. Sie werden ihr Büro mit Harry Holtby teilen müssen. Ab sofort leiten Sie die AG Alt- und Vermisstenfälle. So heißt das bei uns. Sie erstatten mir einmal in der Woche Bericht über ihre Fortschritte. Die Akten finden Sie im Keller der Verkehrspolizei.«

Jetzt erst ließ er Madleners Hand los, öffnete die Tür zum Vorzimmer.

»Frau Gallmann …«

Thielens Sekretärin blickte von ihrer Tastatur hoch.

»Hauptkommissar Madlener möchte sein zukünftiges Büro sehen.«

Er wandte sich wieder an Madlener.

»Frau Gallmann ist der gute Geist hier im Hause. Bei allem, was Sie brauchen, wenden Sie sich am besten an sie.«

Damit war alles gesagt. Er schloss hinter Madlener die Tür.

4

Zu Madleners Erstaunen stöckelte Frau Gallmann nicht etwa ein paar Türen weiter, sondern geleitete ihn auf die Straße hinaus.

»Wo gehen wir hin?«

»Nur ein paar Häuser weiter, Herr Madlener. Wir haben Sie in einem Büro bei der Verkehrspolizei untergebracht. Da haben Sie es auch nicht so weit in den Keller zu den Vermisstenakten«, fügte sie quasi als Entschuldigung hinzu.

Madlener dachte sich seinen Teil. Also wollte man ihn abschieben. Auch gut, dann hatte er seine Ruhe und konnte seiner Arbeit nachgehen, ohne dass Kriminaldirektor Thielen ihm ständig auf den Füßen stand.

Sie liefen schweigend nebeneinander her, und Madlener hatte Mühe, mit den klackernden Trippelschritten mitzuhalten. Versehentlich biss er sich auf die Unterlippe und zuckte zusammen, weil er dadurch wieder schmerzhaft an seinen Herpes erinnert wurde.

Er blieb stehen. »Eine Frage, Frau Gallmann – gibt's hier in der Nähe eine Apotheke?«

»Wieso, was brauchet Sie denn?«

Er starrte sie verblüfft an. Sie hatte das so selbstverständlich gesagt, als hätte sie eine Notfallausrüstung für jede erdenkliche Krankheit dabei. Als sie seinen Blick sah, entschuldigte sie sich sofort bei ihm. »Um Gottes willen, Herr Madlener – ich wollt jetzt net indiskret sein!«

»Nein, nein, das macht gar nichts. Ich krieg nur einen Lippenherpes, und wenn ich nicht rechtzeitig –«

Sie unterbrach ihn mit einer Geste. »Ich weiß, wie das ist. Wenn's Ihnen nix ausmacht …«

Sie kramte in den Tiefen ihrer Handtasche, wurde fündig und streckte ihm eine kleine Tube hin. »Hier. Ist noch nicht angebrochen. Sie könnet se behalten.«

»Wirklich?«, fragte er und nahm die Tube.

»Wirklich. Nehmen Sie's als Einstandsgeschenk«, sagte sie und lächelte.

»Sie sind ein Engel«, antwortete er und meinte es in diesem Augenblick auch so.

Frau Gallmann bekam tatsächlich rote Bäckchen und sagte schnell: »Des isch meine gute Tat für heute.«

Sie stöckelte weiter, während Madlener einen Klecks Salbe aus der Tube drückte und vorsichtig seine marode Lippe einschmierte, bevor er sich beeilte, wieder zu Frau Gallmann aufzuschließen.

Sie erreichten schließlich ein großes Gebäude, dem mehrere überdimensionale Garagen für Einsatzfahrzeuge gegenüberstanden. Das Haus sah aus wie ein zu groß geratenes Zweifamilienhaus aus den sechziger Jahren. Frau Gallmann grüßte fleißig die Kollegen in Uniform, die ihnen begegneten, und führte Madlener in den zweiten Stock.

Frau Gallmann stocherte mit einem Schlüssel im Türschloss zu Madleners neuem Büro herum. Endlich hatte sie den Dreh heraus und drückte die Klinke. Mit eindrucksvollem Schwung öffnete sie die Tür, als würde sie ihm den Zugang zu einer Schatzhöhle offerieren.

»Bitte sehr – Ihr zukünftiges Büro!«

Madlener machte Licht. Der Ausdruck »Büro« war der Euphemismus des Jahres.

Was er sah, war ein leerer, kahler Raum, eine bessere Abstellkammer.

»Sie werden sehen, des isch ideal für Sie.« Allerdings rümpfte sie leicht säuerlich die Nase. »Es riecht a bissle streng. Könnt mal wieder gelüftet werden«, sagte sie, ging auf das einzige Fenster zu und wuchtete den Rollladen hoch, sodass Tageslicht hereinkam. Madlener trat näher und sah, dass das Fenster auf einen großen Hof hinausführte, der als Parkplatz für die Besucher diente.

Madlener drehte sich in dem etwa zwanzig Quadratmeter großen, leeren Raum um, während Frau Gallmann gespannt an ihrer Betonfrisur herumnestelte. Er überlegte, was er für ein Gesicht machen sollte, und entschied sich für die neutrale Variante. Aber er blieb stumm, was sie sichtlich irritierte.

Als sie sah, dass er nicht reagierte, zerrte Frau Gallmann selbst am Fensterhebel herum, bekam ihn aber nicht auf. Sie drehte sich zu Madlener um und deutete mit einer gespielt hilflosen

Geste auf das Fenster. Madlener griff ein, und mit gemeinsamer Kraftanstrengung gelang es ihnen schließlich, das Fenster zu öffnen.

»Na bitte, geht doch«, sagte sie.

Madlener sah hinaus. Dort unten kam gerade Thielen heran, sein neuer Chef, und unterhielt sich mit einem Kollegen in Uniform. Er holte aus seiner Jackentasche eine Packung Zigaretten heraus und zündete sich eine an. So gierig, wie er den Rauch inhalierte, schloss Madlener, dass Kriminaldirektor Thielen heimlicher Kettenraucher war. Das passte perfekt: ein bigotter Heuchler, der Wasser predigte und Wein trank. Aber heimlich, das erhöhte den Reiz. Madlener konnte es egal sein. Er hatte sowieso vor, sich seine eigenen Freiräume zu schaffen. Auch wenn sich Thielen die zukünftige Zusammenarbeit mit Hauptkommissar Madlener – »Teamwork« war sein zweitliebstes Wort, gleich nach »Aufklärungsquote«, hatte man ihm in Stuttgart gesagt – offenbar ganz anders vorstellte. Aber was sollten sie tun? Feuern konnten sie ihn nicht, er war Beamter. Und was andere über ihn dachten, war ihm herzlich egal. Jedenfalls im Beruf. Den würde er so ausüben, wie er es für richtig hielt.

Das war nach seinem Sabbatjahr nicht einfach. Dem erzwungenen Sabbatjahr, nachdem er und sein Partner in der unseligen Nacht, die er einfach nicht vergessen konnte, in eine Schießerei geraten waren, bei der Madlener einen Menschen erschossen hatte. In Notwehr, wie die Untersuchung später feststellte. Nur dass das Opfer ein siebzehnjähriger Schüler mit einer Schreckschusspistole war, die man in der Dunkelheit nicht richtig sehen konnte.

»Soll ich Ihnen jetzt den Aktenkeller mit den Altfällen zeigen?«

Frau Gallmann stupste ihn an. Wie so oft war Madlener in seine dunkle Gedankenwelt abgedriftet, die ihn immer überkam, wenn er schon glaubte, sie unter Kontrolle zu haben. Aber sie beherrschte ihn, dumpf brodelnd unter dem dünnen Firnis aus Gewohnheit und Routine, mit der er sein Leben abwickelte. Madlener schüttelte einen Anflug von Selbstmitleid ab und drehte sich zerstreut zu Frau Gallmann um.

»Ja?«

Sie sah ihn mit leichter Besorgnis an. So wie man eine unberechenbare exotische Echse anschaute, von der man nicht wissen konnte, ob sie einem die Hand abschlecken würde oder lieber zuschnappte. Aber vielleicht lag das auch daran, dass Madlener schon seit sechs Uhr in der Früh auf den Beinen war und sein billiger Konfektionsanzug aussah, als hätte er ihn gerade in einem Anfall von Reue wieder aus dem Sack für die Altkleidersammlung gezogen. Außerdem war ihm der Hosenbund zu eng. Er musste dringend abnehmen. Aber das war seine geringste Sorge.

»Ob ich Ihnen den Aktenkeller zeigen soll?«, wiederholte sie geduldig.

Er nickte. Sie ging voraus.

Madlener war vor zwei Wochen neunundvierzig geworden und wieder in der Provinz gelandet. Da, wo er herkam und eigentlich nie mehr hinwollte. Zwanzig Jahre lang hatte er in Stuttgart als Kripobeamter gearbeitet. Und jetzt war er in seine alte Heimat versetzt worden, auf eigenen Wunsch. Nicht aus Resignation, sondern einfach deshalb, weil er wegwollte von alten Geschichten und neu anfangen. Das war in seinem alten Revier in Stuttgart nicht mehr möglich. Dort hatte er sich zu viele Feinde gemacht, zu viel verbrannte Erde hinterlassen. Und zwei Exfrauen dazu.

Sein Chef in Stuttgart, mit dem es eine lautstarke Auseinandersetzung gab, die man durch das ganze Polizeipräsidium hören konnte und von der man noch monatelang hinter vorgehaltener Hand sprach, weil Madlener der Einzige war, der es jemals gewagt hatte, auf einer Pressekonferenz dem Leiter der Mordkommission ins Wort zu fallen und ihm zu widersprechen, hatte ihn schließlich vor die Wahl gestellt, sich wegen psychischer Probleme frühpensionieren zu lassen oder zurückzugehen in die Provinz. Nur dessen Vorgesetzter, Kriminaldirektor Bürklein, hatte Madlener die Stange gehalten und dafür gesorgt, dass es kein Disziplinarverfahren gab, sondern dass man ihm eine goldene Brücke baute wegen seiner Verdienste. Eine politische Entscheidung, denn es wäre in der Öffentlichkeit schlecht angekommen, wenn der Mann, der den Fall Kreuzkamm maßgeblich gelöst hatte, gefeuert worden wäre. Außerdem befürchtete man, dass Madlener zu viel wusste und gegebenenfalls schmutzige Wäsche gewaschen hätte. Und die gab es genug.

Madlener hatte das nie vorgehabt. Aber er hatte auch nicht vor, alles auf sich beruhen zu lassen und unter den Teppich zu kehren. Doch solange er keine Beweise dafür hatte, dass König, der Leiter der Mordkommission, Dreck am Stecken hatte, würde er nichts unternehmen. Wenn der Tag kommen sollte, an dem Madlener auspackte, dann nur, wenn alles hieb- und stichfest war. Aber diese Überlegungen waren nun zweitrangig. Jetzt ging es darum, erst einmal in seiner neuen alten Heimat Fuß zu fassen.

Madlener stand hinter Frau Gallmann vor der letzten Tür eines langen Ganges im Keller und wartete darauf, dass sie die schwere Stahltür aufbekam. Anscheinend hatte Frau Gallmann grundsätzlich Schwierigkeiten mit Schlössern und Riegeln. Madlener probierte einfach die Türklinke und drückte mit der Schulter gegen das Stahlblatt. Die Tür ging auf, sie war nicht verschlossen. Frau Gallmann war das sichtlich peinlich. Madlener genoss die Situation und hielt ihr gespielt galant die schwere Stahltür auf.

»Nach Ihnen«, sagte er süffisant und erntete dafür einen Blick, der töten konnte.

Neonröhren flackerten auf, als Frau Gallmann endlich den Lichtschalter ertastet hatte. Im grellen Licht sah Madlener, wie groß der fensterlose Raum war.

Vor Madlener standen endlose Regalreihen mit Kartons und Akten, dazwischen Spinnweben, die vermuten ließen, dass sich schon lange kein Mensch mehr hierher verirrt hatte.

Frau Gallmann seufzte inbrünstig. »Das Blöde isch, dass wir den Raum auch als Asservatenkammer benutzen«, sagte sie. »Als wir vom alten Präsidium in die neue Polizeidirektion umgezogen sind, hat man einfach alles, von dem man nicht wusste, wohin, hier hereingebracht.«

Sie zeigte auf die hinteren Regalreihen, die ausschließlich mit beschrifteten Kartons bestückt waren.

»Sind Sie schon so lange bei der Kripo?«, fragte Madlener.

»Fast fünfundzwanzig Jahre. Ich gehöre sozusagen zum Inventar, wie die meisten Akten hier«, sagte sie in einem leichten Anflug von Selbstironie, der sie für Madlener ein gutes Stück sympathischer machte. Er warf einen skeptischen Blick auf die schier endlosen Reihen mit Aktenordnern und Kartons.

»Da müsste mal jemand Ordnung reinbringen.«

»Wem sagen Sie das! Aber wer sollte das tun? Die Einzige, die sich einigermaßen auskennt, bin ich.«

Madlener sah sie auffordernd an und hob provokativ fragend die Augenbrauen. Frau Gallmann machte instinktiv zwei Schritte zurück und eine abwehrende Armbewegung.

»Wagen Sie nicht, daran auch nur zu denken! Ich habe eine schwere Stauballergie!«

»Ich auch.«

Er blies den Staub von einem Karton.

»Vielleicht wäre das ein Job für meinen neuen Assistenten«, grinste er.

»Sie haben wohl eine sadistische Ader«, grinste sie zurück. »Außerdem ist ihr Azubi eine Assistentin.«

»Herr Thielen sagte was von einem Harry Sowieso.«

»Da hat er etwas durcheinandergebracht. Aber Sie werden sie ja morgen kennenlernen.«

Damit ging sie ein paar Reihen weiter zu einem Tisch, auf dem ein hoher Stapel mit dünnen Aktenordnern lag. Sie packte ihn und drückte ihn Madlener in die Arme.

»Hier. Das sind nur die Vermisstenfälle. Die ungeklärten Fälle sind dahinten.«

Sie sah den schweren Packen in seinen Armen an.

»Aber fürs Erste dürfte das wohl reichen«, fügte sie hinzu.

5

In seinem Hotelzimmer legte Madlener den Packen mit Vermiss-tenfällen erst mal auf dem Bett ab. Frau Gallmann würde sich um die Einrichtung seines Büros kümmern. Er brauchte nicht viel: Schreibtisch, eine Besprechungsecke, ein oder zwei Regale und einen Computer.

So lange, bis er eine passende Wohnung gefunden hatte, würde er im Hotel »Zum silbernen Zeppelin« gleich hinter dem Bus-depot wohnen. Es war nichts Besonderes, ein kleines, einfaches Drei-Sterne-Hotel in einem Hinterhof, aber in Gehweite von der Polizeidirektion und zehn Minuten von der Hafenpromenade entfernt, wo man, wenn man wollte, in Ruhe einen Kaffee trinken und den Touristen nachschauen konnte. Oder auf einer Bank ein-schlafen und dann völlig bedrösel aufwachen. Madlener beschloss, diesen peinlichen Vorfall auf seiner Liste für eigenes unbegreifliches Fehlverhalten einstweilen auf Position fünf einzuordnen.

Er hatte mit der Direktion des Hotels einen Sonderpreis ausge-handelt. Seine Exfrau Marlies fand seine Idee, auf längere Zeit in einem Hotel zu wohnen, absurd. Aber sie hatte auch schon andere Eigenheiten, die er nun mal hatte und sich nicht mehr abgewöhnen wollte, absurd gefunden. Deshalb hatten sie sich auch getrennt. Darüber war Madlener heute noch froh. Vielleicht war genau die Tatsache, dass seine Exfrau einen Daueraufenthalt im Hotel missbilligte, die Antriebsfeder dazu, sich in einem Hotelzimmer einzuquartieren. Das konnte ja sein Seelenklempner herausfinden. Madlener lächelte, als er daran dachte, dass Udo Lindenberg, die deutschsprachige Rocklegende, seit Jahrzehnten in einer Suite des Hotels »Vier Jahreszeiten« in Hamburg logierte, und die Vorstel-lung gefiel ihm, dass er neben der Begeisterung für die Musik noch etwas gemeinsam hatte mit dem unverwüstlichen Lindenberg.

Das Einzige, was er vermisste, war seine CD-Sammlung. Er hatte eine sehr große CD-Sammlung. Einige Dutzend CDs mit klassischer Musik. Und über zweitausend aus den Bereichen Blues, Rock und Jazz. So genau hatte er sie nie gezählt. Bei seiner derzei-tigen Stimmung würde am besten B-52s passen. »Rock Lobster.«

Er arbeitete an einer Liste der hundert besten Rock-Pop-Songs, die ständig, je nach Stimmung, aktualisiert, verworfen und geändert wurde. Einen MP3-Player hatte er nicht. Was technische Neuerungen anging, war er, vorsichtig ausgedrückt, konservativ. Er liebte es, eine CD in die Hand zu nehmen, das war etwas Konkretes. Ein MP3-Player mit vierhundert aufgeladenen Titeln war ihm zu abstrakt, zu imaginär. Manchmal gab es Momente, in denen er seine alte Schallplattensammlung vermisste. Er hatte sie in einem Anfall von Aufräumwut komplett an einen Sammler verkauft. CDs waren einfach praktischer. Und auf Musik konnte er nicht verzichten. Vor allem nicht beim Autofahren. Wenn er allein war. Da drehte er den Lautstärkeregler bis zum Anschlag auf und sang mit. Von seinen Lieblingssongs kannte er jede Textzeile. Das blies das Gehirn durch, wenn die dunklen Wolken auftauchten oder ein Fall ihn buchstäblich Tag und Nacht beschäftigte. Und ihn sogar noch in seinen Träumen verfolgte. Er war einfach nicht der Typ, der, wenn er die Polizeidienststelle nach Feierabend verließ, einen inneren Knopf drehen konnte und auf Freizeit umschaltete. So wie die meisten seiner Kollegen das taten. Er war innerlich immer im Dienst. Bis er einen Täter gefasst, einen Fall gelöst hatte. Vielleicht war es das, was ihn dahin gebracht hatte, wo er jetzt war. Und weswegen er sich einer psychologischen Behandlung unterziehen musste.

Bei seiner zweiten Scheidung, die jetzt auch schon fast fünf Jahre her war, hatte er Marlies fast alles außer seinen Büchern und CDs überlassen. Er mochte sich nicht mit überflüssigem Ballast herumschlagen. Die paar Möbel, die er besaß, waren bei einer Spedition zwischengelagert. Und die CD-Sammlung natürlich auch.

In einer Stunde hatte er einen Termin mit einer aufdringlichen Immobilienmaklerin, aber den sagte er telefonisch ab. Er wollte sich erst mal in Friedrichshafen eingewöhnen, und das konnte er genauso gut in einem Hotel tun. Vielleicht hatte er irgendwann später Lust, in der Altstadt zu wohnen, vielleicht auch irgendwo draußen im Ländlichen, er wusste es noch nicht. Aber es eilte auch nicht mit einer Entscheidung, jedenfalls ihm nicht. Sein ganzes Leben war ständig in Unordnung, da war die Wohnungssuche nicht das vorrangigste Problem.

Im Badezimmer unterzog er seine Lippe einer kurzen Behandlung mit der Herpessalbe und dachte mit Dankbarkeit an Frau Gallmann. So, wie es aussah, hatte er die Salbe gerade noch rechtzeitig vor Ausbruch der akuten Phase zum Einsatz gebracht.

Dann beschloss er, sich die Akten vorzunehmen.

Er legte sich aufs Bett. Die Akten waren chronologisch geordnet, unten befand sich also der am längsten zurückliegende Vermisstenfall. Er zog ihn hervor und las das Datum: 11.9.1951. Er seufzte und legte den Ordner beiseite. Einen Vermisstenfall sechzig Jahre später aufzuklären – auf diese Schnapsidee konnte auch nur jemand wie Kriminaldirektor Thielen kommen. Oder vielleicht war das seine Art, ihm zu zeigen, was er davon hielt, einen übel beleumundeten Hauptkommissar aus Stuttgart vor die Nase gesetzt zu bekommen. Natürlich betraute er Madlener absichtlich mit unlösbaren Fällen, damit er ihn kleinhalten konnte. Madlener schüttelte den Kopf. So leicht ließ er sich nicht unterkriegen. Er griff wahllos zur nächsten Akte und fing an zu lesen.

Sich in die Arbeit zu stürzen war immer die beste Therapie für ihn gewesen. Besser, als sich der Tristesse seines Hotelzimmers bewusst zu werden oder darüber nachzudenken, wie schwer ihm die räumliche Trennung von seinem Sohn immer noch fiel. Oliver war vierzehn und besuchte ein Internat bei Radolfzell. Er hatte seit der Trennung der Eltern bei der Mutter in Stuttgart gewohnt und seinen Vater, der sich eine kleine Zwei-Zimmer-Wohnung genommen hatte, so oft wie möglich besucht. Sie verstanden sich gut, und Madlener tat alles, um mit seinem Sohn wenigstens die Wochenenden und die Hälfte der Ferien zu verbringen.

Natürlich hatte er ein latent schlechtes Gewissen, weil er sich einen Großteil der Schuld daran gab, dass die Ehe mit Marlies, der Mutter Olivers, zerbrochen war. Er sprach manchmal mit Oliver über die Gründe. Aber er wollte ihn nicht damit überfordern. Es war so schon schwierig genug für seinen Sohn, damit fertig zu werden. Auch wenn er so tat, als mache es ihm nichts aus. Und als könnte er die Beweggründe seiner Eltern verstehen, nicht mehr zusammenleben zu können. Doch seine Leistungskurve in der Schule war plötzlich steil nach unten gegangen. Dann war er sitzen geblieben. Und als nach einem halben Jahr Wiederholungsklasse abzusehen war, dass er das Klassenziel wieder nicht erreichen würde, hielten Madlener und seine Exfrau eine Krisensitzung ab. Die Scheidung war jetzt so lange her, dass sie wenigstens über ihren Sohn reden konnten, ohne gleich in gegenseitige Vorwürfe und Schuldzuweisungen abzudriften.

Es fiel Madlener nicht leicht, seiner Exfrau zuzustimmen, die als einzige Lösung für die Schulprobleme ihres Sohnes den Eintritt in ein Internat sah. Oliver war ein intelligenter, aufgeweckter Junge. Aber Playstation und diverse Freunde, die sofort nach Schulschluss auf der Matte standen, hatten nicht unbedingt dazu beigetragen, dass er lernte und seine Hausaufgaben machte. Marlies arbeitete halbtags und konnte sich nicht so um Olivers Schularbeiten kümmern, wie sie es Madlener noch versprochen hatte, als er sie aufgebracht gefragt hatte, warum sie glaube, dass er so viel Unterhalt zahlen sollte.

Nach intensiver Suche fanden sie schließlich das nicht gerade billige Internat bei Radolfzell am Bodensee, in das Oliver nun seit einem halben Jahr ging. Das war einer der Hauptgründe für Madlener gewesen, sich an den Bodensee versetzen zu lassen. So hatte er wenigstens das Gefühl, in der Nähe seines Sohnes zu sein, wenn der ihn mal brauchte. Doch zu Madleners Erstaunen war Oliver, seit er das Internat besuchte, wie ausgewechselt. Er hatte sowieso nie Probleme gehabt, Freunde zu finden oder sich einer neuen Umgebung anzupassen. Und der geregelte Tagesablauf und der regelmäßige Sport im Internat waren genau das, was er brauchte. Madlener war deswegen ein dicker Stein vom Herzen gefallen. Als er seinen Sohn mit Bettzeug und Klamotten zum Internat gefahren hatte und das Zweibettzimmer sah, in dem Oliver von jetzt an wohnen würde, musste er sich regelrecht zusammenreißen, um sich das beklemmende Gefühl, das ihn überkam, nicht anmerken zu lassen. Selten war es ihm so schwer gefallen, sich von seinem Sohn zu trennen.

Madlener schaute von seiner Akte auf und merkte, dass er sich an nichts von dem, was er seit einer halben Stunde gelesen hatte, erinnern konnte. Er rieb sich die Augen und nahm sich die Akte von Neuem vor.

Es ging darin um Markus Fritsch, der Name war ihm ein Begriff. Alleininhaber eines bedeutenden Pharma-Imperiums, der vor über sechs Jahren spurlos verschwunden war. So, als wäre er aus der Welt gefallen. Die Sache begann ihn zu interessieren, und er fing an, sich Notizen zu machen.

Am 9. Juli 2005 war der damals dreiundvierzigjährige Markus Fritsch aus seinem Familiensitz in Horgenzell bei Ravensburg im Morgengrauen in seine Garage gegangen, wo sein Bentley und der Mini seiner Frau standen, war auf sein teures Mountainbike gestiegen, mit dem er, so oft es seine begrenzte Zeit zuließ, seine Touren durch die umliegenden Wälder zu machen pflegte. Das Garagentor ließ er noch herunter, dann fuhr er davon. Ein Nachbar hatte ihm zugewinkt, als er seine Zeitung aus dem Briefkasten holte. Fritsch winkte kurz zurück und ging dann aus dem Sattel, um richtig in die Pedale zu treten und Tempo zu machen. Das war das letzte Mal, dass ihn jemand gesehen hatte. Das Mountainbike tauchte nie mehr auf, genauso wenig wie sein Besitzer.

Soweit Madlener feststellen konnte, wurde nichts ausgelassen, was der Polizei in einem Vermisstenfall an Mitteln und Möglichkeiten zur Verfügung stand. Fritsch hatte immer sehr viel Wert auf sein Privatleben gelegt, er hatte sich, so gut es ging, von der Öffentlichkeit abgeschirmt. Jeder in der Gegend kannte ihn, hatte aber auch Verständnis für seinen zurückgezogenen Lebensstil. Der Mann hatte es mit eigener Hände Arbeit zu etwas gebracht, was im Schwäbischen in höchstem Maße respektiert wurde. Fritsch spendete eine Menge Geld für die Vereine der Umgegend und wohltätige Zwecke. Er schien keine Feinde zu haben und eine glückliche, wenn auch kinderlose Ehe zu führen. Seine ganze Leidenschaft widmete er dem Sport. Rennradfahren, Mountainbiken und Bergtouren, die er stets allein unternahm, waren neben Segeln und Tauchen sein Ausgleich für den beruflichen Stress.

Die nähere und schließlich die weitere Umgebung war mehrmals sorgfältig abgesucht worden. Negativ.

Freunde, Verwandte, Bekannte, Nachbarn, Geschäftspartner wurden befragt. Ergebnislos.

Selbstverständlich war bei einem so wohlhabenden und erfolgreichen Mann von Anfang an eine Entführung in Betracht gezogen worden. Aber als nach einem halben Jahr immer noch keine Lösegeldforderung eingegangen war, wurde die SOKO Fritsch aufgelöst.

Ein inzwischen pensionierter Hauptkommissar Wohlfahrt ging noch monatelang jeder Spur und jedem Hinweis nach. Vergeblich.

Wohlfahrt war sogar im Fernsehen aufgetreten, um in »Aktenzeichen XY« die Öffentlichkeit um sachdienliche Hinweise zu bitten. Umsonst. Die Ermittlungen wurden endgültig eingestellt. Die Familie engagierte daraufhin eine Detektei, aber auch die kam keinen Schritt weiter.

Madlener beschloss, sich eine Landkarte mit großem Maßstab von der Gegend zu besorgen, in der Fritsch verschwunden war. Er legte die Akte beiseite und dachte nach. Eine Minute später war er eingeschlafen.

6

Alles war dunkel.

Escher glaubte, in seinem Kopf Stimmen zu hören. Oder waren sie Realität? Sie waren so undeutlich, verschwommen, nicht zu verstehen. Eine fremde Sprache ...?

Oh Gott – was ist los mit mir? Bin ich in einem schlechten Traum? Warum kann ich nichts sehen? Bin ich blind?

Sosehr er sich auch anstrengte, er sah nichts. Irgendetwas war mit seinen Augen. Er wollte nach seinem Gesicht greifen, aber er konnte seine Arme nicht bewegen. Einen grauenvollen Moment lang glaubte er, gelähmt zu sein.

Sieht so der Tod aus? War's das also?

Ganz allmählich stellten sich seine Sinne wieder ein. Er registrierte, dass er auf dem Rücken lag und weder Arme noch Beine bewegen konnte. Dann wurde ihm klar, dass er gefesselt sein musste. Mit Klebeband.

Er versuchte, um Hilfe zu rufen. Aber sein Mund war ebenfalls zugeklebt. Er brachte nur ein Stöhnen zustande. Versuchte, mit der Zunge das Klebeband wegzudrücken. Es war sinnlos.

Ein Ratsch und jemand zog ihm ohne jede Vorwarnung das Klebeband von den Augen. Ohne Rücksicht darauf, dass Hautfetzen daran hängen blieben. Escher zuckte zusammen und blinzelte ins grelle Licht. Er konnte kaum etwas erkennen. Erst ganz allmählich gewöhnten sich seine Augen an die milchige Helligkeit. Er wollte seinen Oberkörper aufrichten, aber er schaffte es nicht. Er musste auf einer Art Metalltisch liegen. Und zwar nackt. Er spürte die Kälte von Metall auf seiner Haut. Wenn er sich umsah, soweit das möglich war, weil seine Schultern ebenfalls mit Klebeband an die Unterlage fixiert waren, konnte er weiße Kacheln an den Wänden erkennen. Und einen Tisch mit Instrumenten. Instrumente, die aussahen, als würde man sie bei Operationen verwenden: Skalpelle, Klemmen, Knochensägen, Spritzen.

Verdammt – ich liege wie ein Leichnam auf einem Obduktionstisch! Was haben die vor mit mir? Wollen die mich aufschneiden?

Ihm fiel wieder ein, was passiert war. Die Fähre. Die schweigsamen Männer. Einer von ihnen hatte ihn angesprochen. Plötzlich der unerträgliche Schmerz. Und dann – war ihm schwarz geworden vor Augen.

Eine Hand tauchte in seinem Gesichtsfeld auf, sie steckte in einem Latexhandschuh und fühlte an der Halsschlagader seinen Puls. Sosehr Escher auch die Augen verdrehte, er konnte den Mann nicht sehen, zu dem die Hand gehörte. Es war eindeutig ein Mann, den haarigen Unterarmen nach. Mit einem erneuten Ruck wurde ihm von der anderen Seite das Klebeband vom Mund gezogen. Escher fuhr mit der Zunge über seine aufgerissenen Lippen. Er räusperte sich, versuchte zu sprechen. Zu seinem eigenen Erstaunen funktionierte es sogar.

»Wo bin ich? Wer sind Sie?«, sagte seine heisere Stimme, die nicht zu seinem Körper zu gehören schien.

Eine Männerstimme, die ihm vorkam, als wäre sie aus dem Jenseits, antwortete irgendwo hinter seinem Kopf. »Wir sind Ihre Nemesis.«

Escher brauchte eine Weile, bis die Antwort in sein Gehirn sickerte. Dann krächzte er: »Was machen Sie mit mir?«

»Wir lassen Sie büßen, Herr Dr. Escher.« Das Siezen und die respektvolle Anrede troffen vor ätzender Verachtung.

Die Hand hielt ihm ein altes, schwarz-weißes Foto vor die Augen. »Sieh dir das an!«

Instinktiv schloss Escher die Augen. Die Stimme hinter seinem Kopf war leise und ausdrucksstark und wurde eisig vor Kälte.

»Ich habe hier Nadel und Faden. Wenn du deine Augen nicht aufmachst, nähe ich dir deine Lider an der Stirn an!«

Escher schluckte und riss die Augen wieder auf. Er blickte auf das Foto.

Und auf einmal wurde ihm klar, was die bärtigen Männer von der Fähre von ihm wollten. Und er ahnte, was sie mit ihm anstellen würden. Er nahm seine ganzen verbliebenen Kräfte zusammen, wollte sich um jeden Preis von seinen Fesseln befreien, wand sich wie ein Aal und wollte den Mund zu einem gewaltigen Hilferuf aufreißen. Aber in diesem Augenblick wurde er ihm wieder mit Klebeband verschlossen. Die Hand mit dem Foto zog sich zurück.

Erschöpft von der sinnlosen Anstrengung gab Escher seine Versuche, sich loszumachen, nach ein paar Minuten auf. Er musste durch die Nase atmen und bekam kaum noch Luft.

Als er die Einwegspritze sah, deren Kolben von der behaarten Hand so weit nach vorn gedrückt wurde, dass ein paar Tropfen der Injektionsflüssigkeit austraten, versuchte er nicht mehr, sich zu wehren. Er spürte, wie die Nadel in seine Vene in der Armbeuge eindrang. Die Augen traten ihm schier aus den Höhlen. Aber außer einem hilflosen Wimmern brachte er kein Geräusch zustande. Wieder überflutete ihn die Panik. Doch gleich darauf setzte die Wirkung der Droge ein.

Mit ihr kam erneut die Dunkelheit.

7

Kurz nach sechs Uhr am nächsten Tag erwachte Max Madlener in seinem Hotelbett, weil er Hunger hatte. Er stellte zu seinem Missvergnügen fest, dass er gestern in Hemd und Hose neben seinen Akten eingeschlafen sein musste. *Mist, Mist, Doppelmist!* Das war ihm jetzt schon zum zweiten Mal innerhalb kürzester Zeit passiert. Der gestrige Tag musste ihn total ausgelaugt haben. Während er aufstand, wunderte er sich, dass er zwischendurch nicht aufgewacht war. Er konnte seit einem Jahr nur noch schlecht durchschlafen. Und wenn er dann mitten in der Nacht aufschreckte, weil er erneut seinen immer wiederkehrenden Traum geträumt hatte, dann war an Schlaf nicht mehr zu denken, sosehr er sich von einer Seite auf die andere wälzte oder eine Art von Meditation versuchte, indem er sich anstrengte, nur auf seine regelmäßigen Atemzüge zu lauschen und an nichts zu denken. Aber dann fingen seine Gedanken erst recht an, in seinem Gehirn wie eine Kugel im Flipper hin- und herzuspringen. Oft wurde es so schlimm, dass er schließlich aufstand, sich anzog und einen nächtlichen Spaziergang machte.

Er öffnete das Fenster und sah hinaus. Die Aussicht auf das Busdepot war nicht gerade einladend, und er nahm sich vor, nach einem Zimmer zur anderen Seite hin zu fragen. Wenn er noch längere Zeit hier im Hotel logieren musste, würde sich ein kleiner Umzug im Hause lohnen. Er lauschte dem noch spärlichen Verkehr und erinnerte sich daran, dass seine Hose ganz zerknittert war. Er zog sie aus, hob die Matratze seines Bettes hoch und legte die Hose sorgfältig gefaltet darunter, sodass er sie nach einer gründlichen heißen Dusche und einer Rasur wieder anziehen konnte. Schließlich war heute sein erster richtiger Arbeitstag. Irgendwie freute er sich darüber, dass die Zeit seiner Untätigkeit endlich wieder vorbei war.

Unter der Dusche fiel ihm ein, dass er gestern Abend seinen Sohn im Internat hätte anrufen sollen. Das hatte er natürlich verschlafen. Er war einfach ein lausiger Vater, seine Ex hatte mit ihren Vorwürfen schon recht gehabt. Heute würde er das nicht nachholen können, die Handys wurden den Schülern nur zu bestimmten Zeiten ausgehändigt. Er würde Oliver am Abend anrufen, heute würde ihn seine Mutter vom Internat abholen, es waren Schulferien, und Oliver flog mit ihr nach Kreta, um dort zwei Wochen Cluburlaub zu machen.

Er konnte den leicht gereizten und vorwurfsvollen Ton seines Sohnes schon förmlich hören. Wahrscheinlich würde er seinen Vater nach ein paar belanglosen Sätzen mit irgendeiner Ausrede wegdrücken, weil er so enttäuscht war. Und er hatte verdammt noch mal sogar recht, dass er sich über seinen Vater ärgerte. Aber Madlener würde es wieder in Ordnung bringen. Wie, das wusste er noch nicht. Er musste sich etwas einfallen lassen.

Ihr letztes gemeinsames Wochenende war richtig schön gewesen. Er hatte Oliver am Freitagnachmittag mit dem Auto vom Internat abgeholt. Danach waren sie nach Konstanz gefahren, wo sie dem »Sea Life« mit seinen Unterwasserwelten einen Besuch abstatteten. Die Forellen, Saiblinge und Felchen des Süßwasseraquariums waren für einen pubertierenden Vierzehnjährigen natürlich keine besondere Sensation gewesen, aber der Gang unter dem Schiffswrack hindurch und der Anblick der schwerelos im Wasser gleitenden Haie hatten dann doch Olivers Abenteuerlust und Begeisterung geweckt. Nach einem anschließenden Kinobesuch waren sie bei Dunkelheit mit der Fähre nach Meersburg gefahren, wo Madlener seinem Sohn erlaubte, im Fahrgastraum an seinem Bier mitzutrinken, was Oliver sichtlich das stolze Gefühl gab, fast erwachsen zu sein. Als sie endlich in ihrem Hotel in Meersburg ankamen, wo Madlener ein Zimmer gebucht hatte, war Oliver auf der Stelle in seinem Bett eingeschlafen.

Am nächsten Tag machten sie einen Rundgang durch die alte Meersburg und gruselten sich beim Blick hinunter durch das »Angstloch«, durch das man die armen Gefangenen ins mittelalterliche Verlies geworfen hatte. Danach gingen sie an der Seepromenade ein riesiges Eis essen, schauten den Touristen und Schiffen zu und staunten, dass trotz der seit Wochen anhaltenden Sommerhitze noch Schnee auf den Bergspitzen der Alpenkette lag. Den Nachmittag verbrachten sie im Freibad und den Abend auf den speziellen Wunsch seines Sohnes in einer Pizzeria am Schiffsanlegeplatz in Überlingen, wo er eine wagenradgroße Pizza mit allem für sie beide bestellte, die sie bis auf den letzten Krümel verputzten. Daheim im Hotel erinnerte er Oliver sogar daran, dass er seine Mutter kurz anrufen musste, was er auch tat. Dann pokerten sie um Streichhölzer, und Oliver zeigte seinem Vater ein paar Kartentricks, die er von seinen Freunden im Internat abgeschaut hatte.

Als Madlener seinen Sohn am Sonntag wieder zurück ins Internat fuhr, hatten sie zwei wunderbare Tage miteinander verbracht, so harmonisch wie schon lange nicht mehr. Mit Oliver war es jetzt auf einmal möglich, richtig ernsthafte Männergespräche zu führen, aber sie konnten auch hemmungslos albern sein und sich im kühlen Bodensee im Wasser gegenseitig untertauchen, bis sie blau gefroren waren und die Zähne klapperten.

Endlich wurde Madlener bewusst, dass er im Badezimmer unter der Dusche stand und das Duschwasser inzwischen eiskalt geworden war. Schnell stellte er es ab. Immer noch zutiefst verärgert über sich selbst, dass er Oliver nicht angerufen hatte, stieg er aus der Dusche, trocknete sich ab, gab zur Sicherheit noch eine Dosis von Frau Gallmanns Salbe auf seine herpesgefährdete Lippe, zog frische Sachen und seine notgebügelte Hose an und ging hinunter in den Frühstücksraum.

8

Frau Gallmann hatte ganze Arbeit geleistet.

Als Madlener in sein neues Büro kam, war es perfekt eingerichtet. Schreibtisch, Besprechungsecke, Regale, PC. Alles war
an seinem Platz und wartete auf ihn. Frau Gallmann war also
tatsächlich so, wie sie von Anfang an auf ihn gewirkt hatte: die
Tüchtigkeit in Person.

Seinem Schreibtisch gegenüber war ein zweiter aufgestellt worden, hinter dem bereits eine junge Frau mit bleicher Haut und
asymmetrisch geschnittener Kurzhaarfrisur saß, die man nur noch
auf dem Land als modisch ansah. Sie sprang auf, als er hereinkam,
und sah ihn fragend an: »Herr Madlener?«

Als er nickte, streckte sie ihm ihre Hand entgegen.

»Harriet Holtby, Ihre neue Assistentin«, sagte sie.

»Sie sind das«, sagte er. »Kriminaldirektor Thielen sagte etwas
von einem Harry.«

»Da hat er etwas durcheinandergebracht, meine Freunde nennen
mich manchmal so. Aber ich wüsste nicht, dass ich mit dem Herrn
Kriminaldirektor befreundet wäre. Ich bin ihm heute zum ersten
Mal begegnet«, meinte sie leicht irritiert.

»Scheint mir auch so, dass er gerne etwas durcheinanderbringt.
Na dann: willkommen an Bord.«

»Segeln Sie?«, fragte sie ihn.

»Nein«, antwortete er, diesmal selbst leicht irritiert. »Wie kommen Sie darauf? Sehe ich so aus?«

»Nicht unbedingt.«

Madlener fragte sich, wie nach Frau Holtbys Geschmack jemand
aussehen sollte, der gern zur See fuhr. Jedenfalls schien er nicht
diesen Vorstellungen zu entsprechen. Im Übrigen sah sie auch
nicht so aus, wie er sich eine Harriet vorstellte, sie war sogar das
exakte Gegenteil: dunkelhaarig, klein und mit einem Piercing
durch den linken Nasenflügel. Sie hatte lange künstliche Wimpern,
und ihre Augen waren mit einem dicken Kajalstift eingerahmt. Die
überlangen Designernägel waren frisch lackiert und mit kleinen
applizierten Glaskristallen versehen, die ein Muster bildeten und

glitzerten wie Diamantsplitter. So, wie sie sich benahm und aussah, hatte sie nicht viel Sinn für Humor und wahrscheinlich auch noch ein tätowiertes Arschgeweih auf dem verlängerten Rücken, Rang sechs auf seiner Hassliste. Als sie ihn aber mit unverändert erwartungsvollem Blick ansah, schimpfte er sich innerlich einen vorurteilsbeladenen Vollidioten und schaltete auf Geschäftston um.

»Frau Holtby, ich habe auch erst gestern mit meinem Dienst in Friedrichshafen angefangen. Wir haben hier noch keinen konkreten Fall, an dem wir arbeiten. Wenn es so weit ist, lasse ich Sie das wissen. So lange können sie sich mit der Inneneinrichtung und dem Computerzeug beschäftigen.«

»Die Computer sind beide angeschlossen und funktionieren. Ich habe das heute Morgen zusammen mit dem Techniker erledigt.«

»Schön«, seufzte Madlener und ließ sich in seinen Sessel fallen.

»Außerdem haben wir in fünf Minuten ein Status-Meeting«, fügte sie an, als sie sah, dass er sich in die Akte Fritsch vertiefen wollte, die er mitgebracht hatte. Sie sprach das Wort tatsächlich schwäbisch-englisch aus: »Schtatus-Meeting«.

»Ein Status-Meeting? Was für ein Status-Meeting?«, fragte Madlener perplex und legte die Akte wieder weg. Er prägte sich den Ausdruck für seine Liste der überflüssigen und albernen Anglizismen ein. »Status-Meeting« war eindeutig ein Anwärter auf einen der vorderen Plätze, ganz oben war »Come in and find out«, was nur noch von »For you. Vor Ort.« übertroffen wurde, dem »All-time-number-one-Hit for stupidity«, sozusagen.

»Herr Kriminaldirektor Thielen nennt das so. Er hat angeordnet, dass wir uns jeden Dienstag um Punkt neun Uhr im Sitzungsraum der Polizeidirektion mit den Kollegen treffen und den Stand der Dinge austauschen.«

»Stand der Dinge, soso.« Wieder fluchte er innerlich. Fiel ihm nichts Besseres ein, als ständig die Worte seiner Assistentin zu wiederholen wie ein Papagei? Um auf andere Gedanken zu kommen, stand er entschlossen auf. »Sagen Sie – wo haben Sie denn den Kaffee her? Die Kantine hat doch noch zu.« Er deutete auf ihre Kaffeetasse, in der Harriet hingebungsvoll herumrührte.

»Aus der Teeküche«, sagte sie wie selbstverständlich.

»Wir haben eine Teeküche?«, fragte er erstaunt. »Wo?«

»Folgen Sie mir unauffällig«, antwortete sie und hielt einladend die Tür zum Gang auf. Madlener schöpfte neue Hoffnung. Vielleicht war Harriet doch nicht ganz so humorlos, wie er sie zunächst eingeschätzt hatte.

Frisch gestärkt von einem Dreifachen der Normaldosis Koffein, betrat Madlener hinter seiner neuen Assistentin den Besprechungsraum, wo alle schon warteten. Thielen, der Chef, erging sich geschäftig darin, seine Siebensachen penibel vor sich auf dem Tisch zu ordnen, und sah hoch, als sie eintraten.

Er stellte Madlener seinen neuen Kollegen vor. Rechts neben ihm saß Hauptkommissar Binder, ein großgewachsener Mittvierziger mit gestutztem Bart. Sein junger Assistent Götze war Ende zwanzig, trug einen dunklen Anzug mit moderner Krawatte im etwas übertriebenen Piet-Mondrian-Design, seine Haare waren gegelt, und seine Koteletten endeten in einer mörderischen, halbmondförmig geschwungenen Zuspitzung auf Höhe der Mundwinkel. Frau Gallmann war auch schon da, wuselte geschäftig umher und verteilte »Flyer«, wie sie sagte – Madlener kam kaum noch nach mit seiner Stupidity-Anglizismen-Liste –, in denen es um verwaltungstechnisch so wichtige Angelegenheiten wie die rechtzeitige Eingabe und Koordination der Urlaubsanträge ging und um die dringende Aufforderung von Kriminaldirektor Thielen, Überstunden genau abzurechnen und zu begründen und möglichst vorher von ihm genehmigen zu lassen. Madlener seufzte innerlich.

Er und Harriet setzten sich und Madlener sah, dass Frau Gallmann jeden Platz vorsorglich mit Softdrinks, Plätzchen und Kaffeetassen versorgt hatte. Auf dem Tisch standen zwei große Thermoskannen, eine mit Kaffee, eine mit Tee gefüllt, wie Frau Gallmann erläuterte.

Kriminaldirektor Thielen eröffnete die Sitzung mit einer langatmigen Rede, in der die Worte »Prävention«, »Aufklärungsquote« und »Teamwork« wirklich so häufig vorkamen, wie man es Madlener in Stuttgart bereits erzählt hatte. Nach den ersten zwei Sätzen war Madlener schon mit den Gedanken bei seinem Vermisstenfall und ging im Kopf noch mal alles durch, während er so tat, als würde er seinem Chef aufmerksam und mit höchster Konzentration zuhören. Thielen registrierte mit offenkundigem

Wohlwollen, dass Madlener anscheinend Notizen seiner wichtigsten Aussagen machte. Tatsächlich schrieb Madlener eifrig, aber was er zu Papier brachte, war die Top Ten seiner Hassliste, die er aktualisierte, weil er unbedingt Thielens Lieblingswort »Teamwork« noch unterbringen wollte. Während er überlegte, ob Rang neun oder acht dafür der richtige war, erinnerte ihn Thielens eintönige, von einigen künstlichen emotionalen Einschüben geprägte Rede irgendwie an Fidel Castro, der früher, als er noch in Bestform war, stundenlang vor den versammelten Volksmassen in Havanna seine frei vorgetragenen Ansprachen hielt, so quälend lange, bis alle Revolutionäre dermaßen erschöpft waren, dass sie freiwillig den neuen Fünfjahresplan bejubelten und pflichtgemäß den amerikanischen Imperialismus aus ganzem Herzen in Sprechchören und mit geballten Fäusten verdammten, nur um endlich wieder nach Hause zu kommen.

»Was ist denn an meinen Erläuterungen so lustig, Herr Madlener?«, fragte Thielen plötzlich, und Madlener wurde bewusst, dass er beim Gedanken an Castro, Havanna und dicke Cohiba-Zigarren angefangen hatte zu grinsen. Madlener beeilte sich, wieder das nötige Interesse vorzugaukeln, obwohl ihm innerlich nach Lachen zumute war wie einem Fünftklässler, der über einen infantilen Schülerwitz den krampfhaften Drang verspürte, laut loszuprusten. Er musste schleunigst an etwas Ernstes denken, zum Beispiel an seinen abklingenden Herpes.

»Ich kann Ihren Vorschlägen und wie sie in der Praxis umzusetzen sind, inhaltlich nur voll und ganz zustimmen, Herr Kriminaldirektor«, sagte er deshalb todernst, während er blitzschnell seinen seriösesten Gesichtsausdruck aktivierte und froh war, über die seltene Gabe zu verfügen, mit einem Ohr seinem Gegenüber zuzuhören und doch mit den Gedanken ganz woanders sein zu können.

»Na prima«, freute sich Thielen. »Dann mal an die Arbeit.« Als alles aufstand und jeder seinen Kram zusammenpackte, fragte er: »Was machen Ihre Vermisstenfälle, Herr Madlener?«

»Erinnern Sie sich an den Fall Fritsch?«, antwortete Madlener. Er wusste genau, dass Thielen die Vermisstenfälle garantiert nicht parat hatte.

Thielen zögerte, dann setzte seine Erinnerung ein. »War das nicht so ein Manager? Was ist damit?«

Frau Gallmann, das personifizierte Gedächtnis des Polizeipräsidiums, sprang ihrem Chef hilfreich bei. »Der verschwundene Pharmaunternehmer, Juni oder Juli 2005, wenn ich mich nicht irre«, sagte sie.

»Genau der, ja, klar. Haben Sie schon was?«

»Nein. Aber ich arbeite mich ein«, antwortete Madlener süffisant.

»Schön. Tun Sie das. Und … Sie wissen schon …«

»Ich halte Sie regelmäßig auf dem Laufenden«, sagte Madlener noch eine Spur süffisanter und wandte sich zum Gehen.

Madlener sah gerade noch zu seiner Verblüffung, dass Binders Assistent Götze Sneaker im gleichen Piet-Mondrian-Design zu seinem dunklen Anzug trug wie seine Krawatte, als Thielen ihm laut und deutlich nachrief: »Vergessen Sie nicht Ihren Termin, Herr Madlener.«

Er blieb stehen. »Welchen Termin?«

»Beim Psychodoc. Heute Nachmittag, oder, Frau Gallmann?«

»Fünfzehn Uhr. Der Herr Professor hat sich extra für Sie einen Termin freigeschaufelt.«

Madlener sagte innerlich »Touché!« und vermied es, zu zeigen, wie sehr ihn Thielens Hinweis vor dem versammelten Team wurmte.

»Na dann wollen wir den Herrn Professor doch nicht enttäuschen. Ich werde sehen, ob ich mir um fünfzehn Uhr auch etwas freischaufeln kann«, erwiderte er und war schon halb zur Tür hinaus, als ihm Frau Gallmann noch nachrief: »Seiet Sie um Gottes willen pünktlich, Herr Madlener! Wenn der Herr Professor etwas partout nicht leiden kann, dann isch es Unpünktlichkeit!«

Madlener tat so, als habe er den letzten Satz nicht gehört und setzte seiner Assistentin nach.

Er erwischte sie am Aufgang zur Treppe.

»Frau Holtby«, sagte er.

Sie drehte sich um. »Bitte nennen Sie mich Harriet«, erwiderte sie freundlich.

Madlener nickte. »In Ordnung, Harriet. Ich hätte da eine Aufgabe für Sie. Besorgen Sie sich doch eine Karte von der Gegend, in der Fritsch lebte. Mit großem Maßstab. Und stellen Sie mir darauf bitte ein Bewegungsprofil von ihm zusammen. Soweit das nach der Aktenlage geht. Mit seiner Frau spreche ich selbst.«

»Nur den letzten Tag?«

»Nein, die letzte Woche, wenn möglich.«

»Mach ich, Herr Madlener«, sagte sie.

Madlener drehte sich um und ging zum Ausgang. Seine Lippe juckte wieder. Er brauchte dringend einen Klecks von Frau Gallmanns Salbe und frische Luft.

9

Als Escher aufwachte, dröhnte sein Kopf. Es dauerte eine Weile, bis er ganz zu sich gekommen war. Er lag noch immer auf diesem Metalltisch in dem hell gefliesten Raum. Sein ganzer Körper schmerzte, aber er konnte sich keine Erleichterung verschaffen, indem er sich bewegte, weil die Klebestreifen dies verhinderten. Wenn er die Augen verdrehte, konnte er sehen, dass er mit dem linken Arm an eine Infusion angeschlossen war, die mit einem Haken an einem Metallgalgen befestigt war. Aus dem Beutel tropfte alle paar Sekunden eine durchsichtige Flüssigkeit, die in einem Schlauch verschwand, der mit einer Infusionsnadel in seiner linken Vene in der Armbeuge steckte. Die Nadel war offensichtlich perfekt gelegt, er verspürte nicht den geringsten Schmerz.

Sein Mund war völlig ausgetrocknet, seine Lippen aufgeplatzt und spröde. Er fuhr mit seiner Zunge darüber und stellte zu seiner Verblüffung fest, dass er auf dem Mund kein Klebeband mehr hatte.

Wie viel Zeit wohl vergangen war? Zehn Minuten? Zehn Stunden? Zehn Tage?

Wo sind meine Peiniger? Verdammt, irgendwer muss mich doch hören!

»Hilfe!«, krächzte er. Seine Stimme hallte in dem kahlen Raum.

»Hilfe!« Diesmal klang seine Stimme schon lauter.

Er räusperte sich, nahm seine ganze Kraft zusammen und brüllte: »Hilfe!! Hört mich jemand? Hilfe!«

Er lauschte seiner Stimme nach. Aber kein Laut war zu vernehmen. Nur das Summen und regelmäßige Piepsen von Apparaten. Apparate? Er schielte nach unten und bemerkte, dass er Gummistöpsel auf der nackten Brust hatte, deren Drähte mit einer klinischen Apparatur verbunden waren, die er rechts von sich entdeckte.

Auf einem Display erkannte er eine regelmäßige Zickzackkurve und identifizierte nun auch das Geräusch, das von einem Pulsmessgerät stammen musste.

Großer Gott! Die überwachen meine Herzfrequenz und den Puls! Bin ich hier in einer gottverdammten Klinik, oder was?

Er versuchte, sich darauf zu konzentrieren, wie lange er schon hier war. Das Denken fiel ihm schwer. Immer wieder drifteten seine Gedanken ab. Ein paar Stunden? Ein paar Tage? Wie lange war er weggedöst? Was für Drogen hatten sie ihm gegeben? Escher hatte jedes Zeitgefühl verloren.

Die lassen mich glatt vor die Hunde gehen.

Nein, das werden sie nicht. Wenn sie es gewollt hätten, dann hätten sie mich schon längst ins Jenseits befördert. Die haben was vor mit mir. Aber was? Denen macht es Spaß, mit mir zu spielen. Mich zu quälen. Sich an meiner Angst zu weiden. Wie lange treiben sie dieses kranke Spiel noch mit mir?

Er schrie: »Wie lange wollt ihr das mit mir machen? Ich habe Durst! Gebt mir wenigstens was zu trinken!«

Statt einer Antwort ging das Licht aus. Nur die Blinklichter und das Display der Herzfrequenzanzeige verbreiteten ein fahles Leuchten, und mit dem rhythmischen Piepsen vermittelten sie Escher das Gefühl, im verlassenen Kommandoraum eines Raumschiffes zu sein, auf dem unumkehrbaren Weg in ein schwarzes Loch am Ende des Universums.

Gerade wollte er wieder schreien, als es plötzlich »Klick« machte und ein Bild an die weiße Kachelwand vor ihm projiziert wurde. Ganz offensichtlich von einem altmodischen Diaprojektor hinter seinem Kopf, den er nicht sehen konnte. Es war wieder dieses Foto, diesmal so groß, dass die halbe Wand davon eingenommen wurde. Nach ein paar endlosen Sekunden klickte es wieder. Er kannte das Geräusch, als Lehrer hatte er oft im Unterricht den Diaprojektor eingesetzt, auch wenn das schon Lichtjahre her zu sein schien. Er sah das nächste Bild an der Wand. Die Gesichter kamen ihm bekannt vor.

Mein Gott, ich kenne sie.

Er hatte die Gesichter eigentlich schon längst vergessen. Es waren so viele gewesen. Und jetzt holten sie ihn doch noch ein, die Gespenster aus der Vergangenheit.

Wieder wechselte das Dia, wieder und wieder.

Hört denn diese Qual nie mehr auf?

Und als Escher schon glaubte, endlich das letzte Bild vorgeführt bekommen zu haben, ging die Diaschau unerbittlich wieder von vorne los.

Madlener hatte seine tobende Unterlippe erneut mit Zovirax behandelt, war eine halbe Stunde in strammem Tempo spazieren gegangen und hatte dabei den Kopf gelüftet. Auf dem Rückweg kam er an einer Dönerbude vorbei und kaufte sich einen Dürüm, einen Rollkebap mit allem, extra scharf. Davon hatte er jetzt eine Zwiebel-Knoblauch-Fahne, die es ratsam machte, sich ihm nicht weiter als auf zwei Meter zu nähern. Aber Madlener fühlte sich nun wieder so weit gestärkt, dass er sogar Kriminaldirektor Thielen über den Weg laufen konnte, ohne den unwiderstehlichen Drang zu verspüren, ihn sofort niederzuschlagen.

Im Haus der Verkehrspolizei wollte er sich einen doppelten Espresso in der Teeküche holen, wo zu seinem großen Ärger irgendein guter Geist – Verdächtige Nummer eins war Frau Gallmann – die überdimensionierte Kaffeemaschine in den Entkalkungsmodus versetzt und mit einem großen, handgeschriebenen Warnschild versehen hatte, auf dem »Bitte nicht benutzen, solange entkalkt wird!« stand, sodass er sich einen Pulverkaffee machen musste. Zu allem Überfluss war auch noch die Zuckerdose leer, was seine üble Laune nicht gerade verbesserte.

Ganz in Gedanken stürmte er mit der Tasse in der Hand in sein Büro und riss dabei, ohne anzuklopfen, die Tür dermaßen heftig auf, dass die beiden Frauen darin vor Schreck zusammenfuhren und ihn anstarrten wie ein Alien. Die eine Frau war seine Assistentin Harriet, die ihn für seinen ungehobelten Auftritt vorwurfsvoll ansah, die andere war eine grauhaarige Dame im Hosenanzug mit frisch geföhnter Dauerwelle und einem etwas gewagten Hut, wie man ihn vielleicht in Ascot getragen hätte. Sie saß auf dem Besucherstuhl und hielt ihre Handtasche fest umklammert. Harriet stellte Madlener vor.

Die Dame sagte: »Mein Name ist Möller, Sigrun Möller. Ihre Sekretärin hat mir gesagt, dass ich auf Sie warten soll, weil Sie für Vermisstenfälle zuständig sind.«

»Frau Holtby ist nicht meine Sekretärin, sie ist meine Assistentin«, beeilte er sich zu sagen, und erntete einen dankbaren Blick von Harriet. »Wie kann ich Ihnen helfen, Frau Möller?«

»Ich möchte meinen Mann als vermisst melden. Karl Möller. Er ist vierundsechzig und seit über zwei Wochen verschwunden.« Dabei sah sie Madlener so vorwurfsvoll an, als sei er für das Verschwinden ihres Mannes verantwortlich.

Er setzte sich zunächst einmal, nahm einen Schluck von seinem ungezuckerten Kaffee, verbrannte sich dabei prompt die Zunge – *Mist, Mist, Doppelmist!* – und fragte schließlich: »Hat meine Assistentin schon die nötigen Personalien aufgenommen?«

»Ja, hab ich«, sagte Harriet und streckte ihm das ausgefüllte Formular entgegen.

Er nahm es und fragte: »Haben Sie ein Foto Ihres Mannes?«

Frau Möller kramte in ihrer Handtasche und reichte ihm ein Bild. »Das Foto ist ziemlich aktuell. Vor einem Monat aufgenommen.«

Es zeigte einen schlanken, großen Mann mit vollen, dunklen Haaren und einem markanten Leberfleck auf der rechten Stirnseite vor einem Brunnen, den Madlener als den Bodenseereiter-Brunnen in Überlingen identifizierte. Madlener mochte die skurril-frivolen Brunnen des Bildhauers Peter Lenk, die teilweise surreal böse waren und nicht unbedingt dem Geschmack des braven Durchschnittsbürgers oder -touristen entsprachen. Auf dem Brunnen in Überlingen saß, getragen von zwei Flossen dreier grotesk überdehnter Seejungfrauen, deren Figuren und Alter reichlich überzeichnet, aber treffend dargestellt waren, hoch zu Ross eine ziemlich klägliche Reiterfigur, die dem Großdichter Martin Walser frappierend ähnlich sah. Walser, der in Nußdorf bei Überlingen wohnte, soll sich darüber mächtig aufgeregt haben, dachte Madlener amüsiert. Der Macher des Brunnens stritt natürlich jede Absicht, Walser porträtiert zu haben, als böswillige Unterstellung ab, was selbstverständlich genauso eine Eulenspiegelei war wie die Figuren selbst. Auch die freche Imperia in der Konstanzer Hafeneinfahrt war ein Werk dieses eigenwilligen und umstrittenen Künstlers.

Frau Möller brachte Madlener wieder zurück in die banale Wirklichkeit seines spartanischen Büros.

»Mein Mann hasst diesen Brunnen wegen der schrecklichen

Frauenfiguren, aber wir waren mit meiner Schwägerin, die bei uns zu Besuch war, in Überlingen, und sie wollte unbedingt ein Bild vor diesem Brunnen machen.«

»Frau Möller, Sie sagen, Sie vermissen Ihren Mann seit über zwei Wochen. Warum haben Sie so lange gewartet, bis Sie zu uns gekommen sind?«

»Weil mein Mann mit seinem Wohnmobil unterwegs ist. Allein. Karl ist ein leidenschaftlicher Angler. Mir ist das aber zu langweilig. Außerdem will er mich gar nicht dabeihaben. Also geht er, seit er in Pension ist, allein auf Tour.«

»Was machte Ihr Mann beruflich?«

»Er war Lehrer. Für Griechisch, Latein und Musik.«

»Haben Sie Kinder?«

»Nein.«

»Wann haben Sie ihn zurückerwartet?«

»Vor drei Tagen. Er ist am 23. Mai losgefahren. Seither habe ich nichts mehr von ihm gehört.«

»Keine Karte? Kein Anruf? Hat er sich nicht zwischendurch mal bei Ihnen gemeldet?«

»Nein. Das gehört zu unserer Abmachung. Ich war mit meinen Freundinnen unterwegs.«

»Zwei Wochen lang?«

»Ja. Eine Fahrradtour in die Schweiz.«

»Und Sie haben sich keine Sorgen gemacht?«

»Nein. Warum sollte ich? Wir fahren seit Jahren getrennt in Urlaub.«

»Hat Ihr Mann ein Mobiltelefon?«

»Natürlich. Aber nur für Notfälle. Er benutzt es nie. Ich habe ihn sofort auf seinem Handy angerufen, als er nicht zur vereinbarten Zeit daheim war. Aber es ist nicht an.«

Madlener sah Harriet an, die aufmerksam zuhörte. »Haben wir Wagentyp und Nummernschild?«

Harriet nickte. »Ja. Soll ich eine Fahndung rausgeben?«

Er machte eine abwartende Handbewegung und wandte sich wieder an Frau Möller.

»Ist Ihr Mann immer an den gleichen Ort gefahren, hat er einen Stammcampingplatz?«

Sie schüttelte den Kopf. »Nicht dass ich wüsste.«

»Wissen Sie etwas über seine bevorzugten Fischreviere?«

Sie zuckte mit den Schultern. »So gut wie nichts. Ich frage ihn nicht danach, wo und was er angelt. Und er mich nicht, wohin ich meine Fahrradtouren mit meinen Freundinnen mache.«

»Hat Ihr Mann von einem Boot aus geangelt? Auf dem Bodensee?«

»Nein. Soviel ich weiß, immer vom Ufer aus. Am Bodensee und an Seen in der Umgebung.«

»Ist Ihr Mann gesund? Keine Diabetes, Herzschwäche oder etwas in der Art?«

»Karl hat das eine oder andere Wehwehchen. Aber sein Arzt sagt, für sein Alter sei er tadellos in Schuss. Nichts Gravierendes.«

»Glauben Sie, dass Ihr Mann in Bezug auf mögliche Krankheiten ehrlich war zu Ihnen? Oder kann es sein, dass er etwas verschwiegen hat?«

»Wir waren zweimal im Jahr gemeinsam beim Arzt. Zum Durchchecken, wie man so sagt. Es wäre mir nicht entgangen, wenn er doch was gehabt hätte. Wir haben immer unsere Blutwerte verglichen. Er war bei fast jedem Wert im grünen Bereich.«

»Beneidenswert. Frau Möller, ich muss Sie das fragen. Ob Ihr Mann Ihnen etwas verschwiegen hat, bezieht sich nicht nur auf den gesundheitlichen Aspekt, verstehen Sie?«

»Ich bin nicht so naiv, wie Sie vielleicht meinen, Herr Kommissar. Sie wollen wissen, ob er irgendein heimliches Techtelmechtel hatte …«

Er sah ihr gerade in die Augen.

»Hatte er?«

Frau Möller hielt seinem Blick stand und schüttelte entschieden den Kopf.

»Nicht mein Mann. Niemals.«

»Kennen Sie ihn so gut?«

»Hören Sie – ich habe meinen Mann als vermisst gemeldet. Was hat das damit zu tun?«

»Entschuldigen Sie, ich will nicht indiskret sein, aber ich muss diese Fragen stellen. Das wär's dann fürs Erste.«

Er stand auf. Frau Möller erhob sich ebenfalls, leicht verunsichert.

»War das alles? Ich meine – was unternehmen Sie jetzt?«

»Wir werden ihn finden, Frau Möller. Zuerst geben wir eine Fahndung nach dem Wohnwagen raus. Meine Assistentin wird sämtliche Kliniken und Campingplätze der Gegend abfragen. Und wenn Ihr Mann spontan beschlossen hat, in Alaska nach Lachsen zu fischen, werden wir das auch rauskriegen. Ich habe Erfahrung in solchen Dingen. Wahrscheinlich hat er einfach noch ein paar Tage zusätzlich drangehängt.«

»Das würde er nie tun. Er ist immer sehr pünktlich. Nach ihm kann man die Uhr stellen.«

Madlener reichte Frau Möller die Hand. »Wir melden uns. Und ich würde Sie bitten, uns sofort anzurufen, sobald Sie etwas von Ihrem Mann hören. Frau Holtby gibt Ihnen die Nummer.«

»Danke, Herr Kommissar.«

Sie nahm Harriets Visitenkarte entgegen und steckte sie in ihre Handtasche. Dann wollte sie gehen, zögerte aber noch.

»Das Foto«, sagte sie.

»Das brauchen wir noch. Sie kriegen es wieder«, sagte Madlener, wartete, bis Frau Möller hinausgegangen war, und schloss die Tür hinter ihr.

Harriet suchte im Internet schon die Nummern von Krankenhäusern und Campingplätzen heraus und warf ihm nebenbei einen vielsagenden Blick zu.

»Apropos Pünktlichkeit – ich sollte Sie daran erinnern, dass Sie um fünfzehn Uhr einen Termin haben. Bei diesem Dr. Auerbach. Das war vor …«, sie sah kurz auf ihre Uhr, »… exakt zehn Minuten.«

Madlener verzog das Gesicht. Harriet gab ihm schnell Adresse und Wegbeschreibung und bot ihm ohne einen weiteren Kommentar – was Madlener ihr hoch anrechnete – einen Kaugummi aus ihrer privaten Vorratsdose an. Madlener nahm sich einen, steckte ihn in den Mund und machte, dass er mitsamt seiner Zwiebelfahne hinauskam.

11

Selten hatte er einen Menschen getroffen, der sich so ungnädig und herablassend gab wie Dr. Auerbach. Madlener versank in einem unbequemen Designersessel in dessen Behandlungszimmer, nachdem ihn die Sprechstundenhilfe – oder sagte man bei einem Psychiater Empfangsdame? – noch zehn Minuten im Wartezimmer hatte schmoren lassen, bis der Herr Professor endlich Zeit für ihn fand. Vorsorglich entschuldigte sich Madlener für sein Zuspätkommen und murmelte etwas von einer wichtigen Zeugenvernehmung. Tatsächlich musste er mit seinem Dienstwagen in der Altstadt auch noch dreimal um den Block fahren, bis es ihm gelungen war, einen halbwegs legalen Parkplatz zu ergattern.

Dr. Auerbach wartete, ohne ein Wort zu sagen, bis Madlener mit seinen Ausführungen ans Ende kam, und examinierte ihn währenddessen durch Brillengläser, die so dick waren wie der Boden einer Colaflasche. Da Dr. Auerbach zunächst stumm blieb, schweifte Madleners Blick im Behandlungszimmer umher, registrierte die vielen Antiquitäten, die abstrakten Ölgemälde, die wie überdimensionale Rorschachtests aussahen, und die zahlreichen ledernen Bücherrücken. Er nahm an, dass Dr. Auerbach den einschüchternden Eindruck vermitteln wollte, der einzig authentische Lordsiegelbewahrer und Nachfolger von Sigmund Freud zu sein. Dr. Auerbach hatte, ähnlich wie sein großer Kollege, einige prähistorische kleine Steinstatuen und Schnitzwerke primitiver Kulturen auf seinem gewaltigen Schreibtisch stehen. Nur ein Sofa konnte Madlener nirgendwo entdecken. Er fand das irgendwie enttäuschend. Wenn er schon eine Therapie über sich ergehen lassen musste, dann wollte er dies wenigstens stilecht auf einem mit einem Perserteppich bedeckten Sofa tun.

Er richtete seine ganze Aufmerksamkeit wieder auf Dr. Auerbach, der nun geruhte, ihn anzusprechen, indem er sorgfältig seine manikürten Fingerspitzen gegeneinanderdrückte.

»Herr Madlener«, sagte er mit dem ganzen Gewicht seiner fachlichen Autorität, »wir kommen hier nicht aus Jux und Dollerei zusammen.«

Diese Einleitung brachte Madlener zugegebenermaßen aus dem Konzept. Aber weil ihm keine halbwegs originelle Entgegnung einfiel, wartete er lieber ab, was folgen würde. Dr. Auerbach war bestimmt Anfang sechzig und trug keinen weißen Kittel, sondern einen eleganten grauen Anzug mit Weste von Hugo Boss. Und, was Madlener nun wirklich affektiert fand, er zog tatsächlich eine Taschenuhr mit Kette aus der Westentasche, deren Deckel er demonstrativ aufklappte.

»Meine Zeit ist kostbar. Ich habe eine Menge Patienten. Und jeder dieser Patienten hat ein Anrecht auf Behandlung. Dazu ist gegenseitiger Respekt nötig und unabdingbar. Können Sie mir bis dahin folgen, Herr Madlener?«

Madlener sagte vorsichtig: »Ich denke schon.«

»Schön. Diesem gegenseitigen Respekt kann man nur Rechnung tragen, wenn man eine stillschweigende Vereinbarung einhält. Und wie lautet diese Vereinbarung?«

»Sie werden sie mir sicher gleich erläutern, Herr Dr. Auerbach«, sagte Madlener mit geheuchelter Unterwürfigkeit.

Dr. Auerbach klappte den Deckel seiner Taschenuhr wieder zu und steckte sie in seine Westentasche zurück.

»Gerne. Sie lautet: absolute Pünktlichkeit. Sie wollen sich hier bei mir einer Therapie unterziehen, deren Dauer und Erfolg ganz von Ihnen abhängt. Von Ihrem Willen zur Kooperation. Und dafür müssen Sie arbeiten. Ihr unbedingter Wille zur Kooperation wird am besten dadurch dokumentiert, dass Sie regelmäßig zur vereinbarten Zeit und absolut pünktlich kommen. Nicht weil ich es so will, sondern weil es *Ihnen* wichtig sein muss.«

»Ich verstehe Ihren Termindruck, Herr Dr. Auerbach. Aber den habe ich auch.«

Dr. Auerbach beugte sich ein Stück vor und wurde noch eine Spur ernster.

»Herr Madlener, lassen Sie uns jetzt von Anfang an etwas Grundsätzliches feststellen. Kriminaldirektor Thielen, den ich sehr schätze und mit dem ich mich gelegentlich bei gesellschaftlichen Anlässen treffe, hat sich außerordentlich für Sie eingesetzt. Sonst hätte ich Sie nämlich gar nicht erst als Patienten in Erwägung gezogen. Ihnen dürfte klar sein, dass es primär von meiner fachlichen Beurteilung abhängt, ob Sie Ihren Dienst wieder so aufnehmen können, wie Sie sich das vorstellen. Ich habe Ihre Belastbarkeit und Ihre psychische Verfassung zu konstatieren. Und dazu werden wir einige Zeit miteinander verbringen müssen. Sollte ich den Eindruck gewinnen, Ihnen sind diese Sitzungen gleichgültig, so hat das Folgen. Man kann mir nichts vormachen. Ich merke das. In diesem Fall werde ich die Therapie abbrechen, und Sie müssen mit den Konsequenzen allein klarkommen. Ich denke aber, bei Ihren Vorgesetzten wird ein Misserfolg Ihrer Therapie nicht unbedingt auf positive Resonanz stoßen. Verstehen Sie mich?«

»Sie haben sich deutlich genug ausgedrückt«, sagte Madlener scheinbar regungslos.

»Sehr schön«, antwortete Dr. Auerbach und lehnte sich wieder zurück.

Madlener dachte, das sei die indirekte Aufforderung, jetzt endlich davon zu berichten, warum er überhaupt hier gelandet war, und so fing er an zu erzählen: »Ich weiß, ich habe vor einem Jahr einen furchtbaren Fehler gemacht. Ich habe diesen siebzehnjährigen Jungen erschossen, weil es dunkel war, er eine Schusswaffe auf meinen Kollegen richtete und ich nicht sehen konnte, dass es eine durchgebohrte Schreckschusspistole war, aus der nur ein Feuerstoß kam und keine Kugel. Diesen Fehler werde ich nie mehr gutmachen können. Aber wenn Sie mir dabei helfen können, ihn zu verarbeiten, dann werde ich mein Möglichstes tun. Ich hänge an meiner Arbeit, und für ein Frührentnerdasein bin ich noch viel zu jung. Verstehen Sie mich?«

Dr. Auerbach reagierte nicht auf Madleners Frage, sondern stand auf. Madlener kapierte endlich, dass die Audienz beendet war, und erhob sich.

Dr. Auerbach sagte: »Davon können Sie mir das nächste Mal erzählen. Eine Sitzung hat fünfundvierzig Minuten, und die sind gerade abgelaufen. Frau Zettler wird mit Ihnen einen neuen Termin vereinbaren. Auf Wiedersehen, Herr Madlener.«

Er gab Madlener kurz und ohne die Miene zu verziehen die Hand. Sie war unangenehm schwitzig. Irgendwo musste er in der Zwischenzeit auf einen Knopf gedrückt haben, denn wie auf Kommando kam in diesem Moment die elegante Sprechstundenhilfe – oder Empfangsdame? – herein und geleitete Madlener zügig hinaus.

Als Madlener aus der schweren Eichenholztür des neu renovierten Gründerzeithauses in der Altstadt trat, kam er sich vor wie ein dummer Schuljunge, der von seinem Direktor für einen Streich nach allen Regeln der pädagogischen Kunst abgekanzelt und zurechtgestutzt worden war. Er drehte sich um und sah zu den Fenstern der Praxis hoch. Er wusste, dass er die Therapie erfolgreich hinter sich bringen musste. Das war auch der einzige Grund, warum er dem arroganten Affen nicht an die Gurgel gesprungen war. Aber Dr. Auerbach ahnte nicht, wie gut sich Madlener verstellen konnte. Das war eine der Grundvoraussetzungen für den Beruf als Kripo-Ermittler, fand er. Besonders bei Vernehmungen und Verhören konnte diese Eigenschaft außerordentlich nützlich sein. Damit kannte Madlener sich aus. Das war ja schließlich sein ureigenstes Metier. Und eine Psychotherapie war im Prinzip das gleiche wie eine Verhörsituation. Ausfragen und ausgefragt werden. In seinem Fall nur mit vertauschten Rollen.

Madlener war ein Ass in Verhörtechnik. Schon in Stuttgart hatte er einen glänzenden Ruf als ausgebuffter Spezialist und wurde oft von Kollegen gebeten, im Verhörraum dabei zu sein, wenn es darum ging, einem besonders hartnäckigen Verdächtigen die Wahrheit zu entlocken. Madlener hatte ein spezielles Sensorium dafür entwickelt, wann sein Gegenüber log. Er konnte selbst die kleinsten Anzeichen von Nervosität oder Unsicherheit erkennen und deuten. Und dann blitzschnell entscheiden, wo nachgehakt werden musste oder eher Geduld und Einfühlungsvermögen angebracht waren. Diese besondere Eigenschaft würde nützlich sein, wenn dieser Dr. Auerbach seine Psychotrickkiste auspackte. Dr. Auerbach würde ihn schon noch kennenlernen. Aber nur den Teil seiner Psyche und seines Unterbewusstseins, den Madlener ihm zu sehen erlaubte, um wieder voll diensttauglich geschrieben zu werden. Dass er sich wie ein unmündiger Lausbub hatte schurigeln lassen müssen, würde er Dr. Auerbach noch heimzahlen. Irgendwann. Eine kleine Anzahlung darauf hatte er schon hinterlassen.

Er ging zu seinem Auto und freute sich diebisch, dass es ihm gelungen war, seinen Kaugummi, ohne dass es Dr. Auerbach bemerkt hatte, direkt auf dem Kopf einer dieser prähistorischen Statuen zu platzieren.

12

Madlener war überrascht, dass er Harriet noch in ihrem gemeinsamen Büro antraf, wo sie auf dem Boden kniete und emsig mit einer großen Landkarte beschäftigt war. Er war ihr dankbar, dass sie sich nicht danach erkundigte, wie sein Termin bei Dr. Auerbach verlaufen war, und fragte sie, ob sich etwas bei ihren Telefonaten mit den Campingplätzen und Kliniken der Umgebung ergeben hätte.

Sie sagte »Negativ«, und Madlener erkundigte sich nach dem Status der grandiosen Kaffeemaschine in der Teeküche. Konnte man sie inzwischen wieder benutzen? Als sie diese Frage mit »Positiv« beantwortete, bot er ihr an, ihr einen Kaffee mitzubringen, aber sie lehnte dankend ab und erwiderte, dass sie nur Tee trank. Und zwar nicht industriell hergestellten in Teebeuteln, sondern ausschließlich eine handverlesene Sorte aus dem ceylonesischen Hochland zu Fair-Trade-Preisen, bezogen aus einem Dritte-Welt-Laden. Das war ihm noch gar nicht aufgefallen.

Er holte sich einen doppelten Espresso und schaute ihr eine Weile stumm zu, während er genüsslich an seiner Tasse schlürfte.

»Ich nehme an, Sie arbeiten am Fall Fritsch?«

Sie hatte mit verschiedenfarbigen Filzstiften Markierungen und bunte Post-it-Zettelchen auf der Karte angebracht und stand auf, um einen Schluck aus ihrer Teetasse zu nehmen, auf der ihr Name stand.

»Also einfach ist es nicht«, sagte sie. »Für ein komplettes Bewegungsprofil fehlen mir detaillierte Informationen. Die Akten sind in der Beziehung ziemlich dürftig. Aber in groben Zügen sieht es folgendermaßen aus …«

Sie kniete sich wieder nieder und zeigte mit einem Lineal auf die jeweiligen Markierungen.

»Hier ist das Haus Fritsch in Horgenzell. Bis zum Firmensitz in Markdorf sind es ziemlich genau siebzehn Kilometer. Die ist Fritsch – je nach Laune oder Wetter – entweder mit seinem Bike gefahren oder mit seinem Auto. Jeden Werktag um sieben Uhr hin und gegen neunzehn Uhr zurück. Mit dem Auto braucht man für

die einfache Strecke ungefähr fünfzehn Minuten, mit dem Rad –
Fritsch war gut trainiert – vierzig Minuten, würde ich sagen. Die
Strecke, die er mit dem Bike gefahren ist, führt über Nebenstraßen
und ist ziemlich hügelig, aber kaum befahren. Mit dem Auto hat
er laut Zeugenaussagen immer die Bundesstraße genommen. Verschwunden ist er an einem Samstag. Montag bis Freitag hat er in
seinem Büro gearbeitet. Manchmal auch samstags. Am Mittwoch
und Freitag ist er abends nach Büroschluss nicht direkt nach Hause
gekommen, sondern hat laut Aussage seiner Frau mit dem Bike
diese Strecke genommen, die er anscheinend regelmäßig fuhr.«

Sie deutete mit dem Lineal auf eine kleine Straße, die in einem
großen Bogen durch dünn besiedeltes Gebiet führte, ein Moor
durchquerte und ein größeres Waldgebiet, in dem nur eine Einöde,
bestehend aus drei Häusern, aufgezeichnet war.

»Hier bog er dann ab und kehrte wieder auf die Landstraße
zurück, die nach Horgenzell führt. Das sind insgesamt knapp
achtundvierzig Kilometer, für die er exakt eine Stunde und zweiundzwanzig Minuten brauchte.«

»Woher wissen Sie das so genau?«

»Ich habe mit Kommissar Wohlfahrt telefoniert, der den Fall
damals bearbeitet hat. Er hat die ganzen Strecken abgefahren und
in der Garage von Fritsch eine Tabelle gefunden, in die Fritsch
mit Datum genau eingetragen hat, welche Zeiten er gefahren
ist. Fritsch hatte zwei Rundkurse, die er mit Vorliebe für seine
Trainingsfahrten genommen hat, den hier und den grünen.«

Akribisch hatte Harriet die jeweiligen Routen mit verschiedenfarbigen Filzstiften markiert. Jetzt zog sie mit einem dicken
Bleistift zwei Kreise, einen um das Moor, Pfrunger Ried genannt,
einen anderen um eine größere zusammenhängende Waldfläche,
und schraffierte sie grob.

»Diese zwei Gebiete wurden damals von einer Polizeihundert-
schaft abgesucht«, sagte sie.

»Und man hat nichts gefunden.«

»Richtig. Nada.«

Er überlegte. Dann sagte er: »Wir fangen noch mal ganz von
vorne an. Morgen spreche ich mit seiner Frau. Und vorher mit
dem Kollegen Wohlfahrt. Kommen Sie mit?«

»Ich bin dabei!« Sie nickte eifrig.

»Sehr gute Arbeit, Harriet«, sagte er anerkennend und stand auf. »Wie geht es Wohlfahrt? Was hatten Sie für einen Eindruck von ihm?«

»Er war sehr erstaunt, als ich ihm sagte, dass der Fall noch einmal aufgerollt wird. Er hat ihn nie vergessen und rätselt heute noch daran herum. Zeit genug hat er ja, sagte er mir. Als Pensionär.«

»Na ja – ›neu aufgerollt‹ ist vielleicht nicht ganz der richtige Ausdruck. Eher eine schamlose Übertreibung. Es war der reine Zufall, dass ich diesen Fall herausgepickt habe. Kriminaldirektor Thielen hat mir zum Einstand die ungeklärten Vermisstenfälle aufs Auge gedrückt, müssen Sie wissen.«

Im gleichen Augenblick, als er den Satz ausgesprochen hatte, bereute er es. Seiner neuen Assistentin gegenüber, jung und frisch von der Polizeihochschule, sollte er vielleicht etwas zurückhaltender sein, was seine Meinung über Vorgesetzte im Allgemeinen und Kriminaldirektor Thielen im Besonderen anging. Schließlich wusste er nicht, wie loyal sie ihm gegenüber war. Nein, das war falsch. Nach zwei gemeinsamen Arbeitstagen konnte er von so einer jungen Mitarbeiterin noch gar keine Loyalität verlangen. Sie musste erst selbst ihren Stellenwert in der Hierarchie der Kripo Friedrichshafen finden. Jedenfalls schien sie fleißig zu sein und nicht auf den Kopf gefallen. Er seufzte. Man sollte doch nie nach dem ersten äußeren Eindruck urteilen.

»Jetzt machen Sie Feierabend für heute«, sagte er ungewohnt milde. »Wo wohnen Sie denn?«

»In Immenstaad«, sagte sie. »Das ist nicht weit von hier. Darum habe ich mich ja so gefreut, dass ich nach Friedrichshafen versetzt worden bin. Meine Tante vermietet Ferienwohnungen in Immenstaad und hat mir ein Apartment zur Verfügung gestellt.«

»Na dann bis morgen. Die Karte nehme ich mit. Das wird meine Abendlektüre«, sagte er und wollte die riesige Karte auf ihr ursprüngliches Format zusammenfalten, was ihm aber trotz mehrerer Versuche nicht gelang. Immer wieder passten die Falzkanten nicht zusammen.

Harriet nahm sich schließlich der Karte an, hatte sie in null Komma nichts korrekt zusammengelegt und reichte sie ihm: »Voilà!«

Sie mussten beide lächeln.

Praktisch veranlagt war Harriet im Gegensatz zu ihm also auch noch, dachte Madlener. Ab jetzt durfte er sich keine Blöße mehr geben, sonst würde sie ihn bald überhaupt nicht mehr ernst nehmen.

Als er im Hinterhof der Verkehrspolizei in sein Auto stieg, sah er Harriet, wie sie einen Helm aufsetzte und auf einem Motorroller auf die Straße düste. Er fuhr direkt zu seinem Hotel, bestellte in der Küche ein einfaches Käsesandwich und machte es sich in seinem Zimmer gemütlich, wo er die Karte an die Wand pinnte und beim Essen studierte.

Dann nahm er sein Handy und drückte eine eingespeicherte Nummer. Als er sofort durchkam und die Stimme seines Sohnes hörte, schlich sich ein Strahlen in sein Gesicht. Sie führten ein kurzes, aber erfreuliches Gespräch. Oliver war stolz auf sein Zeugnis, keine einzige Vier. Madlener war beeindruckt und sagte ihm auch, wie er sich für ihn freute. Oliver war seinem Vater überhaupt nicht böse, weil der vergessen hatte, ihn am Vortag anzurufen. Er war schon aufgeregt, weil es am nächsten Tag in aller Früh losgehen sollte zum Flughafen und dann nach Kreta. Er musste noch packen, und Madlener wünschte ihm einen schönen Urlaub und versprach, mit ihm demnächst, sobald es sein neu angetretener Job erlaubte, auch in den Urlaub zu fahren, irgendwohin, wo das Meer blau und der Strand weiß war.

Als Madlener auflegte, freute er sich für seinen Sohn und dessen wieder entfachte Begeisterung für schulische Angelegenheiten.

Gerade wollte sich Madlener noch zu einem Spaziergang aufraffen, als sein Hotelzimmer für einen Augenblick taghell von einem Blitz erleuchtet wurde, dem fast im selben Moment ein krachender Donner folgte, der ihn zusammenzucken ließ. Er stellte sich ans Fenster und sah eine Gewitterfront, die schon mitten in der Stadt war. Im selben Moment setzte heftiger Regen ein.

Madlener zog den Vorhang beiseite und öffnete das Fenster. Er beschloss, sich das Unwetter geruhsam vom dritten Stock aus anzuschauen, während wahre Regenkaskaden herunterkamen und es schlagartig finster geworden war. Eine angenehm frische Brise wehte in sein Hotelzimmer, die erste Abkühlung seit Tagen.

Wieder zerriss ein gleißender Blitz den schwarzen Himmel, und fast zeitgleich folgte ein krachender Donnerschlag, der die Fensterscheiben vibrieren ließ. Madlener sah einigen Passanten zu, die vor dem prasselnden Platzregen nach allen Richtungen flohen, und fand es überaus angenehm, dass er im Trockenen war.

Vorsichtig befühlte er seine Lippe. Der Herpes, den er so heftig bekämpft hatte, schien verschwunden zu sein.

13

Leopold Asam und seine Frau Cathy waren erschöpft und freuten sich auf zu Hause. Sie saßen auf dem Rücksitz ihres Taxis und ließen sich zu ihrer Villa in Stetten fahren, einem Ort bei Meersburg. Der zweiwöchige Urlaub in ihrem Zweithaus auf Mallorca war perfekt gewesen, in jeder Hinsicht. Jeden Tag, wenn sie Lust gehabt hatten, konnten sie mit ihrem Segelboot aufs Meer hinausfahren. Wenn sie keine Lust hatten, konnte Leopold Asam, ein erfolgreicher Investmentbanker, am Haus herumwerkeln, eine willkommene körperliche Abwechslung, und seine Frau Cathy kümmerte sich wie immer tagsüber hingebungsvoll um ihren Garten und nachts um ihren Gatten. Obwohl sie schon seit fast zwanzig Jahren zusammen waren, verstanden sie sich noch immer bestens und langweilten sich nie miteinander.

Das Leben hatte es gut mit ihnen gemeint, die zwei Kinder waren aus dem Haus und studierten, und sie waren vermögend und gesund. Außerdem waren sie weit und breit die Einzigen unter ihren Bekannten und Verwandten, die weder zerstritten noch getrennt oder geschieden waren. Cathy sah immer noch aus wie neununddreißig, obwohl sie gut zehn Jahre älter war, was aber nicht nur eine Folge von strenger Diät und regelmäßigem Sport war, sondern auch etlichen kleinen, aber sorgfältigen Korrekturen des bekannten Schönheitschirurgen Dr. Freytag zu verdanken war. Ihm hatte sich auch Leopold Asam anvertraut, der einen stressigen Job hatte und nicht so oft dazu kam zu joggen, wie er sich das gewünscht hätte. Also hatte er sich seine im Lauf der Jahre durch zu viele Geschäftsessen und Sitzungen angelegten Rettungsringe um die Hüfte ebenfalls vor Kurzem durch Dr. Freytag absaugen lassen, sodass er wieder eine anständige Badehosenfigur hatte. Was seiner Frau gefiel, die schon immer Wert auf gewisse Äußerlichkeiten gelegt hatte.

Das Taxi, das sie vom Flugplatz Friedrichshafen hergebracht hatte, hielt vor ihrem Haus. Es war immer noch ungewöhnlich schwül, als sie die Türen des klimatisierten Wagens öffneten, und sie waren rechtschaffen müde, als sie ausstiegen, bezahlten und ihre Koffer in Empfang nahmen. Ihr Flug hatte sich Stunde um Stunde verspätet, weil es irgendwelche Probleme mit der Maschine gegeben hatte. Um sechs Uhr in der Früh waren sie in Alcúdia, im Nordosten der Insel, wo sie ihr Zweithaus hatten, aufgebrochen, und erst jetzt, kurz vor zwanzig Uhr, kramte Leopold Asam seine Schlüssel aus der Tasche, um das große Garagentor zu öffnen, das gleichzeitig der Eingang zu ihrem Haus war.

Die Alarmanlage, die mit der nächsten Polizeistation verbunden war, war nicht aktiviert. Aber das war so mit ihrer Haushälterin abgemacht, die in ihrer Abwesenheit regelmäßig vorbeischaute und bis spätnachmittags auf ihre Rückkehr gewartet hatte, dann jedoch wegfahren musste, weil sie einen wichtigen familiären Termin hatte. Cathy freute sich über die nette Nachricht und den hübsch in einer Vase drapierten Blumenstrauß, den die Haushälterin als Willkommensgruß auf dem Küchentisch hinterlassen hatte, und betrat als Erstes ihren weitläufigen Garten, der wie eine Parklandschaft angelegt war und dessen Juwel ein versteckter Pool war, der von japanischen Bambusbüschen umgeben und von einer Plane bedeckt war, die man mit einer Schlüsselumdrehung auf- oder zufahren lassen konnte. Die Hecken, die das Grundstück umgaben, waren gute zwei Meter hoch und verhinderten, dass irgendjemand einen Blick in den Garten oder auf den Pool werfen konnte. Das ganz Besondere am Pool war, dass er aus Edelstahl war und das Wasser darin metallisch glitzerte.

Aus einer spontanen Eingebung heraus wollte Cathy als erste Handlung nach der Rückkehr die Poolabdeckung öffnen. Sei es, weil sie das Funkeln des Wassers an Mallorca erinnerte, sei es, weil sie nach der anstrengenden Warterei am Flughafen in Palma und dem Rückflug vollkommen durchgeschwitzt war und sich erfrischen wollte – es war bei ihrer Ankunft in Friedrichshafen fast so heiß wie auf Mallorca gewesen, das Thermometer am Haus zeigte knapp dreißig Grad an. Aber hier am Bodensee war es im Gegensatz zur trockenen Luft auf den Balearen schwül wie in einem tropischen Gewächshaus. Am Alpenrand braute sich schon ein heftiges Gewitter zusammen, pechschwarze Wolken schoben sich auf den See zu, aus Richtung Friedrichshafen kam bereits dumpfes Donnergrollen. Es würde nicht mehr lange dauern, bis das Gewitter Stetten erreichte.

Gerade noch Zeit, um ein paar Bahnen im Pool zu schwimmen.

Auf dem Weg zum Schwimmbecken quer durch den Garten zog Cathy nach und nach ihre Fred-Perry-Canvas, ihren Rock, ihre Bluse, BH und Höschen aus und ließ alles einfach ins Gras gleiten. Sie freute sich darauf, gleich ins kühle Nass eintauchen zu können. Sie drehte den Schlüssel, der den ganzen Sommer über steckte, um den Elektromotor anzuschalten, der die Abdeckplane in Bewegung setzte, und stellte sich so an den Beckenrand, dass sie mit einem Kopfsprung sofort ins Wasser springen konnte, sobald die Plane eingerollt war.

Sie schloss erwartungsvoll die Augen und wartete, bis das Geräusch des Elektromotors verstummte. Mit einem eleganten Hechtsprung glitt sie ins Wasser. Der Schwung trug sie bis auf den Grund des Beckens, und als sie unter Wasser die Augen öffnete, um bis zum Beckenrand durchzutauchen, sah sie etwas, das sie so schockierte, dass sie eine böse Portion Wasser schluckte und teilweise in die Lunge bekam. Für einen schrecklichen Moment dachte Cathy, sie würde ertrinken. In der Ecke, dort, wo die Plane aufgerollt war, lag eine aufgedunsene, nackte Leiche. Mit dem Rücken nach oben und mit Hanteln beschwert, die an den Gliedmaßen befestigt waren.

Leopold Asam öffnete gerade die Kühlschranktür, um nach einem kalten Bier zu greifen, als er vom Garten her die markerschütternden Schreie seiner Frau hörte. Sie waren so laut, so verzweifelt, so voller Ekel und Schrecken, dass er keinen Moment zögerte. Die Bierflasche entglitt ihm und zersplitterte auf dem Steinfußboden, während er schon ins Freie lief, wo seine Frau im Pool in wilder Panik mit den Armen um sich schlug und schrie.

14

Madlener träumte. Er war in einer fremden Stadt, seltsamerweise mit seiner ersten Frau, und musste den Weg zum Bahnhof finden. Sie waren zu spät dran, und er lief und lief, und Dr. Auerbach beschimpfte ihn, weil er seine Frau aus den Augen verloren hatte. Wo war sie denn bloß, ausgerechnet jetzt, wo er dringend zum Bahnhof musste? Bei dieser ganzen Sucherei war auch noch sein Gepäck verloren gegangen. Und irgendwo am Bahnhof klingelte ein Telefon. Der Bahnhof sah aus wie die Grand Central Station in New York, obwohl er genau wusste, dass er nur in Europa sein konnte. Das Telefon klingelte laut und aufdringlich. Mit einem typisch altmodischen amerikanischen Klingelton, so wie in Sergio Leones Film »Once Upon a Time in America«, schrill und wie ein dringender Anruf aus dem Jenseits. Vielleicht von Gott persönlich, der ihn ausgerechnet jetzt, zu nachtschlafender Zeit, anrufen musste, was Madlener wütend machte. Was konnte Gott bloß so Wichtiges von ihm wollen, das nicht Zeit hatte bis morgen?

Madlener öffnete die Augen, als ihm endlich klar wurde, dass es sein eigenes Handy auf dem Nachttisch war, das so penetrant klingelte. Er hatte sich den amerikanischen Klingelton von seinem Sohn auf sein Mobiltelefon laden lassen, als er ihn bei Oliver, der ihm ein paar Klingeltöne vorspielte, einmal gehört hatte.

Er sah auf seine Armbanduhr. Kurz vor Mitternacht. Er war also nur für ein paar Minuten eingenickt. Ein Blick auf das Display seines Handys zeigte ihm, dass es doch nicht Gott war, der ihn anrief. Sondern jemand aus der Polizeidirektion, was ihn mit einem Schlag wieder aus seiner diffusen Traumwelt in die Wirklichkeit zurückbrachte.

Er drückte den grünen Knopf und stand von seinem Bett auf.

»Ja, Madlener hier.«

»Der Chef sagt, Sie müsset sofort kommen, Herr Madlener. Es isch ekschtrem dringend! Ein Mordfall, so wie's aussieht.« Unverkennbar Frau Gallmann. »Ich koordinier alles von der Polizeidirektion aus. Der Chef, Ihre Kollegen und die ganze Mannschaft sind schon vor Ort.«

»Vor welchem Ort denn, Frau Gallmann?«, fragte Madlener geduldig.

»Ob's der Tatort isch, wisset mir no net. Ein Toter im Schwimmbecken. Ich geb Ihnen die Adresse.«

Madlener notierte sie und sagte, er würde sich beeilen, dann legte er auf und zog sich an. Seinen beruflichen Neueinstieg am Bodensee hatte er sich friedlicher vorgestellt.

Madlener fuhr zügig, aber er raste nicht. Das Gewitter hatte sich inzwischen ausgetobt und eine klare, nach nassem Hund riechende Nacht hinterlassen. Allerdings waren Regen und Windböen so heftig gewesen, dass auf sämtlichen Straßen abgerissene Äste und Blätter lagen und überall Feuerwehren unterwegs waren, um umgestürzte Bäume abzusägen oder Keller auszupumpen. Es war genau die richtige Stimmung, um »Riders on the Storm« von den Doors in den CD-Player einzulegen.

Er fand die Abfahrt nach Stetten und brauchte nicht lange zu suchen. Blaulichter von mehreren Polizeiautos und Notarztwagen wiesen ihm den Weg. Als er vor der angegebenen Adresse hielt, einer protzigen Villa, und einem Kollegen in Uniform, der ihn weiterwinken wollte, seinen Ausweis präsentierte, sah er auf der Rückseite des Gebäudes einen strahlenden Lichtkegel, der wirkte, als wäre dort ein UFO gelandet. Das mussten die Techniker sein, die schon ihre Scheinwerfer aufgestellt hatten.

Der Zugang zur Villa war durch ein Band abgesperrt, das von zwei Polizisten gesichert wurde. Nachbarn standen neugierig herum und sahen Madlener zu, der in aller Ruhe eine starke Taschenlampe hervorzog, sie auf ihre Funktionstüchtigkeit überprüfte und einsteckte. Dann holte er seine Gummistiefel aus dem Kofferraum. Er war schon an so vielen Tat- und Fundorten von Gewaltverbrechen gewesen, dass er für alle Eventualitäten gewappnet war.

Er trat zu einem der Polizisten am Absperrband und zückte seinen Ausweis.

»Kommissar Madlener, Kripo Friedrichshafen, was ist hier passiert?«, fragte er ihn. Er wollte wissen, was los war, bevor ihn ein aufgedrehter Kriminaldirektor Thielen mit Informationen zumüllte.

Der Polizist hob für ihn das Absperrband hoch und zeigte auf das offene Garagentor, das so breit war, dass bequem zwei Autos nebeneinander Platz hatten.

»Eine männliche Leiche wurde von den Hausbesitzern hier in ihrem Pool gefunden, als sie vom Urlaub heimkamen. Das ist alles, was ich weiß. Hier geht's durch zum Garten.«

»Danke«, sagte Madlener und betrat die Garage, in der ein weißes Mercedes-Cabrio und ein schwarzer Porsche Cayenne standen. Durch eine offene Tür gelangte man in die Vorratskammer, von dort in die Küche, die die Ausmaße einer Restaurantküche hatte. Auf dem Boden lagen die Scherben einer zerbrochenen Flasche. Es stank nach Bier.

Madlener kam in die Wohnhalle, wo sich ein Arzt um eine Frau kümmerte, die schluchzend im Morgenmantel auf dem Sofa saß und von einem Mann getröstet wurde. Offensichtlich die verstörten Hausbesitzer.

Er ging weiter durch eine aufgeschobene Glastür auf die Gartenterrasse, wo ihm Scheinwerfer und das Bild geschäftig werkelnder Techniker in weißen Overalls den Weg zum Pool wiesen. Er war froh, die Gummistiefel anzuhaben, die Spuren vieler Menschen hatten den triefend nassen Rasen teilweise morastig werden lassen.

Madlener stapfte auf das Schwimmbecken zu und sah Kriminaldirektor Thielen, seinen Kollegen Binder und dessen Assistenten Götze, der tatsächlich die Dummheit begangen hatte, seine schicken Piet-Mondrian-Sneaker anzuziehen. Die drei diskutierten miteinander, und Madlener warf zuerst einmal einen Blick in den Pool, der aus Edelstahl war, was Madlener bisher nur in einer Werbeanzeige gesehen hatte. Das Wasser war abgelassen worden, der Pool war an der tiefsten Stelle ungefähr drei Meter tief. Ein Techniker und eine Frau, die nach Ärztin aussah, hockten auf dem Poolboden um den Leichnam herum, machten Fotos und nahmen Proben, die sie eintüteten. Ein Techniker stand am Wasserablauf und hielt einen Beutel hoch, den er Thielen zeigte.

»Herr Kriminaldirektor, sehen Sie mal, was ich da habe!«

Thielen trat an den Beckenrand, registrierte Madlener, grüßte kurz mit der Hand und sagte gleichzeitig zu dem Mann im Becken: »Wir machen hier kein Rätselraten. Sagen Sie schon, was das ist!«

Der Techniker war sofort beleidigt, aber er riss sich zusammen. »Tote Fische. Fünf Stück.«

»Fische? Was für Fische?«, fragte Thielen.

»Keine Ahnung. Bin kein Fischexperte.«

»Geben Sie mal her«, sagte Madlener, kniete sich nieder und nahm den durchsichtigen Plastikbeutel entgegen. Er hielt ihn in das Licht.

»Das sind Bodenseefelchen. Süßwasserfische«, sagte er.

Thielen nahm ihm den Beutel aus der Hand und sah erst Madlener und dann die Fische an.

»Haben Sie Ahnung von Fischen?«, fragte er misstrauisch.

»Nein. Aber ich erkenne, was ich gelegentlich esse. Das ist der häufigste Fisch hier in der Gegend. Steht auf jeder Speisekarte.«

Unwirsch drückte Thielen den Beutel Götze in die Hand und knurrte süffisant: »Schön, dass Sie auch noch gekommen sind, Herr Madlener.«

»So schnell ich konnte, als man mich informiert hat, Herr Kriminaldirektor. Wie ist die Sachlage?«

»Klären Sie Ihren Kollegen mal auf, was Sachlage ist, Götze«, verwies ihn Thielen an Binders Assistenten, der etwas unglücklich mit seinen verdreckten Designerschuhen und dem Asservatenbeutel in der Hand herumstand. Binder und Thielen gingen zur Villa zurück.

Madlener sah Götze aufmunternd an. Der strengte sich an, exakt zu rekapitulieren.

»Um Viertel nach acht ... also ich meine: zwanzig Uhr fünfzehn ... ging in der Leitzentrale ein Anruf von Herrn Asam ein, das ist der Hausherr. Seine Frau hatte im Pool eine Leiche entdeckt. Sie waren zwei Wochen im Urlaub, gerade zurückgekommen, die Frau wollte kurz schwimmen, ließ die Abdeckung zurück, sprang ins Wasser und sah den Leichnam. Die ersten Kollegen kamen so gegen einundzwanzig Uhr dreißig –«

Madlener unterbrach ihn. »Warum hat das so lange gedauert?«

»Wegen des Unwetters. Es gab auf der Bundesstraße einen Riesenstau, ein Unfall. Keiner kam durch. Ein einziges Chaos. Als die Kollegen endlich eintrafen, konnten ihnen Herr und Frau Asam nicht viel sagen. Sie alarmierten die Kripo, und den Rest sehen Sie.«

»Was wissen wir über die Leiche?«

»Bisher nicht viel. Hier …«

Götze reichte ihm einen Fotoapparat und erzählte weiter, während Madlener die Fotos, die Götze gemacht hatte, durchklickte. Bei einer Großaufnahme vom verquollenen Gesicht des Toten stutzte er, sah genauer hin.

»Unbekannter männlicher Leichnam, nackt, ohne irgendwelche Identifikationsmerkmale, Alter zwischen fünfzig und siebzig, an den Gliedmaßen mit Hanteln beschwert, die mit Klebestreifen befestigt sind, liegt seit mindestens zehn Tagen im Wasser, sagt die Frau Doktor.« Götze wies mit dem Kinn auf die Frau im Becken.

»Wie heißt sie?«, fragte Madlener.

»Dr. Herzog.«

Madlener gab ihm den Fotoapparat zurück und beugte sich zu der Frau hinunter, die den Leichnam untersuchte und wie die Techniker einen weißen Overall mit Kapuze trug.

»Frau Dr. Herzog?«, rief er.

Der Kopf unter der Kapuze drehte sich zu ihm hoch.

»Kommissar Madlener, kann ich runterkommen?«

»Wir sind so weit fertig. Die Leiche kann abtransportiert werden. Rufen Sie die Sanis?«, erwiderte sie.

»Machen Sie das«, sagte Madlener zu Götze und stieg am flachen Ende des Pools die Stufen hinunter, während er ein paar Latexhandschuhe aus der Tasche holte. Die Leiche hatte volles Haar, war vom Wasser aufgedunsen und lag jetzt auf dem Rücken. Die abgestreckten Arme und Beine mit den Hanteln boten einen grotesken Anblick. Der Unterleib des Toten war mit einem Tuch bedeckt worden. Madlener ging neben Dr. Herzog in die Hocke.

»Hallo«, sagte er.

Sie wandte ihm ihr Gesicht zu. Frau Dr. Herzog war um die vierzig, schlank und ungeschminkt, und nickte. »Sind Sie neu hier?«

»Versetzt aus Stuttgart. Vor zwei Tagen.«

»Na dann: herzlich willkommen am Bodensee!«, sagte sie nicht ohne einen gewissen Anflug von Sarkasmus.

»Danke. Endlich jemand, der sich über meine Anwesenheit zu freuen scheint«, antwortete er mit dem gleichen Unterton.

»Er kann es nicht mehr«, sagte sie und wies auf den Toten.

»Sichtbare Verletzungen?«, fragte Madlener.

»Auf den ersten Blick nur ein paar Hämatome, mehr nicht. Die Todesursache kann ich Ihnen noch nicht nennen. Ich würde sagen, er ist ertrunken. Aber das ist reine Spekulation. Jedenfalls gibt es keine erkennbaren Spuren äußerer Gewaltanwendung, keine Einschusslöcher oder Platz- beziehungsweise Stichwunden. Mehr dazu erst, wenn ich ihn auf meinem Tisch habe.«

»Darf ich?«, fragte er und zeigte seine Hände mit den Latexhandschuhen.

Frau Dr. Herzog stand auf und trat einen Schritt zurück.

»Bitte. Nur zu.«

Madlener näherte sich dem Gesicht des Toten und strich eine Haarsträhne von der Stirn zurück. Darunter kam ein Muttermal zum Vorschein. Nicht groß, aber markant. Er erhob sich wieder.

»Man sieht sich in der Pathologie«, sagte er zu Frau Dr. Herzog, die ihm zunickte. Als er wieder aus dem Schwimmbecken stieg, kamen bereits zwei Sanitäter mit Trage und Leichensack heran.

Madlener ging die Grundstücksgrenze sorgfältig mit seiner Taschenlampe ab.

Am hintersten Ende fand er etwas, das aussah wie eine kleine Lücke in der ansonsten dichten Thujahecke. Er zwängte sich hinein und entdeckte im Lichtkegel seiner Taschenlampe, dass der Maschendrahtzaun hinter der Hecke glatt durchgeschnitten worden war. Das Loch war gerade groß genug, um durchzukommen. Er zwängte sich hindurch und kam an einer Seitenstraße heraus, die nicht beleuchtet war. Gegenüber gab es keine Nachbarn, nur freies Feld.

Madlener schlüpfte durch die Lücke zurück, holte sich vom Pool einen der Techniker und bat ihn, eventuelle Spuren zu sichern und Fotos zu machen. Dann ging er zum Haus zurück, um seinen Chef zu suchen.

Madlener fand Thielen auf der Terrasse, wo er leise fluchend den erbärmlichen Zustand seiner Lederschuhe beklagte und versuchte, mit einem abgebrochenen Ast den Dreck von seinen Sohlen zu entfernen. Binder war in der Wohnhalle und vernahm noch einmal die Hausbesitzer, während Götze, der sich auf einem Gartenstuhl niedergelassen hatte, Notizen auf seinem Laptop machte und gleichzeitig telefonierte. Kriminaldirektor Thielen wandte sich Madlener zu, der sich in aller Seelenruhe seine Latexhandschuhe auszog und Thielen bei dessen Verrenkungen zusah.

»Ich denke, für heute machen wir Schluss. Morgen früh will ich Sie alle Punkt acht Uhr im Meetingraum sehen. Auch Ihre Assistentin, Herr Madlener. Möglichst mit einer halbwegs schlüssigen Theorie über die ungewöhnliche Auffindungssituation der Leiche. Oder haben Sie jetzt schon eine?«

Madlener knüllte die Latexhandschuhe zusammen und steckte sie ein. »Nein. Eine Meinung dazu bilde ich mir erst, wenn wir alle Fakten auf dem Tisch haben.«

Binder kam auf die Terrasse. »Nichts Neues von den Hauseigentümern. Frau Asam hat einen Schock und vom Notarzt ein Beruhigungsmittel bekommen. Die beiden kennen offenbar den Toten nicht. Die Haushälterin …«

Er blickte seinen Assistenten fragend an, Götze schüttelte den Kopf. »War nicht zu erreichen. Ich hab's mehrfach probiert. Anscheinend übernachtet sie bei Verwandten.«

Thielen fragte: »Was ist mit dem Alibi der Asams?«

»Das Alibi von Herrn und Frau Asam scheint zu stimmen. Ich habe ihre Tickets überprüft und eben mit Frau Gallmann telefoniert. Sie hat den Taxifahrer erreicht, der die Asams vom Flughafen abgeholt und gegen zwanzig Uhr hierhergebracht hat.«

Endlich stellte Thielen seine vergeblichen Bemühungen ein, seine Schuhe wieder sauber zu bekommen, wohl weil er einsah, dass das Herumstochern mit einem Ast seiner Autorität nicht gerade zuträglich war. Er überprüfte den korrekten Sitz seiner Haare über der Glatze und korrigierte ihn. Während er Madlener, Binder und Götze energisch ins Gebet nahm, fuchtelte er mit dem Ast herum wie Karajan vor den Berliner Philharmonikern.

»Dies ist kein alltäglicher Fall, meine Herren. Das sagt mir der Zustand und der Auffindungsort der Leiche und mein Bauchgefühl. Wir müssen alle an einem Strang ziehen. Jetzt ist Kooperation und Teamwork angesagt. Und dazu werden wir unsere Kräfte bündeln müssen.«

Er sah Madlener direkt an und stieß mit dem Ast in seine Richtung, als wolle er ihn aufspießen.

»Das ist auch der Grund, weshalb ich Sie mit Ihrer Erfahrung im Team haben möchte, Herr Madlener, obwohl Sie noch anderweitig beschäftigt sind. Aber dieser Fall hat absolute Priorität. Kein Wort über Details dringt vorerst nach draußen, ich werde selbst die hiesige Presse informieren, sie wird vorläufig nur das Nötigste erfahren.«

Er drehte sich zu Binder um. »Hiermit ernenne ich Sie, Hauptkommissar Binder, zum Leiter der SOKO Pool. Sie alle arbeiten ihm zu. Wir treffen uns bis auf Weiteres jeden Morgen zum Status-Meeting, damit alle ständig auf dem gleichen Wissensstand sind. Kommissar Binder wird die Aufgaben verteilen. Als Erstes müssen wir alle Hebel in Bewegung setzen, um die Identität des Toten herauszufinden. Das wird schwer genug, bisher haben wir nicht den geringsten Anhaltspunkt. Also: Befragung der Nachbarn, ein Zeichner soll ein Bild des Toten anfertigen, das wir an die Presse weitergeben können. Ein Foto der Leiche nach zwei Wochen im Wasser können wir der Öffentlichkeit nicht zumuten.«

Kriminaldirektor Thielen seufzte unter der Last seines Amtes und seiner Verantwortung und warf den Ast ins Gebüsch.

Da hob Madlener die Hand.

»Ja, Herr Madlener«, erteilte ihm der Kriminaldirektor genervt das Wort. »Ist noch was? Ich möchte jetzt nämlich nach Hause und aus meinen nassen Schuhen herauskommen. Wir alle haben eine kurze Nacht und ein paar schwere Tage vor uns. Also?«

Madlener räusperte sich und gab kurz und trocken sein Statement ab: »Der Tote heißt Karl Möller, ist vierundsechzig Jahre alt, pensionierter Lehrer und passionierter Angler, verheiratet, keine Kinder, und wird seit zwei Wochen vermisst. Seine Adresse habe ich in meinem Büro bei der Verkehrspolizei.«

In diesem Moment wünschte Madlener, er hätte die perplexen Gesichter von Thielen, Binder und Götze für die Ewigkeit festhalten können.

15

Madlener hielt eine Krankenschwester an.

»Zur Pathologie?«, fragte er sie.

»Zum Aufzug und dann ins Untergeschoss«, antwortete sie und war auch schon wieder weg.

Madlener bedankte sich ins Leere und sah sich nach seiner Begleitung um. Harriet stand neben Frau Möller und sah klein und blass aus.

Er fragte Frau Möller: »Sind Sie immer noch der Meinung, dass Sie sich das antun wollen?«

Frau Möller nickte entschlossen, sie machte einen überaus gefassten Eindruck. »Ich war vierunddreißig Jahre lang mit Karl verheiratet. Ich denke, er hat einen Anspruch darauf, dass seine Frau ihm einen letzten Gefallen erweist und ihn identifiziert.«

Madlener nickte und ging voraus zum Aufzug. Er drückte auf den Knopf nach unten, und sie warteten stumm. Frau Möller trug ein schwarzes Kostüm und einen Hut mit einem schwarzen Gesichtsschleier. So etwas hatte Madlener zum letzten Mal gesehen, als er ein Kind war und seine Eltern ihn auf die Beerdigung irgendeines Onkels mitgeschleppt hatten.

Harriet fühlte sich sichtlich unwohl in ihrer Haut. Vielleicht auch wegen des stummen Wartens, das schnell unangenehm wurde. Aber dies war nicht der richtige Moment für Konversation.

Als endlich die Aufzugstür mit einem melodischen »Bing!« aufging, traten sie ein und fuhren schweigend abwärts.

Nachdem Madlener die Identität des Toten im Pool aufgedeckt und erklärt hatte, dass Möllers Frau erst einen Tag zuvor ihren Gatten bei ihm als vermisst gemeldet hatte, war allen klar, was das bedeutete: Es würden ereignisreiche Tage folgen. Die Frau des Ermordeten musste benachrichtigt werden, das Foto des Toten, das sich in Madleners Büro befand, musste sobald als möglich veröffentlicht werden, um den letzten Aufenthaltsort von Karl Möller festzustellen, die genaue Todesursache musste schnellstmöglich geklärt und Nachbarn der Asams befragt werden, ob sie in den vergangenen vierzehn Tagen Autos und Aktivitäten hinter dem Grundstück der Asams beobachtet hatten.

Da Madlener Frau Möller schon kannte, beschloss Thielen, dass er sie am frühen Morgen zusammen mit Harriet vom Fund der Leiche ihres Mannes in Kenntnis setzen sollte. Sie verabredeten, dass Madlener und Harriet danach zur allgemeinen Lagebesprechung in der Polizeidirektion stoßen sollten, um eine gemeinsame Strategie festzulegen. Bis dahin sollte sich jeder noch für zwei, drei Stunden aufs Ohr legen. Frau Gallman übernahm es, die verschlafene Harriet von den Ereignissen zu informieren, und bestellte sie in die Polizeidirektion, wo sie um sieben Uhr auf Madlener traf, der kurz ins Hotel gegangen war, um sich eine Mütze voll Schlaf zu genehmigen, wie alle anderen auch.

Sie fuhren mit Madleners Wagen zur Adresse von Frau Möller am Stadtrand von Friedrichshafen. Frau Gallmann hatte sie telefonisch avisiert. In der Bel Étage eines Mehrfamilienhauses, die überkandidelt mit alten Möbeln und viel silbernem und gläsernem Nippes eingerichtet war, trafen sie auf eine gefasste Frau, der Madlener angemessen taktvoll von den Umständen berichtete, unter denen ihr Mann aufgefunden worden war. Er wollte ihr die Identifizierung ihres Gatten ersparen und erklärte ihr, dass man zur Sicherheit eine DNA-Analyse machen werde und er dazu Zahn- und Haarbürste des Verstorbenen brauche. Bevor er nicht endgültige Gewissheit hatte, dass der Tote auch wirklich Karl Möller war, wollte er nicht die üblichen Routinefragen nach möglichen Feinden oder Drohungen stellen.

Aber Frau Möller, die schon ausgehfertig in ihrem schwarzen Kostüm auf sie gewartet hatte, setzte energisch ihren Witwenhut mit dem schwarzen Netzschleier auf, korrigierte den Sitz vor dem Spiegel, fixierte ihn mit einer langen Nadel in ihrem Haar und bestand darauf, mit in die Pathologie zu fahren, um ihren Gatten ein letztes Mal zu sehen. Diesen mit allem Nachdruck vorgebrachten Wunsch musste Madlener akzeptieren, und Harriet informierte das inzwischen vollzählig im Besprechungsraum versammelte SOKO-Team telefonisch über die Verzögerung, bevor sie sich zum Klinikum Friedrichshafen aufmachten.

In der Pathologie begrüßte Madlener Frau Dr. Herzog, dann stellte er sie Frau Möller und Harriet vor. Er hatte Dr. Herzog zuerst kaum erkannt, weil sie ohne Overall und Kapuze und geschminkt zwar übernächtigt, aber ausnehmend hübsch aussah mit ihren vollen dunklen Haaren, die in einer modernen, praktischen Pagenfrisur geschnitten waren.

Sie zog sich gerade ihre Plastikschürze über ihren grünen Arztkittel.

»Haben Sie gar keine Pause gemacht?«, fragte er sie erstaunt.

»Wieso – sehe ich so aus?«, erwiderte sie und ging voraus.

»Nein, nein, natürlich nicht«, stotterte Madlener hilflos, verärgert darüber, dass er manchmal so hoffnungslos hölzern sein konnte, gerade dann, wenn er etwas Nettes sagen wollte.

Dr. Herzog öffnete eine große Metalltür, und sie betraten den weitläufigen, kühlen Obduktionsbereich mit mehreren Metalltischen, von denen zwei belegt waren. Obwohl die Leichname mit einem Tuch bedeckt waren und er schon bei vielen Obduktionen dabei gewesen war, spürte Madlener sofort diese leichte Beklemmung, die ihn immer überkam, sobald er Desinfektionsmittel roch und die Metallwerkzeuge sah. Er warf aus dem Augenwinkel einen kurzen Blick auf seine zwei Begleiterinnen und nahm sich vor, beim geringsten Zeichen eines Schwächeanfalls sofort einzugreifen. Zu oft hatte er schon erlebt, wie selbst gestandene Polizisten vor einer aufgeschnittenen Leiche umgekippt waren.

Dr. Herzog schnappte sich ein Klemmbrett und sah etwas nach, dabei sagte sie so leise, dass nur er es hören konnte: »Ich möchte Sie nachher noch sprechen.«

Er nickte nur, während Dr. Herzog schon zu einem weiter entfernten Tisch ging und Frau Möller anblickte. »Sind Sie so weit, Frau Möller?«, fragte sie leise.

Frau Möller machte ein paar Schritte auf den Tisch zu, atmete einmal tief durch und sagte: »Ja, ich bin so weit.«

Dezent schlug Dr. Herzog das Abdecktuch zurück, sodass man gerade Kopf und Hals des Toten sehen konnte. Madlener beobachtete Frau Möllers Reaktion, während Harriet nur dastand und schluckte. Frau Möller presste sich die rechte, schwarz behandschuhte Hand vor den Mund. Kein Laut kam von ihren Lippen. Sekundenlang starrte sie auf das Gesicht des Toten. Dann ging die

Hand nach unten und sie sagte mit klarer, fester Stimme: »Ja, das ist mein Mann.«

Madlener trat an Frau Möller heran. »Danke, Frau Möller. Meine Assistentin wird Sie jetzt heimfahren, wenn Sie möchten«, sagte er.

»Ja, das wäre nett«, erwiderte sie.

Madlener gab Harriet seine Autoschlüssel. »Ich gehe zu Fuß zum Präsidium. Wir sehen uns dort.«

Er wartete, bis die Tür sich hinter den beiden geschlossen hatte, dann wandte er sich Dr. Herzog zu.

»Wissen Sie schon mehr?«, fragte er sie.

»Ich weiß, wie dringend Sie auf meine Ergebnisse warten. Das hat mir Kriminaldirektor Thielen eindringlich genug deutlich gemacht«, meinte sie mit einem angedeuteten Lächeln.

»Kann ich mir lebhaft vorstellen.«

»Ich stehe erst am Anfang meiner Untersuchungen. Allerdings kann ich eines schon mit Gewissheit sagen: Das Opfer ist ertrunken. Das dürfte Sie bestimmt nicht überraschen.«

Madlener nickte. »Im Pool?«

»Das habe ich mich auch gefragt. Sehen Sie, wenn man ihn lebend in den Pool geworfen hätte, müsste er sich heftig gewehrt haben. Trotz der Hanteln, an die er gefesselt war. Man ertrinkt nicht so einfach. Es gibt aber meiner ersten Inaugenscheinnahme nach keinerlei Abwehrspuren. Also abgebrochene Fingernägel, Schnittwunden, Abschürfungen und Ähnliches.«

»Anzeichen für sexuellen Missbrauch?«

»Nein.«

»War er sediert, als er ertränkt wurde?«

»Es muss noch festgestellt werden, ob er irgendwelche Medikamente oder Drogen im Blut hat. Die Tests laufen. Aber nach meiner Überzeugung war er bereits tot, als man ihn in den Pool geworfen hat.«

»Und woraus schließen Sie das?«, fragte er gespannt.

»Nach der oberflächlichen Untersuchung des Leichnams habe ich als Erstes das Wasser, das in seiner Lunge war, einigen Tests unterzogen. Keine Spuren von Chlor darin.«

Das war wirklich eine aufschlussreiche Entdeckung, fand Madlener. Er fing an, im Obduktionsraum herumzutigern, auf die Art konnte er am besten seine Gedanken in Gang bringen. Mehr zu sich als zu Frau Dr. Herzog sagte er: »Ist es nicht seltsam, dass ihn der oder die Täter – wobei ich von mehreren ausgehe, einer allein kann unmöglich das Opfer getragen haben … Was wiegt er?«

»Zweiundachtzig Kilogramm. Ohne Hanteln.«

Madlener machte weiter. »Also: Ist es nicht seltsam, dass sie ihn mit Hanteln beschweren? Nein, wenn man es unter dem Aspekt sieht, dass sie nicht wollten, dass er zu früh entdeckt wird. Hätten sie sonst nicht die Abdeckplane offen gelassen? Das haben sie aber nicht. Aber warum ausgerechnet Hanteln? Hatten sie nichts anderes zur Hand, um die Leiche zu beschweren, oder bedeutet es etwas?«

Sein Mentor, der verstorbene Kommissar Kroos, hatte immer gepredigt, dass alles am Tat- oder Fundort eine Bedeutung hatte. Selbst, wenn es keine Bedeutung hatte, hatte dies wiederum eine. Madlener hatte lange gebraucht, um das zu verstehen. Aber dann hatte er Kroos' Worte verinnerlicht. Manchmal wünschte er, sein Mentor würde noch leben und er könnte sich mit ihm austauschen. Die Diskussionen mit ihm waren immer äußerst ergiebig gewesen, sie hatten sich gegenseitig so angespornt und in Rage geredet, dass stets etwas Produktives dabei herausgekommen war.

Er blieb stehen und sah Dr. Herzog an. »Entschuldigen Sie, dass ich laut vor mich hindenke, Sie müssen mich ja für bescheuert halten …«

»Nein, nein, machen Sie ruhig weiter. Ich finde es sehr interessant, was Sie sagen. Ich höre Ihnen gerne dabei zu. Es ist mal was anderes. Ihr Kollege Binder, mit dem ich sonst immer zu tun habe, sagt nie ein Wort.«

»Stimmt. Seit ich hier in Friedrichshafen bin, hat er vielleicht zwei Sätze mit mir gewechselt. Wie dem auch sei – die Täter gehen also das Risiko ein, eine schwere nackte Leiche, unter der ständigen Gefahr, entdeckt zu werden, mit irgendeinem Auto durch die Gegend zu kutschieren, sie durch einen Zaun zu schleppen und mit Hanteln beschwert in einen Swimmingpool zu werfen, dessen Abdeckung sie auf- und zufahren lassen. Ganz abgesehen davon, dass sie wissen müssen, dass die Hausbewohner in Urlaub sind und die Haushälterin nicht da ist.«

»Und sie wissen müssen, dass ein Pool im Garten ist«, fügte Dr. Herzog hinzu.

Madlener schüttelte den Kopf. »Das geht heutzutage ganz einfach mit Google Earth«, meinte er. »Zufall oder doch Absicht, das wissen wir noch nicht. Die Kardinalfrage ist: Warum? Warum ertränken sie Karl Möller an einem unbekannten Ort und fahren seine Leiche nach Stetten zum Pool der Asams, um ihn dort ins Wasser zu werfen? Warum dieser gefährliche und mühsame Aufwand?«

Er tigerte wiederum zwischen der Tür und den Obduktionstischen hin und her und blieb dann abrupt stehen.

»Weil es ein Zeichen ist. Ein Hinweis.«

»Ein Zeichen wofür?«, fragte Dr. Herzog.

»*For whom the bell tolls*. Für die, die's angeht«, sagte Madlener. »Irgendjemand weiß, was es bedeutet, wenn in der Zeitung steht, dass Karl Möller in einem Pool gefunden wurde. Irgendjemand weiß dies als Zeichen zu deuten.«

»Und das heißt?«

»Dass die Tat und ihre Ausführung eine Art Warnung ist. Sieh her, so kann's dir gehen. Oder: Pass auf, bald passiert dir dasselbe.«

»Und warum der Pool der Asams?«

»Ich weiß nicht. Wenn es eine Verbindung gibt, und danach werden wir suchen, dann haben wir auch das Motiv. Es kann aber genauso gut sein, dass es willkürlich war, ein Ablenkungsmanöver, um uns zu verwirren. Ich glaube eher an das Zweite.«

»Schulden? Als Warnung an andere säumige Schuldner?«

»Möglich. Aber wofür? Ich war in seiner Wohnung. Das Ehepaar Möller hat eine Mietwohnung. Nichts Außergewöhnliches. Der einzige Luxus scheint das verschwundene Wohnmobil zu sein. Wir werden natürlich die Bankkonten überprüfen, vielleicht finden wir da einen Hinweis. Womöglich —« Sein Handy klingelte. »'tschuldigung.«

Er nahm das Gespräch an, es war Harriet mit der Frage, wo er denn bleibe, alle warteten auf ihn.

»Bin schon unterwegs«, log er kurz angebunden ins Handy und legte auf. Mit einer entschuldigenden Geste wandte er sich an Dr. Herzog. »Es tut mir leid, Ihre kostbare Zeit verschwendet zu haben. Aber Sie haben mir sehr geholfen, Frau Dr. Herzog.«

»Ellen«, sagte sie. »Wir begegnen uns sicher noch öfter.«

Er sah ihr in die Augen. Sie waren braun, changierten aber ins Goldfarbene.

»Ich heiße Max. Freut mich.«

»Mich auch«, sagte sie und gab ihm die Hand. »Leiten Sie die Ermittlungen?«

»Nein. Mein Kollege Binder.«

»Aha«, sagte sie. Mehr nicht. Aber wie sie es sagte, daraus konnte Madlener ohne Weiteres die Schlussfolgerung ziehen, dass sie nicht besonders viel von Binder oder dessen Fähigkeiten oder beidem hielt.

»Ich melde mich sofort, falls ich noch was finde, das Ihnen weiterhelfen kann. Ansonsten haben Sie morgen meinen Bericht auf dem Tisch.«

»Danke«, erwiderte er, lächelte und wandte sich zum Gehen. An der Tür blieb er stehen. »Was die Fische angeht …«

»Welche Fische?«, fragte sie.

»Die fünf Bodenseefelchen, die der Techniker im Pool gefunden hat.«

»Ach so, die meinen Sie. Ich habe sie hier im Gefrierfach.«

»Haben Sie sie schon angesehen?«

»Nein.«

»Kann ich mal?«

»Natürlich«, sagte sie und ging zu einem Gefrierschrank, zog ein Schubfach heraus und reichte ihm den durchsichtigen Beutel. Er betrachtete ihn und gab ihn ihr zurück.

»Können Sie erkennen, ob die Fische geangelt oder gefischt wurden?«, fragte er sie.

Sie zog Latexhandschuhe an, nahm einen Fisch heraus, ging damit zu einem Labortisch und untersuchte ihn mithilfe einer Lupe. Das Gleiche tat sie mit einem zweiten Fisch. »Sieht so aus, als hätten sie keinen Haken im Maul gehabt. Sind wohl gefischt worden. Wahrscheinlich aus einer Zucht.«

Madlener hob den Beutel mit den restlichen drei Fischen hoch.

»Ob sie wohl schon verendet waren, als sie in den Pool geworfen worden sind?«

»Ist das wichtig?«, wollte sie wissen.

»Eigentlich nicht. Wie lange, denken Sie, überlebt ein Fisch im Chlorwasser?«

»Nun, ich bin kein Tierarzt. Aber ich würde sagen: keine fünf Minuten.«

»Ich schicke Ihnen einen Techniker vorbei. Es ist äußerst unwahrscheinlich, aber vielleicht findet sich auf den Fischen doch eine verwertbare Spur. Danke. Ich rufe Sie an.«

Jetzt hatte er es eilig und verschwand.

Nachdenklich steckte Dr. Ellen Herzog die Fische wieder in den Beutel, legte ihn zurück ins Gefrierfach, pulte sich die Latexhandschuhe von den Händen, warf sie in den Eimer, zog sich neue an und machte sich wieder an die Arbeit.

16

Madlener nahm zwei Stufen auf einmal, als er die Treppe zum Besprechungsraum hocheilte. Ihm war klar, dass er zu spät dran war, er verzichtete deshalb darauf, der Kantine einen kurzen Besuch abzustatten, in der Hoffnung, die tüchtige Frau Gallmann würde schon für genügend heiße und koffeinhaltige Getränke gesorgt haben, klopfte an die Tür des Besprechungsraums und riss sie, wie es seine schlechte Angewohnheit war, gleichzeitig auf, sodass sich ihm wie immer überraschte Gesichter zuwandten. Er nickte kurz und murmelte eine Entschuldigung, bevor er sich auf den freien Platz neben seine Assistentin setzte.

Die Tische waren U-förmig um ein überdimensionales Flipchart aufgestellt, auf dem Götze den Grundriss des Asam-Anwesens skizziert hatte. Daneben waren Fotos vom Fundort der Leiche und des Opfers aufgepinnt, groß war mit Filzstift »SOKO Pool« darüber geschrieben, dann kamen die Daten von Karl Möller.

Schön, dachte Madlener. Das ist momentan alles, was wir haben. Der Rest ist ein einziges Rätsel.

Kommissar Binder zeichnete eben auf dem Grundriss die Lücke im Zaun ein, die Madlener entdeckt hatte, und Thielen ließ sich von Frau Gallmann, die tatsächlich alle Plätze mit Thermoskannen, Softdrinks, Zucker und Gebäck versorgt hatte, Kaffee einschenken. Was Madlener schamlos ausnutzte, indem er ihr gleich seine leere Tasse hinhielt, die auch prompt gefüllt wurde.

»Bitte machen Sie weiter, Herr Kollege, lassen Sie sich von mir nicht stören«, sagte Madlener zu Binder und gab großzügig Zucker in seinen Kaffee.

Binder referierte: »Ich habe eben zusammengefasst, was wir wissen. Gibt es schon etwas Relevantes aus der Pathologie? Frau Holtby hat uns bereits darüber informiert, dass Frau Möller ihren Gatten zweifelsfrei identifiziert hat.«

»Das hat sie, ja. Eine starke Persönlichkeit. Sie hat sich außerordentlich gut im Griff. Oder ihr ist es gleichgültig. Ich bin mir da noch nicht sicher. Frau Dr. Herzog hat mir ohne Gewähr vorab mitgeteilt, dass die Todesursache Ertrinken war. Aber er ist nicht im Pool ertrunken.«

Thielen unterbrach ihn sofort. »Nicht im Pool? Wo dann?«

Da natürlich niemand eine Antwort auf diese Frage hatte, schwieg die ganze Runde.

Thielen schüttelte den Kopf. »Dieser Mord wird immer mysteriöser, wenn Sie mich fragen. Wann kriegen wir was Konkretes von der Obduktion zu hören?«, fragte er Madlener.

»Nicht vor morgen früh.«

»Hätten Sie nicht ein wenig Druck machen können?«

»Ich denke, die Frau Doktor tut ihr Möglichstes.«

Thielen nahm das stumm zur Kenntnis. Er seufzte hingebungsvoll und tastete nach seinen Haaren.

»Bevor wir besprechen, wer welche Aufgaben übernimmt, will ich eine grundsätzliche Frage in den Raum stellen. Ich weiß, für Theorien ist es in diesem Stadium noch zu früh. Aber kann mir vielleicht jemand sagen, von mir aus auch rein spekulativ, was das Motiv dieses Mordes sein könnte? Oder was diese verdammten Fische sollen? Binder, vielleicht können Sie rauskriegen, ob das Opfer irgendwelche Verbindungen nach Italien hatte. So was mit toten Tieren macht doch höchstens die Mafia.«

Götze meldete sich schüchtern zu Wort.

»Aber dann sind es Vögel, Herr Kriminaldirektor, die man dem Toten in den Mund steckt oder auf die Brust legt. Und das auch nur, wenn der Ermordete als Informant oder V-Mann bei der Polizei gilt. Oder jemanden verpfiffen hat. Ich habe im Internet recherchiert. Auch auf der FBI-Website. Einen Fall mit toten Fischen am Tat- oder Fundort gibt es nicht. Nicht in Italien und nicht einmal in den USA.«

Götze hatte andere Sneaker an, diesmal waren sie schwarz-weiß kariert. Thielen wandte sich an Madlener.

»Haben wir einen perversen Mörder? Einen Racheakt? Ein zufälliges Opfer? Oder wurde es gezielt ausgesucht? Was glauben Sie, Herr Madlener? Kommen Sie, immer heraus damit, und wenn's noch so absurd ist. Sie haben in der Großstadt gearbeitet, Ihnen wird doch schon manch seltsamer Mord untergekommen sein. Ich habe in zehn Minuten Pressekonferenz und muss den Journalisten ein wenig Futter geben. Also?«

Madlener fühlte sich unwohl. Sie wussten noch viel zu wenig. »Ich habe noch keine Theorie, was ein mögliches Tatmotiv betrifft. Wir sollten erst einmal unsere Hausaufgaben machen, bevor wir den Fehler machen, falschen Vermutungen und Spekulationen nachzugehen und uns in einer Sackgasse wiederfinden. Nur so viel: Das Opfer wurde zielgerichtet ausgesucht und auf eine ganz bestimmte Art und Weise hingerichtet. Grausam, ohne Gnade. Nicht impulsiv, sondern eiskalt und geplant. Dass das Opfer nackt war – und laut Frau Dr. Herzog liegt kein Sexualdelikt vor –, bedeutet etwas. Die Täter wollten, dass das Opfer in einem entwürdigenden Zustand aufgefunden wird. Das sieht nach Rache aus. Wofür, das wissen wir natürlich noch nicht. Die Fische bedeuten ebenfalls etwas. Wir wissen aber noch nicht, was. Meiner Meinung nach ist alles zusammen – die Tatsache, dass das Opfer unbekleidet war, die Fische, die Anzahl der Fische – ein Zeichen für irgendjemanden. Warum sollten sich die Täter sonst so eine Mühe geben, den Mord so aufwendig zu gestalten, ja: zu inszenieren? Fische besorgen – auf welche Art auch immer –, um sie bei der Leiche quasi als Beigabe zu deponieren?«

»Das Opfer war passionierter Angler«, warf Harriet ein.

»Ja, vielleicht hat das damit zu tun«, sagte Madlener.

Thielen schüttelte den Kopf und strich seine Haare glatt. »Ein Konkurrent vom Wettangeln? Eifersucht auf den größeren Fisch? Ach kommen Sie, Madlener, das ist doch arg weit hergeholt.«

»Sie wollten in diesem frühen Stadium meine Meinung«, antwortete Madlener achselzuckend.

»Seien Sie nicht so empfindlich. Machen Sie weiter!«, forderte Thielen ihn auf.

Madlener fuhr fort: »Fische und Nacktheit sind also ein Zeichen. Und derjenige, den es angeht, wird es verstehen. Es wäre also gut, wenn wir diese elementaren Details – Nacktheit und Fische – für uns behalten und einstweilen nicht weitergeben würden.«

Binder gab ihm recht. »Das ist eindeutig Täterwissen.«

»Nicht nur«, stellte Madlener fest. »Es könnte auch dazu dienen, jemanden aus der Reserve zu locken.«

»Sie meinen – das war eventuell nicht der letzte Mord?«, fragte Thielen irritiert.

»Eventuell. Ich weiß es nicht. Aber gut möglich«, antwortete Madlener.

Eine unangenehme Pause entstand.

Madlener fügte noch etwas hinzu: »Wir haben es meiner Meinung nach mit extrem gerissenen und gefährlichen Tätern zu tun.«

Thielen fragte: »Woher wollen Sie das wissen?«

Madlener seufzte. »Die Leiche wurde in entwürdigendem Zustand aufgefunden. Die Kleidung war absichtlich entfernt worden. Je degradierender die Ablagehaltung des Opfers, desto intelligenter der Täter. Ergo: desto schwieriger wird es, ihn oder sie zu fassen.«

Das leuchtete anscheinend allen ein, machte ihre Aufgabe aber nicht einfacher.

Thielen zog die Aufmerksamkeit wieder auf sich, indem er sich vernehmlich räusperte. »Herr Madlener, ich beauftrage Sie hiermit, ein vorläufiges Täterprofil zu erstellen. Ich weiß, für eine fundierte Arbeit haben wir noch zu wenig, aber tun Sie, was Sie können.«

Madlener nickte.

Mit einer Geste übergab Thielen wieder an Binder, der aufstand. »Absolute Priorität hat das Auffinden des Wohnmobils. Frau Holtby kümmert sich darum. Herr Götze versucht, Herkunft, Verkaufsstellen et cetera der Hanteln und des Klebebands herauszubekommen. Gibt es Fingerabdrücke auf den Hanteln?«, wandte er sich an Götze.

»Die Techniker sagen Nein«, antwortete Götze.

Binder fuhr fort: »Sobald wir das Wohnmobil aufgespürt haben, werden wir ein Bewegungsprofil des Opfers erstellen, vorher können wir in der Hinsicht nicht viel tun. Wenn wir Glück haben, melden sich Zeugen, die das Opfer noch lebend gesehen haben. Das Foto von Karl Möller ist morgen in jeder Zeitung. Ich werde mich um die Asams kümmern, ein paar Kollegen werden Nachbarn befragen. Sie, Herr Madlener, könnten Frau Möller vernehmen, vielleicht ist sie ja jetzt in der Lage, uns Auskünfte zu erteilen darüber, ob ihr Mann Feinde hatte oder bedroht wurde. Wenn sich etwas ergibt, bitte bei Frau Gallmann melden. Sie ist unsere Anlaufstelle, wird alle Informationen und Berichte sammeln und gegebenenfalls wichtige Neuigkeiten an alle weiterleiten. Ansonsten treffen wir uns morgen wieder zur gewohnten Zeit. Ich denke, das ist im Augenblick alles.«

Als Madlener den Besprechungsraum verließ, wartete Thielen auf ihn.

»Was ich Sie noch fragen wollte, Herr Madlener – wie war eigentlich Ihr erster Besuch bei Dr. Auerbach?«

Madlener hatte eine Thermoskanne mit Kaffee in der Rechten und wenig Lust auf eine Beichte.

»Gut, sehr gut«, sagte er unverbindlich und machte sich auf den weiten Weg in sein Büro.

Dort telefonierte Harriet die Liste der Campingplätze weiterhin nach dem gesuchten Wohnmobil von Möller ab. Madlener wartete, bis sich eine Pause ergab.

»Harriet«, sagte er, »ich brauche Sie heute Nachmittag. Sie begleiten mich zu Frau Möller. Ich möchte jemanden dabeihaben, vielleicht fällt Ihnen ja das eine oder andere auf.«

Harriet nickte und machte weiter.

Madlener rief Frau Möller an und verabredete für den Nachmittag einen Termin. Mehr konnte er im Augenblick nicht tun, die Aufgaben waren klar verteilt, und er hatte nicht vor, Binder in seiner Kompetenz zu beschädigen, indem er auf eigene Faust etwas unternahm. Wenn Kriminaldirektor Thielen Binder mit der Leitung der Untersuchung im Fall Möller beauftragte, dann sollte Binder auch die Verantwortung dafür haben.

Bei der Besprechung war Madlener von Thielen ein wenig aus der Reserve gelockt worden, als er sich dessen abstruse Mafia-Theorie anhören musste. So etwas konnte er einfach nicht im Raum stehen lassen, deshalb hatte er seine noch unausgegorene Theorie früher erläutert, als er das sonst tat, nämlich bevor sie hieb- und stichfest war. Er nahm sich vor, nicht wieder zu viel und vor allem zu früh etwas von seinen Gedankengängen preiszugeben. Für ein Täterprofil brauchte man mehr Fakten und mehr Zeit, dazu musste er erst alle bekannten Tatsachen in sein Gehirn einsickern lassen.

Madlener beschloss, bis zur Vernehmung von Frau Möller seinem pensionierten Kollegen Kommissar Wohlfahrt einen Besuch abzustatten. Vielleicht kam er im Fall des vermissten Pharmaunternehmers Fritsch einen kleinen Schritt weiter. Dazu hatte er noch nicht einmal den Ansatz einer Theorie.

17

Madlener hatte zwar ein nachträglich angebrachtes Navigations-
gerät in seinem Dienstwagen, einem mausgrauen, zehn Jahre alten
5er BMW, dem jeder einschlägig vorbestrafte Missetäter auf einen
Kilometer gegen den Wind ansah, dass ihn nur ein Zivilbulle fahren
konnte, aber er vertraute keiner künstlichen Stimme, die ihm sagte,
wohin er lenken sollte. Er hatte von Leuten gelesen, die stur die
Richtung einschlugen, die das Navi vorgab, auch wenn sie statt
auf der gesuchten Straße geradewegs im Bodensee landeten. Er
überlegte, welchen Rang auf seiner Hassliste das Navi einnahm
und stellte fest, dass es auf Platz sieben war, das fand er angemessen.

Er hatte es prinzipiell nicht gern, wenn man ihm vorschrieb,
was er tun und lassen sollte. Manchmal machte er deshalb genau
das Gegenteil, einfach grundsätzlich, obwohl es kindisch und bisweilen sogar kontraproduktiv war. Das hatte ihm im Kindergarten
Hiebe, in der Schule den Unwillen der Lehrer, an der Polizeischule
den Unmut seiner Übungsleiter und schließlich in seiner ersten
Dienststelle die Abmahnung seines Vorgesetzten eingebracht.

»Wider den Stachel löcken« hatte das sein Pfarrer bei der
Konfirmation genannt, und das war bis heute ein Lieblingsaus-
druck Madleners. Jedes Mal, wenn er daran dachte, musste er
unwillkürlich grinsen und dankte Martin Luther für diese schöne
altmodische Redewendung, die sein Innerstes so treffend beschrieb. Ob Dr. Auerbach das herausbekommen würde als die
Quintessenz des Madlener'schen Charakters? Madlener bezweifelte
es. Aber mit Dr. Auerbach hatte er sowieso noch ein Hühnchen
zu rupfen. Zu gegebener Zeit.

Dass Binder der Leiter der SOKO war und nicht er, machte ihm
nichts aus, besser gesagt: Es war ihm egal. Er würde so vorgehen
wie immer, seiner Intuition und Deduktion folgen und tun, was
er für richtig hielt. Solange ihm Binder nicht blöd kam und ihn
an der langen Leine ließ, würden sie bestens zusammenarbeiten.

Er hatte etwas Ruhiges, »Chilliges«, wie sein Sohn sagen würde,
im CD-Player, »Café del Mar«. Das erinnerte ihn an den zweiwö-

chigen Sommerurlaub letztes Jahr mit seinem Sohn auf Mallorca, daran dachte er mit leiser Wehmut, weil er so schön und harmonisch verlaufen war.

Madlener fuhr langsam eine gepflegte Reihenhaussiedlung ab und suchte die richtige Hausnummer. Es war ein Reiheneckhaus, frisch gestrichen, mit Jägerzaun und kleinem Vorgarten. Er hatte beim Einparken schon gesehen, dass ein älterer Mann mit schlohweißen Haaren und Strohhut auf der Rückseite des Hauses im Garten zugange war. Also klingelte er gar nicht erst, nachdem er sich vergewissert hatte, dass der Name »Wohlfahrt« auf dem Klingelschild stand, sondern umrundete das Haus, wo der Mann die handtuchgroße Rasenfläche mit einem Spindelrasenmäher bearbeitete, der wohl noch aus den siebziger Jahren stammte. Ein Kirschbaum trug schon erste Früchte, er war mit einem Netz vor der Gier der Vögel geschützt.

Madlener sagte »Hallo«, und der alte Herr drehte sich um. Als er Madlener sah, hellte sich sein Gesicht sofort auf. Wohlfahrt war Mitte siebzig, klein, aber zäh, und kam sofort auf Madlener zu, die Hand zum Gruß ausgestreckt.

»Sie sind der Neue in meinem alten Revier, nehme ich an«, sagte er freundlich, und Madlener schüttelte ihm die Hand.

»Madlener«, stellte er sich vor. »Herr Wohlfahrt?«

»Derselbe«, antwortete Wohlfahrt schelmisch. »Was kann ich für Sie tun?«

»Ich hätte ein paar Fragen«, sagte Madlener.

Wohlfahrt nahm Madlener am Ärmel und zog ihn sanft, aber bestimmt zur Terrasse. »Sie kommen genau zur rechten Zeit. Ich wollte sowieso eine Pause machen. Leisten Sie mir Gesellschaft. Kaffee, Wasser oder etwas Stärkeres?«

»Kaffee wäre schön«, sagte Madlener und ließ sich auf einen Gartenstuhl bugsieren.

»Kommt sofort!«, sagte Wohlfahrt und eilte durch die offene Terrassentür ins Wohnzimmer. Durch die Stores der breiten Glasfront sah Madlener schemenhaft eine alte Frau im Rollstuhl sitzen, die mit leerem Blick vor sich hin döste. Wohlfahrt beugte sich zu ihr hinunter, sagte ihr etwas ins Ohr, arrangierte liebevoll ihr Kopfkissen neu und verschwand in der Küche.

Madleners Handy vibrierte, es war eine SMS von Harriet, die anfragte, ob sie um sechzehn Uhr direkt zu Frau Möller kommen sollte. Madlener bejahte. Da erschien auch schon Wohlfahrt, in den Händen ein Tablett mit einer Kanne, Tassen, Tellern und einem Kuchen. Er schob Madlener ein großes Stück auf den Teller.

»Rhabarberkuchen. Den müssen Sie probieren. Selbst gebacken«, sagte er nicht ohne Stolz.

»Von Ihrer Frau?«, rutschte es Madlener heraus. Im selben Augenblick hätte er sich am liebsten auf die Zunge gebissen.

»Nein«, sagte Wohlfahrt betont neutral. »Meine Frau sitzt seit einem Schlaganfall im Rollstuhl. Sie kann nichts mehr machen außer schlafen.«

»Tut mir leid, entschuldigen Sie. Das war taktlos von mir«, sagte Madlener betreten.

Wohlfahrt schüttelte den Kopf. »Das konnten Sie ja nicht wissen. Außerdem ist es eben so.«

Madlener sah den Ernst und die Traurigkeit in Wohlfahrts Augen und mochte ihn dafür. Er erinnerte ihn an seinen alten Mentor in Stuttgart, Kommissar Kroos, von dem er so viel gelernt hatte.

»Was macht der neue Fall?«, erkundigte sich Wohlfahrt. »Keine Bange, ich weiß nicht viel, nur Kantinentratsch, aber ich interessiere mich nach wie vor für unsere Arbeit.«

»Nichts Neues.« Madlener zuckte mit den Schultern.

»Dachte ich mir«, sagte Wohlfahrt und kicherte. »Sonst wären Sie nicht hier. Und ein Höflichkeitsbesuch ist es auch nicht. Ich gehe mal davon aus, dass Thielen Sie nicht aus reiner Nächstenliebe zu mir geschickt hat, um mir die Langeweile zu vertreiben. Es geht um Fritsch, nicht wahr?«

»Ja«, sagte Madlener. »Ganz recht. Im anderen Fall treten wir auf der Stelle, solange es keine neuen Erkenntnisse gibt. Da dachte ich mir, ich höre mir im Fall Fritsch aus erster Hand an, was es dazu zu sagen gibt, das nicht in den Akten steht. Im Übrigen: Thielen weiß nichts davon, dass ich Sie aufsuche. Der Fall Fritsch ist eher so eine Art Hobby von mir.«

Wohlfahrt rührte gedankenverloren in seiner Kaffeetasse. »Das könnte ich von mir auch behaupten. Eine merkwürdige Geschichte«, sagte er. »So was ist mir in fünfunddreißig Dienstjahren nicht untergekommen. Dass ein Mensch so spurlos verschwindet. Und das ›spurlos‹ können Sie wörtlich nehmen. Ohne Abschiedsbrief, ohne eine Andeutung, ohne dass sein Hausarzt von Depressionen gewusst hätte, einfach so. Als hätte es ihn nie gegeben.«

»Ich habe in den Akten gelesen, was Sie alles unternommen haben.«

»Oh, das war eine ganze Menge. Wir wollten uns nicht nachsagen lassen, nachlässig ermittelt oder etwas übersehen zu haben.«

»Was glauben Sie, was ist Ihre ganz persönliche Einschätzung? Das bleibt natürlich unter uns. Ist Fritsch einfach ausgebüxt nach Timbuktu, wo er mit neuer Frau und neuem Leben eine schicke Villa bewohnt? Oder ist er ermordet worden, weil jemand ihn entführt hat und Lösegeld erpressen wollte, und dabei ist alles schiefgegangen, Fritsch hat sich gewehrt, und jetzt liegt er tot und begraben irgendwo da draußen in den Wäldern?«

Wohlfahrt seufzte tief. »Wir haben noch monatelang seine Bankkonten überwacht, seine Kreditkartenkonten, seine Telefonnummern. Nichts. Keine Abhebung, keine Anrufe mehr, absolut nichts. Von jedem Menschen bleiben irgendwelche Spuren, aber in dem Fall ... Ich habe einmal erlebt, dass ein Mann verschwunden war, ein Obstbauer, nicht weit weg von hier. Aber da war auch sein Portemonnaie weg, sein Führerschein, sein Auto. Und er hatte Schulden. Das Auto fand man vier Jahre später in einem Löschteich, der ausgepumpt wurde. Die Leiche war im Wagen. Der Mann war wahrscheinlich betrunken in den Teich gefahren, das Auto ging unter, keine Spuren, weg. Aber aufgetaucht ist er trotzdem wieder. Nicht so Fritsch. Fritsch war kein Mensch, der leichtfertig gewesen wäre und von heute auf morgen auf die Idee gekommen wäre, auszubrechen oder in Kanada was Neues anzufangen. Er war glücklich verheiratet, soweit ich das als Außenstehender beurteilen konnte, hatte zwar keine Kinder, aber dafür eine große Firma, für die er sich verantwortlich fühlte, wie mir seine Mitarbeiter versichert haben.«

»Und dass ihn jemand bei seiner Fahrradtour mit dem Auto über den Haufen gefahren und in Panik irgendwo neben der Straße verscharrt hat?«

»Auch das habe ich in Betracht gezogen. Wir haben Wärmebildkameras eingesetzt, sind mit Spürhunden sämtliche Fahrstrecken abgegangen, ich habe alle Straßen, die er genommen haben könnte, selbst mit dem Fahrrad abgefahren.«

»Was ist mit seiner Frau? Irgendwas Auffälliges?«

»Helga Fritsch. Die ganze Geschichte hat sie sehr mitgenommen. War völlig durch den Wind, regelrecht hysterisch, je länger die Ungewissheit andauerte. Soviel ich weiß, war sie ein halbes Jahr in einer Schweizer Nervenklinik zur Behandlung. Ich habe sie dann noch einmal besucht, kurz vor meiner Pensionierung, zwei Jahre nach dem Verschwinden ihres Mannes. Wir kannten uns recht gut, ich hatte fast so etwas wie ein Vertrauensverhältnis zu ihr aufgebaut, zumindest hab ich mir das eingebildet. Schließlich war ich während der monatelangen Ermittlungen fast ständig im Haus der Fritschs. Aber bei diesem Besuch hat sie mich regelrecht rausgeworfen. Wollte nichts mehr wissen von der Polizei. Seitdem hab ich nichts mehr von ihr gehört.«

»Hat sie wieder geheiratet?«

»Nicht dass ich wüsste. Die Firma hat sie verkauft.«

»Hatte sie damals, zum Zeitpunkt des Verschwindens von Markus Fritsch, einen Liebhaber?«

Wohlfahrt goss Kaffee nach und deutete auf den Kuchen: »Noch eins?«

Madlener hielt ihm einfach den Teller hin, und Wohlfahrt legte ein großzügig bemessenes Stück auf.

»Großartiger Kuchen, Kompliment«, sagte Madlener.

Wohlfahrt freute sich sichtlich, dass es Madlener schmeckte, und dachte nach.

Als er im Wohnzimmer ein Geräusch hörte, eilte er schnell hinein zu seiner Frau, kam aber gleich wieder mit einem Rosenkranz in der Hand zurück.

»Sie schläft. Ihr ist nur der Rosenkranz auf den Boden gefallen. Den hat sie den ganzen Tag in den Fingern. Ich glaube, es hilft ihr.« Er seufzte, gab sich aber schnell einen Ruck, setzte sich wieder und legte den Rosenkranz beiseite.

»Frau Fritsch und der ominöse Liebhaber. Das stand auf meiner Liste auch ganz oben. Helga Fritsch ist eine attraktive Frau gewesen, wahrscheinlich ist sie das heute noch. War nicht auszuschließen, dass sie jemanden hatte. Der Mann selten zu Hause, die reiche, aber frustrierte und gelangweilte Ehefrau – was liegt näher? Ich bin dieser Geschichte natürlich mit aller gebotenen Diskretion nachgegangen. Habe Verwandte befragt, Freundinnen. Habe sie observieren lassen. Entweder war sie so clever, dass sie über lange Zeit keinerlei Kontakt zu ihrem Liebhaber hatte, auch keinen telefonischen – wir hatten alle Leitungen angezapft, weil wir damit rechneten, dass eine Lösegeldforderung kommen könnte –, oder sie hatte wirklich keinen Lover.«

»Glauben Sie, sie würde mit mir sprechen?«

»Eher nein. Sie würde Sie gar nicht reinlassen. Nach dem Verschwinden ihres Mannes hat sie überall den neuesten Sicherheitskram einbauen lassen, Alarmanlage, Videoüberwachung, Sensoren – alles vom Allerfeinsten. Hat sich regelrecht eingebunkert. Ich bin kürzlich mal vorbeigefahren, aus reiner Neugier. Sie wohnt noch da in Horgenzell. Das Haus ist die reinste Festung.«

»Gab es ein Testament?«

»Gut, dass Sie mich daran erinnern. Das war merkwürdig. Es gab nämlich keines. Markus Fritsch, ihr Mann, der es so weit gebracht hat, hinterlässt kein Testament.«

»Das ist in der Tat merkwürdig. Sie waren im Haus. Was war Markus Fritsch für ein Mensch?«

»Ein Sammler. Er hatte sich im Anbau eine Art Privatmuseum eingerichtet. Eine riesige Bibliothek mit wertvollen Erstausgaben. Autografen waren seine Spezialität. Briefe von bekannten Persönlichkeiten. Er hatte einen Brief von Thomas Mann und zwei von Bertolt Brecht. Und eine Postkarte von Franz Kafka an seine Schwester. Und Originalnotenblätter von Bruckner.«

»Hat irgendetwas davon gefehlt – soweit sich das feststellen ließ?«

»Seine Frau sagt Nein. Ich bin sämtliche Listen durchgegangen, alles war fein säuberlich katalogisiert, und konnte nichts dergleichen feststellen.«

Aus dem Wohnzimmer kam ein Wimmern. Sofort stand Wohlfahrt mit besorgter Miene auf. »Entschuldigen Sie. Ich muss mich jetzt um meine Frau kümmern. Sie muss ins Bad.«

Madlener erhob sich ebenfalls. »Ich habe Ihre Zeit auch wirklich lange genug in Anspruch genommen. Danke für den Kuchen, er war ganz köstlich.« Er gab Wohlfahrt die Hand. »Ich finde schon hinaus. Kümmern Sie sich nur um Ihre Frau.«

Bevor Wohlfahrt ins Wohnzimmer ging, drehte er sich noch

einmal zu Madlener um. »Schauen Sie mal wieder vorbei. Ich würde mich freuen.«

»Das mache ich. Ganz bestimmt. Schon wegen des Kuchens«, sagte Madlener und ging.

Nachdenklich fuhr er zum Haus von Frau Möller, wo Harriet, die dort von einem Kollegen abgesetzt worden war, schon auf ihn wartete. Es war genau sechzehn Uhr, als sie klingelten.

18

Als Escher aus seinem Dämmerschlaf erwachte, spürte er Wasser auf seiner Haut. Er wusste nicht mehr, wie oft er schon aufgewacht und wieder eingeschlafen war. Ihm kam es wie eine Ewigkeit vor, dass er in dieser gekachelten Vorhölle lag und büßte. In seinen Wachphasen war ihm klar geworden, wofür er büßen musste. Und in seinen Dämmerphasen waren sie wieder da, die Erinnerungen. Er wollte bereuen, aber er konnte es nicht. Sie verschwammen wieder, dann kamen die Dämonen. Sobald er die Augen öffnete, sah er nur die an die Wand projizierten Bilder, die ihm immer und immer wieder vorgeführt wurden. Er wünschte sich, er könnte allmählich in einen gnädigen Wahnsinn abdriften, aber das gelang ihm nicht.

Er war an eine Infusion angeschlossen, die regelmäßig ausgetauscht wurde. Stets vom gleichen Mann im weißen Overall. Dieser Mann gab ihm auch ab und zu etwas zu trinken, eine süßlich schmeckende Flüssigkeit, die Escher durch einen Strohhalm zu sich nehmen musste. Aber er war immer mit Klebeband gefesselt, und wenn er Fragen stellte, wurden sie nicht beantwortet. Wenn er zu schreien anfing, gab dieser Mann eine Injektion in den Infusionsbeutel, und Escher wurde schnell müde und seine Sinne schwanden. Bis die Dämonen wieder erschienen. Und ihn wieder peinigten.

Obwohl er neben den Sedativa wohl auch Schmerzmittel bekam, tat ihm während der Wachphasen allmählich der ganze Körper weh. Deshalb war es geradezu eine Wohltat, dass er sich jetzt ein wenig strecken und bewegen konnte. Leise plätscherte das Wasser an seinem Körper.

Ich liege in einer Wanne mit warmem Wasser! Ich bin nicht mehr gefesselt! Herrgott – lassen die mich jetzt frei? Habe ich meine Sünden abgebüßt?

Er hob die linke Hand und konnte sie tatsächlich vor Augen führen. Kein Klebeband hinderte ihn daran, keine Infusionsnadel. Die rechte ebenso. Er fühlte sich regelrecht eingerostet nach so langer – wie langer? – Liegezeit auf dem Metalltisch. Eine seltsame

Euphorie erfasste ihn. Entweder lag es an dem Drogenmix, den er verabreicht bekommen hatte, oder daran, dass er zwar nackt, aber nicht mehr gefesselt war. Vorsichtig bewegte er seine Füße. Auch das funktionierte.

Das Wasser in der Edelstahlwanne, das seinen Körper vollständig bedeckte und ihm bis zum Hals reichte, fühlte sich richtig angenehm an. Mindestens Körpertemperatur. Aber bald würde es kalt werden, und dann musste er irgendwie aus der Wanne steigen. Sonst holte er sich noch den Tod. Aus der Wanne steigen – wenn er nicht mehr gefesselt war, war das ja ohne Weiteres möglich. Doch auf einmal fühlte er sich so schwach, dass er Panik bekam, es nicht ohne Hilfe aus dieser verdammten Wanne herauszuschaffen. Aber wer würde ihm schon helfen?

Eine Tür ging auf, und dieser Mann in weißem Overall trat ein. Diesmal hatte er zusätzlich eine Gummischürze an. Der Mann blieb am Fußende der Edelstahlwanne stehen und verschränkte seine Arme.

In dieser Herrscherpose taxierte er Escher stumm eine ganze Weile. Wie immer trug er seine Latexhandschuhe und diesmal sogar einen Mundschutz und eine OP-Haube. Er war derjenige, der ihn angesprochen hatte. Einer der Männer von der Fähre. Escher erkannte ihn an den eiskalten Augen, die ihn verächtlich musterten.

Unvermittelt sagte der Mann: »Lange genug gebüßt, alter Mann. Andere müssen auch noch büßen.«

Escher brauchte ein, zwei Herzschläge, bis er begriff, dass seine Leidenszeit tatsächlich zu einem Ende gekommen war. Grenzenlos erleichtert wollte er höherrutschen und versuchen, sich aus der Wanne zu stemmen, als der Mann sich blitzschnell bückte, seine Latexhände ins Wasser stieß, nach Eschers Unterschenkeln griff und mit einem heftigen Ruck daran zog, sodass der geschwächte Escher sofort mit dem Kopf unter Wasser tauchte. In dem Moment erkannte sein durch Drogen vernebelter Verstand, was mit ihm passieren würde, und er wollte gierig Luft holen. Aber es war zu spät. Das Wasser schlug über seinem Kopf zusammen. Statt Luft atmete er Wasser ein.

Der Todeskampf war kurz. Als Escher sich nicht mehr bewegte, ließ der Mann los. Dann öffnete er den Abfluss, und der Wasserpegel sank rasch. Mit einem Stethoskop überzeugte er sich davon, dass Escher auch wirklich tot war.

Jetzt war es an der Zeit, sich mit dem nächsten Peiniger zu beschäftigen, der zu büßen hatte. Aber vorher musste der Leichnam Eschers noch an die Stelle gebracht werden, die für ihn vorgesehen war.

Das war Arbeit genug.

Er holte die anderen.

19

Frau Möller saß da, als hätte sie eine Stahlfeder verschluckt. Stocksteif und ohne jede Regung. Madlener war erleichtert, dass sie nicht ihren Hut mit dem Witwenschleier trug. Das hätte ihn in seiner Konzentration gestört.

Harriet und er hatten Frau Möller noch einmal ihr Beileid ausgedrückt und den angebotenen Kaffee freundlich, aber bestimmt abgelehnt. Als Harriet fragte, ob sie ihr Aufnahmegerät benutzen dürfe, zuckte sie zustimmend mit den Schultern. Harriet stellte es auf den Tisch und schaltete es an, sprach Datum, Uhrzeit und die Namen der Anwesenden ins Mikro und lehnte sich abwartend zurück.

»Frau Möller«, sagte Madlener schließlich, »wir müssen Ihnen jetzt ein paar Fragen stellen. Es ist sehr wichtig, sonst würden wir Sie in Ihrer momentanen Situation nicht damit behelligen.«

»Das ist mir klar. Wie wurde mein Mann umgebracht?«

»Die genauen Umstände seines Todes kennen wir noch nicht, Frau Möller. Ich kann Ihnen nur sagen, dass er ertrunken ist.«

»Wer hat das getan? Wer hat ihn so gehasst, dass er ihn auf diese perverse Weise umbringt?«

»Das genau wäre meine erste Frage an Sie gewesen, Frau Möller.« Madlener sah Frau Möller erwartungsvoll an. Aber sie sagte nichts. Dann schüttelte sie den Kopf.

»Ich dachte, Sie könnten mir das erklären. Das ist doch Ihr Job.«

»Damit haben Sie vollkommen recht. Aber momentan wissen wir genauso viel oder wenig wie Sie. Nein, sogar weniger. Wir kennen Ihren Mann nicht. Sie waren über dreißig Jahre mit ihm verheiratet. Hatte er Feinde? Wurde er bedroht?«

Frau Möller schüttelte den Kopf. »Mein Mann war ein ausgesprochener Einzelgänger. Nicht sehr gesellig. Und Verwandte, zu denen wir Kontakt hätten haben können, gab es nicht.«

Madlener nickte. »Erzählen Sie ein bisschen von ihm. Wie war er?«

Sie sah an die Decke, als würde sie dort die Antwort auf die

Frage finden. »Er war ein Mann. Ein typischer Mann. Er tat immer das, was er wollte. Ich habe zwanzig Jahre lang versucht, ihn zu erziehen, dann habe ich es aufgegeben. Ab da ging jeder seiner Wege. Vielleicht war ich nur zu bequem, um mich scheiden zu lassen. Und irgendwann einmal war es dafür dann zu spät.«

»Darf ich fragen, ob Sie einen Beruf ausgeübt haben?«

»Ich war Krankenschwester. Aber nicht in Friedrichshafen, sondern in Lindau. Als mein Mann in Pension gegangen ist, habe ich auch aufgehört zu arbeiten. Weil ich zuerst dachte, wir könnten dann mehr Zeit miteinander verbringen. Mein Gott, war ich naiv!« Sie schlug die Hände vor dem Gesicht zusammen, fasste sich aber schnell wieder. »Solange wir beide beruflich zu tun hatten, haben wir uns die Woche über kaum gesehen. Und manchmal hatte ich sogar am Wochenende Dienst. Aber die Idee vom gemeinsamen Lebensabend, an dem das nachgeholt wird, was man vorher versäumt hat, war ein Trugschluss. Er hatte nur noch seine Fische im Kopf, und ich habe mich notgedrungen nach einer eigenen Freizeitbeschäftigung umgesehen und bin aufs Reisen gekommen. Mit meinen Freundinnen.«

»Ihr Mann war Lehrer. An welcher Schule hat er unterrichtet?«

»Als wir uns kennenlernten, war er schon am Internat in Irgenweiler. Dort hat er bis zu seiner Pension unterrichtet.«

»Ein katholisches Internat?«

»Nein, das Jan-Hus-Internat ist nicht religiös ausgerichtet.«

»Mädchen und Jungs?«

»Früher war es ein reines Jungen-Internat. Seit ungefähr zwanzig Jahren sind auch Mädchen dort. Seitdem hat es meinem Mann dort eigentlich nicht mehr gefallen.«

»Wieso?«

»Weil es zu viele Ablenkungen und Versuchung für die Jungs gibt, wenn Mädchen in der Schule sind, sagte er oft.«

»Nur damit ich mir eine Vorstellung machen kann – wie groß ist das Internat?«

»Nun, es ist nicht Salem. Aber fünfhundert Schülerinnen und Schüler werden es wohl sein.«

»Teuer?«, wollte Harriet wissen.

»Was heißt teuer … Es sind Kinder und Jugendliche, deren Eltern es sich leisten können. Aber es gibt auch Plätze für Stipendiaten, die von der Industrie oder kirchlichen Einrichtungen gesponsert werden.«

»Hatte er niemanden, zum Beispiel ehemalige Kollegen, mit denen er sich getroffen hat?«

»Wie ich schon sagte: Mein Mann war immer ein Einzelgänger. Er hatte losen Kontakt zu ein paar ehemaligen Kollegen. Sie haben sich unregelmäßig getroffen. Zum Schachspielen. Oder zum Jahrestreffen.«

»Wo?«

»In Meersburg. Im ›Wilden Mann‹, einem Restaurant.«

»Ich kenne es. Waren Sie dabei?«

»Nie.«

»Kennen Sie seine Kollegen?«

»Nein. Er hat nie jemanden nach Hause gebracht, wenn Sie das meinen.«

»Gab es keine Weihnachtsfeiern, Geburtstage et cetera?«

»Er sah es nicht so gern, dass ich daran teilgenommen hätte. Also hab ich's gelassen. Wenn da was war, ist er immer allein hingegangen.«

»Hatte Ihr Mann Streit mit jemandem? Mit ehemaligen Kollegen, Nachbarn, Bekannten vom Angeln?«

»Nicht dass ich wüsste. Aber ich habe Ihnen ja schon gesagt, dass jeder von uns sein eigenes Leben gelebt hat.«

»Dann war Ihre Beziehung mehr eine Art Zweckgemeinschaft?«

»Ja, könnte man sagen. Seit zwanzig Jahren. Erschreckend, nicht wahr?«

Frau Möller sah Harriet und Madlener an, als ob die beiden ihr Absolution erteilen könnten. Harriet wich ihrem Blick aus und tat so, als müsse sie an ihrem Aufnahmegerät etwas korrigieren.

Madlener sagte: »Es ist nicht unsere Aufgabe, das Leben anderer Leute zu kommentieren oder zu bewerten, Frau Möller. Wir sind auf der Suche nach den Mördern Ihres Mannes. Und je mehr wir über das Opfer wissen, seine Lebensgewohnheiten, seine Leidenschaften, seine Fehler, desto eher haben wir eine Chance, über ein Motiv einen möglichen Täter herauszufinden. Jemand muss Ihren Mann doch sehr gehasst haben, wenn er ihn auf diese Weise tötete. Deshalb wäre es hilfreich, wenn Sie uns einen Hinweis geben könnten. Gab es Drohanrufe, Briefe, die Ihr Mann vor

Ihnen verheimlichte, haben Sie mal jemanden gesehen, der Ihr Haus beobachtet hat?«

»Ich habe niemals in Karls Sachen gekramt, wenn Sie das meinen. Einmal, vor langer Zeit, habe ich aus Versehen einen Brief geöffnet, der für ihn bestimmt war. Das Theater, das er damals gemacht hat, werde ich nie vergessen. Seitdem habe ich sein Zimmer nicht mehr betreten. Er hat es immer abgesperrt. Und selber geputzt. Nicht einmal unsere Zugehfrau durfte hinein.«

»Er hatte ein eigenes Zimmer? Ein Büro?«

»Nein. Ein eigenes Zimmer. Wir haben getrennte Schlafzimmer. Schon seit Jahren.«

»Dürfen wir es mal sehen?«

»Bitte.«

Sie stand auf und ging einen Gang entlang, an dessen Wänden naive Landschaftsbilder hingen, die mit Aquarellfarben gemalt waren.

»Stammen die von Ihnen?«, wollte Harriet von Frau Möller wissen.

»Ja, immer wenn ich Nachtdienst hatte in der Klinik. Aber das wäre heutzutage nicht mehr möglich. Heute ist der Zeit- und Arbeitsplan bis an die Grenze des Machbaren ausgereizt, sodass Sie mit Müh und Not zwischendurch noch eine Tasse Kaffee trinken können. Ich bin froh, dass ich das hinter mir habe.«

Sie gelangten an eine Tür, in der ein Schlüssel steckte. Frau Möller zog ihn heraus und hielt ihn wie eine Monstranz in die Höhe.

»Sein Zweitschlüssel. Er dachte immer, er hätte ihn so versteckt, dass ich ihn nicht finde.«

»Wo war er denn?«, fragte Harriet.

»Im Schuppen neben der Garage für das Wohnmobil. Im Schrank bei den Angelsachen.«

»Da werfe ich anschließend noch einen Blick hinein«, sagte Madlener und drückte die Tür zu Karl Möllers Zimmer auf.

Es war dunkel, weil die Vorhänge geschlossen waren. Frau Möller zog sie auf und öffnete das Fenster. Das Zimmer war geradezu spartanisch eingerichtet, Bett, Schreibtisch, ein Stuhl und ein Kleiderschrank, einige Bücherregale. Ein einfaches Klavier stand an der Wand, ein paar Partituren waren darauf gestapelt. Madlener blätterte sie durch. Klassische Musik der Moderne, Mahler, Orff, Schönberg. Madlener klappte den Tastendeckel auf, er wusste nicht, warum, er konnte nicht Klavier spielen, aber er schlug ein paar Tasten an, was ihm einen befremdlichen Blick von Frau Möller eintrug. Schnell machte er den Deckel wieder zu.

Das Zimmer waren stierblutfarben gestrichen, was ihm einen düsteren Charakter verlieh. Ein einziges Bild dominierte die ansonsten nackten Wände. Es war die gerahmte Fotografie einer antiken Büste, irgendein römischer Kaiser, nahm Madlener an, der vergeblich eine Bildunterschrift suchte und sich dann weiter im Zimmer umsah.

Während Harriet sich für die Bücherrücken interessierte, stand Frau Möller seltsam unberührt mitten im Sanktuarium ihres verstorbenen Gatten, wie eine Museumsaufseherin, die aufpasste, dass kein Besucher den Exponaten zu nahe kam.

Auf dem Schreibtisch waren zwei Montblanc-Füller, streng parallel ausgerichtet, und ein Tintenfässchen aus Glas, eine dunkelgrüne Schreibunterlage, keine persönlichen Fotografien, nur ein Zeitungsartikel über einen Angelwettbewerb lag da. Und ein neuwertiges Laptop, das zusammengeklappt war. In der ersten Schublade war der übliche Bürokram, sauber in Fächer einsortiert. In der zweiten Medikamente, auf die Madlener einen kurzen Blick warf. Nichts Auffälliges, auch hier nur das Übliche: Aspirin, leichte Schlaftabletten, ein Mittel gegen Magensäure, rezeptfreie Augentropfen. Die dritte Schublade war abgesperrt.

»Haben Sie dafür einen Schlüssel?«, fragte Madlener Frau Möller.

Sie gab ihm den Zimmerschlüssel, an dem an einem Ring ein weiterer Schlüssel hing. Er passte. Als Madlener die Schublade herauszog, fand er eine kleine Münzsammlung, offensichtlich römische Münzen, und ein Briefmarkenalbum mit einer, wie es schien, kompletten Sammlung aus der Zeit des Dritten Reichs.

Harriet hatte den Kleiderschrank geöffnet und durchstöberte ihn oberflächlich.

Auf dem Nachtkästchen lag eine dicke Biografie über Heinrich VIII., offensichtlich aus der Stadtbibliothek ausgeliehen, und in der Schublade waren zwei alte Armbanduhren. Die Bücher in den Regalen waren zum größten Teil Fachliteratur, Werke in

Latein und Altgriechisch, römische Klassiker, Übersetzungen, Biografien über Kaiser und Komponisten. Ein ganzes Regal war bestückt mit Büchern über Fische und Angeln.

Das war also das geheime Reich von Karl Möller, dachte Madlener, das er vor seiner Frau versteckt hatte. Warum? Weil er einen Rückzugsbereich brauchte, der nur ihm gehörte, sein eigenes Refugium war? Oder hatte Karl Möller doch etwas zu verheimlichen, etwas, das sie noch nicht gefunden hatten? Weil es versteckt war oder so offensichtlich, dass man es übersehen musste? Wie Kommissar Kroos immer predigte, der ein großer Anhänger von Edgar Allan Poe war und dessen Geschichte »The Purloined Letter« liebte, in der die Pariser Polizei einen Brief nicht findet, in der irrigen Annahme, er sei aufwendig versteckt, dabei war er offen in der Ablage des Schreibtischs platziert.

»Harriet«, sagte Madlener, »bitte erstellen Sie mir ein komplettes Verzeichnis über das, was hier im Zimmer ist. Und fotografieren Sie vorher alles, so, wie es jetzt ist. Das Laptop müssen wir leider mitnehmen, um die Dateien auszuwerten«, wandte er sich an Frau Möller, die darauf mit Gleichgültigkeit reagierte. »Ich sehe mich mal im Schuppen um. Begleiten Sie mich, Frau Möller?«

Während Harriet begann, mit ihrer Digitalkamera Fotos zu machen, folgte Madlener Frau Möller zur Terrassentür hinaus und eine Treppe hinunter in den weitläufigen Garten, der nach Süden ausgerichtet war. Dort befanden sich die Garage und eine Reihe von Holzschuppen, deren Türen mit Vorhängeschlössern gesichert waren. Der Schuppen von Karl Möller hatte ein Zahlenschloss, das Frau Möller mühelos öffnete, bevor sie die Tür aufstieß.

»Jede Wohnung hat einen Schuppen«, erklärte sie.

»Und die Zahlenkombination? Die wusste doch sicher nur Ihr Mann?«, fragte Madlener.

»Das dachte er. Aber Männer sind so leicht zu durchschauen … Verzeihen Sie.« Sie schenkte ihm einen Blick, der offenbarte, dass sie ihn in die gleiche Kategorie einordnete. »Es ist eine vierstellige Zahlenkombination. Die hat Karl für alle Geheimnummern benutzt: Bankkarte, Computer, Safe. Die Regierungszeit eines römischen Kaisers, glaube ich. Vierzehn bis siebenunddreißig. Eins-vier-drei-sieben. Leicht zu merken.«

»Welcher Kaiser war das?«

»Keine Ahnung. Mein Gatte hatte es mit den römischen Kaisern. Das war sein Spezialgebiet. Nicht meins. Er hat dieselben Zahlen auch für den Anrufbeantworter verwendet. Um von unterwegs Nachrichten abzuhören. Dabei habe ich ihn beobachtet und mir die Zahlen gemerkt. Falls ich sie mal brauchte.«

»Sie sagten, Sie haben einen Safe?«

»Ja. In seinem Zimmer. Hinter dem Bild.«

Madlener nahm sich den Tresor für nachher vor und machte im Schuppen erst einmal Licht. Eine Neonröhre sprang zögernd an und erhellte eine Art Werkstatt mit Werkbank und Werkzeugen, alles streng geordnet. An den Wänden hingen verschiedene Angeln und Kescher. Ein Metallschrank enthielt Schubläden mit Ködern in sämtlichen Farben und Formen und Angelschnüre verschiedenster Stärken und Längen. Auch hier war alles fein säuberlich eingeräumt. Eine Angel, die anscheinend repariert werden sollte, lag auf der Werkbank und war der einzige Gegenstand, der eine gewisse Disharmonie in den peniblen Gesamteindruck brachte.

»Meine Assistentin wird auch hier alles dokumentieren«, sagte er. »Kann ich noch einen Blick in die Garage werfen?«

Frau Möller führte ihn hinaus und zeigte auf einen überhöhten Carport. »Karls Wohnmobil ist zu groß für die Garage. Er hat sich einen Carport hinstellen lassen. Was hat es da für ein Riesentheater gegeben! Mit Plan, Eingaben an die Hausverwaltung, Proteste eines Hausbewohners, Rechtsanwalt, bis das Ding endlich genehmigt wurde. Aber das war ihm wichtig. Und wenn ihm etwas wichtig war, dann hat er auch dafür gekämpft.«

»Wie heißt der Hausbewohner, der dagegen war?«, wollte Madlener wissen.

»Degenhard. Aber der ist vor drei Jahren gestorben. Kaum war er unter der Erde, konnte mein Mann den Carport endlich bauen.«

»Also sind das alles Eigentumswohnungen?«

»Ja. Und den Degenhard konnte niemand im Haus ausstehen. Der war ein Querulant.«

»Und Ihr Mann? War der beliebt?«

Frau Möller zögerte. »Er wurde respektiert. Weil er alles übernahm, was mit Organisation und Bürokratie zu tun hatte.«

»Dazu habe ich keine Unterlagen in seinem Zimmer gefunden.«

»Die sind alle im Wohnzimmer. In seinem Zimmer hatte er nur seine persönlichen Sachen. Was niemanden sonst anging.«

Madlener sah an dem Carport nur, dass das Wohnmobil ziemlich hoch sein musste.

Sie gingen wieder zurück in die Wohnung, wo Harriet immer noch mit der Inventarliste beschäftigt war, die sie sorgfältig in ihr mitgebrachtes Laptop tippte. Madlener überprüfte das gerahmte Bild der Männerbüste an der Wand und fragte Frau Möller: »Wissen Sie, wer das ist?«

»Nein«, sagte sie. »Irgendein römischer Kaiser, nehme ich an. Aber fragen Sie mich nicht, welcher!«

»Haben Sie eine Ahnung, Harriet?«

»Negativ. Aber das kann ich schnell herauskriegen.«

»Ist momentan nicht so wichtig. Bitte kümmern Sie sich noch um den Schuppen.«

Er untersuchte den Bilderrahmen genauer, konnte aber nichts Ungewöhnliches feststellen. Er probierte am Rahmen herum, bis er ihn nach links wegklappen konnte, er war mit seitlichen Scharnieren an der Wand befestigt. Zum Vorschein kam die Stahltür eines kleinen Wandtresors mit Zahlenschloss. Safes dieser Art fanden sich in vielen Hotelzimmern, in seinem war das gleiche Modell. Er gab die Zahlenkombination eins-vier-drei-sieben ein, drehte den Riegel herum und konnte die Tür aufziehen. Im Innenfach lagen die Pässe von Frau Möller und ihrem Mann und eine Kassette mit anscheinend wertvollen antiken Münzen in Plastiktäschchen. Sonst nichts.

Madlener war ein wenig enttäuscht, er hatte mehr erwartet, Aufschlussreicheres. Zwar wusste er nicht, was, aber wenigstens etwas, von dem niemand wissen durfte. Nichts dergleichen. Er legte die Pässe wieder zurück und ließ die Tür offen stehen, für Harriets Liste. Dann wandte er sich an Frau Möller.

»Frau Möller, wir werden sämtliche Konten Ihres Mannes überprüfen müssen. Und sämtliche Telefonverbindungen, vor allem vom Mobilfunkbetreiber, auch wenn Sie sagen, Ihr Mann habe sein Handy nie benutzt. Bitte geben Sie meiner Assistentin die entsprechenden Daten. Hatte Ihr Mann ein Adressbuch?«

»Ja. Aber das trug er immer bei sich.«

»Dann bräuchte ich bitte noch die Adressen von seinen früheren Kollegen, Freunden und vom Internat. Dann sind Sie uns wieder los für heute.«

Sie nickte und stellte noch eine Frage: »Wann kann ich denn meinen Mann … ich meine: Wann wird seine Leiche freigegeben für die Beerdigung?«

Es war das erste Mal, dass sie ein wenig aus der Fassung geraten war. Das fand Madlener bemerkenswert. Vielleicht wollte sie auch nur die ganze Angelegenheit so schnell wie möglich hinter sich bringen. Madlener konnte es ihr nicht verdenken.

»Ich nehme an, in zwei oder drei Tagen«, sagte er zu ihr. »Sie werden selbstverständlich benachrichtigt. Auch wenn unsere Ermittlungen etwas ergeben.«

»Finden Sie ihn, Herr Kommissar«, sagte sie plötzlich. »Finden Sie den Verrückten, der meinen Mann umgebracht hat. Ich möchte ihm in die Augen sehen und erfahren, warum er das getan hat.«

»Wir finden ihn, das verspreche ich Ihnen«, erwiderte Madlener mit Bestimmtheit.

Harriet sah ihn erstaunt an. So eine klare Aussage hatte sie wohl nicht erwartet.

20

Polizeiobermeister Lange und sein Kollege Schmiedinger langweilten sich professionell. Sie schoben im Bodensee-Airport Friedrichshafen Dienst, und heute war so gut wie nichts los. Der nächste Flug nach Palma de Mallorca startete erst in drei Stunden, und so trödelten nur ein paar Touristen herum, die zu früh gekommen waren und sich die Zeit vertreiben mussten. Es war unerträglich heiß, trotz Klimaanlage, dunkle Schweißflecken hatten sich auf den kurzärmligen Uniformhemden und am Mützenrand der Polizisten gebildet.

Lange nahm die Mütze ab und putzte den Schweißrand mit seinem Taschentuch ab, während sein Kollege einen Blick in die leere Männertoilette warf und die Gelegenheit nutzte, einen Schluck Wasser zu trinken und das Gesicht kurz unter den Wasserhahn zu halten. Er trocknete sich mit einem Papiertuch ab, bevor er wieder nach draußen kam. Lange zeigte ihm mit einer Kopfbewegung an, dass sie jetzt zu ihrem Außenrundgang antreten würden.

Sie umrundeten den Kurzzeitparkplatz, stritten sich mit einem Fahrzeughalter, der sich über die gesalzenen Parkpreise und einen alten Strafzettel aufregte, und machten sich dann noch auf zum Langzeitparkplatz P4, dem Endpunkt ihrer Pflichtrunde. Routinemäßig warfen sie ab und zu einen Blick ins Innere eines Wagens, bis Polizeiobermeister Lange vor einem Hymermobil stutzte, sich die verschwitzte Mütze in den Nacken schob und sein Handy bemühte, in dem er Nummer und Wagentyp gesuchter Autos gespeichert hatte.

»Wir haben es«, sagte er plötzlich und versuchte, ins Innere des Wohnmobils zu spähen, ohne etwas zu berühren.

»Was?«, fragte ihn sein manchmal etwas begriffsstutziger Kollege.

»Das Wohnmobil, nach dem die bei der Kripo dringend suchen. Das Wohnmobil von dem Typ, der ermordet im Pool aufgefunden wurde.«

»Tatsächlich?«, sagte Schmiedinger und lugte neugierig durch das Seitenfenster.

Lange zog ihn weg: »Rühr bloß nichts an! Der Thielen reißt dir den Kopf ab!«

Während Schmiedinger um das Wohnmobil herumschlich wie der allerletzte Mohikaner auf dem Kriegspfad, und mit dem Daumen der rechten Hand die Lasche am Halfter seiner Heckler & Koch P2000 löste, seufzte Lange und dachte, dass sein junger Kollege wohl zu viele amerikanische Krimis gesehen hatte. Dann wählte er die Nummer der Polizeidirektion.

21

Auf der Fahrt zurück ins Büro merkte Madlener, der am Steuer saß, dass Harriet ihm immer wieder heimlich einen Seitenblick zuwarf. Die beiden hatten bisher geschwiegen, jeder hing seinen Gedankengängen nach. Madlener empfand das als überaus angenehm. Wenn er Beifahrer hatte, blieb auch der CD-Player stumm. Musik hörte er nur, wenn er allein war. Vielleicht weil er sich für seinen Musikgeschmack insgeheim genierte, der sich so hemmungslos am Rock und Pop der siebziger und achtziger Jahre des 20. Jahrhunderts orientierte, wobei er vom Alter her gar kein Kind der Woodstockgeneration war. Aber er hatte einen fünf Jahre älteren Bruder, der selbst in einer Band Musik gemacht und die größte Tonbandsammlung zeitgenössischer Musik weit und breit besessen hatte, was natürlich stark auf ihn, den kleineren Bruder, abgefärbt hatte. Seither stand er emotional der Hippiebewegung mit ihrer Musik und ihrer seiner Meinung nach nicht zu unterschätzenden politischen Bedeutung nahe.

Wieder spürte Madlener Harriets Blick. Sie war noch lange in der Wohnung und im Schuppen von Kurt Möller mit ihrem Fotoapparat und ihrer schriftlichen Bestandsaufnahme beschäftigt gewesen. Madlener hatte die Zeit überbrückt, indem er ein wenig in den Dateien von Möllers Laptop herumgesurft war, aber außer Belanglosigkeiten nichts Besonderes entdeckt hatte. Harriet, die sich sicher besser als er auf den Umgang mit versteckten Dateien und Links verstand, würde das Laptop noch einmal einer genauen Überprüfung unterziehen müssen.

»Machen Sie das immer so?«, fragte Harriet plötzlich in die Stille hinein.

»Was meinen Sie?«, fragte er zurück.

»Dass Sie so akribisch vorgehen wie eben. Ich meine mit Fotografieren und Inventarisieren und so.«

»Nein. Ich mache das nicht immer so. Wo kämen wir da hin? Dann wäre unser Aktenkeller bald so voll, dass wir anbauen können. Aber in diesem speziellen Fall … nennen Sie's Gefühl, Intuition oder was auch immer … in diesem Fall darf uns auch nicht der kleinste Fehler unterlaufen. Sehen Sie, wir haben es hier nicht mit einem Feld-, Wald- und Wiesenmord zu tun. Mit einer Ehefrau, die aus Eifersucht von ihrem Mann erschlagen wird, mit einem Mord aus Geldgier oder einem banalen Totschlag im Streit. Hier stehen wir vor einem Fall, bei dem alles, aber auch die kleinste Kleinigkeit, von Bedeutung sein kann. Vielleicht brauchen wir etwas aus Ihren Aufzeichnungen oder Fotos erst sehr viel später, vielleicht haben Sie sich die ganze Mühe auch umsonst gemacht. Wer weiß.« Er seufzte. »Verzeihen Sie mir den Vortrag. Auf der Polizeihochschule haben Sie den sicher schon x-mal gehört.«

»Nein, hab ich nicht. Jedenfalls nicht so eindringlich. Aber wissen Sie, was mich wirklich überrascht hat?«

»Nein.«

»Dass Sie Frau Möller in die Hand versprochen haben, den Täter zu erwischen. Solche Versprechungen ... sie wiegen schwer, denke ich.«

»Ganz genau. Sie haben vollkommen recht. Das ist eine ziemliche Hypothek, die ich uns da aufgeladen habe. Aber wissen Sie was?«

Sie bogen auf den Hof der Verkehrspolizei ein. Madlener parkte ein und machte den Motor aus.

»In diesem Fall bin ich mir hundertprozentig sicher, dass wir den oder die Täter zu fassen kriegen. Die Leiche, ihr Zustand, der Fundort, die Inszenierung, der Aufwand – das ist wie ein aufgeschlagenes Buch, das vor uns liegt. In einer Sprache, die wir noch nicht lesen können. Doch wenn wir den Code haben, und ich bin überzeugt, wir stoßen früher oder später darauf, dann können wir das Buch lesen. Wie ein Buch in Spiegelschrift. Wenn man es im Spiegel sieht, ist auf einmal alles so einfach und verständlich. Es fällt einem wie Schuppen von den Augen. Und man fragt sich, warum ist uns diese oder jene Kleinigkeit nicht schon viel früher aufgefallen ...«

Ein heftiges Klopfen an die seitliche Autoscheibe ließ Madlener und Harriet zusammenfahren. Es war Frau Gallmann.

Madlener stieg aus, Harriet ebenfalls.

»Gut, dass ich Sie treffe«, sagte Frau Gallmann aufgeregt. »Sie müsset sofort zum Chef. Sie habet das Wohnmobil gefunden. Der Chef sagt, des isch der Durchbruch.«

»So?«, antwortete Madlener, ohne Frau Gallmanns Euphorie zu

teilen. »Hat der Mörder seinen Personalausweis auf dem Fahrersitz liegen gelassen?«

Frau Gallmann sah Madlener zwei Herzschläge lang an, bis der Groschen gefallen war. »Ich hab's g'wusst, dass Sie ein Scherzkeks sind, Herr Madlener.«

»Das war kein Scherz, Frau Gallmann«, antwortete Madlener todernst, aber diesmal hatte er sie auf dem falschen Fuß erwischt. Sie machte auf ihren hohen Absätzen kehrt und stöckelte beleidigt von dannen.

Madlener seufzte und sagte zu seiner Assistentin: »Harriet, bitte übernehmen Sie die Berichterstattung unserer Vernehmung von Frau Möller. Und entschuldigen Sie mich beim Herrn Kriminaldirektor. Ich habe noch anderweitig zu tun.«

Harriet sah ihn einigermaßen überrascht an. Dann fragte sie: »Soll ich ihm das wirklich wörtlich so sagen?«

»Natürlich nicht. Denken Sie sich was aus, sagen sie, ich arbeite am Täterprofil und müsste was eruieren. Das klingt doch ganz passabel als Ausrede.«

Harriet zuckte mit den Schultern und eilte Frau Gallmann nach.

22

Obwohl Thielen von einem Durchbruch gesprochen hatte, überließ Madlener die Untersuchung des Wohnmobils den Technikern
von der Spurensicherung. Er musste seine Nase nicht auch noch
in den Wagen des ermordeten Möller stecken. Wenn es relevante
Spuren gab, woran er nicht glaubte, würde er durch seine Assistentin rechtzeitig davon erfahren. Er wollte seine Zeit jetzt nicht mit
einem Status-Meeting verplempern, sondern sie lieber nutzen, um
tatsächlich ein wenig über das Täterprofil nachzudenken, während
er zur Witwe des seit Jahren vermissten Fritsch fuhr. Vielleicht hatte
er Glück und traf sie an. Wenn nicht, konnte er sich wenigstens
ein Bild von Haus und Umgebung machen.

Seine Überzeugung war, dass ein persönlicher Eindruck immer besser war als Fotos, Akten und Erzählungen Dritter. Ein
Blick auf Haus, Garten und Besitz des Vermissten konnte nur
dazu beitragen, Beweggründe für scheinbar irrationales Verhalten
besser zu verstehen und einzuordnen. Solange es im Pool-Fall
nichts wirklich Neues gab, sollten die anderen – insbesondere
Kollege Binder – sich um den Kleinkram kümmern. Er wusste
nicht wirklich, warum, aber der Vermisstenfall hatte seinen Ehrgeiz
geweckt. Er würde ihn lösen, koste es, was es wolle. Und wenn er
damit nur Kriminaldirektor Thielen eins auswischen konnte.

Nach vierzig Minuten Autofahrt hatte er das Fritsch-Anwesen
gefunden. Es lag, von hohen, uneinsehbaren Mauern umgeben,
inmitten eines Waldgrundstücks am Rand von Horgenzell. Die
Nachbarhäuser hatten ebenfalls riesige Gärten und waren weit
entfernt.

Madlener stieg aus und sah sich um. Das Eingangstor bestand
aus einem drei Meter hohen schmiedeeisernen Bogengitter, auf
der Klingel stand kein Name. Das Wohnhaus war nicht zu sehen,
eine übermannshohe Hecke rechts und links von der Einfahrt
verhinderte jeden Einblick, die Zufahrt zum Haus bog nach fünfzig
Metern nach rechts ab. Madlener entdeckte mehrere Videokameras
auf Stahlmasten, die offensichtlich so angebracht waren, dass ihr

Anblick allein schon jeden potenziellen Einbrecher abschrecken sollte.

Gedankenverloren gab er einen Klacks Zovirax auf seine virulente Lippe und überlegte, ob er einfach auf gut Glück klingeln sollte, als das Tor wie von Zauberhand leise quietschend aufging. Es wirkte wie eine Einladung ins Wunderland, der Madlener aber nicht nachkam. Er wartete gespannt, was jetzt passieren würde. Eigentlich rechnete er mit einer Stimme aus der Gegensprechanlage, die neben der Klingel und dem Videoauge angebracht war. Stattdessen hörte er ein Motorengeräusch, das nach sehr viel PS klang und schnell lauter wurde. Dann kam ein schwarzes Ungetüm von Auto auf die Zufahrt geschossen und brauste auf die Einfahrt zu, ein Hummer mit getönten Fensterscheiben. Er verminderte keineswegs die Geschwindigkeit und hielt direkt auf Madlener zu.

Ein Wagen mit eingebauter Vorfahrt für Leute, die es sich leisten können, dachte Madlener und konnte gerade noch zur Seite springen, bevor der schwere Wagen auf die Straße schoss und nach links wegfuhr, wobei er beschleunigte, als wäre dies die Startgerade vom Hockenheimring.

Madlener hatte nicht erkennen können, wer am Steuer saß. Offensichtlich ein Wahnsinniger oder ein Vollidiot, dachte er – oder beides. Bevor er sich von seinem Schrecken erholt hatte und vorsichtig einen Fuß durch das offene Tor auf das Grundstück setzen konnte, schloss sich das zweiflügelige Tor auch schon wieder.

Madlener kratzte sich am Kopf. So hatte er sich die Begegnung mit Frau Fritsch – wenn sie es denn war – nicht vorgestellt. Er notierte sich das Kennzeichen, das er sich gemerkt hatte. Selbst wenn das Tor offen geblieben wäre, hätte er sich nicht hineingewagt. Nicht weil er dann wegen Hausfriedensbruch hätte belangt werden können, sondern weil er sich bei diesem Anwesen, das mehr einer Festung ähnelte, nicht gewundert hätte, wenn es auch noch Tretminen, Sprengfallen und versteckte Heckenschützen gab.

Sein Handy machte sich durch Summen und Vibrieren bemerkbar. Er sah auf die Nummer: natürlich, die Polizeidirektion. Jetzt nicht, er schaltete es entschlossen aus und steckte es ein. Dann holte er seinen Feldstecher aus dem Handschuhfach und machte sich daran, das Grundstück zu umgehen. In gebührendem Abstand lief er die Nordmauer entlang, die sich endlos am Waldrand hinzog. Nadelbäume schienen den ganzen Grund zu umgeben, hohe Fichten standen dicht an dicht. Als Madlener endlich an der Nordost-Ecke angekommen war, sah er zu seinem Bedauern, dass man auch von der Rückseite keinen Blick auf das Grundstück werfen konnte, die Mauer war einfach zu hoch und wies keine Lücke auf. Er hatte gehofft, hinten vielleicht nur einen Maschendrahtzaun anzutreffen, aber anscheinend war das Fritsch-Anwesen hermetisch abgeriegelt. Er wusste eigentlich nicht, warum, aber je schwerer man es ihm machte, desto mehr war sein Ehrgeiz geweckt, jetzt gerade erst recht nicht klein beizugeben.

Madlener sah sich um. Eine der Fichten hochzuklettern war unmöglich, die Äste fingen erst auf Kopfhöhe an und waren so dürr, dass sie beim ersten Versuch, sich daran hochzuziehen, abbrechen würden.

Er marschierte weiter, die Ostseite entlang. Hier ging der Fichtenbestand allmählich in einen Mischwald über, an den sich eine Lichtung anschloss. Und dort war tatsächlich ein Jägerstand. Vorsichtig stieg Madlener, der alles andere als schwindelfrei war, die wacklige Holzleiter Sprosse um Sprosse nach oben.

Der Jägerstand war für seinen Geschmack recht hoch, so an die sechs Meter, schätzte er, als er endlich oben ankam. Eine primitive Holzbank, die aus einem Brett bestand, diente als Sitzfläche, ein paar dünne Latten bildeten ein provisorisches Geländer, auf das man seine Jagdflinte legte, um in aller Ruhe das äsende Wild auf der Lichtung anvisieren zu können. Aber diese Zielrichtung interessierte Madlener nicht. Er sah nach oben. Am Stamm hatten sich einige Menschen mit Schnitzereien verewigt, vermutlich Liebespaare, er entdeckte Herzen und Buchstaben. Den Baum, an den der Jägerstand angelehnt war, konnte er als Buche identifizieren. Die Buche hatte starke, gesunde Äste. Madlener beschloss, noch ein Stück höher zu klettern, was er ohne große Mühe schaffte. Der nächste Ast war besonders stark, und er ragte genau in die Richtung, von der aus man freie Sicht auf das Fritsch-Grundstück hatte. Zentimeter um Zentimeter schob sich Madlener auf dem Ast nach vorn. Bis hierher musste sich auch schon ein Kletterer gewagt haben, denn dort hatte sich jemand mit einem Taschenmesser zu schaffen gemacht. Aber das Schnitzwerk war kein übliches Herz, sondern bestand aus mehreren Buchstaben, die Madleners Interesse weckten:

B. B. EMPEDOKLES

Eine seltsame Inschrift. Unter größten Schwierigkeiten zog Madlener sein Handy aus der Tasche und fotografierte die Buchstaben. Dann sah er auf. Von dieser Warte aus hatte er einen perfekten Überblick über das gesamte Fritsch-Anwesen. Vorsichtig, weil er sich mit seiner linken Hand an einen Ast festklammern musste, griff er nach seinem Feldstecher und führte ihn an seine Augen.

Er erspähte das Haupthaus von der Rückseite, eine moderne Bauhausarchitektur mit viel Glas und Beton, daneben ein Anbau im gleichen Stil, wohl die von Kommissar Wohlfahrt beschriebene Bibliothek, einen riesigen Swimmingpool mit Badehaus, eine große Garage, das Garagentor stand offen, auf einem gekiesten Platz parkten zwei dicke Autos. Sosehr er auch alles mit dem Fernglas absuchte, er konnte keine Bewegung auf dem Grundstück erkennen. Oder doch – jetzt kamen zwei Hunde auf den gekiesten Platz und balgten sich um irgendetwas.

Madlener beglückwünschte sich, nicht dem ersten Impuls nachgegeben und das Grundstück aufs Geratewohl durch das Tor betreten zu haben, als der Hummer herausgefahren war. Er war kein Spezialist auf dem Gebiet der Hunderassen, aber dass mit den zwei kalbsgroßen schwarzen Zerberussen nicht zu spaßen war, konnte man sich an den Fingern einer Hand abzählen. Falls die nach der ersten Bekanntschaft überhaupt noch dran waren. Es blieb ihm wohl doch nichts anderes übrig, als die geheime Telefonnummer herauszubekommen, bei Frau Fritsch anzurufen und um einen offiziellen Termin zu bitten, selbst auf die Gefahr hin, dass diese Bitte höchstwahrscheinlich abschlägig beschieden wurde. Er hatte keinen hinreichenden Grund oder eine gesetzliche Handhabe vorzuweisen, um die Witwe bei einem Gespräch unter die Lupe nehmen zu können.

Plötzlich war von unten eine Stentorstimme zu vernehmen, die Madlener so erschreckte, dass er beinahe den Halt verloren hätte.

»He, du da oben – was treibst du da?«

Er äugte zum Fuß der Leiter und sah einen in Bundhosen und Lodenjacke gekleideten Mann mit grünem Filzhut, an dessen Schulter ein Gewehr baumelte, das er in diesem Moment abnahm und mit dem er in seine Richtung wies. Er zielte nicht richtig auf Madlener, aber er fuchtelte damit herum. *Mist, Mist, Doppelmist!*

»Komm sofort da runter, hast du gehört!? Ich sag das nicht zweimal!«

Ganz abgesehen davon, dass Madlener sich für einen kurzen Moment vorkam wie ein dummer Schuljunge, der in flagranti beim Kirschenstibitzen erwischt worden war, passte ihm die Anrede und der impertinente Kasernenhofton ganz und gar nicht. Aber in seiner momentanen Lage konnte er wohl nicht anders, als dem Befehl Folge zu leisten. Das ließ die unkontrollierbare Wut in ihm hochschießen, die ihn schon so manches Mal in Schwierigkeiten gebracht hatte.

Langsam und der Höhe angemessen machte er sich auf den mühevollen Weg nach unten und war sich dabei bewusst, dass er für diesen Jäger oder Förster keine sehr glückliche Figur abgeben musste. Das ließ die Wut in ihm noch weiter hochkochen. Mit knallrotem Kopf gelangte er auf den Jägerstand und kletterte die Leiter nach unten. Noch bevor er den Boden berührt hatte, spürte er den Gewehrlauf im Rücken.

Das brachte das Fass zum Überlaufen. Mit einer Geschwindigkeit, die ihm sein Gegenüber wohl nicht zugetraut hatte, drehte er sich herum und packte den Gewehrlauf, riss dem völlig überraschten Mann die Büchse aus der Hand. Sie war entsichert, was ihn noch eine Spur wütender machte, er schoss damit in die Luft und schlug den Hinterschaft des Jagdgewehrs so lange und heftig gegen den Buchenstamm, bis er zersplitterte und das Zielfernrohr davonflog. Den kläglichen Rest warf er dem Mann, der dem Furor von Madlener nichts als eine fassungslose Miene entgegenzusetzen hatte, mit aller Verachtung, die er aufbringen konnte, vor die Füße. Dann packte er ihn am Kragen und zog ihn zu sich heran.

»Ziele niemals wieder auf einen Menschen, niemals wieder, hast du mich verstanden, du Arschloch?!«

Der Mann hob das, was von seinem Gewehr übrig geblieben war, auf und brach beinahe in Tränen aus. »Das ist ein echtes Scheithauer-Jagdgewehr! Das kostet zweitausend Euro!«

»Das ist mir scheißegal. Und wenn's Winnetous Silberbüchse wäre! Knall meinetwegen Rehe ab, wenn dir dabei einer abgeht. Aber ziel nie wieder auf andere Menschen!«

Er stieß ihn von sich weg. Der Mann zitterte wie Espenlaub.

»Ich bin der Revierförster. Ich habe das Recht dazu, die Waffe einzusetzen, wenn sich jemand verdächtig macht. Ich werde Sie anzeigen.«

»Mach das. Ich bin Polizist. Bei der Kripo in Friedrichshafen. Hauptkommissar Madlener. Max Madlener, merk dir den Namen. Ich warte nur auf deine Anzeige. Aber dann bist du dran wegen versuchten Totschlags, das kann ich dir versprechen!«

Immer noch wütend stapfte er davon, bevor er dem Revierförster doch noch seine Faust mitten ins Gesicht schlagen würde.

23

Auf der Rückfahrt zur Polizeidirektion versuchte Madlener, wieder auf Normalnull herunterzukommen, indem er eine seiner Lieblings-CDs einlegte, »Deep Purple in Rock«, und den Titel »Child in Time« wählte. Er drehte den Lautstärkeregler volle Kanne auf.

See the blind man
Shooting at the world
Bullets flying
Oh taking toll …

Das half. Während er laut mitsang, wurde ihm klar, dass eine saubere Dienstaufsichtsbeschwerde auf ihn zukam, wenn der übereifrige Förster ihn doch anzeige. Das wäre ein gefundenes Fressen für Dr. Auerbach.

Bei dem Gedanken schlich sich ein Grinsen in sein Gesicht. Madlener wusste sehr genau, dass und warum ihm die Kollegen in Stuttgart den Spitznamen »Mad Max« gegeben hatten. Wahrscheinlich hatte sich das schon bis zum Bodensee herumgesprochen. Wie er Frau Gallmann inzwischen kannte, hatte sie vor seinem Antritt in Friedrichshafen alles für ihren Chef eruiert, was sie über ihn in Erfahrung bringen konnte. Aber das störte Madlener nicht besonders, das war der Lauf der Dinge.

If you've been bad
Oh Lord I bet you have
And you've not been hit
Oh by flying lead
You'd better close your eyes …

Das tat er dann doch nicht, sondern fuhr streng vorschriftsmäßig in Friedrichshafen ein, wo er in Richtung Klinikum abbog.

Frau Dr. Herzog lächelte ihn tatsächlich an, als er unangemeldet ihr Büro betrat. Madlener spürte, wie eine leichte Röte sein Gesicht überzog. Er hoffte inständig, dass sein Herpesbläschen nicht mehr zu sehen war, wagte es aber nicht, mit der Zunge nachzuspüren.

»Sie haben Glück«, sagte sie. »Gerade wollte ich Sie anrufen und informieren, dass ich Ihnen den Obduktionsbefund maile.«

Bevor er noch etwas sagen konnte – den ganzen Weg in ihr Büro hatte er darüber nachgedacht, aber ihm war nichts Nettes eingefallen, was nicht leicht anzüglich wirkte –, drückte sie ihm einige zusammengeheftete Seiten in die Hand.

»Setzen Sie sich doch.« Sie deutete auf den Besucherstuhl, und Madlener tat wie geheißen. »Kaffee?«

»Liebend gern«, sagte er, und Dr. Herzog ging zu einer altmodischen Kaffeemaschine, die vor sich hinröchelte, und hielt die Glaskaraffe mit der schwarzen Brühe hoch. »Wir haben allerdings nicht so eine teure Espressomaschine, wie Sie es vielleicht gewöhnt sind. Dazu reicht unser Etat nicht aus.«

»Altmodischer Filterkaffee ist ganz wunderbar«, antwortete er, und sie schenkte ihm eine Tasse ein.

»Zucker?«, fragte sie und hielt ihm einen Karton mit Würfelzucker hin. Er nahm zwei Stück, ließ sie in den Kaffee fallen und rührte um.

»Frau Doktor …«, setzte er an, aber sie unterbrach ihn mit erhobenem Zeigefinger.

»Wir waren bei Ellen, Max«, korrigierte sie ihn.

»Ellen, ja, natürlich«, stotterte er verlegen und schalt sich innerlich einen Vollidioten. Er versuchte sein erneutes Erröten zu verbergen, indem er betont geschäftsmäßig in den Papieren blätterte. Er warf einen kurzen Blick auf ihre Hände, schöne Hände mit gepflegten, natürlichen Fingernägeln, aber ohne Ehering. Dann sah er ihr in die Augen, die hier unten im künstlichen Neonlicht eher ins Bräunliche spielten.

»Also am liebsten wäre es mir, wenn Sie mir eine verständliche Zusammenfassung geben würden.«

»Gut, dann machen wir's kurz. Karl Möller ist ertrunken, aber nicht im Pool. Das Wasser in seiner Lunge hätte sonst eine gewisse Konzentration an Chlor aufweisen müssen. Um Ihrer Frage vorzugreifen: Ich schätze, er ist vier bis fünf Stunden, bevor man ihn in dem Pool platzierte, ertränkt worden. Und zwar auf besonders perfide Art und Weise. Aber vorher noch zum Laborbericht. Wir

konnten Sedativa und Reste von einer Trägerlösung im Blut nachweisen. Das heißt, dass er ruhiggestellt wurde und dass man ihm
intravenös Nährlösung eingegeben hat, um ihn länger am Leben zu
erhalten. Der Stich in der Armbeuge stammt eindeutig von einer
Infusionsnadel. Aber er ist nicht entzündet. Das deutet auf eine
Verweildauer von drei, höchstens fünf Tagen hin. Also: Er wacht
auf, ist mit Klebeband bis zur Unbeweglichkeit gefesselt – ich habe
am ganzen Körper Faserspuren von Klebeband gefunden. Er kann
sich nicht bewegen, bekommt aber alles mit, er hat auch Reste
von Propofol im Blut –«

Er unterbrach sie. »Was bedeutet das?«

»Er ist, wenn er aufwacht, wie katatonisch. Kriegt alles mit,
kann sich aber nicht bewegen. Dann stellen sie mit ihm an, was
sie vorhaben. Was auch immer es ist.«

»Aber keine erkennbaren äußeren Verletzungen?«

»Bis auf zwei Punkte am Nacken. Verbrennungen.«

»Zigaretten?«

»Nein. Wahrscheinlich ein Elektroschocker.«

Madlener sagte nichts. Aber diese Erkenntnis war wichtig. Er
speicherte sie in seinem Gedächtnis ab.

Dr. Herzog fuhr fort: »Dann bekommt er wieder ein Schlafmittel in die Infusionslösung gespritzt und ist erneut weggetreten, bis
sie wieder Zeit oder Laune haben, sich mit ihm zu beschäftigen.«

»Und dann wurde er auf perfide Art und Weise ertränkt, sagten
Sie?«

»Richtig. Er hat Hämatome an den Fußgelenken. Ich stelle mir
das so vor: Er liegt im Wasser, wohl eine Wanne, sonst hätten wir
Hautabschürfungen auf dem Rücken gefunden. Der Täter packt
ihn an den Fußgelenken und zieht ihn plötzlich mit dem Kopf
unter Wasser. Wenn dieser Angriff überraschend erfolgt, kann er
sehr schnell zu einem reflektorischen Kreislaufstillstand und zum
Tod führen, vor allem bei einem Menschen in seinem Alter. Selbst
wenn er es noch geschafft haben sollte, den Atem anzuhalten,
was ich kaum glaube, muss er durch den Kohlenstoffdioxiddruck
im Blut nach spätestens einer Minute ein- oder zweimal tief Luft
holen. Er saugt aber nur Wasser in die Atemwege ein. Die Folge
ist Atemstillstand und Herztod.«

»Würde er noch dazu kommen, sich zu wehren?«

»Nicht oder nur schwach, wenn er noch unter dem Einfluss von Sedativa stand, was ich annehme.«

»Also braucht man wenigstens medizinische Grundkenntnisse, um diese Medikamente einzusetzen und um so den Tod herbeizuführen?«

»Ich würde es annehmen. Zumindest stelle ich mir die Frage, wie man sonst überhaupt auf so eine Tötungsart verfällt.«

»Und die Medikamente, die man ihm verpasst hat – wer kommt an so etwas heran?«

»Ärzte, Krankenhausangestellte, Apotheker, Pflegepersonal … Ich glaube kaum, dass Sie das bei der Eingrenzung möglicher Täter weiterbringt.«

Madlener stand auf und streckte die Hand aus. »Danke, Ellen. Sie haben mir sehr geholfen. Wenn ich noch Fragen habe …«

Sie gab ihm die Hand. Sie war warm, aber nicht feucht. »Sie haben meine Nummer.«

»Bis dann. Ich hoffe, wir sehen uns das nächste Mal unter erfreulicheren Umständen.«

»Das wäre nett«, sagte sie und lächelte.

Als er wieder in seinem Wagen saß, fuhr er zunächst nicht los. Er saß einfach nur da und versuchte, ihre letzten Worte und ihr Lächeln zu interpretieren. Irgendwo hatte er doch noch diese CD von Yes im Handschuhfach, »90125«. Er suchte und fand sie tatsächlich. Aber nein, das war zu viel des Guten.

Er ließ den Motor an, steckte die CD zurück ins Handschuhfach und klappte es zu. Dann fuhr er in sein Büro. Dort streckte er die Füße auf seinem Schreibtisch aus und dachte nach, bis ihn das Klingeln seines Telefons wieder in die Wirklichkeit zurückholte.

»Ich glaube, ich muss Ihnen nicht erzählen, was eine Standpauke ist«, sagte Thielen mit hochrotem Kopf, als Madlener eine Viertelstunde später das Chefzimmer des Kriminaldirektors betrat, in das er per Telefonanruf von Frau Gallmann beordert worden war.

»Heißt das, Sie wollen mir eine halten?«, fragte Madlener unbeeindruckt und versuchte, seinen Tonfall nicht allzu provokant zu gestalten.

»Ich habe große Lust dazu, ja, allerdings«, sagte Thielen. »Und auch einen konkreten Anlass, Herr Madlener. Lassen Sie mich eines festhalten: Sie wissen, dass Teamwork bei mir ganz großgeschrieben wird. Insbesondere, wenn wir alle unter Hochdruck an einem Fall arbeiten, wie es ihn in dieser Brutalität und Dimension in der ganzen Kriminalgeschichte der Bodenseeregion noch nie gegeben hat.«

Eigentlich wollte Madlener entgegnen, dass er da gar nicht so sicher war, aber er ließ es für dieses Mal gut sein und hielt lieber seine vorlaute Klappe. Und das war auch besser so, denn Kriminaldirektor Thielen war immer noch auf Anschlag im roten Bereich, als er fortfuhr: »Mir ist aus ihrer Akte bekannt, dass sie gerne auf eigene Faust vorgehen, aber das kann und werde ich hier, solange ich ihr Vorgesetzter bin, nicht durchgehen lassen. Wenn ein Status-Meeting angesetzt ist, haben sich alle einzufinden. Ohne Ausnahme. Das gilt auch und insbesondere für Sie. Außer Sie sind aus dringenden Gründen dienstlich verhindert. Waren Sie das?«

Bevor Madlener auch nur zum Versuch einer Rechtfertigung ansetzen konnte, sprang Thielen aus seinem Sessel hoch, weil ihm eine weitere Insubordination eingefallen war. »Und dann schalten Sie auch noch ihr Handy ab! Im Dienst! Ich weiß nicht, wie oft Frau Gallmann versucht hat, Sie zu erreichen. Was haben Sie als Entschuldigung vorzubringen?«

»Ich war bei Frau Dr. Herzog in der Pathologie. Sie hatte den Obduktionsbefund von Karl Möller fertig. Und ich habe sie dazu befragt.« Er legte ihn auf den Tisch. »Kann gut sein, dass ich da unten im Keller kein Netz hatte. Außerdem bin ich noch einer anderen Spur nachgegangen.«

Während Thielen die Papiere durchblätterte, fragte er: »Eine andere Spur? Welche andere Spur?«

Madlener zuckte mit den Schultern. »Hat sich als Sackgasse erwiesen. Ich habe Frau Holtby gebeten, mich im Status-Meeting zu vertreten. Sie hat mein vollstes Vertrauen. Und sie wird mich umgehend auf den neuesten Stand bringen.« Madlener hatte das in aller Seelenruhe vorgetragen, um Thielen nicht noch mehr auf die Palme zu bringen.

Thielen setzte sich wieder. Er sammelte sich kurz, als das Telefon klingelte. Ruppig riss er den Hörer von der Anlage und bellte hinein: »Jetzt nicht, Frau Gallmann!«, bevor er ihn auf die

Gabel knallte. Er wandte sich erneut an Madlener und strich sich sein schütteres Haar zurecht. »Fassen Sie diese Unterredung als mündliche Abmahnung auf, Herr Madlener. Ich erwarte morgen einen schriftlichen Bericht über die Spur, der sie nachgegangen sind. Haben wir uns verstanden?«

Es klopfte, und im gleichen Moment wagte es Frau Gallmann, ihren Kopf in den Türspalt zu stecken. Angesichts dieser erneuten Störung war es mit Thielens gewaltsamer Selbstbeherrschung vorbei. Er wurde laut und patzig: »Frau Gallmann, ich bin hier noch nicht fertig! Kommen Sie wieder, wenn ich es Ihnen sage! Und jetzt: Tür zu!«

Doch Frau Gallmann machte die Tür nicht zu. Mit größter Impertinenz, die ihr gut zu Gesicht stand, wie Madlener fand, sagte sie spitz: »Es tut mir leid, Herr Kriminaldirektor, aber eine Leiche isch gefunden worden. Ich wollt's Ihnen bloß sagen. Nicht dass es wieder heißt, niemand hätte Sie informiert.« Damit machte sie die Tür zu.

Thielen sah Madlener mit einem gequälten Gesichtsausdruck an, als würde er in diesem Tollhaus von einer Polizeidirektion allmählich selbst nicht mehr wissen, ob er Männlein oder Weiblein war. Er sprang auf und riss die Tür zum Vorzimmer auf, es war ein Wunder, dass sie nicht aus den Angeln flog.

»Was haben Sie da gesagt? Eine was ist gefunden worden? Eine Leiche?«

»Ja. Eine neue«, erklang Frau Gallmanns Stimme aus dem Vorzimmer. »Männlich, nackt und tot. Im hiesigen Klärwerk.«

Sie kam wieder in Madleners Blickfeld und stand Thielen Auge in Auge gegenüber. »Fast unter den gleichen Umständen wie unsere Pool-Leiche, der Herr Möller. Kommissar Binder lässt ausrichten, alles deutet darauf hin, dass sich bei uns ein ganz gefährlicher Serienmörder herumtreibt.«

Jetzt wandte sie sich an Madlener. »Genau so, wie Sie's gesagt haben, Herr Madlener«, fügte sie in einem Ton hinzu, der mehr als einen Hauch von Kompliment für Madleners Vermutung beinhaltete.

Madlener atmete innerlich auf. Er würde sich bei Gelegenheit bei Frau Gallmann für diese willkommene Unterbrechung bedanken. Beim Täter konnte er das wohl eher nicht tun.

24

Sie rasten im Konvoi durch die Stadt zum Klärwerk, das außerhalb im Südosten zwischen einer viel befahrenen Bundesstraße und dem Bodenseeufer lag. Ein Streifenwagen der Verkehrspolizei mit Blaulicht und Sirene, dessen Fahrer in seiner Freizeit anscheinend für die süddeutsche Rallyemeisterschaft trainierte, bahnte ihnen den Weg durch den dichten Berufsverkehr, der in Friedrichshafen nicht nur zur Urlaubszeit, aber da erst recht, eine einzige Katastrophe war. Thielen saß im Streifenwagen, ihm folgte Binder mit Götze, und das Schlusslicht bildete Madlener, der von Harriet begleitet wurde.

»Was wissen wir?«, fragte er sie. Er musste sich voll darauf konzentrieren, nicht den Anschluss zu verlieren.

Harriet hatte das mobile Blaulicht aufs Dach geklemmt und klammerte sich blass und mit beiden Händen am Sicherheitsgurt fest, weil Madlener halsbrecherisch eine Reihe von Lastwagen überholte, die an einer roten Ampel hielten. Er konnte gerade noch einem von links kommenden Mercedes ausweichen, dessen Ampel Grün anzeigte und der den Polizeikonvoi nicht bemerkt hatte. Trotz ihrer verkrampften Haltung brachte Harriet es fertig, Madlener zu berichten, was bisher bekannt war.

»Die männliche Leiche wurde vor knapp einer Stunde in einem Becken des Klärwerks vom Zweiten Abwassermeister –«

Madlener unterbrach sie verblüfft: »So einen Titel gibt's wirklich?«

»Weiß ich nicht, wird wohl so sein«, sagte sie irritiert und fuhr fort: »Vom Zweiten Abwassermeister bei einer Inspektion des Außengeländes gefunden. Sie trieb mit dem Rücken nach oben in einem der Nachklärbecken. Mehr ist noch nicht bekannt.«

»Name, Alter, wie lange dort, Tatort?«

»Vorsicht!«

Madlener riss das Steuer herum und wich im letzten Moment einem unachtsamen Radfahrer aus. Harriet schlug die Hände vor die Augen.

»Das war knapp. Was hat sich eigentlich bei der Durchsuchung des Wohnmobils ergeben?«, fragte er, als er den Wagen wieder unter Kontrolle gebracht hatte.

»Bis jetzt nichts. Es wird gerade noch genauer unter die Lupe genommen. Die Papiere von Möller lagen im Handschuhfach. Alle möglichen Fingerabdrücke wurden abgewischt.«

»Hab ich mir schon gedacht. Was ist mit seinem Handy? War es auch im Handschuhfach?«

»Leider nein. Kein Handy.«

»Wäre ja auch noch schöner gewesen. Ich vermute, das liegt längst auf dem Grund des Bodensees.«

»Ich habe trotzdem von Frau Möller die Nummer erfragt und vom Betreiber eine Liste der Telefonanrufe bekommen. Der letzte Anruf, den Möller getätigt hat, war vor vierzehn Tagen.«

»Wen hat er angerufen? Haben Sie das gecheckt?«

»Einen Laden für Angelbedarf hier in Friedrichshafen. ›Joe's Angelshop‹.«

»Aha. Sehr aufschlussreich.«

Sie sah ihn entgeistert an.

»War ein Scherz«, sagte er. Mit ihrem Humor schien es doch nicht allzu weit her zu sein. Aber als er merkte, dass Harriet eingeschnappt war, beeilte er sich hinzuzufügen: »Trotzdem gute Arbeit. War das alles bei der Besprechung?«

»Ja. Nur dass der Herr Thielen ziemlich wütend war, als ich Sie entschuldigt habe.«

»Ich denke, wir haben jetzt andere Sorgen«, brummelte er und gab Vollgas, um wieder Anschluss zu bekommen.

Der Streifenwagen an der Spitze der Kolonne bog in eine Straße ein, die durch einen Wald zum Eingang des Klärwerks führte, wo schon weitere Polizeiautos mit blinkendem Blaulicht und der Transporter der Spurensicherung hinter dem geöffneten Eingangstor standen. Der Konvoi fuhr, von einem Polizisten in Uniform eingewiesen, der den Kriminaldirektor militärisch zackig grüßte, vor das Hauptgebäude.

Thielen, der in seiner Chefrolle sichtlich aufblühte, stieg aus wie ein General vor der entscheidenden Schlacht, mit einem grimmigen Gesichtsausdruck, der höchste Konzentration, energische Führungskraft und brutalstmögliches Durchgreifen signalisierte gegen diejenigen, die es gewagt hatten, die Idylle – seine Idylle! – am Bodensee durch ruchlose Verbrechen zu entweihen.

Madlener hätte sich nicht gewundert, wenn Thielen den oder die Täter, falls man ihrer schon habhaft geworden wäre, umgehend an die Wand hätte stellen lassen, um seine Entschlossenheit zu demonstrieren. Aber er scheuchte diesen defätistischen Gedanken schnell wieder beiseite. Jetzt war kein klammheimlicher Spott, sondern klares Denken angesagt. Er überlegte sich kurz, ob er in seine Tatortgummistiefel steigen sollte, aber das Gelände war staubtrocken, und er nahm nicht an, dass er in irgendwelchen Fäkalienbehältnissen herumrutschen musste, zumindest hoffte er es.

Thielen stapfte hinter einem Polizisten her, als ginge es zum Feldherrnhügel. Madlener, Harriet, Binder und Götze folgten ihm. Der Polizist führte sie zum Fundort der Leiche, einem von mehreren kreisrunden Becken auf der Rückseite der Anlage. Es maß gut fünfundzwanzig Meter im Durchmesser und hatte eine bewegliche Laufbrücke aus Metall mit einer Sprossenleiter, über die man zu Wartungsarbeiten ins Becken klettern konnte. Das Becken war offensichtlich leer gepumpt worden. Ein dumpfer Geruch nach Faulgasen lag in der Luft. Keine noch so leichte Brise erleichterte das Atmen, alle Anwesenden schwitzten und hatten gerötete Gesichter, Thielen wischte sich ständig mit einem großen Tuch den Schweiß aus Stirn und Nacken.

Angesichts der Situation war es natürlich unangemessen, aber Madlener freute sich insgeheim, als er Frau Dr. Herzog inmitten der emsigen Spurensicherungsleute erkannte, die bei dieser drückenden Hitze sicher noch mehr litten als er, weil sie in ihren Wegwerfoveralls samt Kapuze steckten und ihre üblichen Latexhandschuhe anhatten. Erstaunlicherweise sah er nicht die geringste Spur eines Schweißfilms auf Dr. Herzogs Gesicht. Sie muss einen anderen Thermostat in ihrem Körper haben als gewöhnliche Menschen, dachte er neidisch und gleichzeitig bewundernd, als er sie mit einem freundlichen Nicken, das sie andeutungsweise lächelnd erwiderte, begrüßte. Sie kniete neben der Leiche, die bereits aus dem Becken entfernt worden war und halb mit einer Plane zugedeckt neben dem Aufstieg zur Laufbrücke lag, erhob sich und wartete, bis alle im Halbkreis um sie herumstanden. Thielen richtete das Wort an sie.

»Frau Doktor, was können Sie uns sagen?«

Dr. Herzog hob die Plane weiter vom Körper der Leiche, sodass sie alle einen Blick darauf werfen konnten. Sie lag auf dem Bauch.

»Männliche Leiche, augenscheinlich ertrunken, keine sichtbaren Spuren von äußerlicher Gewalteinwirkung, Fundort wahrscheinlich nicht gleich Tatort, Todeszeitpunkt zwischen zwanzig und vierundzwanzig Uhr gestern Nacht, trieb mit dem Gesicht nach unten im Nachklärbecken, als sie aufgefunden wurde.«

»War die Leiche mit Gewichten beschwert?«, mischte sich Madlener ein.

»Nein, aber ich habe das übliche Souvenir gefunden«, sagte sie und überreichte Madlener einen Beutel, den Thielen sofort an sich riss.

»Fische?«, fragte er.

»Ja, vier Stück. Bodenseefelchen.«

»Wie im Pool?«

»Ja.«

Madlener korrigierte: »Da waren es fünf.«

Frau Dr. Herzog pflichtete ihm bei. »Richtig. Die Kollegen von der Spurensicherung haben alles abgesucht. Aber nur vier gefunden.«

Thielen gefiel es nicht, dass ihm von Madlener das Heft des Handelns so aus der Hand genommen wurde. Unwirsch unterbrach er: »Vier oder fünf, das ist doch Jacke wie Hose. Wie alt ist der Tote?«

»Ich würde ihn auf sechzig bis siebzig Jahre schätzen.«

»Danke, Frau Doktor«, sagte Thielen und winkte einen der Spurensicherungsleute heran, während er den Beutel mit spitzen Fingern an Götze weiterreichte, der mit seinen gegelten Haaren, der markigen Ray-Ban-Pilotensonnenbrille und seiner Sommerkluft – er hatte heute ein mit Palmen bedrucktes Hawaii-Hemd an – wie immer etwas deplatziert wirkte.

»Irgendetwas gefunden?«, fragte Thielen den Techniker. Der schüttelte den Kopf. »Bisher absolut nichts. Keine Kleidungsstücke oder so was, wenn Sie das meinen. Keine Hinweise auf die Identität. Bisher auch keine Spuren auf der Laufbrücke, außer den üblichen Fingerabdrücken, die wohl von den Angestellten sind.«

»Überprüfen Sie das«, kommandierte Thielen überflüssigerweise und wandte sich dann an seine SOKO. »Ich will Aussagen vom genauen Umstand der Auffindung, Zeugenbefragungen. Ich will wissen, wie die Täter das Opfer hierhergebracht haben. Vielleicht hat jemand im Werk oder in der Umgebung irgendetwas gesehen. Binder, Sie kümmern sich zuallererst um die Identifizierung. Herr Madlener, von Ihnen will ich einen detaillierten und schlüssigen Schriftsatz über das Warum, das mögliche Motiv der Täter. Oder haben Sie auch diesmal bereits Kenntnis über den Namen des Opfers?«

»Nein.« Madlener schüttelte bedauernd den Kopf. »Leider.«

»Na gut. Meine Herren …«, er sah beschwörend seine SOKO-Mitglieder an, »… und Frau Holtby, natürlich«, beeilte er sich hinzuzufügen, »Sie sehen, was die Stunde geschlagen hat. Die Parallelen zum Pool-Fall sind offensichtlich. Nacktes Opfer im gleichen Alter, ertrunken, Wasser, Fische. Tun Sie, was Sie können. Der erste Fall war schon außergewöhnlich. Wenn jetzt noch ein zweiter, ähnlich bizarrer dazukommt, wird das in der Öffentlichkeit große Wellen schlagen. Ach was – ein Tsunami wird über uns hereinbrechen, wenn das hier bekannt wird. Ich werde morgen früh eine Pressekonferenz geben müssen, und ich will Sie, Herr Madlener, an meiner Seite haben. Damit die Presse was zum Schreiben hat, werde ich Sie als einen erfahrenen Profiler aus der Großstadt vorstellen, also machen Sie sich mit dem Gedanken vertraut, damit sie eine passable Figur abgeben. Das war's vorerst, an die Arbeit. Wir treffen uns in zwei Stunden im Meetingraum. Und wenn ich ›wir‹ sage, dann meine ich Sie alle! Das gilt besonders für Sie, Herr Madlener.«

Er drehte sich um und zupfte einen der Techniker am Arm. »Zeigen Sie mir genau, wo der Tote lag.«

Madlener blieb bei Frau Dr. Herzog und zog sich Latexhandschuhe an. »Darf ich?«, fragte er.

»Bitte. Er gehört Ihnen«, sagte sie.

Er untersuchte Hand- und Fußgelenke des Toten. »Die kleinen Flecke an den Fußgelenken – sind das Hämatome?«

»Ja.«

»Wie bei Karl Möller?«

Sie sah ihn an und nickte. »Wie bei Karl Möller.«

»Gleiche Tötungsart?«

»Das ist jetzt nur eine erste Vermutung, aber ich denke schon. Auch er hat Einstichstellen von einer Nadel in der Armbeuge. Hier.«

Madlener betrachtete sie. »Keine Drogen?«

»Wohl eher durch eine Infusionsnadel. Aber wir werden das genauer untersuchen. Und hier, schauen Sie …«

Sie wies auf zwei rötliche Punkte am Hals des Toten.

»Was ist das?«, fragte Madlener.

»Verbrennungen.«

»Von einem Elektroschocker?«

»Würde ich sagen, ja.«

Madlener seufzte. »Ich fürchte, ich werde Ihnen morgen schon wieder einen Besuch in der Pathologie abstatten müssen.«

Sie zuckte mit den Schultern. »Ich gehe davon aus.«

»Ich werde Sie vorher anrufen.«

»Nicht nötig. Aber vor Nachmittag werde ich nicht durch sein mit ihm. Wenn Sie Glück haben, ist bis dahin auch das toxikologische Gutachten fertig.«

Er lächelte sie an. »Hauptsache, Sie haben noch eine Tasse altmodischen Filterkaffee für mich übrig.«

Sie lächelte zurück. »Die Kaffeemaschine läuft Tag und Nacht.«

»Dann bis morgen.«

Er nickte ihr zu und streifte seine Latexhandschuhe ab. Seine Hände darunter waren schweißnass, ein unangenehmes Gefühl, er putzte sie mit einem Taschentuch ab und ging zum Zaun, der die Anlage umgab. Harriet folgte ihm. Dort machte ein Techniker Fotos von einem klaffenden mannshohen Loch im Maschendraht.

»Mit einer Drahtschere durchgeschnitten«, sagte der Mann ungefragt, als er Madlener herankommen sah.

Madlener warf einen Blick durch die Öffnung. Hinter der Laubhecke befand sich die geteerte Zufahrtsstraße zum Klärwerk, außer Bäumen und Buschwerk war nichts weiter zu sehen.

»Ich weiß, dass es dafür zu trocken ist«, sagte Madlener. »Aber überprüfen Sie bitte trotzdem, ob Sie im Grünstreifen Reifenspuren ausfindig machen können.«

»Schon erledigt«, bekam er zur Antwort. »Negativ.«

Madlener bedankte sich und machte sich mit Harriet auf den Weg zu seinem Auto.

»Was tun wir jetzt?«, fragte seine Assistentin.

»Nachdenken«, antwortete Madlener knapp. Sofort bereute er seine schroffe Einsilbigkeit. »Es gibt mit Sicherheit eine Verbindung zwischen den zwei Toten. Wenn wir die haben, sind wir einem möglichen Motiv schon viel näher.«

»Aber dazu müssen wir zuerst einmal wissen, wer das Opfer ist.«

»Richtig«, seufzte Madlener. »Die Täter machen es uns da nicht gerade leicht. Vielleicht wollen sie uns nur ärgern, vielleicht wollen sie aber auch nicht, dass wir so schnell hinter ihr Motiv kommen. Jedenfalls untermauert der Zustand der Leiche und der Fundort meine Theorie.«

»Dass die Leichen ein Zeichen sind?«

Innerlich revidierte Madlener erneut seine Vorurteile gegenüber Harriets Nasenpiercing und Designerfingernägel: Dieses Mädchen passte auf und war hellwach.

»Ganz genau. Sie könnten Chiffren sein.«

»Mit welcher Bedeutung?«

»Mit einer Bedeutung für den, für den sie bestimmt sind.«

»Aber was ist, wenn die Täter die Opfer willkürlich aussuchen? Aus Spaß am Töten?«

»Und dann so einen Aufwand veranstalten? So eine Inszenierung? Nein, das glaube ich nicht. Außerdem sind beide Opfer aus der gleichen Altersklasse. Ich denke nicht, dass das Zufall ist. Aber in dem Zusammenhang fällt mir was ein …«

Er machte kehrt und steuerte noch einmal auf das Klärbecken zu. Frau Dr. Herzog war in die Hocke gegangen und sprach konzentriert in ein kleines Diktiergerät. Sie blickte hoch, als sie Madlener und Harriet näher kommen sah.

»Mir ist da vorhin etwas aufgefallen, Ellen«, sagte Madlener. »Aber mein Chef hat mir wieder dazwischengefunkt. Hat das Opfer nicht eine Narbe an der Hüfte?«

Dr. Herzog schlug die Plane noch einmal ganz zurück und wies mit ihren Fingern darauf.

»Ja«, sagte sie, »ich werde das im Obduktionsbericht natürlich erwähnen. Es ist eine alte OP-Narbe, vielleicht fünf oder sechs Jahre alt. Kaum zu sehen unter dem Schmutz. Respekt, dass Sie das entdeckt haben.«

»Was war das für eine Operation? Ein künstliches Hüftgelenk?«

»Eindeutig, ja.«

»Sagen Sie – haben die Dinger nicht eine Kennzeichnung oder so etwas? Dass man feststellen kann, wo und wann die Operation durchgeführt wurde? Und bei wem?«

»Es gibt ein zentrales Endoprothesenregister in Deutschland. Eine Meldepflicht dafür existiert jedoch erst seit 2011.«

»Aber wenn wir Glück haben …«

»… dann ist die Endoprothese vorher schon registriert worden. Ich werde das sofort feststellen, sobald der Tote in der Pathologie liegt.«

»Ich wäre Ihnen sehr verbunden. Bitte rufen Sie mich jederzeit an. Egal ob Tag oder Nacht. Harriet – haben Sie was zum Schreiben?« Er ärgerte sich, dass er immer noch keine eigene Visitenkarte hatte, und schrieb seine Handynummer auf die Karte der Polizeidirektion, die Harriet ihm reichte. Er gab sie an Dr. Herzog weiter, den Kuli an Harriet, dann drehte er sich um und ging zu seinem Auto.

»Ihr Kollege hat was drauf«, sagte Dr. Herzog zu Harriet, als Madlener außer Hörweite war.

Harriet verstaute das Schreibzeug in ihrem Rucksack.

»Das hat er. Aber sagen Sie's ihm nicht. Er hört das nicht so gern, glaube ich.« Sie beeilte sich, Madlener wieder einzuholen.

25

Madlener war mit Harriet im Besprechungsraum der SOKO Pool, schlürfte notgedrungen ungezuckerten Kaffee aus der Gott sei Dank wieder funktionstüchtigen Kaffeemaschine in der Teeküche – in der die Zuckerdose wieder einmal unauffindbar war – und dachte nach. Er starrte dabei auf die überdimensionale Pinnwand, die er von Frau Gallmann hatte besorgen lassen und die jetzt die halbe Wand einnahm.

Mit Harriets Hilfe hatte er sie mit Fotos vom Opfer Nummer eins, dessen Räumlichkeiten und Wohnmobil bepflastert und mit Stichworten und Querverweisen versehen, so wie er das stets bei seinen früheren Fällen, die komplexerer Natur waren, gemacht hatte. Die zweite Hälfte der Pinnwand war für Opfer Nummer zwei reserviert und entsprechend spärlich ausgestattet, weil sie außer ein paar Fotos von Fundort und Leiche noch nichts weiter hatten. Was sie bisher wussten und was Fundort und Todesart der beiden Opfer gemeinsam hatten, hatten sie akribisch mit dicken Filzstiften notiert und miteinander verknüpft, sodass man einen guten Überblick über den momentanen Wissensstand bekam.

Während Harriet noch pinnte und beschriftete, ließ er seinen Gedanken freien Lauf. Aber eine Assoziationskette, die ihn weitergebracht hätte, wollte sich nicht einstellen. Das konnte man nicht erzwingen.

Wenn sie erst wussten, wer Opfer Nummer zwei war, würde ihnen das erheblich weiterhelfen. Madlener schloss kurz die Augen, aber als er merkte, dass er dann eindösen würde, nahm er vorsichtshalber gleich noch einen großen Schluck von seinem starken schwarzen Kaffee. Er war so mit Koffein vollgepumpt, dass er sich wunderte, wie müde er war.

Er nahm die seitenlange Inventarliste zur Hand, die Harriet von Möllers Besitztümern zusammengestellt hatte, aber das brachte ihn auch nicht weiter. Zerstreut sah er das Foto vom Bild des römischen Kaisers aus Möllers Büro an, von dem Frau Möller nicht gewusst hatte, wie er hieß. Gerade wollte er Harriet noch mal bitten, den Namen des Kaisers zu eruieren, was sie wohl wegen der sich überstürzenden Ereignisse vergessen hatte, als er auf dem Flur Stimmen und Schritte hörte. Da er nicht in seinem eigenen Büro war und Thielen sicher nicht bei bester Laune, nahm er die Füße vom Tisch.

Und schon stürmten sie alle herein: Thielen voran, ihm folgten Binder und Götze. Auch Frau Gallmann kam und brachte Getränke und Gebäck. Und die schmerzlich vermisste Zuckerdose, frisch aufgefüllt. Madlener griff dankbar bei den Plätzchen zu, er merkte auf einmal, wie hungrig er war.

Während er friedlich vor sich hin knabberte, stellte sich Thielen vor die Pinnwand und beäugte Madleners und Harriets Fleißarbeit, zog seine Lesebrille heraus und studierte die Fotos, indem er die Brille, die Bügel zusammengeklappt, als Leselupe benutzte. Madlener schloss eine innere Wette ab: Entweder würde Thielen die Pinnwand ignorieren, oder er fand sie altmodisch und überholt, ein Relikt aus früheren Ermittlungszeiten, als man noch Karten und Briefe per Post verschickte. Madlener tippte auf Nummer zwei, als Thielen sich zu ihm herumdrehte und fragte: »Haben Sie das gemacht?«

»Frau Holtby und ich dachten, es hilft uns, einen besseren Überblick zu bekommen.«

Zur Verwunderung aller sagte Thielen: »Tja, Herrschaften, da merkt man, aus welcher Schule der Herr Madlener kommt. Das nenne ich gute Arbeit. Sehr übersichtlich. Frau Gallmann, sorgen Sie bitte dafür, dass diese Pinnwand morgen früh bei der Pressekonferenz in der Eingangshalle hinter mir aufgebaut wird. Das macht sich gut für die Fotografen. Aber die schlimmsten Bilder müssen natürlich vorher entfernt werden und auch die Notizen, die das Täterwissen betreffen. Dann sieht man in der Öffentlichkeit gleich, dass wir den Tätern dicht auf den Fersen sind. Das sind wir doch, oder?«

Er setzte sich umständlich mit einer Hand die Lesebrille auf und blickte über den Rand der Gläser fragend in die Runde. Ein Augenblick peinlicher Stille trat ein, nur kontrapunktiert von Madlener, der klappernd mit dem Löffel in seiner Kaffeetasse herumrührte, weil er sich ordentlich aus der Zuckerdose bedient hatte. In Zukunft bei so einer Angelegenheit immer zuerst Frau Gallmann fragen, nahm er sich vor und fuhr sich kurz mit der

Zunge über seine Lippen. Der Herpes war durch Frau Gallmanns Wundersalbe tatsächlich verschwunden.

Thielen unterbrach die Stille. »Ich darf doch um ein wenig mehr Zuversicht und Optimismus bitten, Herrschaften. Also, wer fängt an?«

Madlener hob zögernd die Hand, weil sich sonst niemand meldete.

»Nein, Herr Madlener«, entschied Thielen, »Sie kommen später dran mit ihrem möglichen Täterprofil. Jetzt soll Binder erst mal zusammenfassen, was wir bisher haben. Bitte!« Er nickte Binder auffordernd zu.

Binder räusperte sich und stand auf. »Was wir haben, ist nicht viel. Die Spurensicherung hat, wie auch beim Pool der Asams, nicht die kleinste verwertbare Spur gefunden. Die Kollegen vernehmen noch die Leute, die in der Nähe wohnen. Wobei ›Nähe‹ relativ ist, weil die ersten Wohnhäuser aus verständlichen Gründen ein gutes Stück weg vom Klärwerk sind. Keiner hat etwas gesehen oder gehört. Wir vermuten, dass ein Transporter die Leiche nach Mitternacht an den Zaun gefahren hat, dass mindestens zwei Männer den Zaun aufgeschnitten, die Leiche auf die Laufbrücke des Nachklärbeckens geschleppt und dort mit dem Gesicht nach unten fallen gelassen haben. Das ist der Stand der Dinge, solange wir nicht mehr von der Gerichtsmedizin bekommen.«

»Das ist nicht gerade viel. Was ist mit dem Toten?«

Madlener wollte sich wieder melden, aber Götze kam ihm zuvor. »Ich habe die Vermisstendatei durchforstet. Ein achtzigjähriger Vermisster aus einem Altenheim in Lindau, mit Alzheimer, ist der Einzige momentan, der kürzlich verschwunden ist, vor zwei Tagen. Bis auf zwei Schulmädchen, die hoffentlich nur ausgerissen sind und wieder auftauchen werden.«

Thielen schüttelte den Kopf. »Achtzig ist zu alt für unsere Leiche. Die Frau Doktor schätzt sie auf sechzig bis siebzig. Aber bleiben Sie weiter dran und fragen Sie heute noch bei den Kollegen in Österreich und der Schweiz nach. Kommen wir zum möglichen Motiv. Das ist Ihre Domäne, Herr Madlener. Was ist mit Morden im Homosexuellenmilieu?«

Madlener stand auf, als sein Handy mit dem schrillen Klingelton loslegte. Alle fuhren zusammen. Er sah auf die Nummer:

»Entschuldigung, das Gespräch muss ich annehmen, es ist Frau Dr. Herzog.«

Er ging auf den Gang hinaus und schloss die Tür hinter sich. Sie teilte ihm mit, dass er morgen um vierzehn Uhr in die Pathologie kommen konnte. Sonst gab es nichts Neues, das zentrale Endoprothesenregister hatte bereits Feierabend, aber sie würde am nächsten Morgen in aller Früh noch mal dort anrufen und ihn sofort informieren, wenn sie einen Namen bekam.

Thielen, Binder, Götze und Harriet warteten und schenkten sich kalte Getränke ein. Im Besprechungsraum war die Luft stickig und schwülwarm, obwohl die Fenster auf waren. Thielen wischte sich zum wiederholten Mal mit seinem Tuch den Schweiß von der Stirn und wandte sich an seine Sekretärin, die trotz der Hitze wie aus dem Ei gepellt aussah und Nachschub an Softdrinks brachte. »Frau Gallmann – haben wir nicht irgendwo im Haus so eine transportable Klimaanlage?«

»Einen Ventilator könnte ich auftreiben«, sagte sie.

»Tun Sie das bitte. Das ist besser als gar nichts.«

Als Madlener wieder hereinkam, sahen ihn alle fragend an. Aber er schüttelte den Kopf. »Morgen, vierzehn Uhr, habe ich einen Termin bei der Frau Doktor. Falls sich vorher etwas ergibt, das für uns von Wichtigkeit sein könnte, wird sie uns darüber informieren. Sie hat mir nur gesagt, dass wie bei der ersten Leiche kein sexueller Missbrauch oder dergleichen vorliegt.«

»Na gut«, sagte Thielen, »ich würde aber trotzdem einen Racheakt aus dem Schwulenmilieu nicht von vorneherein ausschließen. Jetzt lassen Sie mal Ihre Theorie hören, Herr Madlener. Bevor wir für heute Schluss machen. Bitte!«

Er setzte sich und begann seine Brille zu putzen.

Madlener räusperte sich und begann. »Ich will es kurz machen. Meiner Meinung nach haben wir es eindeutig mit einer Mordserie zu tun. Und ich befürchte, wenn wir nicht bald einen brauchbaren Hinweis finden, der uns auf die Spur der Täter bringt, oder wenn die Täter nicht leichtsinnig werden und einen gravierenden Fehler machen, werden wir demnächst mit einem weiteren Opfer konfrontiert werden.«

Thielen schlug mit der flachen Hand auf den Tisch, dass alle vor Schreck zusammenzuckten. »Das können wir nicht zulassen!«, brach es aus ihm heraus. »Serienmorde am Bodensee – wir sind hier doch nicht in Chicago!«

Madlener fand den Vergleich erstens antiamerikanisch, aber von *political correctness* hielt er sowieso eher wenig, und zweitens längst überholt und unpassend, aber er konnte Thielens Empörung, die irgendein Ventil brauchte, durchaus nachvollziehen.

Thielen fuhr fort. »Was sind das für Leute, die ein so hohes Risiko eingehen? Sie können sich doch denken, dass sie nie davonkommen werden. Entweder sind sie verrückt, oder Profikiller von der Mafia. Oder Cosa Nostra. Oder … oder …«

»'Ndrangheta«, half Götze aus. Er schien sich in seiner Freizeit nicht nur mit modischen, sondern auch mit mafiösen Extravaganzen zu befassen.

Thielen nickte ihm dankbar zu. »Genau das. Das Vorgehen unserer Täter ist doch absolut professionell. Es würde mich nicht wundern, wenn wir hier irgendein Killerkommando haben, das zuschlägt und dann wieder ins Ausland verschwindet.«

»Das glaube ich nicht«, wagte Madlener zu widersprechen. »Warum sollte die Mafia – oder welcher Ableger davon auch immer – ein Interesse daran haben, deutsche Senioren auf so umständliche Art und Weise ins Jenseits zu befördern?«

»Dann müssen wir beim ersten Opfer eben noch tiefer graben. In der Vergangenheit. Vielleicht finden wir da was.«

»Ich denke, wir sind einen großen Schritt weiter, sobald wir das zweite Opfer identifiziert haben und wissen, was die beiden verbindet. Dann stoßen wir unweigerlich auf ein Motiv. Harriet – haben Sie den Computer von Möller schon untersucht?«

»Habe ich. Keine Hinweise irgendwelcher Art auf Kontakte mit anderen Männern, wenn Sie das meinen.«

»Genau das meine ich.«

»Auf dem Computer ist nichts davon zu finden.«

»Vielleicht hatte er noch einen zweiten. Irgendwo versteckt«, wandte Thielen ein.

»Stimmt. Das können wir nicht ausschließen. Wir haben nur sein Büro genauer untersucht. Dann brauchen wir einen Durchsuchungsbeschluss für die Wohnung. Frau Möller wird nicht gerade erfreut sein.«

»Darauf können wir in dieser Situation keine Rücksicht nehmen. Ich spreche morgen in aller Früh mit dem zuständigen Richter«, sagte Thielen entschlossen.

Binder meldete sich. »Hat schon jemand Frau Möller ein Bild des zweiten Opfers gezeigt? Vielleicht kennt sie den Toten. Sie oder irgendein Angelfreund von Möller.«

»Gute Idee«, sagte Thielen. »Frau Holtby – machen Sie das?«

Harriet nickte. »Ich fahre nach der Sitzung gleich zu ihr.«

Thielen wedelte ungeduldig mit seiner Hand. »Binder, sagen Sie, gibt es hier in der Gegend einschlägige Kneipen?«

Binder blickte seinen Chef verständnislos an. »Was meinen Sie damit?«

»Na ja – Treffpunkte für die Schwulenszene.«

»Ich würde sagen, die gibt es überall.«

Thielen drehte sich zu Götze um. »Sie recherchieren da ein wenig herum, Götze. Nehmen Sie ein Foto von Möller mit. Ich habe so das Gefühl, dass uns das weiterbringen könnte.«

Götze sah Thielen einigermaßen konsterniert an. »Woher soll ich wissen, wo diese einschlägigen Kneipen sind? Ich bin nicht von hier!«

»Wozu haben wir das Internet? Schauen Sie in die entsprechenden Foren. Und wenn das nichts bringt, rufen Sie die Kollegen von der Sitte an. Ich will, dass wir allen Möglichkeiten nachgehen.«

Er wandte sich an Madlener. »Bitte weiter im Text, Herr Madlener.«

Madlener stand auf und ging hin und her, so konnte er besser nachdenken beim Sprechen.

»Racheakte aus dem Strichermilieu sind als mögliches Motiv nicht ganz von der Hand zu weisen … Obwohl ich dann eher davon ausgehen würde, dass ein Mord dieser Kategorie mit Verstümmelungen oder Verletzungen einhergehen würde, weil in dem Zusammenhang die Wut immer eine gewisse Rolle spielt. Und diese zwei Morde sind eiskalt vorbereitet und durchgeführt, die Leichen geradezu theatralisch dem Publikum vorgeführt worden. Sie hätten sie auch so entsorgen können, dass sie nicht so schnell oder gar nicht gefunden worden wären. Deshalb ist meine Theorie folgende: Die Morde sollen im Kreis derjenigen, die gemeint sind, Angst und Schrecken verbreiten. Genau deshalb sind sie so angelegt, als Warnung: Euch wird es genauso gehen!«

»Also doch Rache?«, warf Thielen ein. »Das schließt Morde im Milieu nicht unbedingt aus.«

»Nein. Aber die eindeutigen Hinweise auf Wasser – Ertrinken, Pool, Klärwasserbecken, Fische – müssen ebenfalls einen Sinn ergeben, den wir noch nicht kennen. Und da sehe ich bisher keinen Zusammenhang zum Strichermilieu.«

Binder sagte: »Aber wenn die Täter so auf Rache aus sind, warum waren dann keine Folterspuren zu finden? Wahrscheinlich waren die Toten doch eine Weile, Stunden, Tage, vielleicht Wochen, in der Gewalt ihrer Peiniger. Warum gibt es dann keine Spuren von Schlägen, äußeren Verletzungen, Stichwaffen und so weiter?«

Ein kluger Einwand, fand Madlener. »Wir wissen es noch nicht. Beim ersten Opfer fanden sich Partikel von Klebeband an der Haut. Also war Möller gefesselt und wehrlos. Aber es gibt verschiedene Formen der Folter. Nicht nur physische.«

»Guantanamo, Waterboarding. Hinterlässt so gut wie keine Spuren«, sagte Götze.

Alle nickten sie nachdenklich. Zum ersten Mal hatte Madlener das Gefühl, dass sie gemeinsam an einem Strang zogen.

Madlener meldete sich noch einmal zu Wort. »Frau Holtby und ich waren in der Wohnung Möller. Sie haben das Protokoll unseres Gesprächs und unseres Eindrucks vorliegen. Eine ganz normale, altmodisch eingerichtete, gutbürgerliche Wohnung. Von der Ehe könnte man vielleicht das Gleiche sagen. Ich hatte den Eindruck, sie haben sich im Laufe der Jahre aneinander gewöhnt und sich arrangiert. Aber der äußere Eindruck kann täuschen. Karl Möller kann genauso gut ein Doppelleben geführt haben, das seine Frau akzeptierte oder von dem sie nichts wusste oder wissen wollte. Ausschließen möchte ich das nicht. Wir sollten das ganze Umfeld in dieser Hinsicht genauer durchleuchten.«

Thielen seufzte hörbar. »Ich sehe zu, dass uns ein paar Kollegen von anderen Abteilungen aushelfen. Für so viel Rechercheaufwand sind wir zu wenig Leute. Und was erzähle ich morgen der Presse?«, fragte er sorgenvoll.

Madlener antwortete: »Beschreiben Sie das unbekannte Opfer

so gut wie möglich. Vielleicht wird der Tote doch vermisst und anhand der Beschreibung erkannt. Sagen Sie, dass wir mehrere heiße Spuren verfolgen, dazu aber noch keine Details nennen können. Das lockt die Täter womöglich aus der Reserve. Nur die Fische würde ich nach wie vor nicht erwähnen. Das behalten wir vorerst für uns. Vielleicht auch, dass der Fundort laut Dr. Herzog nicht der Tatort ist.«

»Einverstanden«, sagte Thielen zu Madleners Überraschung kurz und bündig und erhob sich. »Das war's für heute. Falls sich bis morgen früh etwas Neues ergibt, wird Frau Gallmann Sie informieren.«

Alle waren sie froh, den stickigen Raum endlich verlassen zu können. Nur Madlener machte noch einmal kehrt und trank seinen kalten Kaffee aus.

26

Die folgende Nacht konnte Madlener nicht recht schlafen, obwohl er erschöpft war. Wie so oft in letzter Zeit wälzte er sich von einer Seite auf die andere, aber es war einfach zu heiß, obwohl er die Fenster sperrangelweit offen hatte. Zweimal stand er auf und stellte sich unter die kalte Dusche, doch der Kühleffekt hielt nicht lange an. Schließlich zog er den Bezug der Steppdecke ab, befeuchtete ihn mit kaltem Wasser und deckte sich damit zu. So war es besser, aber seine Gedanken kamen nicht zur Ruhe. Die halbe Nacht nervte ihn ein ununterbrochenes Wetterleuchten mit auf- und abschwellendem Donnergrollen, aber ein anständiges Gewitter brachte der Wettergott nicht zustande. Madlener lag schlaflos im Bett und starrte die Lichtreflexe auf der Zimmerdecke an, er wünschte sich nichts sehnlicher als ein schönes dickes Tiefdruckgebiet.

Als es allmählich hell wurde und die Vögel lautstark zu zwitschern anfingen, gab er auf. Okay, dachte er, noch eine ätzend lange Stunde bis zum Aufstehen. In diesem Augenblick dämmerte er weg.

Zwei Minuten später – so kam es ihm jedenfalls vor – begann ihn sein Handyweckton so lange und immer lauter werdend zu malträtieren, bis er sich schlaftrunken dazu durchringen konnte, aufzustehen. Er war völlig durchgeschwitzt. Die bleierne Hitze hatte nicht nachgelassen, im Gegenteil, er hatte das Gefühl, im tropischen Gewächshaus des Botanischen Gartens übernachtet zu haben, in dem die Atmosphäre in etwa so feucht und klebrig war wie in einer chinesischen Waschküche bei Hochbetrieb.

Als er kurz darauf unter der kalten Dusche stand, schüttelte er den Kopf über sich selbst. Auf was für absurde Gedanken man doch kam, wenn die Nacht endlos schien und gar nicht vorbeigehen wollte! Vielleicht wäre das etwas, was er Dr. Auerbach in aller Ausführlichkeit erzählen sollte. Damit konnte sich der Seelenklempner auseinandersetzen, ohne dass Madlener allzu viel von sich offenbaren musste. Er seufzte, heute war die zweite Sitzung beim Psychodoc angesagt.

Beim Frühstück mit dem miesepetrigen Bleistiftspitzervertreter am Nebentisch, dem ebenfalls die Schweißperlen auf der Stirn standen, stellte sich auch keine merkliche Verbesserung seiner Stimmungslage ein.

Sein Handy hatte Madlener griffbereit neben sich liegen, aber Frau Dr. Herzog rief nicht an, obwohl er sehnlichst darauf hoffte. Nicht nur, weil eine baldige Identifizierung der zweiten Leiche einen Quantensprung bei der Aufklärung gebracht, sondern einfach auch, weil er sich über den sanften Klang ihrer Stimme gefreut hätte.

Frustriert nahm er den allmorgendlichen Kampf mit der Tücke des Objekts auf, in diesem Fall mit den Plastikmarmeladendöschen, den er wie immer verlor, weil er sich beim Aufreißen der Lasche, die sich erst bei übertriebenem Kraftaufwand abziehen ließ, das Hemd bekleckerte. *Mist, Mist, Doppelmist!*, fluchte er innerlich, bearbeitete den Fleck mit Mineralwasser und der Serviette, was das Desaster nur noch verschlimmerte, und stellte seine Shit-Hitparade um: Die Marmelade in Single-Portionsdöschen kam noch vor der Schamhaarfrisur von Semino Rossi auf Platz zwei, konnte aber den All-time-Favorite, die Duravit-Fernbedienung für Klospülungen, nicht wirklich verdrängen.

Beim Verlassen des Frühstücksraums nickte er seinem Leidensgenossen verständnisvoll zu und machte sich dann auf den Weg zum Präsidium. Vor der Eingangshalle ertappte er Thielen beim Rauchen einer Zigarette, die der Kriminaldirektor, als er Madlener erblickte, schnellstens wegwarf und austrat. Madlener tat so, als habe er nichts gesehen. Thielen war geschniegelt und gebügelt und köchelte in Anzug mit Krawatte stilvoll im eigenen Saft vor sich hin. Er wollte wohl vor der Journalistenmeute einen perfekten Eindruck machen.

Zum wiederholten Male briefte er Madlener, der größte Aufmerksamkeit vortäuschte, sich in Wirklichkeit aber überlegte, wie er den Fleck auf seinem Hemd am besten verdecken konnte.

Die Pressekonferenz lief zu Thielens vollster Zufriedenheit ab. Die Sensationsgier bei den Journalisten – es waren sogar einige von überregionalen Blättern anwesend – war nach der zweiten Leiche, die unter ähnlich grotesken Umständen aufgefunden worden war wie die erste, natürlich noch gestiegen. Und Thielen verstand es, ihnen Futter zu geben. Madlener war mit seiner Rolle, die der Kriminaldirektor für ihn vorgesehen hatte, zwar nicht gerade glücklich, aber er füllte sie so gut aus, wie er konnte, auch wenn er ständig an den Fleck auf seinem Hemd denken musste.

Nachdem Thielen geschildert hatte, was die Polizei vorgefunden hatte und wie sie weiter vorgehen wollte – wobei er unterstrich, wie fleißig und akribisch erfahrene Ermittler Tag und Nacht jeder noch so unbedeutend scheinenden Kleinigkeit nachgingen und nichts außer Acht lassen würden –, stellte er Madlener wie abgesprochen als versierten Profiler vor. Angesichts dieses Ausdrucks zuckte Madlener zwar innerlich zusammen, aber er blieb stoisch in seiner Rolle und führte knapp, aber fachkundig erste, wenn auch, wie er ausdrücklich betonte, in diesem frühen Stadium spekulative Mutmaßungen über Tat und Motiv aus. Dabei setzte er sich enge Grenzen, um nicht zu viel preiszugeben, versuchte aber gleichzeitig, den Druck auf die Täter zu erhöhen, indem er mehrfach anklingen ließ, dass er und die Kollegen vielversprechenden Spuren nachgingen, die aber aus polizeitaktischen Gründen vorerst noch nicht der Öffentlichkeit zugänglich gemacht werden könnten. Thielen nickte bei diesen Worten geradezu verzückt. Er hatte seine Brille aufgesetzt und versäumte es nicht, sie hin und wieder abzunehmen und nachdenklich auf ihrem Bügel herumzuknabbern, um sich einen intellektuellen Anstrich zu geben.

Die Pressekonferenz dauerte knapp eine halbe Stunde, dann wurden von Thielen weitere Fragen, die nach Madleners Ausführungen auf sie einprasselten, nicht mehr zugelassen. Aber die Gretchenfrage, nämlich nach den vielversprechenden Spuren, stand doch so dominant im Raum, dass die Journalisten nicht lockerließen. Thielen unterstrich noch einmal gewieft geheimnisvoll, aber äußerst vage, dass die SOKO Pool bald weitere Ermittlungsergebnisse vorzuweisen habe.

Dann sonnte er sich noch vor der großen Stellwand mit den Fotos und Skizzen der Tatorte im aufflackernden Blitzlichtgewitter. Madlener hatte sich vorher davongestohlen, weil Frau Gallmann ihn mit überdeutlichem Fingerzeig auf ihre Armbanduhr darauf hingewiesen hatte, dass sein Termin bei Dr. Auerbach anstand.

27

»Wie fühlen Sie sich heute?«, fragte Dr. Auerbach.

Auf so eine banale Frage war Madlener überhaupt nicht gefasst. Er saß wieder in diesem hyperweichen, trotzdem unbequemen, aber sicher sündhaft teuren Designersessel dem Professor gegenüber, der heute einen edel zerknitterten Leinenanzug anhatte, wie ihn vielleicht ein Plantagenbesitzer im Bismarck-Archipel vor hundert Jahren bevorzugte, wenn er von seiner palmwedelüberdachten Terrasse aus zusah, wie die Eingeborenen im Schweiße ihres Angesichts die Kokosnussernte einbrachten. Zu seiner Gutsherrenattitüde fehlte eigentlich nur noch ein Tropenhelm, und fertig war der preußische Landjunker in den wilhelminischen Kolonien; den dazu passenden Herrenmenschenblick und die Brille mit den dicken Gläsern hatte er jedenfalls schon.

Madlener unterdrückte den Impuls aufzustehen, die Hände akkurat an der Hosennaht, die Hacken zusammenzuschlagen und zu rufen: »Melde gehorsamst: Ausgezeichnet!« Stattdessen antwortete er: »Wollen Sie die Wahrheit oder eine abgeschwächte Version?«

Im Behandlungsraum des Psychiaters war es angenehm kühl, eine Klimaanlage blies summend vor sich hin, und Madlener musste sich mit aller Kraft darauf konzentrieren, dass er nicht dem heftigen Schlafbedürfnis nachgab, von dem er augenblicklich befallen worden war, als er im Sessel versank. Aber die eisige Stimme von Dr. Auerbach trug schon ihren Teil dazu bei, dass er es sich nicht allzu gemütlich einrichtete.

»Können wir uns darauf einigen, dass ich derjenige bin, der hier die Fragen stellt, und Sie sie beantworten? Das wäre der Therapie sehr förderlich.«

Madlener zuckte mit den Achseln. Bevor er aber etwas entgegnen konnte, setzte der Psychiater noch einen drauf.

»Ihnen müsste doch klar sein, Herr Madlener, dass es bei unseren Sitzungen gerade darauf ankommt, dass wir die Wahrheit über Sie gemeinsam erarbeiten. Das ist ein überaus schwieriger und anstrengender Prozess, der mit der nötigen Ernsthaftigkeit angegangen werden muss.«

Etwas versöhnlicher – nach der Peitsche kommt das Zuckerbrot, dachte Madlener – fügte er hinzu: »Es ist doch schließlich der Sinn unserer Sitzungen, dass Sie sich öffnen und keine inneren Schranken auferlegen, dass Sie loslassen und ihre Ängste und Zwänge beiseiteschieben können. Zwischen Arzt und Patient, zwischen mir und Ihnen, darf es keine Tabus geben. Sinnbildlich gesprochen: Sie leeren Ihre Taschen hier auf den Tisch, komplett, mit allem, was Sie mit sich herumtragen. Nichts bleibt versteckt, und wenn ich ›nichts‹ sage, meine ich damit insbesondere Ihre innersten Gedanken und Konflikte, auch und besonders die, von denen Sie denken, Sie behalten sie lieber für sich. Sie brauchen sich weder zu schämen noch zu genieren, noch dürfen Sie Vorbehalte haben, mir gegenüber absolut ehrlich zu sein. Alles, was Sie mir erzählen, untersteht der ärztlichen Schweigepflicht, das dürfte Ihnen ja bekannt sein.«

Er lehnte sich seufzend zurück, als wolle er andeuten, dass da wohl eine gewaltige Lawine von fiesen Perversionen und geheimen Abnormitäten auf ihn zurollen würde. Er nahm seine Brille ab und putzte sie sorgfältig mit einem Tuch aus seiner Brusttasche, das er penibel wieder zusammenfaltete und zurücksteckte.

Wenn er jetzt noch einen Blick auf seine Westentaschenuhr wirft, reiße ich sie ihm aus der Hand und werfe sie aus dem Fenster!, dachte Madlener, und allein diese Vorstellung eines blindwütigen Gewaltausbruchs seinerseits verschaffte ihm ein Stück innerer Genugtuung, während Dr. Auerbach weitersprach.

»Das ist, wie eingangs erwähnt, ein langwieriger Prozess, in dem wir uns mühsam, Schritt für Schritt, durch die dunkle Welt Ihres Unterbewusstseins vorantasten müssen. Und damit beginnen wir jetzt. Also, noch einmal von vorne. Und denken Sie daran: Ich will eine ehrliche Antwort. Wie fühlen Sie sich?«

»Beschissen«, antwortete Madlener.

Dr. Auerbach sah ihn mitleidig an, als sei seine schlimmste Vorahnung bestätigt worden, nickte und tippte dann elend lange in sein schickes eierschalfarbenes Laptop, als könne er aus dieser einen Bemerkung Madleners dessen gesamte Biografie inklusive Neurosen, Zwangsvorstellungen und Traumata herausdestillieren und daraus einen wissenschaftlichen Wälzer von tausend Seiten schreiben, der die Grundfesten der orthodoxen psychiatrischen Lehrmeinung erschüttern und zum Einsturz bringen würde.

Nach einer kleinen Ewigkeit blickte er endlich wieder hoch und sagte: »Lieben Sie es, sich vulgär auszudrücken? Macht es Ihnen Spaß, Ihr Gegenüber zu schockieren? Legen Sie es darauf an, Ihre Mitmenschen zu provozieren?«

Oh Gott, dachte Madlener, manchmal würde ich meinen Mitmenschen auch allzu gerne mit dem nackten Arsch ins Gesicht springen. Zum Beispiel jetzt.

»Sie haben mich gefragt, wie ich mich fühle. Und ich habe Ihnen eine ehrliche Antwort gegeben. Das ist alles.«

Dr. Auerbach war geradezu begeistert. »Gut, gut. Sie reagieren unterschwellig aggressiv. Sie sind wütend. Worauf? Auf Ihren Therapeuten?«

Er sah Madlener direkt in die Augen, über den Rand seiner Brille hinweg. Madlener musste sich stark am Riemen reißen und zählte innerlich bis zehn. »Ich. Bin. Nicht. Wütend.«

Während Dr. Auerbach verständnisvoll lächelte und wieder eifrig in sein Laptop tippte, sagte er: »Das zu beurteilen überlassen Sie ruhig mir. Ihre Körpersprache straft Sie Lügen.«

»Ich lüge nicht. Warum sollte ich?«

»Sehen Sie! Wie latent aggressiv Sie sind!«

»Wenn Sie meinen. Aber ich bin die Ruhe selbst.«

Dr. Auerbachs Finger flogen nur so über die Tastatur. Dann nahm er die Brille ab, sein Gesichtsausdruck war wieder betont neutral, und fragte in pastoralem Ton: »Erzählen Sie von sich.«

Madlener änderte ebenfalls abrupt seine Strategie. »Wie weit soll ich zurückgehen? Was wollen Sie hören?«

»*Ich* will nichts hören. *Sie* müssen es loswerden wollen. Also?«

»Womit soll ich anfangen?«

»Seien Sie spontan. Was fällt Ihnen ein? Wie sind Sie aufgewachsen? Was denken Sie über Ihre Eltern? Was ist Ihre erste Erinnerung?«

Madlener beschloss, dem Affen Zucker zu geben, ganz weit auszuholen und den Professor mit uralten, halb wahren Geschichten zu zermürben. Er fing an zu erzählen. Es fiel ihm nicht weiter schwer, er berichtete, dass er eine passable Kindheit und Jugend gehabt hatte, dass er aus kleinbürgerlichen Verhältnissen kam, dass er von seinen Eltern geliebt worden war.

Das entsprach der Wahrheit, nun war es an der Zeit, ein wenig

Würze in seine langweilige Vergangenheit zu bringen und eine fiktive, aber tiefenpsychologisch bedeutsame Episode aus seinem Leben einzuflechten. In dramatischen Farben schilderte er, wie er zum fünften Geburtstag einen Hund bekommen hatte, der eine Woche später von seinem Vater aus Versehen mit dem Auto überfahren worden war. Diese tragische Anekdote musste für einen Psychiater doch geradezu ein analytischer Leckerbissen sein. Aber Dr. Auerbach nickte nur gelangweilt und schrieb dazu gar nichts auf.

Madlener überlegte, wie er die Angelegenheit ein wenig forcieren könnte. Aber gerade, als er anfing, von seiner angeblichen ersten Liebe zu phantasieren und dass er damals acht Jahre alt gewesen und von einer Sechzehnjährigen verführt worden sei, stand Dr. Auerbach auf und zückte seine Taschenuhr. Die Zeit war abgelaufen und die Sitzung für heute beendet.

Im gleichen Moment kam die Empfangsdame herein und flüsterte Dr. Auerbach etwas ins Ohr, worauf dieser bestätigend nickte.

Frau Zettler trug tatsächlich fliederfarbene Birkenstock-Sandalen zu ihrem gleichfarbigen Hosenanzug. Bei Madlener kamen die Sandalen sofort auf die negative Hitliste, auch wenn Heidi Klum in einem Interview gesagt hatte, dass sie zu Hause ebenfalls mit solchen Latschen herumlief. Damals war Madlener endgültig klar, dass sie früher oder später von Seal verlassen werden würde. Er stufte die Birkenstock-Sandalen auf Rang vier oder fünf seiner Disgusting-Liste ein, er würde sich bei Gelegenheit, wenn er wieder mal nicht einschlafen konnte, genauer damit befassen.

Madlener hievte sich aus den Tiefen seines Sessels empor und schüttelte Dr. Auerbach die Hand, die er wie beim ersten Mal als unangenehm feucht empfand. Er bekam von der Empfangsdame einen Zettel mit dem nächsten Termin in die Hand gedrückt und einen Schwall ihres aufdringlichen, aber sicher exklusiven Parfüms in die Nase. Damit war er entlassen.

Als er die Stiege des frisch renovierten Treppenhauses hinunterging, überlegte er allen Ernstes, ob er die blütenweißen Wände nicht mit einem anonymen, auf Dr. Auerbach gemünzten Graffiti verzieren sollte. Er war allein im Treppenhaus, holte den dicken Edding heraus, den er von der Beschriftung der Stellwand noch in der Tasche hatte, und lauschte. Nichts zu hören. In dem Augenblick, als er darüber nachdachte, wie groß er das Graffiti gestalten und ob er eine obszöne Zeichnung hinzufügen sollte, er hatte schon die Verschlusskappe des Filzstifts abgenommen, klingelte sein Handy. Er hatte es angeschaltet gelassen, weil er auf den Anruf von Frau Dr. Herzog wartete und sich auch nicht mehr dem Vorwurf von Thielen aussetzen wollte, nicht erreichbar zu sein. Er steckte den Edding weg und nahm den Anruf an. Es war Frau Dr. Herzog, die ihn bat, in die Pathologie zu kommen.

»Bin schon unterwegs«, sagte er und legte auf. Auf dem Weg nach unten überlegte er, wie er Dr. Auerbach doch noch so richtig eins auswischen konnte. Am liebsten würde er ihn mit seinen eigenen Waffen schlagen, aber er musste höllisch aufpassen, dass er damit nicht seine berufliche Zukunft gefährdete. Das war die Quadratur des Kreises, aber er würde sich etwas Raffiniertes ausdenken. Plötzlich hatte er Hunger.

In der nächstbesten Metzgerei kaufte er sich eine Leberkässemmel und verputzte sie auf der Fahrt zur Klinik. Die Klimaanlage seines Wagens hatte er auf eiskalte sechzehn Grad gestellt, niedriger ging es nicht. Ein polarer Luftstrom aus den Düsen am Armaturenbrett traf auf seine Brust und erinnerte ihn daran, dass er sich auf diese leichtsinnige Art schon einmal eine hartnäckige Sommerbronchitis zugezogen hatte, aber er wollte nicht verschwitzt bei Frau Dr. Herzog auftauchen.

28

Dass zum Marmeladenfleck auf seinem Hemd noch ein Senffleck von der Leberkässemmel dazugekommen war, stellte Madlener erst in der verspiegelten Rückwand des Klinikaufzugs fest, der ihn nach unten brachte. *Mist, Mist, Doppelmist!* Er atmete einmal tief durch, knöpfte sein Sakko zu, was er sonst nie tat, weil es ihm zu eng war, und klingelte an der Tür zur Pathologie.

Frau Dr. Herzog öffnete ihm und empfing ihn mit einem Lächeln, das aussah, als ob sie sich tatsächlich freuen würde, ihn zu sehen.

»Willkommen im Hades«, sagte sie, und wieder einmal fiel ihm vor lauter Befangenheit keine halbwegs witzige Entgegnung ein.

»Gibt es inzwischen irgendetwas, womit Sie uns weiterhelfen können?«, fragte er sie, als er schließlich in ihrem schmalen Büro saß und den starken Filterkaffee schlürfte, den sie ihm eingeschenkt hatte. Dass er zwei Stück Zucker nahm, wusste sie inzwischen schon, wie er wohlwollend registrierte.

»Ich muss Sie enttäuschen«, antwortete sie ihm. »Ich habe zwar heute Morgen jemanden vom zentralen Endoprothesenregister erreicht, aber der Code auf der Hüftprothese des Opfers ist dort nicht vermerkt. Ich habe allerdings eine E-Mail an jede größere Klinik hier in der Gegend verschickt, die sich auf solche Operationen spezialisiert hat. Aber das sind Dutzende.«

»Danke für Ihre Mühe«, seufzte Madlener. »Dann können wir also nur hoffen, dass irgendwann eine positive Rückmeldung kommt.«

»Leider. Was das Obduktionsergebnis angeht ...« Sie überreichte ihm ihren Bericht. »Es ist praktisch deckungsgleich mit dem von Opfer Nummer eins. Todesursache Ertrinken, Tatort nicht gleich Fundort, der unbekannte Tote wurde circa sechs bis sieben Stunden vor dem Ablegen getötet, auf dieselbe Weise.«

»Indem man ihn an den Fußgelenken plötzlich unter Wasser gezogen hat?«

»Exakt.«

»Hat der Tote vom Klärwerk ebenfalls ein tagelanges Martyrium hinter sich?«

»Mit großer Wahrscheinlichkeit.«

Madlener stand auf. »Gut, dann wissen wir das. Danke, dass Sie die Obduktion so schnell durchgeführt haben. Aber Sie können sich vorstellen, dass wir nach der zweiten Leiche ziemlich im Regen stehen.«

»Ja, das kann ich. Sieht nicht so aus, als würden die Täter so schnell damit aufhören.«

»Nein. Ich fürchte auch, dass wir früher oder später ein drittes Opfer haben werden. Es sei denn, wir können die Täter so unter Druck setzen, dass sie aufhören oder sich wenigstens eine Weile zurückhalten. Oder einen Fehler machen.«

»Das haben sie bisher nicht getan. Nicht einmal Reste von Klebeband oder fremde Haare habe ich finden können. Dazu kommt noch der stunden- beziehungsweise tagelange Aufenthalt der Leichen im Wasser, durch den sich keine Mikrospuren mehr feststellen lassen. Ich vermute, dass sie äußerst vorsichtig sind, wenn sie sich mit ihren Opfern beschäftigen, und mit Kopfhauben und Latexhandschuhen ausgerüstet sind.«

»Klingt nach Medizinern, meinen Sie nicht auch?«

Sie zuckte mit den Schultern. »Jedenfalls nach jemandem, der umsichtig vorgeht. Was man für Sicherheitsvorkehrungen treffen muss, um keine Spuren zu hinterlassen, sieht man ja in jedem CSI-Krimi.«

Madlener wandte sich zum Gehen, drehte sich aber, die Hand am Türgriff, noch einmal um und nahm seinen ganzen Mut zusammen.

»Verzeihen Sie, Ellen, dass ich frage ... ich will um Gottes willen nicht aufdringlich sein ... aber kommen Sie auch mal raus aus ihrem Hades?«

Sie schien über seine Umständlichkeit amüsiert zu sein. »Gelegentlich. Es gibt auch ruhigere Zeiten. Heute zum Beispiel mache ich um zwanzig Uhr Schluss. Falls ich keinen ›Kunden‹ mehr bekomme. Und bevor Sie fragen, Max: Ja, es wartet jemand auf mich.«

Er wurde rot, sie hatte seine Gedanken erraten. Zwei Herzschläge lang sagte keiner ein Wort. Dann fügte sie hinzu, bevor die

Situation peinlich werden konnte, obwohl sie seine Enttäuschung, die ihm deutlich ins Gesicht geschrieben stand, ein wenig zu genießen schien: »Er heißt Carlo.«

»Carlo?«, brachte er gerade noch stotterfrei heraus und hätte sich für diese überflüssige Frage am liebsten sofort die Zunge abgebissen.

»Ja. Ein ganz Schwarzer. Er ist so exotisch wie sein Name, ungefähr zehn Jahre alt und ein streunender Kater, der mich ab und zu besucht. Ziemlich unzuverlässig. Manchmal kommt er, manchmal nicht. Wie es ihm gerade passt. Aber wenn er vor meiner Terrassentür sitzt, erwartet er auch, dass ich ihm etwas zu Fressen hinstelle.«

Sie hatte ihm eine Steilvorlage geliefert, und Madlener wäre dumm gewesen, sie nicht dankbar anzunehmen. »Meinen Sie, Carlo wäre eingeschnappt, wenn sein Frauchen ausnahmsweise mal zwei oder drei Stunden später kommt?«

»Eingeschnappt? Er wäre tödlich beleidigt! Aber das kennt er ja von mir. Ich bin genauso unzuverlässig wie er. Ich denke, er wird es verschmerzen.«

»Ich würde Sie abholen. Ich kenne einen schönen Italiener, eine halbe Autostunde von Friedrichshafen weg.«

»Ich lasse mich gern überraschen«, sagte sie mit einem bezaubernden Lächeln.

»Dann bis heute Abend. Sie wissen gar nicht, wie ich mich freue.«

»Oh doch, ich kann es mir vorstellen«, entgegnete sie ihm.

An Selbstbewusstsein schien es ihr nicht zu mangeln. Das gefiel Madlener, außerordentlich sogar. Er wusste auch schon, was er ihr mitbringen würde.

Mit einem seltsamen Hochgefühl, das er lange nicht mehr verspürt hatte, betrat er den Aufzug, fuhr nach oben und merkte gar nicht, dass er im Erdgeschoss hätte aussteigen müssen. Er war so sehr in Gedanken, dass er bis zum vierten Stock mitfuhr, weil jemand den Aufzug gerufen hatte. Erst als ein alter Mann im Morgenmantel, der seinen Infusionsbeutel an einem fahrbaren Galgen mit sich herumzog, zustieg und mit der freien Hand auf Madleners Hemd deutete: »Sie habet da ebbes!«, wachte Madlener auf. Er sah an sich herunter und entdeckte, dass er irgendwann sein Sakko geöffnet haben musste, jedenfalls waren die zwei Flecken deutlich sichtbar.

Er sagte: »Danke, ist mir noch gar nicht aufgefallen«, trat in den Gang hinaus und kapierte dort erst, dass er im falschen Stockwerk war. Als er sich umdrehte, schloss sich die Fahrstuhltür vor seiner Nase. Er knöpfte sein Sakko wieder zu, suchte das Treppenhaus und ging zu Fuß hinunter.

29

Max Madlener verbrachte eine geschlagene Viertelstunde auf der Herrentoilette des Polizeipräsidiums, wo er mit Papierhandtüchern, Wasser und Seife seine beiden Flecken bearbeitete, um dann anschließend unter zirkusreifen Verrenkungen unter dem Fön des Handtrockners zu versuchen, das Hemd wieder trocken zu bekommen. Während er sein sauberes Hemd zurückstopfte, strich er den Fön-Handtrockner von seiner Shit-Liste, wo er seit geraumer Zeit zwischen Platz zehn und fünfzehn angesiedelt gewesen war, sich in diesem besonderen Fall aber doch als relativ nützlich erwiesen hatte.

Madlener kam wieder einmal zu spät zum Status-Meeting und riss die Tür zum Besprechungsraum dementsprechend heftig auf. Die SOKO war vollzählig vertreten und zog die Köpfe ein wie Japaner in ihrem Büro in Tokio, wenn durch ein heftiges Erdbeben die Wände wackelten. Frau Gallmann sah aus, als sei sie kurz davor, Madlener den Inhalt der Kaffeekanne ins Gesicht zu schütten, die sie in der Hand hielt, weil er ihr um ein Haar die Tür ins Kreuz gestoßen hätte.

»Herrgott, Madlener!«, sagte Thielen genervt. »Wann werden Sie sich endlich angewöhnen, wie ein zivilisiertes menschliches Wesen hier aufzutreten und nicht wie dieser Dingsda auf der Rückkehr vom Dschungelkrieg?«

»Rambo«, sprang ihm Frau Gallmann hilfreich zur Seite.

Madlener murmelte etwas, das bei großzügiger Auslegung als Entschuldigung durchgehen konnte, und setzte sich auf seinen Platz. Frau Gallmann hatte tatsächlich einen großen Ventilator aufgetrieben, der einen heroischen Kampf gegen die stickige Luft führte, bei seinem Hin- und Herschwenken aber genau in Thielens Haare blies und diese immer wieder aus ihrer sorgfältig gelegten Fasson brachte.

»Wir waren gerade bei einem *summary* von Götze«, informierte Thielen Madlener.

Der nickte sicherheitshalber, war aber so begriffsstutzig, dass er erst nach zweimaligem Umrühren seines frisch eingeschenkten Kaffees kapierte, was Thielen damit meinte.

»Bitte, Götze, machen Sie weiter«, sagte er, und Götze, der vor der großen Stellwand stand, referierte: »Im österreichischen und Schweizer Grenzgebiet wird gegenwärtig keine Person vermisst, die Ähnlichkeiten in Alter oder Aussehen mit dem Toten aus dem Klärwerk aufweist. Sicherheitshalber habe ich noch den Kollegen in Frankreich eine Beschreibung des Opfers zukommen lassen.«

Madlener schlürfte seinen heißen Kaffee und dachte: Und den Kollegen in Abu Dhabi vielleicht auch noch, bevor er sich so schmerzhaft die Zunge verbrannte, dass er aufhörte, innerlich zu lästern, und weiter zuhörte. Kleine Sünden bestrafte der Herr eben sofort.

Götze fuhr fort: »Mehrere Kollegen aus den anderen Dezernaten helfen uns bei der Befragung der Anwohner des Klärwerks. Ich habe eine Website eingerichtet, auf der man sich ein Bild des Wohnmobils und alle freigegebenen Infos zum Fall herunterladen kann.«

Thielen stellte eine Zwischenfrage: »Was ist mit Ihren nächtlichen Recherchen? Was haben die gebracht?«

Götze, der heute ein in drei Bonbonfarben gehaltenes Polohemd, eine durchlöcherte Jeans und teure Wildledermokassins anhatte, zog die Stirn in Falten und unterdrückte einen Seufzer. »Ich habe mich die halbe Nacht in Clubs und Discos herumgetrieben, die laut Kollegen von der Sitte besonders von Männern zur gegenseitigen Kontaktaufnahme frequentiert werden, und die Fotos herumgezeigt. Bisher ohne Resultate.« Er zuckte mit den Achseln und setzte sich.

Binder meldete sich zu Wort. »Wir haben bisher nichts über Möllers Wohnmobil herausbekommen, nichts darüber, wo er es abgestellt und wo er übernachtet hat. Was auch kein Wunder ist bei Tausenden von ähnlichen Fahrzeugen, die hier zur Ferienzeit unterwegs sind. Trotzdem ist ein Bild des Wohnmobils morgen in allen Zeitungen.«

Thielen machte nicht gerade einen begeisterten Eindruck, als er sich an Madlener wandte. »Und Sie, Herr Madlener – haben Sie wenigstens etwas, was uns weiterbringt?«

Madlener schüttelte den Kopf, gab eine Kurzzusammenfassung des Obduktionsberichts und fügte hinzu, dass Frau Dr. Herzog noch einer weiteren Spur nachging, die vielleicht zur Identifizierung des Toten führen konnte. Dabei betonte er das Wort »vielleicht«.

Dann berichtete Harriet davon, dass sie dabei war, eventuelle Angelbekanntschaften Möllers ausfindig zu machen, was nicht so einfach war, weil dessen Frau keine diesbezüglichen Nummern und Adressen hatte und Möller anscheinend auch in keinem der zahlreichen Angelvereine Mitglied gewesen war.

»Wir treten also auf der Stelle«, konstatierte Thielen. »Vorschläge?« Das geballte Schweigen war Antwort genug.

Madlener ließ sie noch eine Weile schmoren. Dann meldete er sich zu Wort: »Ich schlage vor, wir arbeiten systematisch das wenige ab, was übrig bleibt. Von Opfer Nummer zwei wissen wir so gut wie nichts, also können wir da vorerst nicht viel ausrichten. Dann müssen wir uns eben noch mehr um Karl Möller kümmern. Es ist nicht viel, was wir bisher haben, aber irgendwie kommt mir das alles zu glatt und zu langweilig vor. Aus Frau Möller werden wir nicht viel mehr herauskriegen, da bin ich mir sicher. Entweder blockt sie, oder sie weiß wirklich nicht mehr über ihren Mann, was ich für ziemlich unwahrscheinlich halte. Vielleicht will sie auch den wahren Karl Möller nicht ans Licht der Öffentlichkeit zerren. Ich schätze Frau Möller so ein, dass sie damit auch ihren eigenen Ruf schützen will. *De mortuis nihil nisi bene.*«

»Bitte?«, sagte Götze.

»Man spricht nicht schlecht über die Toten«, antwortete Harriet schneller, als Madlener reagieren konnte. Zum wiederholten Mal setzte sie ihn in Erstaunen.

»Wir sollten intensiver in Möllers Vergangenheit herumstochern«, fuhr er fort, »vielleicht stoßen wir da doch noch auf ein Wespennest. Harriet und ich werden dem Angelshop einen Besuch abstatten, dem der letzte registrierte Anruf von Möller galt. Die anderen sollten sich sämtliche früheren Arbeitskollegen von Möller vornehmen. Mit irgendeinem wird er doch noch Kontakt gehabt haben. Mehr können wir vorläufig nicht tun, aber das ist genug Fleißarbeit. Halt – hat irgendjemand schon die Fingerabdrücke des zweiten Opfers durch die Printdatei laufen lassen?«

Binder nickte. »Ja. Negativ. Auch die von Möller. Nicht registriert.«

»Apropos, irgendwelche Vorstrafen bei Möller?«

»Habe ich überprüft. Ebenfalls negativ.«

Madlener stand auf. »Also, auf was warten wir dann noch?«

Harriet war schon auf dem Sprung, die anderen sahen gespannt auf Thielen. Der blickte auf Binder, der unmerklich durch Nicken seine Zustimmung gab.

Thielen strich seine schütteren Haare zurecht, die vom Ventilator sofort wieder in sämtliche Richtungen geblasen wurden, sah in die Runde und sagte resigniert: »Bitte, legt los, Herrschaften.«

Dann stand er abrupt auf und ließ seinen aufgestauten Ärger am Ventilator aus, dessen Stecker er mit einem Ruck aus der Steckdose riss.

Madlener hatte Harriet ans Steuer gelassen. Sie war eine gute Autofahrerin. Sie quälten sich durch den dichten Verkehr, es gab, wie immer zur Sommerzeit, jede Menge Baustellen und Behelfsampeln. Madlener schwieg vor sich hin, und Harriet hing ebenfalls ihren Gedanken nach. Aus heiterem Himmel sagte sie: »Der Kaiser war übrigens Tiberius.«

Madlener reagierte irritiert. Er war ganz in Planspiele versunken gewesen, was man noch anstellen konnte, um endlich die Identität des zweiten Opfers herauszubekommen, er hoffte inständig, dass sich bald jemand melden würde, wenn das Bild des Toten in den morgigen Zeitungen erschien.

»Was für ein Kaiser?«, fragte er zerstreut.

»Das Bild von der antiken Büste in Möllers Zimmer. Sie haben mich doch gebeten, ausfindig zu machen, wen es darstellt. Kaiser Tiberius.«

»Tiberius ...«, erwiderte Madlener nachdenklich. »Sagt uns das was über Karl Möller?«

»Weiß ich nicht. Aber es war das einzige Bild in seinem Zimmer. So was hängt man doch nicht ohne besonderen Grund auf, oder?«

»Wohl kaum. Aber er war Lehrer für Latein und Geschichte.«

»Und Musik.«

Wieder wunderte sich Madlener über Harriets erstaunliches Gedächtnis.

»Da liegt es doch näher, ein Bild von seinem Lieblingskomponisten Mahler oder von Beethoven oder Mozart über seinem Klavier aufzuhängen«, sagte sie. »Also warum Tiberius?«

»Stimmt. Er scheint ihm wichtig gewesen zu sein. Ein ziemlich unbekannter römischer Kaiser. Als Vorbild? Na, ich weiß nicht. Der hat sich doch nicht gerade durch unvergessliche philosophische oder literarische Werke hervorgetan, oder?«

»Nein, hat er nicht.«

»So wie ich Sie kenne, werden Sie sich bestimmt ein wenig kundig gemacht haben.«

Harriet schien kurz nachzudenken, bevor sie so flüssig antwortete, als würde sie alle Informationen von einem Bildschirm ablesen. »Tiberius Claudius Nero. 42 vor Christus bis 37 nach Christus. Adoption durch Kaiser Augustus, von da an hieß er Tiberius Iulius Caesar Augustus und wurde sein Nachfolger. Römischer Kaiser von 14 bis 37 nach Christus. Die dreiundzwanzigjährige Regierungszeit war eine der längsten eines römischen Kaisers.«

»Das haben Sie sich alles merken können?«

Sie zuckte mit den Achseln. »Schon meine Mitschüler haben mich damit aufgezogen, dass ich so ein gutes Gedächtnis habe. Was ich einmal gesehen habe, vergesse ich so schnell nicht mehr. Die Daten habe ich alle aus dem Internet.«

»Moment mal – wie war die Kombination von Möllers Safe und vom Zahlenschloss am Schuppen?«

»Eins-vier-drei-sieben. Die Regierungszeit von Tiberius.«

Sie warfen sich einen beredten Blick zu. Madlener wunderte sich immer noch. »Sie hatten Latein?«

»Ja. Aber nur als Wahlfach. Hat mich nicht so angeturnt.«

»Sie sind wirklich immer für eine Überraschung gut, Harriet. Was für Qualitäten haben Sie mir denn noch verschwiegen?«

»Nichts. Warum sollte ich Ihnen etwas verschweigen?«

Sie warf ihm einen betont unschuldigen Blick zu und klimperte mit ihren überlangen künstlichen Augenwimpern. Der dicke schwarze Kajalstrich um ihre Augen gab ihr ein wenig das Aussehen von Kleopatra.

Das passt ja zu den römischen Kaisern, dachte Madlener, unterließ es aber tunlichst, das auch mündlich zu äußern. Er lächelte und meinte: »Okay, mein Geschichtsunterricht ist schon ein paar Jährchen her. Und bei den römischen Kaisern habe ich nicht besonders gut aufgepasst. Sie wissen bestimmt auch, wie dieser Tiberius starb.«

»Da streiten sich die Historiker. Aber es gibt Hinweise darauf, dass er von einem Kissen erstickt wurde. Einige sagen, von seinem eigenen Neffen Caligula.«

»Schöne Verwandtschaft. War das nicht einer von den ganz Schlimmen?«

»Exakt. Der Nachfolger von Tiberius. Wir sind da. Da vorne ist ›Joe's Angelshop‹.«

Auf seine Anweisung hin parkte sie den Wagen vorschriftswidrig auf dem Gehsteig.

Madlener legte seinen Ausweis gut sichtbar auf das Armaturenbrett, dazu ein von Harriet in seinem Auftrag fabriziertes Schild mit der Aufschrift »IM DIENST!«, weil er aus eigener leidvoller Erfahrung wusste, wie streng die Politessen in Friedrichshafen im Umgang mit Falschparkern waren.

Dann betraten sie den kleinen Laden, in dessen Schaufenster verschiedenste Angeln, Kescher und Köder vor vergilbten Plakaten mit allerlei Fischen ausgestellt waren. Darüber, in der Mitte platziert, quasi als Krönung des Ganzen, glotzte ein präparierter Hecht den interessierten Passanten an.

Die Ladentür klingelte, als sie hineingingen. Aus einem nach hinten führenden Durchgang ertönte ein »Komme sofort!«, und Madlener und Harriet sahen sich um, was es so alles an speziellen Kleidungsstücken, Gerätschaften und Zubehör für Angler gab. Madlener hatte gerade eine Angel aus ihrer Halterung genommen, als ein kleiner, hagerer Mann um die vierzig aus der Tür hinter dem Ladentresen trat und fragte: »Was kann ich für Sie tun?«

»Sie können uns vielleicht weiterhelfen«, sagte Madlener.

»Gerne. Was brauchen Sie denn?«

»Ihre Aussage«, antwortete Madlener. »Wir sind von der Kripo. Mein Name ist Madlener, und das ist meine Assistentin. Kennen Sie einen dieser Männer?«

Harriet hatte schon die Fotos der Opfer gezückt.

»Sind Sie Joe?«, fragte Madlener, während der Mann seine Brille, die er an einer Schnur um den Hals hängen hatte, aufsetzte und die Fotos studierte.

»Der bin ich. Eigentlich heiße ich Josef. Josef Dietz. Aber meine Freunde nennen mich Joe.« Damit gab er die Fotos an Harriet zurück und nahm die Brille wieder ab. Er blinzelte Madlener an, ein nervöser Tick, wie es schien. »Nein, kenne ich nicht. Tut mir leid.«

»Muss Ihnen nicht leidtun«, sagte Madlener. »Haben Sie viele Kunden?«

Dietz nahm Madlener die Angel ab und steckte sie in ihre Halterung zurück. »Ach wissen Sie … was heißt ›viele‹? Es reicht nicht zum Leben, wenn Sie das meinen. Aber irgendetwas muss man ja tun. Und ich habe mein Hobby zum Beruf gemacht. Ich bin Frührentner.«

»Weil Sie ein schlechtes Gedächtnis haben?«

Diese Frage schien Dietz dann doch zu irritieren. »Wie darf ich das verstehen?«, fragte er schon etwas aufmüpfiger.

»So, wie ich es gesagt habe. Harriet – geben Sie mir die Liste?«

Jetzt war Dietz nicht nur irritiert, jetzt wurde er nervös. »Hören Sie – ich habe Ihnen gesagt, dass ich die Männer auf den Fotos nicht kenne. Was wollen Sie noch?«

»Anscheinend haben Sie mir nicht die Wahrheit gesagt. Wollen Sie nicht wissen, warum wir Ihnen die Fotos gezeigt haben?«, fragte Madlener.

Harriet hatte die Liste schon bereit, und Madlener nahm sie entgegen. Er sah Dietz fragend an. Der geriet ins Stottern. »Sie … Sie werden schon Ihre Gründe haben.«

»Allerdings haben wir die. Diese beiden Männer sind vor Kurzem ermordet worden. Und jetzt suchen wir Zeugen, die sie gekannt haben und uns vielleicht sagen können, wo sie sie zuletzt gesehen haben. Das wäre außerordentlich hilfreich. Es geht hier nicht um einen geklauten Sack Fischfutter, verstehen Sie?« Madleners Ton war jetzt nicht mehr so verbindlich.

Dietz nickte. »Natürlich.«

»Dann sind wir uns ja einig.« Er las von der Liste ab: »Vor vierzehn Tagen wurden Sie von einem dieser Männer hier im Laden angerufen. Kurz vor Ladenschluss, um achtzehn Uhr achtundfünfzig, um genau zu sein.«

Er sah Dietz direkt in die Augen und wartete auf eine Antwort. Der wich dem Blick aus, rieb sich mit der rechten Hand über die Stirn, die er in Falten gelegt hatte, als denke er scharf nach, dann streckte er die Hand aus.

»Kann ich die Fotos noch mal sehen, bitte?« Er setzte wieder seine Brille auf und ging mit den Fotos zur Eingangstür, als wäre es im Laden zu dunkel.

»Ja …«, sagte er zögernd, »ja … ich glaube doch. Die Bilder sind nicht sehr gut, aber der eine kommt mir irgendwie bekannt vor. Der hier.«

Er streckte Madlener das Foto von Karl Möller hin, der es aber nicht ergriff.

»Ein Kunde?«

»Ja. Ja, er hat bei mir das eine oder andere gekauft.«

»Bar bezahlt?«

»Immer. Ich akzeptiere keine Kreditkarten.«

»Wissen Sie auch, wie er heißt?«

»Lassen Sie mich nachdenken … ein Allerweltsname … ich glaube, Müller oder so ähnlich.«

Jetzt erst nahm ihm Madlener das Foto ab und reichte es Harriet.

»Karl Möller. Was wissen Sie über ihn?«

»Nicht viel. Ein Kunde eben. Er wurde ermordet, sagen Sie?«

»Allerdings. Auf grausame Weise. Die Einzelheiten erspare ich Ihnen.«

Dietz starrte ihn mit offenem Mund an. Madlener konnte buchstäblich sehen, wie es in seinem Gehirn arbeitete. Aber er ließ nicht locker.

»War er oft bei Ihnen? Was hat er gekauft?«

»Oft … was heißt oft …«

»Zwei- oder dreimal in der Woche zum Beispiel. Ihre Nummer findet sich häufig auf seiner Handyabrechnung.«

»Nein, so oft sicher nicht. Vielleicht einmal im Monat. Gekauft hat er das Übliche. Ersatzteile für seine Angelruten, Schnüre, Köder, eine Angeltasche, eine Jacke – was Angler eben so brauchen.«

»Er war also ein passionierter Angler?«

»Kann man wohl sagen, ja.«

»Hatte er Ahnung davon, oder war das nur eine Art Freizeitgestaltung?«

»Wohl eher Zweiteres. Er war nicht einer von den Typen, die in der Karibik hochseeangeln oder zum Lachsfischen nach Alaska fahren.«

»Wissen Sie, was mich wundert?«, fragte Madlener.

Dietz zuckte verunsichert mit den Schultern.

»Dass Sie ihn zuerst nicht erkennen wollten und dann doch so gut über ihn Bescheid wissen.«

»Sie haben mich gefragt, was er gekauft hat. Und das habe ich Ihnen gesagt. Das eine oder andere Schwätzchen über Fachfragen haben wir natürlich auch mal gehalten, obwohl er eher zurückhaltend war, soweit ich mich erinnern kann.«

»Über was haben Sie denn sonst noch mit ihm gesprochen?«

»Nichts Privates, wenn Sie das meinen.«

»Doch, genau das meine ich. Wo er angelt, zum Beispiel.«

Dietz überlegte, wobei er die Augen nach oben drehte. »Ja, ich glaube, das hat er mal erzählt. Er war nämlich spezialisiert auf Raubfischangeln.«

»Raubfischangeln?«

»Ja. Hier im Binnenland gibt es drei Sorten Angler: Die einen gehen auf alles, andere auf Raubfische, wieder andere sind Friedfischangler. Hecht, Zander, Barsch, Wels – das sind Raubfische. Karpfen und Schleien, Brachse, Barbe, Rotzunge – das sind sogenannte Friedfische.«

Harriet mischte sich ein. »Bodenseefelchen auch?«

»Ja. Die Blaufelchen ernähren sich von Plankton.«

»Und wo hat er nun geangelt? Im Bodensee?«, fragte Madlener.

Wieder überlegte Dietz, und wieder schien er die Antwort an der Decke zu finden.

»Da fällt mir ein, ich musste ihm mal was nachschicken. Im Computer müsste eine Adresse sein. Warten Sie mal.«

Er ging an sein Laptop und tippte herum.

Madlener und Harriet warfen sich einen Blick zu. Die erste Spur. Ob sie heiß war, mussten sie erst herausfinden.

Dietz stellte sein Tippen ein und notierte eine Adresse auf einen Zettel, den er Madlener reichte.

»Ein Campingplatz am Illmensee«, sagte er. »Er fischte nicht am Bodensee?«

»Soviel ich weiß, nicht.«

»Okay, Sie haben uns sehr geholfen. Kann sein, dass wir noch mal auf Sie zukommen. Wenn Ihnen noch was einfällt …«

Harriet hatte die Karte mit den Telefonnummern vom Präsidium schon parat.

30

Madlener und Harriet durchquerten Salem mit seinen weitläufigen Internatsanlagen, durch die die Straße mitten hindurchging, und fuhren in Richtung Illmensee, wo sie kurz nach dem Ortsausgang von zwei Lastwagengespannen ausgebremst wurden. Der BMW quälte sich hinter ihnen die kurvige und hügelige Strecke entlang, an Überholen war nicht zu denken.

Harriet saß auf dem Beifahrersitz und zückte ihr Smartphone. »Soll ich den Kriminaldirektor über unseren kleinen Ausflug informieren?«

Madlener hasste es, über jeden seiner Schritte Rechenschaft abzulegen, besonders dann, wenn noch gar nicht abzusehen war, ob bei den Recherchen überhaupt das Geringste herauskam. »Schicken Sie Frau Gallmann eine SMS. Schreiben Sie, wir gehen einer möglichen Spur nach.«

»Das sagen Sie doch immer.«

»Das ist es auch, was wir tun, oder? Wenn wir was Konkretes haben, dann können Sie meinetwegen anrufen. Aber solange wir im Trüben fischen, um im Bild zu bleiben, geben wir keine Wasserstandsmeldungen ab.«

Harriet tippte ihre SMS mit einer Fingerfertigkeit, die Madlener neidisch machte.

Madlener verlor die Geduld und überholte den Lastwagen vor ihnen mit aufheulendem Motor, sodass Harriet sich wieder an ihrem Sicherheitsgurt festklammern musste. Aber das Überholmanöver war völlig unnötig gewesen, denn nun hingen sie hinter dem nächsten Lastwagengespann fest.

Als sie nach weiteren waghalsigen Überholaktionen von Traktoren, Lastwagen und Omnibussen endlich das Ortsschild von Illmensee passierten, entging Madlener nicht, dass Harriet kurz die Augen schloss, wohl um innerlich ein schnelles, aber inniges Dankgebet für die heile Ankunft loszuwerden.

Die Einfahrt zum Campingplatz war gar nicht zu übersehen. Madlener stellte den Wagen direkt am Empfangshäuschen ab.

Ein merkwürdig gekleideter Mann, offenbar der Platzwart, war gerade dabei, ein Wohnwagengespann einzuweisen, kam aber sofort fuchtelnd auf sie zu, weil sie die Frechheit besaßen, in der Ein- und Ausfahrt zu parken. Der bärtige Endvierziger hatte einen Pepita-Hut mit der Aufschrift »CHEF« auf dem Kopf, der mit Angelhaken und bunten Ködern behängt war. Dazu trug er eine Angleruniform in Tarnfarben, mit der unvermeidlichen Eintausendundeine-Taschen-Weste in Wüstenbraun, als würde er nach dem nächsten Frühschoppen einen Abstecher an den Hindukusch machen, um dort den Amis zu helfen, den Taliban eins auf den Turban zu geben. Was Madlener noch bemerkenswerter fand, war die Tatsache, dass er trotz der tropischen Sommerhitze Gummistiefel in Natogrün anhatte, die bis zu den Knien reichten.

»Do dürfet Sie fei auf gar koin Fall schtehen bleiben! Sie verschperret mir ja die ganze Einfahrt!«, rief er ihnen schon von Weitem zu.

Madlener bewegte sich keinen Millimeter und zückte seinen Ausweis.

»Doch, mir dürfet des«, rief er absichtlich laut im heimischen Dialekt, sodass es auch alle Campinggäste, die neugierig geworden und stehen geblieben waren, zu hören bekamen. »Weil mir von der Kripo Friedrichshafen send.«

Der ausgewiesene Chef kam rasch nähergestiefelt und sagte in verhaltenem Ton: »Geht's vielleicht no a weng lauter? Des müsset ja it alle hören!« Er beäugte misstrauisch den Ausweis. »Kripo? Hat oiner von meine Gäscht ebbes agschtellt?«

Er nahm seinen Hut ab und wischte sich mit einem Tuch den Schweiß von der Stirn.

Madlener beschloss, die Förmlichkeiten abzukürzen, und schaltete auf kumpelhaft um. Harriet zückte schon das Foto von Karl Möller.

»Je schneller wir die erforderlichen Auskünfte bekommen, desto schneller sind Sie uns wieder los. Hat dieser Mann mit seinem Wohnmobil bei Ihnen einen Stellplatz?«

Der Platzwart erkannte Möller auf Anhieb und sprach nun Hochdeutsch, schließlich ging es hier um eine Amtshandlung. »Der Herr Möller? Der kommt seit Jahren hierher. Aber nicht zum Campen. Nur zum Angeln. Er hat einen Jahresschein für alle Seen hier und leiht sich gelegentlich ein Boot. Aber meistens angelt er vom Ufer aus. Ein feiner Mann, ruhig und bescheiden. Was hat er agschtellt?«

»Gar nichts. Wissen Sie, wo er sein Wohnmobil geparkt hat?«

»Ja freilich. Beim Seefelder Schorsch. Des isch ein Einödhof, ein paar Kilometer von hier.«

»Uns wurde berichtet, dass er sich ab und zu etwas hat herschicken lassen. Hierher an den Campingplatz.«

»Des oine oder andere Mal, ja.«

»Was war das?«

»Ja mei – Angelzubehör halt.«

»Und das hat er dann bei Ihnen abgeholt?«

»Ja, hat er. Aber wenn er hier in der Gegend isch, dann kommt er sowieso jeden Tag vorbei auf a kloins Schwätzle.«

»Über was haben Sie gesprochen?«

»Ja was denket Sie? Über die Fisch natürlich. Da isch der Möller Ekschperte. Der wollt immer genau wissen, wo se grad stehet. Welche Köder man nimmt. Und übers Wetter hammer gredet. Bei Regen beißet se halt besser, die Fisch.«

»War das alles?«

»Sonscht woiß i nix.« Er zuckte mit den Schultern.

»Wo finden wir diesen Einödhof?«, fragte Madlener.

Nachdem sie eine umständliche Wegbeschreibung erhalten hatten, wollte der Platzwart endlich wissen, was denn nun mit Karl Möller los sei. Mit seinem an Fischschuppen erinnernden grün-braunen Outfit und dem misstrauischen Gesichtsausdruck musste Madlener an den ausgestopften Hecht im Schaufenster des Angelshops denken, und er geriet kurz in Versuchung, ihm zu sagen, dass einer seiner treuesten Angelgäste jetzt in den ewigen Jagdgründen fischte. Dann beließ er es aber doch bei der knappen Erklärung, dass Karl Möller ermordet worden war und er morgen in der Tagespresse alles nachlesen könne.

Der Platzwart schien, statt konsterniert zu sein, irgendwie froh, dass sich das tragische Geschehen wenigstens nicht in seinem Hoheitsbereich zugetragen hatte, und wirkte richtiggehend erleichtert, als Madlener und Harriet endlich davonfuhren.

Sie folgten der Wegbeschreibung und nahmen die Ausfahrtstraße in Richtung Nordosten. Nach zwei Kilometern an Kornfeldern, Obstplantagen und Wiesen entlang zweigte ein ungeteerter Weg ab, an dem ein »Durchfahrt nur für Anlieger«-Schild stand.

Madlener verlangsamte das Tempo, es ging ein gutes Stück lang mitten durch ein noch im Wachstum begriffenes, endlos scheinendes Maisfeld, dann durch einen Wald, und nach einer Kurve lag in einer Senke ein alter, heruntergekommener Bauernhof vor ihnen, der offensichtlich nicht mehr bewirtschaftet wurde. Daneben stand eine ebenso heruntergekommene Scheune. Vor dem Hof rostete ein alter Fendt-Traktor vor sich hin, daneben parkte ein Pick-up mit einem Surfbrett auf der Ladefläche, der eher an einen kalifornischen Strand gepasst hätte als hierher ins Oberschwäbische.

Madlener stieg aus dem Auto, während Harriet noch zögerte. Er beugte sich hinein und fragte sie: »Was ist?«

»Hier sieht's ganz so aus, als könnte es einen Hund geben«, sagte sie unsicher und ließ ihren Blick umherschweifen. »Mit denen hab ich's nicht so, besonders wenn sie so groß sind wie der da!« Sie zeigte auf ein riesiges, schwarzes Monster von Hund, das plötzlich aus dem Nichts aufgetaucht war, die Zähne bleckte und knurrte.

»Ich auch nicht«, antwortete Madlener und machte, dass er schnell wieder ins Auto kam und seine Tür zuschlug. Keine Sekunde zu früh, denn schon war der Hund, seltsamerweise ohne zu bellen, herangehetzt und stürzte sich mit triefenden Lefzen auf Madleners Seitenfenster, wo er mit Zähnen und Klauen das Glas so heftig bearbeitete, dass die beiden Insassen vor Schreck zusammenzuckten.

Madlener drückte auf die Hupe, was das aggressive Tier nur noch wütender machte und seine Anstrengungen verdoppeln ließ. Aber Madlener blieb stur auf der Hupe, bis nach endlosen Sekunden die Eingangstür des Bauernhofs aufging und ein schlaksiger jugendlicher Mann herauskam. Er hatte eine hohe Stirn und lange, dünne Haare, auf dem Rücken zu einem Pferdeschwanz zusammengebunden, trug ein T-Shirt mit der Aufschrift »Metallica«, dazu Shorts, und seine Füße steckten in Flipflops.

Er stieß einen gellenden Pfiff aus. Sofort bewegte sich der Hund, rückwärts gehend und das Auto mit Madlener und Harriet nicht aus dem Blick lassend, auf sein Herrchen zu und setzte sich schließlich auf einen Befehl neben ihn. Der Späthippie hielt ihn am Halsband fest und wartete darauf, dass Madlener ausstieg, was der auch tat.

»Was wollen Sie?«, fragte er unfreundlich. »Das hier ist Privatbesitz.«

»Und das hier«, sagte Madlener und hielt seinen Ausweis hoch, so wie er das in unzähligen amerikanischen Filmen gesehen hatte, »ist mein Ausweis. Kripo Friedrichshafen. Sperren Sie gefälligst den Köter weg. Wir müssen uns unterhalten.«

Madlener war sich dessen bewusst, dass sie nicht gerade einen heroischen Anblick geboten hatten, und versuchte, das mit einem beherzten Auftritt wieder wettzumachen. Auch Harriet hatte sich inzwischen von ihrem Schrecken erholt und kam zögernd aus dem Auto. Aus dem Augenwinkel bemerkte Madlener, dass sie ihre Waffe, eine Heckler & Koch P2000, die in ihrem Schulterhalfter steckte, absichtlich nicht mit ihrem Blazer verdeckte und nun mit ihrer Hand danach griff. Instinktiv tastete er nach seiner SIG P226, bis ihm einfiel, dass er sie – wie immer – im Hotelsafe eingeschlossen hatte. Da liegt sie wenigstens sicher, dachte er, wütend über sich selbst. Aber für gewöhnlich hatte er die Waffe nie dabei, jedenfalls nicht mehr, seit er einmal von ihr Gebrauch gemacht hatte, als er es besser nicht getan hätte.

Er gab Harriet ein Zeichen, dass sie sich zunächst zurückhalten solle, und ging langsam auf den Mann zu, der seinen Hund, der wieder zu knurren anfing, immer noch am Halsband festhielt.

»Wir haben nur ein paar Fragen. Sind Sie Georg Seefelder?«

»Ja, und?«

Madlener zeigte auf den Hund und wartete. Seefelder zögerte, dann zog er den Hund zur Eingangstür, stieß sie auf, schob ihn in den Gang, machte gleichzeitig einen Schritt hinein und schlug, für Madlener völlig überraschend, die Tür von innen zu. Madlener stand da und wartete, bis er hörte, dass abgeschlossen wurde. Ihm war klar, dass Seefelder nicht mehr herauskommen würde. Jedenfalls nicht freiwillig. Er sah zu Harriet, die sich langsam näherte, die Hand immer noch auf ihrer Waffe.

»Was machen wir jetzt?«, fragte sie verunsichert. »Will der uns verarschen?«

Madlener probierte an der Tür, aber sie war tatsächlich von innen abgesperrt. Er hämmerte dagegen. »Seefelder – kommen

Sie raus! Aber ohne den Hund! Herrgott – wir wollen Ihnen doch bloß ein paar Fragen stellen!«

Sie lauschten, es war nur das wütende Kläffen des Hundes zu hören.

»Also ich will da nicht rein«, sagte Harriet.

»Können wir sowieso nicht, ohne Durchsuchungsbeschluss«, entgegnete Madlener. »Sie gehen rechts rum und ich links. Sollte er den Hund auf Sie hetzen …«

Harriet verstand, was Madlener meinte, holte ihre P2000 aus dem Halfter und entsicherte sie. »Wo haben Sie Ihre Dienstwaffe?«, fragte sie ihn.

»Im Hotelsafe«, knurrte er.

»Na dann viel Glück«, sagte sie und lief los.

Im letzten Moment besann sich Madlener noch eines Besseren und rief ihr hinterher: »Warten Sie, das ist zu gefährlich. Harriet …!« Aber sie war schon um die Ecke verschwunden.

Madlener warf einen Blick in das Fenster neben der Tür, konnte aber keine Bewegung im Inneren erkennen. Was zum Teufel hatte Seefelder vor? Ihm musste doch klar sein, dass er sich mit seinem Verhalten viel Ärger einhandelte und nur verdächtig machte. Aber vielleicht war er ja auch ein Junkie, hatte sich irgendetwas reingezogen und reagierte deshalb paranoid. Ganz koscher war die Angelegenheit jedenfalls nicht. Und auch nicht ganz ungefährlich. *Mist, Mist, Doppelmist!* Wenn der Typ eine Waffe hatte, waren sie ganz schön in der Bredouille. Hier auf dem Land war die Wahrscheinlichkeit groß, dass irgendwo ein Gewehr im Haus herumlag.

Er musste die Kollegen alarmieren, schnellstens.

Madlener tastete seine Taschen ab. Wo war sein Handy? Im Handschuhfach seines BMW. Großartig. Waffe im Hotelsafe, Handy im Handschuhfach, Harriet und er einem Verrückten und seinem beißwütigen Hund ausgeliefert. Er musste sofort zum Auto. Schließlich hatte er die Verantwortung seiner unerfahrenen Assistentin gegenüber. Da konnte er nichts riskieren.

Er schlich weiter und spähte noch durch das zweite Fenster. Nichts. Geduckt wollte er zum Auto laufen, als plötzlich ein Rattern zu hören war. Unverkennbar der Kickstarter eines Motorrads, das nicht auf Anhieb anspringen wollte. Das Geräusch kam aus der Scheune.

Madlener rannte los, ohne weiter nachzudenken. Das Scheunentor hatte einen Spalt offen gestanden, und jetzt knatterte der Motor stotternd los, kam auf Touren, und in dem Moment, in dem Madlener das Scheunentor erreichte, schoss das Geländemotorrad mit Seefelder im Sattel heraus und verfehlte ihn um Haaresbreite.

Er konnte Seefelder nur noch hinterherstarren, der die Anhöhe zum Wald mühelos überwand und zwischen den Bäumen verschwand. Madlener rannte zum Auto, warf sich hinter das Steuer – wo war Harriet nur abgeblieben? –, startete und fuhr so heftig an, dass die Antriebsräder durchdrehten und Steine durch die Gegend schleuderten. Madlener kurbelte wie beim Autoscooter auf der Kirmes am Lenkrad, der BMW machte eine stuntreife Kehrtwende und raste hinter dem Flüchtigen her. Ein kurzer Blick in den Rückspiegel – noch immer war Harriet nicht zu sehen. Hoffentlich hatte sie kein unglückliches Zusammentreffen mit dem Monsterhund gehabt.

Madlener gab Vollgas und rauschte zum Waldweg hoch, wo der BMW über die Kuppe katapultiert wurde, für zwei Herzschläge keine Bodenhaftung mehr hatte, bis er so hart wieder aufkam, dass Madlener dachte, um die Stoßdämpfer sei es geschehen. Der Wagen schrammte mit Auspuff und Bodenblech über ein paar Steine und raste weiter. Madlener konnte nur hoffen, dass ihm auf dem schmalen, unübersichtlichen Weg niemand entgegenkam. Er blieb auf höchster Drehzahl im zweiten Gang, streifte beinahe einen Baum und konnte das Motorrad gerade noch sehen, wie es zwischen den Maisreihen verschwand.

Madlener drückte das Gaspedal bis zum Anschlag durch und stob den Weg durch das Maisfeld entlang. Er hatte die Verfolgung Seefelders aufgenommen, ohne groß nachzudenken. Aber jetzt hatten ihn die Wut auf diesen Vollidioten auf dem Motorrad und sein eigener Ehrgeiz gepackt. Ohne hinreichenden Grund wäre Seefelder wohl kaum auf die hirnverbrannte Idee gekommen, einfach Reißaus zu nehmen. Aber weiter gelangte Madlener nicht mit seinen Überlegungen, denn in diesem Augenblick schoss Seefelder von rechts aus den Maisreihen und kreuzte knapp vor Madleners BMW den Weg, um links wieder zwischen den Pflanzen zu verschwinden.

Wie sollte Madlener Seefelder stellen? Einfach zwischen die Maisstauden und querfeldein hinterher – das konnte er nicht riskieren, da würde er unweigerlich stecken bleiben. Er steuerte das Ende des Feldes an, vielleicht konnte er da sehen, wohin Seefelders Flucht ging. Wenn Harriet mitbekommen hatte, dass er die Verfolgung des Flüchtenden aufgenommen hatte, was er inständig hoffte, war sie sicher so klug, die Kollegen zu alarmieren. Jedenfalls hatte er alle Hände voll damit zu tun, sich darauf zu konzentrieren, dass der Wagen nicht ins Schleudern kam. Wenn er erst das lang gezogene Maisfeld hinter sich gelassen hatte, war die Sicht frei bis zur Landstraße.

An der höchsten Stelle, mitten in den Wiesen, hielt er an. Aber so weit er blicken konnte, war kein Mann auf einem Motorrad zu sehen. Er stieg aus und lauschte. Ganz in der Ferne war das charakteristische Knattern des Geländemotorrads zu hören. Verdammt, Seefelder war ihm entkommen.

Madlener sah endlich ein, dass er von vorneherein keine Chance gehabt hatte, den Flüchtigen auf seiner Maschine, mit der er über Stock und Stein fahren konnte, zu stellen. Dass er das nicht gleich erfasst hatte, ärgerte ihn maßlos. Er war einfach blindlings seinem Instinkt gefolgt und seinen Emotionen, das war ein großer Fehler, den er schon des Öfteren begangen hatte. Und dann hatte er auch noch Harriet zurückgelassen. Deswegen machte er sich die größten Vorwürfe. Er konnte sich lebhaft vorstellen, was er von Thielen zu hören bekommen würde. Aber dann lauschte er wieder. Das Motorengeräusch kam aus der Richtung, in welcher der Bauernhof lag. Der Kerl war doch nicht etwa wieder zurückgefahren, nachdem er ihn vom Hof weggelockt hatte?

Zu seinem Schrecken war jetzt auch noch ein Schuss zu hören. Eindeutig vom Einödhof. Um Gottes willen. Harriet.

In heller Panik warf er sich wieder ins Auto, wendete auf der Wiese, blieb beinahe im Graben stecken und fuhr zurück zum Hof, so schnell er konnte.

Als er nach dem Waldstück über die letzte Kuppe preschte, sah er in der Senke zu seiner Überraschung und gleichzeitig grenzenlosen Erleichterung das Motorrad mitten in der Einfahrt liegen und Seefelder daneben, bäuchlings, die Hände hinter dem Kopf verschränkt. Harriet stand breitbeinig mit der P2000 in beiden Händen und mit dem nötigen Sicherheitsabstand neben ihm und hielt ihn in Schach.

Madlener bremste heftig und sprang aus dem Auto.

»Alles in Ordnung?«, brachte er heraus.

Harriet lächelte ihn an, befahl gleichzeitig in einem schroffen Ton, der keinen Widerspruch duldete, Seefelder, der sich erheben wollte: »Liegen bleiben!«, und antwortete dann Madlener, als ob es bei ihr alltägliche Routine sei, flüchtende Verbrecher zu stellen und festzunehmen: »Bei mir schon. Und bei Ihnen?«

Irgendwo in den unendlichen Tiefen seines Kofferraums, zwischen den Tatortgummistiefeln und der Regenjacke, fand Madlener schließlich, was er suchte: einen kleinen Karton mit Kabelbindern. Handschellen hatte er nie dabei, und in diesem speziellen Fall waren die Plastikbänder sowieso vorteilhafter, weil man sie so richtig stramm ziehen konnte. Und das tat er bei Seefelder dann auch, so sehr der auch fluchte und protestierte, während Harriet Madlener mit der Waffe absicherte.

»Wo ist der Hund?«, fragte er Harriet nebenbei, Seefelders Verbalinjurien würdigte er mit keinem Kommentar.

»Den habe ich in der Küche eingesperrt. Zusammen mit seinem Napf und einer ordentlichen Portion Hundefutter«, antwortete Harriet, als sei das die selbstverständlichste Sache der Welt.

Wieder musste Madlener über ihre zupackende, praktische Art staunen – ein Blick auf ihre langen Designerfingernägel verriet ihm, dass sie auch nicht den kleinsten Kratzer davongetragen hatten – und darüber, wie sehr er sie unterschätzt hatte.

Natürlich hatte sie längst die Kollegen alarmiert. Fünfzehn Minuten später kamen sie mit drei Streifenwagen, Blaulicht und Sirene angebraust und fanden einen Madlener und eine Harriet vor, die auf der Bank im Schatten vor dem Bauernhof auf sie warteten und währenddessen mit dem Präsidium telefonierten und schilderten, was passiert war. Derweil saß Seefelder, die Hände auf den Rücken gefesselt, auf seinem Hintern in der prallen Sonne. Ihm war der Pöbelwortschatz inzwischen ausgegangen, er starrte vor sich hin, der Schweiß perlte ihm nur so von der Stirn.

Nachdem sich Seefelder völlig unerwartet ins Haus abgesetzt hatte, war Harriet mit äußerster Anspannung und Vorsicht um den großen Hof herumgeschlichen, immer auf der Hut vor dem schwarzen Hund. Als sie auf der Rückseite um die Ecke spähte, sah sie, dass die hintere Tür sperrangelweit offen stand. Dann war Motorengeräusch zu hören, vermutlich aus der Scheune. Aber Harriet wollte jetzt nicht leichtsinnig werden und näherte sich mit der Waffe im Anschlag langsam dem rückwärtigen Eingang. Ein Blick durch das danebenliegende Fenster ließ sie aufatmen: In dem Raum, der offensichtlich als Wohnzimmer diente, stand der Hund und fing sofort an zu bellen, als er sie sah. Aber er schien eingesperrt zu sein.

Aus dem aufheulenden Motorengeräusch schloss Harriet, dass der Hausbewohner wohl das Weite suchte und von Madlener daran gehindert oder verfolgt wurde. Den Hund hatte Seefelder wahrscheinlich deshalb eingesperrt, damit er ihm nicht nachlief.

Sie sicherte sich trotzdem mit der Waffe in der Hand ab, indem sie zuerst im Erdgeschoss den Gang entlangging und hinter jede Tür einen Blick warf, bis auf die eine, hinter der sie das Kläffen des Hundes hörte. Die Zimmer waren altmodisch eingerichtet mit Möbeln aus den sechziger Jahren, anscheinend noch von den Eltern des jetzigen Besitzers. Die geräumige Wohnküche hatte einen Herd, der mit Holz beheizt wurde, auf dem Tisch standen ein voller Aschenbecher und eine halb ausgetrunkene Flasche Bier, daneben eine Fernbedienung. Auf dem nagelneuen Flachbildfernseher, der an der Wand neben der Küchenanrichte im Gelsenkirchener Barockstil hing, lief irgendeine Telenovela, der Ton war ausgestellt. Jetzt fand Harriet Zeit, um bei der Zentrale Unterstützung anzufordern und eine Beschreibung des Flüchtigen durchzugeben.

Auf dem Boden entdeckte sie den großen, leeren Napf des Hundes, füllte ihn mit Futter aus einer angebrochenen Dose, die sie im Kühlschrank fand, weil sie Mitleid mit dem Tier hatte, das inzwischen winselte und an der Tür kratzte, die vom Wohnzimmer in die Küche führte. Sie lenkte den Hund ab, indem sie an die Tür im Gang klopfte, öffnete die Tür zur Küche und machte, dass sie schnell nach draußen kam und die Gangtür hinter sich ins Schloss zog. Der Hund war jetzt in der Küche mit Fressen beschäftigt, und Harriet hatte vor, ein wenig das Haus zu durchsuchen.

Sie wollte schon die Treppe zum ersten Stock hoch, als sie plötzlich wieder das Knattern des Geländemotorrads hörte. Sofort machte sie kehrt, eilte zum Vordereingang, der Schlüssel steckte, sie sperrte in fliegender Hast auf, riss die Tür auf und zielte mit ihrer Waffe auf den völlig überraschten Seefelder, der gerade von seinem Motorrad absteigen wollte.

»Lass deine Maschine los und leg dich auf den Boden, sofort!«, brüllte sie ihn mit aller Schärfe an, die sie aufbringen konnte.

Seefelder hatte offenkundig damit gerechnet, dass Harriet mit im Verfolgerfahrzeug war, er spielte mit dem Gasgriff und schien zu überlegen, wie ernst er diese junge zierliche Polizistin mit der eindrucksvollen Waffe in beiden Händen, die direkt auf seinen Kopf gerichtet war, nehmen sollte. Aber Harriet ließ ihn erst gar nicht auf dumme Gedanken kommen, gab einen Warnschuss knapp über seinen Kopf in die Luft ab, zielte wieder auf ihn und schrie, so laut sie konnte: »Absteigen und hinlegen, auf der Stelle!«

Seefelder zögerte keine Sekunde länger, ließ die Maschine umkippen und setzte sich auf den Boden, die Hände in die Höhe haltend.

»Auf den Bauch, los, mach schon!«, herrschte Harriet ihn an, und Seefelder kam auch dieser Aufforderung nach.

Im selben Augenblick war Madlener mit seinem Wagen über die Kuppe geschossen, und Harriet war ein kleines bisschen stolz auf sich, auch wenn sie sich das nicht anmerken ließ.

31

Der Ventilator im Besprechungsraum lief auf Hochtouren. Trotzdem sahen Madlener und Harriet nur verschwitzte und gerötete Gesichter, als sie hereinkamen. Weil Harriet auf ihre sanfte Art die Tür geöffnet hatte und nicht Madlener, gab es auch keinen Grund für die versammelte SOKO, vor Schreck zusammenzuzucken.

Thielen stand sofort auf, er hatte tatsächlich sein Jackett abgelegt und sein strahlend weißes Hemd – ohne Krawatte! – bis zu den Ellenbogen hochgekrempelt – wahrscheinlich hatte er vor Kurzem Jogi Löw im Fernsehen gesehen und fand, dass er so dynamischer und jugendlicher wirkte, was durch die Schweißflecken unter den Achseln und das stattliche Hüftgold aber doch ziemlich konterkariert wurde. Er zeigte sich von seiner jovialen Seite und schüttelte Harriet und dem verdutzten Madlener nacheinander die Hand.

»Gute Arbeit, Glückwunsch!«, sagte er strahlend, und Binder, Götze und Frau Gallmann, die für das Protokoll zuständig war und wie üblich kalte Softdrinks servierte, klopften zustimmend und respektvoll auf den Tisch. »Setzen Sie sich, wir sind bereits über alle Vorgänge in Illmensee informiert. Der Verdächtige, Georg …«

»Seefelder«, half Frau Gallmann aus.

»Seefelder«, fuhr Thielen fort, »wird bei uns nach den üblichen Formalitäten Kost und Logis bekommen, Haftbefehl ist erlassen. Die Vernehmung werde ich persönlich durchführen. Aber erst morgen früh, wenn er seinen Drogenrausch ausgeschlafen hat und wir die Ergebnisse der Spurensicherung haben, die momentan da draußen auf dem Einödhof noch alles auf den Kopf stellt.«

Er räusperte sich.

»Trotz des Lobes für Sie beide, Herr Madlener und Frau Holtby, muss ich doch noch einen Tadel aussprechen. Es war höchst unprofessionell, auf eigene Faust dort hinzufahren, ohne uns davon zu informieren. Teamwork, Herr Madlener, das ist das Geheimnis unseres Erfolgs. Wir ziehen alle an einem Strang. Wie oft habe ich das schon gepredigt?«

Es muss wohl eine zweistellige Zahl mit einer Zehnerpotenz

sein, dachte Madlener. Er lehnte sich zurück. »Darf ich dazu etwas sagen?«

»Bitte, nur zu.« Thielen schob seine verschwitzen Haare quer über die Glatze und setzte sich.

»Wir sind einem vagen Hinweis auf den vermutlichen Standort des Wohnmobils von Möller nachgegangen und konnten nicht damit rechnen, dass dieser Seefelder anscheinend Dreck am Stecken hat und bei unserem Anblick durchdreht. Er ist auf Drogen untersucht worden?«

Binder antwortete: »Ja, positiv. Marihuana und Speed. Der Arzt hat ihn deshalb für nicht vernehmungsfähig erklärt. Auf dem Hof wurde in der Scheune ein Drogenversteck gefunden, dort hatte er ordentliche Mengen gebunkert. Das hat mir Helmar, der Leiter der Spurensicherung, vorher telefonisch als Zwischenbericht durchgegeben.«

»Dealer?«

»So, wie's ausschaut, scheint er mit allem Möglichen gedealt zu haben. Es sind auch allerlei Medikamente gefunden worden. In kliniküblichen Packungen.«

»Hoppla – und das sagen Sie uns erst jetzt?«, staunte Thielen.

»Ich habe die SMS erst vor zwei Minuten erhalten«, antwortete Binder. Zum Beweis hob er sein Handy hoch. »Aber ich bekomme sofort Meldung von der Spurensicherung, wenn sie Klebeband oder Medikamente finden, die bei den Ermordeten zur Anwendung kamen.«

»Oder einen Elektroschocker«, sagte Madlener.

»Helmar weiß Bescheid, wonach er suchen soll«, bestätigte Binder.

»Hat Seefelder einen Anwalt verlangt?«, fragte Madlener.

»Bisher sagt er kein Wort«, antwortete Thielen. »Aber ich werde ihm morgen schon die Würmer aus der Nase ziehen, darauf können Sie sich verlassen. Wenn ich erst einmal alles auf den Tisch lege, was wir auf seinem Hof noch an Beweisen finden, wird er auspacken müssen. Und wenn wir ihm nachweisen können, dass Karl Möller sein Wohnmobil bei ihm untergestellt hat, nehmen wir ihn so richtig in die Zange. Ich habe ihn mir angesehen. Er ist der Typ und hatte die Möglichkeiten für diese Morde. Die Medikamente sprechen jedenfalls eine sehr deutliche Sprache.

Herrschaften ...«, er stand auf und sah auf seine Uhr, »das war ein ereignisreicher Tag. Ich glaube der Hoffnung Ausdruck verleihen zu können, dass wir diesen Fall, der einmalig ist in meinem Zuständigkeitsbereich, in Rekordzeit lösen werden, jedenfalls schneller, als wir gedacht haben.«

Alle nickten zuversichtlich. Außer einem: Madlener.

»Was sollte sein Motiv sein?«, wagte er einzuwerfen.

Thielen zuckte mit den Schultern. »Sie haben sich gestritten. Worüber auch immer. Ein Wort gab das andere. Und der Junkie dreht durch, so was ist bei diesen Leuten doch nicht unüblich.«

»Und der zweite Tote? Und warum dieser Aufwand mit den Leichen? Nicht weit von Seefelders Hof ist ein Moorgebiet. Da hätte er die Toten in aller Ruhe verschwinden lassen können.«

»Fragen über Fragen, Herr Madlener, ich weiß. Aber das wird uns Herr Seefelder morgen alles erklären. Die Nacht über in einer Zelle zu schmoren hat schon so manchen harten Burschen weichgekocht. Götze und Binder, Sie besorgen uns bis dahin alles, was über Seefelder aktenkundig ist. Ich will vor dem Verhör genauestens über ihn im Bilde sein, über alles, Vorstrafen, Beruf, Ausbildung, einfach alles, was Sie in der Kürze herausfinden können, verstehen Sie? Das fängt mit dem Mädchennamen seiner Großmutter an und hört mit der Tankstelle auf, wo er seinen Sixpack kauft.«

Götze sah man an, dass er nicht gerade erfreut war über die Heidenarbeit, die da noch auf ihn zukam. Aber er nickte genauso wie Binder. Thielen wandte sich an Madlener und Harriet.

»Sie beide können für heute Schluss machen. Frau Gallmann hat noch Lektüre für Sie, die Protokolle von Vernehmungen der Anwohner des Klärwerks und eines Gesprächs mit dem Direktor des Internats, einem gewissen Kirchhoff, an dem Möller bis zu seiner Pensionierung tätig war. Er hatte allerdings nichts beizutragen, er ist erst seit drei Jahren an diesem Institut und kannte Möller nicht mehr persönlich. Und der frühere Direktor ist verstorben. Ein gewisser ...«

Binder half ihm auf die Sprünge: »Kruschek.«

»Kruschek, genau. Das Bild des zweiten Toten konnte Kirchhoff ebenfalls nicht identifizieren.«

Binder mischte sich ein: »Wir haben Ferienzeit. Die Lehrer,

die Möller möglicherweise noch kannten, sind alle im Urlaub und nicht erreichbar, jedenfalls nicht auf die Schnelle.«

Thielen übernahm wieder. »Es ist also nichts sonderlich Aufschlussreiches dabei, kann ich Ihnen gleich vorab sagen. Aber das ist sowieso obsolet, jetzt wo wir einen dringend der Tat Verdächtigen hinter Schloss und Riegel haben. Alsdann – wir sehen uns um Punkt acht Uhr morgen früh wieder hier. *Same time, same place.*«

Madlener wäre enttäuscht gewesen, hätte Kriminaldirektor Thielen nicht noch wenigstens zum Abschluss einen seiner geliebten Anglizismen zum Einsatz gebracht. Er und Harriet waren die Einzigen, die sitzen blieben, alle anderen hatten es plötzlich eilig, aus dem stickigen Raum zu entkommen.

Madlener stellte als Erstes den Ventilator ab, der die heiße Luft nur lärmend verquirlte, statt sie abzukühlen. Die plötzliche Stille hatte etwas Beruhigendes. Er blickte auf Harriet, die mit ihrem schwarzen Lidstrich und den dunklen Lidschatten jetzt noch bleicher wirkte als sonst. Aber sie spürte wohl, dass er durch sie hindurchsah, und wagte es, ihn zu fragen: »Sie glauben nicht, dass er es war?«

»Wir werden sehen«, brummte Madlener und stand auf. »Ich bin jedenfalls nicht so optimistisch wie unser Kriminaldirektor. Da sind mir noch zu viele Ungereimtheiten. Viel zu viele.« Er packte die Protokolle zusammen und wandte sich zum Gehen.

Da sagte Harriet leise und entgegen ihrer sonstigen Art fast schüchtern: »Herr Madlener – darf ich Sie was fragen?«

Madlener blieb stehen und sah seine Assistentin erwartungsvoll an.

Sie zeigte ihm ihre Hände. Sie zitterten heftig. »Hat erst vorhin angefangen. Ich kann nichts dagegen tun«, sagte sie. »Haben Sie das auch gehabt? Ich meine ... als Sie Ihre erste Verhaftung mit der Waffe vorgenommen haben?«

Madlener nickte. »Ich habe mir vor lauter Angst schier in die Hosen gemacht, ich kann mich noch gut daran erinnern. Aber erst hinterher. Wie Sie. Glauben Sie mir, das ist ganz normal. Die Nachwirkungen des Adrenalins.«

»Gewöhnt man sich daran?«

Madlener schüttelte den Kopf. »Wenn Sie eine gute Polizistin sein wollen – nie«, antwortete er. »Jetzt fahre ich Sie nach Hause, dort trinken Sie ein schönes Glas Spätburgunder oder auch zwei, und dann versuchen Sie zu schlafen. Das legt sich.«

»Sicher?«, fragte sie und betrachtete ihre zitternden Hände.

»Todsicher«, sagte Madlener und schob Harriet hinaus, bevor er die Tür so sanft schloss, wie es ihm möglich war.

32

Madlener legte sich ins Zeug. Wenn er sich beeilte, hatte er gerade noch Zeit, sich auf seinem Hotelzimmer zu duschen und umzuziehen, was auch dringend notwendig war. Schließlich wollte er Ellen, wenn er sie schon zu einem romantischen Dinner ausführen konnte, einigermaßen runderneuert und vorzeigbar gegenübertreten.

Er duschte eiskalt und zog rasch frische Sachen an. Auf ein Jackett verzichtete er bei dieser brütenden Hitze, da war ein schickes Polohemd, das er noch nie angezogen hatte, angemessener. Als er vor dem Spiegel letzte Korrekturen an sich vornahm, fühlte er eine lange nicht mehr verspürte Vorfreude und Hochstimmung in sich aufsteigen. Er grüßte sogar den stets grantigen Hausmeister, dem er mit federnden Schritten auf der Treppe begegnete.

Im Auto stellte er die Klimaanlage auf die kälteste Stufe, der BMW war in der Sonne gestanden und hatte sich wie ein Backofen aufgeheizt. Er merkte, dass er gleich wieder ins Schwitzen geriet, aber es störte ihn nicht weiter.

Was für ein Glück, dass sich die Besprechung nicht noch länger hingezogen hatte. Eigentlich hatte er ursprünglich auf dem Einödhof zusammen mit den Technikern alles genau unter die Lupe nehmen wollen, um sich ein Bild von Seefelder und dessen Lebensumständen und Gewohnheiten zu machen. Aber erstens sahen das die Techniker nicht so gern, und zweitens hatte ihn Thielen nach seinem telefonischen Lagebericht ins Präsidium zurückbeordert. Normalerweise hätte er sich nicht darum geschert, aber in dieser besonderen Situation sah er darin eine Chance, das Rendezvous mit Frau Dr. Herzog – Ellen – doch nicht absagen zu müssen. Einen Rundgang durch den Bauernhof konnte er auch am nächsten Tag noch unternehmen, der lief ihm nicht davon. Ebenso wenig Georg Seefelder selbst, der hinter Schloss und Riegel sicher aufgehoben war, und den man sich morgen vorknöpfen würde. Für diesen Abend nahm er sich jedenfalls vor, nicht mehr an den Fall zu denken, sondern nur daran, wie er sich bei Ellen von seiner besten Seite präsentieren konnte.

An einem Drogeriemarkt hielt er kurz an, um das kleine Präsent für Ellen zu kaufen, mit dem er sie überraschen wollte. Dann fiel ihm ein, dass er im Restaurant seiner Wahl keinen Tisch reserviert hatte, was er schleunigst nachholte. Auch hier hatte er Glück und bekam noch einen Fensterplatz für zwei Personen zugesagt.

Dann fuhr er weiter und legte, seiner Stimmung gemäß, eine seiner Top-Hundred-Lieblings-CDs ein, die er extra aus dem Hotelzimmer mitgenommen hatte, weil er im Handschuhfach nicht mehr als zehn CDs unterbringen konnte. Zum ersten Mal seit langer, langer Zeit hatte er wieder Lust auf Grace Jones und »Pull Up to the Bumper«.

Driving down those city streets
Waiting to get down
Won't you take your big machine
Somewhere in this town?
Pull up to my bumper, baby
In your long black limousine
Pull up to my bumper baby
And drive it in between
Pull up to it
Don't drive through it …

Zwei Minuten nach zwanzig Uhr fuhr ein lauthals singender Madlener vor den Haupteingang zur Klinik. Er sah Ellen schon von Weitem und beeilte sich, den CD-Player auszuschalten. Schließlich kannte er Ellens Musikgeschmack nicht, sie sah eher so aus, als ob sie klassische Musik bevorzugte. Außerdem war ihm beim Mitsingen erst richtig bewusst geworden, wie anzüglich der Text war, und eines wollte er dann doch auf gar keinen Fall: dass Ellen schlecht über ihn dachte.

Er hielt ihr die Beifahrertür auf. Als sie näher kam, fand er, dass sie atemberaubend aussah, dezent geschminkt, sommerlich gekleidet mit weißer Bluse, hellblauer Leinenhose und dazu passenden Sneakern und ein strahlendes Lächeln im Gesicht.

Spontan sagte er: »Beinahe hätte ich Sie nicht erkannt, so ganz ohne grünen Kittel und Latexhandschuhe!«, was er aber sofort wieder bereute, weil ihm eine Nanosekunde, nachdem er diesen

Satz ausgesprochen hatte, klar wurde, dass er gegebenenfalls mit ein wenig schlechtem Willen auch falsch verstanden werden konnte.

Aber Ellen fasste seine Bemerkung glücklicherweise als Kompliment auf, küsste ihn andeutungsweise auf die Wange und sagte: »Aus welchem Jahrhundert kommen Sie denn? Wissen Sie, wann mir das letzte Mal ein Mann die Autotür aufgehalten hat? Das ist Lichtjahre her.«

»Finden Sie mich altmodisch?«, fragte Madlener.

»Ja«, antwortete sie und lächelte, »aber ich mag das.«

Sie stieg neben ihm ein, und er nahm ihren dezenten Duft nach Frühlingswiese und Sandelholz wahr. Für diesen Duft und dieses Lächeln hätte Madlener in diesem Moment töten können.

Als sie die Straße in Richtung Meersburg entlangfuhren, sagte Madlener: »Haben Sie denn ein wenig Appetit mitgebracht?«

»Nein«, antwortete sie.

Als sie Madleners enttäuschtes Gesicht sah, musste sie lachen. »Ich bin hungrig wie ein Wolf«, sagte sie. »Wohin fahren wir?«

»Das soll eine Überraschung sein. Ich hoffe, Sie mögen Italienisch.«

»Ich liebe es.«

»Perfekt, dann habe ich ja ausnahmsweise alles richtig gemacht.«

Madlener merkte, dass er unbewusst ein dämliches Grinsen im Gesicht hatte und besann sich auf ein ernstes Thema.

»Ich habe einen Vorschlag«, sagte er. »Wir haben eine gute halbe Stunde Autofahrt vor uns. In der Zeit können wir unseren beruflichen Verpflichtungen nachkommen und uns gegenseitig auf den neuesten Stand bringen. Sobald wir die Speisekarte in die Hand nehmen, sprechen wir nicht mehr davon. Wäre Ihnen das recht?«

»Das wäre mir sehr recht. Abgemacht.«

Es wurde eine kurzweilige Fahrt. Bei Ellen hatte sich nichts Neues ergeben, allerdings standen noch einige Rückmeldungen von diversen orthopädischen Kliniken wegen der Hüftprothese des zweiten Opfers aus. Sie hatte schon von der Festnahme eines Verdächtigen gehört, wenn auch nur bruchstückhaft. Madlener schilderte ihr kurz, was er und Harriet erlebt hatten und dass er im

Gegensatz zu seinem Chef nicht unbedingt davon überzeugt war, dass der Fall schon so gut wie gelöst und in trockenen Tüchern war.

Aber als sie Überlingen erreichten und Madlener die Franziskanerstraße in die Altstadt hinuntersteuerte, wo er erneut Massel hatte und auf Anhieb einen Parkplatz gleich in der Nähe des Landungsplatzes fand, erklärten sie übereinstimmend den Arbeitstag für beendet und gingen zum privaten Teil des Abends über. Sie stiegen aus und schlenderten schweigend – Ellen hatte sich, unkompliziert, wie sie war, einfach bei Madlener untergehakt, was er mehr als angenehm fand – zur Seepromenade, genossen den Rummel, der dort herrschte, weil gerade ein Passagierschiff angekommen war, und drängten sich zwischen den Touristen und Einheimischen am Bodenseereiter-Brunnen vorbei, der Madlener doch wieder an den ersten Mordfall erinnerte, weil davor das Foto von Karl Möller gemacht worden war, das sie jetzt überall herumzeigten.

Dann gingen sie zum Seiteneingang der Greth, dem markanten ehemaligen Handelshaus, das vor Jahren eindrucksvoll renoviert und zu einer stattlichen, modernen Markthalle umgebaut worden war. Sie beherbergte nicht nur Läden, eine Pizzeria, die er mit seinem Sohn schon aufgesucht hatte, und mehrere Kinosäle, sondern im ersten Stock auch einen feinen Italiener. Ein freundlicher Kellner wies ihnen den schönsten Tisch zu, und Madlener fühlte sich zum ersten Mal nach langer Zeit mit sich und der Welt im Reinen.

Ellen mochte Rotwein aus der Region, der leichter war als italienischer, und so bestellte Madlener eine Flasche Spätburgunder von der Spitalkellerei Konstanz. Beide entschieden sich für ein Fischcarpaccio als Vorspeise, dann nahm Madlener Pappardelle al ragu di agnello, Ellen Spaghetti alla puttanesca, und am Schluss teilten sie sich ein Tiramisu.

Sie unterhielten sich prächtig. Madlener achtete von Anfang an sorgfältig darauf, nicht nur von sich zu erzählen, sondern auch zuzuhören, weil er einmal in einer Frauenzeitschrift beim Friseur gelesen hatte, dass männliche Selbstbespiegelungsmonologe eine typisch maskuline Schwäche waren, die man beim ersten Treffen mit der Frau seines Herzens unbedingt vermeiden sollte. Aber nach zwei Glas Wein war diese Vorsichtsmaßnahme schon vergessen. Beide plauderten sie munter drauflos, weil sie amüsiert feststellten, dass sie vieles gemeinsam hatten und mochten: Sie beide hatten Geschwister, Madlener einen älteren Bruder, Ellen eine ältere Schwester, sie stammten aus dem Oberschwäbischen, liebten Musik der sechziger bis achtziger Jahre, beide hatten diese Vorliebe von den älteren Geschwistern übernommen, er gestand seine Schwäche für Cream, Madness, Pink Floyd, Led Zeppelin – zugegeben, dafür genierte er sich ein bisschen – und die frühen Stones, sie die ihre für die Brit-Romantiker Spandau Ballet, Brian Ferry, den späten Sting, Leonard Cohen, Barry White – zugegeben, dafür genierte *sie* sich ein bisschen – und Paul McCartney, woraufhin sie hitzig darüber debattierten, wer einflussreicher für die Popmusik und das Lebensgefühl sowie die gesellschaftlichen Umwälzungen gewesen war, die Stones oder die Beatles.

Madlener stammte aus einer Lehrerfamilie in der dritten Generation, sie aus einer Dynastie von Ärzten, schon ihr Großvater war ein bekannter Chirurg gewesen, zwei Onkel waren Internisten, die Mutter Kinderärztin und der Vater Psychiater. Madlener musste konstatieren, dass seine Eltern nie glücklich darüber gewesen waren, dass er nach zwei Semestern Lehramtsstudium alles hingeschmissen und beschlossen hatte, zur Kripo zu gehen. Gerade weil er die Einstellung seiner Eltern kannte, hatte er die Polizeilaufbahn wahrscheinlich umso konsequenter eingeschlagen, und jetzt konnte er sich gar nichts anderes mehr vorstellen. Leider lebten seine Eltern nicht mehr, bis zuletzt hatte er das Gefühl gehabt, dass sie ihm seine Berufswahl nie richtig verzeihen konnten.

Ellens Vater war noch in seinen besten Jahren und praktizierte, wie sie erzählte. Gerade weil aus seiner Sicht für seine jüngste Tochter nur eines in Frage gekommen war, nämlich Medizin zu studieren und sich im Laufe des Studiums zu spezialisieren, hatte auch sie anfangs genau das Gegenteil gemacht und war für ein Sprachenstudium nach England gegangen. Madlener merkte, dass sich ihr Gesicht verdüsterte, als sie davon erzählte, wie oft und wie heftig sie sich mit ihrem Vater deswegen gestritten hatte. Anscheinend spielte ihr Vater in ihrem Leben doch eine wichtigere Rolle, als sie zugeben wollte. Nach einem Jahr war sie reumütig zurückgekehrt und hatte doch auf Medizin umgesattelt, das musste an den Genen liegen, kommentierte sie diesen Entschluss lachend.

Madlener orderte die zweite Flasche Wein, obwohl er noch

fahren musste, aber er verschwendete keinen Gedanken daran, zu sehr stimmte die Chemie zwischen ihnen. Sie merkten gar nicht, wie die Zeit verflog.

Ellen war schon ein wenig angeschickert, als sie schließlich erzählte, dass sie geschieden war. Seit fast fünf Jahren. Das war noch so ein Konflikt, den ihr der Vater lange nachgetragen hatte. Rolf, ihr Ex, war der ideale Schwiegersohn für ihn gewesen, das passende Puzzleteil für eine perfekte Fortsetzung einer langen Ahnenreihe von verdienten, teils sogar außergewöhnlichen Ärzten. Vielleicht zu perfekt für sie, meinte Ellen. Rolf war Chirurg und hatte es inzwischen zum Chefarzt der Chirurgie in Konstanz gebracht. Die Trennung sei von ihr ausgegangen, Rolf hatte sie einmal zu oft betrogen. Aber die Ehe war kinderlos geblieben, und deshalb gab es keinen Grund, Altlasten mit sich herumzuschleppen. Sie lebte ihr Leben als Single, ging ganz in ihrem Beruf auf und war zufrieden damit. Nur ihr Vater nicht, sagte sie kichernd, der versuchte immer noch, sie mit dem einen oder anderen jüngeren Kollegen zu verkuppeln.

Madlener atmete demonstrativ tief durch und sagte: »Was habe ich für ein Glück, dass ich kein Mediziner bin. Sonst hätten Sie mir bestimmt einen Korb gegeben.«

»Worauf du Gift nehmen kannst!«, antwortete sie mit entwaffnender Offenheit, und sie stießen darauf an, dass sie sich ab jetzt duzten. Nun wollte auch sie von Max wissen, wie das mit seinem Privatleben so war.

Madlener machte es kurz: »Zweimal geschieden, ein Kind, ein Junge, bald fünfzehn. Ich sehe ihn seltener, als ich möchte, aber wir halten Kontakt, so oft wie möglich. Er geht hier in der Nähe in ein Internat, das ist auch der Grund, weshalb ich mich an den Bodensee habe versetzen lassen.«

Ellen merkte offenbar, dass dies sein wunder Punkt war, und legte empathisch ihre Hand auf die seine, was er schön und tröstlich fand.

In der Stille, die eingetreten war, stellten sie auf einmal fest, dass sie die letzten Gäste im Lokal waren und die Kellner sich schon im Hintergrund herumdrückten und die Gläser zum dritten Mal polierten, weil sie Feierabend machen wollten. Madlener warf einen Blick auf seine Uhr – es war halb eins! Beide hatten morgen einen harten Tag vor sich, und es war wirklich an der Zeit aufzubrechen. Madlener ließ es sich nicht nehmen, die Rechnung zu bezahlen, auch wenn Ellen ihm anbot, sie einfach zu teilen. »Auch da bin ich altmodisch«, sagte er und bestand darauf.

Sie setzten sich noch auf die Steinstufen am Landungsplatz, der trotz der späten Stunde noch immer voller Leben war, und schauten eine Weile in den blinkenden Sternenhimmel. Die Sicht war klar, hier direkt am See wehte ein angenehm laues Lüftchen, und der Mond stand tief und groß am Südwestufer über dem Bodanrück, man konnte mit bloßem Auge einzelne Krater erkennen. Madlener hatte im Lokal noch einen doppelten Espresso und eine halbe Flasche Wasser getrunken, sein probates Mittel nach zu viel Alkohol, und Ellen reichte ihm einen Kaugummi, nur für den Fall, dass sie in eine Polizeikontrolle geraten sollten.

»Willst du wirklich noch fahren?«, meinte sie.

»Aber klar. Ich fühle mich munter wie ein Fisch im Wasser«, entgegnete er.

»Weißt du was?«, sagte sie und nahm seine Hand. »Ich habe das dumme Gefühl, da könnte sich was entwickeln zwischen uns. Ich mag dich, Max. Aber wir sind beide keine Teenager mehr, sondern erwachsen und haben schon einiges hinter uns. Lass es uns langsam angehen, ja?«

Das war die schönste Liebeserklärung, die Max seit zehn Jahren bekommen hatte. Er musste schlucken, dann drückte er ihre Hand und sagte: »Ja, Ellen. Ich verspreche es.«

Er beugte sich zu ihr, und nachdem er ihr eine Haarsträhne, die ihr die Seebrise vor die Lippen geweht hatte, zärtlich hinters Ohr gestrichen hatte, küsste er sie sanft.

Auf der Fahrt zurück schwiegen sie beide und hingen ihren Gedanken nach. Madlener fuhr streng vorschriftsmäßig und hielt sich sorgfältig an alle Geschwindigkeitsbegrenzungen.

In Friedrichshafen lotste Ellen ihn zu ihrer Wohnung. Sie hielten im Villenviertel vor einem stilvollen zweistöckigen Haus aus der Gründerzeit mit gepflegtem Vorgarten. »Ich wohne im Erdgeschoss, mein Vater im ersten Stock, ihm gehört das Haus«, sagte sie.

Madlener stieg aus, ging um das Auto herum, öffnete ihr die Beifahrertür und begleitete sie durch einen Torbogen mit einer zweiflügeligen Gittertür aus Schmiedeeisen bis zum Hauseingang, zu dem eine breite, mehrstufige Treppe hochführte.

»Es war ein wunderschöner Abend. Ich danke dir«, sagte sie und gab ihm einen flüchtigen Kuss.

Insgeheim hatte er sich mehr erhofft, aber schließlich hatte er ja ein Versprechen abgegeben und wollte sich daran halten, auch wenn er spürte, dass es Ellen genauso ging wie ihm. Sie lösten sich und Ellen warf ihm noch eine Kusshand zu, während sie den Schlüssel ins Türschloss steckte.

Er war schon auf dem Weg zum Auto, als ihm vor dem Gartentor noch etwas einfiel.

»Halt, Ellen – ich hab ja noch ein Geschenk für dich!«, sagte er eine Spur zu laut für diese nachtschlafende Stunde, eilte zum Auto und holte aus dem Kofferraum die Tüte aus dem Drogeriemarkt. Er stürmte die Treppe hoch und reichte sie ihr.

»Es ist eigentlich nicht für dich«, sagte er. »Sondern für meinen größten Rivalen, deinen Hausfreund.«

Sie griff in die Tüte und fand darin ein halbes Dutzend Aluschälchen mit Katzenfutter vom Feinsten, von Edelfisch in kleinen Häppchen über Lachssoufflé mit Spargelstückchen – die waren auf Madleners Hitliste von Dingen, die die Welt, insbesondere die Katzenwelt, garantiert nicht brauchte, aus dem Stand bis ganz nach vorne geschossen – bis Ente mit Joghurtgelee, die sich gleich dahinter einreihen durfte. Aber vielleicht hatte Carlo ja einen besonderen Geschmack, bei dem Frauchen war das nicht ausgeschlossen.

Jetzt gab ihm Ellen doch noch einen richtig dicken Kuss – »Von Carlo!« –, und er fand, dass er ihn auch verdient hatte. Dann schloss sich die Tür endgültig hinter ihr, und Madlener ging nachdenklich durch den Torbogen und zog die schmiedeeisernen Torflügel hinter sich zu.

Als er in sein Auto steigen wollte, zögerte er, kehrte noch einmal um und sah sich das Messingklingelschild am linken Pfosten des Torbogens genauer an. Zwei Namensschilder waren daran. Für jedes Stockwerk eines.

»Dr. Herzog« stand auf dem unteren.

Und auf dem darüber »Dr. Auerbach«.

33

Natürlich tat Madlener die restliche halbe Nacht lang kein Auge zu. Er ärgerte sich über den doppelten Espresso, den er so spät noch zu sich genommen hatte. Aber das war nicht der einzige Grund, weshalb er wach dalag. Und auch nicht der wichtigste. Als ihm nach einer qualvollen Stunde, in der er sich hin- und herwälzte und seine Gedanken immer nur um einen Fixstern kreisten, nämlich um Ellen und ihren Vater, endlich klar wurde, dass an Schlaf nicht zu denken war, stand er auf und duschte sich ausgiebig, was ihm ein empörtes Klopfen von seinem Zimmernachbarn eintrug – er klopfte zurück.

Dann setzte er sich, nur mit einem Handtuch um die Hüften, an seinen kleinen Schreibtisch, um sich damit abzulenken, dass er sich Notizen machte, welche Fragen er Seefelder beim Verhör stellen würde, falls Thielen nicht von selbst darauf kam. Er trank dazu literweise Wasser und ertappte sich immer wieder dabei, dass er an die verhexte Geschichte mit Ellen dachte, statt an den Fall und an Seefelder.

Schließlich legte er sich aufs Bett und überlegte. Da war er nun wirklich ganz schön in die Zwickmühle geraten. Egal, was er machte, egal was er sagen würde – da kam er nicht mehr heraus. Ellen hatte sein einsames Herz, das er seit Langem immun gegen jegliche Anfechtung glaubte, im Sturm erobert. Wenn er ihr verschwieg, dass er wusste, wer ihr Vater war, würde das früher oder später ans Licht kommen. Und dann musste er zugeben, dass er bei Dr. Auerbach in Therapie war.

War das so schlimm? Schließlich war Ellen vom Fach und dachte bestimmt nicht gleich, dass sämtliche Patienten ihres Vaters nicht alle Gurken im Glas hatten. Aber der Alte? Würde er die Therapie abbrechen, wegen Befangenheit zum Beispiel, sobald er erfuhr, dass seine Tochter eine Beziehung mit seinem schlimmsten, neurotischsten Klienten hatte? Natürlich, das musste er.

Das klang doch eigentlich ganz vielversprechend, wenn er die lästigen Therapiestunden auf so elegante Art und Weise loswerden konnte. Und dann gab es nicht mal einen Grund für Auerbach, ihm deswegen Vorwürfe zu machen. Oder für Thielen. Außer, Auerbach nahm an, dass er, Madlener, sich absichtlich an Ellen herangemacht hatte, um ihn, Auerbach, zu desavouieren. Dann hätte er allerdings eine geringe Meinung von seiner Tochter und ihrem Charakter.

Madlener ging noch eine Variante durch den Kopf. Wenn Auerbach von der Beziehung – die ja noch gar keine war, aber vielleicht eine werden würde, was sich Madlener mehr wünschte als alles andere – erfuhr, hatte er alle Möglichkeiten, ihn bei seiner Tochter anzuschwärzen, vor allem dann, wenn er es schaffte, wirklich in die Tiefen seiner Abgründe zu blicken. Auerbach konnte sich natürlich auch einfach etwas ausdenken, um Madlener nicht ganz koscher aussehen zu lassen. Dabei brauchte er nicht einmal gegen sein Berufsethos zu verstoßen, gegen seine Schweigepflicht, er musste seiner Tochter gegenüber nur hin und wieder eine Bemerkung machen, die Madlener in ein schlechtes Licht setzte. Auf dem Gebiet der offenen oder versteckten Denunziation war er wahrscheinlich auch kraft seiner Ausbildung Experte.

Mist, Mist, Doppelmist!

Madlener blieb nur ein Ausweg. Er wollte es sich auf gar keinen Fall mit Ellen verderben, jetzt, wo alles so schön romantisch und vielversprechend angefangen hatte. Das würde er nicht zulassen. Er beschloss, Auerbach mit seinen eigenen Waffen zu schlagen. Ja, das war es! Er grinste in sich hinein bei dem Gedanken, damit zwei Fliegen mit einer Klappe zu schlagen. Er würde dem Großmeister der Psyche eins auswischen und gleichzeitig Ellen vor Augen führen, dass ihr Vater immer noch versuchte, in ihrem Leben herumzupfuschen. Das war zwar nicht ganz ehrenhaft, aber er hatte schon das Gefühl, dass man einem Mann, der seiner schon lange erwachsenen Tochter immer noch mit Ärzten seiner Wahl verkuppeln wollte, ein wenig auf die Finger klopfen durfte. Vor allem, wenn man genau wusste, dass man als Familienmitglied alles andere als willkommen war.

Bei dem Gedanken schlief er ein. Draußen dämmerte es bereits, und die Vögel begannen eifrig mit ihrem Morgenkonzert.

Madlener musste los, er war schon viel zu spät dran. Im wirklich allerletzten Moment hatte er es geschafft, trotz bleischwerer Lider aufzustehen.

In der offenen Hotelzimmertür tastete er nach dem Autoschlüssel. Verflucht, wo hatte er ihn nur? Er durchsuchte alle Taschen, sämtliche Schubladen und Ablagen. Nichts. Dann dachte er nach und rieb sich über seinen Bart. Für eine Rasur hatte er einfach keine Zeit mehr, er würde das im Büro nachholen müssen. Aber wo war der Autoschlüssel? Er war völlig aufgekratzt gewesen, nachdem er Ellen zu Hause abgeliefert hatte. Jetzt fiel es ihm wieder ein. Er hatte nach seiner Waffe geschaut, weil er sich plötzlich nicht mehr sicher gewesen war, ob er sie auch wirklich im Hotelsafe untergebracht hatte.

Er gab die Zahlenkombination ein und öffnete ihn. Die SIG P226 nebst Munition lag da, wo sie immer lag. Hatte er in einer Art Anfall von geistiger Umnachtung, hervorgerufen durch unausgegorenen Liebeswahn, den Autoschlüssel etwa im Safe deponiert? Könnte sein. Er tastete an der Stelle, die unter dem unteren Falz des Rahmens nicht einsehbar war, und tatsächlich: Da war er. Er fischte ihn heraus, schloss den Safe, wunderte sich über seine eigene Schusseligkeit und machte, dass er hinauskam.

Thielen stand im Besprechungsraum des Polizeipräsidiums und versuchte vergeblich, cool auszusehen. Das war einerseits schon deshalb schwierig, weil es bereits kurz vor acht Uhr früh so drückend heiß war, dass man das Gefühl hatte, alles, was man anfasste, sei klebrig von der Luftfeuchtigkeit. Und andererseits zeigte er, dass er nervös war, auch wenn er alles tat, um das zu vertuschen. Er tigerte hin und her und überflog dabei die Unterlagen über Seefelder, die ihm Binder und Götze in einer Nachtschicht zusammengestellt hatten, lockerte seine Krawatte, strich sich die paar Haarsträhnen noch öfter über die Glatze als sonst und schaute immer wieder auf seine Uhr, bis endlich die ganze SOKO mit verschlafenen Gesichtern – Ausnahme: Frau Gallmann – im Raum versammelt war. Madlener kam eine akademische Viertelstunde zu spät, er hatte sich doch noch schnell rasiert.

Die Tagespresse lag auf dem Tisch, jeder hatte sie gelesen. Sie berichtete in aller Ausführlichkeit darüber, dass es wieder einen grausamen Mord gegeben hatte. Das Foto des Opfers prangte deutlich über dem Artikel, neben einer Aufnahme des Klärwerks. Unter dem Personenfoto stand: Wer kennt diesen Mann?

Alles wartete. Harriet sah blass aus wie immer und hatte ihre schwarze Kluft an, Binder nahm die Zeitung und las den Artikel über den Fund der zweiten Leiche bestimmt zum zehnten Mal durch, und Götze war zur Feier des Tages ganz in Weiß gekleidet: kurzärmliges weißes Hemd, weiße Leinenhose und weiße Canvas. Es fehlte noch eine Kapitänsmütze, fand Madlener.

Die Spannung war unerträglich, nicht einmal Frau Gallmann, die heute im beigefarbenen Kostüm Erfrischungen kredenzte, sagte etwas. Jedes Mal, wenn ihr Telefon klingelte, wurde sie erwartungsvoll von allen angesehen, in der Hoffnung, dass jemand das zweite Opfer erkannt hatte und es der Polizei melden wollte. Aber jedes Mal schüttelte Frau Gallmann nach den ersten Worten verneinend den Kopf.

Es klopfte, ein Polizeibeamter in Uniform schaute herein und meldete: »Der Herr Seefelder wäre dann im Vernehmungsraum.«

»Danke«, sagte Thielen und rieb sich unternehmungslustig seine Hände.

»Wer vernimmt ihn?«, fragte Madlener.

Thielen sah ihn befremdlich an und meinte: »Na, ich natürlich.«

»Natürlich«, konnte Madlener mit einem gewissen nörglerischen Unterton sich nicht verkneifen zu sagen.

Thielen warf ihm einen bösen Blick zu. »Gibt es noch etwas, was ich vorher wissen sollte?«, fragte er in die Runde.

Binder sah von seiner Zeitung auf. »Ja, Chef. Steht in den Unterlagen, die jeder vor sich hat. Ich sag's nur noch mal zur Sicherheit, weil diese Information nicht ganz unerheblich ist. Seefelder ist ausgebildeter Altenpfleger und arbeitet in einer Seniorenresidenz in Pfullendorf. Er hat dort offensichtlich Zugang zu Medikamenten.«

»Und Zugang zu sämtlichen Einrichtungen, zum Beispiel sanitärer Art, sprich: Badewannen«, fügte Götze hinzu.

»Das ist allerdings nicht unerheblich«, murmelte Thielen und blätterte die Unterlagen durch, bis er die Stelle fand. Er las, und dann schlug er sich mit der rechten Faust auf die Handfläche, als sei damit alles klar und bewiesen. »Alsdann, Herrschaften – packen wir's an!«

»Ein paar kurze Fragen noch«, sagte Madlener, der die Papiere ebenfalls im Schnelldurchgang überflogen hatte. »Hat Seefelder eine Freundin? Oder wohnt er allein da draußen?«

»Helmar von der Spurensicherung sagt, es sieht so aus, als hause er da allein. Keine Frauensachen auf dem Hof, alles ziemlich verwahrlost. Sie sind die ganze Nacht dort gewesen, haben alles gründlich durchsucht«, antwortete Götze.

»Was ist mit Waffen? Haben sie Waffen gefunden? Einen Elektroschocker zum Beispiel.«

»Nein. Nichts.«

»Lassen Sie seinen Computer überprüfen. Was er über Internet bestellt hat, wer seine Freunde sind, mit wem er Kontakt hat.«

»Ist in Arbeit. Ein Techniker kümmert sich schon darum.«

Madlener nickte, Thielen ging hinaus, und die anderen folgten ihm.

In dem kahlen Vernehmungsraum wartete Seefelder an einem einfachen Tisch, auf dem ein Mikrofon aufgebaut war. Ein Beamter in Uniform saß in der Ecke und ließ ihn nicht aus den Augen. Seefelder hatte sich auf seinen Stuhl gefläzt, seine langen Beine ausgestreckt, und die Arme hinter seinem Nacken verschränkt. Er veränderte seine Haltung nicht, als Thielen hereinkam, sich vorstellte, ihm gegenüber Platz nahm und seine Unterlagen sortierte.

Die restliche SOKO war hinter dem großen Einbahnspiegel im Nebenraum versammelt, jeder wollte sehen, wie Seefelder sich angesichts der massiven Vorwürfe, die gleich gegen ihn erhoben werden würden, benahm und rechtfertigte. Sie konnten über Lautsprecher mithören, während Thielen die üblichen Formalitäten ins Mikro sprach und schließlich fragte: »Wollen Sie einen Anwalt?«

Seefelder sah Thielen an, als hätte ihm der eben einen unsittlichen Antrag gemacht, und wendete seinen Kopf dann zur Seite der Spiegelwand hin. Er sagte kein Wort.

Thielen räusperte sich und fing noch einmal an. »Herr Seefelder, der Arzt hat mir berichtet, dass Sie vernehmungsfähig sind. Wollen Sie sich dazu äußern?«

Seefelder trommelte mit den Fingern auf den Tisch und schwieg.

»Herr Seefelder, die Beweise und die Verdachtsmomente, die

wir gegen Sie in der Hand haben, sind schwerwiegender Natur. Ist Ihnen das klar?«

Seefelder reagierte nicht.

Im Nebenraum sagte Binder: »Macht der auf unzurechnungsfähig, oder was?«

Thielen sah auf einen seiner Zettel und nahm noch einen Anlauf. »Okay, fangen wir mit Ihren Daten an. Sie sind am 27. März 1979 in Lindau geboren, Volksschule, Gymnasium, Abbruch nach der zehnten Klasse, Ausbildung zum Orthopädiemechaniker abgebrochen, dann Altenpfleger gelernt, Ihre Eltern hatten eine Landwirtschaft, Sie haben nach deren Tod den Bauernhof übernommen, aber nicht weitergeführt, sondern die landwirtschaftlichen Nutzflächen verpachtet. Stimmt das so weit?«

Er beugte sich zu Seefelder vor, aber der würdigte ihn keines Blickes, sondern ließ seine Augen im Raum umherschweifen, als folge er einer Fliege, die mal hierhin, mal dorthin schwirrte.

»Kommen wir zu Ihrem Vorstrafenregister. Ladendiebstahl, Trunkenheit am Steuer, mehrere Drogendelikte … Da hat sich ganz schön was angesammelt. Wollen Sie dazu Stellung nehmen?«

Seefelder schaute durch Thielen hindurch, als wäre er gar nicht vorhanden.

Jetzt verlor Thielen die Geduld und wurde laut. »Herrgott noch mal, Seefelder, glauben Sie mir: Mit der Tour kommen Sie nicht weit!«

Seefelder blieb vollkommen unbeeindruckt, zuckte nicht mit der Wimper und besah sich seine Fingernägel.

Thielen stand entnervt auf, beugte sich zum Mikrofon hinunter und sprach hinein: »Verhör um acht Uhr zwanzig abgebrochen.«

Dann wandte er sich zur Tür, als Seefelder den Mund endlich aufmachte.

»Ich spreche nur mit der schwarzhaarigen Hexe, die mich festgenagelt hat. Und dem verrückten Typen mit den langen Haaren. Wenn sich das nicht einrichten lässt, hören Sie kein Wort von mir.«

Damit lehnte er sich zurück, verschränkte die Arme vor der Brust und starrte Thielen herausfordernd an. Thielen musste innerlich durchschnaufen, das sah man ihm deutlich an. Dann machte er auf dem Absatz kehrt und verließ den Vernehmungsraum.

Fünf Sekunden später riss er die Tür zum Nebenzimmer auf.

Thielen war die Empörung ins Gesicht geschrieben, aber er versuchte, sich zusammenzureißen.

»Sie haben's ja gehört. Frau Holtby, Herr Madlener – versuchen Sie Ihr Glück«, sagte er und setzte sich vor das Spiegelfenster, hinter dem Seefelder in aller Seelenruhe wieder seine Fingernägel inspizierte.

Madlener machte eine einladende Handbewegung zu Harriet und wartete, bis sie hinausging, um ihr zu folgen. Schweigend starrte die SOKO einschließlich ihres Chefs durch den Spiegel.

34

Im Vernehmungsraum ging die Tür auf, und Harriet und Madlener kamen herein. Harriet setzte sich Seefelder gegenüber und
schaltete das Aufzeichnungsgerät wieder ein, während Madlener
stehen blieb und Seefelder in aller Ruhe musterte. Der versuchte
trotzig, seinem Blick standzuhalten. Harriet sprach die nötigen
Worte fürs Protokoll ins Mikro und sah dann auf Madlener. Der
verzog den Mund zu einem Grinsen und fragte Seefelder: »Na –
Rausch ausgeschlafen?«

Im Nebenraum hielten alle den Atem an.

Seefelder begann lauthals zu lachen. »Sie sehen aber auch nicht
aus, als hätten sie brav acht Stunden an der Matratze gehorcht.«
Dann beugte er sich zu Harriet vor und fragte: »Was macht mein
Hund?«

Harriet sagte kurz und knapp: »Dem geht's gut. Er ist im Tier-
heim.«

Seefelder nickte, damit schien er zufrieden zu sein, und breitete die Arme in einer Unschuldsgeste aus. »Also – was wollt ihr
eigentlich von mir?«

Madlener stützte die Hände auf den Tisch und sagte leise,
aber deutlich: »Herr Seefelder, darauf hätten Sie schon gestern
Nachmittag ganz einfach eine Antwort haben können. Ohne
Widerstand gegen die Staatsgewalt, ohne Fluchtversuch, ohne
Hausdurchsuchung, ohne Untersuchungshaft. Die Beamtenbe-
leidigungen lassen wir mal unter den Tisch fallen. Hab ich noch
was vergessen?«

»Das reicht mir schon«, antwortete Seefelder nun doch etwas
kleinlauter.

»Ich fürchte, da kommt noch einiges dazu. Wollen Sie gleich
reinen Tisch machen, oder gehen wir Detail für Detail durch?«,
fragte Madlener.

»Na gut, ich gebe zu, ich habe da einige Drogen rumliegen.
Aber ich muss ausdrücklich betonen: strikt und ausschließlich
für den Eigenbedarf! Das Zeug werdet ihr wohl gefunden haben.
Okay, erwischt. Die Geschichte von gestern tut mir leid. Da hab

ich durchgedreht. Ich habe nie Bullenbesuch bei mir da draußen, aber ich erkenne sie, wenn sie vor meiner Haustür stehen. Das war Panik pur, verstehen Sie? Soll nicht wieder vorkommen. Kann ich jetzt gehen?«

Madlener lächelte. »Sie sind ein Witzbold, wissen Sie das?«

Seefelder grinste. »Man tut, was man kann.«

Madlener wurde ernst. »Im Übrigen sind fünfhundert Tabletten Speed und dreihundert Gramm Marihuana ganz schön viel für den Eigenbedarf. Das dürfte auf Jahre hinaus reichen.«

»Wenn man sparsam damit umgeht …« Das Grinsen wurde noch breiter.

»Fangen wir mit den Medikamenten an, die wir neben den Drogen gefunden haben. Klinikpackungen. Wahrscheinlich gestohlen an ihrem Arbeitsplatz. Beruhigungsmittel, Schlafmittel, Betäubungsmittel. Sind die auch für den Eigenbedarf? Oder dealen Sie vielleicht doch ab und zu?«

»Nee, die habe ich für schlechtere Zeiten gebunkert.«

»Das erzählen Sie mal dem Richter.«

»Ich glaube, ich will jetzt doch einen Anwalt.«

»Aha«, sagte Madlener, »auf einmal. Den sollen Sie kriegen. Aber vorher sehen Sie sich bitte diese Fotos an.« Er gab Harriet ein Zeichen. Sie holte aus einem Umschlag die Fotos der Opfer hervor und reichte sie an Seefelder weiter.

»Überlegen Sie sich die Antwort gut. Kennen Sie diese Männer?«

Seefelder besah sich die Fotos genau und dachte nach. Dann legte er sie wieder vor Harriet auf den Tisch. »Ach so. Daher weht der Wind. Sie wollen mir einen Mord anhängen. Aber damit habe ich nichts zu tun, hören Sie? Absolut nichts!«

»Das hat niemand behauptet. Ich habe nur gefragt: Kennen Sie diese Männer.«

»Ja, den einen. Karl Möller.«

»Warum haben Sie das nicht der Polizei gemeldet? Sein Name stand in allen Zeitungen.«

»Scheiße, Mann, warum sollte ich? Ich bin nicht verwandt mit ihm.«

»Den anderen kennen Sie nicht?«

»Nein.«

»Aber Karl Möller hat bisweilen sein Wohnmobil bei Ihnen untergestellt?«, fragte Harriet.

»Ja, hat er. Ist das schon ein Verbrechen?«

»Hat er dafür bezahlt?«, wollte Madlener wissen.

»Wollen Sie mir jetzt auch noch die Steuerfahndung auf den Hals hetzen?«

»Ich kann Ihnen versichern, das dürfte das kleinste Problem für Sie sein. Also?«

»Einen Fuffi pro Woche. Bar auf die Hand. Der Alte wollte seine Ruhe haben. Und ich auch. Hat mich nicht weiter gestört.«

»Seit wann kennen Sie ihn?«

»Keine Ahnung. Seit zwei oder drei Jahren.«

»Wo haben Sie ihn kennengelernt?«

»Beim Angeln. Er ist – oder war – ein Pfennigfuchser. Als ich ihm erzählt habe, dass ich auf einem Bauernhof wohne, hat er mich nach einem Stellplatz gefragt. Der Campingplatz war ihm auf Dauer zu teuer.«

»Was wissen Sie über ihn?«

»Nicht das Geringste. Halt, nein – er ging auf Raubfische und hat seine Köder selbst gebastelt. Tagsüber war er sowieso nie da. Das Einzige, was er brauchte, war ein Wasser- und ein Stromanschluss.«

»Hat er mal Besuch bekommen?«

»Nie. War ein Einzelgänger. Sprach nicht viel. Guten Morgen, guten Abend. Das war alles. Mit Kilmister kam er gut klar.«

»Kilmister?«, fragte Harriet.

»Mein Hund.«

»Nach Lemmy Kilmister? Dem Sänger von Motörhead?«, wollte Madlener wissen.

Seefelder war sichtlich beeindruckt und zeigte mit dem Finger auf Madlener. »Sie sind mein Mann! Sie kennen sich aus. Kilmister mag keine Bullen. Die wittert er auf hundert Meter. Wie Sie.«

»Wann haben Sie Karl Möller das letzte Mal gesehen?«

Seefelder überlegte. »Vor ungefähr zwei Wochen. Er gab mir meine Kohle und sagte, er kommt im Herbst noch mal, würde aber rechtzeitig anrufen. Das war's.«

»Was heißt das?«

»Na, er fuhr vom Hof und weg war er.«

»Zeugen?«

Er zuckte nur mit den Schultern. »Kilmister?«

Harriet verdrehte die Augen und sagte: »Hatten Sie Streit mit ihm?«

»Streit? Wieso Streit? Ach so, Sie meinen, weil er tot ist … Halt, ja, einmal hatten wir Streit. Was heißt Streit. Ich höre Motörhead, er Wagner. Und das nicht bei Zimmerlautstärke, können Sie sich ja denken. Da sind wir ein wenig aneinandergeraten.«

»Richard Wagner?«

»Ja, der olle Richy. Ich erkenne ihn, wenn ich ihn höre. ›Ritt der Walküren‹, Sie verstehen: Da da da daa daa, da da da daa daa …«

Er sang tatsächlich.

Im Nebenraum flüsterte Frau Gallmann Thielen zu: »Den ›Ritt der Walküren‹ kennt er aus dem Film ›Apocalypse Now‹ von Coppola, 1979. Der Hubschrauberangriff am Morgen.«

Thielen sah sie entgeistert an.

Im Vernehmungsraum gebot Madlener Einhalt. »Es reicht.«

Seefelder sagte: »Das hab ich damals auch gesagt, als ich zu seinem Wohnmobil kam. Ich hasse Wagner.«

»Wieso?«, wollte Madlener wissen.

»Wieso? Mir geht's da wie Woody Allen: Immer wenn ich Wagner höre, habe ich den unwiderstehlichen Drang, in Polen einzumarschieren.«

Seefelder klopfte sich auf die Schenkel und lachte sich kringelig. Madlener und Harriet verzogen keine Miene. Als sich Seefelder wieder beruhigt hatte, wiederholte er seine Beteuerung: »Ich sagte doch: Damit habe ich nichts zu tun. Mit dem Mord, meine ich.«

»Und wenn es Zeugen gibt, die gesehen haben, wie Sie ihn umgebracht und die Leiche dann mit seinem Wohnmobil weggefahren haben? Was sagen Sie dann?«, fragte Madlener.

»Dass Sie bluffen, Mann. Das sage ich. Ich wohne am Arsch der Welt. Da gibt es keine Zeugen.«

»Es hat also niemand gesehen, wie Sie ihn umgebracht haben?«

»Herrgott noch mal, Sie drehen einem aber auch jedes Wort im Mund herum! Ich habe diesen Karl Möller nicht umgebracht, warum sollte ich?«

»Weil Sie gesehen haben, dass er Geld hatte und Sie wieder knapp bei Kasse waren, zum Beispiel.«

»Hören Sie, jetzt reicht's. Ich will einen Anwalt, sonst sage ich nichts mehr.«

Madlener sah ihn an, dann nickte er und ging ohne ein weiteres Wort hinaus, Harriet folgte ihm.

Seefelder sprang auf und rief hinter ihnen her: »He – was ist jetzt mit mir?«

Die Tür ging zu, der Polizist kam aus seiner Ecke und sagte nur: »Setzen Sie sich.«

Seefelder starrte ihn an, dann wandte er sich an den großen Spiegel und schrie: »Das mit der schwarzhaarigen Hexe tut mir leid. Ist wohl Beamtenbeleidigung oder so was.«

Der Polizist wiederholte, diesmal schon wesentlich strenger: »Sie sollen sich setzen, hab ich gesagt!«

Seefelder fügte sich, wenn auch widerwillig. »Okay, okay.«

Madlener und Harriet standen im Gang.

»Und?«, fragte Harriet.

Madlener lachte in sich hinein. »Der Spruch von Woody Allen ist gut, wirklich gut.«

Auch Harriet musste grinsen. »Was denken Sie? Hat Seefelder was mit Möllers Tod zu tun?«

Madlener kicherte immer noch in sich hinein, bevor er ernst wurde. »Nein, nein, das glaube ich nicht.«

»Weil er uns beinahe zum Lachen gebracht hätte?«

»Nein. Weil er viel zu verrückt ist, um so eine ausgeklügelte Tat zu begehen.«

»Vielleicht gerade deshalb. Oder er spielt den Verrückten, damit wir das glauben und es ihm nicht zutrauen.«

»Nein. Dazu ist er eine zu kleine Nummer. Er ist nicht raffiniert und kaltblütig genug.«

»Sind Sie wieder so weit?«, fragte Harriet vorsichtshalber, die Hand an der Türklinke zum Nebenraum.

»Ja, nur zu«, sagte Madlener. Sie betraten den Nebenraum.

»Er war's nicht«, sagte Madlener lapidar vor versammelter Mannschaft.

»Sie glauben ihm? Der lügt doch, wenn er nur den Mund aufmacht!«, insistierte Thielen.

»Hat die Spurensicherung irgendetwas Verwertbares gefunden? In seinem Bad?«, fragte Madlener Binder.

Der schüttelte den Kopf. »Nein. Keine Haare, keine sonstigen Spuren, keine Kleidung des Opfers, nichts. Ich fahre mit Götze noch nach Pfullendorf und sehe mir die Seniorenresidenz an.«

»Irgendwelche Anrufe wegen des zweiten Opfers?«, fragte Madlener Frau Gallmann.

»Nein, bis jetzt nicht.«

»Lassen Sie Seefelder gehen«, sagte Madlener zu Thielen.

»Und dann? Wenn sich doch herausstellt, dass er mit dem Verschwinden von Möller zu tun hat? Wenn er Komplizen hatte? Der Mann hat eine medizinische Ausbildung. Er kann Kanülen setzen, hat eine Ahnung von der Wirkungsweise von Medikamenten, ist im Besitz von Betäubungsmitteln.«

Götze meldete sich. »Ich habe mit Frau Dr. Herzog telefoniert. Sie kann nicht ausschließen, dass eines der Mittel, die wir auf dem Bauernhof gefunden haben, bei den Toten angewendet wurde.«

»Ja sehen Sie!«, echauffierte sich Thielen.

Götze war noch nicht fertig. »Aber sie sagte auch, dass es durchaus übliche Medikamente sind. Nichts Ausgefallenes.«

Madlener schüttelte den Kopf. »Das reicht nicht für eine Anklage. Und auch nicht für den Haftprüfungstermin.«

Thielen seufzte. »Dann sind wir genauso weit wie am Anfang.«

Madlener widersprach. »Nein, ein gutes Stück weiter. Wir wissen mehr über Möller. Und es kann nicht sein, dass niemand Opfer Nummer zwei kennt. Ich gehe jede Wette ein, dass sich früher oder später jemand meldet.«

»Früher wäre mir lieber«, sagte Thielen. Dann fasste er einen Entschluss. »Wir machen es so: Seefelder sitzt vorläufig wegen Drogenhandels in U-Haft ein, mit dem Haftrichter spreche ich noch. Solange wir sonst niemanden haben, bleibt er hinter Gittern, soweit der Richter mitspielt. Und wir graben weiter. Binder, Sie und Götze statten dieser Seniorenresidenz einen Besuch ab. Und Sie, Herr Madlener – was haben Sie vor?«

35

Theophil Ullreich hatte grüne Gummihandschuhe an und streute in seinem Garten Schneckenkorn aus. Er hatte es schon mit allem Möglichen probiert: mit Bierfallen, Koffeinfallen, Knoblauchpflanzen, Lebermoosextrakt, einem bierfilzhohen, scharfkantigen Schneckenzaun aus Metall, der allabendlichen Einsammel- und Zerstückelungsmethode – aber den Nacktschnecken war mit herkömmlichen Mitteln einfach nicht beizukommen. Er musste jetzt den Biestern, die jede Nacht ihre schleimigen Spuren auf seinen sorgsam gepflegten Beeten hinterließen und alles auffraßen, was er mühevoll für den Eigenbedarf hochgepäppelt hatte – Salate, Gurken, Tomaten, Karotten, Rettiche – nun doch mit Gift zu Leibe rücken, bevor sie ihm alles zunichte machten.

Sein kleiner weißer Bungalow lag am Ende einer Stichstraße am Rand von Wildorf bei Salem. Der riesige, dreitausend Quadratmeter große Garten war eine Augenweide für Hobbygärtner und »Landlust«-Leser, der Rasen wurde wöchentlich gemäht, die Thujahecke, die um das ganze Grundstück ging, war wie mit der Nagelschere geschnitten, nicht das kleinste Unkraut verunzierte die zahlreichen Gemüsebeete, die um die Obstbäume angelegt waren. Ein paar Hochbeete aus hüfthohen Plastikwannen waren mit Erdbeerpflanzen bestückt, teils wegen der Schädlinge, teils wegen der Bequemlichkeit: Um zu ernten, brauchte man sich nicht zu bücken. Zehn blaue Plastiktonnen, die dicht beisammenstanden, fingen das wertvolle Regenwasser vom Dach des Hauses auf, ein ausgeklügeltes System von Rohren verband sie untereinander.

Ullreich war stolz auf seine Bastelarbeiten, alles am und im Haus hatte er selbst gemacht, obwohl er kein ausgebildeter Handwerker war. Aber zu tüfteln und nächtelang über Neuerungen für Haus und Garten nachzudenken war ihm zum ganzen Lebensinhalt geworden.

Ullreich lebte, seit er in Rente war, nur für sich. Er hatte keine Verwandten, und seine Beziehungen zu seinen Nachbarn beschränkten sich auf einige wenige Grußworte. Er galt als schrulliger

Sonderling, was ihn nicht im Geringsten störte, im Gegenteil, dieser Ruf trug dazu bei, seine Mitmenschen auf Distanz zu halten.

Als Ullreich das ganze Schneckenkorn rund um seine Beete ausgestreut hatte, betrachtete er mit Genugtuung sein Werk und überlegte, wie er am nächsten Morgen die verendeten Molluskenkörper entsorgen konnte. Vielleicht sollte er sie seinem frechen jungen Nachbarn über den Zaun werfen, einem neu zugezogenen arroganten Besserwisser, der ihn mit monatelangem Lärm beim Umbau seines Hauses terrorisiert hatte. Aber er verwarf diesen verführerischen Gedanken wieder, weil er keinen unnötigen Kriegsschauplatz brauchen konnte, wenn er weiterhin seine Ruhe haben wollte.

Seine Ruhe war sowieso das Einzige, was ihn noch interessierte außer seinem Garten und seinem Aquarium. In diese beiden Bereiche steckte er seine ganze noch verbliebene Leidenschaft. Wenn die langen Wintermonate kamen, konzentrierte sich alles auf sein Aquarium, das er auch selbst entworfen, gebaut und mit allem ausgestattet hatte, was es an Zierpflanzen und Unterwasserschnickschnack gab, von kleinen Felsen bis zum untergegangenen Schiffswrack. Die Fische, denen er stundenlang zusehen konnte, waren mit Sorgfalt ausgesucht und möglichst farbenfroh. Regelmäßige Hege und Pflege konturierten seinen Alltag.

Mit der Vergangenheit hatte er seinen Frieden gemacht, soweit das möglich war. Vorbei war vorbei, er trauerte den alten Tagen nicht nach und war voll und ganz damit ausgelastet, die Gegenwart so gut es ging zu bewältigen. Das war schon anstrengend genug. Seit seinem zweiten Herzinfarkt war er gezwungen, deutlich kürzerzutreten. Er trank keinen Tropfen Alkohol mehr und hielt strenge Diät. Außer Gemüse, wenn möglich aus dem eigenen Garten, und ab und zu einem Fisch kam ihm nichts mehr auf den Teller. Das Brot kaufte er im Bioladen im Dorf. Seine mit dem Alter stark zunehmende Misanthropie ging nicht so weit, dass er den Laden nicht mehr aufsuchte. In seltenen Momenten gab er sich selbst gegenüber sogar zu, dass ihm dieser rudimentäre soziale Kontakt wichtig war, der einzige, den er noch aufrechterhielt neben den regelmäßigen Besuchen in Aulendorf, im größten Aquaristikfachgeschäft in Oberschwaben.

Das Telefon im Wohnzimmer klingelte schrill und riss ihn aus seinen Gedanken. Verärgert über die Störung stapfte er ins Haus und griff nach dem Hörer.

»Ja?«, sagte er.

»Ich bin's. Wir müssen uns früher treffen.«

Die Stimme und die wenigen Worte genügten, um in Ullreich mit einem Schlag alles wieder hochkommen zu lassen, was er über die Jahre ganz tief in seinem Inneren versenkt zu haben glaubte. Er horchte in den Hörer und sagte nichts, weil er plötzlich einen trockenen Mund hatte und keinen Ton zustande bekam.

»Bist du noch da?«, fragte die Stimme an seinem Ohr.

»Ja«, brachte er krächzend heraus. »Du sollst mich nicht anrufen, das weißt du doch. Nur, wenn es unumgänglich ist.«

»Es ist unumgänglich«, lautete die Antwort. »Liest du denn keine Zeitungen?«

»Nicht, wenn es sich vermeiden lässt«, antwortete Ullreich.

»Karl und Georg sind tot. Ermordet«, kam es leise aus dem Hörer.

Ullreich durchfuhr ein eisiger Schrecken. Zwei Atemzüge lang schwiegen sie sich an. Schließlich fragte Ullreich nur: »Wann und wo?«

»Wie immer. Aber diesmal schon morgen. Zwölf Uhr mittags. Sei pünktlich.«

Ein Knacken, die Verbindung war unterbrochen. Eine ganze Weile stand Ullreich noch da und horchte in den Hörer hinein, bis er ihn endlich auflegte. Langsam und unaufhaltsam kroch die Angst in ihm hoch und breitete sich wie Galle in seinem Bauch und seiner Brust aus, so sehr er auch schluckte.

36

Madlener stand mit Harriet vor der Wohnungstür der Möllers und klingelte.

»Was wollen wir eigentlich hier?«, fragte Harriet, während sie darauf warteten, dass jemand kam. »Wir haben sie doch schon alles gefragt.«

»Mir ist noch was eingefallen. Ich hatte heute Morgen meinen Autoschlüssel verlegt. Da kam mir so eine Eingebung. Ist wahrscheinlich Nonsens, aber ich will ganz sichergehen.« Er klingelte noch mal.

Als Frau Möller öffnete, machte sie ganz den Eindruck, als wäre sie aus ihrem Mittagsnickerchen gerissen worden. Sie war nicht gerade begeistert, die beiden Kripoleute zu sehen, und ihre Frisur saß nicht so perfekt wie die letzten Male.

»Sind Sie gekommen, um mir mitzuteilen, dass der Leichnam meines Mannes endlich freigegeben ist?«, fragte sie ohne ein Wort der Begrüßung.

»Nein, Frau Möller. Tut uns leid, dass wir Sie stören müssen. Dürfen wir ein letztes Mal einen Blick in den Safe Ihres Gatten werfen?«

Frau Möller wich nicht von der Tür. »Warum? Sie haben doch alles schon mehrfach auseinandergenommen.«

»Bitte, Frau Möller, es ist wichtig. Wir machen Ihnen auch keine weiteren Umstände. Zwei Minuten, dann sind Sie uns wieder los.«

Frau Möller zögerte immer noch, aber dann gab sie den Weg frei. »Bitte, tun Sie, was nötig ist. Gibt es irgendetwas Neues bei Ihren Ermittlungen?«

»Wenn sich etwas ergibt, melde ich mich persönlich bei Ihnen«, vertröstete Harriet sie, während Madlener schon auf dem Weg zum Tresor war.

»Kaiser Tiberius also«, murmelte er, als er vor dem Bild der antiken Büste stand und es an den Scharnieren zur Seite klappte.

»Wie war gleich der Code?«, fragte er Harriet, die hinter ihm hereingekommen war.

»Eins–vier–drei–sieben«, kam die Antwort wie aus der Pistole geschossen.

Madlener hatte nichts anderes erwartet, gab die Zahlen ein und öffnete den Tresor, in dem die Ausweise und die Kassette mit den Münzen lagen. Er holte alles heraus und reichte es Harriet, dann tastete er den unteren inneren Rand hinter dem Falz ab. Nichts. Dann den oberen Rand. Und tatsächlich – er konnte etwas spüren. Ganz vorne war etwas mit Tesa festgeklebt. Mit dem Fingernagel löste er das Klebeband und brachte einen kleinen Schlüssel zum Vorschein. Der Schlüssel hatte einen Doppelbart und eine Nummer. Er zeigte ihn Harriet und hielt ihn dann Frau Möller hin.

»Sie haben ein Bankschließfach?«

Frau Möller zuckte mit den Schultern. »Nicht, dass ich wüsste«, sagte sie. »Das muss mein Mann allein eingerichtet haben.«

Harriet warf ein: »Ich habe alle Bankunterlagen durchgesehen. Von einem Schließfach ist nichts vermerkt. Jedenfalls nicht bei Ihrer Hausbank.«

»Wir waren nie bei einer anderen Bank.«

Madlener nahm den Schlüssel genau unter die Lupe. »Wenn wir die Bank nicht kennen, wird's schwierig, wenn nicht sogar unmöglich, das Fach zu finden. Harriet, stellen Sie Frau Möller bitte eine Quittung für den Schlüssel aus. Wir melden uns, wenn wir die Bank und das zugehörige Schließfach finden sollten.«

Er ließ die beiden zurück, ging hinaus und wartete im Auto auf dem Beifahrersitz auf Harriet. Er nutzte die Zeit, um nachzudenken. Karl Möller hatte also doch sein kleines Geheimnis. Aber wenn dieses Geheimnis in einer Schweizer Bank war – und in die Schweiz war es von Friedrichshafen aus nur ein Katzensprung, zum Beispiel direkt mit der Fähre nach Romanshorn, vierzig Minuten –, dann würde es auch für alle Zeiten eins bleiben. Er fluchte, als Harriet einstieg. *Mist, Mist, Doppelmist!* Immer wenn er glaubte, auf etwas gestoßen zu sein, was sie weiterbringen würde, taten sich neue Rätsel auf.

»Lassen Sie mich bitte an der Stadtbibliothek raus.«

Harriet sah ihn verwundert an und sagte: »Die Stadtbibliothek heißt jetzt Medienhaus.«

»Wie auch immer«, antwortete er brummig. »Sie fahren weiter

ins Präsidium und versuchen bitte alles, um herauszubekommen, von welcher Bank dieser Schlüssel ist.«

Harriet nickte nur und startete den Motor.

Madlener saß in einer ruhigen Ecke im Medienhaus, einem modernen mehrstöckigen Quader aus Stahl und schwarzem Glas, gleich beim Zeppelinmuseum am Hafen, und hatte einen Stapel Bücher vor sich. Alles über römische Kaiser und Empedokles, was sich finden ließ. Madlener seufzte. Um diese Bücher gründlich durchzuarbeiten, würde er eine Woche benötigen. Er überlegte, ob er sie mit auf sein Hotelzimmer nehmen sollte, aber er war sicher, dass er nach zwei Seiten Lesen im Bett eingeschlafen wäre. Außerdem wollte er sich nicht sämtliche Nächte mit so einer Lektüre um die Ohren schlagen, vielleicht hatte Ellen ja mal wieder Zeit.

Er beschloss, eine oberflächliche Sichtung der Bücher vorzunehmen. Erschwerend kam hinzu, dass Madlener nicht einmal wusste, wonach er suchte. Empedokles war ihm en passant noch eingefallen. Wenn er schon mal hier war, konnte er auch nachschauen, was es mit dem in den Ast geschnitzten Namen auf sich hatte. B. B. EMPEDOKLES, diese Inschrift hatte sich ihm eingeprägt, das war nicht die Schnitzerei eines turtelnden Liebespaars gewesen.

Erst sah er nach, wer dieser Empedokles überhaupt gewesen war. Aha, ein griechischer Philosoph, circa 490 bis 430 vor Christus, Heilkundiger und Verkünder der Seelenwanderungslehre. Und Hölderlin hatte ein Drama über ihn geschrieben, unvollendet. Wie das Leben des verschwundenen Markus Fritsch, ging es Madlener durch den Kopf. Unvollendet. Er entdeckte noch ein Gedicht von Bert Brecht über Empedokles. War Fritsch nicht ein großer Brecht-Verehrer gewesen? Das hatte er vom pensionierten Kommissar Wohlfahrt erfahren. Er nahm sich vor, doch einmal mit Fritschs Witwe zu sprechen. Vielleicht konnte er von ihr noch etwas über Fritsch erfahren, das ihm weiterhelfen könnte.

Er las das Gedicht. Es war schön, traurig, politisch und sachlich zugleich, typische Brecht-Lyrik, hart, klar und streng, aber doch unter die Haut gehend. Das war nicht ungewöhnlich. Ungewöhnlich war, dass das Gedicht davon handelte, dass Empedokles müde war von den Gebrechen des Alters und ans Sterben dachte, aber er wollte niemandem zumuten, ihm dabei zusehen zu müssen. Also hatte er vor, sich in Luft aufzulösen, einfach aus der Welt zu fallen, im Nichts zu verschwinden. Wo konnte er das bewerkstelligen? Im Schlund des Ätna. Er ließ nur einen Schuh zurück. Ein Rätsel für die Ewigkeit.

Madlener war wie elektrisiert und las das Gedicht noch einmal. Fritsch musste den Suizid durch Verschwinden gewählt haben, wie Empedokles! Nur dass es am Bodensee weit und breit keinen aktiven Vulkan gab, in den man hätte springen können. B. B. EMPEDOKLES. Natürlich: »B. B.« war Bert Brecht. Die Buchstaben musste Fritsch persönlich in die Rinde geschnitzt haben.

Er sah auf seine Handyuhr und erschrak. Wieder einmal hatte er sinnlos Zeit verplempert mit einem Fall, an dem sich schon sein sicherlich kompetenter Vorgänger die Zähne ausgebissen hatte. Aber irgendwie hatte er das Gefühl, dass er trotzdem einen Zugang gefunden hatte, dass er sogar kurz vor einer Lösung stand, sie aber einfach noch nicht sehen konnte.

Entschlossen schob er die Bücher über Empedokles beiseite und wandte sich den römischen Kaisern zu. Beziehungsweise einem, nämlich Tiberius. Wenn Möller diesen Kaiser so bewunderte, dass sein Porträt einen Ehrenplatz in seinem Büro einnahm, musste das einen tieferen Grund haben. Er fing an, im ersten Wälzer zu blättern, als sein Handy klingelte. Und zwar mit dem durchdringenden Klingelton des alten amerikanischen Telefons aus der Prohibitionszeit. Er hatte natürlich vergessen, auf Vibrationsalarm umzuschalten. Dafür erntete er bitterböse Blicke von anderen Bibliotheksbesuchern, einer zeigte demonstrativ auf ein Schild an der Wand, das striktes Handyverbot in diesen heiligen Hallen vorschrieb. Madlener hob seine Hand als Geste der Entschuldigung, nahm das Gespräch an und stand dabei so ruckartig auf, dass er auch noch den Bücherstapel umstieß. Wieder musste er sich entschuldigen, und während er die Bücher aufklaubte, blaffte er ungehalten: »Ja?!«

»Wir sind aber streng heute«, erklang die glucksende Stimme von Ellen. »Bist du mit dem falschen Fuß aufgestanden?«

Madlener verfluchte sich selbst für seinen ruppigen Ton und versuchte, den Schaden wiedergutzumachen, indem er, unter dem gestrengen Blick der Bibliothekarin, um die Ecke ging und dabei Süßholz raspelte, was das Zeug hielt.

»Ellen – was für eine schöne Überraschung! Entschuldige, aber ich war gerade ganz weit weg mit meinen Gedanken. Wie geht's dir?«

»Danke der Nachfrage. Ich laboriere an einem ausgewachsenen Kater. Und damit meine ich nicht Carlo, sondern den in meinem Kopf.«

»Soll ich dir eine Aspirin vorbeibringen?«, fragte er. »Ich könnte in zehn Minuten bei dir sein.«

»Du bist wirklich so was von herrlich altmodisch«, seufzte sie. »Wenn ich jetzt Ja sage, dann reitest du womöglich noch auf einem Pferd los, um die Jungfrau zu retten. Nein, nein, ich bin schon ganz gut versorgt. Außerdem ist dieser Anruf beruflicher Natur.«

»Ich höre«, sagte Madlener im Kommissarston, der jegliches Flirten ausschloss.

»Du wirst es nicht glauben, aber wir haben einen Namen.«

Madlener brauchte zwei Atemzüge lang, bis der Groschen bei ihm fiel. »Du meinst – der Code auf der Hüftprothese?«, fragte er aufgeregt.

»Ich habe eben eine Rückmeldung auf meine Anfragen bekommen. Aus einer Klinik in Radolfzell. Die OP hat vor sechs Jahren stattgefunden.«

»Und der Name des Patienten?«

»Ein gewisser Dr. Georg Escher.«

Madlener notierte ihn und die zugehörige Adresse. »Danke Ellen. Du ahnst gar nicht, wie sehr uns das weiterhilft.«

»Oh, ich denke schon. Das wird dich ein weiteres Abendessen kosten, fürchte ich.«

»Die Einladung ist damit schon ausgesprochen. Wann kannst du?«

»Ich melde mich. Du hast jetzt sicher eine Menge zu tun.«

»Ja, das fürchte ich auch. Bis bald.«

»Bis bald.«

Sie hatte aufgelegt. Madlener kehrte an seinen Tisch zurück, packte den Bücherstapel und trug ihn vor zur Bibliothekarin, die hinter ihrem Computer saß und zu ihm hochsah. Madlener bedankte sich und bat sie, ein Buch über die römischen Kaiser mitnehmen zu dürfen. Aber das ging nicht so einfach, weil er keinen Bibliotheksausweis besaß. Erst als er seinen Polizeiausweis zückte, machte die gnädige Bibliothekarin eine Ausnahme, sie schrieb sich jedoch Namen und Adresse von Madlener auf, und er musste noch eine Unterschrift leisten, bevor er endlich mit seinem Buch unter dem Arm aus der Stadtbibliothek herauskam und sich ausnahmsweise ein Taxi zum Präsidium nahm, weil er keine Zeit mehr verlieren wollte.

Gedankenlos riss er die Tür zum Vorzimmer Thielens auf. Frau Gallmann schoss vor Schreck auf ihrem Schreibtischsessel einen halben Meter in die Höhe. Madlener murmelte: »Tut mir leid, Frau Gallmann, wirklich, aber ich muss sofort Kriminaldirektor Thielen sprechen. Wir haben einen Namen.«

»Wir auch!«, entgegnete sie kühl. »Seit fünf Minuten. Er isch grad beim Chef.«

»Wer?«, fragte Madlener baff.

»Ein Herr Baierlein. Hat eine Pension in Konstanz, und einer seiner Pensionsgäste isch seit einer Woche abgängig. Weil der aber im Voraus bezahlt hat, hat sich niemand weiter Sorgen gemacht. Der Herr Baierlein hat den Mann auf dem Bild in der Zeitung erkannt.«

»Dr. Georg Escher?«

»Exakt. Woher wisset Sie des jetzt?«

»Andere Baustelle«, sagte Madlener. »Checken Sie bitte diese Adresse für mich beim Einwohnermeldeamt?«

Er gab ihr die Adresse, die er von Ellen erhalten hatte. Dann fragte er: »Kann ich rein zu ihm?«

»Bitte. Aber tun Sie mir den Gefallen, und klopfen Sie um Himmels willen vorher an!«

Was Madlener brav tat, um dann übervorsichtig die Tür zu öffnen.

Ein etwa sechzigjähriger Mann mit einem weißen Haarkranz und taubengrauem Rentnerblouson saß bei Kriminaldirektor Thielen.

»Sie kommen gerade recht«, sagte Thielen gut gelaunt und stellte Madlener vor. »Herr Baierlein war so freundlich, sich gleich zu uns zu bemühen, als er unser Opfer Nummer zwei auf dem Foto erkannte.«

Madlener sprach ihn direkt an: »Wie gut kennen Sie Dr. Escher?«

Thielen konnte sein Erstaunen nicht verhehlen: »Woher wissen Sie, wie der Mann heißt?«

»Vom Code auf seiner Prothese, eben kam die Rückmeldung.«

Sie sahen beide Baierlein an, der etwas verwirrt zwischen Kommissar und Kriminaldirektor hin- und hergeschaut hatte.

»Ich kenne ihn, wie man einen gelegentlichen Gast eben kennt. Er war jedes Jahr bei uns, immer für drei oder vier Wochen. Sauber, ordentlich, ruhig. Nichtraucher, das sind uns die liebsten Gäste. Zahlte immer im Voraus. Ich habe ihn nur manchmal beim Frühstück gesehen. Er recherchiere für ein Buch, sagte er mir.«

»Was für ein Buch?«

»Ein Buch über die Droste.«

»Annette von Droste-Hülshoff, die Dichterin?«

»Ja, die von der Meersburg halt.«

Madlener verschränkte seine Arme vor der Brust: »Ich habe von Dr. Escher eine Adresse in Konstanz, im Ortsteil Paradies. Wieso mietet er sich bei Ihnen in der Pension ein, wenn er eine Wohnung im Paradies hat?«

Baierlein zuckte mit den Schultern. »Also das ist mir neu. Mir hat er erzählt, er sei nur in den Ferien hier.«

Es klopfte und Frau Gallmann steckte den Kopf herein. »Unter der Adresse, die Sie mir gegeben haben, wohnt jetzt eine Frau Spurdzins. Der Dr. Escher ist vor drei Jahren weggezogen und hat sich ordnungsgemäß abgemeldet. Er hat einen Wohnsitz in Dublin, Irland.«

»Dann wissen wir das. Danke, Frau Gallmann«, sagte Madlener und wandte sich wieder an Baierlein. »Hatte Dr. Escher Besuch?«

»Nicht, dass ich wüsste.«

Madlener blickte Thielen an: »Wir müssen uns seine Sachen ansehen, sofort.«

»Binder und Götze sollen das machen«, bestimmte Thielen. »Sie müssten jeden Augenblick kommen und können den Herrn Baierlein nach Konstanz zurückbringen.«

»Hat sich in Pfullendorf etwas ergeben?«

Thielen schüttelte verneinend den Kopf. »Soviel ich weiß, nicht.«

Madlener öffnete die Tür und ging ins Vorzimmer. »Frau Gallmann, bitte finden Sie alles raus, was es über diesen Dr. Escher gibt. Und stellen Sie fest, was das für ein Doktortitel ist. Und ob er was mit Möller zu tun hatte. Rufen Sie am besten gleich in dem Internat an, in dem Möller tätig war. Und fragen Sie nach, ob dort ein Dr. Escher Lehrer war.«

Frau Gallmann griff sofort zum Telefon.

»Wo ist Harriet?«, fragte Madlener sie noch.

»Im Meeting-Room.«

Madlener eilte hinaus und enterte erst einmal die Teeküche, um sich einen starken Kaffee zu machen. Mit seiner Tasse stürmte er in den Besprechungsraum, wo Harriet telefonierte und etwas notierte. Er wartete, bis sie mit ihrem Gespräch zu Ende war, und blies so lange in seine Kaffeetasse.

Harriet sah Madlener an und sagte: »Ich hab's schon gehört. Wir haben den Namen.« Dann deutete sie ein Grinsen an: »Ist das jetzt der Durchbruch, von dem der Chef schon so lange spricht?«

Madlener gab das Grinsen zurück. »Kann schon sein. Jedenfalls haben wir jetzt eine Menge mehr Informationen, die uns auch eine Menge mehr Arbeit bescheren werden. Sind Sie mit dem Schlüssel schon einen Schritt weiter?«

»Ja«, sagte sie, und ein gewisser Stolz schwang in ihrer Stimme mit. »Mehrere Schritte sogar. Ich hab die Bank.«

Madlener war schon in Versuchung, Harriet anerkennend auf die Schulter zu klopfen, sagte dann aber doch nur: »Gratuliere. Wie haben Sie das so schnell angestellt?«

»Der Schlüssel hat ein winziges Kürzel auf der Räute.«

»Räute? Was ist das?«

Sie zeigte ihm den Schlüssel und deutete auf den Schlüsselgriff. »Der Fachmann nennt das Räute. Hat mir unser Hausmeister erklärt. Und hier: GKS. Das ist eine Firma für Schließanlagen. Den Schlüssel habe ich eingescannt und an die GKS gemailt. Et voilà!«

Französisch konnte sie auch noch, dachte Madlener. Allmählich wurde sie ihm mit ihrer Tüchtigkeit unheimlich. »Besorgen Sie bitte sofort einen richterlichen Beschluss.«

»Schon geschehen«, sagte sie und zog das unterschriebene Dokument aus der Faxablage.

»Ich werde Sie bei Thielen für die goldene Verdienstmedaille mit Band und Eichenlaub vorschlagen, falls es so was gibt«, sagte Madlener trocken. »Fahren wir.«

37

Die Bank war eine kleine Zweigniederlassung der »Drei-Länder-Bank« in Tettnang, keine halbe Autostunde von Friedrichshafen entfernt. Beinahe wären sie daran vorbeigefahren, so unauffällig war sie mitten in einem Einkaufszentrum aus den siebziger Jahren versteckt. Harriet hatte sie telefonisch avisiert, und so wurden sie schon von einem nervösen Filialleiter in einem dunkelblauen Sakko erwartet, der fürchterlich schwitzte, vor Hitze oder vor Aufregung, wahrscheinlich beides. Madlener fand, er sah aus wie ein Spätpubertierender, den die Festgesellschaft nach der Konfirmation vor ein paar Jahren vor der Bank vergessen hatte, und der heute noch darauf wartete, abgeholt zu werden.

Seine Aufregung versuchte der Banker mit der besonders gründlichen Überprüfung sämtlicher Legitimationen zu kompensieren, vom Ausweis bis zum richterlichen Beschluss. Dann erst führte er sie an zwei Schaltern vorbei und eine Wendeltreppe ins Souterrain hinunter, wo er fragte: »Der Inhaber des Schließfachs – ist das der Mann, der tot im Pool aufgefunden wurde?«

»So ist es«, antwortete Madlener einsilbig. »Kannten Sie ihn?«

»Ich muss ihn wohl das eine oder andere Mal nach unten begleitet haben, ja.«

»Wie oft war er hier?«

»Ich müsste in den Unterlagen nachsehen … ein- oder zweimal in diesem Jahr, würde ich sagen.«

»Das überprüfen wir nachher. Jetzt werfen wir einen Blick in sein Fach.«

»Wenn ich bitten darf …«, sagte der Banker und sperrte eine dicke Metalltür auf. Der Raum dahinter war fensterlos und eng, mehr als ein Tisch und ein Stuhl passten nicht zwischen die beiden Reihen von Schließfächern, die links und rechts in die Wand eingelassen waren.

»Dann wollen wir mal sehen. Kann ich den Schlüssel haben?«

Das gesuchte Fach war in der untersten Reihe. Der Filialleiter schloss auf und öffnete die Klappe, dann zog er die Metallschublade heraus, sie war etwa DIN-A3 groß, und stellte sie auf den

Tisch. »Bitte sehr«, sagte er und konnte seine Neugier nicht verhehlen.

Madlener ließ Harriet den Vortritt. Sie klappte den Deckel auf. Zum Vorschein kam ein gefütterter brauner Umschlag. Das war alles.

Madlener merkte, dass der Filialleiter gespannt darauf wartete, dass Harriet den Umschlag öffnete. Aber Madlener sagte zu ihm: »Danke. Wir finden selber nach oben.«

Die Enttäuschung war dem Banker vom Gesicht abzulesen, als Madlener und Harriet ihn im Schließfachraum zurückließen.

Erst als Harriet zu ihm ins Auto kam – er hatte den Motor schon angeschaltet, damit die Klimaanlage lief –, zog Madlener Latexhandschuhe über und öffnete den Umschlag. Harriet hatte sich in der Bank noch die Daten notiert, an denen Karl Möller sein Schließfach aufgesucht hatte.

Der Umschlag war mit zwei Klammern verschlossen. Madlener entfernte sie und fischte mehrere Packen mit Polaroidfotos heraus, die jeweils mit einem Gummiband zusammengehalten wurden. Als Madlener das erste Foto sah, wurden seine schlimmsten Befürchtungen bestätigt. Er gab den Packen wortlos an Harriet weiter. Es kam ihm vor, als hätte er einen Blick in den Höllenschlund geworfen, auf etwas, das schlimmer war, als Hieronymus Bosch es sich hätte ausdenken können. Er sah Harriet in die Augen. Keiner sagte etwas. Als Letztes förderte Madlener noch eine Todesanzeige, herausgeschnitten aus einer Zeitung, zutage. Darauf war zu lesen:

Mit unendlicher Trauer geben wir hiermit bekannt,
dass der Beste von uns allen

PETER JANKOWITZ
geb. 15.8.1970, gest. 18.5.2012
nach langem, qualvollem Leiden
freiwillig aus diesem Leben geschieden ist,
weil es ihm nicht mehr lebenswert war.

Seine Freunde

Darunter standen Datum und Ort der Beerdigung – sie war ungefähr acht Wochen her, rechnete Madlener nach – sowie ein Spendenkonto zugunsten der psychiatrischen Klinik in Bad Schussenried.

Nach einer kurzen Pause sagte Madlener: »Tun Sie sich und mir einen Gefallen, Harriet, und stecken Sie die Fotos wieder in den Umschlag. Wir müssen sie uns ansehen. Aber das machen wir im Büro und nicht hier auf der Straße.«

Harriet nickte, schob die Fotos wieder zurück, und Madlener fuhr los.

Die ganze Strecke zum Polizeipräsidium legten sie schweigend zurück.

Sie gingen in ihr Büro, in dem sie allein waren, streiften sich Latexhandschuhe über und legten die Polaroids auf dem großen Tisch so aus, dass sie die ursprüngliche Reihenfolge mühelos wiederherstellen konnten. Es war ein einziges Pandämonium des Grauens auf fünf Dutzend Fotos, und es kostete sie große Überwindung, sie sich alle anzusehen. Es waren ausnahmslos pathologische pornografische Aufnahmen von Jungen in erniedrigenden Posen. Die Jungen, alle vielleicht zehn, zwölf Jahre alt und nackt, wurden auf jede erdenkliche Art gequält und missbraucht. Von dem Täter, vielleicht waren es auch mehrere, waren nur Details zu erkennen, niemals ein Gesicht oder verräterische Merkmale. Die Taten waren aber wenigstens von der Örtlichkeit her einzugrenzen. Auf den Bildern war zu erkennen, dass sie offenbar in einem Hallenbad aufgenommen worden waren, auf einigen war eine Fliesenbordüre mit stilisierten Fischen im Hintergrund zu erahnen. Auf zwei oder drei waren Schulbänke zu sehen.

Lehrer und Schüler. Dutzendfach dokumentierter sexueller Missbrauch von Schutzbefohlenen. Unter dem Deckmantel der Macht, die man als Lehrer über seine Schüler ausüben konnte. Auf Juristendeutsch »Unzucht mit Abhängigen«.

Es war das Widerlichste, was Madlener jemals gesehen hatte, und er hatte sich im Laufe seiner Berufsjahre so einiges an perversem Schmutz, sinnloser Gewalt und obszönen Scheußlichkeiten ansehen müssen. Er kam sich regelrecht besudelt vor, als sie ihre Pflicht getan hatten. Schließlich packten sie die Polaroids wieder in ihrer ursprünglichen Reihenfolge zusammen, steckten sie zurück und gingen ohne ein weiteres Wort in die Vorräume ihrer Toiletten, um sich die Hände und das Gesicht zu waschen.

Als Harriet zurückkam, stand Madlener am Fenster und starrte, mit den Händen in den Hosentaschen, zum Fenster hinaus, wo eben der dicke Zeppelin vorbeischwebte auf seinem üblichen Rundflug um den Bodensee. Er konnte nur bei gutem Wetter fliegen, und strahlender hätte es nicht sein können. Die schweren schwarzen Wolken gab es nur in Madleners Gedanken, der versuchte, ruhig und regelmäßig zu atmen, denn ihm war zum Kotzen zumute.

»Was für ein perverses Dreckschwein«, sagte Harriet mit einem dicken Kloß im Hals.

Madlener drehte sich nicht zu ihr um. »Ja, da gebe ich Ihnen uneingeschränkt recht. Und dafür musste er bezahlen. Mit seinem beschissenen Leben.«

Der Zeppelin beschrieb eine lang gezogene Kurve.

»Das wird uns aber nicht daran hindern, die Täter zu fassen«, sagte Madlener. »Für Selbstjustiz habe ich keinerlei Verständnis. Die Täter werden vor Gericht gestellt werden. Und wir sorgen dafür. Das ist unser Job. Und wir machen ihn, so gut wir können. Auch wenn es Momente gibt, in denen wir lieber Straßenkehrer wären. Oder Zeppelinpiloten. Wir machen ihn.«

Harriet war neben ihn getreten und blickte ebenfalls aus dem Fenster, dem trägen Zeppelin nach, der vor ihren Augen die Kehrtwende zu Ende brachte und schwerfällig in Sinkflug überging, um seinen Hangar am Flughafen anzusteuern.

»Verstehen Sie mich, Harriet?«, sagte Madlener eindringlich und sah sie von der Seite an. Er wartete auf ihre Reaktion. Es dauerte, und ihr Kinn zuckte verdächtig, aber schließlich nickte sie. Spontan zog er sie kurz an seine Schulter, tröstend, und sie lehnte ihren Kopf an ihn, wie eine Tochter, die Verständnis bei ihrem Vater sucht. Und findet.

Dann lösten sie sich und gingen mit dem braunen Umschlag hinüber zum Präsidium.

38

Same time, same place. Diesmal warteten sie im Besprechungsraum auf Kriminaldirektor Thielen. Die Mitglieder der SOKO waren schon um den Tisch versammelt und hackten in ihre Laptops – Götze, Harriet – oder ordneten Papiere – Binder – oder ihre Gedanken – Madlener. Frau Gallmann teilte Unterlagen aus, alles verlief in sehr konzentrierter Atmosphäre, jeder hatte in dieser Sitzung Neuigkeiten und Fortschritte anzubieten, die den Fall voranbringen würden, es ging nur noch um die Koordination des weiteren Vorgehens. Eine gewisse gespannte Zuversicht war allen Gesichtern abzulesen. Madlener hatte schon die dritte Tasse doppelten Espresso intus, aber diesmal fühlte er nicht die Spur von Müdigkeit. Dass die Sache jetzt endlich ins Rollen kam, hatte ihn richtig aufgeputscht.

Er griff gerade nach der Mineralwasserflasche, als Thielen hereinkam, heute in siegreicher Feldherrnpose, um mit seinen Generälen den Schlachtplan zu entwerfen. Thielen schaute erwartungsvoll und stumm in die Runde, bis auch der Letzte aufgehört hatte, mit den Papieren zu rascheln oder auf die Tastatur einzuhämmern. Sogar Frau Gallmann, die eigentlich immer herumwuselte oder irgendetwas Wichtiges zu tun hatte, setzte sich, strich ihr Kostüm an den Oberschenkeln glatt und sah ihren Chef erwartungsvoll an, die Finger über ihrem Laptop schwebend, um das Protokoll der Sitzung anzufertigen. Madlener fiel auf, dass er bis heute nicht wusste, wie Frau Gallmann mit Vornamen hieß. Vielleicht Carola, dachte er. Ja, Carola, das passte zu ihr.

Thielen räusperte sich und fing an. »Ich darf Ihnen allen eingangs für Ihre engagierte Arbeit die Hochachtung und den Dank des Justizstaatssekretärs Dr. Jünger aussprechen, mit dem ich eben eine Telefonkonferenz hatte. Dr. Jünger hat sich sehr erfreut gezeigt über die erheblichen Fortschritte, die wir im Pool-Fall gemacht haben. Ich habe ihm versichert, dass er in Kürze mit Verhaftungen rechnen kann ...«

Madlener schweifte bereits mit seinen Gedanken ab, auch wenn er wieder so tat, als lausche er hingebungsvoll dem immer abgehobeneren Sermon seines Chefs, der vom Hundertsten ins Tausendste geriet, statt endlich dafür zu sorgen, dass die neuesten Ermittlungsergebnisse auf den Tisch kamen. Es gab noch so viel zu tun, und jede Minute, die der begnadete Volkstribun mit seinem weitschweifigen und unproduktiven Politikergequassel verplemperte, ging von ihrer wertvollen Zeit ab. Als Madlener wieder von akustischem Durchzug auf Mithören umschaltete und Thielen noch immer nicht damit fertig war, zu schildern, mit welcher positiven Resonanz ihre Ermittlungen im gesamten Justizapparat und sogar bei LKA und BKA registriert und aufgenommen worden waren, platzte ihm endgültig der Kragen. Er schlug mit der flachen Hand auf den Tisch, dass die Tassen und Gläser klirrten und alle im Raum mit einem Schlag wieder hellwach waren.

»Herrgott, Herr Kriminaldirektor, lassen Sie uns endlich zur Sache kommen! Wir sitzen hier und labern, und da draußen wird vielleicht der nächste Mann entführt und abgemurkst! Wenn das nicht schon längst passiert ist! Wir sollten zusehen, dass wir endlich in die Puschen kommen! Die Lorbeeren können wir uns abholen, sobald die Täter hinter Schloss und Riegel sind!«

Die Stille, die nach diesem Wutausbruch Madleners eintrat, war wie die Stille nach dem Einschlag eines Meteoriten. Für einen Moment schien die Erde aufgehört zu haben, sich zu drehen. Thielen stand mit offenem Mund da, als hätte er eine Gesichtslähmung. Alle hielten den Atem an und warteten mit eingezogenen Schultern auf das Einsetzen der Druckwelle, die unweigerlich auf den Einschlag folgen würde.

Mitten in die Stille hinein sagte Thielen plötzlich lapidar: »Sie haben recht. Sie haben wirklich recht, Madlener.« Er setzte sich. »Also bitte, Herrschaften – was haben wir?«

Die allgemein einsetzende Erleichterung war mit den Händen zu greifen, die Spannung entwich wie die Luft aus einem durchlöcherten Ballon.

Bis sie alle auf dem gleichen Level waren, verging eine Stunde, in der Frau Gallmanns Finger auf der Tastatur nur so dahinflogen.

Binder berichtete als Erster. Er hatte mit Götze das Pensionszimmer von Dr. Escher in Konstanz auf den Kopf gestellt und eine detaillierte Liste von allem angefertigt, was sie vorgefunden hatten, aber es war nichts Relevantes dabei, nur die üblichen Kleidungsstücke und Toilettensachen und Medikamente, die ein alleinstehender Mann im Alter von siebenundsechzig Jahren für einen dreiwöchigen Urlaubsaufenthalt benötigte. Die schriftlichen Unterlagen, Manuskriptseiten, Notizen und die Dateien auf seinem Laptop mussten noch einer genauen Überprüfung unterzogen werden, Kollegen aus anderen Dezernaten halfen dabei aus. Außergewöhnlich war nur, dass weder Ausweis, Handy noch Bargeld oder Kreditkarten gefunden worden waren. Götze hatte die anderen Pensionsgäste vernommen, aber Dr. Escher schien nicht besonders kontaktfreudig gewesen zu sein. Er pflegte allein zu frühstücken, und am geselligen Beisammensein am Abend hatte er nie teilgenommen.

Frau Gallmann hatte weitere Erkundigungen über ihn eingeholt. Escher war seit sieben Jahren Pensionär und lebte seit drei Jahren in Irland. Er war gleichzeitig mit Möller fünfzehn Jahre lang Lehrer im Jan-Hus-Internat in Irgenweiler gewesen, bevor er in Rente gegangen und nach Konstanz gezogen war. Der heutige Direktor, ein gewisser Ignaz Kirchhoff, kannte weder ihn noch Möller persönlich. Der Direktor, unter dem die beiden im Internat unterrichtet hatten, lebte schon lange nicht mehr. Seinen Doktortitel hatte Escher in Germanistik gemacht, eine Arbeit über die Beziehung der Dichterin Annette von Droste-Hülshoff mit Levin Schücking und den Briefwechsel der beiden.

Madlener überließ es Harriet, darüber zu referieren, was sie herausgefunden hatten. Als sie die Polaroidfotos erwähnte und, mit einem Latexhandschuh, auf den Tisch packte – sie legte sie nicht einzeln aus, sondern beließ sie so, wie sie im Kuvert gewesen waren – und schilderte, wie und wo sie gefunden wurden, sagte keiner ein Wort. Harriet merkte an, dass sie noch auf Fingerabdrücke untersucht werden mussten, aber anhand der Fotos, die obenauf lagen, konnten sich alle vorstellen, wie die restlichen Bilder aussahen.

Seine Recherchen über die römischen Caesaren erwähnte Madlener nicht, er wollte erst selbst wissen, wohin ihn diese führen und was und ob er etwas herausfinden würde.

Thielen hatte sich – wie Binder und Götze – einen Eindruck von den Polaroids verschafft. Er war sichtlich erschüttert, nahm seine Brille ab und sagte schließlich: »Ich spreche wohl aus, was alle hier im Raum denken. Mit diesen Fotos haben wir den Schlüssel für ein mögliches Mordmotiv in der Hand. Sind Sie bei dieser Hypothese meiner Meinung, Herr Madlener?«

Madlener nickte. »Das sehe ich auch so. Es geht allem Anschein nach darum, dass Vergeltung geübt wurde. Vergeltung für einen Jahre zurückliegenden Missbrauch an zahlreichen Kindern und Jugendlichen, der, da sprechen die Polaroids eine deutliche Sprache, wohl eine erschreckende Dimension hat, die wir noch gar nicht abschätzen können.«

Thielen sah in die Runde. »Stimmen Sie mir zu, wenn ich sage, dass wir angesichts des Skandals, den wir unweigerlich auslösen, wenn die Wahrheit über diesen Fall und die ganze Tragweite an die Öffentlichkeit kommt, äußerst vorsichtig und behutsam vorgehen müssen, trotz aller Dringlichkeit, die Täter zu fassen?«

Alle nickten. Thielen fuhr fort: »Ich darf daher alle, die in diesem Raum sind, zu absoluter Diskretion und Verschwiegenheit verpflichten. Bevor wir keine hieb- und stichfesten Beweise haben, darf nichts, aber auch gar nichts, was hier besprochen wird, an Dritte weitergegeben werden. Sind wir uns da einig?«

Wieder nickten alle zum Einverständnis.

Madlener ergriff das Wort: »Wir stehen noch ganz am Anfang, aber wir wissen jetzt, in welche Richtung wir ermitteln müssen. Wenn wir davon ausgehen, dass es wohl um lange zurückliegenden Missbrauch an Schutzbefohlenen, an Schülern in diesem Internat geht –«

Thielen unterbrach laut und sorgenvoll, indem er aussprach, was in diesem Augenblick sicher alle dachten: »Wenn ich mir vorstelle, dass das solche Dimensionen annimmt wie in dieser Odenwaldschule …«

Er strich sich müde mit beiden Händen über das Gesicht und massierte seine Schläfen.

Madlener konnte ihm nicht widersprechen. »Das ist nicht auszuschließen.«

Thielen winkte mit der rechten Hand, als könne er damit diesen grauenvollen Gedanken wegscheuchen wie eine lästige Mücke. »Ich wollte Sie nicht unterbrechen. Machen Sie weiter, Madlener, machen Sie weiter. Was haben wir noch?«

»Das hier«, sagte Madlener, und Harriet gab jedem eine Kopie der Todesanzeige in die Hand. »Diese Todesanzeige, die wir ebenfalls in dem braunen Umschlag gefunden haben und die offensichtlich von Karl Möller ausgeschnitten und für so wichtig befunden wurde, dass er sie seiner Privatsammlung hinzugefügt hat, könnte uns Aufschluss über zwei Hauptfragen geben, die wir noch nicht beantworten können.«

Binder meldete sich. »Wenn dieser Missbrauch in großem Umfang stattgefunden hat und sich der oder die Täter dafür rächen wollen – warum warten sie dann über fünfundzwanzig Jahre?«

»Das wäre Frage Nummer eins«, konstatierte Madlener.

»Tatsache ist«, meldete sich Götze, »dass männliche Missbrauchsopfer oft sehr lange brauchen, bis sie ihre psychischen Verletzungen selbst realisieren und sich irgendjemandem – oder sich selbst gegenüber – outen können. Wenn überhaupt. Weil diese Erinnerungen so schmerzhaft und qualvoll sind wie die Tat selbst. Typisch für junge Männer ist, dass sie die Tat verdrängen, sozusagen in sich einkapseln, so lautet, glaube ich, der psychologische Fachausdruck. Viele können erst im Alter von vierzig oder fünfzig Jahren darüber sprechen. Also zwanzig oder mehr Jahre nach der Tat.«

»Das ist völlig richtig«, sagte Madlener. »Trotzdem muss es einen konkreten Anlass, einen Auslöser gegeben haben.«

»Den kennen wir noch nicht. Könnte mit der Todesanzeige zusammenhängen, aber das ist Spekulation«, meinte Binder. »Kommen wir zu Frage Nummer zwei, die lautet: Wer sind die Opfer? Wie kommen wir nach so langer Zeit an ihre Namen? Außerdem – wenn dieser Missbrauch so lange zurückliegt, ist er verjährt.«

»Das könnte auch ein Anlass für die Morde sein«, sagte Götze. »Dass die Täter nicht daran glauben, dass ihnen Gerechtigkeit widerfährt, wenn sie jetzt Anzeige erstatten.«

Binder fuhr fort. »Welche Wunden reißen wir damit wieder auf, wenn das alles herauskommt? Wer von den Gepeinigten ist so weit gegangen, sich jetzt zu rächen? Auf diese grausame Art und Weise?«

Madlener versuchte es mit einer Antwort. »Die Vorgehensweise der Täter steht offensichtlich mit dem Missbrauch in Zusammenhang, wenn wir die Umstände der Morde bedenken, das Zurschaustellen der nackten Leichen, die Degradierung und Demütigung noch über den Tod hinaus. Auch das Ertränken der beiden Toten steht damit in einem Zusammenhang, wir wissen nur noch nicht, in welchem. Auf den meisten dieser Bilder findet der Missbrauch offenbar in einem Hallenbad statt. Also wieder der Hinweis auf Wasser, der in diesem Fall eine große, wenn nicht sogar zentrale Rolle spielt. Wir müssen das noch genauer analysieren.«

»Das ist die Büchse der Dingsda, die wir da öffnen«, stöhnte Thielen und schüttelte angesichts der Fragen und Konsequenzen den Kopf.

»Pandora«, sagte Frau Gallmann leise.

Niemand lächelte.

»Und wir werden sie öffnen müssen«, stellte Madlener gnadenlos fest. »Das ist unsere Pflicht und Schuldigkeit.« Er zeigte auf die Fotostapel. »Dazu ist lange genug geschwiegen worden.«

»Das wird das Internat ruinieren«, warf Götze ein.

»Ja, sie werden diesen Saustall zusperren müssen. Auch wenn das alles vielleicht ›nur‹ Vergangenheit ist und die heutige Schulleitung damit nichts zu tun hat und nichts davon weiß«, sagte Madlener. »Aber das ist momentan nicht unser Problem.«

Harriet hob die Hand, Madlener nickte ihr zu. »Harriet, bitte.«

»Zu Frage eins: Vielleicht gibt uns diese geheimnisvolle Todesanzeige einen Hinweis. Wenn ich den Text richtig interpretiere, dann handelt es sich dabei um einen Suizid. Und der hat vor rund acht Wochen stattgefunden. Falls der Selbstmörder einer der Missbrauchten war, könnte dieser Suizid eventuell der konkrete Auslöser für die Täter gewesen sein, sich zusammenzusetzen, ihre lang angestaute Wut loszuwerden und endlich Rache zu nehmen, sie zu planen und umzusetzen. Von der zeitlichen Abfolge kommt das hin und auch von der Psychologie bei männlichen Missbrauchsopfern, und es wäre durchaus logisch.«

»Richtig«, sagte Madlener, »das ist auch meine Schlussfolgerung. Wenn sie auch vorläufig nur eine Vermutung ist.«

Thielen schien das einzuleuchten, er sah Madlener auffordernd an. »Nun, Herr Madlener – was schlagen Sie vor? Wie sollen wir weiter vorgehen?«

Madlener lehnte sich zurück. »Kollege Binder, Sie sind der Leiter der SOKO Pool, ich will Ihnen nicht vorgreifen.«

»Ach kommen Sie, Madlener, seien Sie nicht so empfindlich«, sagte Thielen. »Sie haben den besten Überblick. Also?«

Madlener sah Binder an, der ihm zunickte und sein Einverständnis signalisierte. Madlener legte los: »Die Kollegen Binder und Götze recherchieren alles, was sie über diese Todesanzeige in Erfahrung bringen können. Wer war der Tote, wer sind die anonymen Freunde, die sie in Auftrag gegeben und bezahlt haben, und so weiter. Harriet und ich statten diesem Internat einen Besuch ab. Und zwar morgen früh. Wir haben genug mit ihnen herumtelefoniert. Frau Gallmann, bitte teilen Sie dem Internatsleiter mit, dass er bis morgen früh alle Unterlagen der letzten dreißig Jahre für uns parat haben soll. Alle ohne Ausnahme, Schülernamen, dazugehörige Daten und Adressen, dann die Lehrer, ebenfalls mit Daten und Adressen. Falls er nicht mitspielt, besorgen Sie bitte den dazu nötigen richterlichen Beschluss. Aber erwähnen Sie noch nichts von unserem Verdacht bezüglich eines massenhaften Missbrauchs vor über dreißig Jahren. Sagen Sie, es ginge um die Mordfälle Möller und Dr. Escher.«

»Wird erledigt«, sagte Frau Gallmann, ohne mit der Wimper zu zucken. Ob sie wirklich Carola hieß? Madlener nahm sich vor, sie in einem geeigneten Moment zu fragen. Aber nicht jetzt.

39

Obwohl er zu Tode erschöpft war, machte Madlener sich nach einem kleinen Imbiss an der Uferpromenade, wo er einfach kurz den Kopf auslüften musste, in seinem Hotelzimmer an die Arbeit. Er sah sich die Website des Jan-Hus-Internats an, um einen ersten Eindruck von den Örtlichkeiten zu bekommen, die er am nächsten Tag unter die Lupe nehmen wollte. Frau Gallmann, die inzwischen wohl ihre Zelte im Präsidium aufgeschlagen hatte – er fragte sich, ob sie überhaupt so etwas wie ein Familienleben hatte –, rief ihn kurz vor einundzwanzig Uhr noch an, um ihm zu berichten, dass sein Besuch im Internat für neun Uhr avisiert sei und dass Binder herausgefunden hatte, dass Peter Jankowitz, der vor acht Wochen Suizid begangen hatte, ein Schüler des Jan-Hus-Internats gewesen war. Dort hatte er vor zweiundzwanzig Jahren das Abitur gemacht, also genau in der Zeit, die für den Fall von Relevanz war.

Als er aufgelegt hatte, fiel Madlener ein, dass er seinen Sohn wieder einmal sprechen könnte. Er hatte Glück, als er im Hotel auf Kreta anrief. Oliver kam gerade vom Essen und war unterwegs zur Disco im Club. Er berichtete stolz, dass er beim heutigen Fußballturnier am Strand ein paar Tore geschossen hatte, die eines Cristiano Ronaldo würdig gewesen wären. Das Essen sei großartig, das Meer warm, und mit seiner Mutter komme er auch ganz gut klar, solange sie ihn in Ruhe lasse. Madlener konnte ihm anhören, dass es ihm gut ging, und das machte ihn froh. Wenigstens war an dieser Front alles einigermaßen im Lot.

Kurz überlegte er, ob er Ellen anrufen sollte. Einerseits hatte er Sehnsucht nach ihrer Stimme, aber andererseits wollte er ihr nicht zu sehr auf den Wecker gehen, er kannte sie noch nicht gut genug, um beurteilen zu können, ob es sie nicht nervte, wenn er sie zu oft kontaktierte. Außerdem wären sie dann unweigerlich auf den Fall zu sprechen gekommen, und momentan wollte er sie nicht in all die unappetitlichen Details miteinbeziehen, die durch die neuen Entwicklungen ans Tageslicht gekommen waren. Die Vorgänge im Jan-Hus-Internat waren nicht unbedingt ein geeignetes Gesprächsthema für ein romantisches Rendezvous.

Der Gedanke an Ellen munterte ihn wieder ein wenig auf. Denn sobald er an die grün- und blaustichigen Polaroids dachte, die durch ihre Künstlichkeit allein schon wie Bilder aus einer kränklichen Geisterwelt wirkten, deprimierte ihn der Zustand der Gesellschaft und insbesondere das Verhalten und die Moral einiger Menschen darin zutiefst. Es war seltsam, aber die Begegnungen mit Ellen hatten ihm ein Gefühl zurückgegeben, das er irgendwann im Laufe der letzten Jahre verloren hatte, ohne es richtig zu merken: das Gefühl, dass es sich noch lohnte, wieder von vorne anzufangen und neu zu investieren. Nicht in Geldanlagen, sondern in einen Menschen. Ohne diese diffuse Angst haben zu müssen, dass am Ende doch alles wieder darauf hinauslief, einen Verlust zu erleiden, der einen schmerzte.

Diesem Gefühl des Ausgeliefertseins konnte er sonst nur begegnen, indem er sich in seine Arbeit stürzte und all seine Sinne, all seine Gedanken von einem Fall in Anspruch genommen wurden. Ihm war bewusst, dass seine Schnoddrigkeit, sein Sarkasmus nur ein Schutzmantel war, der ihn davon abhielt, sich allzu sehr von anderen Menschen vereinnahmen zu lassen oder ihnen zu nahe zu kommen. Und jetzt hatte es doch wieder eine Frau geschafft – die er noch nicht einmal richtig kannte! –, ihn binnen kürzester Zeit aus seinem Schneckenhaus zu locken. Er konnte sich nicht einmal erklären, wie und wann das geschehen war. Es war einfach mit ihm passiert. Er freute sich darauf, Ellen wiederzusehen, mit ihr zu reden, zu lachen, heimlich ihren besonderen, kostbaren Duft einzuatmen und sich der betörenden Hoffnung hinzugeben, dass da vielleicht mehr war, was es noch gemeinsam zu entdecken galt.

War er wieder in sein altes Muster verfallen, das ihm zwei kaputte Ehen und eine Menge zerstörerischer Beziehungen eingebracht hatte? Aber nein, gegen eine anständige Affäre war nichts einzuwenden. Wenn es dabei blieb. Dabei wusste er genau, dass er Ellen zu gern hatte, um nur mit ihr in die Kiste steigen zu wollen. Obwohl diese nicht unwahrscheinliche Möglichkeit auch ihren Reiz hatte …

Er war wieder einmal viel zu sehr abgeschweift mit seinen Gedanken, schimpfte sich selbst und suchte das Buch über die römischen Kaiser, das er noch lesen wollte, bevor er sich schlafen legte. Morgen war ein entscheidender Tag, den er unter gar keinen Umständen übermüdet und unkonzentriert angehen wollte.

Also blätterte er wieder bis zu der Stelle, wo er aufgehört hatte, über Kaiser Tiberius zu lesen. Die Kapitel über dessen Leben bis zum Herrschaftsantritt überflog er nur, ebenso das Prinzipat des Tiberius, seine Schlachten und die Politik, die der machthungrige und immer tyrannischer werdende Kaiser verfolgte. Interessant wurde es, als Madlener zu den letzten Jahren kam und zu Tiberius' Alterssitz auf Capri. Der antike Geschichtsschreiber Sueton beschrieb den Kaiser als einen hässlichen Lustgreis, der sich auf Capri ganz seiner pädophilen Leidenschaft hingab. Im kaiserlichen Thermalbecken sollte Tiberius Knaben zu homosexueller Fellatio unter Wasser missbraucht und sie seine »Fischlein« genannt haben.

Madlener war wie elektrisiert, als er das gelesen hatte. Es war ihm, als ginge ihm in diesem Moment der ganze widerliche Kosmos von Karl Möllers perversen Neigungen auf. Mit einem Mal wurde Madlener klar, was das Wasser und was die toten Fische zu bedeuten hatten: Es konnte in der Logik der Täter nur heißen, dass auch der zweite Tote, Dr. Escher, bei dessen Leiche ebenfalls Fische gefunden worden waren, an diesen altrömisch inspirierten Orgien beteiligt gewesen war. Erst fünf Fische bei der Leiche von Möller, dann vier bei der von Escher – bedeutete das, es gab noch drei Lehrer, die auf der Liste der Mörder standen? Eindeutig, so musste es sein!

Madlener merkte, dass er vollkommen verschwitzt war, was nicht nur an der immer noch herrschenden Hitze, sondern auch an seiner Lektüre lag. Nach dieser Erkenntnis, in der das Motiv der Mörder, ihre Peiniger mit den Hinweisen auf ihr eigenes Martyrium vor über dreißig Jahren im Wasser hinzurichten und sie wahrscheinlich zuvor noch damit zu konfrontieren und zu quälen, auf einmal kristallklar zutage trat, musste er erst einmal unter die kalte Dusche.

Vorher sah er kurz auf seine Uhr: Es war kurz nach elf. Er überlegte, ob er Thielen noch anrufen sollte, was er aber sofort wieder verwarf. Diese Theorie würde er vorerst für sich behalten, bis er beim morgigen Besuch im Internat mehr über Möller, Escher und das damalige Lehrerkollegium herausgebracht hatte. Das Bild von Kaiser Tiberius hatte ihm praktisch den Schlüssel zur Lösung des Falles in die Hand gegeben. Aber selbst wenn er morgen eine Liste der Schüler vor sich hatte, die von Möller und dessen pädophilen Kollegen unterrichtet worden waren, war es noch ein weiter Weg zu möglichen Verdächtigen. Es mussten Hunderte Schüler gewesen sein, die die beiden als Lehrer gehabt hatten, ganz zu schweigen von den anderen drei Kollegen, die, wenn die abnehmende Fischzahl bei den Leichen wirklich als Zeichen gedeutet werden konnte, ebenfalls an den Orgien beteiligt gewesen waren. Er würde morgen Binder anrufen, er musste die Namen der Freunde von der Todesanzeige wissen, das waren die Verdächtigen Nummer eins.

Sollte er Harriet in seine neuesten Erkenntnisse einweihen? Sie war nun mal seine Partnerin, und was er von einem Partner verlangte, war Loyalität. Umgekehrt konnte sie das Gleiche auch von ihm erwarten. Und Harriet hatte es sich verdient, dass sie auf dem gleichen Wissensstand war wie er. Er würde ihre Rückendeckung, ihren Spürsinn und ihre wache Intelligenz noch brauchen, also beschloss er, ihr zu berichten, was er herausgefunden hatte.

Madlener stellte sich unter die Dusche und drehte auf. Er ließ das eiskalte Wasser so lange auf seine Haut prasseln, bis sie krebsrot war. Dann trat er vor das weit offene Fenster, trocknete sich ab und band sich das feuchte Handtuch um die Hüfte. Er hatte das Licht im Zimmer gelöscht, um keine Mücken anzulocken. Diesen Fehler hatte er gleich nach seiner Rückkehr an den Bodensee gemacht, wo er die erste Nacht in seinem Zimmer damit verbracht hatte, die lästigen Plagegeister mit einer zusammengefalteten Zeitung zu jagen. Es waren so viele gewesen, dass er erst bei Tageslicht sah, was er angerichtet hatte: Die weißen Zimmerwände waren voller Mückenleichen und kleinen Blutspritzern gewesen. Und auch die Druckerschwärze hatte ihre Spuren hinterlassen. Nur mit Müh und Not war es ihm gelungen, mit einem nassen Handtuch die Folgen seiner nächtlichen Abwehrschlacht wieder einigermaßen von den Wänden zu tilgen.

Er hoffte, dass er, wenn er noch eine Weile aus dem Fenster auf das nächtliche Friedrichshafen sah, doch innerlich zur Ruhe kommen würde, die dringend nötig war, damit er einschlafen konnte. Das leere Busdepot gegenüber war allerdings der einzige Ausblick, der sich ihm bot, und dort war um diese nächtliche

Stunde ungefähr so viel Leben wie im Wiener Zentralfriedhof. Also nichts, was ihn davon ablenken konnte, seine Gedanken immer wieder um Tiberius und seine Fischlein kreisen zu lassen. Er spürte, wie seine Unruhe immer stärker wurde. Da wusste er endgültig, dass er keinen Schlaf finden würde.

Mist, Mist, Doppelmist!

Sollte er vielleicht etwas machen, was er seit seiner wilden Jugendzeit nicht mehr getan hatte – nämlich sich in sein Auto setzen und zu lauter Musik ziellos herumgondeln? Warum nicht, vielleicht half das.

In aller Hast zog er sich Jeans und ein T-Shirt an und schlüpfte in seine Slipper, durchstöberte kurz seine CD-Sammlung, fand eine Scheibe, die zu seiner Stimmung passte, packte Schlüssel und Ausweis und machte, dass er zu seinem Auto kam.

Er fuhr los, schaltete die Kühlung auf moderate einundzwanzig Grad und legte die CD ein. Eric Clapton und seine genial coole Coverversion von »I Shot the Sheriff«.

I shot the sheriff, but I did not shoot the deputy.
All around in my home town
They're trying to track me down.
They say they want to bring me in guilty
For the killing of a deputy.
But I say:
I shot the sheriff, but I swear it was in self-defense.
I shot the sheriff, and they say it is a capital offense.

Er sang laut mit, konzentrierte sich auf die Musik und warf einen kurzen Blick in den Rückspiegel. Er war weit und breit allein auf der nächtlichen Ausfallstraße und hatte einen Heidenspaß daran, zum Reggae-Rhythmus Schlangenlinien zu fahren. Eric Clapton war einer seiner All-time-Favourites, und Madlener überlegte, wer alles in seine Top-Ten-Charts der weltbesten Rock-Gitarristen gehörte. Clapton natürlich auf Platz eins, zusammen mit Jimi Hendrix. Dann, fast gleichauf, Jimmy Page von Led Zeppelin, dann David Gilmour von Pink Floyd, gefolgt von Ritchie Blackmore von Deep Purple, dann Lenny Kravitz und schließlich noch Martin

Barre. Den kannte zwar fast niemand, aber er war technisch einer der Besten, seit 1968 Gitarrist von Jethro Tull, und stand fast so lange auf der Bühne wie die Stones. Halt, Rory Gallagher durfte er auf seiner Liste nicht vergessen, diesen verrückten Iren, der sich leider zu Tode gesoffen hatte ...

Während er weiter überlegte und dabei ziellos herumgurkte, wurde ihm plötzlich bewusst, dass er ins Villenviertel geraten war und die Straße entlangfuhr, die zu Ellen führte. Er parkte ein paar Häuser von ihrer Wohnung entfernt und machte Motor, Musik und Licht aus. In der plötzlichen Stille kam er allmählich wieder zu sich. War er jetzt vollkommen verrückt geworden? Sich wie ein pubertärer Teenager in unstillbarer Liebessehnsucht nachts in den Vorgarten seiner Angebeteten zu schleichen und sehnsüchtig darauf zu warten, dass er einen kurzen, aber magischen Moment lang einen Blick auf ihre Silhouette im erleuchteten Fenster werfen konnte?

Genau das hatte Madlener jetzt vor.

Er stieg aus und spazierte, die Hände in den Hosentaschen, geradewegs zur Gründerzeitvilla der Auerbachs. Die Nacht war schwül und dunkel, der Mond schon untergegangen, die nächste Straßenlampe weit entfernt. Wenn er jetzt nur nicht zufällig seinem Psychiater über den Weg lief! Was sollte er dann sagen? Dass er sich in Friedrichshafen verirrt hatte und nicht mehr nach Hause fand? Ihm stand ein leichter Schweißfilm auf der Stirn, den er sich abwischte. Am Gartentor blieb er stehen. Im Erdgeschoss brannte noch Licht, im ersten Stock nicht. Daddy alias Dr. Auerbach war wohl schon zu Bett gegangen oder gar nicht daheim, sondern auf einem superwichtigen Symposium mit vielen anderen superwichtigen Kollegen, um über sexuelle Neurosen und ihre Unheilbarkeit zu diskutieren.

Madlener zuckte vor Schreck zusammen, als er plötzlich etwas an seinen Beinen spürte. Erleichtert atmete er auf, als er merkte, dass es ein schmaler schwarzer Kater war, der ihn heftig beschmuste. Er nahm ihn hoch und streichelte ihn. Das Tier war überaus zutraulich und schnurrte voller Wohlbehagen. Ob das Carlo war? Er fasste dies als Zeichen auf, etwas mutiger zu werden, und beschloss, in den Vorgarten zu gehen, um vielleicht einen Blick um die Ecke auf die Rückseite des Hauses werfen zu können. Ihm war klar, dass das vollkommen meschugge war, aber er konnte nicht anders.

Mit dem Kater auf dem Arm zog er einen Flügel des Tors auf, es quietschte leise. Wenn ihn jetzt ein Nachbar sah und die Polizei anrief, steckte er ganz schön in der Bredouille. Vorsichtig spähte er um die Ecke. Dort war eine moderne Terrasse aus Holzbohlen, darauf eine Liege und ein Tischchen. Warmes Licht fiel aus den Fenstern. Die Terrassentür, durch die man in ein schick eingerichtetes Wohnzimmer sehen konnte, das nur spärlich, aber gemütlich von einer Stehlampe erleuchtet war, stand halb offen. Leise Musik war zu hören, Barry White, vermutete Madlener. Auf einmal ging die Terrassentür auf, und Ellen kam heraus. Sie war barfuß und trug nur ein langes weißes Männeroberhemd, das ihr bis zu den Knien reichte, hatte die Haare zu einem Pferdeschwanz zusammengebunden und hielt etwas in der Hand. »Carlo«, lockte sie leise in die Dunkelheit. »Carlo!«

Der Kater in Madleners Armen reagierte sofort, zuckte zusammen und sprang zu Boden, um wie ein geölter Blitz zu seinem Frauchen zu sausen beziehungsweise zu seinem vollen Fressnapf, den Ellen eben auf die Terrasse gestellt hatte. Sie ging in die Hocke und streichelte Carlo, der gierig fraß und gleichzeitig schnurrte.

Madlener stand da und wagte kaum zu atmen. Er wusste nicht, wie er sich jetzt verhalten sollte. Eigentlich zog es ihn unwiderstehlich zu Ellen, aber andererseits – was würde sie von ihm denken, wenn er plötzlich aus der Dunkelheit trat und Hallo sagte? Abgesehen davon, dass er ihr damit wahrscheinlich einen tödlichen Schrecken einjagen würde. Und wie sollte er begründen, dass er zu nachtschlafender Zeit wie ein Einbrecher um ihr Haus herumstrich? Eine plausible Erklärung für sein Verhalten hatte er nicht, nur eine irrationale, nämlich die, dass es ihn einfach in ihre Nähe gezogen hatte. Wie ein Stalker, dachte er. Wenn das Dr. Auerbach jemals erfuhr, wäre das für den Psychiater ein gefundenes Fressen, Madlener mit dem Stempel »verrückt und gemeingefährlich« zu versehen und ihn auf der Stelle und für alle Zeiten aus dem Verkehr zu ziehen. Und damit auch aus dem Umfeld seiner Tochter. Unter diesen Umständen hätte er es ihm nicht einmal verdenken können.

Entschlossen machte er eine Kehrtwendung und trat den geordneten Rückzug an. Als er am Gartentor ankam und es gerade hinter sich schließen wollte, hörte er eine weibliche Stimme: »Max … Max, bist du das?«, zaghaft, leise und leicht verunsichert.

Er blieb stehen und drehte sich um. Eine weiße Gestalt lugte vorsichtig zwischen den Büschen um die Ecke. Es war Ellen, die einen Kerzenständer aus Metall in der rechten Hand hielt und langsam auf ihn zuging, als sie ihn erkannte.

Madlener fand es an der Zeit, etwas zu sagen. »Egal, was du fragst, Ellen: Ich kann es dir nicht erklären. Es tut mir leid, ich wollte dich nicht erschrecken.«

Sie kam näher, und als sie noch einen Schritt entfernt war, ließ sie die erhobene Hand mit dem Kerzenständer sinken und sagte: »Ich habe den ganzen Abend überlegt, ob ich dich anrufen soll. Damit du noch vorbeikommst.«

»Warum hast du das nicht getan? Ich hätte mich so gefreut.«

»Weil ich diejenige war, die vorgeschlagen hat, dass wir es langsam angehen lassen.«

Er sah betreten zu Boden. »Und ich derjenige, der es akzeptiert hat. Und jetzt stehe ich hier. Ich weiß, das klingt nicht gerade glaubhaft, aber ich hatte einfach Sehnsucht nach dir und wollte dich sehen.«

»Warum klingelst du dann nicht, wie jeder normale Mensch?«

»Um Mitternacht?«

Sie blickten sich in die Augen. Ellen strich eine widerspenstige Haarsträhne aus dem Gesicht und fing auf einmal an zu grinsen. »Warum stehen wir eigentlich hier herum wie die Ölgötzen? Lass uns reingehen. Carlo ist schon hier. Auf einen Streuner mehr oder weniger kommt es jetzt auch nicht mehr an.«

»Wirklich?«

»Wirklich«, sagte sie. »Du Dummkopf.«

Er wollte noch etwas entgegnen, aber sie legte ihm ihren Zeigefinger auf die Lippen, um ihn zum Schweigen zu bringen. Und dann küsste sie ihn. Sie schmeckte warm und süß und ein wenig nach Wein, und nach einer kurzen Atempause küsste sie ihn noch einmal unvermittelt. Aber diesmal mit einer stürmischen und hemmungslosen Heftigkeit, die Madlener genauso stürmisch und hemmungslos erwiderte.

Er wusste später nicht mehr, wie sie ins Haus gekommen und wie sie in ihrem Bett gelandet waren. Aber es ging so schnell und war so unwirklich und doch folgerichtig, dass alles Zögern und

Zaudern vergessen war, und die pure Leidenschaft sie packte und mit sich fortriss.

Als sie wieder einigermaßen denken konnten, lagen sie schwer atmend bei Kerzenlicht in wirr verknüllten Laken Arm in Arm und sahen sich in die Augen. Madlener strich Ellen zärtlich die widerspenstige Haarsträhne aus dem Gesicht. Dann küssten sie sich erneut und fielen noch einmal übereinander her.

40

Im Morgengrauen verließ er Ellen, als sie eingeschlafen war. Er küsste sie noch sanft auf die Schläfe, schälte sich übervorsichtig aus den Bettlaken und schrieb einen knappen Text auf einen Notizblock, den er auf ihrem Nachtkästchen fand: »Bis bald. Die Pflicht ruft, leider muss ich los. 1000 Küsse. Max.« Es fiel ihm schwer, das Wort »Liebe« zu schreiben, also ließ er es.

Er war zwar hundemüde, aber er wusste, wenn er jetzt liegen geblieben wäre und die Augen geschlossen hätte, würden ihn nicht einmal mehr die Posaunen von Jericho zusammen mit den Kanonen von Navarone aufwecken können. Es half alles nichts, er musste noch kurz in sein Hotel, duschen, sich umziehen, frühstücken und sich mit Koffein vollpumpen. In der Hoffnung, den Tag dann überstehen zu können, so gut es ging, auch wenn er sich vorkam, als habe er schon seit Wochen keinen anständigen Acht-Stunden-Tiefschlaf mehr gehabt. Aber die Nacht mit Ellen hatte natürlich nicht nur den Effekt, dass er sich innerlich ausgelaugt und emotional aufgeweicht fühlte. Sie hatte auch dafür gesorgt, dass so viele Glückshormone ausgeschwemmt worden waren, dass er sich in die Tage seiner Jugend zurückversetzt sah, als er beseelt von den Knutschereien mit seiner ersten Freundin mit wunden Lippen nach Hause geradelt war, in einer lauen Sommernacht und mit dem sicheren Wissen, der glücklichste Mensch auf der Erde zu sein.

Doch als er nun im Morgengrauen zu seinem Auto ging – trotz der frühen Stunde war es schon schwül und drückend wie in einem Treibhaus –, holte ihn die Realität schnell ein, und er hoffte nur inständig, niemandem zu begegnen, insbesondere nicht Ellens Vater, der Madlener auf den ersten Blick angesehen hätte, dass er geradewegs aus dem warmem Bett seiner Tochter gekrochen kam. Er musste den Kopf schütteln, während er sein Auto aufsperrte und losfuhr. Wie sich die Dinge doch nie veränderten – als er ein Teenager war und aus dem Haus seiner Freundin schlich, um nur ja von ihrem Vater nicht gehört zu werden, hatte sich das nicht viel anders angefühlt als jetzt, da er fast fünfzig war. Was hatte sich seither auf der Welt alles getan: sexuelle Revolution, Abschaffung des Kuppeleiparagrafen, Schwulen- und Lesbenehe, Fall der Mauer und was nicht noch alles an gesellschaftlichen Umwälzungen. Heutzutage hatte niemand mehr etwas dagegen, dass der fünfzehnjährige Freund bei der Tochter übernachtete, solange sie nur die Pille nahm. Das war vielen Eltern lieber als Komasaufen, und sie wussten wenigstens, wo ihre Tochter war. Ellen und er waren unabhängige, erwachsene, verantwortungsvolle Menschen, die schon ein halbes Leben und die eine oder andere Beziehung hinter sich hatten. Und jetzt verspürte er ein schlechtes Gewissen, dem Vater seiner Geliebten zu begegnen! Eigentlich eher zum Totlachen, aber die Situation war eben auch wirklich kompliziert.

Er stand bestimmt eine Viertelstunde unter der kalten Dusche seines Hotelzimmers und dachte daran, dass er sich auch nicht den kleinsten Fehler erlauben durfte, wenn er in diesem Internat, das er mit Harriet aufsuchen würde, den Ursprung für alle Gräueltaten fand, wovon er ausging. Im Frühstücksraum dopte er sich mit dem starken Kaffee und nahm den Kampf mit den Marmeladenplastikdöschen wieder auf, den er diesmal, aus mehrfachem Schaden klug geworden, siegreich bestand. Nur die Tischdecke hatte einen Fleck abbekommen, nicht aber sein frisches Hemd. Das stimmte ihn für den Tag schon mal optimistisch.

Er war allein im Frühstücksraum, was er ganz angenehm fand. Die lokalen Zeitungen hatten nichts Neues über die Morde zu berichten, also käuten sie das alte Material wieder. Und der Sportteil war erneut randvoll mit Fotos und spaltenlangen Spitzenergebnissen der Bundesjugendspiele und von regionalen Großereignissen wie Faust- und Wasserballwettkämpfen. Die Anzeigen der Treppenlifte hatten sich auch keinen Deut verändert. Brennend interessant, das alles. Er musste höllisch aufpassen, dass er über den Zeitungsseiten nicht einnickte.

Nach dem Frühstück fuhr er zum Präsidium, wo Harriet mit ihrem Roller gerade angekommen war und schon auf ihn wartete. Als sie sich neben ihn setzte, sah sie ihn nur kurz an und sagte: »Bad hair day, hm?«

Madlener hatte nach der Dusche keine Zeit zum Föhnen mehr gehabt. Er schüttelte den Kopf und antwortete: »Bad hair week!« Dann nahm er die Straße nach Norden aus der Stadt ins Hinterland. Es war nicht weit nach Irgenweiler, vielleicht fünfunddreißig Kilometer durch hügeliges, spärlich besiedeltes Obstanbaugebiet. Während der Fahrt informierte Madlener Harriet knapp über das, was er in der letzten Nacht noch über Kaiser Tiberius und dessen »Fischlein« herausgefunden hatte, und erntete nachdenkliches Schweigen.

Schließlich erreichten sie den Ort und fanden auf der Hauptstraße ein Schild, das den nach rechts abzweigenden Weg zum Jan-Hus-Internat anzeigte. Die schmale Straße führte an ein paar Einfamilienhäusern vorbei auf einen Wald zu, durchquerte ihn und ging dann einen steilen Hang hoch, auf dessen Anhöhe die Gebäudekomplexe lagen, die das Internat samt Schule bildeten.

Madlener hielt vor einer Schautafel, auf der die Grundrisse der Gebäude – jedes von ihnen war nach einem Reformator benannt – dem ankommenden Besucher einen Überblick boten. Madlener und Harriet stiegen aus und sahen sich um. Im Zentrum der weitläufigen Anlage stand ein vierstöckiges, wilhelminisch geprägtes, wuchtiges Schulhaus mit modernem Anbau aus den neunziger Jahren, dazwischen die Mensa; dann gab es eine Turnhalle, ein daran anschließendes Hallenbad und zwei weitere lang gestreckte dreistöckige Gebäude, die das Jungen- und Mädchenwohnheim waren.

Harriet und Madlener hatten ihr Auto auf dem großen Parkplatz abgestellt. Er war leer bis auf zwei Pkws und einen Lieferwagen mit der Aufschrift einer Schreinerfirma. Das Gelände war parkähnlich angelegt, mit Blumenrabatten um den gepflegten Rasen, mehreren künstlerisch gestalteten Brunnen und vereinzelten Baumgruppen. Hinter dem dominanten Schulgebäude mussten noch, so war es dem Übersichtsplan zu entnehmen, ein Fußballplatz und ein Tennisplatz sowie weitere Wirtschaftsgebäude liegen. Für die Lehrerwohnungen gab es ein versteckt im Wald gelegenes villenartiges Anwesen hinter dem Hallenbad. Eine abgeschiedene Welt für sich, auf den ersten Blick ein Paradies, sauber, aufgeräumt und exklusiv. Und wahrscheinlich dreimal so teuer wie das Internat seines Sohnes, obwohl das auch schon nicht gerade günstig war, dachte Madlener.

Ihnen fiel auf, wie still es war. Wie unter einer überdimensionalen Käseglocke. Madlener war froh darüber, dass seit Kurzem Schulferien waren. Ihre Aufgabe, die sie hier zu bewerkstelligen hatten, nämlich den schönen und teuren Teppich zu lupfen und nachzuschauen, was vor über zwanzig Jahren alles daruntergekehrt worden war, war schwierig genug. Während der Schulzeit wäre es in einem so großen Internat, in dem es in den Pausen und beim Unterrichtswechsel zuging wie in einem Ameisenhaufen, noch viel stressiger gewesen.

Sie gingen den gewundenen Weg vom Parkplatz zum Schulgebäude hoch. Im ersten Stock mussten Direktorat und Sekretariat sein. Als sie durch den Haupteingang in die Vorhalle kamen, stieg Madlener sofort der typische Schulgeruch in die Nase, eine Mischung aus Angstschweiß, Mief und Bohnerwachs. Auch das hatte sich anscheinend in dreißig Jahren nicht verändert.

Sie nahmen die Treppe in den ersten Stock, vorbei an Schülerkunstwerken verschiedenster Maltechniken und Altersklassen, die an den Wänden dicht an dicht hingen, und betraten das Sekretariat, ohne anzuklopfen. Eine spitznasige Sekretärin mit schmaler Brille und kurz gelockten schwarzen Haaren sah von ihrem Computer hoch und kam sofort zu ihnen an die Theke. Madlener stellte sich vor und zeigte seinen Ausweis, ebenso Harriet.

»Der Herr Direktor erwartet Sie bereits«, sagte die Sekretärin, eine Frau Gebauer, wie ihr Namensschild verriet, und führte sie nach hinten zu einer Tür, an die sie vorsichtig klopfte. Erst als ein »Herein!« zu hören war, öffnete sie: »Die Herrschaften von der Kriminalpolizei Friedrichshafen wären da.«

Ein schlanker, sportlicher Mann in seinen Vierzigern mit Igelhaarschnitt und randloser Brille, im grauen Anzug und mit rot gepunkteter Fliege stand hinter seinem Schreibtisch auf und kam ihnen entgegen, der Ernsthaftigkeit des Anlasses gemäß nur mit einem angedeutet freundlichen Lächeln auf den Lippen, das sich in seinen eisgrauen Augen nicht widerspiegelte. Er gab ihnen die Hand und stellte sich vor: »Dr. Kirchhoff, bitte, setzen Sie sich.«

Madlener sah sich um: an drei Wänden hohe Regale bis zur Decke, bestückt mit Büchern, eine schöne Aussicht aus zwei hohen Fenstern zum Waldrand hinaus, zwei gerahmte Drucke mit berühmten Kirchenmotiven von Lyonel Feininger, am säuberlich aufgeräumten Schreibtisch ein Beistelltisch, bedeckt mit Akten und alten Jahresberichten. Sie nahmen auf den zwei Besucherstühlen Platz, Kirchhoff setzte sich hinter seinen Schreibtisch.

»Darf ich Ihnen etwas anbieten?«, fragte er höflich, die Sekretärin wartete immer noch an der offenen Tür.

»Nein danke«, antwortete Madlener. »Lassen Sie uns bitte gleich zur Sache kommen, die Zeit drängt.«

»Bitte, ganz wie Sie wünschen«, sagte Kirchhoff leicht indigniert und entließ seine Sekretärin mit einem kurzen Kopfnicken. »Sollen wir erst einen Rundgang durch das Internat machen? Damit Sie einen Eindruck bekommen?«

Erst als er hörte, dass die Tür zugegangen war, erwiderte Madlener: »Wir sind wegen einer sehr ernsten und dringlichen Angelegenheit hier, und ich will nicht Ihre und unsere Zeit unnötig verschwenden, Herr Kirchhoff. Wir haben zwei Morde aufzuklären. Und da beide Mordopfer als Lehrer an Ihrem Internat tätig waren, können Sie mit Sicherheit dazu beitragen, dass wir ein wenig mehr über Karl Möller und Dr. Escher in Erfahrung bringen.«

Kirchhoff nickte ernst. »Ich habe den Fall in den Medien verfolgt und weiß in groben Zügen Bescheid. Ich muss sagen, ich bin regelrecht schockiert und betroffen. Persönlich kannte ich die beiden Kollegen nicht mehr; wie Sie ja vielleicht wissen, bin ich erst seit drei Jahren hier am Jan-Hus-Internat. Aber ich bin Ihnen natürlich auf jede erdenkliche Weise behilflich, im Rahmen meiner Möglichkeiten. Ich habe alle Unterlagen, um die Sie mich gebeten haben, von meiner Sekretärin bereitlegen lassen.« Er wies auf den Beistelltisch. »Wie Sie selbst sehen, ist das eine ganze Menge.«

Madlener holte einen Notizblock heraus, obwohl er genau wusste, dass Harriet mit ihrem Gedächtnis sich jede Einzelheit merken würde, doch das gab ihm Zeit, darüber nachzudenken, wie er die ganze Angelegenheit angehen könnte. Er beschloss, nicht gleich mit der Tür ins Haus zu fallen, denn es erschien ihm wichtig, Dr. Kirchhoff erst einmal im Unklaren darüber zu lassen, welches das eigentliche Ziel war, auf das diese Befragung zusteuern würde.

Er und Harriet standen auf und verschafften sich einen ersten Überblick über die Unterlagen. Kirchhoff kam ebenfalls an den

Tisch. Nach einigem Zögern stellte er die Frage, auf die Madlener längst gewartet hatte. »Sagen Sie – glauben Sie, dass diese schrecklichen Morde in irgendeiner Beziehung zum Internat stehen?«

Madlener drehte sich zu Kirchhoff um. »Wie kommen Sie darauf?«

»Nun, ich bin verantwortlich für den untadeligen Ruf, den dieses Internat hat. Und ich möchte, dass es auch dabei bleibt.«

»Haben Sie irgendeinen Grund, daran zu zweifeln?«

»Nein, natürlich nicht. Aber allein schon die Tatsache, dass zwei ehemalige Kollegen mit großer Reputation, die jahrelang für unser Haus und unsere Schüler ihr Bestes gegeben haben, Opfer eines grausamen Mörders geworden sind, ist Anlass genug, darüber nachzudenken, was geschieht, wenn dieser Aspekt in der Öffentlichkeit breitgetreten wird. Das bereitet mir Sorgen. Sie wissen, was die Presse aus so einer Geschichte machen kann.«

»Bisher weiß noch niemand, dass beide Opfer Lehrer an Ihrer Institution waren.«

»Aber es wird früher oder später herauskommen?«

Madlener sah überhaupt keinen Grund, etwas zu bagatellisieren, und entgegnete schonungslos: »Das wird sich unter Garantie nicht vermeiden lassen.«

Bei diesen Worten wurde Dr. Kirchhoff kreidebleich. Er ging zum Waschbecken, das in der Ecke in einem Schrank war, drehte den Wasserhahn auf, hielt ein Glas darunter und trank in großen Zügen.

Madlener wandte sich an seine Assistentin. »Harriet, ich glaube, ich unternehme jetzt mit Herrn Kirchhoff einen kleinen Rundgang über das Gelände, ein wenig Bewegung wird uns guttun. Sie wissen ja, wonach wir in diesen Unterlagen suchen.«

Er öffnete die Tür zum Sekretariat und machte eine einladende Handbewegung zu Kirchhoff, der sich sein Anzugrevers mit einem Handtuch abwischte, weil ein paar Wassertropfen danebengegangen waren. »Kommen Sie, Herr Doktor, zeigen Sie mir Ihr Hallenbad. Ist es in der letzten Zeit renoviert worden, oder hat es immer noch die alten Kacheln von, sagen wir, Anfang der achtziger Jahre?«

Er schob Kirchhoff, der mit der Frage Madleners nichts anfangen zu können schien und ein dem entsprechend ratloses Gesicht machte, zur Tür, und nickte Harriet zu, die sich in ihrer akribischen Art schon konzentriert an die Arbeit gemacht hatte.

Madlener betrat mit Dr. Kirchhoff das Hallenbad des Internats. Das Becken war leer, der Hausmeister stand in grauem Kittel und mit Gummistiefeln darin und spritzte es mit einem Wasserschlauch sauber. Kirchhoff grüßte den Hausmeister, der ein wahrer Hüne war, die Hand kurz hob und weitermachte.

»Das wäre also unser Hallenbad«, sagte Kirchhoff laut, um das Spritzgeräusch zu übertönen. »Wie Sie sehen, kann das Becken nicht für Wettkämpfe genutzt werden. Dafür ist es zu klein und nicht tief genug. Dies hier ist das einzige Gebäude auf dem Gelände neben der Turnhalle, das noch aus den frühen sechziger Jahren stammt.«

Die Fliesen waren in Farbtönen gehalten, die typisch für die damalige Zeit waren, Türkis, Senfgelb und Dunkelgrün. Das Tageslicht fiel nur von hoch angesetzten Fenstern herein.

»Im Vorstand wird seit Jahren diskutiert«, fuhr Kirchhoff fort, »ob es renoviert oder durch einen kompletten Neubau ersetzt werden soll. Jetzt haben wir den Neubau der Mensa vorgezogen, und letzten Endes ist es natürlich eine Geldfrage. Wir denken, dass wir in zwei oder drei Jahren einen Neubau finanziell stemmen können. Pläne dafür gibt es schon.«

Madlener merkte, dass Kirchhoff redete, weil er das penetrante Schweigen des Kommissars, der, seit sie das Sekretariat verlassen hatten, kein Wort mehr gesagt hatte, nicht ertragen konnte. Farbe und Form der Kacheln waren der Beweis dafür, dass die Polaroids hier im Hallenbad aufgenommen worden waren. Ebenso die charakteristische Fliesenbordüre, die sich in Kopfhöhe die Wände entlangzog: Sie zeigte ein stilisiertes, sich unendlich hinziehendes Fischmuster. Madlener konnte sie nur zu gut identifizieren, wenn er an die Bilder aus dem Nachlass von Karl Möller dachte. Dies war also der Ort, an dem die kranken Machenschaften einiger – wie vieler? – Lehrer mit ihren Schützlingen stattgefunden hatten.

Madlener hatte genug gesehen, er marschierte wieder hinaus, es zog ihn an Umkleidekabinen und offenen Duschräumen vorbei ins Freie. In diesem Hallenbad, wo es nach Chlor und Päderastenspielchen stank, bekam er keine Luft mehr.

Kirchhoff war ihm gefolgt und blieb unschlüssig ein paar Schritte entfernt von Madlener stehen, der ihm den Rücken zukehrte und mit den Händen in den Hosentaschen gen Himmel starrte, wo ein Falkenpaar einsam und in großer Höhe seine majestätischen Kreise zog und sich nach oben schraubte.

»Kann ich Ihnen noch etwas zeigen?«, wagte der inzwischen vollkommen verunsicherte Schulleiter zu fragen.

Madlener schüttelte den Kopf. »Nein, ich denke, ich habe fürs Erste genug gesehen.« Er drehte sich zu Kirchhoff um. »Wir haben jetzt zwei Möglichkeiten, Herr Dr. Kirchhoff. Und keine der beiden wird sehr angenehm für diese Institution werden, das kann ich Ihnen jetzt schon versprechen. Aber davon wird es abhängen, ob das Jan-Hus-Internat überhaupt weiter existieren wird oder nicht.«

Kirchhoff war anzusehen, dass er vollkommen perplex war und überhaupt nicht wusste, worauf Madlener hinauswollte. Aber Madlener hatte kein Mitleid, nicht in dieser Angelegenheit. Er fuhr gnadenlos fort: »Entweder Sie kooperieren in der Sache, die wir hier aufzuklären haben, voll und ganz. Und das heißt: Alles wird offengelegt, nichts vertuscht, eine neutrale Kommission wird eingesetzt, die sich mit all den Ungeheuerlichkeiten befasst, die sich hier abgespielt haben. Sie wird für Aufklärung sorgen müssen und sich um mögliche Entschädigungen materieller Art kümmern. Und, falls verlangt und nötig, um psychologische Betreuung der Opfer. Oder aber …«

Dr. Kirchhoff fing an zu zittern, seine Stimme war nur noch ein Krächzen. »Wovon um Gottes willen sprechen Sie?«

Madlener ließ sich gar nicht erst auf eine Debatte ein, so sehr hatte ihn die düstere Atmosphäre des Hallenbads mit all ihrem konservierten Schmutz der Vergangenheit, der nicht einfach mit einem Strahl aus dem Wasserschlauch abgewaschen werden konnte, aufgewühlt. Er war außer sich vor Wut und hatte sich in Rage geredet, obwohl er nur hoffen konnte, dass Dr. Kirchhoff von allem nichts wusste und wahrscheinlich genauso schockiert war wie er selbst.

»Oder aber wir nehmen diesen Laden so gründlich auseinander, dass kein Stein mehr auf dem anderen bleibt. Und das dürfen Sie wörtlich und im übertragenen Sinn verstehen.«

Dr. Kirchhoff war noch blasser geworden, als er es ohnehin schon war, aber er versuchte, den kläglichen Rest seiner Autorität zu wahren und sagte: »Jetzt reicht's mir aber mit Ihren versteckten Andeutungen. Sagen Sie endlich, was Sie vorzubringen haben, und unterlassen Sie Ihre Drohungen!«

»Ich sage Ihnen nur, was auf Sie zukommt.«

»Wovon sprechen Sie? Dürfte ich endlich erfahren, was Sie uns konkret vorzuwerfen haben?«

»Ja, dürfen Sie. In ihrem ehrenwerten Internat wurden Schüler jahrelang und systematisch sexuell missbraucht und seelisch und körperlich gequält. Von ihren Lehrern. Wie lange das ging und wer alles darin verwickelt war, das wissen wir noch nicht. Aber wir werden es herausfinden, das verspreche ich. Wir stehen erst am Anfang, aber wir haben Beweise, eindeutige Beweise, auf die wir im Nachlass eines der Lehrer gestoßen sind, der ermordet wurde. Fotos, wenn Sie es genau wissen wollen. Haufenweise eindeutige Fotos. Und die wurden in diesem Hallenbad gemacht. Und jetzt können Sie Ihren Vorstand und Ihre Anwälte anrufen, das wird nötig sein. Wenn Sie sich über mein Vorgehen oder mein Verhalten beschweren wollen, dann wenden Sie sich bitte an Kriminaldirektor Thielen in Friedrichshafen. Mein Name ist Madlener. Max Madlener. Guten Tag, Herr Dr. Kirchhoff.«

Damit ließ er ihn stehen und ging zum Schulgebäude, um nachzusehen, wie weit Harriet mit ihren Recherchen gekommen war.

41

Theophil Ullreich saß im Bus nach Meersburg und starrte aus dem Fenster. Er hatte sich nicht besonders fein gemacht, dazu war er nicht in der Lage. Für sein Sakko, eine schludrig gebundene Krawatte und eine frisch gebügelte Hose hatte es noch gereicht, aber er war schon zu Schulzeiten nicht gerade bekannt dafür gewesen, stets gut gekleidet zu sein. Der Dresscode am Internat war ihm immer lästig gewesen, und zu Hause lief er am liebsten in alten Hosen und zerschlissenen Hemden herum, für Gartenarbeit war das ja durchaus angemessen.

Heute Morgen war er spät dran, für einen Blick in den Spiegel hatte es nicht mehr gereicht. Bei all der Aufregung hatte er am Morgen, als er aufbrach, um den Bus nach Meersburg rechtzeitig zu erreichen – ein Auto besaß er nicht – ganz vergessen, sich zu rasieren. Das war ihm noch nie passiert. Erst nachdem er seinen Sitzplatz eingenommen hatte, bemerkte er es, als er sich über das Gesicht fuhr und sich dann im Fenster sein Spiegelbild ansah. Doch da war es schon zu spät. Er fluchte, aber nicht in Gedanken, sondern laut vor sich hin, eine Eigenart, die sich bei ihm im Laufe der letzten Jahre eingeschlichen hatte und die ihm schon gar nicht mehr auffiel. Er war alt geworden, und mit dem Alter kamen die Gebrechen und die Schrullen, vor allem, wenn man als Hagestolz ohne Anhang nur für sich lebte und auf niemanden Rücksicht zu nehmen brauchte.

Ullreich war der Älteste des Quintetts, das damals, vor über fünfundzwanzig Jahren, im Jan-Hus-Internat angetreten war und eine verschworene Gemeinschaft gebildet hatte, von deren Geheimnis kein Außenstehender wusste und jemals erfahren durfte. Und jetzt waren zwei von ihnen tot, ermordet. Karl Möller und Georg Escher. Ullreich hatte die ganze Nacht seit dem unerwarteten Anruf hin- und herüberlegt, wer die beiden umgebracht haben könnte. Es gab so viele, die einen Grund hatten, ihn und die anderen vier zu hassen, das wusste er. Aber wer von denen war auch in der Lage und brutal genug, diesen Hass nach so vielen Jahren in eine konkrete Tat umzusetzen? Er konnte es sich nicht vorstellen.

Er war erst gar nicht ins Bett gegangen, weil er wusste, dass er nicht einschlafen könnte. Vor sich auf dem Küchentisch lag die letzte Tageszeitung, die er nach dem Anruf von Weinhold gerade noch an der Tankstelle ergattert hatte. Er wusste nicht mehr, wie oft er den Artikel mit den Fotos von Karl und Georg durchgelesen hatte. Nackt und ertrunken aufgefunden. Was für ein Tod.

Ruhelos war er im Haus und im nächtlichen Garten herumgelaufen, hatte auf jedes verdächtige Geräusch gehört, sich dann ins Haus zurückgezogen und sich mehrfach versichert, dass Türen und Fenster geschlossen und, soweit möglich, verriegelt waren. Herrgott – in einer Woche wäre ihr Jahrestreffen gewesen, und jetzt lagen zwei von ihnen im Leichenschauhaus! Nicht dass er sich auf ihre Zusammenkunft wirklich gefreut hätte, die letzten paar Male musste er sich regelrecht dazu zwingen hinzugehen. Aber das waren seine einzigen sozialen Kontakte gewesen. Und jetzt waren sie nur noch zu dritt, Wolfgang, Frank und er. Ob es der Mörder auch auf sie abgesehen hatte? Da war sich Ullreich ganz sicher. So, wie die Leichen aufgefunden worden waren – das war ein eindeutiger Fingerzeig, dass sie als Nächste an der Reihe waren.

Er hatte es immer gewusst. Eines Tages würde es sich rächen, was sie getan hatten. Eines Tages würde alles herauskommen, und sie würden an den Pranger gestellt werden. Die anderen hatten es jahrelang immer wieder verstanden, ihm diese diffuse Angst auszureden. Weil sie ein ganz anderes Selbstbewusstsein, ein ganz anderes Selbstverständnis von sich hatten als er. Für sie war es kein Unrecht, was sie getan hatten. Wie hatte Möller, der alte Lateiner, immer gesagt: »Quod licet Iovi, non licet bovi.« Ja, das war sein Wahlspruch und sein Grundsatz gewesen, und darüber hatten sie stets gelacht, lauthals gelacht. Ein Brüller. »Was einem Gott wie Jupiter erlaubt ist, ist es dem Ochsen noch lange nicht«, frei übersetzt. Möller und die anderen hatten sich tatsächlich gedacht, sie stünden über ihren Mitmenschen, hätten das Recht, Dinge zu tun, die andere nicht taten, ihr Ich ganz auszuloten und auszuleben bis zur letzten Konsequenz, ohne falsche Rücksicht auf Verluste.

Er hatte es getan, weil es ein innerer Zwang war, weil er nicht anders konnte, weil er sich zu jungen, unschuldigen Wesen hingezogen fühlte. Sie, weil sie Hedonisten waren, weil sie glaubten, den Kelch des Lebens bis zum letzten Tropfen auskosten zu müssen, jedenfalls dachte Ullreich, dass das ihre Beweggründe waren. Moralische oder sonstige Skrupel waren ihnen fremd. Sie hatten oft genug darüber geredet, wenn sie unter sich waren, dass sie etwas Besseres, etwas Besonderes waren und dass ihnen zustand, was sie taten. Schließlich fühlten sie sich wie Götter, wie römische Caesaren eben, die sich nahmen, wozu sie gerade Lust hatten.

Diese eingebildeten Einfaltspinsel! Was wollten sie jetzt plötzlich von ihm, warum hatte ihn Wolfgang eine Woche vor ihrem Jahrestreffen einbestellt?

Vor sich hinschimpfend wie ein Rohrspatz eilte Ullreich vom Busbahnhof in Meersburg weg, die steile Steigstraße hinunter, am alten Schloss, der Mühle und den zahllosen Souvenirläden vorbei nach unten zur Seepromenade durch die Touristenhorden hindurch, die sich gleichzeitig bergauf quälten. Am Unterstadttor angekommen ging er nach rechts in den großen Wirtsgarten des Strandhotels »Wilder Mann«, der direkt am Ufer gelegen war. Die Panoramaaussicht über den ganzen See interessierte ihn nicht, er hielt Ausschau nach seinen zwei ehemaligen Kollegen, die bestimmt bereits irgendwo saßen, schon zu Internatszeiten waren sie immer überpünktlich gewesen.

Wieder brummelte er ungehalten vor sich hin, weil jetzt, in der Hochsaison und speziell zur Mittagszeit, das Gartenrestaurant mit seinen riesigen Platanen und Kastanien proppenvoll war und er zweimal die Runde machen musste, bis er sie endlich entdeckt hatte. Sie hatten einen Tisch direkt an der Brüstung zum Wasser gefunden und studierten bereits die Speisekarte. Als er das sah, stieg gleich der ätzende Ärger wieder in ihm hoch wie Magensäure bei Sodbrennen – hatten sie nichts Besseres zu tun, als in dieser Situation an Essen und den dazu passenden Wein zu denken? Aber so waren die beiden immer schon gewesen: eiskalt und nicht aus der Ruhe zu bringen. Ohne ein Wort der Begrüßung setzte er sich zu ihnen und starrte wie ein trotziges Kind aufs Wasser hinaus.

Auch seine zwei Exkollegen, Dr. Wolfgang Weinhold und Frank Bärlach, sagten vorerst nichts und sahen weiterhin in ihre Karten. Sie alle kannten ihre gegenseitigen Eitelkeiten und Eigenheiten zur Genüge. Weinhold macht immer noch auf Dandy mit seinem affektierten Clark-Gable-Bärtchen, das inzwischen grau geworden war und das er färbte, ebenso wie seine dünnen Haare und die Augenbrauen, die sorgfältig gezupft waren. Sein unvermeidlicher Spazierstock war an die Brüstung gelehnt. Er hatte ein Habichtgesicht und manchmal die Eigenheit, seinen Kopf ruckhaft zu bewegen wie ein Raubvogel. Bärlach war wie immer tadellos gekleidet, wenn auch ein wenig altmodisch, ein Strohhut schützte seine Glatze und eine dunkle Sonnenbrille seine empfindlichen Augen vor der Sonne.

Als der Kellner kam, die Bestellungen aufgenommen hatte – Ullreich orderte nur ein Wasser – und wieder gegangen war, fing Weinhold an zu sprechen. Er übernahm jetzt, da Möller tot war, die Führungsrolle. »Wir müssen etwas unternehmen«, sagte er nur.

Zum ersten Mal, seit er bei ihnen am Tisch saß, sah Ullreich seine zwei früheren Kollegen an, die Wut stand ihm ins Gesicht geschrieben. »Und was, bitte schön? Willst du einen Feldzug führen gegen unsere Killer?«, zischte er.

»Sprich doch ein wenig lauter, damit es auch alle hier hören können«, fuhr ihn Bärlach an.

Ullreich schraubte seinen Ton ein paar Dezibel herunter, der Grad seiner Gereiztheit blieb derselbe. »Wir sind denen hilflos ausgeliefert. Sie könnten hier am Nebentisch sitzen und sich über uns totlachen, während wir uns in die Hosen scheißen. Weil wir nicht wissen, wer uns an den Kragen will!«

Weinhold setzte wieder sein arrogantes Gesicht auf, für das ihn Ullreich schon immer hätte schlagen können. »Ich für meinen Teil habe nicht vor, mich einfach abschlachten zu lassen wie die anderen. Wir haben den Vorteil, dass wir wissen, was uns erwartet. Die anderen waren nicht darauf vorbereitet. Wir werden geeignete Vorsichtsmaßnahmen ergreifen. Deshalb sitzen wir ja zusammen, um das zu besprechen.«

»Aha. Und wie sollen die aussehen? Sollen wir uns mit Gewehren und Revolvern eindecken und uns irgendwo in einem Blockhaus verschanzen wie in einem beschissenen Western?« Die letzten Worte spie Ullreich förmlich aus.

Weinhold blieb völlig ruhig und sagte spöttisch: »Deine Wortwahl aus dem Fäkalbereich hat sich nicht verändert, wenn du dich aufregst, lieber Theophil. Ja, das mit dem Blockhaus wäre in der Tat nicht das Schlechteste.« Doch dann beugte er sich zu Ullreich vor und wurde eindringlich: »Nur passiv zu sein bringt nichts. Wir haben uns Gegenmaßnahmen überlegt …«

Ullreich winkte ab. »Ich will nichts davon hören. Ihr beiden habt euch immer schon was überlegt. Und mir blieb nichts anderes übrig, als zuzustimmen und mitzumachen. Weil ich so blöd war.« Jetzt lehnte er sich zurück und sagte überdeutlich: »Aber das ist Vergangenheit! Ich will damit nichts mehr zu tun haben.«

Weinhold und Bärlach fingen an zu lachen. Sie hatten sich keinen Deut verändert in all den Jahren. Immer hatten sie schon alles gemeinsam gemacht, wie die siamesischen Zwillinge. Es war ein kaltes, verächtliches Lachen, das zeigte, was sie von Ullreich hielten: nämlich weniger als nichts. Weinhold beugte sich wieder vor, seine Stimme wurde gefährlich leise, als er sagte: »Theophil Ullreich, du steckst da für alle Zeiten mit drin, ob du willst oder nicht. Für immer und ewig, kapierst du das nicht?«

Ullreichs Augen wurden zu schmalen Schlitzen: »Willst du mir drohen?«

»Ich konstatiere nur eine einfache, aber unumstößliche Tatsache, mein Lieber.«

Er lehnte sich zurück, weil der Kellner mit ihren Bestellungen kam. Sie schwiegen, solange er am Tisch war, und warteten, bis er sich wieder entfernt hatte. Dann probierten Weinhold und Bärlach vom Fisch, den sie bestellt hatten. »Formidabel«, stellte Bärlach nach den ersten Bissen fest, und Weinhold nickte dazu.

Diese demonstrative Gelassenheit und aufgesetzte Überlegenheit brachten bei Ullreich das Fass zum Überlaufen. »Ihr könnt mich mal!«, sagte er und stand auf.

Im gleichen Augenblick packte Weinhold Ullreichs Handgelenk mit eisernem Griff. »Setz dich!«, zischte er scharf in einem Ton, der keinen Widerspruch duldete. »Setz dich, oder willst du hier vor den ganzen Leuten einen Aufstand machen? Wir haben allen Grund, zusammenzuhalten und jetzt nicht verrückt zu spielen. Oder uns auseinanderdividieren zu lassen. Das ist es doch, was diese Killer erreichen wollen. Dass wir die Nerven verlieren und Fehler machen. Aber den Gefallen werden wir ihnen nicht tun. Setz dich!«

Zögernd kam Ullreich der Aufforderung nach. Bärlach mischte sich nun ein, er sprach eindringlich und einfühlsam, auf ihn hatte Ullreich immer schon eher gehört. »Glaubst du vielleicht, uns macht das Spaß? Wir sind Pensionäre und haben das Recht, unseren Lebensabend zu genießen. Wir haben genauso wenig Lust wie du, uns auf unsere alten Tage mit ein paar Irren herumzuschlagen, die es auf uns abgesehen haben.«

Ullreich hatte sich wieder einigermaßen im Griff. »Was habt ihr vor?«, fragte er und nahm endlich einen Schluck von seinem Wasser, das er bisher nicht angerührt hatte.

»Was denkst du, was wir vorhaben? Wir müssen uns schützen. Also müssen wir zuerst herausbekommen, wer Karl und Georg umgebracht hat und wer uns fertigmachen will.«

»Wollt ihr schlauer sein als die Polizei? Die tappen doch völlig im Dunkeln. Und die haben ganz andere Möglichkeiten als wir.«

»Wenn man die Zeitungsberichte ernst nehmen kann, sieht es ganz danach aus, da hast du recht. Aber wir haben der Polizei etwas voraus. Wir wissen, warum Karl und Georg umgebracht worden sind. Und wir wissen, wer dafür in Frage kommt.«

Ullreich blieb misstrauisch. »Einen gewissen Verdacht habe ich auch. Aber nach so langer Zeit …«

Weinhold fragte: »Du liest keine Zeitung, oder?«

»Das hast du mich schon einmal gefragt. Nicht, wenn es sich vermeiden lässt«, antwortete Ullreich.

»Dann hast du diese Anzeige also nicht gesehen. Hier.« Weinhold griff in die Innentasche seines Sakkos und nahm einen zusammengefalteten Zettel aus seiner Brieftasche, den er Ullreich gab. Der faltete ihn auseinander, es war eine aus einer Zeitung ausgeschnittene Todesanzeige.

Mit unendlicher Trauer geben wir hiermit bekannt, dass der Beste von uns allen

PETER JANKOWITZ
geb. 15.8.1970, gest. 18.5.2012
nach langem, qualvollem Leiden
freiwillig aus diesem Leben geschieden ist,
weil es ihm nicht mehr lebenswert war.

Seine Freunde

»Da dürften Erinnerungen hochkommen, nicht wahr?«, sagte Weinhold nicht ohne eine gewisse Häme, als er sah, dass Ullreich mit verhaltener Erschütterung auf den Namen in der Anzeige reagierte. »War er nicht dein Favorit?«

Ullreich gab den Zettel zurück und schwieg dazu.

Weinhold faltete ihn sorgfältig zusammen, legte ihn in die Brieftasche zurück und steckte sie ein. »Wir haben uns kundig gemacht. Natürlich so, dass es nicht aufgefallen ist. Peter war seit zwei Jahren in der Psychiatrie. Er hat sich selbst einweisen lassen, soweit uns bekannt ist. Die Diagnose hat man uns natürlich nicht mitgeteilt, aber wir tippen auf akute Depression und Neigung zur Selbstgefährdung. Er hatte angefangen, sich mit Rasierklingen zu schneiden, unter anderem. Nun, die Therapie scheint nicht angeschlagen zu haben, wie man der Todesanzeige entnehmen kann.«

»Wie ist er ...?« Ullreich war unfähig, die Frage zu Ende zu stellen.

»Er hat sich nachts aus dem Fenster im vierten Stock gestürzt. Vorher hat er sich einen Schlüssel dazu besorgt, weil alle Fenster aus Sicherheitsgründen abgeschlossen sind, hat man uns gesagt.«

Ullreich starrte auf den glitzernden Bodensee mit seinen weißen Booten hinaus und schluckte.

Bärlach sagte fast tröstend: »Wir alle erinnern uns nur zu gut an Peter.«

Weinhold fügte sarkastisch hinzu: »Und wir alle wissen nur zu gut, wer seine besten Freunde waren.«

Fast lautlos murmelte Ullreich: »Roland, Christoph und Jens.«

Weinhold nickte. »Und wer hatte einen triftigen Grund, den Freund zu rächen, weil er weiß, warum er mit seinem Leben nicht mehr zurechtkam? Wer hat über dreißig Jahre gebraucht, um sich uns jetzt vorzuknöpfen? Nacheinander, auf so eine schauderhafte Art und Weise, um denen, die bisher verschont wurden, also uns, eine Höllenangst einzujagen, um die Rache auch richtig schön auszukosten?«

Jeder der drei wusste, wie die Antwort lauten musste.

Ullreich fragte: »Habt ihr eine Ahnung, was aus ihnen geworden ist? Wo sie leben?«

»Nun, über Roland steht alle paar Wochen etwas in der Zeitung. Er ist einer der bekanntesten Schönheitschirurgen hier am Bodensee. Was die anderen angeht, wo sie leben, was sie tun – das herauszubekommen dürfte nicht weiter schwierig sein. Und dann brauchen wir dich.«

Ullreich sah Weinhold und Bärlach an. Die beiden hatten ihr Fischgericht – Basilikumrisotto an Bodenseefelchen – fein säuberlich aufgegessen und das Besteck akkurat parallel ausgerichtet auf die Teller gelegt. Immer korrekt, immer darauf bedacht, sich gut zu benehmen, ein Vorbild zu sein. Ullreich wusste es besser, was für Kotzbrocken. Aber er steckte nun mal in dieser Geschichte bis zum Hals mit drin.

»Was wollt ihr machen, wenn ihr wisst, wo sie leben?«

»Kennst du das zweite Buch Mose, Kapitel 21, Vers 24?«

»Lass mich bloß mit deinen Bibelzitaten in Ruhe.«

Weinhold lächelte. »Das gehört zur Allgemeinbildung, mein Lieber. Auge um Auge, Zahn um Zahn ...«

Ullreich schüttelte den Kopf. »Nein. Nein, da mache ich nicht mit.«

Weinhold ignorierte Ullreichs Einwand einfach. »Wir greifen uns den Kopf. Das war immer Roland. Du erinnerst dich? Er war der Klügste von denen. Ich bin überzeugt, wenn wir ihn ausschalten, ist die Sache gegessen. Dann werden die anderen den Schwanz einziehen.«

Ullreich widersprach vehement: »Das werden sie nicht tun! Sie werden auspacken! Und dann sind wir auch so geliefert.«

»Das wird und darf nicht passieren. Unter keinen Umständen. Warum, denkst du, haben sie so lange geschwiegen? Wenn sie jetzt damit daherkommen, wird ihnen doch kein Mensch mehr glauben. Wir sind ehrbare Pensionäre. Sie werden es nicht wagen, mit ihrer alten Geschichte an die Öffentlichkeit zu gehen. Wenn sie das wollten, hätten sie es längst getan. Oder uns zumindest damit gedroht, uns erpresst. Das haben sie nicht. Sie sind nur auf ihren Rachefeldzug fixiert. Und das ist unsere Chance.«

Jetzt sprach Bärlach auf Ullreich ein. »Wir brauchen dich. Wir müssen sie beobachten, das können drei Mann besser als zwei. Ihre Gewohnheiten ausforschen, ihre Familien. Wenn wir ihnen klarmachen, dass wir alles über sie wissen und sie damit bedrohen, ihren Familien etwas anzutun, haben wir Ruhe!«

»Und wenn die Polizei schon hinter ihnen her ist? Herrgott, Frank: Die haben Karl und Georg auf dem Gewissen! Sollen die damit davonkommen?«

»Ja, das haben sie. Aber uns werden sie nicht kriegen.«

Ullreich stand auf. »Ich überlege es mir.«

Weinhold nickte. »Aber nicht zu lange. Wir haben nicht viel Zeit.«

»Ich melde mich. Morgen.«

»Tu das«, sagte Weinhold.

Er und Bärlach sahen Ullreich nach, der mit hängenden Schultern zwischen den Touristen hindurchging, die jetzt in Scharen – wahrscheinlich waren gerade ganze Busladungen herangekarrt worden – die Seeterrasse des »Wilden Mann« heimsuchten wie die Heuschrecken.

Weinhold sagte tonlos: »Er wird nicht durchhalten. Er ist schon immer ein verdammter Feigling gewesen.«

Bärlach stimmte ihm zu. »Ich hab's dir gleich gesagt. Er hat Angst um sein jämmerliches Leben. Er fühlt sich schuldig. Er wird zur Polizei gehen und sich stellen. Und am Ende alles ausplaudern.«

Weinhold nickte. »Ja, ich befürchte, das wird er.«

»Das darf nicht sein. Niemals.«

»Nein. Deshalb werden wir handeln müssen. Heute noch.«

Er winkte dem Kellner und zahlte. Als das zwei Rentner erspähten, die mit Fahrradhelmen und eng anliegenden Radklamotten ausgestattet waren, in denen sie aussahen wie bunte Presswürste, spurteten sie im Laufschritt heran, um sich den Tisch zu sichern. »Wird hier frei?«, fragte wenigstens einer anstandshalber.

»Aber ja«, antwortete Dr. Weinhold überfreundlich, »hier wird frei«, und packte seinen Spazierstock, als wolle er ihnen kurzerhand die Schädel einschlagen. Aber dann wies er mit dem Stock in einer eleganten Drehung auf den freien Tisch, wandte sich ab und ging mit Bärlach über den knirschenden Kies davon.

42

Während Harriet fuhr, saß Madlener auf dem Beifahrersitz des BMW und studierte auf Harriets Laptop die Liste mit den Namen, die sie aus den Jahresberichten, alten Klassenbüchern und Adressunterlagen des Jan-Hus-Internats herausgefiltert hatte. Harriet hatte in den Jahresberichten auch Fotos von Lehrern und Schülern gefunden und sie eingescannt.

Nun waren sie unterwegs nach Allensbach, das hatte Madlener nach der Auswertung der Liste und zwei langen Telefonaten mit Binder und Thielen entschieden. Binder hatte in der psychiatrischen Klinik in Bad Schussenried etliche Namen herausbekommen, die sie mit Harriets Liste abglichen. Madlener überließ es Binder und Götze, die Lehrer zu erreichen, die Möller und Escher gekannt oder mit ihnen zusammengearbeitet hatten. Er wollte sich um die Freunde kümmern, die die Todesanzeige aufgegeben hatten und mit Peter Jankowitz zusammen in einer Klasse gewesen waren.

Binder hatte eruiert, dass diese Freunde auch für den Klinikaufenthalt ihres Klassenkameraden bezahlt hatten. Ihre Namen und Adressen hatte Harriet ebenfalls schon aufgelistet, es waren drei: Roland Freytag, Christoph Junghans und Jens Seifried. Freytag schien Madlener der vielversprechendste der drei zu sein, er war ehemaliger Klassen- und Schülersprecher und laut Aussage des Klinikpersonals der eifrigste Besucher von Peter Jankowitz gewesen. Roland Freytag hatte anscheinend groß Karriere gemacht und war nun Inhaber und Chefarzt einer Klinik für plastische und ästhetische Chirurgie bei Allensbach. Schönheitschirurg, wie Harriet etwas abfällig anmerkte.

Zu ihm waren sie jetzt unterwegs, aber momentan standen sie in der brütenden Mittagshitze in einer der Warteschlangen zur Autofähre von Meersburg nach Konstanz. Der Motor musste ausgeschaltet werden, und deshalb lief auch die Klimaanlage nicht. Sie hatten die Fenster unten, um sich ein wenig Durchzug zu verschaffen, aber das nutzte nichts. Die Sonne schien erbarmungslos aufs Dach, und Madlener lief der Schweiß in Strömen herunter.

Harriet hatte vorsorglich in der Klinik anrufen und sie beide ankündigen wollen, aber Madlener fand es besser, wenn sie, selbst auf die Gefahr hin, Dr. Freytag nicht anzutreffen, überraschend dort auftauchten. Madlener wollte unbedingt vermeiden, dass sich Roland Freytag auf ihren Besuch vorbereiten konnte. Er wollte sein Gesicht sehen, wenn er ihn damit konfrontierte, dass die Polizei über die Vorgänge im Internat vor dreißig Jahren Bescheid wusste, und wenn er nachfragte, ob Freytag etwas davon mitbekommen hatte oder sogar ein Opfer der Clique um Möller und Escher war.

Beim Stichwort »Klinik« waren Madlener und Harriet hellhörig geworden. Dass die Mörder beachtliche medizinische Kenntnisse haben mussten, war offensichtlich.

Endlich kam Bewegung in die endlosen Reihen der wartenden Autos vor der Fähre. Harriet machte den Motor an, und nach dem ersten Hitzeschwall, der wie ein Saunaaufguss war, blies endlich kühle Luft aus der Klimaanlage. Sie schlossen die Fenster, und Harriet steuerte den BMW nach den Anweisungen des Personals auf die Fähre.

Sie gingen die Treppen zum Aufenthaltsraum hoch, weil es dort etwas zu trinken und ein paar Snacks zu kaufen gab. Damit setzten sie sich in den Bug der Fähre, die bereits ablegte. Es wehte ein angenehmer Fahrtwind. Madlener sah sich auf dem Laptop die Bilder an.

Möller und Escher waren unverkennbar, sie hatten sich nicht sehr verändert in den rund dreißig Jahren, die seither vergangen waren. Natürlich waren sie um drei Dekaden gealtert, aber er hatte sie sogar auf einem Lehrergruppenbild sofort erkannt, so markant waren sie. Mit den Schülergesichtern war das eine andere Sache. Zwar hatte Harriet, fleißig und umsichtig wie sie war, inzwischen auch die Polaroids, die bei der Spurensicherung mit positivem Ergebnis auf Möllers Fingerabdrücke untersucht worden waren, eingescannt. Aber einen der Jungen auf den recht unscharfen Polaroids mit einem Foto im Jahresbericht in Verbindung zu bringen, war schwierig. Sie würden sich selbst oder ihre Klassenkameraden identifizieren müssen, wenn Madlener ihnen die Bilder zeigte – falls sie bereit waren, das zu tun.

Für eine Lagebesprechung im Polizeipräsidium war momentan keine Gelegenheit, die Entwicklung des Falls war in eine beschleunigte und heiße Phase eingetreten. Sie hatten so vielen Spuren nachzugehen und neue Zeugen zu befragen, dass sie nur Kontakt mit Frau Gallmann halten konnten, bei der nach wie vor alle Fäden zusammenliefen. Thielen wurde von Frau Gallmann auf dem Laufenden gehalten. Er ließ ihnen weitgehend freie Hand. Sie alle wussten, dass Eile geboten war, es stand immer noch zu befürchten, dass die Mörder weitere Taten planten oder bereits ausführten.

Madlener vertrat die Meinung, dass sie, wenn sie potenziellen Verdächtigen auf die Füße traten und die Hölle heiß machten, die Mordserie vorerst stoppen konnten, weil es für die Täter zu riskant zu werden drohte, einfach weiterzumachen, als sei nichts geschehen. Aber Madlener schätzte die Killer als so intelligent ein, dass sie damit gerechnet hatten, dass die Polizei irgendwann hinter das Mordmotiv und ihnen damit näherkommen würde. Er ging jede Wette ein, dass sie todsichere Alibis für die Tatzeiten hatten und willensstark genug waren, auch ein richtig scharfes Verhör durchzustehen, ohne umzufallen. Selbst wenn die Missbrauchsopfer auf den Polaroids identifiziert werden konnten, war damit nichts gewonnen. Beweise, mit denen jemand überführt werden könnte, gab es noch überhaupt keine. Wenn sie erst Tatverdächtige hatten, mussten sie wenigstens hieb- und stichfeste Indizien vorweisen können, um jemanden festzunageln. Außer einer von ihnen fiel um und plauderte. Was aber angesichts der kaltblütigen Aus- und Durchführung der Taten eher unwahrscheinlich war.

»Am besten wäre es, wir würden das Auto finden, in dem die beiden Leichen transportiert wurden«, meinte Harriet, während sie an ihrem Knusperriegel knabberte und dazu eine Cola light trank. »Selbst wenn sie noch so sorgfältig waren, würde unsere Spurensicherung bestimmt die eine oder andere DNA-Spur entdecken. Dieser Christoph Junghans hat einen Autoverleih in Konstanz, vielleicht sollten wir den als Erstes vernehmen.«

»Was macht denn der Dritte in diesem Bund – wie heißt er noch?«, fragte Madlener.

»Jens Seifried. Betreibt in Konstanz eine Bowlingbahn.«

»Nein, wir fangen mit dem Schönheitschirurgen an. Mal sehen, wie er reagiert, wenn wir auftauchen.«

»Er hätte in seiner Klinik bestimmt Möglichkeiten genug, die

Opfer dort für ein oder zwei Wochen so zu verstecken und zu versorgen, wie das mit Möller und Escher geschehen ist.«

»Daran habe ich auch schon gedacht«, stimmte Madlener ihr zu und warf den Rest seines Schokoriegels über Bord, weil er ihm nicht mehr schmeckte. Dafür erntete er einen strafenden Blick von Harriet, die ihre Dose und die Riegelverpackung vorbildlich im Abfalleimer entsorgte.

Madlener trank seinen Kaffee in einem Zug aus und schob den leeren Becher brav in den Schlitz des Abfalleimers. »Wir werden diese Klinik genau unter die Lupe nehmen«, sagte er und wartete auf einen Kommentar seiner Assistentin. Aber der blieb aus, und so gingen sie schweigsam zurück zum Auto.

Als die Fähre in Konstanz-Staad andockte, saßen Madlener und Harriet schon in ihrem Wagen und warteten darauf, dass sie von Bord fahren konnten. Sie verließen Konstanz und kamen an der Insel Reichenau vorbei zum Gnadensee, wie dieser Teil des Bodensees hieß. Gleich hinter Allensbach folgten sie einem Hinweisschild, das die Straße nach Klingenbach anzeigte, wo die Klinik von Dr. Freytag sein musste.

Ein ganzer Ortsteil von Klingenbach schien eine einzige Ansammlung von Kliniken zu sein, alle mit Panoramablick auf den Gnadensee: Rehakliniken, Sanatorien, Kurkliniken und am Waldrand die »Klinik für plastische und ästhetische Chirurgie Dr. Freytag«, ein moderner, funktionaler Bau mit viel Beton und Glas, der gerade einen zusätzlichen Seitenflügel bekam, an dem noch gebaut wurde.

Madlener und Harriet fuhren auf den großen Parkplatz vor dem Haupteingang, der bestückt war mit teuren Luxuslimousinen und SUVs ab dreihundertfünfzig PS aufwärts, schätzte Madlener, als er ausstieg. Die bleierne Hitze, die sich wie eine schwere Heizdecke auf ihn legte, war schier unerträglich. Sie durchquerten einen kleinen Park, in dem erstaunlich viele junge Menschen mit Gesichtsbandagen und -verbänden zwischen Topfpalmen und einem plätschernden Bächlein flanierten oder im Schatten auf Bänken saßen und lasen.

Im futuristisch gestalteten Eingangsbereich war es angenehm kühl, viele exotische Pflanzen und überdimensionale, schwarz-weiße Porträts von schönen Gesichtern im Helmut-Newton-Stil vermittelten den Eindruck, man befände sich eher im Foyer eines Fünf-Sterne-Hotels als in der Vorhalle einer Klinik. Ein gläserner Fahrstuhl glitt lautlos in die Höhe, und Madlener und Harriet steuerten über dunkle Granitplatten auf die Empfangstresen zu, zwei schwarz marmorierte Kuben, hinter denen zwei feenhafte weibliche Wesen vor Laptops standen und tippten, während sie über ein Headset telefonierten. Sie trugen eng geschnittene, figurbetonte Kostüme mit Mao-Kragen, in deren Purpurrot sie so unnahbar wirkten, als seien sie vor Kurzem noch in Paris über den Catwalk einer Modenschau stolziert. Madlener kam sich vor wie in einem Science-Fiction-Film.

Er bestaunte noch Einrichtung und Empfangsdamen, als das blonde der beiden überirdischen Wesen heranstöckelte – Madlener hatte eigentlich erwartet, dass es schweben konnte – und dabei eine exotische Parfumwolke mit sich führte, als hätte es in Dolce & Gabbana gebadet. Es entblößte zwei perfekte Zahnreihen, als es verführerisch lächelte, die beringte Hand ausstreckte und flötete: »Herzlich willkommen, Herr Stollwerck, wie ich sehe, haben Sie Ihr Fräulein Tochter gleich mitgebracht, mein Name ist Chantal.«

Von dieser unwiderstehlichen Attacke aus Duft, Charme und Schönheit war Madlener so stark benebelt, dass er der engelsgleichen Gestalt automatisch die Hand gab und dazu grinste wie ein Mondkalb im LSD-Rausch, bis er wieder zu sich kam und endlich dienstlich reagieren konnte. »Und mein Name ist Hauptkommissar Madlener. Das ist meine Assistentin Frau Holtby. Wir sind weder verwandt noch verschwägert und von der Kripo Friedrichshafen.« Er zog seinen Ausweis und hielt ihn der blonden Venus unter das wohlgeformte Näschen, das, so vermutete er, das halbe Jahresgehalt eines Kommissars gekostet haben mochte.

Chantal nahm den Ausweis gnädig in Empfang und kontrollierte ihn.

»Oh, dann muss wohl eine Verwechslung vorliegen, entschuldigen Sie, was kann ich für Sie tun, Herr Madlener?«, fragte sie nun einen ganzen Tick sachlicher.

»Wir müssen den Herrn Dr. Freytag sprechen, es ist außerordentlich dringend.« Madlener legte einen gewissen Nachdruck in seine Stimme.

»Oh«, hauchte Chantal, lächelte immer noch, zog dabei ihre makellos gestylten Augenbrauen ein winziges Bisschen in die Höhe und fragte mit einer Spur Mitleid in der Stimme: »Haben Sie einen Termin?«

»Nein«, antwortete Madlener.

Chantal machte ein Gesicht, als habe sie eben in ein Stück Zitrone gebissen. »Dann wird es schwierig, Herr Madlener, ganz schwierig.« Sie überlegte, indem sie eine kleine Schnute zog, was in Kombination mit ihrem leichten Silberblick ganz zauberhaft aussah. »Wäre sein Assistent Dr. Ulmer als Gesprächspartner vielleicht eine mögliche Alternative für Sie?«

Madlener seufzte vernehmbar. »Nein, wäre er nicht. Aber ich kann Ihnen versichern, wenn Dr. Freytag erfährt, um was es geht, wird er alles stehen und liegen lassen und sich Zeit für uns nehmen. Wir ermitteln in zwei Mordfällen, und es könnte dem Herrn Doktor unter Umständen nicht recht sein, wenn der Ruf seiner Klinik darunter leiden würde, dass wir unsere uniformierten Kollegen um Unterstützung bitten müssen, damit sie hier mit Martinshorn und Blaulicht aufkreuzen, um eine richterliche Vorladung zu überreichen. Verstehen Sie?«

Sie sah ihn nun doch leicht verunsichert an. Madlener wartete schon darauf, dass ihre perfekt geschwungenen karmesinroten Lippen nun wieder ein »Oh!« formen würden, aber Chantal enttäuschte ihn. Sie hob ihren manikürten Zeigefinger, sagte: »Augenblick bitte!«, machte eine graziöse Hundertachtzig-Grad-Drehung auf den Absätzen ihrer Louboutin-Pumps, kehrte ihm den Rücken zu und wählte eine Nummer auf ihrem Smartphone, während sie ein paar Schritte weiter wegstöckelte.

Madlener fragte sich, wie sie mit ihren überlangen Fingernägeln eigentlich diese winzige Tastatur bedienen konnte.

Harriet unterbrach seinen Gedankenirrläufer, indem sie flüsterte: »Haben Sie nicht ein bisschen zu dick aufgetragen?«

Madlener schüttelte entschieden den Kopf. »Wir müssen ihn sprechen. Sofort. Da ist mir jedes Mittel recht. Meinen Sie, wir können uns in dieser Situation auf einen Termin in zwei Wochen vertrösten lassen?«

»Nein«, gab Harriet zu.

Die blonde Inkarnation einer Botticelli-Grazie hatte aufgehört zu telefonieren und kehrte wieder zurück. »Folgen Sie mir bitte, der Herr Doktor wird Sie gleich empfangen.« Sie wies auf den Fahrstuhl, der soeben nach unten kam.

Leider erfüllte sich Madleners Hoffnung nicht, dass Chantal mit ihnen nach oben fahren würde. Sie sagte: »Bitte warten Sie im dritten Stock, Sie werden abgeholt.«

Dann drückte sie noch auf den richtigen Knopf und verließ den Fahrstuhl, der mit Madlener und Harriet geräuschlos in die Höhe glitt und dabei eine sinnverwirrende Duftwolke aus Dolce & Gabbana mit sich führte.

Harriet schnupperte und kräuselte kritisch die Nase. »Bisschen weniger Parfum wäre mehr gewesen«, sagte sie stutenbissig.

»Finden Sie? Ist mir gar nicht aufgefallen«, log Madlener schamlos und schaute dabei so unschuldig, wie er nur konnte.

43

»Verflucht noch mal – wo geht der denn hin?«, sagte Weinhold zu Bärlach. Sie waren Ullreich mit großem Abstand gefolgt, was nicht weiter schwierig war, weil er zum einen nicht damit rechnete und zum anderen so viele Touristen unterwegs waren, dass sie, selbst wenn er sich umdrehen sollte, in der bunten Vielfalt der Masse einfach untergingen.

Weinhold und Bärlach hatten spontan beschlossen, Ullreich nicht mehr aus den Augen zu lassen. Was sie tun würden, wenn er sich tatsächlich an die Polizei wandte, wussten sie nicht. Sie wussten nur eines: Diese alte Geschichte durfte niemals ans Licht kommen, sonst wären sie um ihren geruhsamen Lebensabend gebracht, den sie sich wahrlich verdient hatten. Jetzt noch, als gesetzte, allseits respektierte emeritierte Lehrer an den Pranger einer sensationslüsternen Öffentlichkeit gestellt zu werden, war eine einzige Horrorvorstellung. Darin waren sie sich einig, ohne ein Wort darüber verlieren zu müssen. Und deshalb mussten Konsequenzen gezogen werden. Moralische Skrupel hatten sie keine. Skrupel waren nutzlos, nein schädlich, denn sie schränkten die persönliche Freiheit ein. Aus diesem Grund hatten sie weder einen Platz in ihrem Wortschatz noch in ihrem Denken. Oder in dem, was gewöhnliche Sterbliche »Gewissen« nannten. So etwas existierte nicht für sie.

Ullreich war nun am Hafen von Meersburg angekommen, wo er die elektronischen Tafeln studierte, die die An- und Abfahrtszeiten der Schiffe anzeigten. Weinhold und Bärlach drückten sich am Kiosk herum und taten so, als ob sie sich für die Souvenirs interessieren würden.

»Was hat er vor?«, fragte Weinhold. »Der wird doch nicht eine Sightseeing-Tour auf die Mainau buchen?«

Sie beschlossen, sich aufzuteilen. Weil sie wussten, dass Ullreich kein Auto besaß, würde er zweifellos mit einem öffentlichen Verkehrsmittel fahren, für ein Taxi war er viel zu geizig. Aber warum machte er sich nicht einfach auf den Heimweg?

Weinhold sagte zu seinem Partner: »Wenn er ein Schiff nimmt, hängst du dich an ihn ran. Ich bleibe beim Auto in Bereitschaft. Wir halten über SMS Verbindung.«

»Moment!«, sagte Bärlach. »Er geht zum Kartenschalter.«

Und tatsächlich, Ullreich reihte sich in die Warteschlange ein. Wie der Anzeigetafel zu entnehmen war, würde das nächste Schiff, das gerade in den Hafen kam, nach Überlingen und Konstanz weiterfahren. Sich ebenfalls in die Schlange zu stellen war zu riskant. Sie warteten ab, bis Ullreich bezahlt hatte und in Richtung Anlegepier weiterging. Weinhold eilte los, in die andere Richtung, zum Parkplatz, wo er sein Auto stehen hatte. Bärlach löste ein Ticket nach Konstanz und lungerte dann in der Nähe des Piers herum, wobei er Ullreich aber nie aus den Augen ließ, bis das zweistöckige Schiff gemächlich in den Hafen einlief und festmachte, die meisten Passagiere an Land gingen und die Wartenden, die zu Dutzenden schon drängten, endlich auf das Schiff konnten.

Vor allem die älteren Semester versuchten, sich mit Schnelligkeit und Ellenbogeneinsatz einen guten Platz auf den Oberdecks im Freien zu ergattern. Bärlach mischte sich unter eine Horde etwas friedfertigerer Wanderer mit karierten Hemden, Rucksäcken und Bundhosen und beobachtete, wie Ullreich sich auf dem Bugdeck einen Stuhl in der ersten Reihe erkämpfte, sich niederließ, die Füße gegen die Reling stemmte und auf den See hinausschaute.

Wohin in aller Welt, fragte sich Bärlach, wollte Ullreich nur?

44

Im dritten Stock der Schönheitsklinik stand neben dem Fahrstuhl eine moderne Sitzgruppe, auf der sich Madlener und Harriet niedergelassen hatten. Schon nach kurzer Zeit wurde eine Glastür aufgerissen und ein Mann im grünen Outfit eines Chirurgen kam herausgestürmt, auf dem Kopf eine OP-Haube, und nahm sich den Mundschutz ab.

»Sie sind von der Polizei?«, fragte er in einem Ton, der zeigte, dass er es gewohnt war, Befehle zu erteilen und sie umgehend erfüllt zu bekommen.

Madlener und Harriet waren aufgestanden. »Ja, von der Kripo, um genau zu sein. Madlener mein Name, das ist meine Assistentin Frau Holtby. Sie sind Herr Freytag?«, sagte Madlener, der sich grundsätzlich von nichts und niemandem einschüchtern ließ. Außer von hüfthohen, beißwütigen Hunden.

»Ja, bin ich. Kommen Sie«, kommandierte Dr. Freytag und marschierte durch eine Tür in einen Gang voraus. Madlener und Harriet folgten ihm in ein puristisch eingerichtetes Eckbüro mit Porträts von Andy Warhol an den Wänden – vermutlich Originale, dachte Madlener –, von dem aus man einen prächtigen Ausblick hinunter zum Gnadensee hatte.

Während Madlener und Harriet sich setzten, nahm sich Freytag die OP-Haube ab, schlüpfte aus dem grünen Outfit und zog sich einen weißen Kittel an, der neben der Tür bereithing.

Madlener fragte: »Haben wir Sie aus einer wichtigen Operation geholt?«

Freytag winkte ab und setzte sich ihnen gegenüber. »Die OP kann mein Assistenzarzt genauso gut durchführen. Ich habe nur zugesichert, dass ich sie persönlich leite. Die Patientin hat darauf bestanden. Aber bis zur Narkose war ich ja noch dabei. Nun zu Ihnen: Was wollen Sie von mir? Was ist so wichtig, dass Sie Chantal damit Angst einjagen, hier mit uniformierten Kollegen aufzutauchen? Wegen eines Strafzettels kann es ja wohl nicht sein.«

Freytag setzte ein gewinnendes Lächeln auf. Er war ein großgewachsener, durchtrainierter Mann mit schwarzen Locken. Er gab sich nicht nur dynamisch, er strahlte Dynamik geradezu aus. Und Perfektion. Alles, was Dr. Freytag machte, womit er sich umgab, die Klinik, das Personal, die Einrichtung – reine Ästhetik, Perfektion und Kompetenz. Madlener verstand auf einmal, warum sich so viele Patientinnen unbedingt von ihm persönlich operieren lassen wollten. Ob Dr. Freytags übergroßes Selbstbewusstsein nur gespielt war oder echt, würden sie ja schon sehr schnell sehen, dachte er.

»Sie wissen von den zwei Mordfällen hier am Bodensee?«, fing Madlener an.

»Was man so in der Zeitung liest, ja. Schrecklich. Was hat das mit mir zu tun?«

»Die beiden Mordopfer waren Ihre Lehrer.«

»Ja, das tut mir leid für sie. Aber das ist über dreißig Jahre her. Da hat man keine Verbindung mehr. Das Kapitel Schule habe ich schon lange hinter mir gelassen und abgehakt.«

»Keinerlei Klassentreffen oder Verabredungen mit Freunden aus der Zeit?«

»Hören Sie.« Er beugte sich vor und sagte eindringlich: »Ich habe meine Zeit nicht gestohlen. Ich will ja nicht unhöflich sein, aber kommen Sie bitte auf den Punkt. Was ist so dringend, dass Sie mich sofort sprechen wollten?«

»Wir glauben«, sagte Madlener, »dass wir das Motiv für die Morde gefunden haben. Es geht um Rache, Rache für etwas, das weit in der Vergangenheit liegt. In die Sie, Herr Dr. Freytag, womöglich verwickelt sind. Das haben unsere Recherchen ergeben. Sie sind ein wichtiger Zeuge und können uns helfen, Licht ins Dunkel zu bringen. Deshalb sind wir hier.«

»Ich verstehe immer noch nicht, auf was Sie hinauswollen. Wobei soll ich Ihnen helfen können? Ich habe die beiden seit über zwanzig Jahren nicht mehr gesehen. Erwarten Sie von mir, dass ich meine und Ihre wertvolle Zeit opfere, indem ich ein paar Anekdoten aus der Internatszeit zum Besten gebe? Ich sagte Ihnen doch: Damit habe ich längst abgeschlossen.«

Madlener nickte Harriet zu, die ihr Laptop aufklappte und aufstand.

»Damit auch, Herr Doktor?«, fragte Madlener, und Harriet zeigte Freytag die ersten Polaroids auf dem Bildschirm. Madlener war sich bewusst, dass er ein hohes Risiko einging, Freytag gleich damit zu konfrontieren, aber er wollte sehen, wie dieser reagierte.

Freytag sah sich stumm die ersten paar Fotos an, dann hob er die Hand. »Das reicht«, sagte er nur und trat an das große Panoramafenster, dessen Glas bis auf den Boden reichte, kehrte ihnen den Rücken zu und schaute hinaus. Oder ins Leere.

Madlener und Harriet warteten ab und sagten kein Wort.

Es klopfte an die Bürotür und ein junger, fescher Mann im Arztkittel schaute herein. »Entschuldigung – darf ich Sie kurz stören, Herr Dr. Freytag?«, fragte er, erfasste aber reaktionsschnell, dass er mitten in eine heikle Situation geplatzt war.

Dr. Freytag drehte sich nicht um und sagte nur leise: »Jetzt nicht, Dr. Ulmer.«

Rasch und übervorsichtig zog sich Dr. Ulmer wieder zurück und schloss die Tür ohne ein weiteres Wort.

Dr. Freytag drehte sich langsam zu Madlener und Harriet um. »Woher haben Sie das?«, fragte er ausdruckslos.

Madlener antwortete: »Aus einem Bankschließfach, in dem Karl Möller es versteckt hatte. Wurden Sie von ihm erpresst?«

Freytag winkte ab und schüttelte den Kopf, dann setzte er sich wieder auf seinen Schreibtischsessel und sah zum Fenster hinaus. Schließlich sagte er mit müder Stimme: »Ich habe nicht gewusst, dass es noch Fotos davon gibt. Warum hat Möller die aufgehoben?«

»Sie waren vermutlich so eine Art Fetisch für ihn, ein Souvenir aus alten Zeiten. Jedenfalls hat er sie wohl alle paar Wochen angesehen, das geht aus den Bankunterlagen hervor. Können Sie jemanden auf den Fotos identifizieren?«

Freytag nickte. »Ja. Jeden Einzelnen von ihnen. Ich bin selbst darunter.«

Madlener und Harriet warfen sich einen Blick zu. Madlener sagte: »Wir sehen in der Rache für diesen Missbrauch das Motiv, Karl Möller und Georg Escher umzubringen. Die Frage ist nur: Warum dreißig Jahre später? Warum jetzt?«

»Sie haben sicher schon eine Antwort auf Ihre Frage, habe ich recht?«

»Habe ich. Aber ich frage Sie. Haben Sie eine mögliche Erklärung?«

Freytag strich sich in einer resignativen Geste mit den Händen über das Gesicht. »Ich will Ihnen jetzt einmal etwas erzählen. Von einem kleinen Jungen, der mit zwölf Jahren in dieses Internat kam, das einen hervorragenden Ruf genoss und in das nur Kinder aus einflussreichen und gut betuchten Familien gingen. Familien, die sich so etwas Kostspieliges wie das Jan-Hus-Internat leisten konnten. Meine Eltern waren dazu eigentlich nicht in der Lage, aber sie wollten, dass ihr einziges Kind die bestmögliche Ausbildung erhielt, die es gab. Also schufteten sie sich beide zu Tode, damit aus ihrem Sohn etwas werden konnte. Ich war mit zwölf ein außerordentlich schüchternes und naives Kind, aber ich war begabt, und mir fiel das Lernen leicht. Anfangs fremdelte ich und hatte schreckliches Heimweh, aber ich fand bald Freunde unter meinen Klassenkameraden, weil ich ihnen beim Lernen half. Die Lehrer waren Halbgötter für uns, damals hatten wir als Schüler noch Respekt vor Autoritätspersonen. Aber dann gab es eine Clique von fünf Lehrern, die uns aussuchte und für ihre perfiden Bedürfnisse ausnutzte, nein, ich sage wohl besser *be*nutzte. Sie wussten, was sie für eine Macht über ihre Schutzbefohlenen hatten, und sie machten davon schamlos und mit einer durchtriebenen Bösartigkeit und Perfidie Gebrauch. Sie wussten genau, wie sie uns einschüchtern und manipulieren konnten, damit niemals etwas herauskommen würde. Dieses Spielchen haben sie perfekt beherrscht und nach allen Regeln der Kunst durchexerziert.«

Er machte eine Pause. Madlener unterbrach ihn nicht und wartete, bis er weitersprach.

»Wir nannten sie die Fürchterlichen Fünf.« Er lachte freudlos. »Natürlich nur, wenn wir unter uns waren.«

Harriet fragte: »Wer ist wir?«

»Wir sind diejenigen, die im Internat eine verschworene Gemeinschaft waren. Weil wir das gleiche Schicksal teilten, obwohl wir nie darüber gesprochen haben. Weil wir dazu auserkoren waren, die Lustknaben von alten, perversen Schweinen zu sein, und jahrelang eine seelische und körperliche Qual erdulden mussten, die unmenschlich war. Wir, das sind Jens, Christoph und ich.«

Jetzt sah er sie mit offenem Blick an, so, als hätte er nichts mehr zu verbergen, als sei er froh, reinen Tisch machen zu können.

Madlener fügte leise hinzu. »Und Peter? Peter Jankowitz?«

Freytag nickte nur. Seine Emotionen waren echt, davon war

Madlener überzeugt. Sein Hass auf die Fürchterlichen Fünf schien immer noch groß zu sein. Aber war er groß genug, um sie deshalb der Reihe nach methodisch umzubringen? Um das, was er sich aus eigener Kraft aufgebaut hatte, aufs Spiel zu setzen, für eine ausgeklügelte alttestamentarische Rache?

Möglich war es, auch wenn es auf den ersten Blick nicht wahrscheinlich schien. Vielleicht dachte Freytag, dass sie so raffiniert vorgegangen waren, dass ihnen niemals etwas bewiesen werden konnte. Auch das war im Bereich des Möglichen, das wollte Madlener nicht ausschließen. Er fragte: »Haben Sie jemals jemandem davon erzählt? Irgendjemandem ihr Herz ausgeschüttet?«

»Niemals. Weder ich noch die anderen. Das haben wir geschworen. War vielleicht ein Fehler. Ein sehr großer. Aber denken Sie, dass uns jemand geglaubt hätte? Kein Mensch. Da bin ich heute noch sicher. Und unsere Eltern – was hätte das für sie bedeutet? Sie haben in gutem Glauben gehandelt, als sie uns ins Jan-Hus-Internat geschickt haben, weil sie dachten, sie gäben ihr Geld für die bestmögliche Erziehung ihrer Kinder aus. Wir wollten sie nicht enttäuschen. Suchten die Schuld bei uns. Heutzutage ist das vielleicht anders. Nachdem so viele ähnlich gelagerte Fälle in Klöstern und Internaten aufgedeckt worden sind, ist die Öffentlichkeit dafür sensibilisiert. Aber damals – nein. Wissen Sie, so lange wir unter der Fuchtel der Fünf waren, waren wir ihnen schutzlos ausgeliefert. Sie hatten uns in der Hand, nicht wir sie. Mit mehr oder weniger subtilen Drohungen, mit dem ganzen Ballast von Schuld und Selbsthass haben wir all die Jahre leben müssen. Ein Außenstehender begreift das nicht. Und wenn wir jetzt Anzeige erstattet hätten – die Geschichte ist doch längst verjährt. *Cui bono?*«

Er streckte die Hände in die Höhe, als Geste der Hilflosigkeit.

»Wem nützt es?«, übersetzte Harriet eifrig, obwohl Madlener schon verstanden hatte. Er sagte: »Sie hätten alte Missstände aufdecken und neue verhindern können. Vielleicht wäre es eine verspätete, aber heilende Genugtuung gewesen.«

»Vielleicht. Aber ich habe inzwischen andere Prioritäten. Das Rühren an alte Wunden gehört nicht dazu. Sehen Sie, es gab für mich vier Möglichkeiten: Selbstaufgabe und damit Selbstzerstörung, verdrängen, kompensieren oder sublimieren. Ich habe mich für Letzteres entschieden. Was die anderen getan haben, weiß ich nicht.«

»Sie haben Rache vergessen, Vergeltung.«

»Ich sagte doch: Es gab für mich vier Möglichkeiten. Rache war nicht dabei.«

»Peter Jankowitz ist dann nach ihrer Definition an der ersten Möglichkeit zugrunde gegangen.«

»Ja, das ist er. Er ist nie damit fertig geworden. Hat die Schuld immer bei sich selbst gesucht. Je älter er wurde, desto schlimmer war es. Er hatte plötzliche Panikattacken, die sich mit langen Phasen der tiefsten Depression abwechselten. Bis er es schließlich nicht mehr aushielt und in die Psychiatrie ging.«

»Mit Ihrer Unterstützung.«

»Ja. Er war mein Freund. Aber letzten Endes wollte er nicht mehr. Niemand konnte ihm helfen. Niemand. Sie haben ihn auf ihrem Gewissen. Möller, Escher, Ullreich, Weinhold und Bärlach. Die Fürchterlichen Fünf.«

Schweigen erfüllte den Raum. Irgendwo auf der Etage klingelte ein Telefon, das niemand abhob.

Schließlich sagte Madlener: »Wir müssen Sie das fragen: Haben Sie etwas mit dem Tod von Möller und Escher zu tun?«

Freytags Gesicht blieb ausdruckslos. »Definitiv: nein. Aber ich kann Ihnen sagen, ich bedaure es nicht, was mit ihnen passiert ist. Sie haben es nicht anders verdient.«

»Das ist Ihr gutes Recht und nicht strafbar. Aber wir werden die Mörder finden, und sie werden verurteilt werden.«

»Das ist Ihr Job. Aber ich habe damit nichts zu tun.«

Madlener stand auf. »Bitte stellen Sie meiner Assistentin noch Ihren Terminplaner der letzten drei Wochen zur Verfügung.«

Auch Freytag erhob sich. »Dann war's das?«

»Vorläufig ja. Aber ich fürchte, wir werden noch öfter miteinander zu tun haben. So lange, bis die ganze Angelegenheit aufgeklärt ist. Außerdem müssen offizielle Aussagen und Protokolle angefertigt werden, Sie verstehen.«

Freytag zuckte mit den Schultern, er hatte offenbar nichts anderes erwartet.

Als Madlener und Harriet bereits an der Tür waren, drehte sich Madlener noch einmal um. »Da wäre noch etwas.«

»Ja?«, fragte Freytag, der die Hand schon am Telefonhörer hatte.

»Gestatten Sie uns ohne richterlichen Beschluss, dass wir uns Ihre Klinik ansehen?«

»Bitte, ich habe nichts zu verbergen. Mein Assistent Dr. Ulmer wird Sie herumführen. Sie haben unbeschränkten Zugang zu allen Bereichen, ich werde ihm das ausdrücklich sagen. Er wird Ihnen auch die Auszüge aus meinem Terminplaner mitgeben.«

»Danke.«

Madlener und Harriet gingen hinaus, und Freytag wartete, bis sich die Tür hinter ihnen schloss. Dann telefonierte er.

45

Sie warteten unten im Foyer auf Dr. Ulmer. Während Madlener mit Binder telefonierte und ihm die Namen der Fürchterlichen Fünf durchgab, die er von Dr. Freytag hatte, nutzte er die Gelegenheit, Chantal aus dem Augenwinkel zu beobachten, wie sie souverän und engelsgleich Patienten begrüßte und verabschiedete, telefonierte und die physische Präsenz und ätherische Eleganz einer Nymphe an den Tag legte. Dabei musste Madlener aufpassen, dass er ihr nicht allzu auffällig hinterherlinste, damit es Harriet nicht auffiel, die fleißig alles in ihr Laptop eintippte, was Dr. Freytag ausgesagt hatte.

Nach zehn Minuten kam Dr. Ulmer mit dem Aufzug heruntergefahren und führte Madlener und Harriet durch die Klinik. Er war höflich, geduldig und eloquent, beantwortete alle Fragen, stellte selbst aber keine über Ursache und Grund ihrer Neugier. Offensichtlich hatte ihn Dr. Freytag genauestens gebrieft. Nur bei Fragen über seinen Chef blieb er äußerst zurückhaltend und einsilbig, wenn auch sein Respekt vor Dr. Freytag und dem, was er erreicht und aufgebaut hatte, deutlich zu spüren war.

Sie sahen sich alles an, luxuriös ausgestattete Patientenzimmer, die Cafeteria, einen leeren OP-Saal, Büro- und Besprechungsräume. Schließlich wollte Madlener auch noch das komplette Untergeschoss mit sämtlichen Kellerräumen sehen. Dr. Ulmer hob bei diesem Ansinnen nicht einmal eine Augenbraue.

Sie gingen endlose Gänge entlang, blickten in Vorratsräume, Maschinenräume, leer stehende Räume, sie besichtigten Massageräume, Fitnessräume und Gymnastikräume, eine Spa-Landschaft mit drei verschiedenen Saunen, Whirlpool und Schwimmbecken, leise Musik – Madlener tippte auf »Café del Mar« – rieselte aus versteckten Lautsprechern. Sie begegneten weiß gekleideten Ärzten, weiß gekleidetem Personal und in weiße Bademäntel gehüllten Patientinnen und, seltener, Patienten, die geistergleich mit ihren diversen Kopfverbänden und den unvermeidlichen Frotteepantoffeln an den Füßen durch die Gänge schlappten.

Sogar die weitläufige Tiefgarage nahm Madlener mit einer Ausdauer und Gründlichkeit, die selbst Harriet erstaunte, unter die Lupe. Er fragte nach Zugangsmöglichkeiten, Ausgängen, dem Wachdienst und wer und wie viele Schlüssel zu den jeweiligen Bereichen hatte. Er schrieb nichts auf, verließ sich vollkommen auf Harriets und sein Gedächtnis.

Als Harriet schon glaubte, die gesamte Klinik von oben bis unten durchkämmt zu haben, fiel Madlener noch ein, dass er auch den Anbau besichtigen wollte. Noch immer zeigte Dr. Ulmer kein Anzeichen von Ungeduld, obwohl er bestimmt Wichtigeres zu tun hatte, und führte sie auch dort überall herum, durch halb fertige Korridore und Treppenhäuser und Gänge, die noch nicht verputzt waren. Nur in den Keller des Seitenflügels konnten sie nicht, weil dort die Zugangsstahltür klemmte und sich auch mit Gewalt nicht öffnen ließ. Dr. Ulmer holte sogar den Bauleiter telefonisch herbei, der die Tür schließlich aufbekam. Dahinter gab es nichts Außergewöhnliches, nur Gerümpel und Bauschutt.

Endlich glaubte Madlener, genügend gesehen zu haben, bedankte sich bei Dr. Ulmer und ging mit Harriet hinaus auf den Parkplatz, wo es immer noch dampfig heiß war, kein Wölkchen kündigte ein erfrischendes Gewitter an.

Als sie losgefahren waren, fragte Harriet: »Kommt Dr. Freytag auf unsere Liste der Verdächtigen?«

Madlener lächelte. »Ich führe zwar ständig Listen, aber so eine habe ich aus Mangel an Verdächtigen noch gar nicht angelegt. Was ist Ihre Meinung? Nur zu, sprechen Sie frei von der Leber weg.«

Harriet zierte sich nicht lange. »Ich würde sagen: ja. Die Möglichkeiten und die Kenntnisse dazu hätte er. Medizinische und räumliche. Und genügend Hass auch, wie mir scheint. Ich werde seinen Terminplaner genau durchchecken, wenn es Ihnen recht ist. Leider haben wir nur ungefähre Angaben über den Todeszeitpunkt der Opfer, aber ich werde tun, was ich kann. Die Spurensicherung in die Klinik zu schicken wäre nicht so sinnvoll, glaube ich.«

»Nein. Wir haben keinen dringenden Tatverdacht, die würden uns den Kopf abreißen. Und was für ein Aufwand! Außerdem – nehmen wir nur einmal an, in irgendeinem Trakt in dieser Klinik wurden die zwei Opfer gefangen gehalten und gequält. Ich glaube kaum, dass Dr. Freytag so dumm wäre, anschließend nicht alle Spuren zu beseitigen. Nein, nein, um da was auszurichten, brauchen wir schon etwas Konkretes. Entweder ist Dr. Freytag tatsächlich unschuldig, oder er ist ziemlich raffiniert und macht sich sogar einen Spaß daraus, seine Spielchen mit uns zu treiben. Zutrauen würde ich es ihm. Fanden Sie seine Emotionen echt?«

»Schon.«

»Wenn nicht, ist er ein heißer Anwärter auf den Oscar in der Kategorie ›männlicher Hauptdarsteller‹.«

Madlener bog auf den Parkplatz eines Supermarkts ein und kaufte kaltes Wasser und kalten Caffè Latte aus dem Kühlregal für sich und zwei Dosen Cola light für Harriet. Sie tranken bei laufendem Motor und eingeschalteter Klimaanlage.

Während Madlener unterwegs war, hatte Harriet mit Frau Gallmann telefoniert, die einen Zwischenbericht von Binder durchgab: Er hatte vergeblich versucht, Weinhold und Bärlach anzutreffen. Madlener horchte auf, als Harriet erzählte, dass die beiden offenbar zusammenlebten, sie waren auf dieselbe Adresse gemeldet, ein Penthouse in einem Hochhaus in Friedrichshafen-Löwental mit Blick auf den Bodensee. Aber sie waren weder telefonisch erreichbar noch in ihrer Wohnung. Binder vermutete, dass sie irgendwo im Urlaub waren.

Zu Nachbarn schienen sie keinen Kontakt zu haben, er und Götze hatten sämtliche anwesenden Hausbewohner – es waren gut dreißig Parteien – herausgeklingelt und befragt. Nur zwei kannten Weinhold und Bärlach überhaupt vom Sehen, wussten aber auch nicht, wo sie waren. Binder hatte eine schriftliche Nachricht im Briefkasten hinterlassen und eine telefonische auf dem Anrufbeantworter, dass sie sich sofort melden sollten, sobald sie wieder zurück waren. Auf Weinholds Namen war ein Auto zugelassen, aber der Stellplatz in der Tiefgarage des Hochhauses war leer.

Binder war nun vollauf damit beschäftigt, die restlichen Lehrer des Kollegiums von vor dreißig Jahren abzuklappern, sie zu vernehmen und gegebenenfalls zu warnen, was aber mitten in der Urlaubszeit nicht einfach war. Er wollte zuerst die Adressen in und um Friedrichshafen durchgehen, bevor er dem dritten der Fürchterlichen Fünf, Theophil Ullreich, einen Besuch abstattete.

Der war ebenfalls telefonisch nicht zu erreichen, obwohl Götze das mehrfach versucht hatte.

Da sie nun schon mal in Konstanz waren, beschloss Madlener, noch Christoph Junghans und Jens Seifried zu vernehmen. In Konstanz-Unterlohn fuhren sie auf das Firmengelände der privaten Autoverleihfirma, deren Inhaber Christoph Junghans war und die sich auf SUVs und Kleintransporter spezialisiert hatte. Die Firma war auf dem Gelände um eine ehemalige Tankstelle angesiedelt, die als Büro genutzt wurde. Der Chef sprach dort gerade mit einem Kunden, das konnten sie durch die Glasfenster erkennen.

Madlener und Harriet stiegen aus und sahen sich um. Bei der großen Anzahl an Transportern verschiedenster Ausführungen hatten sie den gleichen Gedanken: Die Möglichkeit, Möller und Escher in einem dieser Wagen zu entführen, war nicht von der Hand zu weisen. Irgendwelche Verleihlisten zu durchforsten erschien sinnlos, sie mussten auch bei Junghans gleich zur Sache kommen, um zu sehen, wie er reagierte, und ob ihm etwas Verdächtiges zu entlocken war, wenn man ihm vielleicht ein wenig auf den Zahn fühlte.

Der Kunde verließ die ehemalige Tankstelle, und sein Gesprächspartner, ein Mann von Anfang vierzig und mit Dreitagebart und Stirnglatze, kam auf Madlener und Harriet zu.

»Kann ich etwas für Sie tun?«, fragte er und wischte sich mit einem Tuch den Schweiß von der Stirn.

Madlener zeigte seinen Ausweis vor. »Kripo Friedrichshafen. Herr Junghans?«

»Der bin ich.«

»Können wir in Ihr Büro gehen? Wie ich sehe, haben Sie einen Ventilator, da lässt es sich angenehmer reden.«

»Ist wohl eher ein Luftquirl«, versuchte Junghans zu spaßen, aber Madlener merkte sofort, dass er auf der Hut war. Vielleicht war er von seinem Freund Dr. Freytag vorgewarnt worden.

Im Büro war es tatsächlich etwas erträglicher, weil der große Ventilator die heiße Luft wenigstens in Bewegung hielt.

»Sie wissen, warum wir hier sind?«, ging Madlener gleich in die Offensive.

»Ja, ich weiß Bescheid«, nickte Junghans und öffnete den großen

Kühlschrank. »Bier, Cola, Limo?« Er selbst griff nach einer Flasche roter Bio-Limonade.

»Das ist die erste vernünftige Frage heute«, sagte Madlener. »Ein Wasser bitte.«

Junghans blickte Harriet an. »Und Sie?«

»Eine Coke, wenn's möglich ist.«

Er verteilte die Getränke, nachdem er sie mit einem Flaschenöffner, der an einer Schnur an der Wand hing, vom Kronkorken befreit hatte. Übergangslos fing er an zu sprechen. »Ich will gar nicht erst um den heißen Brei herumreden, heiß genug ist es ja sowieso«, sagte er und lachte über seinen müden Scherz.

Madlener und Harriet nahmen ein paar Schlucke aus ihren Flaschen und hörten zu.

»Es geht um Peter Jankowitz und unsere Internatszeit und die beiden Toten, habe ich recht?«

Madlener nickte und sagte nichts. Junghans hatte offensichtlich eine Antwort erwartet; als nichts kam, redete er weiter. »Ich habe damit nichts zu tun. Außer, dass sie zeitweise meine Lehrer waren. Vor dreißig Jahren. Und von den anderen Geschichten, den alten Geschichten, will ich nichts mehr hören. Ich werde den Teufel tun und alles wieder aufwärmen. Nicht, wenn es so heiß ist.«

Wieder lachte er, ein grundloses, verächtliches Lachen.

»Dafür haben wir Verständnis«, sagte Madlener. »Trotzdem muss ich Sie bitten, uns einen Auszug aus Ihrem Terminkalender zu geben. Von den letzten drei Wochen.«

Junghans schien damit gerechnet zu haben und schob ihnen ein paar Blätter zu. »Schon erledigt. Das sind Kopien. Können Sie behalten.«

Madlener warf Harriet einen Blick zu, und sie steckte die Zettel ein. Madlener sah auf den Fuhrpark hinaus. »Wie läuft Ihr Geschäft so?«

Junghans schien überrascht, dass der Kommissar das heikle Terrain so schnell verließ. Er trat neben ihn. »Zurzeit ganz gut«, sagte er.

»Wie können Sie konkurrenzfähig sein gegenüber den Großen?«, wollte Madlener wissen, und Harriet war neugierig, worauf er hinauswollte.

»Indem man Marktlücken findet und sie besetzt«, antwortete Junghans.

Madlener drehte sich um und sah ihm geradewegs in die Augen. »Haben Sie den Wagen besorgt und Karl Möller und Georg Escher damit entführt? Und anschließend die Leichen zum Pool und zum Klärwerk gefahren?«

Junghans hielt seinem Blick stand. »Nein, hab ich nicht.«

»Haben Sie Jens Seifried schon angerufen, damit er auf unseren Besuch vorbereitet ist?«

Jetzt flackerte Junghans' Blick doch ein wenig. Er überlegte kurz, ob er lügen sollte, entschied sich dann aber für die Wahrheit. »Ja, hab ich.«

»Sie halten immer noch zusammen wie Pech und Schwefel, Sie drei, Freytag, Sie und Seifried, oder?«

»So würde ich das nicht sagen, aber wir kennen uns eben seit über dreißig Jahren.«

»Und haben dasselbe durchgemacht, das schweißt zusammen. Kann man das so sagen?«

Junghans wich aus. »Man kennt sich, man versteht sich, man trifft sich ab und zu.«

»Dr. Freytag geht tatsächlich mit Ihnen beiden ein Bier trinken?«

»Warum nicht?«

»Und was machen Sie dann? Über alte Zeiten reden?«

Junghans lachte wieder sein freudloses Lachen. »Ganz bestimmt.« Dann blickte er Madlener an, als würde er ihn mit seinen Augen erdolchen. »Darüber reden wir nicht. Seit dreißig Jahren nicht. Und Ihre Scheißfotos will ich auch nicht sehen.«

»Sie sind nicht von mir. Karl Möller hat sie gemacht.«

»Haben Sie nicht kapiert? Ich will nichts davon wissen, und ich will nicht mehr darüber reden. Nie mehr. Und jetzt ist es besser, Sie verschwinden, sonst werde ich noch pampig.«

»Das sind Sie ja schon.« Madlener schenkte ihm nichts. »Warum eigentlich? Haben Sie Angst, dass ich die Spurensicherung kommen lasse, damit die Wagen für Wagen durchsuchen? So lange können Sie Ihren Laden dichtmachen. Vielleicht finden wir in einem Transporter DNA-Spuren der Toten.«

Junghans setzte sich und zuckte mit den Schultern. »Wenn Sie mich schikanieren wollen – bitte. Tun Sie, was Sie nicht lassen können. Aber Sie können mich nicht zwingen, über damals zu reden.«

»Wir zwingen Sie zu gar nichts. Haben Sie eine Fischzucht?«

»Was?«

»Ob Sie eine Fischzucht haben.«

»Ich kann diese glibbrigen Viecher nicht ausstehen, wenn Sie das meinen. Nein, ich habe keine Fischzucht.«

»Und Dr. Freytag? Oder Ihr anderer Freund, Jens Seifried?«

»Nein, keiner von uns interessiert sich für Fische.«

»Okay, das war's vorläufig. Ich muss Sie bitten, die nächste Zeit nicht zu verreisen. Sie werden eine Vorladung bekommen und ein Protokoll unterschreiben müssen. Schönen Tag noch.«

Er ging mit Harriet zur Tür hinaus. Als sie nicht mehr zu sehen waren, blickte Junghans auf seine Limoflasche und schleuderte sie in einem plötzlichen Wutanfall gegen die Wand, wo sie zerplatzte und einen riesigen roten Fleck hinterließ, von dem es wie Blut heruntertropfte.

46

Als das Schiff am Landungsplatz in Überlingen anlegte, war Ullreich im allerletzten Moment aufgestanden und von Bord gegangen. Bärlach war davon beinahe überrascht worden und musste sich durch die heranstürmenden Menschenmassen kämpfen, dabei hätte er Ullreich fast aus den Augen verloren. Der marschierte in scharfem Tempo und zielgerichtet los, sodass Bärlach, der nicht mehr so gut zu Fuß war, Mühe hatte, ihm zu folgen.

Ullreich schlug den Weg hinten um das St. Nikolaus-Münster über die Spitalgasse hoch an der Stadtmauer entlang zur Wiestorstraße ein und ging dann hinunter zum Bahnhof, der eingleisig in einem felsigen Einschnitt zwischen zwei Tunnels gelegen war. Bärlach konnte erst verschnaufen, als Ullreich ein Ticket löste und am Bahnsteig wartete. Der nächste Zug war schon angekündigt, er fuhr nach Friedrichshafen.

Bärlach entschied sich, ein Ticket zu kaufen und hatte Glück: Ullreich stieg tatsächlich ein, und Bärlach nahm den nächsten Waggon. Da er nicht wusste, wo Ullreich hinwollte, durfte er ihn nicht aus den Augen lassen. Aber der Zug war nur spärlich besetzt, und Ullreich hatte einen freien Fensterplatz gefunden. Bärlach setzte sich so, dass er Ullreich beobachten konnte, und verschanzte sich hinter einer Zeitung, die ein Passagier liegen gelassen hatte. Seinen Partner Weinhold benachrichtigte er per SMS.

Weinhold antwortete, dass er schon mal mit dem Auto zum nächsten Bahnhof fahren würde, nach Friedrichshafen. Bärlach war nervös. Er empfand die Situation als unangenehm, aber was sollte er tun? Er musste jederzeit auf der Hut sein, Ullreich konnte etwa plötzlich die Toilette aufsuchen und an ihm vorbeikommen. Wenn er ihn erkannte, hätte er sofort gewusst, dass er beschattet worden war. Und was sollte er ihm dann sagen? Es würde die Situation nur verschlimmern. Im Stillen fluchte Bärlach vor sich hin, aber ihm fiel nicht ein, was sie hätten anders machen können. Dieser verdammte Ullreich – wenn man sich auf ihn verlassen könnte, wäre das alles nicht nötig gewesen. Er hatte sich das, was nun geschehen würde, ganz allein selbst zuzuschreiben.

47

»Übrigens – ich habe einen Termin für Sie vereinbart. Ob der jetzt allerdings reinpasst, weiß ich nicht. Aber ich hatte keine Alternative. Übermorgen verreist sie für vier Wochen in die Staaten zu irgendwelchen Verwandten.«

»Von wem sprechen Sie?«, fragte Madlener, der sich darauf konzentrierte, im dichten Feierabendverkehr – alle Welt schien schon nachmittags um vier freizumachen – den Weg zur Bowlingbahn von Jens Seifried zu finden. Laut Adresse musste sie irgendwo in einem Gewerbegebiet von Konstanz-Wollmatingen sein.

Harriet tippte auf dem Beifahrersitz unentwegt in ihr Laptop und sah kurz hoch. Multitasking, auch so ein schönes neudeutsches Wort, das Madlener noch bei seinen Anglizismen-Charts einordnen musste, war etwas, das Harriet konnte wie keine Zweite. Allerdings war sie dann auf so vielen Denkautobahnen gleichzeitig im Turbo unterwegs, dass sie dabei manchmal außer Acht ließ, dass andere Menschen, deren Gehirn in Normalgeschwindigkeit arbeitete, noch geistig an einem Punkt waren, den sie schon lange abgehakt und hinter sich gelassen hatte.

»Von Frau Fritsch. Ihr Vermisstenfall, der verschwundene Pharmaunternehmer, Markus Fritsch«, antwortete sie.

»Wann sind Sie denn dazu gekommen, mit Frau Fritsch zu telefonieren?«, wollte Madlener erstaunt wissen.

»Mehrfach«, sagte Harriet halb geistesabwesend, »seit Sie mich gebeten haben. Das heißt, ich habe es mehrfach *versucht*. Sie ist sehr schwer zu erreichen, viel unterwegs, sagte mir ihre Haushälterin.«

»Mit der haben Sie auch gesprochen?«, wunderte sich Madlener. »Wie sind Sie an die Nummer gekommen?«

»Das wollen Sie lieber nicht wissen«, sagte Harriet und sah sogar für einen kurzen Moment von ihrem Laptop hoch.

»Diese Frau Fritsch – wie heißt sie noch mit Vornamen?«

»Helga«, sagte Harriet.

»Helga, genau«, wiederholte Madlener. »Sie hat doch eine Geheimnummer.«

»Darum war es ja nicht ganz legal, verstehen Sie?«, wieder sah sie ihn mit ihrem entwaffnenden Blick an.

»Dann will ich's lieber nicht wissen.«

»Eben. Sag ich doch«, murmelte Harriet, und Madlener dachte, dass seine Assistentin zuweilen ein richtiggehend kratzbürstiges Biest war. Aber bisher hatte sie alles, was er ihr aufgetragen hatte, selbst das, was er inzwischen längst vergessen hatte, mit absoluter Zuverlässigkeit und prompt erledigt, deshalb schluckte er ihren gelegentlichen Hang zur Renitenz.

»Und wann hat Helga Fritsch denn nun Zeit?«, fragte er.

»Morgen. Sie erwartet Sie um neun Uhr. Wenn sie nichts mehr von mir hört. Da hat sie ein Zeitfenster von dreißig Minuten.«

»Zeitfenster?«

»Zeitfenster. Hat sie wortwörtlich so gesagt. Dann muss sie zum Flughafen. Soll ich absagen?«

»Nein. Wenn's irgendwie geht, fahre ich hin. Es dauert ja nicht lange.«

»Darf ich Sie was fragen?«

»Nur zu.«

»Was interessiert Sie am Fall Fritsch? Dass er längst als ungelöst im Aktenkeller gelandet ist?«

»Genau das.«

»Und Sie glauben, dass Sie derjenige sind, der ihn trotzdem knackt?«

Ach du lieber Gott, dachte Madlener, jetzt fängt auch noch meine Assistentin an zu psychologisieren!

»Kann schon sein«, sagte er vorsichtig.

»Das gefällt mir«, sagte Harriet und grinste schief. »Wirklich.«

Er hielt auf einem Parkplatz, der zu einem Discounter, einem Getränkemarkt und »Barney's Bowlingbahn« gehörte, und sah Harriet gespielt streng an. »Dass wir nebenher am Fall Fritsch arbeiten, obwohl wir mit dem Pool-Fall wahrlich ausgelastet sind, muss aber vorläufig unter uns bleiben, nur damit wir uns da richtig verstehen.«

Harriet machte eine Geste, als würde sie ihre Lippen mit einem Reißverschluss versiegeln. Madlener nickte und wagte sich hinaus in die Hitze.

Sie betraten »Barney's Bowlingbahn« mit ihrer durchgestylt amerikanischen Einrichtung. Um diese frühe Zeit waren noch keine Gäste da. Der Eingangsbereich war Gaststätte und Bar, auf einem Flachbildschirm an der Wand lief laut ein Comic-Film, die »Flintstones«, überall hingen Wimpel und Fotos amerikanischer Sportstars, und auf Regalen standen unzählige Pokale.

Ein schlanker blonder Mann staubsaugte von einer Trittleiter aus zwischen den Pokalen herum. Er stellte den kleinen Handsauger ab, als er die beiden hereinkommen sah, strich seine lange Haarmähne aus den Augen und lächelte sie von oben herab an. »Wissen Sie was«, sagte er nicht unfreundlich, »Ihnen sieht man auf hundert Meter an, dass Sie von der Polizei sind.«

»Tatsächlich?«, entgegnete Madlener. »Und ich sehe Ihnen an, dass Sie Jens Seifried sind und Bescheid wissen, warum wir hier sind.«

»So ist es«, antwortete er offenherzig und kam von seiner Trittleiter herunter.

»Warum heißt Ihr Laden ›Barney's Bowlingbahn‹, wenn Sie der Inhaber sind?«

»Gehört das schon zum Verhör?«, fragte Seifried. Er legte den Staubsauger auf dem Tresen ab.

»Nur um das von Anfang an klarzustellen«, sagte Madlener, »dies ist eine Zeugenbefragung und kein Verhör.«

»Okay. Ich bin Comic-Fan, Bowling ist was Uramerikanisches, und ich liebe Barney Geröllheimer von den ›Flintstones‹. Und ›Barney's Bowlingbahn‹ klingt einfach gut. Triple-B. *That's all.*« Mit einer Fernbedienung schaltete Seifried den Ton des Bildschirms leiser.

»Wann haben Sie Ruhetag?«

»Nie.«

»Wie lange haben Sie auf?«

»Täglich bis ein Uhr nachts. An Wochenenden auch mal länger.«

»Und Sie sind immer hier?«

»So gut wie. Abends sind natürlich auch Angestellte da. Koch, Helfer, Bedienung, Barmixer.«

»Bitte geben Sie meiner Assistentin eine komplette Liste mit Namen und Adressen.«

Seifried ging hinter den Tresen und fuhr den Computer hoch.

»Um das ebenfalls gleich von Anfang an klarzustellen«, sagte er unvermittelt und sah Madlener dabei an. »Ich habe mit dem Mord an unseren zwei ehemaligen Lehrern nichts zu tun. Ich habe sie seit der Internatszeit nicht mehr gesehen. Das wollten Sie doch fragen, oder?«

»Unter anderem, ja«, sagte Madlener. »Dann erzählen Sie uns doch etwas über Peter Jankowitz, ihren Freund.«

Mit dieser Frage hatte Seifried nicht gerechnet. Seine aufgesetzte Fröhlichkeit war mit einem Schlag aus seinem Gesicht verschwunden.

»Sie haben seinen Tod auf dem Gewissen, diese Teufel«, sagte er voller Verachtung und musste sich räuspern, weil seine Stimme brüchig geworden war. »Und seine Leidenszeit. Und die hat lang gedauert. So lang, bis er es nicht mehr ausgehalten hat und daran zugrunde ging.«

»Sie waren Freunde bis zuletzt, Jankowitz, Freytag, Junghans und Sie. Ist das richtig?«

»Ja, kann man wohl so sagen.«

»Sie haben seine Beerdigung arrangiert und waren auch alle dabei.«

»Natürlich. Das waren wir ihm schuldig. Er hat keine Angehörigen, soviel wir wissen. Er hatte!«, verbesserte er sich.

»Apropos Angehörige – wer von Ihnen ist verheiratet? Wer hat Kinder?«

Seifried zögerte mit der Antwort. Schließlich sagte er: »Keiner.«

»Warum nicht?«

»Was geht Sie das an?«

Madlener blieb kühl und konsequent. »Sie können diese und andere Fragen auch auf der Polizeidirektion in Friedrichshafen beantworten, wenn Ihnen das lieber ist.«

Seifried zuckte mit den Achseln. »Ich habe nie darüber nachgedacht. Es hat sich bei keinem ergeben«, antwortete er unsicher. »Für die anderen kann ich nicht sprechen, die müssen Sie schon selber danach fragen. Ich habe eben nie die Richtige gefunden. Die Richtige, die's länger als ein oder zwei Jahre mit mir ausgehalten hätte.«

»Freytag war auch nie verheiratet?«

»Nein.«

»Und Peter Jankowitz?«

»Er hatte eine Freundin. Aber die beiden haben sich getrennt. Nein, das stimmt nicht. Er hat sich von ihr getrennt.«

»Was war der Grund?«

»Unüberbrückbare Gegensätze?«

»Ach kommen Sie, Sie wissen es doch besser.«

»Peter wollte sie nicht länger mit seiner Krankheit belasten. Mit seinen Depressionen. Dafür liebte er sie zu sehr.« Er gab Harriet einen Ausdruck der Adressenliste seiner Angestellten.

»Wie heißt die Freundin von Jankowitz? Wo finden wir sie?«, fragte Madlener.

»Anja Kremers. Ich kann Ihnen die Telefonnummer und die Adresse geben. Sie arbeitet als Hausdame in einem Landhotel.« Seifried kritzelte etwas auf einen Pilsuntersetzer und reichte ihn an Harriet weiter. Er hatte ohne zu überlegen oder nachzusehen geschrieben.

»Sie telefonieren oft mit Frau Kremers?«, fragte Madlener.

»In letzter Zeit schon. Gezwungenermaßen. Ihr geht es nicht gut. Der Tod von Peter hat sie sehr mitgenommen.«

Madlener wandte sich an seine Assistentin. »Harriet, haben Sie alle Namen und Adressen?«

Sie hob den Daumen. Madlener sah Seifried an. »Haben Sie vor, in nächster Zeit zu verreisen?«

»Können Sie mir das verbieten?«

»Nein. Wollen Sie denn?«

»Ich wüsste nicht, wohin.«

»Gut. Wir kommen auf Sie zu. Danke, Herr Seifried.«

Er nickte ihm zu und ging zusammen mit Harriet hinaus.

Seifried nahm die Fernbedienung zur Hand und schaltete die »Flintstones« wieder auf laut. Er sah zwar auf den Film, aber sein Blick war nach innen gerichtet. Er merkte nicht einmal, dass seine Bedienung hereinkam, ihn grüßte und ihren Dienst antrat.

48

Ullreich war tatsächlich bis Friedrichshafen sitzen geblieben. Als sie in den Bahnhof einfuhren, stand Bärlach schon bereit, um mit ihm den Zug zu verlassen. Er hatte mehrmals kurz mit Weinhold telefoniert und besprochen, was sie tun sollten, wenn Ullreich tatsächlich ausstieg, um dort die Polizeidirektion aufzusuchen. Weinhold, der mit dem Auto am Bahnhofsvorplatz wartete, hätte ihn im Notfall abgepasst, um ihn aufzulesen. Bärlach wäre hinzugestoßen, und dann hätten sie Ullreich mit irgendeiner Ausrede zu einem abgelegenen Parkplatz fahren müssen, um ihn dort zu beseitigen.

Problematisch wäre es geworden, wenn Ullreich den Braten gerochen und sich gewehrt oder versucht hätte, die Flucht zu ergreifen. Daran wagte Bärlach gar nicht zu denken. Die ganze Geschichte entwickelte sich allmählich zu einem einzigen Alptraum. Ullreich vor den zahlreichen Leuten, die sich zu dieser Zeit vor dem Bahnhof herumtrieben, in James-Bond-Manier zu packen und gewaltsam ins Auto zu zerren – undenkbar. Abgesehen davon, dass sie keine dreißig mehr waren, war Ullreich ein zäher Knochen, der ohne einen gewissen Überraschungseffekt wohl nicht so ohne Weiteres zu überwältigen gewesen wäre.

So ein Vorgehen wäre ihr absoluter Notfallplan gewesen, ein Plan, der leicht hätte ins Auge gehen können. Aber ihnen blieb keine Alternative – jetzt mussten sie Vabanque spielen, sonst waren die Konsequenzen unabsehbar. Oder besser: unausweichlich. Am Schandpfahl zu landen und sich für so lange zurückliegende Taten rechtfertigen oder sie gar *coram publico* in einer großen *Mea-culpa*-Aktion bereuen zu müssen, das war die finale Horrorvorstellung, auch wenn sie wussten, dass sie dafür nicht mehr belangt werden konnten, weil alles längst verjährt war. Ein Weiterleben wie bisher würde unmöglich werden, sie wären stigmatisiert bis in alle Ewigkeit.

Als Ullreich den Zug verließ, folgte ihm Bärlach in ausreichendem Abstand, immer auf der Hut, dass Ullreich irgendetwas Unvorhergesehenes machte. Wollte er jetzt doch zur Polizei und dort auspacken? Bärlach kam gehörig ins Schwitzen. Aber Ullreich begab sich zum Zugfahrplan und studierte die An- und Abfahrtszeiten. Was hatte der verrückte Vogel nur vor? Es schien so, als wäre er ziellos herumgefahren, ohne zu wissen, was und wohin er wollte.

Auf dem gegenüberliegenden Gleis fuhr ein Zug ein. Zielort Aulendorf. Ullreich zögerte nicht und stieg ein. Bärlach informierte Weinhold und kletterte in den nächsten Waggon.

Als der Zug endlich losfuhr, startete auch Weinhold. Er wollte mit dem Auto schon nach Aulendorf vorausfahren und dort warten, bis Ullreich ankam. Kurz überlegte er, vorher in ihrer Wohnung vorbeizuschauen, um irgendein Küchenmesser als Waffe zu holen – er ärgerte sich maßlos, dass er sich nie eine Schusswaffe besorgt hatte, aber dazu war es jetzt zu spät. Und eine Stichwaffe kam auch nicht in Frage. Wenn sie schon gezwungen waren, Ullreich aus dem Weg zu räumen, dann mussten sie auch mit dem gleichen Modus Operandi vorgehen wie die Killer bei Möller und Escher.

Aus der Zeitung wussten er und Bärlach, dass Möller und Escher durch Ertrinken ums Leben gekommen waren. Also musste Ullreich auf dieselbe Art sterben, damit sie seinen Tod den unbekannten Mördern in die Schuhe schieben konnten. Durch diese Tat, die durch Ullreichs Verhalten unvermeidlich geworden war, würde so viel Dynamik in den Fall kommen, dass die alten Geschichten bestimmt nicht mehr in den Mittelpunkt des Interesses rückten. Vielleicht blieb ihnen dann Zeit genug, es Escher gleichzutun und sich irgendwo im Ausland niederzulassen. Das würde ihnen nicht leicht fallen, aber es war immer noch besser, als hier in Deutschland wie die Lämmer darauf zu warten, auf die Schlachtbank der öffentlichen Meinung geführt zu werden.

Sie mussten es nur geschickt anstellen, wenn sie Ullreich ausschalteten, und getürkte Beweise für die Polizei hinterlassen, damit sie mit der Nase endlich auf die richtige Spur gestoßen wurde. Bisher, so schien es, hatte die Sonderkommission nicht eine einzige sinnvolle Vorstellung davon, was da ablief.

Bärlach saß einen Waggon von Ullreich entfernt, als der Zug endlich in Aulendorf einfuhr. Er beobachtete, wie Ullreich ausstieg und folgte ihm dann unauffällig im größtmöglichen Abstand. Er hoffte, dass Ullreich nicht nur auf ein anderes Gleis gehen und erneut umsteigen und irrational durch die Gegend fahren würde. Er hatte kein Gepäck dabei, aus dem Staub machen wollte er sich also nicht.

Ullreich steuerte direkt auf den Ausgang zu. Bärlach rief Weinhold auf dem Handy an und teilte ihm seine Beobachtung mit. An den wartenden Taxis ging Ullreich vorbei, dann in südlicher Richtung die Straße entlang. Bärlach erkannte Weinholds Auto auf der anderen Straßenseite, hastete hinüber und setzte sich auf den Beifahrersitz.

»Wo will der nur hin?«, fragte Bärlach außer Atem.

»Das werden wir schon sehen«, antwortete Weinhold und rollte langsam los.

49

Madlener und Harriet fuhren zwischen grünen und bewaldeten Hügeln und mit Sicht auf den gleißenden See in der Ferne eine einsame Landstraße entlang, nicht weit von Sipplingen entfernt. Madlener wusste selbst nicht genau, warum er mit Anja Kremers sprechen wollte. Aber er hörte auf seine Intuition. Es war nicht so, dass er sich immer blind auf sie verlassen konnte. Doch er gab viel auf sein Bauchgefühl, auch wenn es manchmal alles andere als zwingend logisch war.

Wenn einer der drei, die sie heute vernommen hatten, oder womöglich alle drei zusammen in die Morde verwickelt waren, würden sie es wohl kaum riskieren, in der augenblicklichen Situation einen weiteren zu begehen. Sie wussten nun, dass die Polizei ein Auge auf sie hatte und sie im Fokus der Ermittlungen standen. Sie wussten auch, dass die Polizei die Namen der übrig gebliebenen Lehrkräfte kannte, die zu den Fürchterlichen Fünf gehört hatten, und sie aufsuchen und ebenfalls vernehmen würde. Vielleicht hatten die Mörder beabsichtigt, ihre lang zurückliegende Leidensgeschichten indirekt ans Licht der Öffentlichkeit zu bringen, indem die Untaten der Lehrerclique nach und nach durch die Ermittlungsarbeit der Polizei aufgedeckt wurden. Vielleicht sollte der Rest der Fürchterlichen Fünf nur der Angst um ihr jämmerliches Stück Lebensabend und schließlich der Schande in den Medien preisgegeben werden. Vielleicht wollten sie auch erreichen, dass das Internat durch den Skandal dazu gezwungen wurde, seine Pforten für immer zu schließen.

Alles war möglich – Madlener und Harriet hatten zwar den Schlüssel für die Morde gefunden, aber kein Geständnis und keinen Beweis. Sie mussten weiter graben, weiter provozieren und etwas finden, das unwiderlegbar zu den Tätern führte.

Das Landhotel »Säntis«, in dem Anja Kremers arbeitete und wohnte, war nach dem Berg in der Schweizer Alpenkette benannt, der mit seiner weißen Schneekappe bei günstiger Föhnlage gerade noch am Horizont zu sehen war. Sie stellten ihren Wagen auf dem Parkplatz ab und betraten das Hotel, das abgelegen mitten in einer lieblichen Hügellandschaft lag, umgeben von Obstplantagen und Feldern und nur über eine Sackstraße mit dem Auto erreichbar – ein Juwel wie aus einem Reiseführer für Romantik-Hotels.

Das Haupthaus war ein zum Hotel umgebauter ehemaliger Bauernhof, liebevoll und doch modern restauriert. Eine üppige bunte Blumenpracht entfaltete sich vor der Südseite, ein kleiner Springbrunnen plätscherte munter.

Madlener und Harriet steuerten den Empfang an. Es roch bereits verführerisch nach Abendessen, und Madlener merkte plötzlich, wie ausgehungert er war. Er warf einen Blick durch die offene Doppeltür ins Restaurant, wo gerade zwei junge Bedienungen dabei waren, die Tische zu decken, und schnappte sich bei der Gelegenheit eine Handvoll Salzstangen, die in einem Glas an der Bar standen, und ein paar Nüsse aus einem Schüsselchen.

Hinter dem Empfangstresen führte eine offene Tür zum Büro, wo eine mollige Schwarzhaarige am Computer saß. Als sie die Ankömmlinge bemerkte, kam sie heran, ihr Namensschild wies sie als Anja Kremers aus. Sie begrüßte sie freundlich im badischen Dialekt, der immer einen leichten Anflug von Singsang hatte. Dass sie ein paar Pfund zu viel hatte, stand ihr gut, sie war hübsch und dezent geschminkt, was ihre dunklen Augenringe aber nicht verbergen konnte. Sie strahlte eine merkwürdige Traurigkeit aus, obwohl sie alles tat, um diesen Eindruck zu überspielen.

Madlener stellte Harriet und sich vor, sie hatten sich telefonisch angemeldet. Anja Kremers rief nach einer Vertretung, nahm ihre Handtasche aus dem Büro mit, die über der Lehne ihres Schreibtischstuhls hing, und führte sie in ein leeres Nebenzimmer, das als Aufenthaltsraum diente. Sie schloss die Tür, bat sie, Platz zu nehmen, und setzte sich ihnen gegenüber. »Ich würde Sie nur bitten, es kurz zu machen«, sagte sie. »Wir haben in einer Stunde Abendessen, und da werde ich im Restaurant gebraucht.«

»Keine Bange, wir wollen Sie nicht lange aufhalten«, beruhigte sie Madlener. »Wir haben nur ein paar Fragen an Sie, und dann sind wir auch schon wieder weg. Wir ermitteln im Fall der zwei kürzlich ermordeten Männer, die Lehrer ihres Freundes Peter Jankowitz waren.«

Sie nickte, sagte aber nichts.

»Hat Herr Jankowitz Ihnen gegenüber jemals die Namen Karl Möller und Georg Escher erwähnt?«

»Nein. Niemals.«

»Hat er über seine Zeit im Internat gesprochen?«

»Nein.«

»Wie gut kannten Sie seine Freunde?«

»Sie haben ihn regelmäßig in der Klinik besucht. Aber ich kannte sie schon von früher.«

»Wie lange waren Sie mit Jankowitz befreundet?«, fragte Harriet.

Anja Kremers musste nicht lange nachdenken. »Fast sieben Jahre.«

»Wohnten sie zusammen?«

»Ja. Wir hatten eine gemeinsame Wohnung in Sipplingen.«

»Was ist passiert? Warum haben Sie sich getrennt?«

Anja Kremers holte ein Taschentuch aus ihrer Handtasche hervor, Madlener befürchtete schon, dass sie in Tränen ausbrechen könnte, aber sie verhielt sich außerordentlich diszipliniert. Man merkte, dass sie sich eine Art Panzer zugelegt hatte, um nicht die Kontrolle über sich und ihre Gefühle zu verlieren. Sie schnäuzte sich nur, bevor sie antwortete. »Mit Peter wurde es immer schlimmer. Er konnte auf einmal nicht mehr arbeiten, ließ sich krankschreiben und schließlich beurlauben. Dabei war sein Beruf alles für ihn.«

»Was war er?«

»Er war Lehrer an einer Grundschule.«

Harriet und Madlener warfen sich einen kurzen Blick zu.

»Peter war, jedenfalls hatte ich den Eindruck, der geborene Lehrer und überaus engagiert. Er hat sich immer besonders für lernschwache Kinder eingesetzt, für Kinder, die ein schwieriges Zuhause hatten, oder, wie man so schön sagt, Kinder mit Migrationshintergrund, die Probleme mit der deutschen Sprache hatten. Aber dann, vor ungefähr zwei Jahren … Es war wie ein Knacks in seiner Persönlichkeit, ich weiß auch nicht, wie ich das besser beschreiben soll.«

»Was ist passiert?«

»Er war bei einem Klassentreffen. Zum ersten Mal, wie er mir sagte. Er schien sich sogar darauf zu freuen. Da muss etwas Einschneidendes passiert sein. Am nächsten Morgen war er jedenfalls wie ausgewechselt. Ein anderer Mensch. An diesem Abend habe ich Peter verloren.« Sie kramte in ihrer Handtasche nach einem zweiten Taschentuch. »Von da an war alles anders. Er verlor das Interesse an allem. An seiner Arbeit, an seinen Freunden, seinem Zuhause. An mir.«

»Wie äußerte sich das?«

»Er kam ständig zu spät, war im Unterricht unvorbereitet, ließ den Kindern alles durchgehen, hatte seine ganze Autorität verloren. Manchmal blieb er tagelang im Bett, hatte zu nichts mehr Lust.«

»Alles Anzeichen einer tiefen Depression«, warf Madlener ein.

»Ja. Er wusste es, ich wusste es. Schließlich ließ er sich behandeln, musste sich krankschreiben lassen. Er ging von einem Arzt zum anderen, nahm Medikamente, Antidepressiva, immer stärkere, aber das machte alles nur noch schlimmer. Eines Tages, als ich früher nach Hause kam, fand ich ihn im Bad. Er saß nackt in der leeren Badewanne und schnitt mit einer Rasierklinge an sich herum. Er hatte nicht abgesperrt und schrie mich an, warum ich einfach so hereinplatze, ohne anzuklopfen. Überall war Blut. Es war schrecklich.« Die Erinnerung daran spiegelte sich in ihrem Gesicht wider, aber Anja Kremers ließ es nicht zu, dass der Schmerz sie überwältigte.

Sie ist eine starke Frau, zumindest nach außen hin, dachte Madlener.

In die Stille hinein, in der man nur das laute Ticken des altertümlichen Regulators in der Ecke hörte, fragte Harriet: »Und dann hat er sich von Ihnen getrennt?«

»Ja. Ich wollte den Notarzt anrufen, aber er hat das Telefonkabel einfach aus der Wand gerissen und mir Schläge angedroht, wenn ich irgendjemanden hole. Ich war so schockiert, dass ich nicht mehr wusste, was ich tun sollte. Peter war immer der friedlichste Mensch gewesen, aber da hat er sich aufgeführt wie ein Wahnsinniger, hat Sachen umgeworfen, mich beschimpft und ist wie ein Tier im Käfig nackt hin- und hergerannt, blutbesudelt, wie er war. Dann hat er sich in seinem Zimmer eingesperrt. Am nächsten Tag ist er mit Sack und Pack ausgezogen. Ich schaute am Morgen nach ihm, weil ich mir Sorgen machte, ihn in seinem Zustand allein zu lassen. Aber da hatte er sich scheinbar wieder beruhigt und schien ganz normal zu sein. Er entschuldigte sich und sagte, dass ich ruhig zur Arbeit gehen sollte. Als ich wieder nach Hause kam, waren seine Sachen und er verschwunden. Er hat mir einen Abschiedsbrief hinterlassen, in dem er versucht hat, sich die ganze Schuld zu geben.«

»Haben Sie noch mal mit ihm gesprochen?«

»Natürlich. Er war freundlich, aber bestimmt. Sagte, er wolle einfach nicht mehr mit mir zusammenleben. Brauche seine Freiheit.«

»Haben Sie ihm das abgenommen?«

»Was blieb mir anderes übrig?«

»Und dann hat er sich einweisen lassen?«

Sie nickte. »Nach Bad Schussenried, in die Psychiatrie, ja.«

»Trotzdem haben Sie ihn da besucht?«

»Ja. Nach einer Weile. Weil mich seine Freunde darum gebeten haben. Da hat er mir zum ersten Mal gesagt, dass er so nicht weiterleben mag. Mit diesen starken Medikamenten, die ihn nur noch dahindämmern lassen. Wir haben alles versucht, auch die Ärzte haben ihr Bestes gegeben, aber ...«

Sie sprach nicht weiter und ließ den Satz in der Luft hängen.

Madlener sagte: »Dann wussten Sie also nicht, dass Peter Jankowitz in seiner Kindheit und Jugend jahrelang sexuell missbraucht worden war?«

»Ich wusste es nicht. Aber jetzt weiß ich es.«

Wieder kramte sie in ihrer Handtasche. Harriet warf Madlener einen auffordernden Blick zu, Madlener wusste ihn zu deuten: Es sei genug und Anja Kremers offensichtlich am Ende ihrer Kräfte. Madlener gab sein Einverständnis durch ein kurzes Kopfnicken zu erkennen und wollte schon aufstehen, da zog Anja Kremers ein schmales Büchlein aus ihrer Handtasche und streckte es ihm hin.

»Das ist aus Peters Nachlass. Es lag mitten auf dem Tisch in seinem Zimmer in der Klinik. Er hat es vor seinem Sprung aus dem Fenster extra dort für mich deponiert. Es ist eine Art Tagebuch. Ich habe es gelesen. Da steht alles drin. Sie können es mitnehmen. Ich will es aber wieder zurückhaben.«

Madlener nahm es. Auf dem Einband stand handschriftlich »Für Anja. Damit sie es versteht.«

Er fand es unangemessen, jetzt darin herumzublättern, und stand auf, Harriet ebenfalls. Madlener gab Anja Kremers die Hand.

»Danke für Ihre Aussage. Wir melden uns, falls wir noch Fragen haben. Und mein herzliches Beileid.«

Sie deutete ein schwaches Lächeln an. »Danke.«

Madlener und Harriet wollten schon gehen, als sie fragte: »Sie werden das alles aufklären, oder? Die kommen doch nicht einfach so davon, ungeschoren?«

»Wen meinen Sie? Die Mörder oder die Täter von damals?«

»Beide«, sagte sie. »Beide.«

»Wir tun alles dafür. Da können Sie sicher sein«, entgegnete Madlener und verließ mit Harriet das Zimmer.

50

Weinhold und Bärlach beschlossen, Ullreich mit dem Auto hinterherzufahren, obwohl er zu Fuß unterwegs war. Auf den Straßen war nicht viel los, und das gestaltete die Verfolgung schwierig. Als Ullreich auf eine lang gezogene Landstraße einschwenkte, die aus dem Ort herausführte, mussten sie immer wieder rechts heranfahren und anhalten, um nicht aufzufallen. Wahrlich kein professionelles Vorgehen, aber sie hatten keine andere Wahl. Zum Glück ging Ullreich stur seines Weges, ohne sich auch nur einmal umzuschauen.

Sie waren schon am Ortsrand angelangt, auf der linken Seite zogen sich Felder bis zum hügeligen Horizont, und Weinhold schlug vor, die Verfolgungstaktik zu ändern. Sollte Ullreich die Landstraße bis zur nächsten Ortschaft weitermarschieren, konnten sie nicht länger mit dem Auto an ihm dranbleiben.

Bärlach verlor allmählich die Geduld. Er spekulierte schon damit, dass Ullreich eventuell Lunte gerochen hatte und sie nur kreuz und quer durch die Gegend lotste, ohne konkretes Ziel. Vielleicht sollten sie ihn schlicht und einfach im geeigneten Moment über den Haufen fahren und sich davonmachen. Die Gelegenheit war günstig.

Weinhold schien dieser Gedanken zu gefallen. Er spielte schon mit dem Gaspedal und blickte in den Rückspiegel: weit und breit niemand unterwegs. Als er auf Ullreich losfahren wollte, der etwa zweihundert Meter entfernt war, bog dieser plötzlich in eine Seitenstraße ein, die in ein kleines Gewerbegebiet führte, in dem es ein paar Autohäuser und eine Tankstelle gab.

Weinhold wartete, dann näherten sie sich in Schleichfahrt. Als sie an der Abzweigung ein Hinweisschild sahen, wussten sie auf einmal, was Ullreich hier wollte, und ärgerten sich, dass sie nicht gleich darauf gekommen waren: Er war unterwegs zum größten Fachhandel für Zierfische, Aquarien und Teichzubehör in Oberschwaben, »Schwaben-Aquaristik«.

Wie banal und doch logisch, Ullreichs langjähriges Hobby war ihnen natürlich bekannt, aber sie wären nie auf die Idee gekommen, dass er ausgerechnet in dieser angespannten Situation seine Zeit damit verplempern würde, sich Aquarien und blöde glotzende Fische anzusehen. Aber vielleicht war das Ullreichs Art, sich abzulenken und innerlich ein wenig zur Ruhe zu kommen.

Auf dem Parkplatz vor »Schwaben-Aquaristik« stellten sie ihr Auto so ab, dass sie den Eingang, in dem Ullreich gerade verschwand, im Auge behalten konnten, und beratschlagten, wie sie weiter vorgehen sollten. Sie konnten hier wie die Trottel warten, bis Ullreich endlich wieder geruhte, herauszukommen, um ihm dann erneut auf umständliche Art und Weise auf den Fersen zu bleiben. Bärlach ging jede Wette ein, dass Ullreich sich nach seinem Einkauf mit öffentlichen Nahverkehrsmitteln wieder auf den Nachhauseweg machen würde.

Die Luft im Auto wurde allmählich dicker und dicker, nicht nur wegen der Hitze, sondern auch wegen der gereizten Stimmung. Bärlach hatte die Schnauze gestrichen voll; hier auf dem Parkplatz mitten in der prallen Sonne stumpfsinnig auf den Eingang zu glotzen hielt er für hirnverbrannt. Ullreich würde bestimmt nicht zuerst irgendein albernes Zubehörteil kaufen und dann die Polizei aufsuchen, nein, er würde direkt wieder nach Hause zurückkehren, um es seinem Aquarium einzuverleiben und die halbe Nacht darauf zu starren, so wie er ihn kannte.

Nach einem kurzen Moment des Nachdenkens stimmte Weinhold schließlich zu: Mit seiner Entscheidung, hierherzukommen, hatte Ullreich ihnen eigentlich eine unerwartete Gelegenheit geliefert. Sie konnten jetzt sofort in aller Ruhe voraus nach Wildorf fahren und hatten mindestens zwei Stunden Zeit, um in sein Haus zu gelangen und alles Nötige vorzubereiten. So würden sie ihren Plan, Ullreich so zu beseitigen, dass es wie der dritte Mord der Serientäter aussah, perfekt in die Tat umsetzen können.

»Also sind wir uns einig?«, fragte Bärlach.

Statt einer Antwort startete Weinhold das Auto, wendete scharf und fuhr, ganz entgegen seiner sonstigen Art, mit quietschenden Reifen davon.

51

Am frühen Abend hatten sich Madlener, Harriet, Kriminaldirektor Thielen und Frau Gallmann – Madlener fand, heute sah sie nach Ingrid aus – noch im Besprechungsraum des Präsidiums getroffen, um alle Ermittlungsergebnisse, Zeugenbefragungen und die daraus resultierenden Schlussfolgerungen zusammenzutragen und zu diskutieren. Binder und Götze würden später kommen, sie waren nach Wildorf gefahren, um den früheren Internatslehrer Theophil Ullreich aufzusuchen, der einfach nicht zu erreichen war.

Madlener und Harriet hatten sich vorher noch im nahen Asia-Imbiss, der auf einem leeren Grundstück lag und aus zwei Containerhütten und ein paar Plastikstühlen und -tischen bestand, mit den Nummern achtunddreißig, fünfundvierzig und zweimal sieben eingedeckt, die Madlener spendiert hatte, was übersetzt Schweinefleisch-Szechuan, Rindfleisch-Zitronengras und Tom-Yam-Gung-Suppe bedeutete, to go natürlich – auf Madleners Stupidity-Anglizismen-Charts nahm »to go« bereits seit geraumer Zeit einen Spitzenplatz ein –, weil sie den ganzen Tag über kaum etwas gegessen hatten.

Als sie nun die Aluminiumfolien von ihren Styroporbehältern zerrten und sich Madlener dabei prompt mit der brühend heißen Suppe bekleckerte, weil er wie stets mit zu viel Kraft vorgegangen war – *Mist, Mist, Doppelmist!* –, erfüllte sofort ein penetranter Geruch nach chinesischer Garküche den ganzen Raum. Frau Gallmann riss demonstrativ die Fenster auf, und Thielen runzelte die Stirn, obwohl Madlener ihm ansah, dass er auch gerne zumindest von Nummer fünfundvierzig einen Happen probiert hätte. Sofort bot er ihm von seinem Rindfleisch-Zitronengras etwas an – gehässigerweise, weil er wusste, dass der Kriminaldirektor am Abend noch ein wichtiges Dinner mit irgendwelchen hohen Beamten hatte und wegen des zu befürchtenden Knoblauchgeruchs ablehnen würde. Was er auch tat, obwohl es ihm sichtlich schwerfiel.

Es war immer noch drückend schwül, und das scharfe Essen potenzierte die gefühlte Hochofentemperatur noch, sodass Madlener alle Papierservietten verbrauchte, von denen sie in weiser

Voraussicht gleich einen ganzen Packen mitgenommen hatten, um sich immer wieder den Schweiß von der Stirn zu wischen.

Thielen hörte sich Harriets Bericht an, ohne sie ein einziges Mal zu unterbrechen, während Madlener sich noch über Nummer hundertsechzehn hermachte, gebackene Früchte mit Honig und Mandeln, die Harriet in ihrem Hungerast mitgenommen hatte, aber nicht mehr essen konnte, weil sie pappsatt war, und Frau Gallmann dankend ablehnte, weil sie auf Diät war.

Als Harriet mit ihrem Vortrag fertig war, wollte Thielen nur eines wissen: »Egal, ob wir jetzt Beweise haben oder nicht – waren es die drei Freunde Ihrer Meinung nach? Dieser Dr. Freytag könnte doch das Gehirn und der Motor dieser Killer sein, oder?«

Madlener wollte sich nicht festlegen. »Das ist durchaus im Bereich des Möglichen, zuzutrauen wäre es ihm beziehungsweise ihnen zusammen. Da wir bisher aber kein Geständnis haben, bleibt uns nichts anderes übrig, als die ungefähren Tat- und Todeszeitpunkte mit den Alibis und Terminplanern der Verdächtigen abzugleichen und sie mit den noch fehlenden Zeugenaussagen von Angestellten zu ergänzen. Das erfordert eine Menge Kleinarbeit und Zeit.«

Thielen winkte ab. »Ist mir klar, Madlener, ist mir klar. Aber wenn Sie einen Verdacht haben, dann äußern Sie ihn hier und jetzt. Wir könnten denjenigen observieren lassen oder zumindest sein Telefon abhören, eine richterliche Verfügung besorge ich schon. Das könnte uns vielleicht die gesuchten Beweise liefern. Ich möchte in meinem Zuständigkeitsbereich nicht noch eine nackte Leiche in irgendeinem Ententümpel mit dem Gesicht nach unten herumschwimmen sehen.«

»Ich denke nicht, dass momentan die Gefahr besteht, Herr Kriminaldirektor«, entgegnete Madlener. »Wir haben genügend Wirbel veranstaltet, es wäre einfach zu gefährlich für die Täter. Außerdem sind die potenziellen Opfer inzwischen gewarnt. Vielleicht wäre es besser, *sie* zu überwachen, und zwar richtig auffällig mit Streifenwagen vor ihren Wohnungen, zur Abschreckung sozusagen.«

»Einverstanden, ich werde zumindest veranlassen, dass vor den Wohnungen der gefährdeten Personen regelmäßig Streife gefahren wird. War es das für heute? Dann machen wir nämlich Schluss.

Ich habe im Rathaus noch einen dringenden Termin, da darf ich nicht zu spät kommen.« Er warf einen Blick auf seine Uhr und überlegte. »Also gut ...«, sagte er schließlich mit einer grimmigen Entschlossenheit, die der Leiter einer so wichtigen Sonderkommission seiner Meinung nach offenbar auszustrahlen hatte, »ich werde Telefonüberwachung bei Freytag, Junghans und Seifried beantragen. Aber das geht nicht von jetzt auf gleich, auch technisch nicht.«

Frau Gallmann hob vorsichtig ihre Hand mit dem Kugelschreiber.

»Ist noch was?«, fragte Thielen mit hochgezogenen Augenbrauen.

»Ja«, sagte Frau Gallmann. »Aber das betrifft nur Herrn Madlener.« Sie wandte sich an ihn. »Es geht um Ihre Therapiestunde bei Dr. Auerbach. Er würde sie gerne vorverlegen, weil er auf Fortbildung muss.« Dabei sah sie Madlener mit großen Augen an, in denen wohl so etwas wie Mitleid zu lesen war.

Madlener stöhnte innerlich, ließ sich aber nichts anmerken. Er wollte gerade zu einem schlechten Witz im Zusammenhang mit Fortbildung und Dr. Auerbach ansetzen, da funkte ihm Thielen dazwischen.

»Sagen Sie ab«, befahl der Kriminaldirektor. »Wir haben Wichtigeres zu tun.«

»Das wird der Herr Doktor aber gar nicht gern hören!«, wagte Frau Gallmann anzumerken. Madlener fiel ein, dass er mit Dr. Auerbach noch eine Rechnung offen hatte. Und momentan war er in einer Stimmung, in der ihm jemand wie Dr. Auerbach gerade recht kam.

»Wann will er denn?«, fragte er deshalb.

»Wenn's Ihnen recht wäre: um acht Uhr morgen früh. Es isch ihm selber klar, dass das viel verlangt isch, aber Sie würdet ihm damit sehr entgegenkommen, hat er gsagt.«

»So, hat er das«, stellte Madlener genüsslich fest. Und dann, zum allgemeinen Erstaunen, erklärte er kurz entschlossen: »Okay, ich komme.«

»Dann saget Sie also zu?«, wollte sich Frau Gallmann noch einmal rückversichern.

»Jaja, ich komme. Dauert ja nur exakt eine Dreiviertelstunde.

Dann habe ich das auch wieder aus dem Kopf. Ich freue mich schon darauf, ihn zu sehen«, sagte Madlener.

Frau Gallmann rätselte sichtlich, ob er das ernst meinte. »Soll ich ihm das auch ausrichten?«, fragte sie.

»Aber natürlich«, sagte Madlener in gespieltem Ernst, »man muss seinen Therapeuten ja schließlich bei Laune halten.«

Kriminaldirektor Thielen warf ihm einen besorgten Blick zu, als befürchte er, Madlener sei kurz davor, vollkommen überzuschnappen. »Sie sollten jetzt besser mal ein paar Stunden schlafen, Madlener«, bemerkte er mit einer strengen und gleichzeitig eindringlichen Fürsorglichkeit in der Stimme, die man für gewöhnlich bei umzingelten Amokläufern, die einen scharfen Sprenggürtel trugen, anzuwenden pflegte. »Sie sehen müde aus.«

Madlener rieb sich die Schläfen. »Das bin ich auch. Harriet und ich waren den ganzen Tag auf den Beinen.«

»Dann sehen wir uns um Punkt zehn Uhr morgen hier im Meeting-Room«, stellte Thielen noch einmal fest, bevor er allen zunickte und ging.

Das passte Madlener gut, dann würde er sein Gespräch mit der Fritschwitwe gerade noch dazwischenquetschen können, aber das band er Thielen natürlich nicht auf die Nase.

Madlener wünschte Frau Gallmann ganz ohne Ironie noch einen schönen Feierabend. Harriet hatte in der Zwischenzeit die Styroporbehälter vom Asia-Imbiss ordentlich zusammengepackt und nahm sie in einer Plastiktüte mit. Er fragte sie beim Hinausgehen: »Was machen Sie denn damit? Im Meeting-Room ist ein schöner großer Abfallkorb. Oder sollte ich besser sagen: Wastebasket?«

»Was denken Sie denn«, antwortete sie fast empört und ging nicht auf seinen kleinen Scherz ein. »Ich entsorge das selbstverständlich im Verpackungsmüllcontainer, wie es sich gehört.«

»Selbstverständlich«, beeilte sich Madlener zu entgegnen, bevor er ihr zuwinkte und sich auf den Weg zu seinem Auto machte.

Zu seinem Erstaunen fing es draußen gerade an zu tröpfeln. Er blinzelte nach oben, eine graue, schwere Wolkendecke war aufgezogen. Madlener nahm sich vor, heute Abend noch den Wetterbericht anzuhören, und stieg ins Auto. Er ließ alle Fenster nach unten, als er losfuhr. Aber gerade, als er die Scheibenwischer eingeschaltet hatte, hörte es auch schon wieder auf.

Während er an der Ampel bei Rot warten musste, schräg gegenüber dem Bordell von Friedrichshafen, das sinnigerweise nur einen Steinwurf entfernt von der Polizeidirektion lag und aus dem gerade zwei exotische Nutten heraustöckelten, begleitet vom Klischee eines Zuhälters, bodybuildinggestählt und mit martialischen Tattoos auf den nackten Armen, die in einem Muskelshirt steckten, stocherte Madlener in seinem Handschuhfach herum, auf der Suche nach einer passenden CD, die ihm dabei helfen würde, wenigstens für kurze Zeit abzuschalten. Der Zuhälter hatte schulterlanges, dünnes Blondhaar und einen Walrossbart und sah aus wie ein Wikinger auf dem Weg zum Brandschatzen. Er half seinen zwei knapp bekleideten Pferdchen galant in seinen goldfarbenen Porsche Panamera, was mit den High-Heels, mit denen die Damen wohl schon auf die Welt gekommen waren, gar nicht so einfach zu bewerkstelligen war. Dann parkte er rückwärts aus und fuhr gemächlich los, weil er und die Mädchen sich noch vorschriftsmäßig die Sicherheitsgurte anlegen mussten. Erst dann gab er richtig Gummi, sodass der Porsche aufröhrte und davonschoss wie eine Rakete. Madlener sah ihn um die nächste Kurve entschwinden und dachte einen neidischen Moment lang, dass er sich vielleicht doch für den falschen Beruf entschieden hatte. Kurz bevor seine Ampel auf Grün umsprang, richtete er endlich seine Augen aufs Handschuhfach und fand die passende CD: Supertramp, »It's Raining Again«. Er legte sie ein.

Inzwischen war es Grün geworden, sein Hintermann hupte ungeduldig und machte die Scheibenwischergeste. Dafür zeigte Madlener ihm den Stinkefinger, legte einen Kavalierstart hin und hoffte, mit dem Song den ersehnten Regen herbeibeschwören zu können, so ähnlich wie ein Medizinmann bei den Indianern mit seinem Regentanz. Als erneut ein paar dicke Tropfen auf die Windschutzscheibe klatschten, freute er sich, weil es zu wirken schien. Aber da hörte der Regen schon wieder auf. Madlener entschied, dass der Song erstens nicht half und zweitens sowieso viel zu sentimental war, und schaltete weiter zum »Logical Song«, der irgendwie besser zu seiner Stimmung passte.

Während er laut mitsang, überlegte er, dass es für ein Rendezvous mit Ellen wohl zu spät war, er würde sich mit einem Telefonat vom Hotelzimmer aus begnügen müssen. Er bedauerte es sehr, aber er fühlte sich auf einmal zu Tode erschöpft und brauchte einfach ein paar Stunden Schlaf. Der nächste Tag würde anstrengend genug werden.

There are times when all the world's asleep
The questions run too deep for such a simple man
Won't you please, please tell me what we've learned
I know it sounds absurd but please tell me who I am
I said now, watch what you say, now we're calling you
A radical, a liberal, fanatical, criminal
Won't you sign up your name, we'd like to feel you're
Acceptable, respectable, presentable, a vegetable ...

Er war längst auf dem Hotelparkplatz angekommen, sang aber noch bis zum Ende des Songs kräftig mit, weil er ihm so gefiel, und stieg dann erst aus.

Es war inzwischen dunkel geworden, geradezu stockdunkel. Wegen der dichten Wolkendecke waren keine Sterne, kein Mond zu sehen. Ein leichter Wind war aufgekommen, und am südlichen Horizont zuckten Blitze am Himmel, aber der Donner war nur als leises Grummeln zu vernehmen. Madlener sah dem fernen Wetterleuchten sehnsüchtig zu und hoffte inständig, das Gewitter würde auch den Bodensee erreichen.

Er war schon auf den Treppenstufen zum Hotel, da fiel ihm ein, dass er sich eigentlich als Gute-Nacht-Lektüre noch das Tagebuch von Peter Jankowitz vorzunehmen hatte. Er glaubte zwar nicht, dass es für den weiteren Verlauf der Ermittlungen von großem Belang war, aber es nutzte nichts, er musste es zumindest durchblättern. Er kehrte noch mal um, öffnete die Beifahrertür des Dienstwagens und beugte sich ins Auto, bis er das Buch auf der Rückbank fand, wo er es nach dem Gespräch mit Anja Kremers abgelegt hatte.

Im Schein der Straßenlaterne sah er auf den Titel: »Für Anja. Damit sie es versteht.« Er wusste, dass er sich würde überwinden müssen, es zu lesen, aber schließlich war es das Vermächtnis eines Toten, den die Fürchterlichen Fünf auf dem Gewissen hatten.

Ein Schauder fuhr ihm über den Rücken, wenn er an diesen Abschaum dachte, an Lehrer, die das Vertrauen ihrer Schüler für ihre perversen Spiele missbrauchten und sie zu seelischen Krüppeln machten, ohne auch nur einen Anflug von schlechtem Gewissen zu haben. Und die musste er nun auch noch vor den späten Folgen ihrer Missetaten schützen. Darüber wollte er gar nicht nachdenken, auch nicht über den ganzen Schmutz, den er noch durchwühlen musste.

In diesem Moment spürte er etwas an seiner Schulter und ließ vor Schreck beinahe das Buch fallen. Er fuhr herum und sah Ellen, die in Jeans, Bluse und Sneakern dastand – die Verkörperung des Gegenteils dessen, an was er eben gedacht hatte, gewissermaßen das fleischgewordene Versprechen, dass es doch noch ein lebenswertes, helles, fröhliches Dasein geben konnte, vielleicht sogar so etwas wie Liebe.

Sie hatte ein leichtes Lächeln auf den Lippen, der Wind spielte mit ihrer widerspenstigen Haarsträhne. Einen furchtbaren Augenblick lang dachte Madlener, dass sie nur eine Projektion seiner Wünsche war, die ein gnädiger Gott dreidimensional vor seine Augen hingezaubert hatte, weil er wieder Gefahr lief, zu tief in Abgründe blicken zu müssen, in die er nicht zu lange hinunterstarren durfte, um nicht selbst hinabgezogen zu werden. Er traute sich zuerst nicht, Ellen anzufassen, aus Angst, es wäre wie in einem Traum, und sie würde sich in Luft auflösen.

Erst als Ellen ihn wortlos umarmte, wurde ihm schlagartig klar, dass sie kein Trugbild war. Mit grenzenloser Erleichterung schmiegte er sich an ihren wunderbar duftenden Hals, und so standen sie eine Weile versunken da und gaben sich ganz ihren Gefühlen hin, als hätten sie sich eine halbe Ewigkeit nicht mehr gesehen und nur auf diesen magischen Augenblick gewartet.

»Komm«, sagte Madlener schließlich und zog sie an der Hand mit sich. In Windeseile hetzten sie die Stufen nach oben zum Eingang des Hotels. Er machte die Tür zum kleinen Foyer auf, für den Aufzug hatten sie keinen Nerv, sie nahmen die Treppe im Sturmlauf. An seiner Hoteltür angekommen, hatte Madlener schon die Chipkarte herausgenestelt und sperrte auf. Als die Tür hinter ihnen ins Schloss gefallen war, hielt er Ellen auf Armeslänge von sich und sah ihr in die Augen.

»Kannst du Gedanken lesen? Nichts habe ich mir mehr gewünscht, als dass du hier bei mir bist«, sagte er und meinte es so,
bevor sie ihn statt einer Antwort heftig und leidenschaftlich küsste
und sich dabei schon die Bluse aufknöpfte.

52

Als Weinhold und Bärlach in Wildorf ankamen und in die Sackstraße, die zu Ullreichs Bungalow führte, einbiegen wollten, zischte
Bärlach: »Halt an!«

Weinhold reagierte, bremste scharf ab und stoppte noch vor
der Einmündung. Zweihundert Meter weiter begann Ullreichs
Grundstück, davor parkte ein unauffälliger Wagen, aus dem eben
zwei Männer stiegen, ein älterer und ein jüngerer mit Hawaii-
Hemd und Baseballkäppi.

»Wer ist das?«, fragte Weinhold, aber Bärlach herrschte ihn an:
»Stoß zurück! Die dürfen uns nicht sehen. Na los, mach schon!«

Weinhold zögerte nicht länger, legte den Rückwärtsgang ein,
setzte im Höchsttempo zurück und aus dem Sichtfeld der Männer
heraus. Dann stieg er aus, Bärlach ebenfalls. Wie zwei harmlose
Spaziergänger wagten sie es, wieder in Sichtweite von Ullreichs
Hauseingang zu gelangen, wo sie stehen blieben und so taten, als
hätten sie sich hier zufällig getroffen und würden sich unterhalten.

»He, sieh dir das an!«, sagte Bärlach. »Der klettert über den
Zaun!«

Und tatsächlich, der mit dem Hawaii-Hemd setzte gerade über
den Zaun, durchquerte den Vorgarten und versuchte, durch ein
Fenster ins Innere des Bungalows zu sehen.

»Ob das Bullen sind?«, fragte Weinhold.

»Natürlich sind das Bullen! Glaubst du vielleicht, am helllichten
Tag traut sich ein Einbrecher so was? Hier, wo jeder jeden kennt?
Sag ich's nicht – da kommt schon jemand!«

Eine alte Frau in einer Küchenschürze ging, einen Einkaufs-
korb in der Hand, auf den älteren der beiden Männer zu, der vor
der Gartentür gewartet hatte, und sprach mit ihm. Der jüngere
umrundete unterdessen das Haus und klopfte schließlich gegen
die Haustür. Als das ohne Reaktion blieb, schrieb er etwas auf ein
Papier und klebte den Zettel deutlich sichtbar an die Tür. Dann
schwang er sich in sportlicher Manier wieder über den Zaun und
gesellte sich zu seinem Kollegen, der immer noch mit der alten
Frau redete.

Weinhold und Bärlach hatten genug gesehen und gingen zu ihrem Auto zurück.

»Fahr erst mal weg«, sagte Bärlach, und Weinhold gab Gas.

Sie umrundeten die Siedlung weiträumig und hielten erst wieder auf freiem Feld, im Schatten eines Baumes, wo sie den rückwärtigen Teil des Gartens im Blick hatten.

»Was wollen die bei Ullreich?«, fragte Bärlach endlich.

»Vielleicht weiß die Polizei doch schon mehr, als in den Zeitungen steht.«

»Meinst du, die waren auch schon bei uns?«

Sie wechselten einen Blick.

»Das werden wir gleich wissen«, antwortete Weinhold und wählte auf seinem Handy die heimische Festnetznummer, um den Anrufbeantworter abzuhören. Er stellte auf laut, damit Bärlach mithören konnte.

»Guten Tag, hier spricht Hauptkommissar Binder von der Kripo Friedrichshafen. Wir möchten Sie in Zusammenhang mit zwei Mordfällen als Zeugen vernehmen, es ist sehr dringend. Wenn Sie diese Nachricht hören, melden Sie sich bitte umgehend. Es könnte sein, dass Sie unter Umständen zu einem gefährdeten Personenkreis gehören. Meine Telefonnummer lautet …«

Weinhold schaltete ab und sah Bärlach an, der ganz blass geworden war. Sie schwiegen eine Weile, bis sie die Tragweite dessen, was sie eben gehört hatten, halbwegs verdaut hatten.

»Sie wissen Bescheid«, sagte Weinhold lapidar.

»Was machen wir jetzt?«, fragte Bärlach mit einem Anflug von Panik in der Stimme. »Scheiße, was machen wir jetzt?« Er hämmerte auf das Plastik des Armaturenbretts ein.

Weinhold blieb kühl bis unter die Haarspitzen. »Ich sage dir, was wir machen. Wir machen genauso weiter, wie geplant.«

»Was? Bist du wahnsinnig?!«

»Nein. Nur logisch. Wenn Ullreich gewaltsam ums Leben kommt, bevor er der Polizei über den Weg laufen kann, sind wir vorerst aus der Schusslinie. Die Polizei wird der Öffentlichkeit Täter präsentieren müssen. Es wird Verhaftungen geben, Verhöre, Spekulationen, Chaos, vielleicht sogar Geständnisse. Der Fokus wird auf unsere früheren Schüler gerichtet sein. Und wir werden uns aus dem Staub machen.«

»Und falls sie uns vernehmen?«

»Wissen wir von nichts. Wir streiten alles ab, geben uns empört. Alles schmutzige Verleumdungen. Wie besprochen. Was können sie uns anhaben? Möller und Escher sind tot. Die Polizei hat keine Beweise. Nur die Aussagen von früheren Schülern, wenn die überhaupt über die Vergangenheit plaudern, was sie ja bis jetzt auch nicht getan haben. Die sind nicht glaubwürdig. Und bis die Polizei anfängt, tiefer zu graben, sind wir weg.«

Bärlach überlegte. Langsam beruhigte er sich wieder, Weinhold hatte recht. »Dann warten wir, bis es dunkel wird.«

Weinhold sah auf die Uhr. »Dazu haben wir keine Zeit mehr. Wir müssen im Haus sein, bevor Ullreich zurück ist. Sonst klappt das nicht. Wir dürfen jetzt keine Fehler machen.«

»Und wie willst du in das Haus kommen?«

»Von hinten durch den Garten. Hier ist weit und breit niemand. Da sieht uns kein Mensch. Los jetzt.«

Er stieg aus und öffnete die Heckklappe. Im Kofferraum war eine Werkzeugkiste. Weinhold holte eine Zange heraus und reichte Bärlach einen Schraubenschlüssel, dazu Latexhandschuhe aus dem Erste-Hilfe-Kasten. Er selbst nahm ein zweites Paar mit, schloss den Wagen ab, und dann marschierten sie los.

Sie gelangten, ohne jemandem zu begegnen, an die rückwärtige Hecke von Ullreichs Grundstück, eine drei Meter hohe Thujahecke, undurchdringlich, wie es auf den ersten Blick schien. Sie gingen sie ab, bis sie eine Schwachstelle fanden, wo die Hecke bräunlich und nicht mehr ganz dicht war. Weinhold zwängte sich hinein und stieß auf Maschendraht. Mit der Zange knipste er eine Lücke in den Zaun und schlüpfte mit größter Mühe hindurch. Er schaute sich im Garten um, es war niemand zu sehen.

»Nun mach schon«, zischte er Bärlach zu, der sich ächzend durch die enge Öffnung zwängte und hängen blieb. Er zerrte, aber irgendetwas hatte sich in seiner Kleidung verhakt. Weinhold packte ihn an der Hand und zog ihn mit Gewalt auf seine Seite. Bärlach schrie auf, ein scharfkantiges Stück Draht hatte ihm einen blutenden Riss an der Stirn eingetragen. Bärlach fluchte und tastete nach seiner Verletzung.

»Jetzt stell dich nicht so an. Ist doch nur ein Kratzer«, sagte Weinhold und eilte schon halb geduckt auf Ullreichs Bungalow zu. Bärlach zog ein Papiertaschentuch heraus, drückte es auf die Wunde und folgte ihm.

An der Rückseite des Bungalows spähte Weinhold vorsichtig durch ein Fenster. Er glaubte zwar kaum, dass Ullreich inzwischen daheim angekommen war, aber er blieb lieber wachsam. Langsam schlich er ums Haus herum. An der Vorderseite hielt er Ausschau nach irgendwelchen Nachbarn, aber es war niemand zu sehen, das Auto mit den beiden Polizisten war weg. Schnell schnappte er sich den Zettel, der an der Haustür befestigt war, und eilte damit wieder auf die uneinsehbare Rückseite, wo Bärlach auf ihn wartete und noch immer das Tempotaschentuch auf seine Risswunde drückte.

»Wie ich gesagt habe.« Weinhold reichte Bärlach den Zettel.

»Bitte melden Sie sich bei KHK Binder, Kripo Friedrichshafen«, stand handschriftlich darauf, »es ist wichtig!«, und dann eine Telefonnummer.

»Sie haben alle unsere Namen«, stellte Weinhold emotionslos fest, steckte den Zettel ein und ging den Kellerabgang hinunter. Die Tür zum Keller sah stabil aus, und Fenster gab es keine. Er probierte an der Türklinke, aber natürlich war abgesperrt. Ganz so dement, wie Ullreich sich bisweilen gab, war er dann doch nicht. Weinhold stieg wieder hoch und sah sich die Rückwand des Bungalows an, entschied sich für eines von mehreren Fenstern und spähte hinein. Dann wandte er sich an Bärlach, der nervös herumstand.

»Wir nehmen das Fenster vom Schlafzimmer. Wenn wir die Terrassentür zerschlagen, sieht er es womöglich, sobald er ins Wohnzimmer kommt«, sagte er, zog seine Jacke aus, nahm ein Stück Holz vom sauber gestapelten Brennholz hinter dem Haus, wickelte die Jacke um das Holz, um das Geräusch zu dämpfen, und wollte die Glasscheibe einschlagen. Aber Bärlach fiel ihm in den Arm. »Bist du jetzt vollkommen verrückt?«, japste er. »Das hört man doch meilenweit!«

»Hast du einen anderen Vorschlag?«, blaffte ihn Weinhold an. Als keine Antwort kam, schützte er mit einem Arm sein Gesicht und schlug zu. Das Glas zersprang mit einem lauten Klirren, Glassplitter regneten auf den Boden. Das Geräusch erschien ihnen furchtbar laut, schreckensstarr warteten sie eine Weile und lauschten. Weinhold löste sich als Erster wieder und sah sich suchend nach etwas um, auf das er steigen konnte. »Ich gehe jetzt da rein«, sagte er, »du schaust um die Ecke und warnst mich, wenn jemand kommt.«

Weinhold klopfte so leise, wie es ging, im Fensterrahmen steckende Glassplitter weg, um sich beim Einsteigen nicht zu verletzen, fand eine leere Holzkiste, benutzte sie als Trittleiter und erklomm das Fensterbrett. Er blickte sich um, bevor er ins Schlafzimmer sprang.

Glasscheiben knirschten leise, als er durch den Raum zur Tür ging, die auf den Gang führte, und sich gleichzeitig die Latexhandschuhe anzog. Er spähte durch das Küchenfenster nach vorn zur Straße hinaus, konnte aber nichts Verdächtiges entdecken. Niemand schien das Klirren gehört oder ihm eine besondere Bedeutung zugeschrieben zu haben. Er blieb aber noch eine Weile am Fenster stehen, bis er ganz sicher war. Allmählich dämmerte es, das war gut so, dann würde Ullreich in der Dunkelheit nach Hause kommen.

Weinhold kehrte in den Gang zurück und begann damit, vorsichtig die Glühbirnen ein Stück weit aus den Fassungen zu schrauben, sodass Ullreich kein Licht machen konnte, wenn er sein Haus betrat. Einfach die Hauptsicherung abzuschalten wäre simpler gewesen, aber Weinhold wollte nicht, dass das Aquarium keinen Strom mehr hatte, das würde Ullreich bestimmt gleich auffallen und verdächtig vorkommen.

Er betätigte noch einmal zur Probe die Lichtschalter und betrat dann das Wohnzimmer, wo das überdimensionierte Aquarium, das in einer dunklen Ecke stand, wie ein kleines Unterwassertheater geheimnisvoll illuminiert war. Er sah sich um. Auch hier war alles penibel aufgeräumt, Ullreich schien noch immer ein Ordnungs- und Sauberkeitsfanatiker zu sein. Schließlich öffnete er die Terrassentür, ging nach draußen und um die Hausecke, wo er Bärlach fand, der hinter einer Wassertonne hockte und die Straße beobachtete.

»Komm rein. Wir können von der Küche aus die ganze Straße einsehen. Sobald Ullreich auftaucht, bleibt uns genügend Zeit, uns zu verstecken.«

Bärlach nickte, seine Risswunde hatte aufgehört zu bluten, aber sein Gesicht war rot verschmiert.

»Du musst dir unbedingt das Gesicht abwaschen«, bemerkte Weinhold und ging voraus zur Terrassentür.

53

Madlener und Ellen standen gemeinsam in der engen Dusche unter dem erfrischend kalten Wasserstrahl und seiften sich gegenseitig ein. Seit er mit Ellen auf sein Hotelbett gesunken war, hatten sie kein Wort miteinander gesprochen, sie verstanden sich auch so, vergaßen alles um sich herum und gaben sich ganz ihrer Leidenschaft hin. So lange, bis sie vollkommen erschöpft und verschwitzt waren und endlich Zeit fanden, unter die Dusche zu gehen.

Als sie sich richtig abgekühlt hatten, wickelten sie sich in die feuchten Handtücher ein und machten es sich nebeneinander auf dem Doppelbett gemütlich. Das Fenster stand offen, vereinzelt drang Straßenlärm aus der Dunkelheit herein. Sie hatten kein Licht an, Ellen schmiegte sich an Madleners Brust, er genoss ihre Nähe und die Vertrautheit, die sie beide schon nach so kurzer Zeit verspürten, und hielt die Augen geschlossen. Auch jetzt sagte keiner etwas, vielleicht, weil sie beide die wohlige und leicht melancholische Stimmung, die sie erfasst hatte, so lange wie möglich auskosten wollten, vielleicht, weil sie zusammen schweigen konnten und sich selbst genug waren. So lagen sie da in ihrem Kokon aus gegenseitiger Geborgenheit, schmiegten sich aneinander und waren nach zehn Minuten friedlich und eng umschlungen eingeschlafen.

54

Es war schon ziemlich spät in der Nacht, als Ullreich aus dem letzten Bus stieg, den er gerade noch erwischt hatte, weil er beinahe zu lange die neu eingetroffenen Kois im großen Wasserbecken des Aquaristik-Centers in Aulendorf bestaunt hatte. Nicht dass er damit liebäugelte, sich so einen Rolls Royce unter den Fischen anzuschaffen, das wäre ihm viel zu teuer gewesen – abgesehen davon, dass so ein Farbkarpfen eine aufwendige Außenanlage und Pflege brauchte. Ihm reichte sein Aquarium, und er konnte sich freuen wie ein kleines Kind, wenn er dafür etwas Neues entdeckte, das gut in seine sorgfältig bepflanzte und ausgestattete Unterwasserlandschaft und zu den Fischen darin passte.

Die ganze lange und umständliche Fahrt mit Fähre und Zug von Meersburg nach Aulendorf über war er wütend gewesen, wütend an der Grenze zum Ausrasten. Über sich selbst, über Weinhold und Bärlach und über den Druck, den sie auf ihn ausgeübt hatten. Wie früher, dachte er. Er hätte die beiden umbringen können. Immer noch hatte er das Gefühl, unter ihrer Fuchtel zu stehen, seit dreißig Jahren schon, und es schien kein Ende zu nehmen. Im Gegenteil, jetzt war alles nur noch schlimmer geworden.

Aber als er endlich im Aquaristik-Center vor den Dutzenden von Aquarien stand, das leise Summen der Umwälzpumpen hörte, das Plätschern der großen Wasserbecken, was für ihn die schönste Musik war, die Aberhunderte von verschiedenen bunten Zierfischen sah, die wie schwerelos im Wasser schwebten, die Steine, Pflanzen und neuesten Zubehörteile bewunderte, da fand er wieder zu seiner inneren Ruhe zurück. Da war es ihm auf einmal völlig egal, dass er sich bis zum nächsten Tag überlegen sollte, ob er bei Weinholds und Bärlachs verrücktem Vorhaben mitmachen wollte. Sollten sie doch tun, was sie glaubten, tun zu müssen. Ihm war das gleichgültig. Er würde sich einfach nicht mehr melden und so weiterleben, wie er das seit seiner Pensionierung getan hatte. Es würde schon nichts passieren. Wer kümmerte sich um so ein kleines Licht wie ihn? Die Polizei? Warum sollte sie? Diese jämmerlichen alten Geschichten waren längst passé und verjährt.

Es war ihm, als hätte er nie etwas damit zu tun gehabt, als wäre das ein anderer Mensch gewesen, der sich einst von seinen Hormonen hatte verrückt machen lassen. Jetzt, im Alter, verspürte er schon längst kein Bedürfnis mehr, irgendwelchen Trieben nachzugeben. Nein, das hatte er inzwischen unter Kontrolle, auch wenn dies ein schmerzhafter Prozess gewesen war. Aber letzten Endes war es auch der Beginn eines neuen, friedvolleren Lebens gewesen, weitab von irgendwelchen Versuchungen. Er hatte sich für eine kontemplative Existenz in einer selbst gewählten Abgeschiedenheit und Isolation entschieden, und so sollte es auch bleiben bis an sein Lebensende.

Er packte seine Plastiktüte fester und schritt kräftig aus. Gleich würde er sein Mitbringsel auspacken, die Schatztruhe mit der kleinen Pumpe, die er sich schon lange gewünscht hatte. Nun hatte er sich endlich dazu durchgerungen, sie zu kaufen. Sie musste mit einem kleinen Schlauch versehen werden, über den man Luft in die Truhe leitete, die am Boden des Aquariums befestigt wurde. Und jedes Mal, wenn sich unter dem geschlossenen Deckel der Truhe genügend Blasen gebildet hatten, hob er sich, und man konnte für einen winzigen, märchenhaften Augenblick lang den Schatz sehen, bevor die Blasen wie kleine Perlen nach oben entwichen und der Deckel der Truhe sich wieder wie von Geisterhand schloss. Noch einmal beschleunigte er seine Schritte, um endlich nach Hause zu kommen. Seine Fische warteten sicher schon voller Ungeduld auf ihn und die allabendliche Fütterung.

Er schloss seine Gartentür auf und dann die Haustür. Als er im Gang Licht machen wollte, funktionierte es nicht. Er probierte es noch einmal, auch mit dem zweiten Schalter, aber es blieb dunkel. Vielleicht ein Stromausfall? Nein, das konnte nicht sein, durch die geriffelte Glastür sah er sein Aquarium schimmern. Gott sei Dank – ein Stromausfall über einen längeren Zeitraum hätte unweigerlich den Tod seiner Fische zur Folge gehabt.

Er griff nach der Türklinke, drückte sie nach unten und schob die Tür zum Wohnzimmer auf. Er machte zwei Schritte hinein, als er instinktiv spürte, dass etwas nicht stimmte. Es roch irgendwie anders, wie nach altem Schweiß.

Er tastete mit der freien Hand zum Lichtschalter und wurde im selben Moment am ausgestreckten Arm gepackt. Gleichzeitig zog ihm jemand das Sakko, das er nicht zugeknöpft hatte, mit einem heftigen Ruck bis zu den Ellenbogen herunter, was ihn wehrlos machte, als ob er in einer Zwangsjacke stecken würde. Der Schreck tat ein Übriges und lähmte ihn kurzfristig. Bevor er erkennen konnte, wer sich da über ihn hergemacht hatte, bekam er einen harten Schlag auf die Schädeldecke, dass es ihm schwarz vor Augen wurde, er aufbrüllte und in die Knie ging vor Schmerz. Dabei entglitt ihm seine Plastiktüte mit der Schatztruhe, und die Sorge um ihre Unversehrtheit dominierte trotz allem sein Denken. Maßloser Furor erfüllte ihn, aber bevor er reagieren konnte, wurde ihm die Tüte samt Inhalt über den Kopf gezogen.

Er ließ sich fallen und trat mit den Füßen blindlings aus wie ein scheuendes Pferd. Er traf jemanden, er spürte den Widerstand und hörte einen schrillen Schmerzensschrei. Der eiserne Griff um sein Handgelenk lockerte sich, er hatte plötzlich beide Arme wieder frei und versuchte, sich die Plastiktüte vom Kopf zu zerren.

Da bekam er einen zweiten hammerharten Schlag seitlich über den Schädel, irgendetwas zerbrach in seiner Wange, er hörte es knirschen und hatte sofort einen kupfernen Geschmack im Mund und spürte, dass einige Zähne zerbrochen waren. Vor Schmerz verlor er fast das Bewusstsein, aber ein letzter Rest von Verstand sagte ihm, dass er nicht aufgeben durfte und sich aus Leibeskräften wehren musste. Wenn er das jetzt nicht tat, würde er nicht überleben.

Pures Adrenalin strömte durch seinen Körper, gleichzeitig stieg Todesangst in ihm auf. Er hatte noch immer die Plastiktüte über dem Kopf und achtete nicht auf seine höllischen Schmerzen, sondern schlug wild um sich, ohne etwas zu treffen. Er hörte panische und schrille Wortfetzen, glaubte, die Stimmen zu erkennen, traf etwas, gleichzeitig warf sich ein schwerer Körper auf ihn und rang ihn zu Boden.

Allmählich bekam er unter der Plastiktüte keine Luft mehr, aber er konnte sie sich nicht vom Kopf reißen, weil jemand seine Hände umklammerte, und dann erhielt er auch noch einen Tritt zwischen die Beine, der ihm den Rest gab und ein Blitzlichtgewitter in seiner Netzhaut explodieren ließ. Durch den rasenden Schmerz krümmte sich sein Leib in einem Reflex zusammen, zwei, drei weitere Tritte brachen ihm die Rippen auf der rechten Seite, zahllose weitere

Tritte gegen Kopf und Körper folgten, im Takt der Tritte schrie irgendjemand schrill »Du Schwein, du gottverdammtes Schwein!«, bis Ullreich nur noch ein wimmerndes, wehrloses Bündel aus Schmerz, Blut und gebrochenen Knochen war.

Wie aus weiter Ferne bekam er mit, dass er an Armen und Beinen über den Boden gezerrt und plötzlich hochgehoben wurde. Im letzten Augenblick wollte er sich noch einmal aufbäumen, hatte aber nicht mehr die Kraft dazu und spürte plötzlich in der Kakophonie seiner Schmerzen, dass er im Wasser versank. Schlagartig war alles um ihn herum still, er registrierte noch, dass er wohl in sein Aquarium gewuchtet worden sein musste, und gab innerlich auf. Jetzt endlich konnte er Frieden finden, zwischen seinen Fischen unter Wasser.

Ein letzter, spasmischer Todeskrampf durchzuckte ihn, und er stieß mit seinen Füßen mit derartiger Gewalt gegen die Schmalseite des sarggroßen Aquariums, dass die Scheibe zerbarst und sich das Wasser, die Pflanzen und die Fische in einem tsunamiartigen Schwall über das gesamte Wohnzimmer ergossen. Während seine Fische noch auf dem Fußboden mit den Mäulern schnappten und hilflos im Todeskampf zuckten und zappelten, bewegte Ullreich sich nicht mehr, denn er war ihnen schon vorausgegangen.

55

Die Rückfahrt nach Friedrichshafen mitten in der Nacht unter unwirklichem Wetterleuchten am Horizont kam ihnen vor wie eine nicht enden wollende Tour des Schreckens und war nach dem fürchterlichen Fiasko in Ullreichs Bungalow ein einziger Alptraum.

Dabei hatten sich Weinhold und Bärlach das alles so einfach vorgestellt, zumindest Weinhold, denn Bärlach, der alte Pessimist, hatte ja immer irgendwelche Wenns und Abers. Sie würden Ullreich, sobald er sein Haus betreten hatte, überfallen, er würde vor Schreck wie gelähmt sein, wenn sie Glück hatten, bekam er seinen dritten und letzten Herzinfarkt. Wenn nicht, dann einen Schlag mit dem Schraubenschlüssel auf den Kopf, danach würden sie die Leiche draußen in eine der zahlreichen Regenauffangtonnen stecken, sodass es aussah, als wäre er ertränkt worden. Ideal wäre es gewesen, wenn Ullreich durch den Schlag nur ohnmächtig geworden wäre, dann hätten sie ihn in einer dieser blauen Tonnen richtig ertrinken lassen können.

Weinhold hätte noch die Todesanzeige von Peter Jankowitz als Hinweis vorne aufs Aquarium geklebt, sodass sie auch der dümmste Polizist entdeckt hätte. Dann wären sie in aller Seelenruhe nach Hause gefahren, hätten unterwegs von einer Telefonzelle aus anonym die Polizei angerufen, und, siehe da, die ehemaligen Schüler des Jan-Hus-Internats und jetzigen Serienkiller vom Bodensee hatten wieder auf ihre grausame Art und Weise zugeschlagen.

Aber dann war alles ganz anders gekommen als geplant. Dass Ullreich so zäh war und ihnen partout nicht den Gefallen tun wollte, ohne großen Aufhebens dieser Welt für immer Adieu zu sagen, hatte sie doch gänzlich überrascht und auf dem falschen Fuß erwischt.

Und jetzt saßen sie, Weinhold verdreckt, klatschnass und blutig, Bärlach verdreckt, klatschnass und mit gebrochener Nase, blutverschmiert sowieso, im Auto und wussten eigentlich nicht mehr, wie die Angelegenheit so plötzlich aus dem Ruder hatte laufen können.

Nachdem sie so schnell wie möglich aus dem Bungalow verschwunden und nach hinten durch den Garten gestolpert waren, sich durch die enge Lücke im Zaun gezwängt und endlich keuchend im Auto Platz genommen hatten und losgefahren waren, hatten sie sich zuerst nur gegenseitig mit Vorwürfen überschüttet und angeschrien. Aber Bärlach konnte bald nicht einmal mehr schreien, solche Schmerzen bereitete ihm seine gebrochene Nase.

Kaum hatten sie die Landstraße erreicht, musste Weinhold anhalten, Bärlach riss die Autotür auf und kotzte noch im Sitzen mitten auf den Randstreifen. Er rang nach Luft, übergab sich noch einmal und lehnte sich dann stöhnend zurück, während Weinhold wieder Gas gab.

Bärlach war vom ersten bösen Tritt Ullreichs voll ins Gesicht getroffen worden und hatte anschließend, genau wie Weinhold, total durchgedreht. Noch nie waren sie in einer solch existenziellen Situation gewesen, Weinhold konnte sich jetzt vorstellen, wie das im Krieg sein musste, wenn man blind vor Raserei mit einer Kalaschnikow in der Hand auf einen Gegner zustürmte und ohne Rücksicht auf Verluste alles niedermähte, was einem in die Quere kam. Dieser aberwitzige Ausbruch von Gewalt, diese exzessive Vernichtungswut, die Ullreichs verzweifelte Gegenwehr in ihnen ausgelöst hatte, hatte sie hinterher, als der Adrenalinkick abgeklungen war, vollkommen fassungslos gemacht. Es war, als wüssten sie nicht mehr, was sie da getan hatten. Sie wollten nur noch ihr Werk – Ullreich aus der Welt zu schaffen – vollenden, zu welchem Preis auch immer, und hätten sich in diesem Moment in ihrem Blutrausch von nichts und niemandem davon abhalten lassen.

Nun saßen sie still da und sahen zu, wie die Scheinwerfer Kilometer um Kilometer der Landstraße fraßen. Weinhold schien noch so viel Energie zu haben, dass er Auto fahren konnte, Bärlach krümmte sich auf dem Beifahrersitz und drückte ein Tuch auf seine Nase.

»Soll ich dich ins Krankenhaus bringen?«, unterbrach Weinhold das Schweigen.

Trotz seiner Schmerzen war Bärlach gleich wieder auf Hundertachtzig. »Hast du sie nicht mehr alle? Was sollen wir denn sagen? So, wie wir aussehen?«

»Dass wir einen Unfall gehabt haben«, erwiderte Weinhold, der sich inzwischen einigermaßen beruhigt hatte und wieder anfangen konnte, klar zu denken.

»Fahr nach Hause«, sagte Bärlach, der fix und fertig war. »Ich will nur noch nach Hause und ins Bett.«

Sie waren am Stadtrand von Friedrichshafen angelangt, und Weinhold verlangsamte das Tempo. In ihrem desolaten Zustand wegen Überschreitung der zulässigen Höchstgeschwindigkeit von der Polizei angehalten zu werden, wäre für diese Nacht das Tüpfelchen auf dem i gewesen. Weinhold überlegte. Im Grunde genommen lagen sie voll im Plan. Dass nichts so reibungslos geklappt hatte, wie sie sich das ursprünglich vorgestellt hatten – gut, *shit happens*. Man konnte eben, wie seine Mutter immer gesagt hatte, kein Omelett machen, ohne Eier zu zerschlagen. Er sorgte sich nur darum, dass sie vielleicht irgendwelche Indizien hinterlassen hatten. Zum Beispiel Blutspuren, Bärlach hatte geblutet wie ein Schwein, als ihn Ullreich voll im Gesicht getroffen hatte. Aber hinterher in dem Chaos noch Spuren zu verwischen, das war vollkommen aussichtslos gewesen. Das Wohnzimmer war so gründlich verwüstet, als ob eine Bombe eingeschlagen hätte.

Weinhold bog in die Straße ein, die zu ihrem Penthouse führte. Hier in der ruhigen Wohngegend in Friedrichshafen-Löwental war um diese Zeit niemand unterwegs, nicht einmal ein Auto war zu sehen. Weinhold hielt vor der Einfahrt zur Tiefgarage, ließ das Seitenfenster herunter, steckte seinen Schlüssel in das Pfostenschloss und drehte ihn herum, bis das Garagentor mit quälender Langsamkeit hochfuhr.

Weinhold ließ den Wagen die steile Abfahrt hinabrollen und steuerte ihn durch die Reihen der parkenden Autos hindurch. Bärlach war inzwischen ganz still geworden und hatte endlich aufgehört zu greinen. Weinhold hoffte, dass sie heute ausnahmsweise einmal ein bisschen Glück hatten und ungesehen in ihre Penthousewohnung gelangen konnten, was aber um diese Zeit – nachts um drei – sehr wahrscheinlich war. Er lenkte nach links in seine leere Parklücke und stellte Motor und Licht ab. Dann schloss er kurz die Augen, atmete einmal tief durch, und öffnete seine Tür. In der weiträumigen Tiefgarage war nur noch das Klicken des abkühlenden Motors zu hören.

Weinhold wunderte sich, dass ein VW-Bus im Rückspiegel zu

sehen war, der auf dem Parkplatz eines Geschäftsmanns stand, den er vom Grüßen kannte und von dem er wusste, dass er Mercedes fuhr und jetzt mit seinem Auto im Urlaub war. Er sah zu seinem Partner auf dem Beifahrersitz hinüber, der durch den Mund atmete und sich immer noch das blutgetränkte Tuch auf die Nase drückte. Weinhold war klar, dass er Bärlach aus dem Auto helfen und ihn zum Aufzug schleppen musste.

Er stieg aus, ignorierte den Wasserfleck, den er auf dem Fahrersitz hinterlassen hatte, und sah an sich herunter. Nein, viel Staat war in diesem ruinierten Aufzug nicht mehr zu machen, Schuhe und Klamotten waren reif für den Mülleimer. Er ging um das Heck seines Autos herum und öffnete die Beifahrertür.

Gerade als er sich zu Bärlach hinunterbeugte, um ihm herauszuhelfen, schaltete sich die Deckenbeleuchtung der Tiefgarage aus. Wie oft hatte er schon die Hausverwaltung darauf hingewiesen, dass die Deckenbeleuchtung nicht lange genug brannte! Aber diese Ignoranten waren einfach unfähig, dieses Problem in Angriff zu nehmen. Und dafür zahlte man jeden Monat ein Schweinewohngeld!

Weinhold fluchte laut und wollte wohl oder übel zum nächsten Lichtschalter, der beim Aufzug war, dessen Zyklopenauge in der Dunkelheit leuchtete. Da hörte er ein Geräusch wie von Schuhsohlen auf Beton, erhob sich aus seiner gebückten Haltung, drehte sich um und sah sich drei Gestalten gegenüber, wie Schatten aus der Totenwelt. Bevor er eine Bewegung machen konnte, drückte eine behandschuhte Faust ein kleines Gerät an seinen Hals, und dann durchfuhr ihn ein stechender, unerträglicher Schmerz wie flüssiges Blei, der ihn augenblicklich von den Füßen holte. Wenn ihn nicht eine der Gestalten im Fallen aufgefangen hätte, wäre er wie ein gefällter Baum auf den Betonboden geklatscht.

Bärlach, der mit geschlossenen Augen darauf gewartet hatte, dass sein Partner Weinhold ihn ansprach, hörte seltsame Geräusche, riss die Augen auf und glotzte von seinem Autositz aus ungläubig in die Dunkelheit, aus der ihm drei Dämonen ohne Gesichter entgegenblickten, ihm etwas an den Hals drückten und ihm siebenhundertfünfzigtausend Volt durch den Körper jagten. Schreien konnte er nicht mehr, dazu war es zu spät. Er gurgelte kurz und sackte in sich zusammen.

Nach ein paar Sekunden ging das Licht in der Tiefgarage wieder an. Die Gestalten zogen Weinhold und Bärlach, die ohne Bewusstsein waren, über den Boden zum VW-Bus, öffneten die seitliche Schiebetür, einer fesselte die beiden Ohnmächtigen in Windeseile mit Paketklebeband und vergaß auch nicht, sie damit zu knebeln, bevor sie die zwei reglosen Körper in den VW-Bus bugsierten, die Tür zuschoben, in den Bus kletterten und mit quietschenden Reifen zum Ausgang fuhren. Nach einem Zug an der Kette ratterte das Falltor nach oben, der VW-Bus quälte sich die Rampe hoch und war schon verschwunden, als ein silberblauer Polizeimercedes gemächlich vorfuhr und gegenüber der Einfahrt zur Tiefgarage Stellung bezog.

Polizeiobermeister Lange und sein Kollege Schmiedinger stellten sich auf eine öde Nachtwache ein und machten es sich auf ihren Sitzen so bequem, wie es eben möglich war. Sie waren zwar eine halbe Stunde zu spät dran, weil Lange noch an einer Tankstelle einen Kaffee geholt und ein kleines Schwätzchen mit dem Pächter gehalten hatte, aber eine nächtliche Observierung war langwierig und langweilig, und seiner Meinung nach kam es auf ein paar Minuten mehr oder weniger auch nicht an.

Weil Lange versprach, die Augen offenzuhalten, beschloss Schmiedinger, ein kleines Nickerchen zu halten. Sein Kollege nahm unterdessen einen Schluck vom Kaffee und packte die Sandwiches aus, die seine Frau ihm gemacht hatte, klappte sie auf, um die verschiedenen Wurstsorten zu inspizieren, freute sich über die Gürkchen, und biss dann mit Appetit zu.

56

Madlener wachte vom penetranten Weckton seines Handys auf, den er für sechs Uhr eingestellt hatte, und beeilte sich, ihn abzuschalten, um Ellen nicht damit zu belästigen. Er hatte tief und traumlos geschlafen wie schon lange nicht mehr und tastete vorsichtig nach rechts, wo er Ellen vermutete. Aber er spürte dort nur ein zerwühltes Bettlaken, rieb sich über das Gesicht und stützte sich auf. Ellen war nicht da. Die Tür zum Badezimmer stand offen, ihre Anziehsachen waren verschwunden.

Zuerst machte sich Enttäuschung in ihm breit, aber dann überwog das Gefühl, dass es so doch vernünftiger von ihr war, sonst wären sie wohl nicht voneinander losgekommen. Schließlich schaffte er es, sich aufzusetzen und ins Bad zu gehen. Als er einen Blick in den Spiegel warf, sah er, dass Ellen dort mit Lippenstift eine Nachricht für ihn hinterlassen hatte. Er lächelte und kam sich vor wie in einem französischen Film, da hatte er so etwas schon mal gesehen, aber das war lange her. Und jetzt war es ihm vergönnt und nicht Jean-Louis Trintignant oder Jean-Paul Belmondo. »Love, E.« stand da. Nicht mehr. Aber das reichte, damit er sich plötzlich sehr erwachsen und großartig vorkam, und dieses Wort und das Kürzel würden ihn wie auf Wolken durch den Tag tragen, das wusste er.

Er duschte ausgiebig, rasierte sich gründlich und zog sich leichte Klamotten an, die Wettervorhersage im Radio verkündete erneut einen heißen Tag, erst für den Abend wurde vor vereinzelten schweren Gewittern gewarnt. Na endlich, dachte Madlener erleichtert und freute sich schon darauf. Er packte seine Siebensachen zusammen, die er für den Tag brauchte: Autoschlüssel, Brieftasche, Ausweis, Unterlagen, Handy. Seine Dienstwaffe ließ er nach kurzer Überlegung wie immer im Safe.

Beim Anblick des Tagebuchs von Peter Jankowitz bekam er den Anflug eines schlechten Gewissens, weil er aus naheliegenden Gründen nicht dazu gekommen war, es durchzulesen. Er steckte es auch noch ein – sicher würde er irgendwann an diesem langen Tag eine Gelegenheit finden, es zu überfliegen – und verließ sein Zimmer, als ihm im letzten Moment, bevor er die Tür ins Schloss einrasten lassen wollte, noch etwas einfiel. Schnell begab er sich zurück ins Bad und wischte die romantische Lippenstiftnachricht sorgfältig vom Spiegel. Die Botschaft war schließlich nur für ihn bestimmt und nicht für ein neugieriges Zimmermädchen.

Im Frühstücksraum traf er wieder auf den depressiven Vertreter für Bleistiftspitzer oder Duschvorhangösen oder beides, was er als weiteres glückliches Zeichen dafür auffasste, dass das Leben seinen gewohnten Lauf nahm, egal, was passierte. Sie nickten sich zu und kümmerten sich wieder um ihren eigenen Kram. In Madleners Fall war das der Kampf mit den Marmelade- und Butterplastikdöschen, den er siegreich bestand.

Mit einer lange vermissten Fröhlichkeit und Tatkraft trank er reichlich Kaffee und aß zwei Croissants mehr als sonst. Madlener wollte nicht nur an Seele, sondern auch an Leib gestärkt sein, wenn er Dr. Auerbach gegenübersaß. Die Zeitung blätterte er im Schnelldurchgang durch, die Welt drehte sich anscheinend stoisch weiter, die Erdachse hatte sich über Nacht nicht verschoben, kein Asteroid drohte vom Himmel zu stürzen, und der Finanzminister hatte wieder eine CD mit Daten von Steuerhinterziehern aus der Schweiz angekauft. Die Empörung auf Schweizer Seite schlug hohe Wellen, man stritt sich in schrillen Tönen, was krimineller war: Steuern zu hinterziehen oder Daten darüber anzukaufen. Madlener wäre gern als Schiedsrichter in dieser Sache aufgetreten, aber ihn fragte ja keiner.

Bevor er ins Auto stieg, rief Madlener kurz noch bei Frau Gallmann im Präsidium an, ob es irgendwas Neues gab. Sie verneinte, und Madlener war kurz davor, sie endlich nach ihrem Vornamen zu fragen und ob sie eigentlich im Präsidium übernachtete, beließ es dann aber doch bei einem freundlichen »Danke, Frau Gallmann, dann bis später«, und legte auf.

»Heute wollen wir uns mal mit Ihrer dunklen Seite beschäftigen«, sagte Dr. Auerbach mit pastoralem Timbre um Punkt acht Uhr in seiner abgedunkelten Praxis und faltete die Hände vor dem Bauch. Er sah zu allem entschlossen aus, heute ging es ans Eingemachte, dachte Madlener erwartungsvoll. Alle äußerlichen Beeinträchtigungen wie Lärm, Hitze und Helligkeit waren ausgesperrt. Dr. Auerbach würde jetzt ganz tief in die schwärzesten Abgründe von Madleners Unterbewusstsein hinabsteigen.

Madlener freute sich insgeheim, weil Dr. Auerbach ihm genau das Stichwort geliefert hatte, das er brauchte, um ihn auf dünnes Eis zu locken und ihn dann fulminant einbrechen zu lassen. Er ließ sich äußerlich nichts anmerken und versuchte, einen angemessen gefassten Eindruck zu machen. Trotzdem rutschte ihm ein »Gerne, Herr Doktor« heraus, was Dr. Auerbach mit einer hochgezogenen Augenbraue kontrapunktierte. Irgendwie musste Madlener beim Ausdruck »dunkle Seite« an Darth Vader denken, und endlich wusste er, an wen ihn sein Psychiater erinnerte, auch wenn er nicht so asthmatisch röchelte wie sein Doppelgänger aus Star Wars.

»Womit sollen wir anfangen?«, fragte er vergnügt und absichtlich im Pluralis Majestatis, den auch Dr. Auerbach benutzt hatte.

Der lehnte sich in seinem Schreibtischstuhl zurück und klemmte die Daumen in die Achselausschnitte seiner taubengrauen Weste, die er über seinem blütenweißen Buttondown-Hemd trug. Sein Jackett hatte er über der Lehne hängen, trotz summender Klimaanlage war wohl auch ihm etwas zu warm.

»Haben Sie eine Beziehung?«, fragte er unvermittelt.

Madlener tat so, als überlege er, aber in Wirklichkeit hatte er sich schon längst eine Geschichte zugelegt, die dem abgebrühtesten Psychoanalytiker die Tränen in die Augen treiben würde.

»Meinen Sie damit, ob ich ein Sexleben habe?«, stellte er die Gegenfrage. Das mochten Psychiater grundsätzlich nicht so gerne, deswegen tat er es.

»Haben Sie?«

Frage auf Frage, so konnte es ja nicht weitergehen, entschied Madlener. »Seit Kurzem, ja. Und es ist der beste Sex, den ich je in meinem Leben hatte.«

»Haben Sie so viele Vergleichsmöglichkeiten?«

»Ich habe ja nun auch schon ein paar Jahre als Erwachsener hinter mir. Ja, manchmal habe ich es schon krachen lassen.«

Dr. Auerbach zog wieder seine Augenbraue hoch, die eine leichte Missbilligung andeutete. »Krachen lassen? Assoziieren Sie Gewalt, wenn Sie an Sex denken?«

»Lassen Sie es mich so formulieren: Manchmal spielt doch jeder

Mann mit dem Gedanken, über bestimmte Grenzen hinauszugehen und zu experimentieren, gewissermaßen.«

»Sie sollten nicht von sich auf andere schließen«, belehrte Dr. Auerbach ihn streng. »Sie überschreiten also gern gewisse Grenzen?«

Madlener zuckte mit den Achseln. »Wer tut das nicht? Wer setzt diese Grenzen? Eine ethische Normenkontrollkommission der EU? Der TÜV? Oder der Papst? Wenn man den richtigen Partner findet, der so denkt und fühlt wie man selbst und die gleichen Bedürfnisse hat …«

»Was meinen Sie damit?«

»Na, zum Beispiel das Ausleben sexueller Phantasien.«

»Wie sehen diese sexuellen Phantasien bei Ihnen aus?«

»SM, Leder, Latex, Fesseln …«

»Spielt sich das nur in Ihren Phantasien ab, oder setzen Sie das auch in die Realität um?«

»Darf ich offen sein?«

»Das müssen Sie sogar.«

Madlener seufzte inbrünstig. »Seit Kurzem setze ich das um, ja. Ich habe das große Glück, jemanden gefunden zu haben, der meine Phantasien mit mir teilt – auch in der Realität. Und jetzt fragen Sie mich bitte nicht, ob ich damit meine Mutter oder meinen Vater bestrafen will.«

»Wollen Sie das?«

»Nein. Ich finde einfach Spaß daran. Das ist bei meiner Partnerin allerdings anders.«

»Inwiefern anders?«, fragte Dr. Auerbach.

Jetzt wusste Madlener endgültig, dass er ihn da hatte, wo er ihn haben wollte. Nämlich auf sehr rutschigem und dünnem Geläuf.

»Meine Partnerin hat zeit ihres Lebens unter ihrem dominanten Vater gelitten und hat das so verinnerlicht, dass sie es liebt, diese unterwürfige Rolle auch im Sex auszuleben. Sie hat eine starke masochistische Ader und macht gern auf Sklavin.«

»Spricht das Ihre sadistische Seite an?«

»Oh ja. Und wie! Wir lieben Rollenspiele. Sie mag es, wenn sie dafür bestraft wird, dass sie unartig oder ungehorsam war. Mein Gott, was muss sie unter ihrem tyrannischen Vater gelitten haben! Aber mit mir scheint sie das sehr gut ausleben und kompensieren zu können. In süßer Qual, die ich ihr sozusagen zufügen muss. Das habe ich alles in kürzester Zeit von ihr gelernt. Sie glauben gar nicht, was für Spielzeuge diese Frau hat – ein wahres Arsenal.«

»Spielzeuge?« Jetzt ging auch noch die andere Augenbraue in die Höhe.

»Ja, in der Szene nennt man das ›Toys‹. Sie hat einen ganzen Schrank von dem Zeug. Bis wir das alles durchexerziert haben, können noch Monate vergehen. Aber wir bleiben am Ball, sozusagen.« Er schickte ein meckerndes, selbstgefälliges Lachen hinterher.

Dr. Auerbach musste sich räuspern und zeigte eine gewisse Unruhe, er verlagerte seine Sitzposition und notierte etwas in seinem Laptop. Dann schaute er auf. »Herr Madlener – kann es sein, dass Sie sexsüchtig sind?«

Madlener tat so, als müsse er tatsächlich über diese Frage nachdenken. »Ich hatte ja bisher keine Ahnung, dass so was wirklich möglich ist. Okay, ich habe mal gelesen, dass es in Los Angeles Kliniken für die Behandlung von Sexsucht gibt. Charlie Sheen und dieser Golfspieler …«

»Tiger Woods?«

»Genau der. Die sind ja angeblich sexsüchtig und waren in Behandlung. Ich habe das alles immer für Mumpitz gehalten, typisches Hollywood-Larifari. Hat so viel mit der schnöden Wirklichkeit zu tun wie ein James-Bond-Film. Aber seit ich Ellen kennengelernt habe …«

Er ließ den Halbsatz mit dem verräterischen Namen in der Luft schweben wie eine Giftgaswolke und hatte dabei seinen Psychiater genau im Fokus. Und siehe da: Bei »Ellen« zuckte Dr. Auerbach kaum merklich zusammen. Er hatte sich zwar meisterhaft unter Kontrolle, aber dem verhörerfahrenen Kommissar entging es nicht, dass er bei Dr. Auerbach genau die richtige Saite zum Schwingen gebracht hatte.

Madlener, der nun endgültig vom Teufel geritten wurde, fuhr fort: »Ja, wie soll ich sagen: Seit ich Ellen kennengelernt habe, hat sich alles verändert. *Sex changes life*, ein blöder Spruch, ich weiß, aber auf mich trifft er hundertprozentig zu. Sie werden lachen …«, das wird er garantiert nicht tun!, feixte Madlener innerlich, »… wir haben zwar beruflich miteinander zu tun, aber privat getroffen haben wir uns zum ersten Mal wirklich aus reinem Zufall unter

Gleichgesinnten. In einem Swingerclub hier in Friedrichshafen. Er hat eine Abteilung für Sadomaso-Freunde. Ich weiß nicht, ob Sie ihn kennen ...«

Dr. Auerbach schüttelte schon fast verzweifelt den Kopf – Nein, er wollte diesen Club nicht kennen! – und lockerte seine tadellos gebundene Krawatte. Madlener machte gnadenlos weiter. »Sie ließ sich gerade nackt und an ein Andreaskreuz gefesselt vor anderen Männern auspeitschen, und ich gesellte mich dazu und war erstaunt darüber, wie sehr sie das genoss! Wo sie doch sonst so eine seriöse Person ist und die beste Pathologin, die ich kenne.«

Dr. Auerbach bekam einen plötzlichen Hustenanfall, und Madlener musste sich schwer anstrengen, um nicht auch einen Anfall zu bekommen – aber vor Lachen. Er fuhr mit tödlicher Ernsthaftigkeit fort. »Seither können wir nicht mehr voneinander lassen. Zusammen sind wir ... wie Nitro und Glycerin, Ellen und ich.«

Dr. Auerbach besann sich mit aller Gewalt auf seine Professionalität und brachte mühsam eine Frage zustande. »Sie haben ... Sie haben beruflich miteinander zu tun? Finden Sie das nicht ... sagen wir mal: problematisch, Berufliches und Privates nicht strikt auseinanderzuhalten?«

»Das tun wir ja auch. Sie macht ihren Job, ich meinen. Wo ist das Problem? Wir sind erwachsene Menschen und wissen, worauf wir uns eingelassen haben. Sie haben mich nach meiner dunklen Seite gefragt. Ich bin der Meinung, jeder von uns hat eine dunkle Seite. Sie nicht auch?«

Dr. Auerbach war jetzt wirklich weichgekocht, das sah man an den Schweißperlen, die auf seiner Denkerstirn standen. Er wischte sie sich mit einem Kleenextuch aus der Vorratspackung ab, die auf seinem Schreibtisch stand, wahrscheinlich für von ihm provozierte Nervenzusammenbrüche und Heulkrämpfe seiner Patienten, und winkte erschöpft ab. »Meine Disposition tut hier nichts zur Sache.« Er warf das Kleenex in Richtung Papierkorb, traf aber nicht, und versuchte krampfhaft, wieder Oberwasser zu bekommen. »Sie sind hier der Patient, und ich habe die Aufgabe, Sie zu beurteilen, nicht umgekehrt.«

Madlener gab sich zerknirscht. »Ja, ich weiß. Und ich kann Ihnen nicht sagen, Herr Dr. Auerbach, wie gut es mir tut, mir einmal alles von der Seele zu reden. Dafür bin ich Ihnen auch außerordentlich dankbar. Im Übrigen vertraue ich ganz auf Ihre ärztliche Schweigepflicht!«, beeilte er sich noch hinzuzufügen.

»Schon gut, schon gut«, winkte Dr. Auerbach müde ab, zog seine Taschenuhr heraus und schaute sie an, als ob auf ihr geschrieben stünde, was man mit so einem hochgradigen Neurotiker wie Madlener, der offensichtlich von seinen sexuellen Obsessionen besessen war und zu allem Überfluss auch noch seine geliebte Tochter in einem zwanghaften Abhängigkeitsverhältnis hatte, nur machen sollte. Nebenher drückte er mit der anderen Hand auf einen Knopf.

»Kommt das alles in Ihren Bericht?«, fragte Madlener mit treuherzigem Augenaufschlag. In dem Moment trat schon Frau Zettler ein, die Empfangsdame, heute in einem pinkfarbenen Hosenanzug mit – Madlener glaubte kaum, was er da sah – Birkenstocksandalen in derselben Farbe, um ihn hinauszugeleiten.

Dr. Auerbach stemmte sich mühsam aus seinem Schreibtischsessel. »Für heute machen wir Schluss«, sagte er, und Madlener konnte es nicht lassen, noch einen letzten Schuss Öl ins Feuer zu gießen. »Schade. Die Geschichte in besagtem Swingerclub ging nämlich noch weiter. Aber das schildere ich Ihnen beim nächsten Mal. Da geht es wirklich um die dunkle Seite in uns. Ist Ihnen ›Gangbang‹ ein Begriff?«

Dr. Auerbach schloss in stummer Verzweiflung kurz die Augen und schob Madlener hinaus, bevor dieser noch weitere Räuberpistolen zum Besten geben konnte. Nur die Sorge um seine berufliche Reputation und seinen Doktortitel hielt den Psychiater wohl noch davon ab, seinen Patienten gleich in der Praxis zu erwürgen.

»Das dürfen Sie mir in der nächsten Sitzung erzählen«, sagte er deprimiert und machte die Tür hinter ihm zu. Madlener wusste, er hatte Ellens Vater genügend harte Nüsse zum Knacken gegeben, um ihm schlaflose Nächte zu bereiten.

»Was ist denn mit dem Herrn Doktor los?«, fragte Madlener die Empfangsdame mit geheuchelter Besorgnis. »Ich hatte den Eindruck, er fühlt sich heute nicht ganz wohl.«

Als er es damit geschafft hatte, auch noch Frau Zettler, die Verkörperung von Coolness und Effizienz mit bestimmt zwei Dutzend verschiedenfarbigen Birkenstocksandalen in ihrem heimischen Schuhschrank, komplett zu verunsichern, nickte er ihr wohlwollend zu und verließ das Schlachtfeld, das vormals eine Psychiaterpraxis war.

Noch unten auf der Straße, als er in sein Auto stieg, hatte Madlener ein dickes Grinsen im Gesicht und das himmlische Gefühl, es Dr. Auerbach samt seiner schnöseligen Arroganz so richtig heimgezahlt zu haben.

Dann legte er eine CD ein, um wieder herunterzukommen. Eigentlich hatte er jetzt Lust auf etwas Bombastisches, etwa den »Ritt der Walküren« von Wagner, da da da daa daa, da da da daa daa, aber den hatte er im Handschuhfach nicht vorrätig. Also musste es eben Led Zeppelin tun, »Gallows Pole«. Er drehte voll auf, bis er dachte, das Wagendach würde vom Schalldruck abheben, und scherte aus der Parklücke aus, ohne auf den Verkehr zu achten, was ihm Bremsenquietschen und ein wildes Hupkonzert bescherte. Madlener ignorierte es einfach und beschleunigte, um Harriet am Polizeipräsidium abzuholen und mit ihr zu Frau Fritsch hinauszufahren, von der ihm gnädigerweise eine Audienz von einer halben Stunde gewährt worden war. Da wollte er nicht zu spät kommen.

57

Harriet wartete schon vor dem Präsidium auf ihn. Madlener bremste vor ihr heftiger ab, als er eigentlich wollte, aber das lag an der Dynamik des Songs, die ihn mitgerissen hatte. Schnell schaltete er den CD-Player aus, bevor Harriet die Beifahrertür aufmachte und sich zu ihm setzte.

Sie begrüßte ihn kurz, er fand, sie wirkte unausgeschlafen. Ihre neu gestylten Fingernägel fielen ihm auf, vermutlich hatte sie die halbe Nacht damit verbracht, sie von Grund auf zu sanieren. Diesmal hatte sie sich dafür entschieden, glitzernde Flitterspäne in den Lack einzuarbeiten, es sah nach einem Heidenaufwand aus. Aber er verlor kein Wort darüber, es ging ihn schließlich nichts an. Er schlug den Weg nach Horgenzell ein und war in Gedanken noch ganz bei seiner Therapiestunde.

Nachdem sie eine Weile stumm gefahren waren, bemerkte er, dass ihn seine Assistentin von der Seite beäugte. Er wartete nur auf ihren Kommentar, der prompt folgte. »Darf ich Sie etwas Persönliches fragen?«

»Nur zu. Wenn es mir zu persönlich wird, werde ich Ihre Frage einfach ignorieren«, antwortete er aufgekratzt.

»Hat Ihnen Dr. Auerbach ein paar Glückspillen angedreht?«

»Wie kommen Sie darauf?«

»Weil Sie grinsen wie ein Honigkuchenpferd.«

»Tue ich das?«, fragte er lächelnd.

»Ja«, sagte sie und drückte ihr Laptop an sich, als würde Madlener es ihr wegnehmen wollen.

»Sie sollten froh sein, Harriet, dass Ihr Chef mal gut gelaunt in den Tag startet.«

»Wenn Sie es sind, bin ich's auch«, antwortete sie.

Sie warfen sich einen kurzen Blick zu – Madlener musste schließlich auf den dichten Straßenverkehr achten – und grinsten beide synchron.

Auf die Minute pünktlich kamen sie vor dem Fritsch-Anwesen in Horgenzell an, das Madlener schon einmal mit seinem Besuch beehrt hatte. Das drei Meter hohe schmiedeeiserne Gittertor war geschlossen. Harriet stieg aus und begab sich zur Gegensprechanlage, als es wie durch Zauberhand aufging und zum Einfahren aufforderte. Sie drehte sich zu Madlener um und sagte mit weit ausgebreiteten Armen: »Sesam, öffne dich!«, bevor sie wieder zu ihm einstieg.

Heute haben wir wohl einen wirklich guten Tag, dachte Madlener und ließ den Wagen langsam über knirschenden Kies zum Haupteingang des weitläufigen Anwesens aus Stahl, Glas und Beton rollen. Dabei hielt er Ausschau nach den zwei kalbsgroßen Hunden, die aber anscheinend weggesperrt waren.

An der milchig eingefärbten Glastür erschien eine weibliche Silhouette, und eine blonde Frau mit hochgesteckten Haaren, perfekt geschminkt und in einem schwarz-weißen Chanel-Kostüm, öffnete. Sie war um die dreißig, äußerst attraktiv und sich dessen offenbar auch voll bewusst. Sie winkte ihnen zu und rief: »Kommen Sie, Frau Fritsch erwartet Sie.«

Madlener und Harriet folgten der Aufforderung und betraten die Vorhalle des Haupthauses, die teuer, aber geschmackvoll mit Blumenbuketts und modernen Möbeln ausgestattet war. Eine breite geschwungene Treppe führte in den ersten Stock, ein riesiges abstraktes Gemälde dominierte den lichthellen, aber kühlen Raum, Madlener identifizierte es auf den ersten Blick als Jackson Pollock. Er war sich sicher, dass es ein Original war, und trat näher, um es genauer in Augenschein zu nehmen. Dicke, offensichtlich aufgetröpfelte Farbkleckse gaben seiner Vermutung recht: Da an der Wand hing ein Vermögen.

»Vorsicht, nicht berühren, sonst geht die Alarmanlage los!«, warnte ihn eine weibliche Stimme. Madlener drehte sich um und wurde Zeuge eines filmreifen Auftritts, als eine gertenschlanke, große, dunkelhaarige Frau wie die Königin von Saba die Treppe herunterschritt. Sie trug ein langes, ärmelloses schwarzes Designerkleid und war barfuß. Madlener fragte sich unwillkürlich, ob sie sich nur für diesen Moment so aufgebrezelt hatte und sich noch einmal umziehen würde, bevor sie in ihr Flugzeug stieg und in Richtung USA düste.

»Herr Madlener?«

Sie blieb auf der vorletzten Stufe stehen und streckte ihm die

Hand entgegen. Kurz dachte Madlener, sie erwarte einen Handkuss, weil sich ihre Rechte in Höhe seines Gesichts befand. Doch er besann sich eines Besseren, sagte artig: »Guten Tag, Frau Fritsch«, und gab ihr die Hand. Etwas ungelenk stellte er ihr Harriet vor.

»Kann Ihnen Annabell eine Erfrischung bringen?«, fragte Helga Fritsch.

»Nein danke, das ist nicht nötig. Wir wollen Sie auch nicht lange aufhalten. Wir haben nur ein paar Fragen.«

Frau Fritsch tauschte einen Blick mit Annabell, die sich daran machte, auf einer Anrichte Drinks zu mixen. Helga Fritsch musterte Madlener ungeniert, bevor sie auf die cremeweiße, sündhaft teuer aussehende Ledersitzgruppe wies, die vor dem Jackson Pollock platziert war.

»Bitte, fragen Sie. Sind Sie der Nachfolger von Kommissar Wohlfahrt?«

Madlener und Harriet setzten sich vorsichtig auf den Rand der viersitzigen Couch, Frau Fritsch ließ sich auf einem der Zweisitzer wie auf einen Thron nieder. Trotz ihrer demonstrativen Blasiertheit und der dick aufgetragenen Schminke wirkte sie zerbrechlich, und Madlener vermutete, dass sie magersüchtig war, weil ihre Ärmchen und ihre Fesseln dünn wie die eines Kindes waren. Als ob sie seinen Blick bemerkt hätte, zog sie ihre Beine auf die Sitzfläche und schlug den Saum ihres langen Kleides darüber.

»Mein Kollege Wohlfahrt ist in Rente. Er hat mir viel über Sie erzählt«, antwortete er. »Und darüber, dass er es nie aufgegeben hat, nach dem Verbleib Ihres Mannes zu forschen.«

Helga Fritsch seufzte und nahm ein Glas mit einem orangefarbenen Cocktail und Eiswürfeln entgegen, das Annabell ihr reichte. Sie hatte selbst ein Glas mit demselben Getränk in der Hand und setzte sich neben sie, wobei sie ungeniert die Hand auf den Oberschenkel von Frau Fritsch legte. Die rührte mit ihrem Strohhalm im Drink herum und sah Madlener nachdenklich an.

»Haben Sie nichts Dringlicheres zu tun, als einem Jahre zurückliegenden Vermisstenfall nachzugehen? Ich habe gelesen, dass es hier in der Gegend zwei unaufgeklärte Morde geben soll …«

»Die gibt es, und wir stecken mitten in den Ermittlungen, das stimmt. Aber ich wollte die Gelegenheit nutzen, noch einmal mit Ihnen zu sprechen, bevor Sie für länger außer Landes sind. Dass

Sie uns Ihre Zeit für ein kurzes Gespräch opfern, weiß ich sehr zu schätzen.«

»Wissen Sie, warum ich das tue? Aus zwei Gründen. Annabell und ich werden …«, dabei strich sie wie zufällig über Annabells Hand, »… diesem Land für immer den Rücken kehren. Wir werden uns in den Staaten niederlassen. Das ist der erste Grund. Der zweite ist, dass meine Anwälte es endlich erreicht haben, dass mein Mann für tot erklärt wird. Nach sieben langen und quälenden Jahren. Jetzt kann und will ich endlich damit abschließen. Ich habe mich deshalb durchgerungen, Sie zu empfangen, um Ihnen mitzuteilen, dass auch die Polizei die Akte Fritsch endgültig schließen kann. Wie Sie sehen …«, diesmal berührte sie Annabells Wange, »… bin ich dabei, mich völlig neu zu orientieren. Oder mich neu zu erfinden, ganz wie Sie wollen. Ich werde meine Zelte, wie es so schön heißt, hier abbrechen – das Haus samt Grundstück steht zum Verkauf – und mit Annabell in Kalifornien ein neues Leben anfangen.« Sie tätschelte Annabells Hand und sah sie an: »Annabell – bringst du bitte den Koffer?«

Annabell stand gehorsam auf und stöckelte davon.

»Der Koffer ist für Sie, Herr Kommissar.«

»Für mich? Was für ein Koffer?«, fragte Madlener irritiert.

»Sie werden schon sehen«, sagte Helga Fritsch und genoss es sichtlich, Madlener ein Rätsel aufgetischt zu haben.

In die Stille hinein vibrierte Harriets Handy. Sie nahm es aus ihrem Rucksack, blickte auf das Display und zeigte es Madlener: eine SMS von Frau Gallmann, die um Rückruf bat. Dringend. Madlener schüttelte den Kopf und sagte nur: »Später.«

Sie hörten Annabell schon, bevor sie sie sahen, jeder Schritt ihrer High-Heels hallte durch den hohen Raum. Sie hatte einen kleinen Alukoffer dabei, stellte ihn vor Madlener auf den Boden und setzte sich wieder neben Helga Fritsch.

»Bitte, Sie dürfen ihn aufmachen, Herr Madlener«, sagte Frau Fritsch. »Er ist von meinem Mann. Der Koffer war ganz hinten in seinem begehbaren Kleiderschrank bei seinen Sportsachen. Ich habe ihn erst vor Kurzem geöffnet. Ich dachte immer, dass da seine Kletterutensilien drin sind, und habe ihn nie weiter beachtet. In seinem Schlafzimmer habe ich bis jetzt alles so gelassen, wie es immer war. Es hätte ja sein können, dass er eines Tages wieder zurückkommt. Nun, diese Illusion habe ich endgültig aufgegeben und damit begonnen, seine Sachen auszuräumen. Da ist mir der Koffer in die Hände gefallen. Sie sind Polizist. Vielleicht können Sie mir erklären, was es mit seinem Inhalt auf sich hat. Bitte!«

Sie wies auf den Koffer, und Madlener beugte sich vor, hob ihn auf – er war nicht schwer – und stellte ihn auf seine Knie, wo er die beiden Schlösser aufschnappen ließ und den Deckel anhob. Harriet beugte sich neugierig zu ihm hinüber. Was sie und Madlener sahen, war nicht weiter spektakulär: ein Sportschuh, gebraucht, und ein braunes DIN-A4-Kuvert mit einer Aufschrift in Großbuchstaben, mit dickem schwarzen Filzstift geschrieben: NIEMAND WIRD MICH FINDEN! Mehr war nicht darin. Madlener zog den Schuh am Schuhbändel heraus und blickte Helga Fritsch an. »Ein Schuh war darin?«

»Ja, ich habe nichts verändert. Ein Schuh.«

»Wo ist der zweite?«

»Keine Ahnung.«

»Haben Sie das Kuvert geöffnet?«

»Ja, natürlich«, sagte sie. »Aber ich habe alles wieder zurückgetan. Ich verstehe das nicht. Aber es soll vielleicht eine Art Botschaft sein. Deshalb habe ich es Ihnen gezeigt. Sie sind der Kommissar. Wenn Sie etwas damit anfangen können – bitte. Ich vermag es nicht. Vielleicht ist das alles auch nur ein dummer Zufall oder einfach Schlamperei und keine Absicht.«

»Das glaube ich nicht. Wenn Ihr Mann keinen Abschiedsbrief, nichts dergleichen, hinterlassen hat …«

»Hat er nicht.«

»… dann bekommt diese Aufschrift eine wichtige Bedeutung, meinen Sie nicht auch? Es ist doch seine Handschrift?«

»Ja, das ist sie.«

»NIEMAND WIRD MICH FINDEN! In Großbuchstaben … Kein Mensch schreibt so etwas auf, wenn er damit nicht etwas sagen will.« Er gab den Schuh an Harriet weiter, die ihn genauer unter die Lupe nahm.

»Nichts Besonderes«, sagte sie. »Außer, dass es ein Kletterschuh ist. Ein Kletterschuh für Extremklettern. Er ist nicht neu, sondern mehrfach benutzt worden. Hier und hier weist er Gebrauchsspuren auf. Das Einzige, was mir auffällt, ist, dass er sauber geputzt ist.«

»Mein Mann hat nach seinem Sport immer als Erstes seine Schuhe geputzt und seine Ausrüstung gereinigt. Sein Rennrad, sein Mountainbike, seine Helme, seine Schuhe. Immer. Nie hätte er einen schmutzigen Schuh einfach irgendwo eingepackt.«

»Er hatte eine Kletterausrüstung, die verschwunden ist. Das hat mir mein Kollege Wohlfahrt erzählt.«

»Ja. Seile, Gurte und Haken, ich kenne mich da nicht so aus. Alles, was man braucht.«

Madlener öffnete das Kuvert und fand darin ein Bild, ausgeschnitten aus einer Zeitung, mit Bildunterschrift. Es zeigte einen Mann mit einer Amtskette, der einem anderen die Hand schüttelte und ihm eine gerahmte Urkunde überreichte. Im Hintergrund standen, kaum erkennbar, weitere Männer in einer Reihe. Die Bildunterschrift lautete: »Bürgermeister Grünenthal (links) zeichnete am Sonntag verdiente Mitbürger für ihr Engagement im Jugendbildungsbereich aus. Er gratulierte Gymnasialprofessor Dr. Kruschek, der im Kreise seiner Kollegen ein rundes Jubiläum feiern konnte – dreißig Jahre als Direktor des Jan-Hus-Internats –, und wünschte ihm noch weitere gesunde und schaffensfrohe Jahre. Ebenfalls ausgezeichnet wurden (von rechts nach links): K. Möller, Dr. Escher, T. Ullreich, Dr. Weinhold und F. Bärlach.«

Die Fürchterlichen Fünf!, dachte Madlener. Markus Fritsch kannte die Fürchterlichen Fünf!

»Können Sie etwas damit anfangen?«, wollte Helga Fritsch wissen.

Harriet bekam wieder eine SMS und drückte sie nach einem Blick auf das Display weg. Madlener gab ihr das Foto und fragte Frau Fritsch: »War Ihr Mann als Schüler im Jan-Hus-Internat?«

»Ja, das war er«, antwortete sie.

Harriet hatte schon ihr Laptop hochgefahren, in das alle Unterlagen, die sie von Direktor Kirchhoff über Schüler- und Lehrerschaft zur Verfügung gestellt bekommen hatte, eingescannt waren. Sie fand, was sie suchte, und las vor: »Jahresbericht 1980. Abschlussklasse. Fritsch, Markus, geboren 14.10.1962. Ist das Ihr Mann?«, fragte sie Helga Fritsch.

»Ja, das ist er. Was hat das zu bedeuten?«

Madlener erkundigte sich bei Harriet: »Ist das die Klasse von Peter Jankowitz?«

»Nein. Jankowitz war viel jünger. Er und seine Freunde sind Jahrgang 70 oder 71.«

Madlener wandte sich wieder an Helga Fritsch: »Im Jan-Hus-Internat wurden Schüler jahrelang systematisch missbraucht. Wir sind gerade dabei, das alles im Zuge unserer Ermittlungen aufzuklären. Ich kann Ihnen jetzt nur so viel sagen, dass diese Vorkommnisse mit den beiden Mordfällen zu tun haben, deren Täter wir noch suchen. Hat Ihnen Ihr Mann jemals davon erzählt? Ob er auch ein Opfer dieser Missbrauchsfälle war?«

»Nein. Niemals. Er hat nicht über seine Internatszeit gesprochen.« Der Schock über diese Erkenntnisse stand ihr ins Gesicht geschrieben. Annabell nahm tröstend ihre Hand und drückte sie.

Madlener nickte. Der Inhalt des Koffers zeigte ihm, dass es über die unselige Vergangenheit des Internats noch eine ganze Menge aufzuarbeiten gab. Diese Herkulesarbeit konnte gar nicht von der Polizei geleistet werden, das war auch nicht ihre Aufgabe, das musste eine unabhängige Expertenkommission in akribischer Fleißarbeit tun. Je mehr ans Licht kam, desto schlimmere Ausmaße nahm der Skandal an. Es war wirklich die Büchse der Pandora, die sie geöffnet hatten, da musste er Kriminaldirektor Thielen ausnahmsweise recht geben. Aber wie Markus Fritsch darin verwickelt war und ob dieser Bezug oder das Auftauchen des Zeitungsfotos mit den Fürchterlichen Fünf letzten Endes ursächlich für sein Verschwinden war – er bezweifelte, ob das je aufgeklärt werden konnte.

»Können Sie mir denn sagen, was das zu bedeuten hat, dass dieser eine Schuh im Koffer ist? Zusammen mit diesem Foto aus der Zeitung?«, fragte Helga Fritsch und hielt den Schuh hoch.

»Ja, das kann ich«, entgegnete Madlener trocken, und alle drei Frauen sahen ihn erstaunt an, als sei er das Orakel von Delphi.

»Es ist sozusagen der Schuh des Empedokles«, erklärte Madlener und wusste, dass er damit nur noch rätselhafter klang. »Ihr Mann, Frau Fritsch, war ein großer Verehrer von Brecht-Lyrik, das hat mir Kommissar Wohlfahrt erzählt. Das stimmt doch?«

»Oh ja, kann man sagen. Er hat sogar einige Autografen von Bert Brecht ersteigert, die sind im Safe seiner Bibliothek.«

»Bertolt Brecht hat ein Gedicht geschrieben mit dem Titel ›Der Schuh des Empedokles‹.« Madlener bemühte sich, die Inhaltsangabe so knapp und korrekt wie möglich wiederzugeben. »Als der griechische Philosoph Empedokles müde war von den Gebrechen des Alters und ans Sterben dachte, wollte er niemandem zumuten, ihm dabei zusehen zu müssen. Also hatte er vor, spurlos aus dieser Welt zu gehen. Als er mit seinen Schülern eine Wanderung zum Krater des Ätna machte, war er auf einmal verschwunden und ließ nur einen Schuh und damit ein ewiges Rätsel zurück.«

Als Madlener das erzählt hatte, war es auf einmal ganz still in der Vorhalle, bis Helga Fritsch fragte: »Dann ist das ein versteckter Hinweis für sein Verschwinden? Für denjenigen, der das zu deuten weiß?«

»Ich nehme es an, gewissermaßen, ja.«

»Und wohin ist er verschwunden?«

»Tja, wenn ich das wüsste! Ich will Ihnen keine falschen Hoffnungen machen, aber ich habe da so eine gewisse Vermutung.«

»Sie glauben, dass er noch lebt?«

»Nein. Das glaube ich nicht. Ich nehme an, ihr Mann war in seinen Entscheidungen immer sehr konsequent?«

»Das kann man so sagen, ja.«

»Wenn Sie meiner Assistentin Ihre E-Mail-Adresse geben, informiere ich Sie sofort, sobald ich mehr weiß.« Er stand auf. »Wir haben Ihre Zeit jetzt lange genug in Anspruch genommen. Darf ich das Kuvert aus dem Koffer mitnehmen?«

Helga Fritsch erhob sich, genauso wie Annabell. »Bitte, ich bin froh, wenn ich es nicht mehr sehe. Mir kommt es vor, als wollte mich mein Mann noch im Nachhinein damit bestrafen. Ich weiß beim besten Willen nicht, wofür. Aber ich kann Ihnen eines sagen: Es gibt nichts Schlimmeres, als über den Verbleib eines Menschen, den man einmal geliebt hat, jahrelang im Ungewissen zu sein. Anfangs zuckt man noch bei jedem Klingeln des Telefons zusammen, weil man hofft, er ist es und meldet sich von irgendwoher, und jedes Mal ist man furchtbar enttäuscht und verzweifelt darüber, dass er es nicht ist. Man beginnt, das Klingeln des Telefons oder an der Tür zu hassen, nach und nach frisst einen dieses Gefühl auf und macht einen krank. Es ist wie ein Schatten – sobald man meint, man habe es überstanden, ist er wieder da, wie wenn die Sonne herauskommt. Man kann ihn nicht loswerden. Sie würden mir einen Großteil meines Seelenfriedens zurückgeben, wenn ich Gewissheit hätte. Egal welche, nur endgültige Gewissheit. Verstehen Sie?«

»Ja«, sagte Madlener, »ja, das kann ich verstehen. Viel Glück in Ihrer neuen Heimat, Frau Fritsch. Und in Ihrem neuen Leben.«

Er gab ihr die Hand, nickte Annabell zu, die die ganze Zeit kein einziges Wort gesagt hatte, und dann ging er, das Kuvert unter dem Arm, mit Harriet hinaus.

58

Als Madlener und Harriet die gekieste Ausfahrt entlang- und durch das schmiedeeiserne Gartentor hinausfuhren, das sich sogleich wieder hinter ihnen schloss, rief Harriet endlich bei Frau Gallmann im Präsidium zurück. Sie hörte schweigend zu, schließlich sagte sie nur »Wo?« und drückte dann auf Aus.

»Ist was passiert?«, fragte Madlener, der genau wusste, dass seine Exkursion wegen eines alten Vermisstenfalls bei Kriminaldirektor Thielen gar nicht gut ankommen würde, sollte er davon erfahren.

»Das kann man wohl sagen. Wir haben eine dritte Leiche. Theophil Ullreich.«

»Einer der Fürchterlichen Fünf?«, fragte Madlener.

»So ist es.«

»Den Binder und Götze gestern Abend noch aufgesucht haben?«

»Genau der. Da war er aber nicht zu Hause.«

»Wo?«, fragte Madlener und beschleunigte.

»Wildorf bei Salem.«

»Mist, Mist, Doppelmist!«, fluchte Madlener, diesmal laut, und fuhr noch halsbrecherischer als sonst, wenn er es eilig hatte.

Harriet ahnte, was auf sie zukam, klemmte das magnetische Blaulicht aufs Wagendach, das Madlener anschaltete, und die Sirene dazu. Sie zog den Sicherheitsgurt so eng wie möglich an ihren Körper, hielt sich mit den Händen zusätzlich daran fest und hoffte inständig, dass die Airbags noch funktionierten.

Die Strecke nach Wildorf legte Madlener in neuer Rekordzeit zurück. In die Seitenstraße, die zu Ullreichs Bungalow führte, konnten sie kaum noch einfahren, so zugeparkt mit Polizeiautos, dem Spurensicherungswagen, mehreren Feuerwehrfahrzeugen und einem Leichenwagen war sie. Madlener stellte den BMW halb auf dem Randstein ab, dann stiegen sie aus. Er ließ die Fahrertür offen stehen, weil er es eilig hatte.

Er fluchte immer noch, diesmal innerlich, weil er sich daran erinnerte, dass er noch am Vortag behauptet hatte, felsenfest davon überzeugt zu sein, dass die Mörder momentan nicht erneut zuschlagen würden. Und jetzt hatten sie bewiesen, dass sie nicht daran dachten, sich von der Polizei von ihrem Vorhaben abhalten zu lassen. Seine Gedanken überschlugen sich. Hoffentlich hatte Thielen gestern noch die Überwachung von Dr. Freytag, Junghans und Seifried angeordnet. Wenn nicht, könnte man ihm, Madlener, die Schuld für den Mord an Ullreich in die Schuhe schieben, schließlich hatte er die drei Männer verhört und vorerst für nicht dringend tatverdächtig gehalten. Das schien nun ein entscheidender Fehler gewesen zu sein.

Madlener blieb am Absperrband stehen und atmete zweimal vor den Augen des uniformierten Kollegen durch, um wieder klar denken zu können. Selbstvorwürfe nutzten nichts, erst musste er die nackten Tatsachen eruieren, dann würde man weitersehen.

Er wartete auf Harriet, sie zeigten ihre Ausweise, und der Uniformierte hielt das Plastikband hoch, damit sie darunter durchschlüpfen konnten. Das Absperrband war nötig, denn bei dem Aufwand, der hier in der beschaulichen Gartenbausiedlung betrieben wurde, waren natürlich sämtliche Anwohner zur Stelle und renkten sich schier die Hälse aus, um sehen zu können, was bei Ullreich vor sich ging.

Sie betraten das Haus. Im Inneren war das Chaos perfekt. Spurensicherungsleute in weißen Plastikoveralls stiegen sich gegenseitig auf die Füße, Feuerwehrleute kamen heraus, ein Polizeifotograf blitzte ein Bild nach dem anderen, und im Wohnzimmer von Ullreich sah es aus, als wäre die gesamte Einrichtung ein einziger Trümmerhaufen. Madlener und Harriet blieben vor der Tür stehen und versuchten, sich einen Überblick zu verschaffen, was so gut wie unmöglich war, solange sie das Zimmer nicht betreten durften.

Madlener sah Götze herumirren, der mit seinem zitronengelben Kurzarmpolo und einer Sommerjeans ausnahmsweise nicht so extravagant herumlief wie sonst, auch wenn seine giftgrünen Chucks diesen Eindruck trübten. Er war so aufgedreht und nervös, dass er Madlener übersah. Der musste ihn am Oberarm festhalten, damit er nicht gleich wieder davonlief.

»Was ist hier passiert?«, fragte Madlener. »Kurz und bündig bitte, wenn's geht. Waren Sie nicht gestern noch hier?«

»Ja, zusammen mit Kommissar Binder, so gegen neunzehn Uhr. Aber wir haben Ullreich nicht angetroffen.«

»Haben Sie durch die Fenster gesehen?«

»Ja. Da war alles noch in bester Ordnung. Ich bin einmal ums Haus und habe auch hinten geklopft. Es war alles abgesperrt. Ich habe dann einen Zettel angebracht, auf dem stand, dass er sich im Präsidium melden soll, wenn er zurückkommt. Dann sind wir wieder gefahren.«

Madlener ließ seinen Arm nicht los, weil Götze immer noch ganz hibbelig war. »Kommen Sie, gehen wir in den Garten. Hier stehen wir nur den Kollegen im Weg«, sagte Madlener. Bereits der dritte Mann von der Spurensicherung hatte demonstrativ gestöhnt und mit den Augen gerollt, als er sich mit seinem schweren Koffer an ihnen vorbeiquetschen musste.

Sie traten durch die Haustür in den Vorgarten. Madlener warf einen kurzen Blick in den Garten auf der anderen Seite des Hauses, machte aber gleich wieder kehrt, weil dort Thielen mit dem Handy am Ohr hin- und herlief, jemanden dabei beschimpfte und wild gestikulierte.

»Also, Herr Kollege, wir hören«, forderte Madlener Götze auf, Harriet stand daneben.

»Eine Nachbarin, eine alte Dame, die Frau …« Er suchte auf seinem Notizblock nach dem Namen, aber Madlener winkte ab. »Kurz und bündig, bitte.«

»Eine Nachbarin kommt heute morgen gegen neun Uhr hier vorbei und will Ullreich fragen, ob er ihre entlaufene Katze gesehen hat, die sie seit Tagen vermisst. Sonst hätte sie nie bei Ullreich geklingelt, weil der als etwas sonderbar und nicht gerade sehr freundlich und entgegenkommend galt.«

»Herr Kollege, bitte …«, versuchte Madlener, Götzes Abschweifungen abzukürzen.

»Die Gartentür war nicht abgesperrt, sie klingelt, niemand macht auf. Sie sieht durchs Fenster – alle Türen sind offen, Stühle umgestoßen, Wasser auf dem Boden, die halbe Wohnzimmereinrichtung zertrümmert. Sie geht vorsichtig ums Haus, ruft nach Ullreich, sieht die offene Terrassentür und das eingeschlagene Fenster, geht hinein, entdeckt die Leiche und ruft uns beziehungsweise die Kollegen von der Zentrale. Der Tote liegt im Aquarium …«

Madlener unterbrach: »*Im* Aquarium?«

»Ja. Das ist so ein Riesending, offenbar selbst gebaut, meint

Kollege Binder. Es ist zerbrochen, das ganze Wasser ist im Zimmer ausgelaufen. Todesursache bis jetzt unbekannt. Da kommt Frau Dr. Herzog.«

Ein Notarztwagen drängelte sich mit Blaulicht und Sirene bis zur Absperrung vor, Ellen stieg aus, zog ihren weißen Schutzoverall an, begrüßte Madlener durch Zuwinken und ging mit ihrem Koffer ins Haus.

»Irgendwelche Zeugen?«, fragte Madlener weiter.

»Bis jetzt nicht. Wir sind aber auch erst seit einer halben Stunde hier.«

»Okay, danke. Dann machen Sie mal weiter.«

Götze wollte schon davonlaufen, aber Madlener hielt ihn noch fest. »Und bleiben Sie cool, Mann«, sagte er. »Wir sind von der Polizei!«

Götze sah Madlener irritiert an, dann verstand er und nickte.

Madlener und Harriet machten sich auf den Weg in den Garten. Thielen war verschwunden. Madlener sah durch die offene Terrassentür in den Bungalow, wo Ellen sich eben anschickte, die Leiche in Augenschein zu nehmen. Thielen und Binder standen an ihrer Seite. Die Leiche lag tatsächlich, wie Götze es beschrieben hatte, auf dem Rücken mitten in einem großen Aquarium, von dessen Seitenwänden nicht mehr viel übrig geblieben war außer ein paar Scherben und Splittern. Sie war komplett mit Jacke, Hose, Hemd und Schuhen bekleidet, klatschnass und blutbesudelt und hatte eine Plastiktüte über dem Kopf. Tote Zierfische lagen überall auf dem Boden.

»Da muss ein heftiger Kampf stattgefunden haben«, konstatierte Harriet, die neben Madlener in den Raum spähte.

»Ja«, brummte Madlener und drehte sich um. Der Garten war riesig und mit einer hohen Hecke umgeben. Der Boden war trocken und das Gras so kurz geschnitten, dass garantiert keine Spuren zu finden waren.

Harriet war vom Durcheinander im Bungalow anscheinend so abgelenkt, dass Madlener allein den Garten durchquerte und – seit der ersten Suche im Pool-Fall war ihm das schon zur Gewohnheit geworden – den ganzen Zaun systematisch nach möglichen Spuren absuchte, die er auch schnell entdeckte. Er wollte sich nicht durch die Lücke in Hecke und Maschendrahtzaun zwängen, weil er dachte, dass wahrscheinlich Indizien zu finden waren. Das zu überprüfen überließ er den Spezialisten. Auf dem Boden sah er ein blutiges Taschentuch, fasste es aber nicht an, obwohl er seine Latexhandschuhe bereits angezogen hatte. Vorsichtig, ohne etwas zu berühren, spähte er auf die andere Seite des Zaunes. Freies Feld, keine Nachbarn weit und breit.

Er drehte sich um und wollte zum Haus zurückgehen, als ihm Thielen schon mit hochrotem Kopf entgegenkam. »Madlener – wo waren Sie?«, fragte er.

»Zeugenbefragung«, antwortete Madlener.

»Was haben Sie zu Ihrer Entschuldigung vorzubringen?«, wollte Thielen zornbebend wissen.

»Gar nichts. Es gibt nichts, wofür ich mich zu entschuldigen hätte.«

»So? Eine Leiche trotz Ihrer Beteuerungen, dass die Killer momentan mit ihrer netten kleinen Mordserie ein Päuschen einlegen würden – ist das vielleicht nichts?« Er hatte sich in Rage geredet und fing an zu brüllen. »Wie stehen wir jetzt da? Was soll ich der Presse sagen? Sorry, wir haben nicht richtig aufgepasst, aber irgendwie sind uns die Killer immer einen Schritt voraus? Soll ich das sagen?«

»Ich weiß nicht, was Sie in Ihrer Pressekonferenz sagen werden. Aber Ullreich wurde von Binder und Götze gewarnt.«

»Scheint nicht viel genutzt zu haben, diese Warnung. Jedenfalls liegt er jetzt tot in seinem Aquarium! Zusammengeschlagen und ertrunken vermutlich, Genaueres wird Frau Dr. Herzog uns gleich sagen können.«

»Das scheint mir aber nicht ganz in die Vorgehensweise unserer Täter zu passen.«

»Ach nein? Vielleicht war Ullreich der Erste, der sich gewehrt hat. Vielleicht haben die Killer ja auch einen Fehler gemacht, konnten ihn nicht überraschen oder haben die Übersicht verloren, sind außer Kontrolle geraten und haben durchgedreht. Was weiß ich. Jedenfalls habe ich inzwischen alles unternommen, um Ihre Fehler wieder auszubügeln. Dr. Freytag, Seifried und … Wie heißt dieser Dritte?«

»Junghans.«

»Junghans, richtig. Ihre Alibis für letzte Nacht werden gerade von unseren Kollegen in Konstanz überprüft. Und wenn auch nur eines nicht wasserfest ist ... ich meine: nicht hieb- und stichfest, dann wird derjenige festgenommen.«

»Sie haben sie nicht überwachen lassen?«

»Nein, habe ich nicht. Davon haben Sie mir ja in Ihrer unendlichen Weisheit abgeraten. Außerdem haben wir gar nicht so viele Leute zur Verfügung. Mensch, Madlener, mit Ihnen habe ich wirklich den Dings zum Gärtner gemacht.«

»Den Bock«, half Madlener aus.

Das brachte bei Thielen das Fass zum Überlaufen. Wenn Madlener eine Uniform angehabt hätte und auf den Schultern Epauletten, hätte Thielen sie jetzt wohl abgerissen und ihn auf der Stelle degradiert. Stattdessen schnappte er nach Luft und lief puterrot an, drehte sich abrupt um und marschierte davon. Nach ein paar Schritten blieb er stehen, machte kehrt und stach mit dem Zeigefinger in Richtung Madlener, als würde er ihn erdolchen.

»Ich habe jetzt die Schnauze voll von Ihren Eigenmächtigkeiten! Gestrichen voll! Das wird ein Nachspiel haben, verlassen Sie sich drauf! Sie sind bis auf Weiteres vom Außendienst suspendiert. Sie steigen jetzt in Ihr Auto, fahren ins Präsidium und melden sich bei Frau Gallmann. Die fragen Sie, wie Sie sich nützlich machen können. Im Drucker Papier nachfüllen, Kaffee kochen, Büroklammern zählen. Irgendwas, wo Sie nichts anstellen, was Menschenleben kosten kann. Vielleicht schaffen Sie das ja noch.«

Damit ließ er Madlener stehen und stapfte zum Bungalow zurück.

Madlener schnappte sich einen Mann von der Spurensicherung, wies ihn auf die Lücke im Zaun und das blutige Taschentuch am Boden hin und führte Teil eins von Thielens Anweisungen aus: Er setzte sich in sein Auto und fuhr davon.

59

Madlener ließ sich auf der Rückfahrt zum Präsidium Zeit, er legte eine CD von Stan Ridgway ein – zuerst »The Big Heat« und dann »Camouflage« – und sang beim zweiten Song laut mit.

And it was near the riverbank when the ambush came on top of us
And I thought it was the end, and we were had
Then a bullet with my name on it came buzzin' through a bush
And that big Marine, he just swat it with his hand
Just like it was a fly ...

Woah-oh-oh-oh, Camouflage
Things are never quite the way they seem
Woah-oh-oh-oh, Camouflage
This was an awfully strange Marine

And I knew there was somethin' weird about him,
'Cause when I turned around,
He was pullin' a big palm tree up outta the ground
And swattin' those Charlies with it from here to kingdom come

Hatte man Gewaltphantasien, wie Dr. Auerbach behauptete, wenn man zuweilen seinen Chef sonst wohin wünschte? Aber mit der Suspendierung vom Außendienst hatte ihm Kriminaldirektor Thielen sogar einen Gefallen getan. Er musste nicht auch noch als fünfter Kripobulle im Bungalow des Opfers im Weg stehen, solange die Spurensicherungsleute und die Gerichtsmedizinerin zugange waren.

Gelegenheit für ein privates Wort zwischen ihm und Ellen gab es sowieso keine, und die Resultate der Untersuchungen konnte Harriet ihm später genauso gut zusammenfassen. Er hatte ihr noch Bescheid gesagt, dass er vorläufig suspendiert war, sie war von dieser Nachricht wie vom Donner gerührt, da war er schon zum Auto gegangen und weggefahren.

Heimlich, still und leise freute er sich schon auf sein Büro, als er die Treppen hochstieg. Er merkte, wie hundemüde er auf einmal war. Seine nächtlichen Eskapaden konnte er doch nicht mehr so leicht wegstecken wie vor zwanzig Jahren. Aber dort, in der Abgeschiedenheit seines Büros, in der göttlichen Stille abseits der ständigen Hektik im Polizeipräsidium, wartete inzwischen ein durchgesessenes altes Ledersofa auf ihn, das die wunderbare Fee alias Frau Gallmann auf seinen speziellen Wunsch hin irgendwo aufgetrieben hatte.

Dort konnte er sich nun ungestört ausstrecken und seine Gedanken kreisen lassen. Jetzt hatte er wahrlich genügend Futter dafür. Ullreich tot, ermordet. Der Dritte der Fürchterlichen Fünf. Wo waren die anderen zwei? Nicht erreichbar, wie Binder sagte, oder war da vielleicht auch schon etwas passiert, von dem sie nur noch nichts wussten? Er rief sofort Frau Gallmann an und fragte nach. Sie erklärte ihm, dass Weinhold und Bärlach immer noch nicht aufgetaucht seien, aber vor dem Hochhaus der beiden eine Streife parke und die Augen offenhalte. Sie hatte noch keine Neuigkeiten aus Wildorf, und Madlener fragte sicherheitshalber noch nach dem vorläufigen Termin für das Status-Meeting.

»Siebzehn Uhr, falls nichts dazwischenkommt«, sagte sie und versicherte ihm auf seine ironische Nachfrage, dass sie sehr gut in der Lage sei, das Druckerpapier allein und selbstständig nachzufüllen.

Er legte sich auf sein Sofa und dachte nach. Wo war der Fehler, den er gemacht hatte? Er hatte den drei Freunden in den Vernehmungen doch unmissverständlich eine Warnung durchklingen lassen. Madlener konnte einfach nicht glauben, dass sie es jetzt getan hatten, wo sie nach seinem Auftauchen doch befürchten mussten, überwacht zu werden. Irgendetwas anderes, von dem er noch nichts wusste, musste in Ullreichs Bungalow geschehen sein. Irgendetwas Zufälliges vermutlich, das zeigte ihm der Gewaltexzess, der dort abgelaufen war. Das war nicht der Modus Operandi der bisherigen Täter, die stets kühl und überlegt zugeschlagen hatten, ohne die geringsten Spuren zu hinterlassen. Stattdessen nun ein wahres Schlachtfeld.

Nun, vielleicht kam Harriet ja mit einer Menge neuer Erkenntnisse aus Wildorf zurück, sodass der Mord an Ullreich doch irgendwie mit den Morden an Möller und Escher in Verbindung zu bringen war.

Ihm fiel wieder das Tagebuch von Peter Jankowitz ein, das er endlich lesen musste. Genügend zu tun, auch wenn man zum Innendienst vergattert war.

Er dachte noch einmal über das Gespräch mit der Witwe von Markus Fritsch nach. Ob Fritsch durch die Taten der Fürchterlichen Fünf Jahre später in den Suizid getrieben worden war, wie Peter Jankowitz? Das erschien ihm ziemlich plausibel, je länger er sich darüber den Kopf zerbrach; es war die einzig logische Erklärung für sein Verschwinden und den mysteriösen Koffer samt Botschaft. Es sei denn, Markus Fritsch hatte, ohne dass es jemand wusste, eine unheilbare Krankheit gehabt und deshalb beschlossen, freiwillig aus dem Leben zu scheiden, bevor die Leidenszeit losging. Madlener hätte Frau Fritsch noch so viele Fragen stellen wollen, aber die Zeit war zu kurz. Vielleicht war es auch besser so.

Alles Unwahrscheinliche und Unmögliche ausschließen, nicht aber das Undenkbare. Dann war das, was übrig blieb, die nackte und manchmal traurige Wahrheit. Das hatte ihm sein Mentor, Kommissar Kroos, immer gepredigt. Beim Nachdenken darüber duselte Madlener ein.

Er wachte eine Stunde später wieder auf, weil vor seinem Fenster Polizeisirenen angingen, die sich aber schnell entfernten. Er stand auf, schloss das Fenster und entschied sich dafür, zum nahen McDonald's zu spazieren, dort einen Kaffee zu trinken und bei der Gelegenheit noch zwei oder drei Cheeseburger und eine Portion Fritten zu essen. Manchmal hatte er einen Heißhunger auf das Zeug, obwohl er es immer mit schlechtem Gewissen verdrückte. Seine Ex hatte ihm mehrfach Vorträge darüber gehalten, wie gesundheits- und umweltschädlich der Verzehr von Fast Food war, man denke nur an die Abholzung des Regenwalds, weil ständig neue Rinderweideflächen benötigt wurden. Aber heute wischte er alle Bedenken beiseite, heute würde er es sich schmecken lassen.

Er suchte mit seinem vollen Tablett einen Tisch, setzte sich, tupfte zwei Fritten in das Ketchup und verspeiste sie mit Genuss, dann packte er den ersten Cheeseburger aus und betrachtete ihn nachdenklich. Irgendwie sah ein Hamburger – egal welcher Ausführung – in Wirklichkeit nie so appetitlich und frisch aus wie auf den Werbetafeln. Aber sein Hunger überwog, und er biss herzhaft zu.

Er hatte sein Handy und das Tagebuch von Peter Jankowitz dabei, und als er seine Finger nach dem Essen an den Servietten abgeputzt hatte, machte er erst mal Platz auf seinem Tisch, indem er das Tablett mit dem Müll wegräumte. Danach schlürfte er an seinem höllisch heißen Kaffee, verbrühte sich prompt die Zunge und blätterte das Tagebuch auf, das, wie er sehr schnell feststellte, eigentlich kein Tagebuch war, sondern der Versuch, Jahre später zu rekapitulieren, was im Internat geschehen war.

Ich bin heute, da ich dies schreibe, zweiundvierzig Jahre alt, habe als Kind und Jugendlicher im Jan-Hus-Internat die beste Ausbildung erhalten, die sich meine Eltern vorstellen konnten, und habe es nun bis hierher gebracht: Ich bin Insasse in einer psychiatrischen Klinik in Bad Schussenried, wo ich am Fenster sitze und versuche, mich an das zu erinnern, was mich zu dem gemacht hat, der ich jetzt bin. Ein kaputtes Stück Mensch mit einem unbändigen Hass, der mich von innen her auffrisst. Wie ein Parasit, der in mich gepflanzt worden ist. Von meinen Lehrern. Und das ging so:

»Peter! Herr Möller will, dass du ihm deinen Aufsatz zeigst. Jetzt, sofort.«

Immer, wenn ich das hörte, begann ich vor Angst zu zittern, weil ich wusste, was auf mich zukam. Mein Freund Roland stand vor mir und atmete schwer, so schnell war er gelaufen, bis er mich endlich im Hausaufgabenzimmer gefunden hatte.

Möller war einer der »Fürchterlichen Fünf«. So nannten meine Freunde und ich die fünf Lehrer im Internat, die ein heimliches und einvernehmliches Schreckensregiment errichtet hatten. Und das war auch der Grund für meine Angst.

Roland, Jens, Christoph und ich waren die besten Freunde. Wir machten alles gemeinsam: Fußball spielen, Hausaufgaben, Wochenend-heimfahrten. Und wir konnten über alles sprechen. Mädchen, Musik, Partys. Nur nicht darüber. Darüber konnten wir nicht sprechen. Weil es so demütigend war, so seelenzerfressend, so ekelhaft, so entwürdigend. Wir wussten, dass es falsch war zu schweigen. Aber wem hätten wir uns anvertrauen können? Nein, wir suchten die Schuld bei uns selber. Und wir hassten uns dafür. Konnten nicht schlafen, lagen nachts stundenlang wach in unseren Betten und horchten auf die Schritte auf dem Flur. Hielten den Atem an, wenn die Schritte vor der Tür zum Schlafsaal innehielten, atmeten erst dann erleichtert auf, wenn sie weitergingen und schließlich nicht mehr zu hören waren. Jens hatte einmal sogar ins Bett gemacht vor Angst und Scham.

Jetzt war also ich an der Reihe. Ich musste ins Lehrerzimmer, wo einer der Fürchterlichen Fünf auf mich wartete. Und die anderen wussten, was passierte, wenn die Tür von innen zugesperrt wurde.

Wenn man schließlich herauskam, kreidebleich und verwirrt, dann schauten die anderen weg, taten so, als hätten sie nichts bemerkt. Und dann sprachen wir über alles, nur nicht darüber. Wir wussten nicht, dass das jahrelang so weitergehen würde. Wir wussten nur, dass wir unseren Mund halten mussten. Uns würde sowieso niemand glauben. Einmal war es passiert, dass ein Junge sich seinen Eltern anvertraut hatte. Er wurde aus dem Internat genommen, und man hörte nie wieder etwas von ihm. Aber nach den Sommerferien machten die Fürchterlichen Fünf so weiter, als sei nie etwas geschehen.

Ich stand also mit meinem Aufsatzheft in der Hand vor der Tür zum Lehrerzimmer, ich zögerte, dann klopfte ich an.

»Herein!«, erklang die helle Stimme, über die wir uns am Anfang noch lustig gemacht hatten. Das Lachen war uns aber schon bald vergangen. Die Stimme passte gar nicht zu dem großen, schweren Mann mit Militärhaarschnitt, der hinter dem Schreibtisch saß, einen braunen Anzug trug, ein gestärktes weißes Hemd und eine Fliege sowie braune Budapester, die auf den Linoleumböden leise quietschten. In unseren Augen war Möller alt, obwohl er in Wirklichkeit erst Ende dreißig war. Einem Lob aus seinem Mund konnte übergangslos ein Jähzornsanfall folgen oder eine zynische Fangfrage, bei deren Beantwortung man sich vor der gesamten Klasse lächerlich machte. Man wusste nie, woran man war bei ihm. Mit seinem paramilitärischen Gehabe, seiner einschüchternden Art, die jovial tat, aber erbarmungslos, ja: sadistisch war. Fragen, die einen aufs Glatteis führten, die stellte Karl Möller am liebsten, wenn er einen Schüler so richtig in die Mangel nehmen wollte. Er genoss es unverhohlen, seine Macht auszuüben und vor der Klasse geradezu zu zelebrieren.

Aber jetzt war ich allein mit ihm.

Er schaute mich besorgt an, weil ich unschlüssig an der Tür stehen geblieben war.

»Du siehst blass aus, Peter, geht's dir nicht gut?«, sagte er.

»Doch, Herr Möller.«

»Na, dann wollen wir mal sehen, was du geschrieben hast.«

Er streckte die Hand aus, und ich gab ihm mein Heft. Während er den Aufsatz durchlas, sagte er nebenbei »Setz dich«, ohne aufzublicken.

Ich setzte mich vorsichtig auf den Besucherstuhl, rutschte nach vorne an die Kante. Ganz sachte keimte die verlockende Hoffnung auf, dass ich vielleicht noch mal davonkommen würde. Vielleicht hatte Möller heute noch etwas vor, vielleicht war er nicht in Stimmung, vielleicht würde zufällig jemand hereinkommen, der etwas von ihm wollte.

Möller sah aus dem Heft hoch. »Sehr schön. Du bist begabt, Peter. Weißt du das?«

Ich zuckte fast unmerklich mit den Schultern.

»Du bist dir dessen nicht bewusst. Aber ich merke das. Weißt du noch, worüber wir das letzte Mal gesprochen haben, als wir unter uns waren?«

»Nein, Herr Möller.«

»Oh doch, das weißt du ganz genau. Und? Sind dir inzwischen schon Haare gewachsen?«

Mir schoss die Schamesröte ins Gesicht, ich blickte zu Boden und schüttelte den Kopf.

Möller lächelte, stand auf und schloss die Tür zum Flur zu. Dann drehte er sich zu mir um.

»Na, dann wollen wir mal nachsehen, ob du nicht vielleicht lügst …«

Der Gemeinschaftsduschraum durfte zu dieser Zeit, so kurz vor dem Abendessen, eigentlich noch gar nicht benutzt werden. Deshalb war er auch leer, als ich hereingestürzt kam, mich, ohne Hemd und Hose auszuziehen, unter die nächstbeste Dusche begab und voll aufdrehte. Ich hielt den Kopf unter das herausschießende Wasser und putzte mir den Mund mit den bloßen Fingern aus, so heftig, bis ich würgen musste. Dann sank ich zusammen und fing an, hemmungslos zu schluchzen. Ich konnte gar nicht mehr aufhören und merkte nicht, dass das heiße Wasser immer noch auf mich niederprasselte.

Es war der 25. April 1982. Ich war zwölf Jahre alt.

So ging es seitenlang weiter, ein Sammelsurium des Grauens und des Terrors. In Szenen festgehalten und dann kommentiert. Alles, was die Fürchterlichen Fünf mit Peter und seinen Freunden angestellt hatten, war ausführlich beschrieben und dokumentiert. Aber dann kam Madlener zur vorletzten Seite.

20.5.1988. Abiturfeier. Was sollte nur aus mir werden? Eigentlich dachte ich, dass es endlich vorbei wäre mit diesem Dasein als Zombie in den Händen dieser Teufel, und ich nach dem bestandenen Abitur ein neues, unbeschwertes Leben anfangen könnte. Und was mache ich? Weil meine Eltern und meine Brüder da sind, spiele ich ihnen zu Gefallen den netten Abiturienten mit den perfekten Manieren, stelle ihnen die Lehrer vor, als wären sie meine Förderer und Vorbilder, ganz so, wie sie sie sehen wollen. Und nicht meine Peiniger und Folterer, wie ich sie seit sechs Jahren erlebt und erduldet habe.

Was bin ich für ein erbärmlicher Feigling! Und ich halte auch noch die Abiturrede! Was hätte ich tun sollen? Vor aller Augen die Wahrheit ins Mikrofon brüllen? Sie anklagen, alles herausspeien, was sich in mir angesammelt hat? Nein, das mache ich nicht, weil ich mich zutiefst schäme, mich selbst zu sehr verachte, dass ich den Mut nicht aufbringen kann, es allen zu erzählen, es hinauszuschreien in die Welt. Stattdessen lasse ich es zu, dass ihr schreckliches Regiment weitergeht.

Ob ich mich einem meiner Brüder anvertrauen soll? Aber nein, sie sind noch zu jung, sie würden es nicht verstehen.

Und dann, mit einem anderen Stift geschrieben, deutlich abgesetzt auf der letzten Seite:

An Anja.
Verzeih mir, wenn du kannst. Ich kann mir selbst nicht mehr verzeihen. Meine Bitterkeit und meine Selbstverachtung haben mich aufgefressen und krank gemacht, krank bis ins Mark.
Es ist nicht deine Schuld, bei Gott nicht. Es ist niemandes Schuld. Nur meine eigene.
Anja, du hast mir etwas gegeben, mit dem ich nichts anfangen konnte, obwohl ich eine Weile glaubte, es versuchen zu müssen, denn es war meine ganze Hoffnung: deine Liebe. Ich habe sie nicht verdient.
Weil etwas anderes stärker war, der bösartige Keim der Selbstzerstörung, der in der Internatszeit in mein Inneres gepflanzt worden war und der nicht vergessen oder abgekapselt werden kann, sosehr ich es

auch versucht habe. Im Gegenteil: Der Parasit in mir ist gewachsen und gewachsen wie ein Karzinom, bis er so groß war, dass ich ihn nicht mehr ignorieren oder negieren konnte. Jetzt hat er endgültig von mir Besitz ergriffen und flüstert mir, seinem Wirt, zu, was ich machen muss, um ihn loszuwerden.

Es gab und gibt keine Nacht, in der sie nicht wiederkommen, die Gespenster aus meiner Vergangenheit. Ich kann sie einfach nicht verdrängen. Weder mit Chemie noch mit meinem Verstand. Die Stacheln sind zu tief in meinem Herzen.

Sei nicht traurig, ich bin es nicht wert, dass man um mich weint.

Vielleicht kann ich dort, wo ich hingehe, endlich Ruhe finden.

Peter

Der Kaffee war inzwischen kalt geworden. So sehr hatte der Inhalt von Peter Jankowitz' Büchlein Madlener eingenommen, dass er vergessen hatte, wo er eigentlich saß. Jetzt, als er zu Ende gelesen hatte, wurde er sich wieder des Gedudels aus den Flachbildschirmen an der Wand und der Geräuschkulisse bewusst, die um ihn herum an Lautstärke und Intensität zunahm, weil eine Busladung Teenager hereingestürmt war und wild durcheinander bestellte, Plätze suchte, mit schwer beladenen Tabletts die Nebentische enterte und herumalberte. Das brachte ihn wieder in die Wirklichkeit zurück.

Es war an der Zeit zu gehen.

Er trank den kalten Kaffee aus und stellte den Pappbecher zum anderen Müll in die Ablage, bevor er das Restaurant verließ.

60

Madlener ging die Treppe hoch zu Frau Gallmanns Büro im Präsidium. Vielleicht konnte sie ihm in einem ruhigen Moment erklären, wie man es schaffte, ständig präsent zu sein. Nie hatte er sie müde und abgespannt gesehen, eine gähnende Frau Gallmann konnte er sich überhaupt nicht vorstellen. Vielleicht hatte sie eine eineiige Zwillingsschwester, mit der sie sich den Job teilte.

Vor ihrer Bürotür angekommen, versuchte er, diesen albernen Gedanken erst einmal wieder zu vergessen. Er hatte das Tagebuch von Peter Jankowitz unter dem Arm und schlug es noch einmal auf, bis er die Stelle fand, die er suchte.

Ob ich mich einem meiner Brüder anvertrauen soll? Aber nein, sie sind noch zu jung, sie würden es nicht verstehen.

Wer hatte noch mal gesagt, Peter Jankowitz hatte keine Verwandten? Binder oder einer der drei Verdächtigen? Jetzt hätte er Harriet und ihr unfehlbares Gedächtnis gebraucht. Er musste dringend mit Anja Kremers telefonieren deswegen.

Er hatte schon, ganz in Gedanken, eine Hand auf der Türklinke und wollte sie wie immer aufreißen. Gerade noch besann er sich eines Besseren, klopfte, wartete, bis er ein »Ja!« hörte, und drückte die Tür so sanft wie möglich auf.

Frau Gallmann saß mit dem Telefonhörer am Ohr hinter ihrem Schreibtisch und starrte ihn an, als würde sie ihn das erste Mal sehen. »Herr Madlener – was ist denn mit Ihnen los?«, fragte sie pikiert.

Madlener sah an sich herunter, plötzlich unsicher geworden, ob er vielleicht einen Riesenfleck Ketchup auf der Hose übersehen hatte oder ob sein Hosenstall offen stand, aber nein, er fand, dass alles in Ordnung war.

»Wieso?«, fragte er. »Was soll sein?«

»Sie haben vergessen, die Tür aufzureißen!«, sagte sie und blieb dabei todernst.

»Haben Sie eine Zwillingsschwester?«, fragte er.

Sie schaute ihn schief an und sagte schmallippig: »Nicht dass ich wüsste«, in der sicheren Erwartung, dass bei diesem Mann stets noch etwas nachkam.

»War nur so ein Gedanke«, sagte Madlener. »Was gibt's Neues vom Tatort in Wildorf?«

»Sie haben Blut gefunden, eine Menge. Auch Blut, das nicht vom Opfer stammt.«

»Gut. Dann haben wir von mindestens einem der Täter die DNA. Todeszeitpunkt?«

»Etwa zwischen zweiundzwanzig Uhr und zwei Uhr nachts.«

»Todesursache?«

»Innere Blutungen und Ersticken. Genaueres –«

»Nach der Obduktion«, nickte Madlener. »Wann kommt Harriet zurück?«

»Es bleibt vorläufig bei siebzehn Uhr, ließ mir Kriminaldirektor Thielen ausrichten. Er bat mich extra noch, Sie dringend darauf hinzuweisen, dass Ihre Anwesenheit unbedingt erforderlich ist.«

»Was ist mit den Alibis der drei Freunde aus Konstanz?«

»Alle haben eines. Mehr oder weniger. Wird noch genau überprüft von den Kollegen. Dr. Freytag war in der Klinik, mehrere Zeugen. Seifried in seiner Bowlingbahn, auch mehrere Zeugen, und Junghans in einer Kneipe.«

»Fragen Sie bitte nach, ob einer der drei Verletzungen hat, es ist wichtig.«

»Mach ich.«

»Ich bin schon mal im Besprechungszimmer«, meldete er sich ab und ging in die Teeküche, wo er sich einen doppelten Espresso braute. Im Besprechungszimmer wählte er auf seinem Handy eine Nummer. »Frau Kremers bitte. Kommissar Madlener, es ist dringend.« Er wartete und schlürfte dabei seinen süßen Espresso, Gott sei Dank war diesmal genügend Zucker vorrätig gewesen.

»Kremers«, meldete sie sich.

»Frau Kremers, Kommissar Madlener hier. Ich habe da noch zwei Fragen. Peter Jankowitz – wer war alles auf seiner Beerdigung?«

»Ich weiß nicht, es waren so viele. Ich habe gar nicht gewusst, dass Peter so beliebt war. Die halbe Belegschaft der psychiatrischen Klinik war anwesend und jede Menge Leute, die ich nicht kannte. Wahrscheinlich waren die meisten Lehrerkollegen und Schüler. Es waren bestimmt über zweihundert, ich kann das schlecht schätzen, gezählt habe ich sie nicht. Jedenfalls war die Einsegnungshalle voll bis auf den letzten Platz, viele mussten sogar stehen.«

»Jetzt kommt eine wichtige Frage, Frau Kremers. Sehr wichtig: Hatte Peter Jankowitz Verwandte, die noch leben? Eltern, Geschwister?«

»Die auf der Beerdigung waren, meinen Sie?«

»Nein. Überhaupt. Waren denn welche auf der Beerdigung?«

»Ich weiß es nicht, ich habe mich nicht vorgedrängt, ich stand ganz hinten. Vorne waren seine Freunde und wahrscheinlich irgendwelche Angehörigen. Ich bin anschließend auch nicht zum Grab mitgegangen, wie das üblich ist, um zu kondolieren. Dann hätte ich's genau gewusst. Aber in das offene Grab zu sehen – das hätte ich nicht gepackt. Ich bin nach der Trauerfeier sofort heimgefahren.«

»Hat Peter Ihnen von Verwandten erzählt?«

»Kann ich mich nicht erinnern. Seine Eltern waren ja tot. Halt, doch: Ein- oder zweimal hat er zwei Brüder erwähnt. Halbbrüder, um genau zu sein.«

»Jünger oder älter als er?«

»Jünger. Sein Vater war gestorben und seine Mutter hat wieder geheiratet, als er drei oder vier Jahre alt war. Aus dieser Ehe hat er zwei Brüder. Aber was aus denen geworden ist …?«

»Hatte er keinen Kontakt zu ihnen?«

»Soviel ich weiß, nicht.«

»Waren diese Brüder auf der Beerdigung?«

»Das kann ich Ihnen beim besten Willen nicht sagen.«

»Und wie sie heißen? Heißen sie auch Jankowitz?«

»Ich weiß es nicht. Hören Sie, ich sollte wieder an meine Arbeit.«

»Schon gut. Danke für Ihre Auskunft, Frau Kremers.« Er legte auf und dachte nach. Harriet. Sie musste ihr Gedächtnis oder ihren Computer nach den Namen durchforsten. Vielleicht waren die Brüder auch auf dem Internat gewesen. Laut Binder waren die Rechnungen für Peter Jankowitz von seinen Freunden bezahlt worden, allen voran natürlich Dr. Freytag.

Madlener ließ sich alles noch mal gründlich durch den Kopf gehen und merkte, wie müde und erschlagen er immer noch war. Er zog sein Jackett aus, machte es sich auf dem Stuhl gemütlich, legte die Füße auf die Sitzfläche des nächsten Stuhls, verschränkte die Arme vor der Brust und schloss gerade die Augen, als die Tür des Besprechungsraums so heftig aufgerissen wurde, dass er beinahe von seinem Stuhl gerutscht wäre. Und wer war der Übeltäter? Ausgerechnet Frau Gallmann! Madlener war völlig verblüfft, so aufgelöst hatte er sie noch nie erlebt.

»Herr Madlener, Sie müsset sofort los. Es isch ebbes Schlimmes passiert. Mit de letschte zwei Lehrer.«

Madlener war auf einen Schlag wieder hellwach und sprang auf. »Weinhold und Bärlach?«

»Ja, genau die.«

»Tot?«

»Nein, spurlos verschwunden. Die Kollegen von der Streife vermuten, dass sie entführt worden sind. Ich hab Ihnen die Adresse notiert.«

Madlener packte schon sein Handy und war auf dem Sprung, Frau Gallmann gab ihm den Zettel mit Straße und Hausnummer.

»Und was ist mit meinem Innendienst?«, fragte er.

»Der Herr Thielen lässt ausrichten, dass er die Suspendierung vorläufig zurücknimmt. Er isch noch mit der ganzen Mannschaft in Wildorf, und Sie sind die einzige kompetente Person hier vor Ort.«

»Hat er das wirklich gesagt? Kompetent?«, wollte Madlener belustigt wissen.

Frau Gallmann sah Madlener direkt in die Augen und fasste ihn tatsächlich am Arm an, was sie noch nie gemacht hatte. Ihr Atem roch nach Menthol. »Sie wisset doch, wie er manchmal isch, unser Herr Kriminaldirektor. Es isch sein Temperament, das mit ihm durchgeht. Er meint es nicht so. Er schätzt Sie sehr, des könnet Sie mir glauben.«

Madlener brachte den argwöhnischsten Gesichtsausdruck zustande, zu dem er fähig war, aber dann wurde er wieder dienstlich und fragte: »Wie kommen die Kollegen von der Streife auf die Vermutung, dass Weinhold und Bärlach entführt worden sind?«

»Sie haben mehrfach versucht, sie zu erreichen. Dann ist einer von ihnen in die Tiefgarage, um sich ihren Stellplatz anzusehen, die Automarke und das Kennzeichen hatten sie ja. Da war das Auto auf einmal an seinem Platz. Also müssen sie heimgekommen sein, als der Streifenwagen noch nicht vor dem Haus stand.«

»Wann war das?«

»Um drei Uhr früh sind sie in Stellung gegangen. Vor der Tiefgarageneinfahrt. Vorher sind sie einmal pro Stunde langsam vorbeigefahren, da ist ihnen nichts aufgefallen. Das Auto von Weinhold und Bärlach war am Vorabend ja noch nicht da.«

»Wer hat das so angeordnet?«

»Der Chef. Auf Ihren Rat hin.«

Madlener verdrehte die Augen. »Und dann?«

»Der Schlüssel war weg, aber das Auto nicht abgesperrt, die Beifahrertür stand offen, im Wageninneren war Blut und auch davor. Sie haben sofort hier angerufen und alles weiträumig abgesperrt. Wegen möglicher Spuren.«

»Wann kommt die Spurensicherung?«

»Ist unterwegs.«

Madlener wollte bereits gehen, drehte sich aber noch einmal um. »Eine Frage beschäftigt mich schon lange, Frau Gallmann.«

»Und die wäre?«

»Wie heißen Sie eigentlich mit Vornamen?«

»Corinna, warum?«

»Ach, nur so. Schöner Name.«

61

Madlener sah sich in der Tiefgarage alles genau an. Den Wagen, die offene Beifahrertür, das Blut, die verdreckten und feuchten Sitze, den Spazierstock auf dem Rücksitz. Aber er passte auf, dass er auch nicht die kleinste Spur verunreinigte oder verwischte. Die zwei Streifenpolizisten Schmiedinger und Lange, denen das schlechte Gewissen ins Gesicht geschrieben stand, weil sie ihren Posten zu spät bezogen hatten und der Wagen mit Weinhold und Bärlach unbemerkt in die Tiefgarage gelangt war – und offensichtlich die Entführer ebenso –, wahrten genügend Abstand und sahen ihm verunsichert zu. Sie hatten den Tatort vorbildlich mit Plastikabsperrband gesichert und traten von einem Fuß auf den anderen, während Madlener seine Kreise zog und den möglichen Ablauf des Geschehens in seinem Kopf rekonstruierte.

Wieder ging das Licht aus, es war Madlener schon aufgefallen, dass die Zeitspanne, in der das Licht brannte, sehr knapp bemessen war, und er bezog diese Tatsache in seine Überlegungen mit ein. Lange, der jüngere der beiden Polizisten, stand schon neben dem Lichtschalter bereit und drückte ihn.

Madlener fragte ihn: »Haben Sie Streichhölzer?«

Lange begann seine Taschen abzuklopfen und förderte tatsächlich ein Streichholzbriefchen zutage. Madlener riss ein Streichholz heraus und klemmte es in den Kippschalter. »Kann einer von Ihnen den Hausmeister herbeischaffen? Mit einem Generalschlüssel, wenn's geht.«

Lange machte sich davon, und Madlener wandte sich an Schmiedinger: »Waren Sie an der Wohnungstür der beiden Vermissten?«

»Ja, war ich. Mein Kollege blieb hier und ich bin hoch. Hätte ja sein können, dass sie einen Unfall oder so was hatten und Hals über Kopf in ihre Wohnung sind. Aber da öffnet niemand, ich habe mehrfach geklingelt und geklopft.«

Als der Hausmeister endlich kam, fuhr Madlener mit ihm im Aufzug nach oben. Der Hausmeister war ein schwerfälliger Mann im blauen Arbeitskittel, der leicht nach Zigarettenrauch und Bier roch. Im obersten Stockwerk angekommen, ging er eilfertig voraus und blieb vor einer Wohnungstür stehen, an der das Namensschild »Weinhold – Bärlach« angebracht war.

Madlener hämmerte kräftig gegen die Tür, rief: »Polizei – öffnen Sie bitte!«, und horchte dann mit dem Ohr an der Tür. Er konnte nicht das geringste Geräusch hören, machte einen Schritt zurück und bedeutete dem Hausmeister mit einer Geste, dass er nun an der Reihe war. Der nestelte schon an seinem großen Schlüsselbund und schaffte es schließlich nach mehreren Versuchen, die Tür aufzusperren.

»Sie warten hier!«, befahl ihm Madlener streng und betrat mit Vorsicht einen langen Gang, der im abgedunkelten Wohnzimmer mündete. Madlener machte Licht. Seitlich den Gang entlang waren Türen, Madlener warf in alle Zimmer einen prüfenden Blick, um sicherzugehen, dass da niemand war. Alles war aufgeräumt, sauber und ordentlich und sah nach Wohlstand und Geschmack aus. Hohe Bücherregale und teure Teppiche, ein paar Antiquitäten, einige englische Stilmöbel, kleine abstrakte Holzskulpturen und zwei großformatige Bilder an der Wand, die Madlener, der sich einigermaßen etwas darauf einbildete, kunsthistorisch versiert zu sein, kannte: echt aussehende Reproduktionen, das provokante »Die Jungfrau züchtigt das Jesuskind vor drei Zeugen« von Max Ernst und das anzügliche Gemälde »Die Gitarrenstunde« von Balthus.

Die Wohnung war leer, die Betten frisch gemacht, es gab nicht den geringsten Anhaltspunkt dafür, dass jemand eingedrungen war oder etwas durcheinandergebracht hatte. Madlener stellte sich an das lang gezogene Panoramafenster und ließ die Jalousien, die unten waren, um die Hitze auszuschließen, mit einem Knopfdruck hinauffahren. Er sah zu, wie sich vor ihm ein phantastischer Blick über den Bodensee bis hinüber zu den Schweizer Alpen auftat.

So privilegiert, angenehm und unbehelligt verbrachten also Männer ihren Ruhestand, die das Leben unzähliger Schüler zur Hölle gemacht, sie gequält und ihre Seele auf immer zerstört hatten. Madlener schauderte, wenn er daran dachte, dass es nun seine Pflicht und Schuldigkeit war, Weinhold und Bärlach aufzuspüren, bevor sie ebenfalls auf grausame Art und Weise gefoltert und hingerichtet wurden. Ja, das war der richtige Ausdruck für die Morde an Möller, Escher und Ullreich: Es waren regelrechte Hinrichtungen. Und Madlener war nach allem, was er bisher wusste, der Meinung, dass sie es verdient hatten. Aber zu urteilen war nicht seine Aufgabe, das war die Aufgabe eines Richters, der nach den Buchstaben des Gesetzes abzuwägen und zu entscheiden hatte. Jetzt konnte es nur eines geben: Die SOKO Pool musste sämtliche Kräfte darauf konzentrieren, Weinhold und Bärlach zu finden, bevor es zu spät war.

Madlener wurde ganz blümerant zumute, wenn er an den Medienwirbel dachte, der unweigerlich auf sie einprasseln würde. Aber andererseits würde das die Sache für die Täter auch nicht gerade vereinfachen. Sie durften sich nicht den geringsten Fehler erlauben. Und dass mit ihrer neuerlichen Tat die Hysterie angeheizt werden und die Fahndungsmaschinerie auf Hochtouren laufen würde, das konnten sie sich an fünf Fingern abzählen. Also, folgerte Madlener, war ihnen die Konsequenz ihres Handelns gleichgültig, solange sie ihre Rache vollenden konnten.

Wahrscheinlich waren Weinhold und Bärlach schon längst betäubt und in das Versteck gebracht worden, in dem auch Möller und Escher gewesen waren, bevor ihnen endgültig der Garaus gemacht wurde. Wo konnte man jemanden über Wochen unterbringen, ihn intravenös ernähren und so lange am Leben erhalten, bis seine Zeit gekommen war, ohne dass es ein Unbeteiligter spitzkriegte? Das war die Kardinalfrage, die Madlener so in Beschlag nahm, dass er erst im letzten Moment hörte, wie jemand in seinem Rücken herankam und sich laut und vernehmlich räusperte.

Er drehte sich um und sah sich Harriet gegenüber. »Das war die schnellste Aufhebung einer Suspendierung vom Außendienst, die es in der baden-württembergischen Kriminalgeschichte jemals gegeben hat«, sagte sie mit einer gehörigen Spur Spott in der Stimme, und Madlener war froh, dass er dieses freche, aber aufgeweckte Frettchen wieder an seiner Seite hatte.

»Sagt wer?«, fragte Madlener. »Kriminaldirektor Thielen etwa?«

Harriet hatte sich umgesehen, stand nun vor dem Gemälde »Die Gitarrenstunde« und erwiderte: »Nein. Meine Wenigkeit. Würden Sie so was im Wohnzimmer aufhängen?«

»Das ist nicht die Frage, Frau Kommissaranwärterin«, wies er sie mit ungewohnter Strenge zurecht. »Die Frage lautet: Wer ist das, der so ein Bild bei sich zu Hause aufhängt, mit wem haben wir es da zu tun?«

Sie betrachteten das Gemälde eine geraume Weile. Es zeigte eine Frau mit nackter Brust, die ein Mädchen quer vor sich auf dem Schoß liegen hatte und es mit der einen Hand am Haar zerrte, während sie mit der anderen seine Oberschenkel streichelte, als ob es Saiten wären.

»Ich sehe es Ihren Augen an, dass sie mehr darüber wissen. Wollen Sie mich nicht aufklären?«, fragte Harriet.

»Ich will hier nicht den Oberlehrer spielen, aber das ist ein Bild von Balthus, einem Surrealisten, der mit seinen Werken zeitlebens Skandale ausgelöst hat, wie auch Max Ernst, von dem das andere Bild stammt, das ungefähr zur gleichen Zeit entstanden ist. Das Bild von Balthus wurde Mitte der dreißiger Jahre zum ersten Mal ausgestellt, allerdings mit einem Vorhang davor, weil es wegen offensichtlicher Obszönität und Blasphemie heftig kritisiert und angegriffen wurde. Eine sadomasochistische Inszenierung mit Verweisen auf die Pietà, die Schmerzensmutter, die den Leichnam Jesu auf ihrem Schoß hat und dessen Tod in stummem Schmerz beklagt.«

»Und was sagt uns das über denjenigen, der so was aufhängt?«

»Bitte. Es ist Ihr Job, Harriet, das zu interpretieren.«

Harriet zog die Stirn in Falten und überlegte. »Ich würde sagen: Derjenige ist sehr gebildet, weil dieses Bild mehrere Bedeutungsebenen hat, die sich einem erst erschließen, wenn man das nötige Hintergrundwissen hat. Er ist eitel und selbstgefällig, weil er auf sein überlegenes Wissen stolz ist, sonst würde er dieses Bild nicht so prominent in seinem Wohnzimmer zur Schau stellen, wo es jedem Besucher sofort ins Auge fällt, statt zum Beispiel im Schlafzimmer, in seiner Privatsphäre. Denn natürlich verkörpert es eine versteckte Aussage, nämlich den Hinweis darauf, dass man eine heimliche Leidenschaft für verbotene erotische und sadomasochistische Praktiken hat. Und dieses Statement quasi vor aller Augen zu demonstrieren, auch in Zusammenhang mit dem anderen Bild, auf dem Maria zu sehen ist, die Jesus, dem der Heiligenschein heruntergefallen ist, den nackten Hintern versohlt, zeigt, dass er damit seine Verachtung gegenüber gesellschaftlichen Normen und Konventionen zum Ausdruck bringen will.«

»Nicht schlecht, Agent Starling«, sagte Madlener und schmunzelte, beinahe hätte er ihr wieder anerkennend auf die Schulter geklopft.

Harriet antwortete schlagfertig: »Danke, Mr. Crawford«, und lächelte über die Anspielung, die von Madlener als Kompliment gedacht war und auch so von ihr verstanden wurde.

»Dr. Auerbach könnte bestimmt stundenlang darüber referieren. Aber lassen wir das, wir haben anderes zu tun«, fuhr Madlener fort. »Zu Ihrer ersten Frage: Nein, ich würde es bei mir nicht aufhängen. Erstens: Es ist ein großes Kunstwerk, aber ich teile seine Botschaft nicht. Und zweitens: Es würde sich auch nicht besonders vorteilhaft machen in meinem kleinen Hotelzimmer.«

Zu seinem Unmut stellte er fest, dass inzwischen auch der Hausmeister hereingekommen war und das Bild anglotzte. »Gehen wir, um die Wohnung soll sich die Spurensicherung kümmern«, sagte Madlener bestimmt und schob Harriet und den Hausmeister hinaus.

62

In der Tiefgarage wimmelte es wie in einem Ameisenhaufen, als Madlener mit Harriet durch die Aufzugstür trat. Techniker, Polizisten und Fotografen waren damit beschäftigt, Spuren zu dokumentieren und zu sichern. Kriminaldirektor Thielen stand wie ein Fels in der Brandung und beaufsichtigte, wo es nichts zu beaufsichtigen gab, weil jeder Profi genug war, um zu wissen, was er tat. Als Thielen ihn sah, winkte er Madlener heran. »Was ist Ihre Theorie, Madlener, was ist hier abgelaufen?«

»Wollen Sie die Kurz- oder die Langversion, Herr Kriminaldirektor?«, sagte Madlener.

»Hauptsache, Sie haben überhaupt eine«, entgegnete Thielen.

Madlener erläuterte ihm seine Theorie des Tathergangs, und Thielen hörte ihm konzentriert zu. Als Madlener fertig war, drehte der Kriminaldirektor sich um und brüllte: »Wo sind die beiden Herrschaften, die die Einfahrt zur Tiefgarage bewachen sollten?«

Polizeiobermeister Lange, der jüngere der zwei Streifenpolizisten, trieb sich in der Nähe herum und hob zaghaft die Hand. Thielen schritt auf ihn zu, wartete, bis sein Kollege Schmiedinger auch herbeikam, und stauchte die beiden nach Strich und Faden zusammen.

Madlener beobachtete vergnügt, dass Thielen heute dauerhaft im roten Bereich war, und wartete nur darauf, dass er auch noch handgreiflich wurde. Doch in diesem Moment steuerte ein betagter Herr auf Thielen zu. Er trug einen Trainingsanzug aus Ballonseide und Turnschuhe sowie zwei Nordic-Walking-Stöcke, die Madlener auf seiner Hitliste von Dingen, die die Welt nicht brauchte, schon längst ziemlich weit oben eingeordnet hatte. Er tippte Thielen auf die Schulter, offensichtlich, weil er ihn wegen seiner Herumschreierei für den Häuptling der ganzen Veranstaltung hielt. Sicher ein Schaulustiger aus dem Haus, sonst hätte er nicht die Gelegenheit gehabt, in der Tiefgarage Maulaffen feilzuhalten, denn alle Zugänge waren von Polizisten abgeriegelt worden.

Thielen fuhr herum: »Was wollen Sie denn? Wer sind Sie überhaupt?«

Der Alte ließ sich nicht einschüchtern. »Mein Name ist Lundberg, Olaf Lundberg. Sie sind doch wohl der Chef hier. Ich habe eine Aussage zu machen.«

Thielen winkte Madlener heran, der nichts anderes erwartet hatte. »Madlener, übernehmen Sie das! Wir sehen uns in einer Stunde im Meeting-Room.« Damit kehrte er dem Tatort den Rücken, stieg in seinen Dienstwagen und ließ sich von seinem Fahrer aus der Tiefgarage kutschieren.

Madlener und Harriet kümmerten sich befehlsgemäß um Olaf Lundberg und verzogen sich mit ihm in eine Ecke, wo es nicht so hektisch zuging. Madlener stellte sich und Harriet vor und fragte: »Sie haben etwas gesehen?«

»Ja, Herr Kommissar, hab ich. Ich kann nachts manchmal nicht schlafen, und dann dreh ich mit den zwei Dingern eine Runde um den Block.« Er hielt die Stöcke hoch, wohl in der Meinung, Madlener und Harriet hätten so etwas Raffiniertes noch nie gesehen. »Wissen Sie, mein Doktor hat mir das verschrieben, und jetzt trainiere ich so oft wie möglich damit. Dass es für die nächste Olympiade reicht, glaube ich nicht. Aber für die Paralympics vielleicht.« Er zwinkerte Harriet verschwörerisch zu.

Harriet und Madlener lächelten hinreichend verständnisvoll, und Madlener fragte geduldig: »Was haben Sie denn gesehen, und wann?«

»Ja, es war kurz nach drei Uhr in der Früh, es war noch dunkel. Ich komme von meiner Runde und will gerade die Haustür aufsperren, da fährt so ein Transporter aus der Tiefgarage. Ziemlich zackig. Er schießt heraus ohne anzuhalten und verschwindet um die Ecke. So richtig mit quietschenden Reifen. Wissen Sie, ich habe zwar selbst kein Auto, aber ich weiß genau, welches Auto in die Tiefgarage gehört und welches nicht.«

»Und das gehörte nicht hierher?«

»Nein. Noch nie hier gesehen.«

»Und wie kommt es dann in die Tiefgarage?«

»Oh, das ist ganz einfach. Wenn jemand rein- oder rausfährt, bleibt das Tor immer noch ziemlich lange oben. Und wenn man herauswill, braucht man nur an der Kette zu ziehen.«

»Ein Transporter, sagen Sie. Was für ein Transporter?«

»Ich kenne alle Automarken. Gut, die neuen nicht mehr so, aber die alten kenne ich. Und einen VW-Bus sowieso.«

»Ein älteres Baujahr?«, fragte Harriet.

»Der alte. Nicht der ganz alte, der Bully. So von vor zehn Jahren, schätze ich mal. Multivan, genau, so heißt er.«

»Konnten Sie jemanden sehen? Saßen mehrere Leute drin?«

»Kann ich nicht sagen. Das ging zu schnell.«

»Konnten Sie das Nummernschild erkennen?«

»Hab ich nicht drauf geachtet.«

»Welche Farbe hatte er denn?«

»Es war Nacht. Eine dunkle Farbe. Grün oder blau, würde ich sagen. Ja, Blau. Dunkelblau. Und er hatte einen Aufkleber hinten drauf. Ein Wolf, oder ein Hund. So groß wie eine Hand vielleicht.«

Madlener sah Harriet an. »Das war er. Damit haben sie Weinhold und Bärlach entführt. Harriet, Sie nehmen jetzt Ihr Laptop, gehen mit dem Herrn Lundberg ins Internet und grenzen den Wagentyp so genau wie möglich ein. Dann geben Sie eine Fahndung nach dem Bus mit Hundeaufkleber raus. Und notieren Sie Telefonnummer und Namen des Zeugen.«

Die letzte Bemerkung war überflüssig, aber Madlener wollte, dass sich Lundberg ernst genommen vorkam. Dann gab er ihm die Hand, bedankte sich bei ihm und ging zu seinem Auto. Vor dem Meeting musste er dringend noch mit jemandem sprechen. Mit Ellen, und zwar bedauerlicherweise beruflich.

Beide, Madlener und Ellen, hatten ihre dienstlichen Gesichter aufgesetzt, weil ein junger Assistent zugegen war, der in der Pathologie an einem Mikroskop herumhantierte und seine Ohren deutlich auf Empfang geschaltet hatte. Madlener trank vom altmodisch starken Filterkaffee Ellens, und sie vermieden es strikt, sich zu berühren. Nur als Ellen ihm eine Tasse mit der Aufschrift »Ellen's own« gereicht hatte – der erste Anglizismus, den Madlener zauberhaft fand –, konnte er ihr unauffällig über die Finger streicheln. Sie setzten sich in Sichtweite des Assistenten an Ellens Schreibtisch, und Madlener schlürfte aus Ellens Tasse, während sie ihm die ersten Erkenntnisse vom Tatort in Wildorf auftischte.

»Das Opfer hat schwere innere Verletzungen, eine Jochbein- und Schläfenfraktur, mehrere Rippenbrüche, Hämatome am ganzen Körper. Sie haben ihn fast zu Tode geprügelt.«

»Sie?«, fragte er.

»Anhand der Verletzungen gehe ich davon aus, dass es zwei waren. Ullreich war kräftig, gegen einen hätte er sich vielleicht noch zur Wehr setzen können.«

»Auch, wenn er nicht darauf gefasst war?«

»Das war er auf keinen Fall. Ich habe auf den ersten Blick massive Gewalteinwirkung auf den Schädel festgestellt, wahrscheinlich mit einem metallenen Gegenstand, etwa einem Brecheisen oder so etwas.«

»Dann könnten es doch Einbrecher gewesen sein, die überrascht worden sind?«

»Glaube ich nicht. Die Spusi sagt, dass zwei Mann auf Ullreich gewartet haben. Außerdem ist, soviel ich weiß, nichts gestohlen worden. Nein, sie waren nur darauf aus, ihn zu töten.«

»Vielleicht mit einem Schraubenschlüssel vom Autowerkzeug?«

»Durchaus möglich, ja. Dazu kommt noch, dass einer allein Ullreich nicht hätte in das Aquarium werfen können.«

»Woran ist er letztendlich gestorben?«

»Er ist erstickt. Nicht ertrunken. Er hatte eine Plastiktüte über dem Kopf.«

»Irgendwelche Verletzungen durch einen Elektroschocker?«

»Nein.«

Madlener lehnte sich zurück und dachte nach. Dann sagte er: »Da bin ich mal gespannt auf den DNA-Abgleich mit den Blutspuren, die man in der Tiefgarage im und am Auto von Weinhold und Bärlach gefunden hat. Vielleicht gibt es da einen Zusammenhang.«

»Wie kommst du darauf?«

»Erstens zeitlich. Zweitens kannten sich die drei, sie haben jahrzehntelang zusammengearbeitet und sind ganz sicher auch in den Missbrauchsskandal in Irgenweiler verwickelt. Drittens stehen alle drei auf der Agenda der Killer, vielleicht ahnten sie das, und einer wollte auspacken, weil er Angst bekommen hatte. Viertens waren die Sitze im Auto von Weinhold und Bärlach nicht nur blutig, sondern auch nass. Vielleicht das Wasser aus dem Aquarium, geregnet hat es gestern Nacht jedenfalls nicht.«

»Das werden die Techniker schon feststellen, sobald sie die Proben untersucht haben.«

Madlener schaute auf seine Uhr und stand auf. Er blinzelte in die helle Beleuchtung der Neonröhren an der Decke. »Es ist zwar urgemütlich bei dir«, sagte er mit einem Seitenblick auf den neugierigen Assistenten, »und dein Kaffee ist der beste weit und breit, aber die Pflicht beziehungsweise der Kriminaldirektor ruft.«

»Ich habe gehört, dass er dich vom Außendienst suspendiert hat.«

Madlener winkte ab. »Schon wieder Schnee von gestern. Suspendiert oder nicht – das ist mein Fall. Und ich bleibe dran, bis er gelöst ist. So oder so.«

»Was meinst du damit?«

»Wenn wir Weinhold und Bärlach nicht bald finden, kannst du eine Menge Überstunden machen, weil du dann zwei neue Kunden für deine Obduktionstische hast. Und das wäre gar nicht in meinem Sinn.«

Ellen warnte ihn mit den Augen und drückte sich kurz den Zeigefinger auf die Lippen.

Madlener entschärfte seine Aussage. »Dann wärst du jedenfalls zeitlich enorm eingespannt. Das bin ich im Übrigen leider auch. Der Kriminaldirektor wartet auf mich. Und Geduld ist nicht seine größte Stärke. Begleitest du mich noch hinaus? Nicht dass ich mich verirre und in der Gefrierabteilung lande.«

»Würde dir ganz gut tun, ein bisschen abzukühlen. Wir haben angenehme fünf bis sechs Grad dort.«

»Klingt vielversprechend.«

Madlener stellte die Kaffeetasse ab, nickte dem Assistenten zu und ging mit Ellen hinaus auf den gefliesten Gang. Als die Tür hinter ihnen zuging, sah er sie an und seufzte. »Wenn du wüsstest, wie sexy du in deiner grünen Montur aussiehst!«

»Wenn's dir so gut gefällt, komme ich das nächste Mal so in dein Hotel.« Sie zog ihren Mundschutz über, den sie lose um ihren Hals hängen hatte. »Oder vielleicht so?«

»Noch besser!«, sagte er und drückte ihr ein Küsschen auf die Wange. Dann winkte er und ging. Aber er blieb noch einmal stehen und drehte sich um. Er sah die Fliesen und das fiese Neonlicht und sagte: »Eins noch. Ich weiß, wir haben schon mal darüber gesprochen, aber wo könnte man ein oder zwei Menschen für einige Tage unterbringen, sie pharmazeutisch ruhigstellen, sie vielleicht auch schreien lassen, wo niemand sie hört, und hätte Zeit, sich bei Bedarf mit ihnen zu beschäftigen, ohne dass die Gefahr besteht, entdeckt zu werden? Und wo man hinterher in aller Seelenruhe eventuelle Spuren beseitigen könnte, ohne großen Aufwand, weil man Wände und Böden mit Wasser abspritzen kann?«

»Wenn du mich so fragst, bleiben nur zwei Möglichkeiten: ein Schlachthaus oder eine Klinik.«

»Gibt es bei euch nicht zufällig einen leer stehenden Trakt, sauber gefliest und mit Badewannen, zu dem es nur einen Schlüssel gibt?«

»Den gibt es.«

Madlener fasste diese Bemerkung zuerst als Scherz auf. Aber dann sah er Ellen an, dass sie es ernst meinte, und kam näher.

»Was sagst du da?«

»Warte.« Sie drehte sich um und ging wieder durch die Tür in die Pathologie zurück. Madlener folgte ihr, blieb aber in der Tür stehen. Er sah, dass Ellen zu einem Stahlschrank ging und ihn öffnete. Darin hingen, in mehreren Reihen, jede Menge mit einem beschrifteten Anhänger versehene Schlüssel. Sie nahm schließlich einen vom Haken, vergewisserte sich, dass es der richtige war, und kehrte damit zu Madlener zurück. Ihrem Assistenten teilte sie mit, dass sie für zehn Minuten weg wäre.

»Komm mit«, sagte sie zu Madlener und ging in ihrer grünen Aufmachung den Gang hinunter. Madlener hatte keine Ahnung, worauf sie hinauswollte, folgte ihr jedoch um mehrere Ecken und durch weitere Gänge und Türen, wobei er einmal kurz auf seine Uhr schaute und innerlich fluchte – *Mist, Mist, Doppelmist!* –, weil ihm die Zeit davonlief. Das für siebzehn Uhr angesetzte Status-Meeting im Präsidium hatte eben begonnen. Thielen würde einen erneuten Tobsuchtsanfall bekommen, aber das konnte er jetzt auch nicht mehr ändern.

Sie gelangten durch eine schwere Stahltür zu einer Treppe, deren Stufen noch ein Stockwerk tiefer führten, und standen vor einer weiteren Stahltür. Ellen öffnete sie mit ihrem Schlüssel. Es roch nach Schimmel und Heizöl. Ellen suchte den Lichtschalter, Neonröhren flackerten auf. Madlener konnte einen Blick in einen langen Gang mit Rohren und Versorgungsleitungen werfen. Ein knallgelber Phosphorstreifen verlief an der Wand entlang, unzählige geöffnete Türen mit Beschriftungen wie »ABC-Messung«, »Kleiderabwurf«, »Notfallchirurgie« und »Gipsraum« gingen vom

Gang ab. Er sah in einige der Räume hinein, sie waren weiß gekachelt, in einem befand sich Gerümpel, einer war leer, in einem standen alte Stahlschränke und Stockbetten, in einem anderen ein Notstromaggregat. Der kerzengerade Gang führte noch viel weiter, und es gab einige Abzweigungen.

»Was zum Teufel ist das?«, fragte er schließlich.

»Ein Relikt aus dem Kalten Krieg«, antwortete Ellen. »Hat mir mein Vorgänger mal gezeigt, ist schon ein Weilchen her, dass hier jemand war. Das, was du hier siehst, ist ein stillgelegtes Hilfskrankenhaus, ich glaube aus dem Jahr 1964, in Zeiten der Paranoia vor dem Osten unterirdisch und unter strengster Geheimhaltung gebaut, damit die Russen es nicht gleich finden. Wie der Regierungsbunker in der Eifel, der für einen Atomkrieg eingerichtet war und jetzt ein Museum ist. Irgendwann hat man das alles hier stillgelegt, weil man sich die Kosten für den Unterhalt, die enorm waren, sparen wollte, und weil man es nicht mehr brauchte nach dem Fall der Mauer. Und weil davon kaum jemand gewusst hat, ist dieses Hilfskrankenhaus so gut wie in Vergessenheit geraten.«

»Es wird nicht mehr genutzt?«

»Seit Jahrzehnten nicht mehr. Du siehst ja – alles, was noch brauchbar war, hat man weggeschafft. Eine Weile hat man verschiedene Räume noch als Abstellkammern verwendet, aber jetzt gammelt das alles nur noch vor sich hin. Ich weiß nicht mal, ob der Hausmeister einen Schlüssel dazu hat oder ob meiner der einzige ist.«

»Ich habe noch nie von einem Hilfskrankenhaus gehört. Könnte es sein, dass es noch mehrere davon gibt?«

»Allerdings. Ich denke, auf westdeutschem Gebiet gibt es Dutzende.«

»Dutzende?«

»Ja, du kannst ja mal googeln. Vielleicht hat deine gesuchte Mörderbande eine ähnliche Anlage gekauft, oder nutzt sie einfach so. Ich habe mal gelesen, dass der Bund einige Bunker an Privatleute verscherbelt hat. Es soll Verrückte geben, die Spaß daran haben, ihre Wochenenden in so was zu verbringen oder alte Bunker dieser Art umzubauen in unterirdische Bars oder Schießanlagen. Da stören sie wenigstens niemanden.«

Madlener hatte genug gesehen. Er wusste jetzt, was er tun

musste. Auch wenn ihm das garantiert eine endgültige Suspendierung einbringen würde.

Er half Ellen, die schweren Schleusentüren zu schließen und ging mit ihr so weit zurück, dass er allein wieder herausfinden konnte. Er bedankte sich bei Ellen und verabschiedete sich von ihr, plötzlich hatte er es sehr eilig.

Sein Jagdinstinkt war erwacht.

Er trat aus dem Eingang der Klinik ins grelle Sonnenlicht. Sein Handy hatte endlich wieder Empfang und vibrierte heftig. Als würde Thielen in dem kleinen Plastikgehäuse stecken und wütend daran rütteln, so kam es Madlener vor. Er beachtete es nicht, drückte auf Aus und wählte eine Nummer. Er wurde ein paarmal weiterverbunden, bis er endlich jemanden an der Strippe hatte, der Bescheid wusste und ihm weiterhelfen konnte. Er hatte Glück, dass sein Gesprächspartner eine Ahnung davon hatte, worauf Madlener überhaupt hinauswollte, und als Madlener ihm signalisierte, dass es um mehrere Mordfälle ging und er mit seiner Auskunft dazu beitragen könnte, Menschenleben zu retten, willigte er sogar ein, noch auf ihn zu warten, obwohl er eigentlich schon halb im Feierabend war.

Madlener fädelte mit seinem Wagen in den Verkehr ein und gab Gas.

63

Im Sitzungsraum war alles gesagt und besprochen, es herrschte allgemeine Aufbruchsstimmung, als Madlener anklopfte und eintrat. Harriet, Binder, Götze und Frau Gallmann sahen ihn mit einem mitleidig-vorwurfsvollen Blick an, der signalisierte, dass die Luft zum Schneiden dick und ihm nicht zu helfen war. Nur Thielen ignorierte ihn, er telefonierte. Alle schienen abzuwarten, bis er mit seinem sicherlich hochbrisanten Gespräch fertig war. Madlener schloss aus Thielens Stimmlage, dass mindestens der Herr Staatssekretär in der Leitung war, wenn nicht sogar der Innenminister höchstpersönlich. Er wandte sich an Harriet und fragte flüsternd: »Was ist los? Klärt Thielen gerade, wo und wann ich hingerichtet werden soll?«

Harriet zog ihn am Ärmel nach draußen, schloss die Tür und sagte: »Die SOKO Pool fährt jetzt nach Konstanz. Dr. Freytag und seine zwei Freunde haben doch kein hundertprozentiges Alibi für gestern Nacht. Der Kriminaldirektor hat mit Zustimmung von ganz oben das SEK aus Stuttgart angefordert, es wird mit einem Hubschrauber eingeflogen. Er lässt die Klinik von Dr. Freytag und seinen Wohnsitz stürmen.«

»Was macht er?«, echauffierte sich Madlener dermaßen laut, dass Harriet zusammenfuhr.

»Gleichzeitig werden in einer konzertierten Aktion die Kollegen aus Konstanz Christoph Junghans und Jens Seifried festnehmen und ihre Keller durchsuchen. Und das ist noch nicht alles«, sagte sie und wurde ziemlich kleinlaut. »Thielen hat Sie vollkommen vom Dienst suspendiert. Sie haben sich ab sofort nach Hause zu begeben und weitere Anweisungen abzuwarten. Das soll ich Ihnen persönlich mitteilen. Kriminaldirektor Thielen hat, ich zitiere wörtlich, ›die Schnauze endgültig gestrichen voll‹ von Ihren Extratouren und wird alles in seiner Macht Stehende tun, damit Sie dahin versetzt werden, wo der Pfeffer wächst.«

Sie sah Madlener mit traurigen Augen an und zuckte mit den Schultern.

»Zitat Ende?«, fragte Madlener.

»Es tut mir so leid, Chef«, sagte Harriet und nickte betreten. Madlener konnte es nicht fassen: Harriet kämpfte tatsächlich mit den Tränen. Dabei hatte er sie immer für ziemlich taff gehalten. So konnte man sich täuschen. »Danke, Harriet, ich weiß Ihr Mitgefühl zu schätzen«, sagte er und legte ihr kurz eine Hand auf die Schulter. »Aber für Beileidsbekundungen ist es noch zu früh. Ich werde mit ihm reden.«

Er wollte schon zurück ins Besprechungszimmer, aber Harriet hielt ihn zurück. »Das würde ich an Ihrer Stelle nicht tun. Er will Sie nicht mehr sehen. Und sprechen erst recht nicht. Sie sollen Frau Gallmann sämtliche Schlüssel geben und bei ihr im Büro warten, bis alle außer Haus sind.«

»Mein Gott«, sagte Madlener kopfschüttelnd, »will der Mann in Konstanz den Dritten Weltkrieg anzetteln? Das ist doch reiner Aktionismus, das wird ein Desaster sondergleichen.« Er fingerte an seinem Schlüsselbund herum, um die Büroschlüssel zu lösen. Endlich schaffte er es. Er sah Harriet an. »Müssen Sie unbedingt mit und zusehen, wie ein Dutzend schwer bewaffnete schwarze Jediritter die Schönheitsklinik stürmen und Patienten mit Kopfverband verhaften, weil sie unsere vermummten Täter sein könnten?«

Harriet schüttelte den Kopf. »Nein, er will nur Binder und Götze dabeihaben, ich soll Feierabend machen. Ich denke, er ist auch auf mich sauer, weil ich nicht wusste, wo Sie waren. Ich habe ständig versucht, Sie zu erreichen, aber Sie sind nicht rangegangen.«

Madlener überlegte kurz, er musste handeln, bevor die Tür aufging und Thielen ihm aus reiner Rachsucht irgendeinen Blödsinn aufhalste. Wer weiß, was ihm noch so alles einfiel, wenn er schon zu einem gewaltigen Rundumschlag ausholte. Madlener traute dem Kriminaldirektor alles zu, jedenfalls an diesem Tag, an dem er Handlungsstärke demonstrieren musste auf Teufel komm raus, selbst wenn das nur Verschwendung von Steuergeldern war – und ihm erhebliche Scherereien seitens der Anwälte von Dr. Freytag eintragen würde. Außer, man fand tatsächlich etwas in der Klinik oder in der Villa von Dr. Freytag, was Madlener aber stark bezweifelte.

Nicht dass Madlener auch nur im Entferntesten daran dachte,

Thielens hirnrissigen Befehl zu befolgen, er hatte etwas ganz anderes vor. Und dazu musste er alles auf eine Karte setzen. Von der er nicht wusste, ob sie auch stach. Konnte, ja durfte er seine Assistentin da mit hineinziehen? Er musste jetzt schnell eine Entscheidung treffen: Wollte er Harriet in ein Vorhaben einweihen, das sich als absoluter Rohrkrepierer entpuppen konnte, oder, noch schlimmer, als lebensgefährliche, illegale Aktion, die sie und ihn Kopf und Kragen kosten konnte – und das im wörtlichen Sinn?

»Harriet, diesmal muss ich *Sie* etwas fragen. Kommen Sie mit!«

Er zog sie in die Teeküche und schloss die Tür. Harriet war von ihm inzwischen einiges gewöhnt, aber diesmal machte sie doch ein misstrauisches Gesicht. »Harriet, wenn Sie jetzt zu dem Ansinnen, das ich habe, Nein sagen, bin ich Ihnen nicht böse. Ich könnte Sie an meiner Seite brauchen, aber das, was ich vorhabe, ist erstens illegal und zweitens nicht ungefährlich. Und ich werde es auf jeden Fall durchziehen, allein oder mit Ihnen zusammen. Sagen Sie mir eins: Vertrauen Sie mir?«

Harriet zögerte, was Madlener nicht wunderte. Er verlangte viel von ihr, sie kannten sich erst kurze Zeit, und da stellte er ihr schon in brenzliger Lage eine derart grundsätzliche Frage. Aber es ging nicht anders.

Sie blickte ihn an, als wolle sie in seinen Augen ablesen, was er ausbrütete, und nickte schließlich. »Ich bin dabei. Was haben Sie vor?«

»Das sage ich Ihnen, sobald wir unterwegs sind. Haben Sie Ihre Waffe?«

Sie klopfte wortlos auf ihr Schulterhalfter, das sie unter ihrem schwarzen Blazer trug.

»Gut, dann kommen Sie.«

Er öffnete die Tür einen Spalt, spähte auf den Gang hinaus und winkte ihr zu, ihm zu folgen. In Windeseile durchquerte Madlener den Gang und hetzte die Treppe zum Ausgang des Präsidiums hinunter. Harriet hatte Mühe, Anschluss zu halten.

Auf dem Parkplatz riss Madlener die Tür seines BMW auf, Harriet sprang gleichzeitig auf den Beifahrersitz, und Madlener gab Gas. Mit Karacho fuhr er vom Hof, als Thielen, Binder und Götze aus dem Eingang des Präsidiums herausgeeilt kamen, um den Großeinsatz des SEK in Klingenbach, wo sich Klinik und Villa von Dr. Freytag befanden, zu koordinieren.

Am Horizont türmten sich pechschwarze Wolken auf.

Während Madlener fuhr, hörten er und Harriet den Wetterbericht im Radio an. Er verhieß nichts Gutes. Für die ganze Gegend rund um den Bodensee gab es Unwetterwarnungen. Die seit Wochen anhaltende Hitzewelle, schon wieder Jahrhundertsommer genannt – mit den Superlativen war man heutzutage schnell bei der Hand, dachte sich Madlener –, sollte in dieser Nacht von einem atlantischen Orkantief abgelöst werden und mit heftigsten Begleiterscheinungen wie Gewitter, Hagel, Sturmböen und Starkregen zu Ende gehen.

Madlener raste auf den Parkplatz vor seinem Hotel, bremste heftig ab und sagte zu Harriet: »Ich brauche drei Minuten!« Den Motor ließ er wegen der Klimaanlage laufen. Im Foyer rannte er beinahe den Vertreter für Bleistiftspitzer und Duschvorhangösen über den Haufen, der mit einer überaus attraktiven Frau zusammenstand, wie Madlener mit einem kurzen Blick bemerkte. Auf der Treppe nahm er drei Stufen auf einmal und fingerte schon im Hochsprinten seine Chipkarte aus der Tasche. In seinem Zimmer öffnete er die Schranktür, hinter der sich sein Hotelsafe verbarg, gab die Geheimzahl ein, vertippte sich prompt und versuchte es erneut. Er griff nach seiner SIG P226 und der Ersatzmunition, suchte im Schrank nach seinem Schulterhalfter, fand es im hintersten Winkel, zog die Jacke aus und das Halfter an, steckte die Waffe ins Holster und die Munition in die Jackentasche. Dann blieb er kurz stehen und betastete seine Lippen. Gerade jetzt, ausgerechnet jetzt, spürte er ein verräterisches Brennen an seiner Unterlippe … sein Lippenherpes meldete sich wieder. *Mist, Mist, Doppelmist!*

Er kramte in seinen Taschen und wurde nicht fündig. Schnell noch mal zurück in sein Hotelzimmer, in fieberhafter Eile suchte er die Ablage vor dem Spiegel ab und fand das Zovirax-Tübchen schließlich im Zahnputzglas. Er schmierte die brennende Stelle ein, steckte das Zovirax in die Tasche und eilte wieder hinaus. Lieber ohne Waffe als ohne Zovirax.

Er rannte die Treppe hinunter, schlüpfte dabei wieder in seine

Jacke und eilte hinaus zum Auto und der wartenden Harriet. Als er neben seiner Assistentin saß, musste er erst einmal Atem holen.

»Bereit?«, fragte er Harriet überflüssigerweise.

»Bereit, wenn Sie es sind!«, antwortete sie und beide mussten wegen des Zitats grinsen.

»Okey-dokey«, sagte Madlener, »dann wollen wir mal!«

64

Ellen hatte sich die Freiheit genommen, eine kurze Pause zu machen und schnell zu Hause vorbeizuschauen. Einerseits, um ihren Kater zu füttern, andererseits um sich im eigenen Bad zu duschen, frische Sachen anzuziehen und in der Küche eine Kleinigkeit zu essen, bevor sie ihre Nachtschicht antrat. Diese Nacht konnte lang werden, etliche Versuchsreihen mussten noch durchgeführt und dokumentiert werden, der Papierkrieg war in den letzten Jahren uferlos eskaliert, und sie wollte unbedingt einige Untersuchungen zum Abschluss bringen.

Als sie direkt vor dem Haus aus ihrem Auto stieg, warf sie einen besorgten Blick auf den südlichen Horizont. Schlechtwetterfronten kamen stets aus Österreich oder der Schweiz, meistens aus dem Rheintal, und diesmal zogen genau aus dieser Richtung schwere, tiefhängende Wolkengebilde heran und türmten sich immer höher. Es war früher Abend, und spätestens in einer Stunde würde wohl, wie in allen Medien vorhergesagt, das große Unwetter losbrechen.

Als sie durch den Torbogen mit der zweiflügeligen Gittertür aus Schmiedeeisen trat, sah sie ihren schwarzen Kater schon auf den Treppenstufen auf sie warten. Er kam sofort heran und strich um ihre Beine. Sie hob ihn hoch, streichelte ihn, was er sich wohlig schnurrend gefallen ließ, und lief um das Haus herum zur Terrasse. Wenn es so heiß war, ließ sie die Terrassentür immer einen Spalt offen, damit es ein klein wenig Durchzug gab und Carlo sich für ein Schläfchen in die abgedunkelte Wohnung zurückziehen konnte.

Auf der Holzterrasse zog sie ihre Schuhe aus und ging barfuß, den Kater auf ihren Armen, hinein, dabei genoss sie den kühlen Parkettboden unter ihren Füßen. Sie stutzte, als sie ein Geräusch hörte, auch Carlo spitzte die Ohren. Erneut ein leises Quietschen, es schien aus ihrem Schlafzimmer zu kommen. Es war doch leichtsinnig, ihre Terrassentür auf zu lassen, ihr Vater hatte deswegen schon öfter mit ihr geschimpft. Auf leisen Sohlen, den Kater fest an sich gedrückt, schlich sie zur Schlafzimmertür, die halb offen stand, und drückte sie vorsichtig ganz auf.

Sie konnte nicht glauben, was sie da sah: Ein Mann machte sich an den Schubladen ihrer Kommode zu schaffen, in der sie ihre Wäsche untergebracht hatte! Er hatte ihre Anwesenheit noch nicht bemerkt und wandte sich, nachdem er die Schubladen wieder geschlossen hatte, dem großen Einbaukleiderschrank zu, der eine ganze Wand einnahm, und zog dessen Schiebetüren nacheinander beiseite. Er schien nicht zu finden, was er suchte, was immer es auch sein mochte, und stieg jetzt endgültig in den Schrank hinein. War dieser Anblick schon schlimm genug für Ellen – noch schockierender war die Tatsache, wer dieser perverse Spanner war: niemand anderer als ihr eigener Vater!

»Was machst du an meinen Sachen, Dad?«, sagte sie scharf.

Dr. Auerbach schoss in die Höhe und stieß dabei mit voller Wucht mit dem Kopf gegen eine Ablagefläche, was ihn ganz unstandesgemäße Flüche und Verwünschungen ausstoßen und ihm die Schamesröte ins Gesicht schießen ließ, als er schließlich aus dem Schrank herauskletterte.

»Verdammt, Ellen«, sagte er, schob die verrutschte Brille wieder gerade und rieb sich den Schädel, »es ist wirklich nicht das, wonach es aussieht!«

»So?«, sagte Ellen spitz und baute sich mit Carlo auf dem Arm vor ihm auf. »Dann erklär mir bitte, warum du klammheimlich in meine Wohnung schleichst und in meinem Kleiderschrank und an meiner Wäsche herumschnüffelst. Solltest du ein Problem haben, von dem ich bisher nichts wusste? Auf diese Erklärung bin ich jetzt aber wirklich gespannt!«

Dr. Auerbach schloss die Augen, als würde er in diesem Augenblick den Beistand des heiligen Sigmund und aller anderen verfügbaren Psychiatergötter im Himmel herbeisehnen, und holte tief Luft. Allerdings ging er, wie in seinen Sitzungen, nicht auf die Frage ein, sondern holte zu einer Gegenfrage aus: »Ellen – sage mir bitte eins. Stimmt es, dass du in Friedrichshafen Stammgast in einem berüchtigten Swingerclub mit Sadomaso-Abteilung bist?«

Ellen wich einen Schritt zurück, so perplex war sie. »Was bitte soll ich sein?«

Ihr Vater fasste sie an den Schultern und blickte ihr beschwörend in die Augen: »Lässt du dich nackt vor anderen Männern auspeitschen? Bitte, sag mir die Wahrheit – ich muss es wissen!«

Ellen begriff, dass er es tatsächlich ernst meinte. »Und wenn es so wäre? Findest du nicht auch, dass das meine Angelegenheit ist und dich einen feuchten Kehricht angeht?«

»Du bist meine Tochter!«

»Deine Tochter ist zweiundvierzig Jahre alt und erwachsen, Dr. Auerbach. Aber wenn es dir so wichtig ist: Die Antwort lautet nein.«

Dr. Auerbach stand da, als hätte ihn der Schlag getroffen. Dann machte er auf dem Absatz kehrt und stürmte in die Küche. »Ich brauche jetzt einen Drink«, sagte er und öffnete die Kühlschranktür.

Ellen, die ihren Vater allerhöchstens einmal ein Glas Wein hatte trinken sehen, kam die ganze Situation inzwischen lächerlich und absurd vor. »Bitte, bedien dich. Dad, was ist los mit dir?«

Dr. Auerbach holte die Flasche Aquavit heraus, ein Geschenk, das seit Jahr und Tag unangetastet im Seitenfach stand, schraubte sie auf und trank einen mächtigen Schluck aus der Pulle. Dann noch einen.

Wenn ihr Vater, ein entschiedener Verfechter guter Manieren, der nie seine Fassung verlor und auch in heikelsten Momenten immer Haltung bewahrte, so etwas tat, musste wirklich etwas Schwerwiegendes vorgefallen sein, das wusste Ellen.

Carlo war inzwischen aus ihren Armen auf den Boden gesprungen und miaute mit gebleckten Zähnchen und aufforderndem Blick vor der Schranktür der Einbauküche, hinter der, wie er nur zu genau wusste, sein Fressen aufbewahrt war. Energisch nahm Ellen ihrem Vater die Schnapsflasche aus der Hand und stellte sie in den Kühlschrank zurück. Er setzte sich an den Tisch, stützte den Kopf in seine Hände und massierte Stirn und Schläfen. Carlo miaute immer noch, diesmal schon drängender. Ellen erbarmte sich und gab dem Kater eine schöne Portion von Madleners Ente mit Joghurtgelee in den Fressnapf, über die sich Carlo gierig hermachte.

Dann nahm sie ihrem Vater gegenüber am Esstisch Platz. »Jetzt aber mal raus mit der Sprache, Dad. Was ist mit dir los? Wenn ich dich so sehe, mache ich mir ernsthaft Sorgen. Fühlst du dich nicht wohl?«

Er schüttelte den Kopf. »Nein, ich fühle mich überhaupt nicht wohl. Mir ist etwas passiert, was mir in meiner jahrzehntelangen Laufbahn noch nie untergekommen ist. Ich habe einen durchtriebenen Patienten, der mit mir gespielt und mich nach Strich und Faden ... nun ja, sagen wir es so direkt: verarscht hat. Ich komme mir vor wie ein Tanzbär auf dem Jahrmarkt, den der Dompteur an einem Nasenring quer über den Marktplatz geführt hat. Das ist sehr erniedrigend für mich. So weit ist es mit mir gekommen, dass ich meiner eigenen Tochter misstraue und ihr hinterherspioniere. Ich schäme mich sehr für das, was ich getan habe. Ich hoffe, du kannst mir verzeihen. Wie konnte ich nur so tief sinken?«

»Was für ein Patient soll das sein? Du sprichst in Rätseln. Willst du mir nicht von Anfang an erzählen, was passiert ist?«

»So ein raffinierter Hund«, sagte Dr. Auerbach fassungslos und schüttelte über seine eigene Dummheit den Kopf, »so ein raffinierter Hund!«

Und dann begann er zu erzählen.

Draußen, vor dem Haus, machte ein älteres Ehepaar vor dem aufziehenden Unwetter noch einen Verdauungsspaziergang und blieb neugierig stehen, als das laut schallende Lachen einer Frau aus dem Erdgeschoss der Gründerzeitvilla drang, das gar nicht mehr aufhören wollte.

65

Erste heftige Sturmböen, Vorboten des Unwetters, zwangen Madlener, das Lenkrad seines Dienstwagens richtig festzuhalten, sonst bestand die Gefahr, dass es ihn in den Straßengraben wehte, so schnell wie er fuhr. Harriet hatte ihn inzwischen über den neuesten Stand der Dinge informiert, unter anderem hatte Frau Gallmann eben die Information an alle, auch sie, per SMS weitergegeben, dass es eine Übereinstimmung der DNA-Proben vom Blut aus der Tiefgarage und vom Tatort in Wildorf in Ullreichs Bungalow gab.

»Hab ich's doch gewusst!«, triumphierte Madlener und schlug aufs Lenkrad. »Weinhold und Bärlach haben Ullreich überfallen und getötet. Dabei haben sie vollkommen die Kontrolle verloren und sind ausgerastet. Die beiden standen enorm unter Druck. Dann fahren sie zurück und werden in der Tiefgarage abgepasst und entführt. Wahrscheinlich mit einem Elektroschocker, wie bei den ersten beiden Toten. Und was ist mit Thielen? Er müsste den SEK-Einsatz in der Schönheitsklinik doch jetzt abblasen.«

»Mitnichten«, meldete Harriet mit Blick auf ihr Smartphone. »Frau Gallmann teilt mir eben mit, dass der Hubschrauber mit dem Einsatzkommando schon unterwegs ist und hoffentlich noch vor dem Unwetter in Konstanz landen kann.«

Madlener schüttelte den Kopf. Ihm fiel auf, dass er das in letzter Zeit oft getan hatte. Den Kopf schütteln vor Verzweiflung über die Ignoranz gewisser Leute. War das ein Zeichen für den Beginn einer Neurose? Er sollte Dr. Auerbach fragen. Obwohl – nach der letzten Sitzung war es vielleicht besser, ihn vorerst in Ruhe zu lassen. Er hatte genug zu kauen an dem, was Madlener ihm hingeworfen hatte. Deshalb machte er sich auch ein wenig Sorgen um Ellen. Wenn sie davon erfuhr, wie er ihren Vater voll gegen die Wand hatte fahren lassen, wäre sie bestimmt sauer auf ihn. Er leckte unbewusst an seiner Unterlippe und merkte, dass er nun das Zovirax weggeschleckt hatte. *Mist, Mist, Doppelmist!* Hoffentlich war er bei Dr. Auerbach nicht zu weit gegangen.

Harriet unterbrach seinen Gedankengang. »Wäre es nicht langsam an der Zeit, dass Sie mir sagen, wohin wir fahren und was wir vorhaben?«

Statt einer Antwort fischte Madlener ein mehrfach zusammengelegtes Spezialpapier, das sich anfühlte wie Butterbrotpapier, aus der Innentasche seines Jacketts und reichte es ihr. Es war so groß, dass sie es gar nicht ganz entfalten konnte.

»Ein Plan«, stellte sie verständnislos fest. »Offensichtlich ein Grundriss. Aber wovon? Es steht nirgends ein Hinweis, was und wo es ist. Nur eine Jahreszahl, 1961. Und ein Kürzel. HKH com LS 236. Ziemlich verblichen.« Sie schnüffelte daran. »Und riecht modrig. Aus welchem Keller haben Sie das denn gezogen?«

Madlener schwieg und konzentrierte sich aufs Fahren. Die Lichtverhältnisse wurden immer schlechter, durch die schwarzen Wolken dämmerte es gleichsam vor der Zeit.

Harriet studierte den Plan genauer. »Dicke Mauern, ein weitverzweigtes Leitungsnetz, OP 1, OP 2, Schleusen, Duschräume, Schlafräume, ABC-Messung … Das ist der Grundriss eines Luftschutzbunkers aus den sechziger Jahren.«

»Richtig. HKH heißt Hilfskrankenhaus. Der Plan stellt eine unterirdische Klinik dar, die für den Fall eines Atomkriegs eingerichtet wurde. Der Standort ist geheim, darum fehlen die Ortsangaben. Und auch der Name des Architekten. Das Kürzel ist ein Fachjargon der damaligen Planer, kein Mensch weiß mehr, was es bedeutet.«

»Woher haben Sie das? Und was hat das mit unserem Fall zu tun?«

Madlener überholte gerade äußerst riskant einen Traktor und scherte knapp vor dem Gegenverkehr ein, was ihm die wild aufblinkende Lichthupe des entgegenkommenden Fahrzeugs bescherte. Aber das kümmerte ihn nicht. Harriet hatte schon lange das blinkende Blaulicht auf dem Dach angebracht, und außerdem war Madlener auf einer Mission unterwegs, er spürte die Anspannung und das Adrenalin in allen Gliedern, es war wie immer, wenn er der Lösung eines komplexen Falles näher kam. Er hatte dieses Gefühl schmerzlich vermisst.

»Woher ich das habe?«, wiederholte Madlener Harriets Frage. »Vom Bauamt in Friedrichshafen. Das teilweise früher auch für die umliegenden Bezirke bis hinauf nach Ravensburg zuständig war, was Bauvorhaben des Landes Baden-Württemberg und des Bundes anging. Dieser Plan ist der Grund für mein Zuspätkommen. Und der Grund dafür, dass Kriminaldirektor Thielen mit seiner Aktion gegen Dr. Freytag und Kollegen einen Griff ganz tief ins Klo tun wird. Und zwar bis zu den Achseln.«

Erste dicke Tropfen klatschten auf die Windschutzscheibe, es war nun dunkel wie um Mitternacht ohne Mond. Blitze durchäderten die schwarzen Wolken, und fast gleichzeitig gab es Donnerschläge, die Harriet zusammenzucken ließen. Beinahe hätte Madlener die richtige Abzweigung verpasst. Plötzlich trommelte es im Stakkato auf Dach und Motorhaube, tischtennisballgroße Hagelkörner prasselten herunter, im Nu war die Straße weiß, als ob es geschneit hätte. Madlener schaltete die Scheibenwischer auf Höchstgeschwindigkeit und drosselte gleichzeitig das Tempo. Unter diesen Umständen war an ein Weiterfahren nicht zu denken. Unter einer Brücke hielt er an. Die unvermittelt einsetzende Stille nach dem Trommelfeuer der Hagelkörner war gespenstisch. Nur das Blaulicht auf dem Dienstwagen pulsierte in der Dunkelheit. Madlener ließ es an, damit nicht noch ein nachfolgendes Fahrzeug sie übersah und auffuhr. Außerhalb des rettenden Brückenbogens schien die Welt hinter einem Vorhang aus Hagel und Graupel zu verschwinden.

»Wir sind auf dem Weg zum Jan-Hus-Internat«, stellte Harriet fest.

»Exakt«, sagte Madlener und schaltete den Motor aus. Er schmierte sich ein klein wenig Zovirax auf seinen Herpes.

»Und was machen wir da?«, fragte Harriet.

Madlener warf ihr einen Blick zu und antwortete lakonisch: »Wir werden heimlich dort einbrechen und bestimmte Gebäude unter die Lupe nehmen. Und wenn das hier …«, er deutete auf den Plan, den Harriet eben mühsam zusammenfaltete, »tatsächlich noch alles existiert, wovon ich nach meinem Gespräch mit einem Mann ausgehe, der den Bunker vor Jahrzehnten als junger Baurat mal besichtigt und diesen Plan aufgehoben hat, dann …«

»Dann?« Sie sah ihn fragend an.

»Dann ist die Wahrscheinlichkeit groß, dass wir den Ort gefunden haben, an dem unsere Opfer ums Leben gekommen sind. Und an dem Weinhold und Bärlach versteckt gehalten werden, bis sie auch an der Reihe sind.«

»Das hört sich nicht gut an.«

»Nein, das hört sich bei Gott nicht gut an.«

Harriet zog ihre Heckler & Koch heraus und überprüfte sie gründlich.

Kluges Mädchen, dachte Madlener. Hoffentlich waren sie nicht gezwungen, ihre Waffen einzusetzen. Und hoffentlich behielt Madlener recht mit seinen Vermutungen, sonst wären sie in Teufels Küche. Aber das waren sie so oder so. Zumindest er, weil er zum wiederholten Mal auf eigene Faust und gegen die ausdrücklichen Anordnungen seines Vorgesetzten gehandelt hatte.

»Wie sind Sie darauf gekommen?«, fragte Harriet und steckte ihre Waffe wieder weg. Der Hagelschauer ließ allmählich nach und ging in Regen über.

»Durch Frau Dr. Herzog. Sie hat mir eine ähnliche Anlage unter dem Klinikum gezeigt, in dem sie arbeitet. Da habe ich mich plötzlich daran erinnert, was Direktor Kirchhoff mir bei unserem Besuch im Internat erzählt hat. Von der veralteten Turnhalle auf dem Gelände, und dass sie aus den sechziger Jahren stammt. Ich habe Glück gehabt und einen kompetenten Mann im Bauamt erreicht, der noch Unterlagen darüber aufbewahrte und sich daran erinnerte, dass diese Turnhalle damals vom Bund bezahlt wurde. Weil gleichzeitig unter der Turnhalle ein Bunker gebaut wurde.«

»Wann war das?«

»1962.«

Harriet zog die Stirn in Falten, ein Zeichen dafür, dass sie in ihrem phänomenalen Gedächtnis kramte.

»Ich kann mich da an etwas erinnern, was ich in den Unterlagen im Büro des Direktors gelesen habe. Über die Geschichte des Internats nach dem Krieg. Als Sie das Gelände mit ihm besichtigt haben. 1962 war das einzige Jahr, in dem das Jan-Hus-Internat zwölf Monate lang komplett geschlossen war. Wegen Renovierungsarbeiten und einem Neubau.«

»Das passt genau. Ein Jahr wurde damals daran gebaut, unter strenger Geheimhaltung. Und heute ist das alles längst Geschichte und in Vergessenheit geraten.«

»Nur unsere Täter wussten davon und haben den Bunker für ihre Zwecke genutzt.«

»Genau das werden wir jetzt feststellen«, sagte Madlener entschlossen und drehte den Zündschlüssel.

Der Regen war zwar immer noch heftig und das Prasseln setzte sofort wieder ein, als sie die schützende Brücke verließen, aber die Scheibenwischer wurden einigermaßen damit fertig. Madlener fuhr langsam durch die Hagelkörner wie durch eine dicke Schicht Schnee. Sie waren allein auf weiter Flur. Jetzt erst schaltete er das Blaulicht ab, und Harriet holte es in den Wagen.

Es war Nacht geworden und stockdunkel, nur ab und zu zuckte noch ein Blitz am nördlichen Horizont, dem ein lang andauerndes Donnergrollen folgte, als die Scheinwerfer von Madleners Wagen den Weg zum Internat ausleuchteten. Der Wald auf beiden Seiten der allmählich ansteigenden Zufahrtsstraße war weiß vom Hagel und sah aus wie ein Märchenwald an Weihnachten – und das im Hochsommer. Aber die beiden im Wagen wussten, dass hinter diesem Wald nichts Gutes auf sie wartete.

Als sie aus dem Wald herauskamen, lenkte Madlener den Wagen in einen Seitenweg hinter einen mannshohen Stapel aus Holzstämmen und machte die Scheinwerfer aus. Vor ihnen auf der Anhöhe musste das Internatsgelände liegen. Zu sehen war bei der Dunkelheit und dem strömenden Regen nichts. Erst ein erneuter Blitz half ihnen für einen kurzen Moment bei der Orientierung.

Noch näher heranfahren wollte Madlener nicht, man hätte unter Umständen den Motor hören können. Es war eine einsame Gegend, außer dem Internat war weit und breit nur Wald.

»Den Rest des Weges müssen wir zu Fuß gehen«, sagte Madlener. »Ich habe hinten im Kofferraum immer eine Regenjacke für alle Fälle. Die können Sie nehmen.«

Harriet langte auf den Rücksitz, wo sie ihren Rucksack hatte, in dem ihr Laptop verstaut war, öffnete ihn und kramte ein Knäuel heraus, das sich als zusammengeknüllte Regenhaut mit Kapuze entpuppte. »Allzeit bereit«, sagte sie und schlüpfte schon hinein. Eine Taschenlampe hatte sie ebenfalls dabei.

Madlener stieg aus und öffnete den Kofferraum. Er suchte die schwarze Öljacke und seine Gummistiefel, zog beides an, holte noch seine schwere Taschenlampe und einen kleinen Blechkoffer, in dem er diverse Dietriche vorrätig hatte, und schloss das Auto ab. Sie sahen sich an.

»Was ist der Plan?«, fragte Harriet, und Madlener antwortete: »Wir gehen da rein und suchen Weinhold und Bärlach.«

»Guter Plan. Dann los«, sagte Harriet, aber Madlener hielt sie noch kurz am Arm fest. »Versuchen Sie immer, hinter mir zu bleiben, Harriet. Stellen Sie Ihr Handy stumm und werden Sie nicht leichtsinnig. Sollten wir uns aus den Augen verlieren, treffen wir uns am Auto. Ich lege den Schlüssel auf den linken Vorderreifen. Verstanden?«

Sie nickte, und dann marschierten sie los durch den dichten Regen bergauf, Madlener voran und Harriet hinterher.

Schließlich erreichten sie den leeren Parkplatz und standen vor der Tafel für Besucher, auf der die Lage der Gebäude verzeichnet war. Sie sahen sich um, aus dem am Waldrand stehenden Wohnhaus fiel Licht, der Direktor schien wohl daheim zu sein. Madlener deutete mit dem Strahl seiner Taschenlampe kurz auf ein Nebengebäude auf der Tafel, auf dem »Garage« stand. Dann gingen sie weiter.

An der Garage, einem scheunenartigen, lang gezogenen Bau am Waldrand, verschnauften sie erst einmal unter dem Vordach und lauschten. Eine Krähe schrie. Madlener hoffte jedenfalls inständig, dass es eine Krähe war. Es regnete immer noch, irgendwo plätscherte Wasser aus einem undichten Rohr. Neben dem großen Eingangstor der Garage, das abgesperrt war, wie sich Madlener versichert hatte, war eine normale Tür, an der Madlener nun seine etwas eingerosteten Fähigkeiten als Einbrecher aktivierte.

Während Harriet ihm mit ihrer Taschenlampe leuchtete und den Lichtkegel, so gut es ging, mit ihrem Körper abdeckte, schaffte es Madlener, das Schloss zu knacken. Vorsichtig öffnete er die Tür, und sie schlüpften hinein. Zwei Autos standen in der hallengroßen Garage, die restlichen zwei Dutzend Parkplätze waren leer.

Madlener wollte schon wieder hinaus, als Harriet ihn an seiner Regenjacke zupfte und zum anderen, dunklen Ende zeigte, wo noch ein Ausgang war. Daneben war schemenhaft ein schwarzgrauer Transporter zu erkennen. Harriet lief darauf zu und winkte Madlener heran. Es war ein VW-Bus der Marke Multivan, sie hätten ihn in der Dunkelheit beinahe übersehen. Harriet zeigte auf den Aufkleber am Heck neben dem Nummernschild: ein

Hundekopf. Der Zeuge im Trainingsanzug hatte also recht gehabt. Und Madlener mit seiner Vermutung ebenfalls, dass hier unter dem Internat des Rätsels Lösung verborgen war. Jetzt wussten sie, dass es ernst wurde.

Madlener warf einen kurzen Blick durch das Seitenfenster in den Multivan, er war leer. Wieder hörten sie einen Laut, der nach Krähe klang. Aber diesmal war sich Madlener sicher, dass es keine Krähe war. Ein Schrei!

Schnell schlüpften sie nach draußen und wandten sich der Turnhalle zu. Von daher musste das Geräusch gekommen sein. Aus ihrem Eingang schimmerte diffuses Licht, ebenso aus den hoch gelegenen Fenstern des daran anschließenden Hallenbads. Anscheinend wiegten sich die Entführer in der Abgeschiedenheit des Internats während der Schulferien vollkommen in Sicherheit. Vorsichtig schlichen sie näher. Am Eingang blieben sie stehen und lauschten erneut. Nichts zu hören. Dann probierte Madlener an der Tür, sie war nicht abgesperrt.

Nach links ging es zu den Umkleideräumen und der Turnhalle, geradeaus führte eine ausgetretene Steintreppe nach unten, von dort kam auch das Licht. Schritt für Schritt stiegen sie sie hinab, dabei zog Madlener seine SIG P226, auch Harriet holte ihre Waffe aus dem Halfter. Ein Stockwerk tiefer befand sich ein großer Kellerraum, der mit allerlei Gerümpel vollgestellt war und von einer Neonröhre notdürftig beleuchtet wurde. Überall standen Geräte herum, die man im Turnunterricht benötigte und die wohl zum Teil ausgemustert worden waren: alte Matten, lederüberzogene Kästen, altmodische Barren, Medizinbälle, Netze.

Ganz am anderen Ende sahen sie eine unscheinbare Stahltür, die nur angelehnt war. Plötzlich ertönte ein schriller Schrei, der Madlener und Harriet erstarren ließ. Und dann erklang leise Klaviermusik, gedämpft, wie aus weiter, hallender Ferne. Madlener erkannte das Stück, es waren die Goldberg-Variationen von Johann Sebastian Bach. Als würde der alte Meister dort unten spielen, im Fegefeuer, dem Wartesaal auf dem Weg zur Hölle. Es war wie eine teuflische Einladung, in die Katakomben, die sich vor ihnen auftaten, hinabzusteigen.

Kurz überlegte Madlener, zum Auto zurückzukehren, sämtliche Kollegen im Umkreis von fünfzig Kilometern zu alarmieren und auf Verstärkung zu warten. Aber dann ertönte ein erneuter Schrei, schrill und verzweifelt. Madlener warf einen Blick hinter die Tür: ein abschüssiger Gang führte noch weiter hinunter. Muffiger Geruch drang von dort herauf. Wenn man sich konzentrierte, konnte man Stimmen hören. Ob sie näher kamen? Sie wurden wieder überlagert von der perlenden, überirdisch schönen Klaviermusik.

Madlener spürte instinktiv, dass ihnen nicht mehr viel Zeit blieb. Er fällte eine Entscheidung und wandte sich im Flüsterton an seine Assistentin. »Harriet, hören Sie mir zu. Sie tun jetzt, was ich sage, und gehen so schnell wie möglich zum Auto zurück. Rufen Sie unterwegs die Zentrale an, die sollen alles, was sie an Sirenen und Blaulicht auftreiben können, hierherschicken. Wenn es noch möglich ist, auch das SEK aus Konstanz. Von mir aus auch die Feuerwehr, die werden bei dem Wetter sowieso überall auf den Straßen sein. Egal, Hauptsache schnell und laut. Und Sie warten beim Auto auf die Kavallerie. Sie kennen die Örtlichkeit und können sie hierherführen.«

»Und Sie? Was machen Sie?«

»Ich passe auf, dass die Burschen uns nicht entwischen.«

Harriet schenkte ihm einen ihrer skeptischen Blicke. Allerdings sah Madlener auch einen Schimmer von Angst darin. Und die war ganz und gar nicht unbegründet. »Ich lasse Sie nicht allein da runtergehen!«, flüsterte sie.

Madlener wurde streng. »Ich gehe nicht da runter, ich verstecke mich hier. Und Sie tun gefälligst, was ich sage. Los, verschwinden Sie, holen Sie Hilfe!«

Er schubste sie regelrecht zur Treppe. Harriet zögerte noch immer, erst als Madlener mit wilder Gestik andeutete, dass sie sich endlich vom Acker machen sollte, drehte sie sich um und verschwand.

Madlener wandte sich wieder dem Bunkereingang zu. Er hatte Harriet angelogen. Und er wusste, dass sie es wusste. Er würde nicht untätig darauf warten, dass da unten im Labyrinth des Bunkers weitere Morde geschahen. Mit der SIG im Anschlag stieg er hinab, dem Licht, den Stimmen und den Schreien entgegen. Und dem lieblichsten und himmlischsten Klavierspiel, dass man sich vorstellen konnte. Nur klang es hier, an diesem finsteren Ort, schlicht obszön und blasphemisch.

66

Harriet schlug das Herz bis zum Hals, als sie den Ausgang der Turnhalle erreichte und erst vorsichtig hinausspähte, ob nicht einer der Mörder auf sie lauerte. Als sie nichts hörte oder sah, trat sie ins Freie unter das Vordach. Sie musste ihre Regenjacke ausziehen, um an ihren Rucksack mit dem Handy heranzukommen. Sie steckte ihre Waffe zurück ins Schulterhalfter und war gerade dabei, aus ihrer Jacke zu schlüpfen, als sie mit brutaler Kraft von hinten gepackt wurde. Ein Klammergriff um ihre Brust und einer um ihren Hals, der ihr die Luft abdrückte.

Nach der ersten Schocksekunde wollte sie sich wehren, aber der stählerne Griff gab nicht nach. Sie spürte den heißen Atem des Angreifers in ihrem Nacken und tat etwas, was sie als einzig sinnvoll in ihrer Situation empfand: Sie erschlaffte für einen Moment, so als hätte sie keine Muskeln mehr in ihrem Leib, und dann legte sie explosionsartig alle Kräfte in einen Ausbruch. Sie spürte, dass der Griff sich lockerte, bekam wieder Luft und konnte ihre Arme bewegen. Sie kratzte, schrie, biss und schlug mit Füßen und Fäusten um sich wie von Sinnen. Sie spürte, sie hatte nur diesen einen Versuch, um zu überleben.

Sie traf etwas Weiches. Der Mann mit den Bärenkräften, der einen Overall und Handschuhe trug, hielt sie am Rucksack fest, obwohl er vor Schmerzen aufstöhnte. Heftig trat sie noch einmal zu und riss sich endgültig los, indem sie aus den Trägern ihres Rucksacks schlüpfte. Der Mann fiel samt Rucksack auf den Rücken.

Harriet nutzte die Chance und rannte in den Regen hinaus. Sie spurtete blindlings los, ohne zu wissen wohin, nur weg und in den Wald, bis ihr Zweige ins Gesicht klatschten und sie über eine Wurzel stolperte und der Länge nach hinfiel. Dort blieb sie liegen, zitternd, nach Atem ringend und nass bis auf die Haut.

Sie hielt die Luft an, hob den Kopf und horchte. Bis auf den Regen, der ununterbrochen herunterprasselte, war nichts zu hören. Langsam richtete sie sich auf und wischte sich das dreckverschmierte Gesicht mit dem Ärmel ab. Niemand kam durch das

Gebüsch geschossen, obwohl sie jeden Moment damit rechnete. Vielleicht wartete der Mann im Overall aber auch ab, genau wie sie, bis er ein Geräusch hörte.

Harriet bewegte sich vorsichtig. Bis auf die Schmerzen an Hals und Brust von der heftigen Umklammerung war sie heil. Aber ihr Kapuzenumhang war weg und, was viel schlimmer war, ihr Rucksack mit dem Handy. Sie griff nach ihrem Schulterholster. Die Pistole war auch nicht mehr da! Panik kroch in ihr hoch. Mit beiden Händen tastete sie den morastigen Boden ab und robbte auf den Knien herum, bis sie etwas Metallisches fühlte. Gott sei Dank, da lag ihre P2000 im Dreck. Erleichtert nahm sie die Waffe an sich, entsicherte sie und schalt sich eine Idiotin, weil sie in blanker Panik davongelaufen war, statt dem Hünen die Knarre an den Kopf zu halten. Sie stand auf und zielte mit der Pistole blind in die Dunkelheit. Was sollte sie tun? Der Mann – sie hatte sein bärtiges Gesicht nur schemenhaft wahrgenommen –, würde nicht so einfach aufgeben und sie laufen lassen.

Blitzschnell wandte sie sich um, als sie in ihrem Rücken ein Knacken hörte. Aber da war nichts. Er konnte hinter jedem Baum lauern. Sie drehte sich im Kreis, die Pistole mit beiden Händen im Anschlag. Vor lauter Zittern konnte sie sie kaum gerade halten.

Madlener trat durch die erste Schleusentür in den Gang. Er war jetzt im unterirdischen Hilfskrankenhaus, dem Bunker. Weiße Wände, Neonröhren und Versorgungsrohre und Leitungen, wie unter dem Klinikum in Friedrichshafen. Und ein breiter, knallgelber Phosphorstreifen, der, so wusste Madlener inzwischen, angebracht worden war, um auch dann den Weg finden zu können, wenn bei einem Angriff der Strom und damit das Licht ausfiel. Madlener hatte den Grundriss genau im Kopf und schlich, die Waffe entsichert und im Anschlag, den Gang entlang an den ersten Türen vorbei, die sperrangelweit offen standen, aber dunkel waren.

Das leise Klavierspiel wehte von weiter hinten heran. Er vermutete, dass die Opfer in OP 1 oder 2 gefangen waren, weil das die größten Räume mit Wasseranschluss waren. Das Wasser stammte, das wusste Madlener aus den Plänen, aus einer eigenen Quelle – deshalb war kein Chlor in den Lungen der Opfer. Auf dem Weg dahin spähte er in die seitlich gelegenen Räume, darauf gefasst, jeden Moment etwas zu sehen, das er lieber nicht sehen wollte. Das Glitzern von Metallschränken, Glas und Edelstahloberflächen im Halbdunkel und endlose Reihen von Kastenschränken mit Dutzenden von Schaltern, Lämpchen und Zeigern, ein Summen kam von irgendwoher, das Geräusch einer defekten Neonröhre, die irgendwo vor sich hinflackerte. Im nächsten Raum der Geruch von Diesel, zwei große Motoren, Notstromaggregate für die Stromversorgung.

Madleners Nerven waren zum Zerreißen gespannt. Als er Schritte vernahm, huschte er blitzschnell in den Raum mit den Dieselmotoren, stellte sich hinter die Tür, hielt den Atem an und äugte so weit in den Gang, dass er seinen Kopf sofort zurückziehen konnte, die Pistole erhoben. Es kam ihm vor wie eine Halluzination, als plötzlich ein Mann in einem weißen Overall und mit Latexhandschuhen vor seiner Nase in Richtung Ausgang spazierte.

Madlener zuckte zurück. Der Mann bemerkte ihn nicht. Es war so, wie Madlener von Anfang an vermutet hatte: Die Täter unternahmen alles, um keine verwertbaren Spuren zu hinterlassen. Deshalb hatte man auf den Leichen nie auch nur den geringsten Hinweis, etwa ein Haar oder einen Fingerabdruck, gefunden, sie waren mit größter Kaltblütigkeit und Akribie vorgegangen, um ihre Rache perfekt auszuführen.

Madlener wartete zwei Atemzüge lang, bevor er es riskierte, sich aus seiner Deckung zu wagen und einen Blick in den Gang zu werfen. Der Mann war verschwunden. Madlener nutzte die Gelegenheit und huschte nach rechts, in die Richtung, aus der die Klaviermusik kam. Schließlich stand er vor OP 1. Er sah noch einmal zurück über seine Schulter und betrat den Operationssaal. Er war abgedunkelt. Zur Bach-Musik, die aus einem scheppernden Lautsprecher an der Decke kam, warf ein altmodischer Diaprojektor schwarz-weiße Klassenfotos aus vergangenen Zeiten an die Wand. Auf einer fahrbaren Trage lag ein nackter alter Mann. Er war mit Klebeband an seine metallene Unterlage gefesselt, nur Mund und Augen hatte man freigelassen. Bewegen konnte er sich keinen Millimeter. Er wimmerte und versuchte, den Kopf zu drehen, die Augen hatte er geschlossen.

Madlener ging näher heran und beugte sich in das Gesichtsfeld des Mannes. Weinhold oder Bärlach? Madlener hatte die Befürchtung, dass der gefesselte Mann bei seinem Anblick zu schreien anfangen würde und hielt ihm den Mund zu. Sofort schlug der Mann in Todesangst die Augen auf, doch er erkannte rasch, dass es keiner seiner Peiniger war, der ihn da anfasste. Madlener brachte sein Gesicht nah an das Ohr des Mannes und sagte leise: »Ich bin von der Polizei. Keine Angst, ich sorge dafür, dass Sie hier rauskommen, also schreien Sie jetzt nicht, wenn ich die Hand wegnehme. Wenn Sie mich verstanden haben, dann blinzeln Sie.«

Der Mann blinzelte zweimal.

Madlener nahm seine Hand weg und fragte: »Wer sind Sie?«

Der Mann flüsterte heiser: »Mein Name ist Weinhold —«

Weiter kam er nicht. Plötzlich weiteten sich seine Pupillen und er schrie: »Vorsicht!«

Aber die Warnung kam zu spät.

Madlener spürte noch, dass sich etwas im Raum verändert hatte, da bohrte sich schon etwas Spitzes in seinen Nacken, wie zwei Zähne. Instinktiv wollte er sich umdrehen. Aber die zwei Metallstifte des Elektroschockers jagten schon den Stromschlag in seinen Hals. Augenblicklich durchfuhr rasender Schmerz seinen Körper und ließ ihn zusammenfallen, als ob man ihm sämtliche Sehnen gleichzeitig durchtrennt hätte. Kurz sah er noch, dass sich Dr. Ignaz Kirchhoff mit seinem von der weißen Kapuze eingerahmten Gesicht über ihn beugte, dann fiel er rückwärts in einen unendlich tiefen Schacht, bis alles schwarz wurde und er das Bewusstsein verlor.

Die Goldberg-Variationen schepperten weiter aus dem altersschwachen Lautsprecher, während der Projektor mitleidlos wieder von vorne anfing und ein Klassenfoto nach dem anderen an die Wand warf. Bis ihn Kirchhoffs latexbehandschuhte Hand ausschaltete.

67

Harriet stand mitten im Wald, war durch und durch nass und verdreckt und hatte nicht die geringste Ahnung, wo sie war. Doch eines war ihr klar: Sie musste Hilfe holen, so schnell wie möglich. Das Auto – sie musste zum Auto. Zum Glück hatte sie ihre Waffe noch, aber die Taschenlampe war weg und ihr Smartphone ebenfalls. Aus welcher Richtung war sie gekommen? Auf gar keinen Fall wollte sie versuchen, auf dem gleichen Weg zurückzugehen, die Gefahr war zu groß, ihrem Verfolger direkt in die Arme zu laufen. Sie konnte sich durch nichts orientieren, es regnete in Strömen, schwarze Wolken bedeckten den Himmel.

Sie beschloss, zumindest dem Gefühl nach bergab zu gehen. Das Internat lag auf einer Anhöhe und der Wagen war unterhalb geparkt. Also abwärts, quer durchs Unterholz, auch wenn ihr das mehrere Kratzer im Gesicht eintrug, weil sie den Zweigen und Ästen mangels Sicht nicht ausweichen konnte. Immer wieder blieb sie stehen und horchte.

Endlich erreichte sie den Waldrand, ein weit entfernter Blitz zeigte ihr das glänzende Band der Teerstraße, dem sie nur zu folgen brauchte. Sie ging in einen leichten Trab über und dachte über den Direktor des Internats nach. Was hatte er mit der Rache an den Fürchterlichen Fünf zu tun? In dieser Abgeschiedenheit, in der das Internat zur Ferienzeit lag, schien es kaum vorstellbar, dass er nichts von den Aktivitäten auf seinem Gelände bemerkt hatte. Und wem gehörte der Transporter mit dem Hundekopfaufkleber? Sie ärgerte sich, dass sie Dr. Kirchhoff nicht schon früher in den Kreis der Verdächtigen aufgenommen hatten. Weil er kein Motiv hatte? Woher wussten sie das? Gut, sein Bestreben musste sein, alles zu tun, um den guten Ruf seiner Institution zu schützen, schließlich ging es auch um seine Existenz. Unwillig scheuchte sie diese Spekulation wieder beiseite. Diese Überlegungen waren sekundär. Das alles würde sich von selbst erklären, wenn sie erst Verstärkung herbeigerufen hatte.

Sie blieb stehen. Hier irgendwo musste der Holzstapel sein, und dahinter das rettende Auto. Sie warf einen Blick zurück auf die

Anhöhe, ein Blitz erleuchtete die Szenerie für einen Augenblick. Das war ihr Glück, denn sie sah, dass zwei rasend schnelle Schatten im gestreckten Galopp von oben heruntergehetzt kamen. Hunde! Natürlich, der Aufkleber auf dem Multivan. So einen machten nur Leute auf ihr Auto, die damit auch Hunde transportierten. So groß und schnell, wie die Körper waren, die sie für den Bruchteil einer Sekunde hatte näher kommen sehen, waren das keine Schoßhunde. Das waren gefährliche Kampfhunde, die jemand losgelassen hatte, um sie aufzuspüren!

Ohne zu zögern, rannte sie los, dorthin, wo sie den Holzstapel und das rettende Auto vermutete. Sie glaubte schon, das Kratzen der Krallen auf dem Teer der Straße und das Keuchen der Lungen zu hören, aber das war bei dem Regen unmöglich. Wenn sie jetzt stolperte, war sie geliefert. Sie packte ihre Pistole fester – auf keinen Fall durfte sie sie jetzt verlieren! – und hoffte inständig, dass Madlener das Auto nicht abgeschlossen hatte, bevor er den Schlüssel auf dem Vorderreifen deponiert hatte.

Ein erneuter Blitz half ihr, sie konnte den Holzstapel in Steinwurfweite vor sich sehen. Sie beschleunigte noch einmal, holte das Letzte aus sich heraus. Jetzt war doch das Scharren und Hecheln der Hunde zu vernehmen, die mit spielerischer Leichtigkeit aufholten. Harriet schlug einen Haken um den Holzstoß herum und stieß gegen Blech. Das rettende Auto. Die Zeit, um nach dem Schlüssel zu suchen, blieb ihr nicht mehr. Hoffentlich hatte Madlener nicht abgesperrt, sonst musste sie auf gut Glück in die Dunkelheit schießen.

Fieberhaft tastete sie nach dem Türöffner. Sie spürte das Seitenfenster, weiter unten musste der Türöffner sein, sie probierte, die Tür ging auf – Halleluja! –, sie riss sie ganz auf, warf sich auf den Beifahrersitz und zog sie so heftig zu, wie sie konnte. Dabei spürte sie einen Widerstand, hörte ein schrilles Jaulen, ließ nicht nach, zerrte mit beiden Händen und schaffte es schließlich, die Wagentür ins Schloss zu bekommen. Keinen Sekundenbruchteil zu früh, denn im gleichen Augenblick warf sich ein schwerer Körper wuchtig dagegen.

Bösartiges Knurren und Kratzen am Außenblech war zu vernehmen, als die Hunde immer wieder vergebens am Fenster hochsprangen. Es waren zwei schlanke und sehnige Tiere, schwarz mit hellbraunen Flecken, die die Seitenscheibe mit ihren Schnauzen und Zähnen, die Lefzen gebleckt, wütend attackierten und dabei das Glas mit ihrem Geifer beschmierten. Vermutlich Dobermänner, dachte Harriet, als sie wieder zu sich gekommen war. Zwar war sie vorerst in Sicherheit, aber sie konnte den Wagen nicht starten. Die Schlüssel lagen unerreichbar draußen.

Sie starrte hinaus in die Dunkelheit, wo die Hunde sich kurz knurrend zurückgezogen hatten, um dann einen neuen Angriff zu starten. Sie rechnete damit, dass jeden Moment der Besitzer der Hunde auftauchen konnte. Schnell drückte sie den Verriegelungsknopf und ließ das erneut anbrandende Toben der Hunde gegen den Wagen regungslos über sich ergehen.

68

Madlener hatte am ganzen Körper Schmerzen. Alles tat ihm weh, aber er konnte sich nicht bewegen, als er ganz allmählich wieder zu sich kam. Er spürte, dass er auf etwas Hartem lag, und nachdem er mühsam die Augen aufgeschlagen hatte, dachte er zunächst, er wäre in einem surrealen Alptraum gefangen. Er sah wabernde Farbschlieren in Hellblau und Grün und zwinkerte ein paarmal heftig, weil er annahm, dass seine Augen ihm psychedelische Trugbilder vorgaukelten. Aber die Farbschlieren blieben und pulsierten rhythmisch. Hatte man ihm halluzinogene Drogen gespritzt?

Er versuchte krampfhaft, sich daran zu erinnern, was geschehen war. Er hörte ein Glucksen und Gluckern und kam sich vor wie auf einem Brett mitten auf dem Meer. Plötzlich setzte mit unvermittelter Wucht die Erinnerung ein: das unterirdische Labyrinth des Bunkers, Harriet mit der Waffe in der Hand, der nackte Weinhold an die Trage gefesselt, Dr. Kirchhoff im weißen Overall ...

Der Impuls, ruckartig aufzustehen, schoss durch seinen Kopf, aber es ging nicht, weil er an seine Unterlage gefesselt war. Den Kopf konnte er mit Mühe heben, er äugte an sich herunter. Befand er sich jetzt auf der fahrbaren Trage, auf der er Weinhold vorgefunden hatte? Es sah ganz so aus. Nur war er bekleidet – sogar seine Öljacke hatte er noch an –, und war auch nicht ganz so sorgfältig mit Klebeband umwickelt wie der nackte Weinhold, sondern nur notdürftig, sodass er außer Gefecht gesetzt war.

Jetzt kapierte er auch, wo er sich befand: im Hallenbad des Internats. Deshalb die seltsamen Geräusche und die Farb- und Lichtspiele an der hohen Decke. Es waren die Projektionen der leicht bewegten Wasseroberfläche an der Hallendecke. Das Becken war indirekt erleuchtet, was dem großen Raum diese irreale Atmosphäre verlieh. Jetzt hörte er auch, dass es immer noch heftig regnete.

Er erinnerte sich an die vergilbten Polaroidbilder und erkannte die Fliesenbordüre mit den stilisierten Fischen, die sich an der Wand entlangzog. Aber gespenstisch irreal war nicht nur die Umgebung. Irreal war auch das Personal der Szenerie. Madleners fahrbare Trage stand am Rand des Schwimmbeckens, neben ihm saß, geknebelt und in einen Duschrollstuhl gefesselt, der mit einer Hebebühne ins Wasser hinabgelassen werden konnte, der nackte Weinhold, ebenfalls bei Bewusstsein und mit schreckgeweiteten Augen. Hinter ihm hatte es sich ein Mann im weißen Overall, die Kapuze über den Kopf gezogen, mit verschränkten Armen auf der Steinbank gemütlich gemacht, die sich wie die Fliesenbordüre die gesamte Halle entlangzog.

Madleners Blick blieb an Dr. Kirchhoff hängen, der in seinem Overall auf dem Sprungbrett saß und die Füße über der Wasseroberfläche baumeln ließ. Er schien auf etwas zu warten, dabei wippte er wie ein kleiner Junge auf dem Sprungbrett auf und ab.

Als er sah, dass Madlener den Kopf angehoben hatte, fing er an zu sprechen. Seine Stimme hatte einen seltsamen Hall, was der Akustik der hohen Schwimmhalle geschuldet war.

»Schön, dass Sie wieder bei uns sind, Herr Kommissar.«

»Sie werden verstehen, dass ich Ihre Beurteilung der Situation nicht unbedingt teilen kann«, sagte Madlener und wunderte sich, dass man ihm nicht mit Klebeband den Mund verschlossen hatte wie Weinhold. Noch mehr wunderte er sich, dass er überhaupt einen Ton herausbrachte und einwandfrei artikulieren konnte. Er fühlte sich wie einmal durchgekaut und wieder ausgespuckt. Ganz zu schweigen davon, dass er sich angesichts des absurden Arrangements vorkam wie ein Kaninchen kurz vor dem tödlichen Eingriff durch einen durchgeknallten Tierquäler. Das Einzige, was ihm übrig blieb, war, auf Zeit zu spielen. Er wusste zwar nicht, wie lange es her war, dass er den Elektroschock bekommen hatte, aber Harriet musste doch längst Hilfe herbeigerufen haben.

»Das verstehe ich durchaus, Herr Kommissar. Aber sehen Sie, ich kann es einfach nicht zulassen, dass unsere jahrelange Planung und Vorbereitung umsonst gewesen sein soll. Wir stehen kurz vor dem – gewissermaßen – krönenden Abschluss unserer ›Mission Nemesis‹, wie ich es gerne nenne. Und da sind Sie nicht mehr als ein kleiner, aber unbequemer Störfaktor, der ausgeschaltet werden musste. Selber schuld, haben wir als Schüler immer gesagt.« Er lachte, was in der Halle ein unheimliches Echo gab.

»Sie werden damit nicht durchkommen«, sagte Madlener.

»Sagen Sie das nicht, Herr Kommissar, sagen Sie das nicht! Sie sind derjenige, der nicht durchkommen wird. Sorry, aber das muss sein. Sie sind sozusagen der Kollateralschaden. Warum stecken Sie auch Ihre Nase in Sachen, die Sie nichts angehen, sondern nur mich und die Fürchterlichen Fünf.«

»Weil das mein Job ist«, entgegnete Madlener.

Kirchhoff winkte verächtlich ab. »Natürlich. Das müssen Sie ja antworten. Sehen Sie, heute ist der Tag, an dem unsere Mission zu Ende geführt wird. Wenn dieser Mann …« Er deutete auf Weinhold. »… sein klägliches Leben in dem Element beendet, in dem er mit seinen Kollegen nicht nur mich, sondern unzählige meiner Mitschüler gequält und sexuell missbraucht hat. Und diese Ausdrücke sind Euphemismen für das, was wirklich passiert ist, das dürfen Sie mir glauben. Haben Sie schon mal von Unterwasser-Fellatio gehört? Können Sie sich überhaupt vorstellen, was das bedeutet?«

»Ich habe davon im Zuge der Ermittlungen gelesen, ja. Über Kaiser Tiberius und seine Lustknaben auf Capri.«

»Mein Gott, ja, Kaiser Tiberius. Für ihn galt kein Gesetz, weil er ein Gott und damit das Gesetz selbst war. Und diese fünf kümmerlichen Päderasten, die sich darauf berufen, dass für sie keine bürgerliche Moralvorstellung zuständig sei, weil sie sich Tiberius zum Vorbild nehmen! Sie dachten tatsächlich, dass sie kraft ihres Amtes und ihrer Autorität, kraft ihres Intellekts über allem stünden und auf uns gewöhnliche Sterbliche herabblicken könnten. Wir Schüler waren nur dazu da, sie zu befriedigen, wann immer es ihnen gefallen hat. Schauen Sie sich doch diesen Jammerlappen an, dann sehen Sie, was von dieser gottähnlichen Hybris übrig geblieben ist!«

Er wies mit der allergrößten Verachtung auf Weinhold, der sich in seinem Rollstuhl wand.

»Das gibt Ihnen nicht das Recht, jetzt selbst Gott zu spielen«, sagte Madlener.

Kirchhoff schüttelte resigniert den Kopf. »Glauben Sie mir, Weinhold hat seine Strafe verdient. Er hat sie tausendfach verdient. So wie Escher, Bärlach, Ullreich und Möller. Erst dann, wenn er durch das Element den Tod gefunden hat, das ihm immer die größte Freude bereitet hat, auf unsere Kosten, erst dann ist der letzte Stachel, der tief in unseren Seelen steckt, mit Stumpf und

Stiel ausgerissen. Und Sie dürfen Zeuge dieses wahrhaft heiligen Augenblicks sein.«

»Denken Sie tatsächlich, dass Sie sich dann besser fühlen?«, wollte Madlener wissen.

»Ich will Ihnen mal was erzählen. Jetzt, wo wir so schön ins Plaudern geraten sind. Meine zwei Mitstreiter und ich haben unser Leben einzig auf diese Rache ausgerichtet. Geduldig und planmäßig. Über Jahre hinweg. Wir wollten die Fürchterlichen Fünf und mit ihnen das Internat zerstören. Es hat nicht alles so reibungslos funktioniert, wie wir uns das ausgemalt hatten. Aber wir wussten immer, dass der Zweck unserer Existenz darin besteht, eines Tages Vergeltung zu üben. Dieses große Ziel haben wir nie aus den Augen verloren. Diesem ganzen widerlichen Abschaum in Menschengestalt ein für alle Mal ein Ende zu bereiten. Auf die gleiche infame, grausame Art, mit der sie mit uns umgegangen sind. Wir wollten ihnen eine Höllenangst einjagen und sie dann einen nach dem anderen bestrafen. Sie haben sich vielleicht über die Musik unten im Bunker gewundert. Nun, Weinhold war unser Kunst- und Musiklehrer und immer ein Bewunderer von Johann Sebastian Bach. Und ihn und die anderen mit ihrer Lieblingsmusik zu quälen, während sie mit ihren Sünden und dem nahen Tod konfrontiert werden, war uns ein ganz besonderes Anliegen.«

»Wer ist ›uns‹?«

»Wir sind drei Jungs aus einer Klasse. Mein Bruder Pascal, mein Freund Basil und ich. Die Namen werden Ihnen nichts sagen. Ich weiß, wir waren nicht die Einzigen, die im Laufe der Jahre hier in diesen heiligen Hallen durch die Hölle gegangen sind. Aber die Einzigen, die den Mut und die Selbstüberwindung aufgebracht haben, dafür Vergeltung zu üben. Im Namen der anderen. Wissen Sie, was das Schlimmste ist? Dass keiner darüber gesprochen hat. Auch heute noch nicht. Nicht einmal untereinander. Ich habe erst zwanzig Jahre später von meinem älteren Bruder erfahren, dass ihm das Gleiche widerfahren ist wie mir. Hätte er damals etwas gesagt, wäre es mir und anderen erspart geblieben.«

»Wer ist Ihr Bruder? Peter Jankowitz?«

»Ja. Woher wissen Sie das?«

»Geraten.«

»Er trägt einen anderen Nachnamen als ich. Weil er mein Halbbruder war. Als er gestorben ist, besser gesagt: vor Verzweiflung aus dem Fenster sprang, war uns endgültig klar, dass wir handeln mussten.«

»Wie sind Sie Direktor im Jan-Hus-Internat geworden?«

»Das beruht auf keiner langfristigen Strategie, wenn Sie das meinen. Ich wollte Lehrer werden, es besser machen, für die Schüler da sein, verhindern, dass es zu ähnlichen Vorfällen kommt. Als sie hier im Jan-Hus-Internat einen Nachfolger für den Posten des Direktors suchten, habe ich mich beworben. Immer noch in hehrer Absicht. Aber als mein Bruder starb – vorher hat er mir an einem Abend alles gebeichtet –, stand mein Entschluss fest. Und hier haben wir das Resultat.« Er zeigte auf Weinhold.

»Was ist mit Bärlach?«, wollte Madlener wissen.

Kirchhoff zuckte mit den Schultern. »Der ist uns leider im letzten Moment von der Schippe gesprungen. Unabsichtlich. Der Schreck und die Verletzungen, die er schon hatte, haben ihn umgebracht. Wissen Sie, was Weinhold und Bärlach getan haben, bevor wir sie erwischen konnten? Sie haben ihren Freund Ullreich ermordet, weil sie Angst hatten, er würde sie verpfeifen! Bärlach war schon tot, als wir hier angekommen sind. Leider. Ein böser Fauxpas.«

Kirchhoff erhob sich gewandt, sprang auf den Beckenrand hinunter und stellte sich vor Weinhold. »Nun denn, genug geplaudert, jetzt lassen wir Taten sprechen.«

Er nickte seinem Helfer zu, der aufstand und an das Bedienungselement der Hebebühne trat. Er drückte auf einen Knopf, und der Rollstuhl mit Weinhold fuhr mit einem hohen Summton langsam am Beckenrand nach unten.

Madlener drehte den Kopf, so gut es ging, zu Kirchhoff herum.

»Ich gebe Ihnen einen Rat. Lassen Sie uns frei. Meine Kollegen werden jeden Moment hier sein«, sagte er.

Kirchhoff antwortete nicht. Er sah zu, wie Weinhold immer weiter im Wasser versank. Erst als diesem das Wasser bis zum Kinn stand, gab er seinem Helfer ein Zeichen. Der Hebelift wurde angehalten. Kirchhoff ging zu einer Stelle außerhalb von Madleners Blickfeld und kam mit einem Rucksack in der Hand zurück. Madlener kannte ihn nur zu gut. Es war der von Harriet.

»Wissen Sie, was das ist, Herr Kommissar?«

Madlener antwortete nicht.

»Sie wissen es ganz genau, nicht wahr? Das ist Ihr letztes bisschen Hoffnung, in Form eines banalen Rucksacks.«

Er hielt ihn Madlener vor die Augen. »Es muss grausam sein, wenn die letzte Hoffnung perdu ist. Hoffnung ist doch etwas, das in jedem Menschen steckt, bis ganz zuletzt. Ein interessantes Phänomen. Ich bin überzeugt, dass Weinhold noch ein kleines Fünkchen Hoffnung hat, mit dem Leben davonzukommen, auch wenn er das Schicksal seiner Vorgänger kennt und weiß, dass wir nicht zum Spaßmachen hier sind.«

Er sah Weinhold an, dessen Nasenflügel nur zwei Fingerbreit über der Wasseroberfläche waren und sich blähten, seine Augen waren in Todesangst weit aufgerissen.

»Trotzdem hat er noch eine klitzekleine Hoffnung, obwohl ihm das Wasser sprichwörtlich bis zum Hals steht.«

Er lachte wieder, dass es hallte.

»Oh, diese dummen Menschen.« Er langte in den Rucksack und zog Harriets Smartphone heraus. »Das hat sie auch zurückgelassen, Ihre kleine Assistentin. Dumm, nicht wahr?«

»Was haben Sie mit Harriet gemacht, Sie verdammtes Schwein?«, schrie Madlener und zerrte an seinen Fesseln, obwohl er wusste, dass es keinen Sinn hatte.

»Ah, es ist so weit. Ich habe schon die ganze Zeit darauf gewartet, Herr Kommissar. Endlich lassen Sie mal Ihren Gefühlen freien Lauf. Verlieren Sie jetzt doch Ihre so mühsam aufrechterhaltene Coolness?«

Er beugte sich zu Madlener hinunter und sah ihm in die Augen. »Gar niemand wird kommen, um Sie zu retten, Madlener. Kein reitender Bote im letzten Augenblick, keine GSG 9, niemand. Weil niemand weiß, wo Sie sind. Mein Bruder hier am Hebelift ist technisch durchaus in der Lage, den gesamten Funkverkehr der Polizei abzuhören. Das SEK ist weit weg in Konstanz. Und wenn Ihre Assistentin Hilfe herbeigerufen hätte, wäre schon längst die halbe Polizei von Baden-Württemberg hier auf dem Gelände. Ihre kleine Kollegin ist noch auf der Flucht. Aber keine Bange, sie kommt nicht weit. Wir haben ihr zwei Dobermänner auf den Hals geschickt. Und meinen Freund mit Ihrer Pistole, die Sie uns dankenswerterweise unfreiwillig zur Verfügung gestellt haben. Tut mir leid. Wir werden keine Spuren hinterlassen und keine Zeugen. Schließlich wollen wir, wenn wir unser Werk vollendet haben, auf Nimmerwiedersehen verschwinden.«

Auf einmal drang ein seltsames, unwirkliches Leuchten durch die hoch gelegenen Fenster des Hallenbads. Als würde es dämmern. Alle sahen es. Und dann wurde es richtig hell. Hell, rötlich und flackernd – es war der Widerschein eines Feuers.

Im selben Augenblick wurde die Tür aufgerissen, und der dritte Mann im Overall kam hereingelaufen und schrie: »Die Garage brennt!«

Kirchhoff wandte sich seinem Helfer an der Schalttafel zu. »Mach Schluss«, sagte er kurz angebunden.

Das Summen des Elektromotors der Hebebühne setzte ein, und Weinhold versank bis zum Scheitel im Wasser. Blasen stiegen auf. Sie waren sein letztes Lebenszeichen.

Kirchhoff und seine zwei Helfer liefen zum Ausgang. Aber Kirchhoff kehrte noch einmal um, löste die Bremsen an Madleners fahrbarer Trage und gab ihr einen Stoß. Dann rannte auch er hinaus.

Die Trage rollte auf den Rand des Schwimmbeckens zu, die vorderen Rollen rutschten ins Leere, und die Trage kippte mitsamt Madlener ins Wasser. Kurz schwamm er so auf ihr. Verzweifelt versuchte er, das Gleichgewicht zu halten, doch dann kippte die Trage um und ging langsam mit ihm unter, die Rollen nach oben und Madlener an die Unterseite gefesselt.

Madlener schwebte langsam hinab und landete geradezu sanft mit Brust und Gesicht auf dem Boden des Beckens. In dem Augenblick, als Kirchhoff der Trage einen Stoß versetzt hatte und sie in Richtung Beckenrand gerollt war, war Madlener schlagartig klar geworden, dass er ins Wasser stürzen und elendiglich ertrinken würde. Er hatte noch einmal so tief Luft geholt wie möglich. Er hielt sie an und wand sich unter Wasser wie ein Entfesselungskünstler, doch die vermaledeiten Klebebänder waren unglaublich reißfest. Trotzdem gelang es ihm, einen Fuß zu befreien. Aber das nutzte nicht viel, die Hände ließen sich einfach nicht losreißen.

Er legte alles in eine letzte Kraftanstrengung, rote Punkte tanzten bereits vor seinen Augen. Noch einmal strampelte er heftig, aber es half nichts. Ein erneuter Versuch. Zwecklos. Schwärzeste Panik kam hoch, seine Lungen schienen jeden Moment zu bersten. Er wusste, sein Körper würde ihn schon sehr bald dazu zwingen, Luft zu holen, ein unkontrollierbarer Reflex, gegen den er nichts tun konnte. Dann würde er Wasser einatmen und ertrinken.

Noch wehrte er sich aus Leibeskräften dagegen, eine allerletzte, große Anstrengung. Kurz vor seinem letzten Atemzug, der ihm den Tod bringen würde, sah er schemenhaft etwas neben sich eintauchen, einen Menschen, der sich an seinen Klebebändern zu schaffen machte. Seine Hände waren plötzlich frei, aber er hatte schon Wasser eingeatmet. Er wurde am Kragen gepackt und nach oben gezogen. Luft, Luft, war das Einzige, was er noch denken konnte.

Er schoss mit dem Kopf aus dem Wasser und atmete gierig ein, ging gleich wieder unter, wurde aber ebenso schnell wieder hochgezerrt und machte jetzt selbst Schwimmbewegungen, bis er den nahen Beckenrand erreichte und sich japsend und wasserspuckend dort festklammerte.

Ein nasser Kopf tauchte neben ihm auf und hustete ebenfalls Wasser heraus. Madlener konnte gar nicht aufhören zu spucken und zu würgen – aber er lebte. Allmählich sah er wieder klar und erkannte, wer ihn im allerletzten Moment gerettet hatte. Harriet.

Madlener saß mit Harriet an seiner Seite auf der Steinbank im Hallenbad. Sie hatten Decken um ihre Schultern, einen Becher mit heißem Tee in der Hand, und sahen dem Tohuwabohu um sich herum zu.

Blaulichter flackerten durch die Fenster, immer neue Sirenen fluteten heran, eine davon defekt und jämmerlich jaulend, Funkgeräte knackten und krächzten, Feuerwehrmänner und blau gekleidete Leute vom THW bellten Befehle, Polizisten und Techniker wuselten herum. Madlener nahm an, dass Hilfstruppen aus ganz Oberschwaben hier auf dem Internatsgelände zugange waren. Ihn wunderte nur, dass die Wasserschutzpolizei nicht auch noch mit von der Partie war.

Obwohl Madlener und Harriet die Auslöser für das ganze Chaos waren, das sich hier abspielte, fühlten sie sich doch, als wären sie außen vor und Zuschauer eines absurden Theaterstücks. Der Schock saß ihnen noch zu tief in den Knochen.

»Jetzt schildern Sie mir mal, bevor unser Chef hier aufkreuzt, was Sie angestellt haben, seit ich Sie aus dem Keller weggeschickt habe«, brummte Madlener, nachdem er einen Schluck vom Tee genommen hatte – Kaffee gab es leider keinen –, den ihnen ein Helfer vom Roten Kreuz in die Hand gedrückt hatte.

Auch Harriet trank erst aus dem dampfenden Becher, dann sagte sie: »Das ist schnell erzählt. Einer der Typen hat mich oben angefallen, ich konnte ihn abschütteln und entkommen, aber er hatte meinen Rucksack mit dem Handy, also bin ich zum Auto gerannt, wurde von zwei Kampfhunden verfolgt, habe sie erschossen, bin mit dem Auto zu Kirchhoffs Wohnung, habe die Tür aufgeschossen und dort vom Telefon aus Großalarm ausgelöst. Dann bin ich zum Hallenbad, weil da Licht herauskam, sah, was los war, bin in die Garage, weil ich keine Munition mehr hatte, habe einen Kanister Benzin ausgeleert, es angezündet, gewartet, bis die Typen aus dem Hallenbad gerannt kamen, bin rein, habe gesehen, wie Sie im Wasser untergingen, bin ins Becken gesprungen und habe Sie rausgeholt. Das war's.«

»Ganz schön viel auf einmal«, kommentierte Madlener und nahm einen Schluck vom Tee.

Zwei Techniker ließen den Hebebühnenlift hochfahren, die Leiche von Weinhold im Rollstuhl kam langsam aus dem Wasser.

Madlener warf Harriet einen Blick zu. »Wenn Sie nicht gewesen wären, würden sie mich jetzt genauso tot herausziehen wie Weinhold. Ich verdanke Ihnen mein Leben, Harriet.«

Harriet schwieg.

Madlener hielt ihr seinen Becher mit dem Rest Tee hin. »Ich finde, nachdem wir gemeinsam eine Menge Wasser aus diesem scheußlichen Becken geschluckt haben, ist das Siezen nicht mehr angebracht. Ich heiße Max.«

Sie stieß mit ihrem Pappbecher an und sagte: »Gern, Max. Meine Freunde nennen mich Harry.«

»Danke, Harry«, sagte Madlener, stieß noch einmal an, und dann tranken sie ihren Tee aus. Madlener zupfte an seiner Unterlippe herum und hielt einen Sanitäter an, der vorbeikam.

»Hören Sie«, sagte er, »Sie haben doch alle möglichen Medikamente in Ihrem Krankenwagen. Ist da nicht zufällig etwas für meinen Herpes labialis dabei? Mein Zovirax ist mir bei dem ganzen Theater irgendwie verloren gegangen …«

Am nächsten Vormittag wachte Madlener in einem Einzelzimmer im Klinikum von Friedrichshafen auf. Die Sonne schien zum Fenster herein, als ob es nie ein Unwetter apokalyptischen Ausmaßes gegeben hätte, und von draußen war der unangenehme Lärm von kreischenden Baumsägen zu hören, er hatte Madlener geweckt.

Die Nacht war noch lang gewesen, erste Aussagen mussten gemacht werden, aber als Kriminaldirektor Thielen mitsamt seinem kompletten Tross am Kriegsschauplatz eingetroffen war und das Chaos noch zu verschlimmern drohte, sprach der Notarzt ein Machtwort und bestand darauf, dass Madlener und Harriet unverzüglich zur ärztlichen Beobachtung in die Klinik zu überstellen seien. Madlener, der sich sonst grundsätzlich keiner ärztlichen Anordnung ohne Weiteres fügte, willigte sofort ein, schon um Thielens Geschwätz zu entkommen.

Da lag er nun, in einem frischen Pyjama, durchgecheckt und nach einem erholsamen mehrstündigen Tiefschlaf, den ihm eine

Beruhigungsspritze beschert hatte, und dachte in seinen weichen Kissen darüber nach, was alles passiert war. Er bedauerte es, dass Harriet und er nicht in einem Zimmer untergebracht worden waren, aber das war wohl mit den Klinikrichtlinien nicht vereinbar. Dann hätten sie jetzt ein Resümee ziehen und sich im Detail erzählen können, was bei ihnen abgelaufen war.

Madlener überredete eine gnädige Krankenschwester, ihm Kaffee und frische Brötchen zu bringen. Er beendete siegreich seinen üblichen Kampf mit den Alufolien der Marmeladendöschen und biss gerade herzhaft in eine dick bestrichene Brötchenhälfte, als es klopfte und Ellen hereinkam. Sie steckte in ihrer Arbeitskleidung und sah sehr besorgt aus, stürzte auf ihn zu und umarmte ihn ohne Worte. Dass ihr Tränen in den Augen standen, die sie halb verlegen wegwischte, wertete er als Zeichen, dass sie Gott sei Dank nicht sauer auf ihn war.

Ihr Ansturm war so heftig ausgefallen, dass das frisch bestrichene Marmeladenbrötchen aufs Bettlaken gefallen war, natürlich mit der falschen Seite, aber das störte sie nicht beim Küssen.

»Versprich mir«, wisperte sie an seinem Ohr, »versprich mir, wenn dir etwas an mir liegt, dass du nie mehr so leichtsinnig bist und allein und auf eigene Faust auf Mörderjagd gehst, hörst du?«

»Ich hatte doch Harriet dabei«, versuchte er sich herauszureden, aber das ließ Ellen nicht gelten. »Du weißt genau, wie ich das meine.«

Er sagte lieber nichts mehr, sondern nickte nur.

»Nein, ich will, dass du es mir hoch und heilig versprichst. Schwöre!«, insistierte sie und hielt ihm eine Schwurhand vors Gesicht.

Er sah ein, dass es sinnlos war, ihr zu widersprechen, und hob drei Finger seiner rechten Hand zum Schwur. »Ich verspreche es«, sagte er. »Ich nehme an, ich habe dir eine Menge Arbeit eingebrockt.«

»Das ist mein Job«, sagte sie achselzuckend. »Du kannst froh sein, dass du jetzt nicht da unten auf meinem Tisch liegst.«

»Abgesehen davon, dass es bei dir in der Pathologie immer so kalt ist: gar keine schlechte Idee.«

»Komm mir ja nicht so«, drohte sie ihm spielerisch. »Ich habe noch ein ganz schönes Hühnchen mit dir zu rupfen. Was heißt Hühnchen – einen ganzen Hühnerstall.«

Madlener hatte befürchtet, dass dieses Thema doch noch aufs Tapet kommen würde. Er zog ein schuldbewusstes Gesicht und fragte: »Du meinst – wegen der Nummer mit deinem Vater?«

Als Harriet nach mehrmaligem Klopfen immer noch kein »Herein!« hörte, öffnete sie einfach die Tür zu Madleners Krankenzimmer und ging hinein. Der Patient schien bestens gelaunt zu sein, jedenfalls lachten er und die Pathologin Dr. Herzog, die bei ihm auf der Bettkante saß, so lauthals und heftig, dass Harriet gleich wieder umdrehen wollte. Sie merkte, dass die beiden sich wohl besser kannten, als sie gedacht hatte, und wollte sie deshalb nicht weiter stören.

Aber Madlener winkte sie heran. »Komm nur rein, Harriet, Frau Dr. Herzog und ich fachsimpeln gerade.«

Harriet kam in ihrem ausgeliehenen Morgenmantel zögernd näher. Dr. Herzog stand auf und machte Anstalten zu gehen, aber vorher gab sie Harriet noch die Hand.

»Ich habe schon gehört, was Sie getan haben.« Dann umarmte sie Harriet spontan, was diese ein bisschen steif über sich ergehen ließ. »Danke, Harriet. Sie waren großartig.«

Harriet ärgerte sich, dass sie bei diesem Kompliment rot wurde, und wusste nicht, was sie sagen sollte.

»Wir sehen uns noch«, rief Dr. Herzog Madlener zu, winkte und verließ das Zimmer.

Harriet stand unsicher herum.

»Setz dich«, sagte Madlener und klopfte auf den Bettrand. »Wie geht's dir?«

»Das wollte ich Sie gerade fragen.«

Er hob warnend den Finger, sie verbesserte sich schnell: »Ich meine: dich.«

»Kaffee?«, fragte er.

Sie schüttelte den Kopf und setzte sich auf den Besucherstuhl. »Der Herr Kriminaldirektor wird uns in einer Stunde aufsuchen. Ich wollte dich nur vorwarnen«, sagte sie.

»Ach du lieber Gott, ja, das habe ich befürchtet«, seufzte Madlener.

»Ich habe mit Binder telefoniert«, sagte Harriet. »Herr Thielen gibt gerade eine Pressekonferenz. Es wimmelt von Journalisten und Fernsehleuten. Sie belagern das Präsidium geradezu. Er lobt uns in höchsten Tönen.«

»Das habe ich auch befürchtet.« Madlener kratzte sich am Kopf, stand auf und zog seinen Morgenmantel an, den ihm eine Krankenschwester besorgt hatte. Dann sah er aus dem Fenster. Im Park vor dem Klinikum hingen Baumspezialisten mit Kletterausrüstungen und Schutzhelmen an einer im nächtlichen Sturm halb abgebrochenen Birke und sägten artistisch mit Baumsägen daran herum.

»Hast du nur schlechte Nachrichten?«, fragte er und wirkte ein wenig geistesabwesend.

»Kirchhoff, sein Bruder und der dritte Mann, den Kirchhoff übrigens als Hausmeister und Sanitäter im Internat eingestellt hatte, ein gewisser Magnus Ritter, sind in U-Haft. Sie sind auf der Flucht gefasst worden und haben sich angesichts der Armada von Polizei- und Rettungswagen, die aus dem Wald auf sie zukam, ergeben, ohne Widerstand zu leisten. Bärlachs Leiche wurde im Bunker gefunden. Die drei verhafteten Personen schweigen vorerst und wollen nur mit ihren Anwälten sprechen. Der Herr Kriminaldirektor sagt, die Beweise gegen sie sind so erdrückend, dass er sich wundert, wenn sich überhaupt Anwälte bereit finden, sie zu verteidigen.«

Madlener grinste. »Ganz im Gegenteil. Die Anwälte werden sich darum reißen. So eine Chance, ins Rampenlicht der Öffentlichkeit zu kommen, gibt es so schnell nicht wieder. Das wird noch eine andere Dimension annehmen, wenn die Medien erst von der ganzen traurigen Geschichte erfahren, die dahintersteckt.« Er drehte sich zu Harriet um. »Was ist mit dem Feuer? Wurde jemand verletzt?«

»Nein. Aber die Garage und die Autos darin sind vollkommen ausgebrannt.«

Er nickte. »Sag mal, Harriet, kannst du uns nicht irgendwelche Sachen zum Anziehen auftreiben? In dem Aufzug kann ich schlecht unter die Leute.«

»Wo willst du hin? Der Arzt sagte, wir müssen bis morgen hierbleiben. Zur Beobachtung.«

Madlener winkte ab. »Ich kann mich selber beobachten. Ich habe noch einen wichtigen Fall zu lösen. Bist du dabei? Du kannst doch klettern?«

Harriet sah Madlener mit unverhohlener Skepsis an. Nach drei langen Sekunden antwortete sie: »Wie ein Eichhörnchen.«

Als der Stationsarzt in der Begleitung der Oberschwester Madleners Zimmer betrat, war der Patient schon ausgeflogen und hatte nur einen Zettel hinterlassen, der neben dem Schlafanzug auf dem Bett lag. Auf dem Papier stand handschriftlich:

Habe mich selbst entlassen.
Auf eigene Verantwortung.
Danke für alles.
Madlener, KHK

71

Madlener kletterte die Leiter zum Jägerstand an der Buche am Rande des Grundstücks der Familie Fritsch hoch, in dessen Ästen er die geschnitzte Botschaft B. B. EMPEDOKLES gefunden hatte. Er musste dabei seine schlecht sitzende Hose festhalten; in die Jacke, die er trug, hätte er zweimal hineingepasst. Harriet hatte ebenfalls Kleidungsstücke an, die sie normalerweise sicher niemals anziehen würde: eine weiße Ärztehose, eine gleichfarbige Bluse und eine graue Windjacke. Weiß der Teufel, wo sie das Zeug aufgetrieben hatte, dachte Madlener, aber so genau wollte er es gar nicht wissen. Sie hatten keine Zeit gehabt, sich zu Hause umzuziehen, Madlener hatte darauf gedrängt, sofort loszufahren, auf gar keinen Fall wollte er ausgerechnet jetzt Thielen über den Weg laufen. Ihre alten Sachen waren so mitgenommen gewesen, dass sie in der Klinik gleich im Mülleimer gelandet waren.

In Ermangelung eines Dienstfahrzeugs hatte er sich Ellens Wagen ausgeliehen. Sie hatte zwar protestiert, gab aber schließlich doch nach, als Madlener ihr kurz erklärte, dass er ihr den Wagen noch am gleichen Tag persönlich zurückbringen würde.

Harriet war schon vorausgeklettert und wartete auf Madlener, der den wackligen Jägerstand enterte und einen unsicheren Blick hinabwarf.

»Nie nach unten sehen, nur nach oben!«, belehrte ihn Harriet und schaute die dicht belaubte Baumkrone hoch.

»Wenn du jetzt noch ein Stück kletterst, so weit du kannst, ohne dass es zu riskant wird, kann es sein, dass du etwas findest. Falls ich mit meiner Vermutung richtig liege. Wenn nicht, habe ich mich wenigstens nicht blamiert und dieser kleine Ausflug bleibt unter uns. Aber pass auf, ja?«, sagte Madlener und klopfte ihr aufmunternd auf die Schulter.

Harriet nickte und machte sich an den Aufstieg. Geschickt nutzte sie jeden Ast aus, um an Höhe zu gewinnen, und verschwand bald fast ganz im dichten Laub, sodass Madlener sie kaum noch mit den Augen verfolgen konnte. Er hörte nur das Rascheln der Blätter und Harriets Keuchen, und dann war es auf einmal still. Ganz still.

»Harriet?«, rief er hinauf, »Harry?!«

Das Rascheln weit über seinem Kopf setzte erneut ein, und nach einiger Zeit kam Harriet wieder heruntergeklettert. Er half ihr auf den Jägerstand zurück und sah, dass sie kreidebleich war. Sie musste sich auf dem Holzbrett niederlassen, das als Sitz für die Jäger diente.

»Du hast recht gehabt«, brachte sie mühsam heraus.« Da oben ist eine Leiche. In der höchsten Astgabel, sodass man sie von unten nicht sehen kann, nicht einmal im Winter, wenn der Baum kahl ist. Sie ist mumifiziert. Hat sich vor dem Tod anscheinend selbst mit einer Kletterausrüstung an den Baum gefesselt.«

»Das muss Markus Fritsch sein. Wir haben ihn gefunden. Nach über sieben Jahren. Danke, dass du da hochgeklettert bist.«

Er setzte sich neben Harriet, der Jägerstand wackelte bedenklich.

»Ist dein Vater eigentlich Engländer?«, fragte er sie unvermittelt.

»Wegen meines Nachnamens? Holtby?«

Er nickte. »Unser Kriminaldirektor sagte so etwas.«

»Nein. Mein Vater ist Schweizer. Warum?«

»Dachte ich's mir doch. Engländer können nicht so gut klettern.«

»Meinst du? Und was ist mit Sir Edmund Hillary?«

Madlener schüttelte lächelnd den Kopf. Irgendwie war Harriet ihm über.

Aber sie grinste ihn breit an, während sie schon hinunterkletterte. „Reingefallen. Hillary ist Neuseeländer."

Er stand seufzend auf. Wie würde Kriminaldirektor Thielen sagen: Ist doch Jacke wie Hose. Es war an der Zeit, ihre Kollegen darüber zu informieren, dass sie den vermissten Markus Fritsch auf einem Baum gefunden hatten, von dem aus man auf sein Grundstück und sein Haus blicken konnte – das Letzte, das er in seinem Leben gesehen hatte. Und dann würde er Helga Fritsch in den USA anrufen. Es würde eine Erlösung für sie sein.

»Markus Fritsch hat sich erschossen. Damit die Waffe nicht herunterfällt, hat er sie mit einem Strick festgebunden. Wenn du ihn nicht da oben gesucht hättest – man hätte ihn wohl nie gefunden. Hier ist mein Obduktionsbericht.« Ellen reichte Madlener ein paar zusammengeheftete Seiten über den Tisch.

Madlener und Ellen saßen in ihrem neu erkorenen Lieblingslokal, dem italienischen Restaurant in der Greth in Überlingen, und nippten nachdenklich an ihrem Rotwein. Es war ihr erster gemeinsamer freier Abend nach den Geschehnissen im Jan-Hus-Internat, und sie hofften inständig, dass nun friedlichere Wochen anbrachen und sie mehr Zeit miteinander verbringen konnten. Madlener steckte den Bericht weg und griff nach der Speisekarte, die ihnen ein freundlicher Kellner reichte.

»Wir haben heute frischen Fisch hereinbekommen, er steht nicht auf der Karte«, sagte der Kellner. »Dorade und Bodenseefelchen.«

»Nein danke, bloß keinen Fisch«, sagten Madlener und Ellen synchron wie eineiige Zwillinge und mussten darüber lachen, während der Kellner sich wieder zurückzog.

»Gilt unsere alte Abmachung noch?«, fragte Madlener und legte seine Hand behutsam auf die von Ellen.

»Welche?«

»Die, dass wir nicht mehr über Berufliches reden, sobald wir zur Speisekarte greifen?«

»Ja, sehr gerne«, sagte sie. »Ich habe allerdings noch eine Überraschung für dich. Und die ist teilweise doch beruflich.«

Sie suchte schon in ihrer Handtasche. Madlener hatte nicht die geringste Ahnung, was Ellen noch in petto hatte. Sie wurde fündig und zog einen Schnellhefter heraus. »Von meinem Vater. In seiner Eigenschaft als psychologischer Gutachter für den Polizeidienst. Es reicht, wenn du die letzte Seite liest.«

Madlener blickte auf das Titelblatt. Da stand in großen Lettern: »Psychologischer Dienst. Beurteilung Hauptkommissar Max Madlener.«

Madlener blätterte zur letzten Seite vor. Er las laut: »Der Proband – das bin wohl ich – weist einen absolut stabilen mentalen Zustand auf. Schlussfolgerung und abschließende Beurteilung: Seine Diensttauglichkeit ist unbeeinträchtigt. Die Ausübung seines Berufs ist uneingeschränkt zu empfehlen. Gezeichnet, Dr. Auerbach.«

Er sah Ellen verblüfft an. »Hast du ihm das aus den Rippen geleiert?«

Ellen schüttelte den Kopf. »Nein. Er würde nie ein Gefälligkeitsgutachten ausstellen. Das widerspricht seinem ganzen beruflichen Ethos. Ich glaube, er hat das nur geschrieben, um dich nie mehr in seiner Praxis sehen zu müssen.«

Madlener lehnte sich erleichtert zurück. »Darüber bin ich genauso froh wie er.«

Er schenkte Ellen und sich Wein nach, und Ellen lächelte, als sie sagte: »Freu dich nicht zu früh! Mein Vater hat eine Berghütte. Im Allgäu. Dorthin sind wir für nächstes Wochenende eingeladen. Er will mit uns eine Bergwanderung machen.«

Madlener zog ein Gesicht, als hätte er eine Handvoll Reißnägel verschluckt. Bergwandern war auf seiner Beliebtheitsskala ganz weit unten angesiedelt.

Um ehrlich zu sein, an vorletzter Stelle.

Danach kam nur noch Herpes.